〈『사세동당』의 주요 등장인물과 가계〉

- 1호집: 첸모인(시인)과 그의 부인, 첸멍스(장남)과 그의 아내와 아기, 첸중스(차남, 자동차 기사) 천예추(학자, 첸 부인 동생) 진싼(첸 시인의 사돈, 며느리의 아버지)

- 2호집: 리 씨 부부(리쓰예, 리쓰마), 리쓰다마, 쓰마는 모두 리쓰예의 부인으로 동일 인물

- 3호집: 관샤오허, 다츠바오(부인), 유퉁팡(첩), 가오디(큰 딸), 자오디(작은 딸)

- 4호집: 청창순, (외)할머니, 마 과부(마 부인), 샤오추이(인력거꾼), 그의 아내, 쑨치(이발사)와 그의 아내

- 5호집: 4대가 한 집에 사는 사세동당
  치 노인(치 큰 형, 치 어른), 톈유(장남)과 그의 부인(톈유 부인), 루이쉬안(장손)과 그의 부인 윈메이(샤오순얼 애미), 루이펑(둘째 손자)와 그의 부인 뚱보 쥐쯔, 루이취안(셋째 손자), 증손자 샤오순얼, 증손녀(뉴뉴, 뉴쯔)

- 6호집: 딩웨한(John)과 그의 아내, 샤오원과 그의 아내 원뤄샤, 류 사부(포장사)와 그의 아내

- 그 밖의 등장인물: 바이순장(경찰간부), 란둥양(친일파), 까오(의사), 리쿵산(경찰특무과장), 창얼예(치 씨 댁 묘지기)

- 샤오양쥐안의 배: 샤오양쥐안 마을을 인체의 모양에 비유하여 사람의 배 부분을 뜻함

四世同堂 (사세동당)

중

四世同堂(사세동당) 중
....

초 판 발행 2016년 4월 11일
개정판 발행 2024년 12월 20일

저자 老舍 ∣ **역자** 김종도 ∣ **감수** 최우석
펴낸이 박찬익 ∣ **편집장** 권효진 ∣ **편집디자인** 정봉선 이수빈
펴낸곳 ㈜**박이정** ∣ **주소** 경기도 하남시 조정대로45 미사센텀비즈 8층 827호
전화 031) 792-1195 ∣ **팩스** 02) 928-4683 ∣ **홈페이지** www.pijbook.com
이메일 pijbook@naver.com ∣ **등록** 2014년 8월 22일 제2020-000029호

ISBN 979-11-5848-978-6 (04820)
    979-11-5848-976-2 (세트)

＊책값은 뒤표지에 있습니다.
....

老舍 著

김종도 譯 · 최우석 監修

四世同堂

사쎄동당

박이정

• 저자

老 舍 (본명: 舒庆春)

라오서(老舍, 1899-1966)의 본명은 수칭춘(舒慶春), 자는 서위(舍予)이며 베이징 만주족의
기인(旗人) 집안에서 태어났다.

중국 현대의 유명한 소설가이자 극작가인 그는 1924년 영국으로 건너가 런던대학 동방학
원에서 강의하면서 장편소설을 쓰기 시작했다. 귀국 후 치루(齊魯)대, 칭다오(靑島)대에서
교편을 잡았다. 1949년 이후에는 중국작가협회 부주석, 베이징시 문화연합회 주석 등을
역임했다. 1966년 8월 24일 문화대혁명이 막 시작되고 반동 지식인으로 몰리자 북경
태평호에 투신하여 생을 마쳤다.

저서로는 〈잔베의 철학〉, 〈이미〉, 〈쪼자일〉, 〈이혼〉, 〈묘성기〉, 〈낙타상자〉, 〈사세동당〉,
〈찻집〉, 〈정홍기 아래〉, 〈월아〉, 〈북소릿꾼〉 등의 작품들이 독자들의 많은 사랑을 받았다.

• 역자

김종도

서울대학교 사범대학 졸업, 연세대 언어학 박사, 수원대 교수 역임, 2007년 정년 퇴임,
정년 후 한국과 중국에서 십여 년 동안 중국어 공부, 현재 노사연구에 정진

• 감수자

최우석

고려대학교 중어중문학과 중국문학 학사,
국립대만대학(國立臺灣大學) 중국어학과 중국문학 석사
고려대학교 중어중문학과에서 중국문학 박사
국립안동대학교 중어중문학과 학과장, 중국어문연구학회 회장

• 도움 주신 분

장우영(張祐榮) 고려대학교 중어중문학과 중국문학 전공 박사과정
이영(李瑩) 베이징외국어대학교北京外国语大学 아시아학 박사
홍지혜(洪智惠) 복단대학교复旦大学 박사수료

차 례

2부 투생

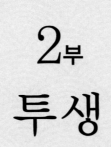

2부

투생

서 문

만약 만사가 '계획대로 된다면' 이 책은 아래와 같은 체제가 될
것이다:

1. 장 — 백장, 매장은 만자로 이루어진다.
2. 자 — 합쳐서 백 만자
3. 부 — 3부. 제1부는 34장, 2부와 3부는 각각 33장이다. 합치면 모두
   100장이 된다.

원래는 이렇게까지 세세하게 나눌 필요가 없다. 이 소설의 이야기가
본래 한 꿰미로 긴밀하게 연결되어 있고, 3개의 독립된 '3부곡'으로
나눌 수 없기 때문이다. 그러나 발표와 출판의 편의상 적당한 곳에
붉은 선으로 구획해서 눈길을 주게 하지 않을 수 없다. 따라서 어쩔
수 없이 3개의 부제로 ≪황혹≫, ≪투생≫, ≪기황≫을 붙였다. 향후
소설 전편을 탈고하여 푸른 표지의 수상본(绣像本)＊으로 묶여지게 되면
이 세 개 부재는 사라질 것이다.

• • •

＊ 청나라 시기 통속소설 중 인물의 그림이 삽입된 도서 유형. 정교한 디자인으로 인해 '수를 놓아
  만들었다(绣像)'는 명칭을 얻게 되었다.

지금으로서는 글이 쓰여 지는 대로 발표하는 중이다. 15만자를 채우면 1권으로 묶을 예정이며, 각 부는 2권이 됨으로 총 6권이 될 것이다.

그러나 2권이 출판될 때 1권은 그 속의 ≪황혹≫ 부분에 포함시켜, ≪사세동당≫의 1부가 될 것이다. 이후에는 제2부, 제3부도 그대로 만들어져 전집이 이루어 질 것이다. 전집의 내용이 나오면 그때 가서 다시 별도의 계획을 세우고자 한다. 석판인쇄가 좋으냐 목판 인쇄가 좋으냐 하는 것은 이후에 할 얘기이니 잠시 마음 쓰지 말자.

이 책을 쓰려고 계획할 때는 꽤나 큰 포부가 있었다. 그러나 정작 집필하기 시작하니 정신적, 물질적, 신체적 측면 모두에서 고통이 따랐다. 그래서 감히 이 소설을 완성하리라고 장담할 수 없다. 운좋게 소설을 다 써낼 수 있다 해도 과연 좋은 작품일지는 별개의 문제다. 이런 시국에 가만히 앉아 집중해서 백 만자를 쓴다는 것이 과연 좋은 일일지 아닐지 차마 단언할 수가 없다. 됐다! 더 얘기해서 뭐하랴!

34년 4월1일 학질에 걸려 고생하면서
노사 北碚에서

35

봄은 사람이 어떤 고통의 시간을 지나서 삶을 이어가는지 무관심한 듯, 베이핑에 따뜻함과 향기를 가져다 주었다. 땅과 강 속의 얼음이 재빨리 녹았다. 강변과 담 밑에 가는 푸른 싹이 돋아났다. 버드나무 위에 학이 앉아 있고, 큰 기러기가 공중에서 대오를 전개하여 긴 소리로 호응한다. 만물이 삶의 의지가 가득하다. 유독 베이핑 사람들 만이 얼음 안에 얼어붙어 있다.

샤오순얼과 뉴쯔가 괴로워한다. 이때는 원래 호시절이면 몇 개의 틀과 진흙을 살 때다. 황토 진흙을 톡톡 두들겨 인형을 만들고 진흙 팩을 만들어서 의자 위에 늘어놓는다. 그 후에 담장 밑에서 풀잎을 따서 말아서 향초를 만들고 인형 앞에 늘어놓고 노래를 부른다.

'진흙 과자야, 진흙 인형아, 노인네는 술을 마신다. 남에게 주지마라!'

이것은 마땅히 만족할 일이다! 그러나 엄마가 틀을 살 돈을 안 준다. 향초를 파낸 이후에 노래를 계속한다. '향기 나는 쑥아 맵고 매운 항아리구나'라고 노래 부를 때, 부친이 언제나 기분이 좋지 않은 듯이 말한다.

"조용히 해! 조용히 하라!"

그들은 엄마가 요즘 왜 이렇게 인색해서 진흙 과자를 만들 틀도 사주지 않는지 모른다. 그런데 아빠는 더 괴상하다. 늙은 누런 호랑이처럼 말할 때는 눈을 부릅뜬다. 큰할아버지는 원래 그들의 구세주시다. 그러나 근래에 노인들은 모습이 변한 것 같다. 이전에 버드나무에 파란 잎이 돋을 때 큰할아버지는 언제나 후궈쓰에 데리고 가서 빨간 모종, 봉지, 조롱박 모종과 조그마한 화분, 각종 꽃모종을 산다. 금년에는 무, 배추조차 종자가 없다. 꽃모종은 말할 것도 없다.

할아버지는 집에 자주 오시지 않는다. 거기다 오실 때마다 먹을 것을 사오는 것조차 잊으셨다. 이때는 완두 양갱, 모찌떡섬, 사탕 넣은 떡, 대추사탕, 마른 홍시, 톈진 무를 사 오실 철 아니니? 왜 할아버지는 언제나 거리에 아무것도 먹을 것이 없다면서, 아무것도 사오지 않으실까? 샤오순얼은 동생에게 말한다.

"할아버지는 틀림없이 거짓말을 하시고 계신다!"

조모는 그들에게 언제나 잘해 주신다. 그러나 그녀는 언제나 병을 앓아 골골하시며 기분이 안 좋으시다. 그녀는 늘 상 셋째 삼촌 타령이고, 일찍 돌아오길 고대한다. 그러나 샤오순얼이 용기를 내어 셋째 삼촌을 찾으러 가겠다면 허락하시지 않는다. 샤오순얼은 조모가 허락하신다면 셋째 삼촌을 반드시 찾아서 돌아올 수 있다고 생각한다. 그는 자신이 있다! 뉴쯔는 셋째 삼촌을 많이 생각했다. 오빠와 함께 찾으러 가고 싶었다. 이 때문에 오누이는 자주 말다툼을 했다. 샤오순얼은 말했다.

"기집애야! 너는 못가! 너는 길을 몰라!"

뉴쯔는 길을 모른다는 것을 인정하지 않았다.

"나는 서패루까지도 알아!"

집안 사람들 중에서 둘째 삼촌만 만면에 붉은빛이 돌고 매우 원기 왕성했다. 그러나 그도 항상 집에 돌아오지 않았다. 그는 설에 한번 왔었다. 거들먹거리면서 큰할아버지와 조모에게 머리를 조아리더니 곧 가버렸다. 과자나부랭이 한 근도 사오지 않았다. 이 때문에 그들은 그에게 세배하는 것도 거절했다. 엄마가 그들을 때리려 했다. 둘째 삼촌은 나빠! 뚱보 숙모는 오지도 않았다. 아마도 살이 너무 쪄서, 걷지 못하는 탓일지도 모른다고 추측했다.

그들은 관 씨 집을 부러워했다. 많은 사람이 모여 설을 쇠었다. 엄마의 감시가 소홀한 틈을 타서, 그들은 몰래 빠져나가 대문에 서서 구경했다. 야! 관 씨 집에는 얼마나 많은 예쁜 여인들이 오는가! 한 사람 한 사람 모두 아름답게 꾸몄다. 뉴쯔는 멍청하게 서서 입을 다물지 못했다. 그녀들은 모두 아름다운 옷을 입고 얼굴도 곱게 단장을 했다. 그들은 또 대단히 활발하고 큰 소리로 웃었다. 이 점이 항상 수심에 쌓여 있는 엄마와는 달랐다. 그녀들은 모두 손에 예물을 들고 관 씨 댁을 찾았다. 샤오순얼은 식지를 입에 물고 계속 빨았다. 샤오순얼과 뉴쯔는 하나, 둘, 셋하고 세었다. 그녀가 셀 수 있는 한도는 12까지였다. 잠시 후에 그는 12개의 병! 12개의 띔섬! 12개의 찬합! 그녀는 자기도 모르게 의견을 제시했다.

"그들은 설을 쇠면서 얼마나 맛있는 것을 많이 먹을까?"

그들이 한 번은 뚱보 숙모가 예물을 들고 관 씨 집에 가는 것을 보았다. 그들은 처음에 그녀가 맛있는 것을 사서 그들에게 주는 줄 알고, 그녀에게 뛰어가서 불렀다. 그러나 그녀는 한 마디도 하지 않고 곧장 관 씨 집에 들어 가버렸다. 이 때문에 그들은 관 씨 집을 부러워하기도 하고 원망도 했다—관 씨 집은 맛있는 것을 그들에게서 빼앗아 갔다. 그들은 집에 돌아와 엄마에게 보고했다. 원래 뚱보 숙모는 뚱뚱해서 못 오는 것이 아니고 고의로 오지 않는 것이었다. 엄마는 그들에게 절대로 조모와 큰할아버지에게 말하지 말라고 목소리를 죽여서 말했다. 그들은 영문을 모르고 엄마가 아주 이상하다고 생각했다. 아니 뚱보 숙모는 그들의 가족이 아닌가? 그녀는 이미 관 씨 집 사람으로 치는가? 그러면 엄마의 말이 틀리지 않는다. 그들은 사람을 약 올리고 싶은 마음을 품고 있는가 보다? 샤오순얼은 동생에게 말했다.

"우리는 엄마 말을 들어야 해!"

말을 마치자 마치 아는 것이 많아진 어른처럼 머리를 끄덕였다

그렇다. 샤오순얼은 배운 것이 많았다. 이미 알고 있듯이 집안 어른들은 기꺼이 관 씨 댁 일에 대해 듣고 싶어 하지 않아도, 첸 씨 집 얘기는 속닥거린다. 첸 씨 댁은 어른들의 입을 통해서, 이미 집이 텅 비고 며느리는 친정에 가고, 꽃 키우기를 좋아하던 할아버지는 갑자기 사라졌다는 소리를 들었다. 그는 어디에 가셨는가? 아무도 모른다고 한다. 큰할아버지는 아버지와 그 문제로 수군거리지 않으신다. 딱 한번 큰할

아버지가 그 문제를 언급하고는 눈물을 흘리셨다. 샤오순얼은 급히 피했다. 어른들은 눈물을 아이들에게 보이고 싶어 하지 않기 때문이다. 그래서 엄마도 매번 주방의 화로 옆에서 조용히 눈물을 흘리지 않는가?

샤오순얼의 심장을 뛰게 했으나 감히 말할 수 없는 일은 첸 씨 댁 빈집을 관 선생에게 세 주었으며, 일본인에게 세놓을 준비를 하는 것이었다. 일본인이 이사를 오지 않았지만 집은 수리 중 이었다—창을 작게 하고 방바닥 목판을 일본 '다다미'로 바꾸는 중이었다. 샤오순얼은 1호 집에 가보고 싶었으나 일본인과 마주칠까 겁이 났다. 그는 황토 흙을 이겨서 진흙 기와를 만들어 작은 집을 짓는 것을 동생에게 가르쳤다. 그는 동생의 작업을 감독했다. 동생이 창문을 작게 만들면 그는 트집을 잡는다.

"그래도 너무 높아! 너무 높아!"

그는 아주 작은 진흙 인형을 눌러버린다. 반 인치밖에 안 된다.

"동생아 너도 알지? 일본인은 키가 작아 이 정도 높이면 돼!"

이러한 놀이도 엄마에게 금지 당했다. 엄마는 일본인을 그렇게 작을 뿐만 아니라 매우 무서운 것으로 생각하는 듯 했다. 샤오순얼은 엄마가 기색이 별로여서 많이 묻지 않았다. 그는 동생에게 작은 흙집을 허물어버리라고 명령했다. 반치 높이도 안 되는 진흙 인형을 깔아뭉개어 작은 공으로 만들어서 문 밖으로 던져버렸다.

그들 집 전체를 상심케 한 일은 창얼예가 성문에서 일본인에게 얻어맞고, 성문 옹성에서 무릎을 꿇고 벌을 선 일이었다.

창얼예의 생활은 언제나 예절에 맞았다. 그 예절은 오래 지켜 내려온 것이었다. 그는 자연의 시계추였다. 언제나 규칙적으로 움직이는 시계 추였으며 싫증이 나서 멈추는 법이 없었다. 이 때문에 나이가 이미 60여세였으나 자기 자신은 늙었다고 생각지 않았다. 그의 나이는 하나의 큰 시계가 다른 사람들에게 시간을 알려 주듯이 전적으로 남에게 보이기 위한 것 같았다. 이 때문에 그가 먹는 것은 거친 차, 담백한 밥이고 시는 곳은 불을 때면 바로 더워지는 벽돌 가마 같았고, 입은 것은 헤지고 낡은 의상이었다. 그는 청년시절에서 노년에 이르기까지 활발하고 성실하여 갓 뽑아낸 홍당무처럼 흙이 좀 묻었지만 신선하고 보기 좋았다.

설날 아침마다 밤중에 신을 맞아들여 조상에게 제를 지내고 후에는 모향유를 섞은 소를 넣은 만두를 몇 개인지 모르게 먹는다. 그는 이 돼지고기를 음력 초이틀 재신에게 제 지낼 때까지 남겨두었다가 원보탕을 끓인다. 소를 넣지 않은 만두를 먹고 반드시 밤을 새운다. 그는 도박을 하지 않는다. 별다른 사정이 없으면, 그는 반드시 '밤샘'을 하고, 이를 위해서 부엌에 불을 밝히고 벽에 붙은 조왕신 면전에 기다란 향을 피운다. 이것은 그의 종교였다. 그는 조왕신과 재물신이 어떤 영험이 있다고 믿지 않는다. 다만 그는 방안이 밝고 따뜻하길 바랄뿐이다. 그는 돈이 없어 폭죽은 못산다. 한 근이나 되는 붉은 초, 긴 향과 부엌 안의 땔감으로 새해를 맞이하고, 새해와 자신에게 모두 광명이 비추길 기원한다. 밤중이 지나고 피곤하면 밖에 나가 하늘을 쳐다본다. 찬바람을 맞으면 정신이 든다. 방에 들어와 설을 쇠려고 준비한 콩을 입에 넣어 소리 나게 씹는다. 그는 반드시 콩을 먹는 것을 좋아하지 않으나 자신의 치아에 만족한다.

날이 밝는다. 그는 허리띠를 졸라매고 작은 길을 따라 어슬렁어슬렁 대종사로 걸어간다. 그런 이른 시간에 절 안에서 어슬렁거릴 사람은 아무도 없다. 그 자신도 콩물을 파는 상인, 설탕과자를 파는 사람, 기러기연, 풍차를 파는 사람, 처녀총각들을 만날 것이라 생각지 않는다. 그는 다만 거기까지 가서 고찰이 그대로 있는지 본다. 고찰이 그대로 있으면 세상이 달라지지 않은 것에 안도한다.

절 문을 보고 돌아온다. 오는 길에 친척이나 친구를 만나면 과세 인사를 한다. 10시쯤 집에 돌아오면 무엇을 좀먹고 곧 잠이 든다. 정월 초이틀에 재신에게 제사를 지내고 만두 세 사발을 먹고 성으로 들어가서 세배를 한다. 치 씨 댁은 일가였다.

금년에는 대종사에도 가지 않고, 성안에도 세배를 가지 않았다. 그의 세계가 변해서 머리를 짜내도 짐작할 수 없다. 밤중에 멀리서 총성이 울리고 때로는 대포 소리가 난다. 그는 누가 누구와 싸우고 있는지 몰라서 마음을 놓을 수 없었다. 마치 놀란 어린애처럼 잠을 자다가도 놀라서 깨어난다. 때로는 이웃 개가 죽으라고 짖어대어 마음을 벌벌 떨게 한다. 둘째 날 어떤 사람이 그에게 말했다. 밤중에 군인들이 지나갔다. 어떤 군인? 우리군인들 혹은 적군들? 아무도 몰랐다.

밤에 잠을 제대로 못자면 낮에 마음이 안정이 되지 못한다. 유언비어가 많았다. 그의 문전에는 조용했지만 곧 큰 차나 행인이 지나가면 한편의 요언을 흘리고 간다. 어떤 사람은 북원에 얼마나 많은 적군이 있는지 말하고, 어떤 사람은 시위안을 비행장으로 닦는다고 말한다.

어떤 사람은 적군이 수천 명의 부역자를 끌고 갔다고 말하고 어떤 사람은 문전의 대로를 공로로 닦을 것이라 말한다. 부역자를 잡는다고? 그의 아들이 나이도 어리고 건장하다! 그는 자기 아들을 숨길 도리가 없다. 공로를 닦는다고? 그의 몇 개의 묘호답이 큰길 옆에 있다. 많이 요구하지 않고 이 묘[1]쯤 빼앗긴다고 해도 그는 참을 수 없다! 그는 집에서 힌 발지국도 나가지 않기로 결정했다. 그는 밤낮으로 눈을 똑바로 뜨고 아들과 밭을 지킬 것이다!

또 어떤 사람이 말했다. 일본인이 시위안 서북쪽의 3개 마을 사람들을 도륙해 버렸단다. 왜냐하면 우리 유격대를 숨겨주었기 때문이란다. 그런데 창얼예는 거짓 풍문 같은 것은 믿고 싶지 않았다. 왜 밤중에 총성과 포성은 모두 서북쪽에서 나는가? 그는 우리도 유격대가 있어서 일본놈들과 목숨을 걸고 싸우기를 바랐다. 동시에 그는 자기 마을이 적군들에게 도륙을 당할까 두려웠다. 그는 더성먼 인근의 감옥이 우리 유격대의 공격으로 뚫렸는지 보고 싶었다. 그의 집에서 더성먼까지 7~8리 노정이었다! 마을이 도륙당할 가능성이 있다!

그는 들었을 뿐만 아니라 눈으로 친히 보았다. 큰길을 따라가면 허다한 사람이 서북에서 성안으로 간다. 그들은 모두 노인을 부축하고, 어린이는 업고, 짐은 어깨에 메거나 짊어지고 있다. 그는 분명히 들어서 안다. 그들은 적어도 집도 있고 땅도 있어서 편안하게 살던 사람들이었다. 그들은 거의 공짜로 땅을 팔고, 집까지 버리고, 살려고, 성안으로 이사를 온다. 그들은 도살당할까 두려웠다. 그 사람들이 그에게 말했다.

• • •

1 묘: (중국식) 토지 면적의 단위. '1亩'는 약 666.7제곱미터임.

일본인이 장래에 원하는 것은 지세(곡수)가 아니라, 양식이고 짚이나 옥수수 대까지 요구한다. 일본 사람이 네가 얼마의 땅에 씨를 뿌리는가를 사람을 보내 감시하고, 거둬들인 양식은 가지고 간다! 네가 씨를 뿌리지 않아도 옛날과 동일한 양을 요구한다. 그들은 양식을 내어주지 않으면 너를 죽여 버린다.

창얼예의 심장은 입안까지 뛰어올랐다. 그는 뒷짐을 지고 밭두렁을 돌면서 곰곰이 생각했다. 그는 지혜가 있었으나 머리가 느렸다. 성내로 이사 가서 살아야 할까? 그는 시산을 향해 머리를 흔들었다. 뒷짐을 지고 밭두렁을 돌면서 산, 자기 자신, 자기 땅은 영원히 움직일 수 없다. 정말이다. 그의 몇 묘의 땅은 그에게 어떤 물질이라도 맘껏 누리게 해주지 않았다. 그는 일 년에 많아야 두어 차례 돼지고기를 먹을 수 있다. 그의 유일한 예복은 몇 번이나 씻었는지 모를 푸른빛 대마고자 한 벌 뿐이었다. 그러나 그는 차마 땅을 떠날 수 없다. 그가 땅을 떠난다면, 먹고 입고 삶이 지금보다는 더 나아진다 해도, 그는 결코 유쾌해질 수 없다. 땅이 있으면 할 일이 있다. 땅이 있으면 뿌리도 있다.

아니다! 아니다! 아마도, 어떤 일이라도 마주칠 수 있겠지만 농작물을 빼앗아 간다는 유언비어가 진짜 유언비어라면! 먼저 유언비어만 믿고 자신을 놀라게 할 수는 없다. 그는 토성(土城)을 보면서 머리를 끄덕였다. 그는 그것이 금·원(金·元)시대의 유적이라는 것을 모른다. 다만 어릴 때부터 매일 보아 왔다. 지금도 여전히 광풍에 날아가 버리지 않았다. 그도 저 토성처럼 여기 영원히 있을 것이다. 토성에서 눈을 거두어 밭 앞의 땅, 보리싹, 짧고 파란 보리싹을 보았다. 한 고랑 한 고랑이 이웃집까지 뻗어 있다. 그 후에 멀리까지 뻗어있는 땅을 보았다. 또…… 시산까지 눈길을 뻗었다. 이것이 바로 실재다! 다른 것은 모두 헛된 소문이다!

그러나 만일 적들이 양식을 강탈하러 온다면 어떻게 하지! 오지 않는 다 해도 병마를 이용하여 짓밟아버린다면 어떻게 하지? 그는 방법을 생각해낼 수가 없었다. 그의 등이 간지러웠다. 땀이 나려는 듯 했다! 그는 주야로 자기의 땅을 지키는 수밖에 없었다. 어떤 사람이 정말 빼앗으러 온다면 그는 목숨을 걸 것이다! 그는 이렇게 결정하고 기분이 좋았다. 큰길을 따라가면서 말똥을 주웠다. 그는 말똥을 주어 한 무더기 만들고 자기 땅을 돌아다보았다. 그러고는 자기에게 말했다. 모두 유언비어야. 땅은 잃을 수 없어! 금이나 은은 쉽게 잃을 수 있어, 검고 누른 흙만이 영원히 잃어버릴 수 없는 것이야!

빠르게 날씨가 맑아지고, 그는 훨씬 더 바빠졌다. 그의 마음속은 오히려 편안해졌다. 밤중에 때때로 총성이 들렸지만 적들이 사람을 보내어 강탈하지 않았다. 보리이삭이 이미 땅에 붙어 있지 않고 모두 봄바람 따라 일어나서 파릇파릇해졌다. 한 고랑 한 고랑 푸른 보리가 상감된 듯한 황토로 된 세계를 보면 이보다 보기 좋은 게 무엇인가? 다시 보자 자신의 땅, 가지런히 가꾸어진 보리 이랑이 죽 곧게 뻗어있다! 이 땅은 원래 그렇게 좋지 않았다. 그러나 그의 정신과 노력이 오히려 토양 때문에 나태해지지 않았다. 하느님이 비를 내리지 않으시거나 너무 많이 내리시면 가뭄과 장마를 구제할 방법이 없다. 그러나 천시가 몹시 나쁘지 않으면 그는 자기의 땀 한 방울 아끼지 않고 전력을 다한다. 자기의 땅을 보라. 그는 자랑할 만하고 기분이 좋다. 그의 땅은 양식을 생산할 뿐만 아니라 자신의 인격을 표현한다. 그와 땅은 하나다. 이 땅이 있으면 일월성신도 모두 그에게 속한 것이다.

그는 자기 것에 비해 치 씨 댁의 묘지에 힘을 약간 적게 들인다. '날씨가 아주 좋구나!' 그의 마음을 말해준다. '응당 나는 봉분에 흙을 좀 부어서 다독거려야 한다! 누가 와서 소지를 올릴지 상관해서가 아니다!' 그는 봉분에 흙을 보태고 반듯하게 손질했다. 두들기며 한편으로는 치 씨 댁 사람을 생각했다. 금년 정월 초이틀에 세배 드리러 가지 않아서 마음이 불안했다. 그는 그들이 청명 때 성묘하러 오리라고 기대했다. 만약 그들이 와서 성내의 사람들이 성 밖으로 나오는 것을 두려워하지 않는다는 것을 보이면, 일본사람이 양식을 강탈한다는 말이 십중팔구는 유언비어라는 것이 분명해질 것이다.

자기 집에서 이십 리 떨어진 마 씨 댁 큰 아들이 목이 아프단다. 하루 앓더니 먹을 수 없다고 한다. 마 씨 댁은 몇 묘의 땅이 있으나 먹을 것이 충분치 않았다. 다행히 큰 아들이 법원에서 순경을 하고 있어서, 한 달에 3~5위안을 가져다 줄 수 있다. 큰 아들의 병이 심해지자 온 가족이 어쩔 줄 몰랐다. 그래서 창얼예를 청했다. 창얼예는 밭에 가야 하지만 생명을 구하는 일이라 의리상 거절을 할 수 없었다. 그는 의사는 아니었지만 생활 경험과 인격 덕택에 이웃들이 그를 믿고 때로는 의사보다 그를 더 믿었다. 그는 적잖은 약초와 단방처방을 기억하고 땅에서 이것저것 따내어 돈을 절약하고 일을 줄이고도 병을 낫게 한다.

그가 보기에 성 안 사람들이 의사를 불러대는 한 가지 원인은 그들이 돈이 있기 때문이었다. 마 씨 댁 아들의 병에 대해서 허다한 단방을 외워봤지만 쓸 수 없다는 것을 깨달았다. 목이 아픈 것은 중병이다. 최후로 육신환을 생각해냈다. 그는 말했다.

"그것은 풀약이 아니야. 성 내에 가야 살 수 있어. 아주 비싸다!"

비싼 거야. 빙법이 없지만 생명을 구하는 것이 중요하다! 마 씨 집 사람들은 창얼예의 입에서 약명을 듣자마자 병자의 생명은 이미 구한 것이라 생각했다. 그들은 조금도 육신환을 의심하지 않았다. 다만 창얼예의 입에서 나왔기 때문에 칠신환이라도 마찬가지로 병을 낫게 할 수 있을 것이다. 문제는 어디서 몇 위안 돈을 구하고 누구에게 부탁해서 사오는 것이냐였다.

일곱 번 털고 여덟 번 끌어 모아서 10위안을 구했다. 누가 사러 갈 것이냐? 당연히 창얼예 였다. 모두의 논리는 이랬다. 창얼예는 약 이름뿐 아니라, 당연히 약을 어디서 살 수 있는지 알 것이다. 창얼예가 사오지 못해서 다른 사람이 사오면 약의 효험이 떨어질까 두려웠다!

"첸먼2에 가면 살 수 있어!"

창얼예는 집을 떠나고 싶지 않고 사양하기도 불편해서 첸먼을 꺼내어 모두가 생각해보게 했다. 첸먼은 모두의 마음에 무서운 곳이었다. 거기는 하루 종일 무수한 사람과 인마와 차량이 모여들어 언제라도 사람이 부딪쳐 부상을 당할 수 있었다. 게다가 시골의 땅 가진 부자들이

• • •

2 첸먼은 정양문으로도 불린다. 천안문 광장 남단에 위치하고 있으며, 명·청 양나라의 베이징 내성의 정남문이다.

22

성 안에서 돈이 쓰고 싶으면 첸먼을 찾지 않는가? 거기서는 듣자하니 금실로 짠 의복을 입은 여인이 땅 가진 부자의 10경의 토지를 마치 1개의 샤오빙[3]을 먹듯이 쉽게 먹어치운다! 하물며 첸먼은 시즈먼에서 10여리나 떨어져있다.

그러나 이렇게 첸먼이 무서운 곳이니까 더더욱 창얼예가 아니면 안 된다. 입술에 수염도 안 난 사람은 제멋대로 굴다 첸먼에서 걸려들 것이다!

창얼예는 자기를 뒤로 뺐다. 그가 아니면 안 된다! 여러 사람들의 바람이 그에게로 귀착되었다. 더 이상 무슨 말을 하랴? 10위안 돈을 넣고 혁대를 졸라매고 성에 들어갈 준비를 했다. 이미 몇 보를 갔는데 어떤 사람이 쫓아와서 그에게 일렀다. 시즈먼에 가서 전차를 타십시오. 그러면 금방 첸먼에 도착합니다. 그는 머리를 끄덕였다. 마음이 혼란스러웠다. 그는 전차를 타려면 얼마나 많은 수속과 규칙이 있는지 몰랐다. 그는 평생 걷는 것 밖에 몰랐다. 차를 타는 것은 귀찮다. 하물며 전차라니! 아냐, 그는 자신에게 말했다. 전차를 타지 말고 걸어가자. 그게 타당한 방법이다.

시즈먼에 들어가려하자 일본군인이 막아섰다! 약간 겁이 났다. 그는 참기로 결정했다. 마음속으로 '나는 천하에 제일가는 착실한 사람이다. 무엇을 두려워하랴?'

일본인이 가슴을 헤치라고 손짓을 했다. 그는 재빨리 알아챘다. 마음속으로 자기의 침착함과 총명에 기분이 좋았다. 단추를 풀기 전에 먼저

• • •

3 구운빵.

가슴 속 품고 있던 10위안 짜리를 꺼내어 손에 쥐었다. 마음속으로 말했다. '이것을 제외하면 틀림없이 네가 아무 것도 찾지 못할 것이다! 능력이 있으면 너는 이 몇 마리 찾겠지!'

일본인은 잽싸게 손에 쥐고 있는 돈을 빼앗고, 양 뺨에 귀싸대기를 번갈아 올려 부쳤다. 창얼예는 눈앞에 몇 무리의 금성이 뻔적거렸다.

"니쁜 놈, 너 말이야!"

일본병이 노인의 코를 손가락으로 가리키며 말했다. 말을 하고는 그는 손으로 노인의 코를 누르며 성벽으로 끌고 갔다. 노인의 머리가 성벽에 부딪쳤다. 일본병은 말했다.

"봐라!"

노인은 보았다. 성벽에 한 장의 공고가 붙어있었다. 그러나 노인은 글자를 많이 몰랐다. 공고를 보면서 침을 삼켰다. 화가 나서 마음이 불탔다. 천천히 주먹을 꼭 쥐었다. 그는 중국인이다. 북방 중국인이고 베이핑 교외의 중국인이다. 그는 글자는 몇 자 모르지만 공자님에게서 전래되어온 예의와 염치는 안다. 그가 먹는 것은 수수였지만 말하는 것은 인의였다. 그는 기껏 수 묘의 땅을 가졌을 뿐이지만 그의 인격은 하늘에서 내려온 것이다. 그는 이치를 가장 중요하게 여기고 부끄러움을 알았다. 전 인류 중에서 가장 훌륭한 사람이었다! 그는 그냥 얻어맞고 치욕을 당할 수는 없었다. 그는 목숨을 걸 수 없으나 절대로 "이치(理)"를 버릴 수 없다!

그러나 그는 이 세계에서 가장 평화를 사랑하는 사람이다. 그는 천천히 주먹을 폈다. 그의 이웃은 약을 먹으려고 기다릴 것이다! 그는 자신의 체면만을 생각하고 마 씨 댁 아들의 병을 잊었다! 천천히 몸을 돌렸다. 마치 사나운 개를 대하듯이 참으면서 빌었다.

"이 몇 위안은 내 자신의 돈이면 내가 달라고 하지 않을 것이요. 너희들 군인 노릇하는 것도 쉽지 않을 것이니까요!"

일본병은 그의 말을 알아들을 수 없었다. 옆에 있는 중국 경찰을 향해서 뭐라고 했다. 경찰이 노인의 어깨를 잡아끌고 성의 옹성으로 갔다. 노인이 낮은 소리로 물었다.

"무슨 일이요?"

경찰이 낮은 소리로 노인의 귀에 대고 말했다.

"우리 돈을 쓰면 안 돼요. 일률적으로 저들의 돈을 써야 해요! 우리 돈을 가지고 다녀도 유죄! 당신은 적게 가지고 있어서 큰 죄에 걸리지는 않았소. 됐소."

그는 손가락으로 옹벽 내의 길 옆을 가리켰다.

"어르신 잠시만 당하십시오!"

"뭐라고?"

노인이 물었다.

"꿇어앉아요!"

"꿇어?"

노인은 경찰의 손에서 팔을 **빼냈다**.

"호한은 목전의 어려움을 당하지 않아요! 당신 연세가 높으신데 **뺨을** 맞으시면 못 참을 거요! 아무도 당신을 비웃지 않아요. 이건 늘상 있는 일이요! 언제 우리 군대가 이겨서 돌아올까. 저 개새끼들을 모두 죽여

버리게!"

"나는 꿇을 수 없소!"

노인은 가슴을 폈다.

"나는 호의로 그러는 거요, 노인장! 나이를 따지면 당신과 내 부친이 비슷해요! 이제 알아듣겠어요? 나는 다시 당신이 맞을까 두렵소!"

노인은 일본병이 총을 가지고 있고 자기는 맨손이라는 것에 주의하지도 않았다. 그가 죽자 사자 덤비면 마 씨 집 병자는 어떻게 되나? 그는 아주 천천히 눈에 불을 뿜으며 꿇어앉았다. 그는 손부터 다리까지 부들부들 떨었다. 그는 부모와 하느님을 제외하고 누구에게도 무릎을 꿇지 않았다. 오늘 그는 사람과 말이 제일 많이 왕래하는 옹성 가운데 무릎을 꿇었다. 그는 감히 머리를 들 수 없었다. 그는 소리 날 정도로 이를 갈았다. 땀이 목덜미에서 흘러내렸다.

그가 머리를 들지 못했지만 행인들이 모두 그를 보지 않는다는 것을 알았다. 그의 치욕이 그들의 것이기 때문이다. 그는 그들 중의 한 노인이었다. 무릎을 꿇은 지 한참이 지나자 장례행렬이 나타나고 고수들이 시끄럽게 북을 쳐댔다. 음악이 갑자기 멈췄다. 한 무리의 사람들이 그의 옆에 서서 검사를 기다렸다. 그가 머리를 들고 훑어보았다. 상복을 입은 사람 모두가 일본인들을 응시했다. 침묵하고 있었으나 마치 관이 성 밖으로 나가지 못할까 매우 두려워하는 듯이 조급했다. 그는 한숨을 쉬고 자신에게 말했다.

"죽은 사람 보내는 것도 관이 도망치는 것과 다름없구나!"

일본병은 사람들 모두를 자세히 검사했다. 손을 들자 징과 북소리가 울렸다. 종이돈이 살포하는 사람의 손이 떨리는 듯이 잘 흩어지지 못하고 두서너 장씩 붙어서 노인의 머리 위에 떨어졌다. 일본병이 웃었다. 그 경찰이 이 기회를 틈타서 위엄을 부리듯 소리 질렀다.

"너 아직 꺼지지 않았어? 주의해. 다시 그런 짓 하면 쉽게 너를 용서하지 않을 거야!"

노인이 일어섰다. 순경을 보고 일본병을 보고 자기의 무릎을 보았다. 그는 아무것도 알아차리지 못한 듯 멍청하게 거기에 서있었다. 그는 아무것도 생각하지 않고 일본병의 머리를 비틀어주고 싶었다. 평생 그는 자기의 운은 좋다고 인정했다. 그래서 그는 하느님이 비를 내려주시지 않을 때라도, 하느님을 원망하는 것조차 옳지 않다고 생각했다. 오늘 그가 당한 모든 것은 하느님 탓이 아니고, 자기보다 나이가 까마득하게 어린 작은 군인 때문이었다. 그는 성을 가라앉히지 못했다. 사람은 결국 모두가 사람이다. 누구도 누구를 땅에 꿇어 앉혀서 가르쳐서는 안 된다!

"아직 안 가요?"

경찰이 관심을 갖고 말했다.

노인은 손으로 얼굴의 흰 짧은 수염을 세게 문지르며 한숨을 삼키고 성 안으로 들어갔다.

그는 루이쉬안을 찾았다. 문으로 들어가자 그는 발을 굴러서 몸에 먼지를 털려고도 하지 않았다. 그는 이미 사람이 아니었다. 그는 이미 목소리조차 힘을 잃었다. 그는 대추나무에 이르자 울부짖듯이 소리 질렀다.

"치 형님!"

치 씨 댁 사람들은 모두 놀라서 한꺼번에 소리 질렀다.

"창얼예!"

그는 마당에 서있었다.

"그래 니요! 니는 인간이 아니요!"

샤오순얼은 제일 먼저 노인에게 가서 한편으로 소리 지르며 한편으로는 노인의 손을 잡아끌었다.

"소리 지르지 마세요! 나는 큰할아버지(증조부)가 아니고 손자예요!"

"무슨 일이야?"

치 노인이 빨리 가려고 할수록 더 더디게 나왔다.

"둘째야, 자네 이리 들어오게!"

루이쉬안 부부는 서둘러 뛰어나왔다. 샤오뉴얼은 허둥거리며 앞으로 나올려다 걸려 넘어질 뻔 했다.

"둘째야!"

치 노인은 오랜 친구를 보았다. 마음속에는 풍설이 내린 후에 태양을 보듯이 통쾌했다.

"정월 초이튿날 자네가 오지 않았어! 잘못을 들추는 게 아니라 정말 보고 싶었어!"

"내가 왔어요? 오늘 제가 왔어요! 성문에서 얻어맞고 벌로 무릎을 꿇었어요! 이 나이에 무릎을 꿇고 벌을 받다니!"

그는 모두를 보자 애써서 눈물을 참았다. 그러나 눈앞에 모두 잘 아는 화평한 얼굴들을 보자 마침내 눈물이 쏟아져 내렸다.

"무슨 일입니까? 창얼예 아저씨?"

루이쉬안이 물었다.

"먼저 방으로 들어와!"

치 노인은 무슨 일인지 몰랐지만, 창얼예가 눈물을 흘리는 것을 보고 마음이 급했다.

"샤오순얼 애미야! 물을 끓여서 차를 내오너라!"

방에 들어오자 창얼예는 성문에서 있었던 일막을 모두에게 들려주었다.

"이게 무슨 일이예요? 형님, 나는 살고 싶지 않아요. 곧 칠십이 되요. 살수록 간이 작아져서 참을 수 없어요!"

"그래, 우리의 돈도 쓸 수 없게 됐어!"

치 노인은 한숨을 쉬면서 말했다.

"성 밖에서는 여전히 사용 한다오! 나를 나무라겠어요?"

창얼예는 그 이유를 들었다.

"벌을 받아 꿇어앉는 것은 작은 일이다. 얼예 아저씨! 우리의 돈을 못 쓰게 하는 것은 너무하다! 돈은 우리의 혈관이다. 혈관이 말라버리면 우리는 어떻게 사는가?"

루이쉬안은 이 말이 아무 소용이 없다는 것을 알았으나, 이미 오랫동안 참고 있었으니 자기도 모르게 튀어나왔다. 창얼예는 루이쉬안의 말을 이해하지 못했으나 다르게 의미를 깨달았다.

"나는 분명히 알아. 이때는 왕조가 교체되는 때야. 우리의 돈 사용을 금지하는 것을 나에게 가르치려고 꿇어 앉혔어!" ....

루이쉬안은 다시 노인과 그 문제를 이야기하고 싶지 않았다. 먼저 그의 환심을 사기로 결정했다.

"됐어요, 아저씨께 세배를 하지 않았어요. 늦었지만 제가 세배할게요!"

빌을 마시자 띵비닥에 꿇었다.

그게 창얼예를 웃게 했을 뿐만 아니라 치 노인도 손자가 예를 밝히는 것이 사랑스러웠다. 치 노인은 마음속으로 아주 좋아하고 곧 생각을 말했다.

"루이쉬안 너 가서 약을 사다드려! 샤오순얼애미는 창얼예에게 밥을 지어드려!"

창노인은 루이쉬안이 첸먼에 다녀오게 하려 하지 않았다. 루이쉬안은 꼭 가려고 했다.

"제가 가면 반드시 그렇게 멀리 갈 필요가 없어요. 새 거리 입구에 있는 가게에서 살 거예요! 얼마 지나지 않아 돌아올 거예요!"

"정말? 가짜 약 사지 말아라!"

창얼예는 남의 부탁을 받은 것이라 가짜 약을 살까봐 겁이 났다.

"가짜는 안 되지요!"

루이쉬안이 달려 나갔다.

밥이 되자 창얼예는 먹으려 하지 않았다. 그의 노기가 아직 사그라지지 않았다. 모두가 여러모로 설득했다. 톈유 부인이 나오셔서 권유하고 위로했다. 그제야 마지못해 한 사발 들었다. 밥 먹은 후에 한담을 나누었다. 시골의 유언비어들을 모두에게 들려주었다. 나중에 주해를 달았다.

"오늘 보니 전해 들은 이야기들을 믿지 않을 수도 없어요. 일본인이 무엇이든 모두 가지고 간대요!"

루이쉬안이 약을 사왔다. 노인을 한 차례 달랬다. 노인은 약을 들고 작별했다.

"형님, 일이 없으면 다시 성에 들어오지 않을 거요! 오히려 우리가 마음속에 늘 생각할 거요!"

샤오순얼과 뉴쯔도 창얼예의 이야기를 분명히 들었다. 창얼예가 가신 후 그는 일본인으로 가장하고 동생에게 창얼예로 가장시켜 섬돌 아래 꿇게 했다. 엄마가 그의 엉덩이를 두어 대 때렸다.

"너는 뭐 배울게 없어 일본놈에게서 배우니!"

샤오순얼은 눈물을 닦으며 할머니방으로 들어가서 호소했다.

36

살구꽃이 피었다. 타이얼장에서 대승을 거두었다.

청창순의 장사는 희망이 완전히 사라졌다. 일본인이 성 전체의 모든 라디오와 축음기를 몰수했다. 그 후에 뜰이 있는 집은 일본에서 만든 진공관 네 개짜리 베이핑시나 지둥4 지방의 방송만 들을 수 있는 라디오 수신기 한 대를 사게 했다. 관 씨 댁이 솔선해서 명령을 따랐다. 주야로 그걸 틀어놓았다. 지둥지방의 방송 프로그램은 베이핑보다 한 시간 가량 늦었다. 이 때문에 밤 12시까지 이어졌다. 관 씨 집에서는 징과 북소리가 하늘에 닿을 듯 소란스러웠다. 6호집 안에 사는 샤오원도 한 대 사들였다. 경극만 전문적으로 방송했다. 이 두 개의 라디오가

•••
4 지둥은 지리적 명사로서, 일찍이 정식 행정 구역으로 존재했다. 지둥은 탕산, 친황다오 및 이 두 도시에 인접한 일부 지역을 포함한 허베이성 동부 지역을 나타낸다.

울려대었다. 치 씨 집이 가운데 끼었다. 너무 시끄러워 루이쉬안이 늘 욕을 해댔다. 루이쉬안은 사지 않기로 결정했다. 다행히 바이 순장이 말을 잘 해주어 핍박은 당하지 않았다.

"치 선생, 당신 이렇게 하세요."

바이 순장이 꾀를 일러주었다.

"기다려요. 내가 보고하지 않을 수 없을 때까지 기다려요. 그때 가서 사시구려. 사시더라도 당신 시끄러워서 정신이 없으면 켜지 않으시면 돼요! 그렇게 하면 일본인에게는 크게 돈벌이가 되는 거요. 일본인은 소식을 들려주고 싶어 해요. 누가 믿고…"

리쓰예는 한 대 샀다. 무엇을 듣기 위해서가 아니라 말썽나지 않게 하기 위해서였다. 그는 연극을 들을 마음이 없었고 북 두드리며 서양 놀이 할 줄도 몰랐다. 그의 아들 팡니우얼은 듣기 위해서가 아니고 돈 들여 사들인 것을 쓰지도 않고 처박아 두지 않기 위해서 늘상 틀어대었다.

여러 가구가 사는 7호집은 아무도 사고 싶어 하지 않았다. 모두 어울러서도 사려 하지 않았다. 왜냐하면 누가 돈을 내면 물주가 된다. 그래서 다른 사람의 지배를 받는 것이 불편했기 때문이다. 그 작은 물건이 잘못하면 쉽게 말썽을 일으킬 수 있었다. 그 후에 상성 하는 야매 배우 팡리우가 어느 날 방송에 출연하게 되면서, 한 대 사와서 그의 부인에게 시위를 했다. 그 이유는 아내가 자기를 깔보고 상성을 수다스럽다고 악담을 하지 않게 하기 위해서라고 했다.

"봐라. 이 팡리우가 라디오에 출연하여 체면을 세우잖아! 내가 거기서 소리를 내면 9성, 8개 구, 거리, 톈진까지 모두가 들을 수 있어!
못 믿으면 당신이 잘 들어봐!"

4호 안에 쑨치와 샤오추이는 돈이 없어 살 기분이 아니었다.

"하루 종일 피곤하게 일하다 저녁에 자야 하는데 누가 그것 들을
시간이 있어!"

샤오추이는 이렇게 말했다. 쑨치는 샤오추이의 말에 완전히 동의했
다. 그러나 자기가 샤오추이에 비해서 더 유식하다는 것을 보이고 싶어
즉시 다른 이유를 더 갖다 대었다.

"잠자기 위해서만 아니야! 누가 방송하지? 일본인이야! 다른 말 할
필요도 없다. 오히려 나는 작은 귀신들이 지어낸 요언을 듣는데 돈
쓰지 않겠다!"

그들은 빚을 지려 하지 않았다. 마 과부는 어쩔 줄 몰라 했다. 분명히
바이 순장이 집집마다 한 대 설치해야 하는데 어째서 말을 들으려고
하지 않는가 라고 통지했다. 만일 일본인이 사찰하러 온다면 어떻게
되겠어요? 동시에 마지못해서라도 혼자서 돈을 내려 하지 않았다. 그녀
가 그 정도의 돈을 낼 수 있었지만, 그녀는 남들이 자기에게 저축이
있다는 것을 알게 될까봐 겁이 났다. 그녀는 먼저 샤오추이 처와 의논했
다. 곧 샤오추이 처도 샤오추이와 마찬가지로 돈을 내려 하지 않았다.
그녀도 그에게 자기의 수중에도 넉넉지 못하다는 것을 알게 해주었다.

젊은 추이댁에게 말했다. 노부인이 마음속에 아무런 묘책이 없는
듯이 눈을 껌벅거렸다.

"다른 집에 라디오 소리가 나는데 우리는 돈 쓸 수 없다니! 우리가

어쨌든 저 소리 나는 물건을 한 대 구해놓으면, 일본인이 우리의 잘못을 들추어내려 하지 않겠지!"

샤오추이 처는 정면으로 답하지 않았다. 떨어진 면 웃옷의 헤진 곳을 뜯으면서 머리를 숙이고 말했다.

"날씨가 빨리 더워집니다. 면 옷을 벗지 못해 정말 걱정되어 죽겠어요!"

그랬다. 겹옷이 라디오보다 더 중요했다. 마 노부인은 다시 더 말하면 눈치 없는 것이 아닐까? 그녀는 한숨을 쉬고 방으로 돌아가서 창순과 상의했다. 창순은 기분이 좋지 않아서 코맹맹이 소리로 답했다.

"내 장사는 완전히 끝장났어! 집집마다 라디오가 있으니, 돈 있는 사람이든 없는 사람이든 극을 들을 수 있다. 누가 나의 말상자를 들으려 하겠는가? 누가? 내 장사가 날아갔으니, 나도 라디오 한 대 살까? 정말! 일본인이 조사하러 온다. 내가 그들에게 이치를 따져볼까?"

"그들도 이치를 중시할 거야! 그들도 이치를 따지지만 모든 것을 잘 하던가? 창순아, 너를 이만큼 키우는 것이 쉽지 않았어. 나에게 화가 닥치게 하지 마라!"

창순은 절대로 사지 않기로 굳게 결심했다. 그는 할머니를 대접하려고 늘 유성기를 틀었다.

"일본인이 정말 검사하러 온다면 우리 집에 소리가 울리고 있으면 끝이야!"

동시에 그는 유성기판을 이미 천번 백번은 넘게 들었기 때문에 집에 있는 것이 아주 기분 좋지 않고 울적했다. 그는 생계를 꾸릴 다른 방법을 찾고 있었다. 그것 역시 할머니가 주야로 생각하지만 아직 방법을 찾아내지 못했다. 외손자에게 땅콩과 수박씨 등을 팔라고 해도 체면을 잃는 것이 아닐까 싶었다. 비교적 큰 장사를 하려 해도 자본이 없었다. 힘든 일을 시키려 해도 창순은 응석받이로 자라서 고생을 해보지 않아 걱정이다. 수예(손재주)를 익히지 않아서 무어 하나 잘하는 게 없었다. 이깃이 그녀에게 고민이었다. 이 때문에 그녀는 밤중에 잠을 이룰 수 없었다. 손자의 숨소리를 듣고 그녀는 몰래 일본인들을 욕했다. 그녀는 원래 그녀와 손자는 파리에게도 욕을 들어먹을 사람이 아니기 때문에, 일본인들이 절대로 그들을 못살게 굴지는 않을 것이라 생각했다. 좋아, 일본인들이 그들을 죽이러 오지 않았다. 그러나 창순이 할 일이 없는 것은 일본인이 남을 못살게 구는 귀신이기 때문이 아닌가? 그녀는 점점 쑨치와 샤오추이가 왜 일본인을 원망하는가를 분명히 알게 되었다. 그녀가 공공연히 대담하게 일문일답식으로 그들에게 의견을 발표하지는 않았지만 그들이 마당에서 일본인들 얘기를 할 때는 방 안에서 그들의 얘기에 귀를 기울인다. 창순이 방안에 없으면 그때는 크게 머리를 끄덕여 그들의 말에 동의를 표한다.

창순은 하루 종일 유성기를 들을 수는 없었다. 그는 이집저집 돌아다니기 시작했다. 그는 관 씨 집에는 가지 않아야 한다는 것을 알았다. 할머니는 그에게 근본적으로 관 씨 집 사람은 인간 같지 않다고 교육을 시켜놓았다. 그는 원씨 댁에 가서 얼황을 두어 곡 배우고 싶었다. 그러나 그녀는 그가 배우가 되는 것을 바라지 않기 때문에 틀림없이 샤오원 부부와 내왕하는 것을 반대할 것이라고 생각했다. 할머니는 리쓰예와 애기하러 가는 것은 반대하지 않지만 본인이 가고 싶지는 않았다. 왜냐하면 리쓰예는 덕은 높지만 학식이 별로 없기 때문이다. 그는 자기 손에 들어온 극본 몇 개를 되는대로 읽기만 했지 학자가 될 수 있는 밑바탕이 있다고 생각하지 않았다—노래 가사 책을 읽을 수 있다고 해서 곧 성현들의 책들도 외울 수 있을까? 이럭저럭 하다가 딩웨한을 만나러 갔다. 딩웨한이 한가할 때 영국 글 몇 개를 배워서 유성기 판 위에 서양 글자를 읽을 수 있으면 얼마나 좋겠나. 그는 일체의 서양 글자는 모두 영어이고, 딩웨한은 영어에 정통하다고 생각했다. 그러나 딩웨한이 그 글자를 모르는데 실망했다. 그래도 딩웨한은 나름대로의 논리가 있었다.

"영어도 중국어와 마찬가지로 백화가 있고 문어가 있다. 다시 말하면 쓰는 글자와 말하는 것은 크게 다르다. 내가 영국대사관에서 일할 때는 말로만 하면 된다. 영국글자를 읽으려면, 어릴 때부터 공부를 해야 하는데, 나는 유감스럽게도 어릴 때 공부를 못했다! 영국말, 나는 괜찮게 한다. 나는 황유를 빠터(butter)라 하고 차를 티, 물을 워터라 한다! 나는 모두 알아들을 수 있고 말할 수 있다!"

창순은 만족할 수는 없었지만 애기를 끝까지 들었다. 그래도 딩웨한을 존경하지 않을 수 없었다. 그는 빠터를 기억하여 집에 있는 기름을 가리키며 "빠이 빠터"라 불렀다. 할머니를 약 올리는 것 같았다.

딩웨한은 그를 만족시키지 못했으며 게다가 항상 집에 오지도 않았다. 그래서 창순은 루이쉬안을 찾아갔다. 루이쉬안을 친근하게 느꼈다. 그러나 루이쉬안의 문아한 모습을 보고 자신의 차림이 초라하여 감히 앞에 나서서 말을 걸 수가 없었다. 어느 날 루이쉬안이 뉴쯔의 손을 잡고 큰 나무 위에 앉아있는 까치를 보고 있는 것을 보고, 쭈뼛쭈뼛하다가 다가가서 말을 걸었다. 그랬다. 루이쉬안은 확실히 사람의 존경을 받았지만 쉽게 접근을 허용하지 않았다. 그렇지만 오만하거나 사람을 업신여기지 않았다. 이 때문에 쭈뼛거리다 가까이 다가갔다. 루이쉬안의 방안에서 그에게 유성기판 위의 영국글자를 가르쳐달라고 청했다. 루이쉬안은 모두 알 뿐만 아니라, 그에게 자세히 해석해주었다. 그는 루이쉬안을 경복하고 마음속으로 말했다. '사람은 어릴 때부터 공부해야 돼!'

창순의 알고자하는 마음은 아주 왕성했다. 그래서 매번 올 때마다 그의 말소리의 웅얼거림이 특별히 심해져서 손발을 어디에 둘지 몰랐다. 루이쉬안과 이야기를 하게 되자, 그가 들어보지 못한 말을 들으면 기분이 좋아서 루이쉬안에게 많은 문제를 공손하고 성실하게 물었다. 그는 상당히 총명하여 지식을 구하는 것을 좋아했다. 루이쉬안은 그가 어색해하고 불안해하지만, 지식을 구하는 마음이 간절하다는 것을 간파하고, 그에게 언제나 형편 닿는대로 오라고 이르고 예의 차릴 필요 없다고 말해주었다. 그래서 그는 마음 놓고 치 씨 집에 드나들었다.

루이쉬안은 누군가 와서 늘 얘기해주길 바랐다. 몇 년 전에 난징이 함락되었을 때 그의 마음이 캄캄해졌다. 그때 그는 애써도 말할 수가 없었다. 오히려 중·일전쟁이 영원히 끝나지 않을 것 같았다. 전투에 패배하면 다시 싸우면 된다. 정부가 다시 항전 계속을 선언하자, 그는 다시 비관하지 않았다. 그는 항상 자기에게 말했다. '싸우기만 해라.

나갈 길이 있다!' 한 해 겨울 그는 가죽 빠오가 없었다. 왜냐하면 가죽 빠오를 첸 선생의 병구완 하느라 전당포에 맡기고 찾아오지 못했기 때문이다. 그러나 그는 크게 불편한 것을 못 느꼈다. 아내에게서 매번 빠오를 찾아오라는 독촉을 들을 때마다 그는 웃기만 했다. '마음속에 열이 나면 몸은 춥지 않아!' 설이 다가오고 집에 아무것도 없어도 그는 조급해 하지 않았다. 마치 설 쇠는 것을 잊은 듯 했다. 윈메이는 마음속이 그렇게 평온할 수가 없었다. 노인들을 기쁘게 해드리고 아이들의 질문에 응답해야 하고 그녀는 반드시 좋게든 나쁘게든 준비를 해야 한다. 자기만이라면 설을 쇠는 것도 안 될 것이 없다. 그녀는 그를 독촉하지 않았다. 그래도 마음은 상당히 조급했다. 더 참을 수 없어져서야 겨우 질문을 했다.

"어떻게 설을 쇠지요?"

루이쉬안은 웃고 말았다. 그는 이미 설 쇠는 것 같은 일로 마음을 쓰고 싶은 마음은 없었다. 마치 겨울에 가죽 빠오가 있느냐 없느냐와 마찬가지였다. 그의 마음이 커졌다. 그는 비관적이고 냉혹한 인간으로 변할 생각은 없었으며, 분개해서 생활에 냉담해지고 싶지도 않았다. 그는 생활 중에 작은 일과 소절을 소홀히 했다. 그것은 마음을 굳게 먹고 명랑해지기 위해서였다. 그는 확실히 보았다. 평화를 사랑하는 미덕을 가진 민족이 용감하게 수족을 묶고 있는 족쇄를 끊고, 반드시 굳은 의지로 일어나서, 평화와 굳은 의지를 반죽하여 최고로 좋은 인품과 덕성을 이루어내고야 말 것이다. 그가 또 무엇을 걱정하랴? 산을 보고 누가 자갈 몇 개를 가지고 놀려고 하겠는가? 가죽 빠오가 있느냐 없느냐 설을 쇠느냐 마느냐 모두가 작은 돌이다. 그는 이미 큰 산을 보았다.

부인의 재촉에 못 이겨 그는 그녀가 외출할 때 입는 쥐색 빠오쯔를 전당포에 보내도록 했다. 원메이는 화가 났다.

"당신은 왜 전당포에 가는 것만 배웠소? 살아가면서 물건을 사다 보태야지. 우리는 왜 물건을 밖으로 내보기만 해요?"

사실 그녀가 유일하게 아끼는 의복일지라도 절대로 마음이 아파 성내는 것은 아니었다. 그녀가 항변하는 것은 가정의 살아가는 도리였다.

루이쉬안은 그녀가 버릇없이 물었지만 성을 내지 않았다. 그는 이미 이러한 사소한 일로 감정을 움직이지 않기로 결정했다. 고난 중에 희망이 그의 영혼을 세탁했다.

결과적으로 원메이의 가죽 빠오가 전당포로 갔다.

설을 쇠고 난 뒤, 개학하자 학교에서 5명의 선생이 보이지 않았다. 그들 모두가 베이핑에서 탈출했다. 루이쉬안은 탈출할 수 없는 자신의 처지를 부끄러워하지 않을 수 없었다. 동시에 그는 베이핑이 쓰레기 더미라는 생각을 고쳐먹었다. 그의 동료들 여럿이 베이핑을 탈출하는 모험을 감행했다. 그들은 쓰레기가 아니었다. 그들이 탈출하는 것은 즐기기 위해서가 아니고 노예가 되고 싶지 않아서이다. 베이핑에도 '사람'이 있다!

루이펑에게서 장차 각 학교에 일본인 비서를 두어 전교의 활동을 감시할 것이라는 말을 들었다. 그는 그것이 필연적이라고 생각했다.

그는 일본인 비서가 어떻게 학생들의 영혼에 형벌을 가할지 보기로 결정했다. 그는 가능하다면 몰래 학생들을 격려하고 위로하여 중국을 잊지 않게 하기로 했다. 그 일을 못하면 다시 사직하여 다른 일을 찾을 것이다. 가정의 노인들을 위해서라도 반드시 큰 위험을 피해야 한다. 그러나 가능한 범위 내에서 가능한 일을 함으로써 불완전하고 부끄럽더라도 자신을 용서하려고 했다.

천 선생이 보이지 않게 되자 그는 마음을 놓을 수 없었다. 그러나 그는 천 선생이 숨어버리지 않을 것이고 다른 사람에게 말하고 싶지 않은 일을 하려고 할 것으로 짐작했다. 그는 만약 정말 숨어버리려고 했다면 천 선생이 자기에게 말했을 것이라고 믿었다. 천 선생은 솔직한 사람이다. 솔직한 사람은 친구에게 말하고 싶지 않은 일이 있으면 그의 마음은 반드시 친구가 계획에 연루되는 것을 염려할 것이다. 여기에 생각이 미치자 자기도 모르게 한숨을 토하며 마음속으로 말했다. '전쟁이 사람을 창조한다! 나쁜 사람이 더 나빠지고 좋은 사람이 더 좋아질 수 있다!' 그는 천 선생이 장차 무슨 일을 하려고 할지 상상을 할 수 없었다. 그러나 그 노인이 생명을 아까워하지 않을 것이고 다시는 시를 음미하고 그림을 그리지 않을 것이라 믿었다. 천 노인의 일체는 아마 항전과 긴밀하게 연관되어 있을 것이다. 그는 몰래 술 한 잔을 들이키며 노 시인의 성공을 미리 축하했다.

동료들과 다른 사람의 탈출, 천 노인의 실종이 그를 흥분시켰지만, 법폐 사용 금지가 마음에 걸렸다. 자기 자신은 은행에 저축도 없었고 위폐와 교환하러 은행에 가지도 않았다. 그러나 그는 하나의 밧줄이 그와 일체의 사람들의 목을 꽉 조이고 있다는 것을 깨달았다. 일본인은 법폐를 거둬들여 위화로 바꾸어주었다. 동시에 종이를 이용하여 모두를 속였다. 화베이는 장차 종잇조각을 가지고 놀다가 진짜 "재산"을 잃어버릴 것이다. 화베이의 혈맥을 적들이 빨아먹었다. 중국의 은행은 평상시처럼 영업을 했지만 장사할 생각이 없고, 그렇다고 해서 문을 닫을 수도 없었다. 그럴듯한 건물을 보면 건물이 마치 종이 바른 "두고"처럼 보였다. 그는 은행 내의 사정을 완전히 모르더라도 성외의 시골 사람들이 이전처럼 법폐에 대한 신용을 나타내는 것이 기분이 좋았다. 법폐는 종이이고 위폐도 종이다. 그러나 시골 사람들은 위폐사용을 거절했다. 그러니 그것은 일종의 애국심의 발로 때문이었다. 그것은 심리적인 이유 때문이지 경제적인 이유 때문이 아니다. 그는 시골사람들의 이런 종류의 표현에 기분이 좋아질수록 은행을 대수롭지 않게 생각했다.

서점에서 새 책을 사는 것도 은행과 비슷했다. 책방은 보관하고 있던 새 책은 일본인들에 의해 압수되어 태워버렸다. 그들이 지금 찍어낸 책은 모두 "새" 책이 아니었다. 루이쉬안은 그들도 응당 문을 닫아야 했지만 평상시처럼 문을 열고 있었다. 루이쉬안은 책방을 들리거나 서가 사이를 어슬렁거리는 것을 좋아했다. 새 책을 보고 반드시 사는 것이 아니라, 책을 뒤적거리면 새 책이 지식의 꽃인 양 기분이 편안했다. 출판이 많이 될수록 문화가 창달되고 있다는 것을 알 수 있다. 현재는 《효경》, 《사서》와 《서상기》 등이 다시 인쇄되었지만 정말 새 책은 찾을 수 없었다. 일본인은 중국인이 사상을 발표하는 것을 허락하지 않았다.

　그랬다. 베이핑에는 돈도, 교육도, 사상도 없었다. 그래도 루이쉬안의 마음은 오히려 몇 달 전에 비해 더 통쾌했다. 그것은 절대로 일본인을 보는데 익숙해지고 그들의 횡포에 마비되어서 그렇게 된 것이 아니라 광명의 한 면을 보았기 때문이다. 그는 우리가 저항을 계속하기만 하면, 일본인의 계산이 모두가 헛수고가 된다는 것을 알았기 때문이다. 중앙 정부의 항전 계속 선언이 마치 그의 마음을 세탁해주는 설사약 같았다. 그는 이제 다시 이번 전쟁이 9·18과 1·28과 같이 유야무야로 끝나지 않을 것이라는 것을 의심하지 않았다. 이러한 믿음이 있으니 용기 또한 생겼다. 그는 일본인의 교육적, 경제적, 사상적 침략이 이렇게 국난에 뛰어들지 못한 사람 모두에게 징벌이 된다고 생각했다. 그는 마땅히 자기가 국가에 충성을 다하지 못한 죄를 인정하고, 용감하게 벌을 받아야 한다고 생각했다. 동시에 그는 어떤 고초라도 기꺼이 겪어야 하며 투항해서 절개를 잃지 않아야 한다고 결심했다. 좋다. 정부가 우한까지 물러났으나 그의 마음은 정부와 훨씬 가까워진 것으로 느꼈다. 그렇다. 일본인들은 지독해서 베이핑인들의 귀를 털어 막으려고 중앙방송 청취를 못하게 했다. 그리고 경극, 상성과 우는 소리 같은 일본 가곡으로 베이핑인들의 청각을 마취시켰다. 그러나 루이쉬안은 중앙방송을 듣고 방송기록을 볼 수 있는 방법을 모색했다. 그는 두어 명의 영국인 친구가 있었는데, 그들의 라디오는 일본인에게 빼앗기지 않았다. 중앙의 소식을 듣고 보면서 그는 자기가 중국인이라는 것을 새삼 깨달았다. 시시각각 전쟁 중의 모든 중국인의 희로애락을 나누어 누렸다. 만약 불행히도 곧 죽으면 자기의 영혼은 중앙으로 날아갔을 것이다. 그는 자기는 절대로 신경병은 앓지 않을 것이라고 생각했다. 평화를 사랑하는 마음이 절대로 전쟁 숭배로 바뀌지 않을 것이기 때문이다. 그는 톨스토이, 러셀, 로망로랑의 반전 글을 읽고, 인류 최대의 적은 대자연이고 인류 최대의 사명은 자연을 정복하여 인류가 영원히 존재하는 것이라 믿었다. 인류는 서로 죽여서는 안 된다. 그러나 중국의 항전은 절대로 무력을 남용하여 살상을 좋아해서가 아니고, 세계를 위해서 하나의 평화적이고 고아하고 인도적 문화를 보존하기 위한 것이다. 이것이 최대의 사명이다. 모든 지식인은 가슴을 펴고 이 중임을 담당해야 한다. 평화를 사랑하는 사람이 용기가 없으면 평화는 굴복을 의미하고, 보신은 구차하게 살아남는 것이다.

큰 제목의 기사를 보다가 때때로 작은 사건을 놓쳐버리기 쉽다. 신민회신문사 위에 승리를 경축하기 위해 큰 기구를 띠었다. 누차 사람들이 줄을 끊어버렸다. 어떤 한간은 총알이 들은 편지를 받았다. 모모 지방에 항일 전단이 발견되었다… 이런 작은 일들이 그를 흥분시켰다. 그는 항전의 어려움을 안다. 이러한 작은 표현이 절대로 적을 쓰러뜨리지 못한다. 그러나 그가 흥분이 되고 기분이 좋은 것은 어쩔 도리가 없다. 왜냐하면 이러한 작은 사건이 큰 제목이 붙은 사건의 작은 주해이기 때문이다. 사건은 작지만 작은 신경들이 모여서 뇌의 중추신경으로 통하는 것처럼 서로 밀접하게 관련이 있기 때문이다.

태을장의 승리가 그의 이러한 확고한 믿음을 일종의 신앙으로 승화시켰다. 시창안제에 큰 기구가 올라가고 베이핑 라디오 방송국과 신문이 일제히 일본의 승리를 선전했다. 일본군의 군사 전문가가 실은 허다한 논문에서 이번 전투가 탄넨베르크(독일의 장군)의 섬멸전과 비슷하다고 했다. 루이쉬안은 혼자 오히려 국군이 승리했다고 믿었다. 그는 큰소리로 소리쳐서 적들의 거짓말을 믿어서는 안 된다고 사람들에게 말할 수가 없는 것이 한이었다. 그는 기구를 그대로 두어서 우리의 승리의 기치로 펄럭이게 둘 수밖에 없었다. 그는 다만 혼자 기분이 좋아서 관 씨 댁 라디오에서 흘러나오는 소리에 경멸의 미소를 보냈다.

정말이다. 기회가 있어도 그는 베이핑인이기 때문에 미친 듯이 소리치지는 않을 것이다. 그의 목소리는 시를 읊는 데 쓰이기 적당했다. 베이핑의 장엄, 엄숙이 미친 듯이 소리 지르고 소란을 피우는 것을 허락하지 않았다. 그의 목소리는 오로지 온화할 뿐이어서 베이핑의 조용함과 평화스러움과 어울리게 되어 있었다. 그렇더라도 그의 마음은 우울했다. 그는 누구와 이야기하고 싶었다. 마침 이때 때맞추어 창순이 왔다. 창순은 젊고 어릴 때부터 할머니에게 엄격한 교육을 받았지만 할머니가 젊은 사람의 열기를 모조리 없앨 수는 없었다. 그는 루이쉬안의 이야기를 좋아했다. 할머니의 말은 모두가 '하지마라'로 끝난다—말을 많이 하지마라! 남의 험담을 하지마라! …마라!—루이쉬안의 말은 거의 모두 '우리는 응당'으로 시작했다. 할머니의 말은 그의 마음을 축소시켜 한 개의 둥근 총알이 되어 손에 꼭 쥐어졌다. 루이쉬안의 말은 그렇지 않았다. 그의 말은 그를 흥분시키고 마음에 열이 나게 하고 눈에서 빛이 나게 했다. 그는 루이쉬안의 '중국은 절대로 망하지 않는다!'라는 말이 좋았다. 루이쉬안의 말은 때때로 알아듣기 쉽지 않고 주의해서 듣지 않으면 알 듯 모를 듯했다. 그는 두어 마디 못 알아들어도 무슨 관계냐? 오히려 '중국은 망하지 않는다' 한 마디면 충분하다고 생각했다.

창순은 루이쉬안의 말을 듣고 다른 사람에게 전해주고 싶었다. 지식과 감정은 모두가 밖으로 새어나가게 되는 물건이다. 그는 당연히 할머니와는 얘기할 수 없었다. 할머니는 왜 늘 치 씨 댁에 가느냐고 물은 적이 있다. 그는 몰래 눈알을 굴리며 거짓말을 했다.

"치 씨 댁 큰 아드님이 나에게 영어를 가르쳐주셔!"

할머니는 외국인은 모두 베이핑 사람이 같은 말을 하듯이 동일한 말을 쓰는 것으로 알았다. 그렇지 베이핑이 일본인에게 점령되어 있으니 손자가 외국어 몇 마디 말한다면 아마 쓸 곳이 있겠지. 이 때문에 그녀는 손자가 치 씨 댁에 가는 것을 막지 않았다.

그러나 오래잖아 파탄이 났다. 그는 쑨치와 샤오추이에게 자기의 지식을 드러냈다. 지식을 두고 말한다면 이 세 사람은 원래가 차이가 없었다. 다만 나이가 영원히 달랐다. 평소에 쑨치와 샤오추이가 창순과 이야기할 때마다 이 둘은 항상 나이를 들어서 창순을 압도했다. 창순은 마음이 편치 않아도 반항할 좋은 방법이 없었다. 할머니가 항시 너보다 나이 많은 사람과 다투지 말라 하지 않으셨던가? 지금은 그가 한 사람씩 말을 해서 쑨치와 샤오추이가 나이를 들이대도 아무 소용이 없게 했다. 하물며 샤오추이는 나이도 불과 몇 살 많고 창순은 솔직히 말해 샤오추이의 큰동생에 해당했다.

좋아, 마 노부인은 이미 근래에 쑨치와 샤오추이의 반일 언론을 동정했다. 그러나 자기 손자가 자기의 의견을 도도하게 발표하는 것을 듣고 곧 두려운 생각이 났다. 그녀는 치 씨 댁에서 창순을 "(애를) 버려놓았다"고 생각했다.

그녀는 창순에게 먹고 살 방도를 찾아주고 싶었다. 항상 그에게 여기저기 가서 살피고 다니라고 했지만 좋은 곳이 없었다. 적당한 일자리 다음으로 외손에게 짝을 찾아 장가를 보내는데 그녀의 모든 마음을 집중했다. 그녀 자신에게는 외손 밖에 없고 청씨 집도 뿌리가 하나밖에 없었다. 그녀는 절대로 손을 떼고 창순이 좋아하면 그대로 따를 순 없다. 이것이 그녀의 최대 책임이고 절대로 뿌리칠 수 없는 책임이다! 일본인이 횡포를 부리더라도 손자의 결혼을 막지 못할 것이며, 아들이나 딸을 낳지 못하게 할 수도 없을 것이다. 그녀 자신이 이 세상에서 일본인들의 노여움을 당해야 하더라도, 창순의 자식은 능히 태평성대를 누릴 수 있을 것이다. 청씨 댁이 복을 누릴 후대가 있다면, 그들은 늙은 할미를 잊지 않을 것이고, 그녀의 사후에 분향과 소지해줄 사람이 반드시 있을 것이다.

노부인은 사정이 이렇게 분명하니 마음이 굉장히 가뻤다. 그녀는 자기의 손에 이미 가장 믿을 수 있는 물건을 쥐고 있으니, 살기가 아무리 어려워도, 일본인이 아무리 무서워도, 자기를 이길 수 없다고 생각했다. 그녀는 일체의 곤란을 극복할 수 있다. 그녀는 손에 만년 동안 변하지 않은 물건을 쥐고 있다. 한(汉)나라 때부터—그녀의 가장 먼 왕조가 한 대이고 지금에 이르기까지 영원히 변하지 않았다—현재까지 그녀의 눈이 밝아지고 광대뼈에 갑자기 붉은 윤기가 흘렀다.

루이쉬안 쪽에서는 창순이가 자기 이야기를 그렇게 빨리 흡수하여 마음에 어떤 변화를 일으키리라 생각지 못했다. 학교 안에서 그는 쉽게 학생들과 한담을 하지 않는다. 기회가 와도 그는 자기의 말을 받아들여서 큰 효과를 거두리라 생각지 않는다. 학교 안에는 교사도 많고 학생들이 듣는 말도 많아서 학생들의 귀가 굳어져서 쉽게 그들의 감정을 움직이게 할 수 없다. 창순은 중학에 들어가지 않았으므로 간단한 사수 더하기 빼기와 눈앞의 몇 개 글자들 외에 거의 아는 것이 없었다. 이 때문에 그의 감정은 쉽게 격동한다. 마치 거친 사람이 남의 선동을 쉽게 받아들여 무기를 들어 싸우려 덤벼드는 것과 마찬가지다. 어느 날 한참 뜸을 들이더니 한 마디 했다.

"치 선생님! 제가 종군하는 것이 어떻습니까?"

루이쉬안은 한참이나 대답을 하지 못했다. 그는 자기의 한담이 이 청년의 마음에 저렇게 큰 효과를 내리라고 생각을 못했다. 그는 갑자기 하나의 사실을 발견했다. 지식이 많지 않은 사람이 오히려 쉽게 깊이 감동한다. 그 감정의 근원은 우리의 오래된 문화에 뿌리박고 있다. 어떤 사람이라도 쉽게 지식을 획득한다. 그러나 성정은 하루아침에 배양되는 것은 아니다. 상하이나 태을장의 무명용사들 중에 얼마나 많은 사람이 교육이라고는 받지 않은 시골 사람들이 아닌가? 그들은 아마 "국가"라는 글자도 쓸 줄 모를 것이다. 그러나 그들은 죽음을 돌아가는 것으로 보고 국가를 위해 생명을 바쳤다. 동시에 그는 자기와 같은 지식인은 오히려 앞에는 시랑이 있는 듯, 뒤에는 호랑이가 있는 듯, 용감하게 나아가지 못한다는데 생각이 미쳤다. 지식이란 정감의 장애물과 같다. 그가 이렇게 생각하고 있을 때 창순이 말했다.

"일본인이 강제로 라디오를 사서 비치하라 하지 않았으면 저는 매일 장사하러 다녔을 것입니다. 어떻게 생각하세요? 나라가 망하려고 하는데 몇 장의 유성기판이 나의 생명을 구할 수 있을까요? 저는 할머니를 나몰라라 할 수는 없습니다. 그러나 사정은 여기까지요. 저는 항상 할머니를 위해서 살 수 있습니까? 사람들이 전쟁을 한다. 누가 집이 없는 사람이 있나요. 노인이 없는 집이 있나요? 모두가 나라를 위해 목숨을 바치는데, 나도 응당 전투를 하러 가야죠! 안 그래요? 치 선생님!"

루이쉬안은 말이 나오지 않았다. 이치를 따져볼 때 모든 중국인은 자기의 조상 분묘와 문화를 지키기 위해 응당 전투를 해야 한다고 알고 있다. 그러나 감정적으로 볼 때 중국인이기 때문에 먼저 개개인이 당할 곤란을 생각해야 한다. 그는 생각했다. 창순이 할머니를 버려두고 종군한다면 할머니는 어떻게 하냐? 동시에 창순을 막지 않으면 셋째가 베이핑을 탈출하는 것을 막을 수 없는 것과 마찬가지가 된다.

"치 선생님, 당신이 보시기에 제가 보병이 되는 것이 좋아요, 포병이 되는 것이 좋아요?"

창순은 코맹맹이 소리로 물었다.

"저는 포병이 되고 싶어요! 당신이 보듯이 적 대대를 조준하여 뻥 터뜨리고 큰 파편마다 한 명씩 죽이면 얼마나 좋아요!"

그는 이렇게 천진하게 말을 하고 이렇게나 열성적이었다. 그의 코맹맹이 소리도 귀를 즐겁게 하는 듯 했다.

루이쉬안은 다시 멍하게 있을 수 없었다. 웃으면서 말했다.

"조금 기다려라. 우리 조심스럽게 생각해보고 다시 얘기하자!"

그의 말은 힘이 받쳐주지 않고 결단력도 없고 의미도 없었다. 입에 톱밥이 그득한 것 같았다.

창순이 가고 난 뒤 루이쉬안은 낮은 소리로 자신을 나무랐다.

"너, 루이쉬안아, 너는 영원히 아무 일도 못할 놈이다! 너의 마음은 물러 터져서 영원히 남이 고생하도록 시키지는 못한다, 그래! 오늘 눈앞의 적들은 독사나 맹수보다 몇 배나 더 독하다! 한 사람 노파의 가련함 때문에 뜻있는 청년이 종군하려는 것을 기꺼워하지 않았다!"

자기를 나무라기를 마치자 그는 생각이 났다. 그것은 소용없는 일이다. 창순은 반드시 다시 와서 물을 것이다. 그때는 무어라고 대답하지?

37

다츠바오는 성내 모든 기녀의 양어머니가 되었다. 가오이뤄는 그녀의 최고로 힘 있는 '태감(내시)'이 되었다. 까오 선생은 원래 약초를 팔던 사람이었다. 어찌 되었든 일본에 한 번 다녀오고 일본에서 돌아와 마음대로 의사 상호를 걸고 의사 노릇을 했다. 그는 신중하게 출신의 비밀을 지켰다. 그런데 환자를 만나면 약초상 시절을 잊지 않고 대충 얼버무리고 되는대로 허풍을 떨었다. 그의 말은 입술보다는 몇 배나 더 뛰어났다. 입 이외에 그는 '(무대)의상'이 선명했다. 그는 언제나 문을 나설 때는 용모를 뽐내기 위해 아름다운 옷과 신발을 신었다. 강호에서는 용모를 뽐내는 것이 아주 중요했다.

오래되고 낡은 문화는 아주 복잡하게 된다. 여기에 다시 외래문화가 더해져서 더 복잡하게 되어 종잡을 수 없게 된다. 살아가는 길에 마치 큰 비가 지나고 난 뒤에 허다한 소로가 나타나, 곧 이 소로들이 모두 밥 먹는 곳으로 통하는 것과 같다. 우리의 문화 내에 허다한 의술들이 병을 치료한 경험이 있고, 이러한 많은 경험을 보유한 사람과 실행한 사람들이 의사가 될 수 있는 것으로 생각한다. 과학적 의술이 서방에서 전해지자, 우리는 아스피린이 만응정을 대신하고, 통창고약을 안씨 고약이 대신하는 것으로 생각한다. 중국인은 옛 처방을 보존하는 것을 좋아하고 새로운 것을 쉽게 거부하려 하지 않는다. 이 때문에 이러한 시대에 의사 노릇 하려면 중·서 의술 그리고 옛 처방과 신 처방을 겸용하든지 해야 한다. 이것은 마치 중국요리를 서양식으로 먹는 것과 마찬가지다. 그 위에다 연회에 기생을 불러 큰 소리로 가위바위보 놀이로 술 마시기 하는 것과 마찬가지다. 가오이퉈 선생은 이런 종류의 신구(新 旧)를 겸한 의사라 할 수도 있고, 신(新)도 아니고 구(旧)도 아닌 문화계의 경계에서 아무도 손대지 못할 지대에서 밥 벌어 먹고 있는 대표자였다.

그의 장사는 애석하게도 별로 잘되지 않았다. 그는 자기 능력이나 학식을 성찰해보려 하지 않았다. 그런 식으로 나가다가 완전히 자신을 잃고 '중·서 의술 통달'이라는 편액을 내리지 않을 수 없었다. 그는 다만 자기의 운이 크게 좋지 않다고 원망하고, 동시에 다른 의사들의 질투와 경시를 원망했다. 그는 서의는 중국 의술을 잘 모르고, 중의는 과학을 몰라서 대개 살인을 저지르는 돌팔이라고 비평했다.

다츠바오가 그를 돕기로 약속하자 그는 자신을 알아주는데 감격하지 않을 수 없었다. 그의 의술은 중·서 의도에 통달했으므로 시대의 수요를 잡았다고 느꼈다. 기녀 여검사소의 비서는 하늘이 땅에 설치해준 기회라 여겼다. 그는 일본말 회화 몇 마디 할 줄 알고 일본인을 어떻게 맞이하는지도 알았다. 그의 복장은 기녀를 놀라게 할 정도였고 그의 응대하는 말은 매끄러웠다. 그는 각 방면의 경험으로 능력이 충분하여 맡은 일을 훌륭히 수행하여 경륜을 크게 펼칠 수 있었다. 그는 원래 아편쟁이였지만 수입이 여의치 않아서 매일 규칙적으로 피우지 못했다. 이제는 그렇게 많지는 않지만 정규적인 수입이 있어서 매일매일 규칙적으로 아편을 피우고 식사하는데 불편하지 않았다. 지금 그의 고정된 수입은 눈에 띄게 많아지지 않았지만, 다츠바오가 술수를 부려서 기녀들에게서 뇌물을 빨아먹기 시작하자, 그도 거기서 응당 이득을 볼 수 있었다. 그래서 그도 곧 매일 아편을 피우기로 결심했다. 첫째는 일본인이 중국 아편쟁이를 좋아하고, 둘째는 기녀들과 내왕하니 아편 피우는 것이 처지에 어울렸다.

다츠바오를 표면상으로 그는 어디나 모시고 다녔다. 그는 거의 "오래" 관 씨 집에 있었다. 모두가 카드놀이를 할 때 사람이 모자랄 때가 아니면 절대로 참가하지 않았다. 그의 카드 치는 솜씨는 대단했지만 "술을 많이 먹을수록 돈은 적게 걸어라"는 격언을 알고 있어서, 형편이 좋지 않은 듯이 빠져버린다. 빠지지 않을 때 그는 항상 다츠바오 뒤에서, 때때로 자기 생각을 말해서 그녀가 참고 하게 한다. 그는 또 그녀에게 차를 따라 주고, 담배에 불을 붙여주고, 팁셈을 챙겨준다. 때때로 그녀의 흐트러진 머리를 다듬어 준다. 그의 모양, 차림, 자태, 동작은 모두가 부자집 도련님이 야유회에 따라가서 먹고 마시는 것을 도와주는 식객 같았다. 다츠바오는 그를 완전히 신임해서 그가 돌봐주면 편안하게 생각했다. 다츠바오가 차에 오르내릴 때는 언제나 부축해 주었다. 그녀가 새로운 머리 스타일을 선보이려 하면 혹은 패션을 새롭게 하려고 할 때 언제나 그가 의견을 제시한다. 그녀의 남편이 전에 그 정도로 은근하게 대한 적이 없었다. 그는 서대후의 리리엔잉 이었다.

그러나 그의 마음속에는 다른 계산이 있었다. 그는 다츠바오의 신임을 완전히 획득해야 했다. 그래야만 돈푼이나 얻어먹을 수 있을 것이다. 손 안이 충실해진 이후에, 그는 일본인에게 직접 운동을 해서 다츠바오와 맞서거나 혹은 위생국을 손 안에 장악하고 싶었다. 그가 만약 진짜로 위생국장이 되면 카드놀이 할 때 다츠바오가 등 뒤에 서서 그를 보살펴야 할 것이다.

관샤오허에 대해서는 소장의 남편으로 볼 뿐 안중에 없었다. 그는 대단히 실제적이고 관샤오허는 매우 한가로워서 지나친 예의는 차리지 않았다. 관 씨 댁에 오는 사람 리쿵산, 란둥양, 루이펑 부부, 모두와 관계를 맺었다. 모두 주임, 과장으로 떵떵거리지만 모두가 자기가 어떤 뜻을 가지고 그들과 사귄다는 것을 알게 하고 싶었다. 그는 모두가 자기를 가련하게 생각하고, 모두가 자기를 기꺼이 등용해 주리라 생각했다. 그가 그들과 지위나 금전에 어깨를 겨루고, 형 동생처럼 될 때는 자신의 기질과 거만을 다시 내보일 것이다. 그의 기질과 거만은 가슴 속에 숨겨두었다! 주임과 과장소리가 울리고 난 후 그는 냉랭하게 관 "선생"이라 불러서 관샤오허의 얼굴에 소름이 끼치게 할 수 있을 것이다.

관샤오허, 둥양, 루이펑은 의형제를 맺었다. 샤오허는 다섯 살 아래였지만 옛날식으로 "대형"이 되었다. 그는 둥양과 루이펑의 관운을 부러워하고 그들의 젊음과 능력을 부러워했다. 당초에 결의할 때는 기분이 아주 좋아서 그들의 큰형 노릇을 할 수 있었다. 해가 저물어 가지만 여전히 관직에 나가지 못하자 그는 약간 위협을 느끼게 되었다. 흰 머리카락을 볼 때마다 한 올씩 뽑아버리지만, 늙어도 관직을 얻지 못하지 않을까 하는 생각이 났다. 아니 그의 능력, 경험, 체통이 더럽고 냄새나는 란둥양이나 바보 같은 루이펑보다 왜 못한가? 그는 마음속이 조급해졌다. 가오이퉈는 그에게 큰 자극을 주었다. '선생'이라는 냉랭한 말이 무정한 비수처럼 가슴을 찔렀다. 그가 두어 마디 멋진 말을 생각해내어 가오이퉈를 떨게 만들면, 일시적으로 기분이 좋겠지만 부인에게 미움을 산다. 가오이퉈는 부인의 총아가 아닌가, 참을 수밖에 없었다. 마음속에는 뜨거운 물이 끓고 있었지만, 얼굴에는 흔적을 드러낼 수 없었다. 그는 자신이 교양 있는 사람이라는 것을 증명할 필요가 있다. 그는 부인에게 특별히 친절하게 대해서 그녀를 기분 좋게 한 후, 가오이퉈에 대한 나쁜 소리를 해서 부인을 그에게서 떼어내어야 한다. 그녀는 자기의 부인이니 가오이퉈가 종일 늦게까지 같이 있지만 자기와 잠자리에서 말을 나누는 것을 막지는 못한다. 그는 이미 퉁팡 방에 많이 자러 가지 않는다.

다츠바오는 남자 같을지라도 여자라서 남자의 사랑을 필요로 한다. 서태후조차도 예외가 아니었을지 모른다. 그는 물론 가오이퉈의 능력

55

을 알아보고 자기에게 은근하다는 것을 알았다. 그녀가 연세가 높고 원하는 것으로 보아도 그녀는 다시 18~19살의 처녀 같은 춘몽을 꿀 수는 없다. 그러나 평일에 잘 차려 입는 것이 우연이 아니고 그녀가 붉은 색을 좋아하는 것은 대체로 심중의 우울을 보충하기 위해서이다. 허다한 옛 일에서 그녀는 남편이 자기를 진심으로 사랑하지 않는다는 것을 안다. 현재는 그녀가 기녀들과 왕래하면서 자기의 권위에 만족하지만 그녀들의 구애되지 않는 방랑을 부러워했다. 그녀는 시간이 없어서 그녀들의 처지를 생각하고 그녀들의 고통을 생각해보지 않았다. 그녀는 자기의 존재에 관심을 두지, 절대로 남의 입장이 되어서 생각해보지 않았다. 그녀들이 그녀에게 청춘끼를 불어 넣어 주었지만 자기도 마음으로부터 아름다운 꽃송이를 피워내고 싶어 했다. 그녀는 가오이뭐를 높이 평가하지 않았다. 그러나 가오이뭐의 은근은 은근일 뿐이다. 그녀는 20~30년대에 누가 나에게 저렇게 은근한 적이 있었나? 그녀가 어떤 모양으로 화장하고 차려 입어도 사람들은 모두가 그녀는 개나 곰이고, 개나 곰치고는 예쁘다고 생각했을 뿐이다. 그녀는 손님들은 가오디나 자오디 아니면 퉁팡에게 눈길을 주지 자기에게는 주지 않는다는 것을 알았다. 그들이 그녀를 본다면 그녀는 곧 그들에게 예비 차나 음식을 내다주었다. 그들의 눈에 그녀는 주부로 보였지만 크게 여자 같지 않은 주부로 보았다.

처음 소장이 되었을 때 그는 확실히 기분이 좋아서 최대의 도량을 보이고 퉁팡도 포함하여 모든 사람들에게 관용을 베풀었다. 소장놀이가 주는 재미도 참신한 맛을 잃자, 그녀는 자기의 내실을 다질 필요가 있다고 생각하고 그래야만 자기가 임명된 시초처럼 계속 만족할 수 있다고 생각했다. 제일 먼저 퉁팡을 생각했다. 일개 부녀로서 소장까지 될 수 있었으니 자기는 여중호걸임에 틀림없다고 생각했다. 다만 모든 것을 다 얻을 수 없다. 그녀의 남편은 완전히 자기 것이 아니다. 그녀는 당연히 이 문제를 곧 해결해야 한다. 평소에 남편은 퉁팡에 기울여져 있었다. 이제는 그녀 자신이 소장이니 반드시 소장의 위력을 발휘하여 남편을 압박해서 눈에 가시를 뽑아버려야 한다.

샤오허가 가오이퉈를 배척하기 위해서 특별히 그녀에게 가까워지려고 노력했지만 그녀는 남편의 본심을 알지 못했다. 그녀가 하는 일은 비판의 여지가 없었기 때문이었다. 그녀는 남편이 자기의 기분을 알아주고 군신의 의(义)를 승인하자마자 부부의 사랑도 회복되기 바랐다. 그녀는 퉁팡에 대한 총 공격을 개시했다.

이번의 퉁팡에 대한 공격은 종전의 공격과는 같지 않았다. 종전에는 그녀의 무기가 욕하고 싸우는 것이었다. 이런 무기는 퉁팡도 한 가락 했다. 게다가 퉁팡의 입은 그녀보다 더 날카로웠다. 현재 자기는 소장이다. 그녀는 이제 창녀 굴 안에서 물고기 병정, 새우대장을 지휘하여 작전을 꾸밀 수 있다. 권력이 있는 사람은 매우 사나울 수 있고 사나운 것이 바로 위세이다. 그녀는 원래 퉁팡을 대문 밖으로 쫓아내버리면 되는 것으로 여겼다. 그러나 그녀는 한 수 더 떠서 퉁팡을 창녀 굴로 쫓아버리기로 결정했다. 일단 퉁팡이 창녀 굴에 끌려 들어가기만 하면 다츠바오는 고기병졸 새우대장을 지휘하여 그녀를 감시하게 하여 영원히 거기에 처박아 못 나오게 할 수 있다. 원수를 타도하는 것은 원수를 자기 계획대로 자기가 지정한 장소에 처박아 두는 만큼 통쾌할 수 없다. 그녀가 보기에 매음굴이 퉁팡에게 가장 어울리는 감옥이다.

다츠바오는 늘 사무실에 나가지 않는다. 이 때문에 기녀 여검사소 입구에 당도하면, 세 명의 15~16세 아이가 기녀들에게 소리를 지른다. 그들이 따라 들어가서 재빨리 늙은 기녀들을 둘러 세운다. 그녀는 문 밖에 있는 간판의 "기녀"라 글자를 문아한 글자로 바꾸고 싶었다. 그러나 기관의 명칭을 쉽게 바꿀 수 없었다. 이 때문에 그녀는 다만 자기의 존엄을 늘 지킬 수 없었다. 공문이 있으면 가오이퉈가 그녀가 볼 수 있도록 집에 가지고 왔다. 정상적인 사무에 이르면 그녀는 직원이 대신 하도록 방심했다. 왜냐하면 직원을 친정 사람들로 물갈이를 했기 때문이다. 그들은 모두 자기 친척이고 지금까지 그녀가 얼마나 무서운가를 알고, 현재는 그녀의 부하임으로 있는 힘을 다해 애쓰지 않을 수 없었다.

집에서 사무를 보기로 결정하고 퉁팡이 루이펑에게 주기로 했던 방으로 이사하도록 명령했다. 그리고 퉁팡의 방은 고쳐서 세 번째 응접실로 만들었다. 북쪽방은 제1호 응접실로, 가오디의 방을 제2호 응접실로 했다. 귀객이 오면 최고 기녀와 함께 제1호 응접실에서 그녀와 접견했다. 이렇게 하여 첫째로 관 씨 댁에는 매일 귀한 손님이 문을 메웠다. 왜냐하면 귀객은 형편대로 기녀와 함께 차를 마실 수 있기 때문이었다. 두 번째 응접실은 중등 친구에게 제공하여 이등 기녀를 준비해 주고 가오디가 대접했다. 궁한 친구들과 3등 기녀는 모두 3호 응접실에서 퉁팡이 찻물 등을 준비해 준다.

1호와 2호 응접실에 카드놀이용 탁자가 비치되어 있다. 마작, 포크,

야바오, 파이지우 등 손님의 요구에 부응하게 했다. 놀이할 때 거는 돈의 액수는 완전히 무제한이었다. 무슨 놀이를 하든 일률적으로 개평을 뗐다. 개평은 매우 컸다. 왜냐하면 고급 담배가 한 번에 열 갑이 나오고 방 안의 네 귀퉁이에는 손님이 손만 뻗으면 담배를 집을 수 있게 되어 있기 때문이다. 더운 물은 주야로 떨어지지 않았다. 고급 담배와 용정차는 손님이 청하면 곧장 따라주었다. "간편식"이 매일 4~5탁자 차려졌다. 손님이 많아도 술과 식사는 관 씨 댁의 수준을 유지했다. 뜨거운 물수건은 3~5분마다 아름다운 어린 기생이 일차로 갈아주었다. 물수건은 소독이 되어있었다—이것은 가오이튀의 생각이 었다.

특호의 손님만이 다츠바오의 침실에 갈 수 있었다. 그 곳에는 영국대사관에서 온 홍차, 브랜디와 큰 태주 담배가 있었다. 거기에는 또 아주 정교하게 만든 아편 파이프가 있었다.

다츠바오는 근래에 복이 만개했다. 얼굴의 주근깨조차 영국대사관에서 온 빠따를 바른 것 같이 빛이 났다. 그녀 손가락지가 모두 살로 덮였다. 그녀의 손가락이 속을 꽉 채운 소시지 같았기 때문이다. 그녀의 피부와 살이 발복하니, 그녀의 거드름이 더해진 것 같았다. 매일 그녀는 반드시 주의해서 립스틱을 칠했다. 그리고 그녀가 좋아하는 붉은 조끼 혹은 긴 빠오를 입고 방에 앉아서 사무를 보고 손님을 접견했다. 그녀의 눈과 귀는 집 전체를 장악했다. 그녀의 기침소리와 하품소리는 일종의 신호였다—2호와 3호 응접실 손님은 소란을 피우면 아주 불길해진다. 그녀가 곧 대포소리 같은 기침을 두어 번 해서 그들을 정숙하게 만든다.

그녀가 만약 피곤하여 공습경보 비슷하게 하품을 하면 손님은 모두 알아서 물러간다.

그녀는 방 안에 앉아있는 것이 싫증이 나면 마치 전함의 함장처럼 각 방을 검열한다. 이 기회를 틈타 두번째 세번째 손님이 그녀에게 온 뜻을 보고한다. 그녀가 고개를 끄덕이면 '좋다' 라는 의미이며 곧 실행에 옮기도록 허가한 것이다. 아무 표시가 없으면 그것은 곧 반대한다는 의미였다. 만약 물정을 모르는 손님이 집요하게 무엇인가를 요구하면, 그녀는 곧 유통팡을 심하게 꾸짖는다.

점심을 먹은 후 그녀는 잠시 낮잠을 자고 싶어 한다. 그녀가 침실 커튼을 내리면 집안사람 모두가 곧 숨을 죽이고 발끝으로 걷는다. 특호의 손님이 있으면 낮잠을 희생할 수 있고, 정신도 피곤해 보이지 않는다. 그녀는 역시 타고난 정객이다.

날씨가 좋으면 그녀는 자오디가 아닌 루이펑 부인 혹은 그녀가 가장 총애하는 아가씨를 대동하고, 중산공원이나 베이하이로 산보 가서 그녀의 머리 양식과 패션을 전시한다 ― 새로 귀하게 된 가족들이 특별히 그녀를 기다리고 있다가, 그녀의 머리 스타일과 옷의 패션을 모방한다. 이 방면에서 그녀의 창의력은 사람을 놀라게 한다. 그녀의 영감의 원천은 두 군데였다. 하나는 기녀이고 하나는 공원의 미술 전람회였다. 기녀는 아름답게 꾸미지 않으면 안 되었다. 그러나 역사상 민국 이전에는 명기들 중의 많은 사람들이 상하이와 쑤저우에서 나왔다. 그녀들이 복장과 새로운 패션을 베이핑으로 가지고 와서 베이핑 여인들이 부러워하며 몰래 모방했다. 민국 이후에 기녀의 지위가 높아지고, 여자 교육이 점점 더 발달해서, 머리를 어떻게 빗고, 어떤 양식의 옷을 입을지에 자유가 있게 되자, 여자들은 밖으로 창조 역량을 발휘하게 되었다. 이렇게 기녀들의 몸치장이 부녀들의 우아함에 의해 압도되었다. 이 방면에서 기녀들이 영도적 지위를 잃었다. 다츠바오는 눈이 있어서 자기 양녀의 얼굴에서 머리에서 몸에서 다리에서 몇 년 전의 풍도와 격식을 발견하고 추측을 더 보탰다. 그녀는 사람들의 생각에서 몇 년 전 이미 지나간 시대에 유행한 머리 양식을 회복하여 최신식 복장과 어울리게 한다. 그녀는 상당히 대담해서 조화되지 않는 것에서 조화를 만들어내었다. 불행히도 어울리지 않으면, 그녀의 기백으로 다른 사람의 눈을 압도하고, 용감하게 사람을 놀라게 하는 솜씨를 발휘하여, 만리장성처럼 아름답지는 않지만, 사람의 마음을 전율하게 하는 짓을 한다. 그녀가 이렇게 분장을 할 때는 대개 자오디를 데리고 어슬렁거린다. 자오디는 철저히 현대 처녀다. 어머니가 상대의 허를 찌르는 방식을 모방하려 들지 않는다. 그래서 늙은 여인과 젊은 여인, 정상과 기이함이 어울려, 어머니의 특이함을 돋보이게 해서 오히려 딸이 평범해진다. 그녀가 야릇한 기분일 때는 그녀가 오히려 루이펑부인을 데리고 간다. 그녀가 자오디의 젊은 아름다움이 그녀에게 적잖은 위협을 준다고 생각하여 자오디를 데리고 가지 않는다.

공원 안에 전람회가 열리면 그녀는 반드시 한번 둘러본다. 그는 산수, 화훼, 조류 그림을 좋아하지 않고 고전 미인도만 보았다. 그녀가 좋아하는 미인을 만나면 반드시 구입했다. 그는 관소장 이라는 석자를 장기간 모든 사람의 눈앞에 전시하게 했다. 그녀가 그림을 결정할 때 특별히 이 석자를 붉은 종이 위에 크게 써서 장기간 붙여놓도록 부탁했다. 그림을 정하고 찾아갈 때, 그녀는 화가와 상의도 하지 않고 자기 마음대로 2할을 깎아버린다. 그녀는 그렇게 하지 않으면 소장의 위신이 깎이는 줄 알았다. 그녀는 기녀검사소 소장이 화가들의 상사인 것처럼 생각했다. 그림을 집으로 가지고 온 후 밤에 아무도 없을 때, 관샤오허에게 그림을 펼쳐달라고 하여 자세히 감상했다. 고전 미인의 의복의 옷깃들의 배색, 두발을 빗은 모양, 얼굴이나 미간에 어떻게 "꽃"을 그려 넣었는지, 어떤 모양의 부채를 들고 있는지, 자세히 들여다보았다. 두세 번을 보면 그녀는 넓은 소매 넓은 깃의 옷을 찾아내거나 혹은 당대의 높은 긴 상투 머리, 혹은 미간의 꽃을 그리기, 혹은 비단으로 만든 접이부채를 들고 있는지를 알아낸다. 그녀가 하나를 발명하면 곧 풍조가 된다.

자오디가 영화를 통해 패션의 모델을 얻는다면 다츠바오는 온고지신 (溫故知新)이다. 옛 것을 본위로 하는 문화에서 발굴하여 그것을 개조했다. 그는 미(美)가 무엇인지 몰랐다. 그녀의 문화는 아주 멀고 깊어서 그녀가 문화 중에서 색채와 형식을 이용하지 않을 수 없었다. 문화가 일종의 시내이면 그녀는 바로 시냇물의 거품이었고 거품이 상당히 적당한 위치에서 보기 좋은 곳을 드러냈다. 그녀는 문화가 무엇인지 몰랐다. 마치 고기가 물이 어떤 화합물인지 모르는 것과 마찬가지다. 다만 고기가 물에 떠있을 수 있듯이 그녀도 문화를 희롱할 수 있다.

그녀의 마음에는 위세 부리고 편안하게 사는 것 밖에 몰랐다. 사실 그녀는 오히려 일본 통제 하에 있는 베이핑인의 정신 상태를 표현하고 있는데 불과했다. 일부의 인간은 일본인에게 투항했다. 투항 후에 그들은 계면쩍게 부끄러워하면서 후회하지만 언제나 마음은 불안하다. 이 때문에 그들은 아무렇게나 살아가고 어디까지 갈까, 언제까지 갈까, 여하튼 이번만 여기에서 속임수를 써서 빠져 나갈까, 이런 생각 때문에 물질적으로 누리는 것과 육욕의 방종이 감정의 유일한 출로였다. 만약 절개가 그들을 두렵게 한다면 쾌락과 방종은 멸망을 자초하여 풍류 귀신이 된다. 그들은 아편을 흡입하고, 약주를 마시고, 연극을 후원하고, 여인을 가지고 논다. 이런 종류의 마음을 가진 사람에게 다츠바오는 그들의 여인의 모범이 되었다. 다츠바오의 성공이 그녀가 한간들의 심리 상태를 잘못 짚게 했다. 그녀는 시종 망국이니, 망국이 아니니 조차 근본적으로 생각해본 적이 없다. 그녀는 자기는 천재이고, 시운이 있으며, 능력이 있으니, 마땅히 누려야 하고, 마땅히 모두의 모범이 되어야 한다고 생각했다. 그녀는 모두에게 일을 만들어주고 위세를 부릴 기회를 계시해주었다. 그녀는 모방만 일삼는 여인들을 대수롭지 않게 여겼다. 그들은 창조적 재지가 부족하기 때문이다. 하물며 그들은 그녀의 두발, 의장과 접이부채만 모방하지 그녀처럼 소장이 되는 것은 모방할 수 없었다. 그녀는 여 영웅이다. 능히 기회를 잡아서 관직에 오르고 돈도 벌었다. 다행히 그녀는 남자들에게 립스틱이나 다이아몬드를 사달라고 더러운 손을 내밀지 않았다. 공원이나 방안에서 그녀는 손가락 발가락을 꺾어 딱딱 하는 소리를 낸다!

그녀는 응접실에서 어떤 문제라도 얘기하길 즐긴다. 그러나 국사는 얘기하지 않는다. 난징 합락과 우한으로 천도한 것이 그녀가 베개를 높이고 잘 수 있게 해주고, 아무 걱정이 없게 했다고 믿었다. 그녀는 일본인을 위해서 무슨 생각을 하지 않았다. 그녀는 일본인의 베이핑 점령이 그녀를 위해서 천하를 열어주었다고 생각했다. 그녀는 만약 그녀가 없었다면 베이핑에 주둔한 일본 군대가 창녀들을 데리고 놀다가 화류병에 걸리는 것을 막지 못했을 것이다. 그리고 관 씨 집이나 자기 친정집도 마찬가지로 일체의 쾌락을 누리지 못했을 것이다. 그녀는 자기가 일본사람보다 더 중요하다고 생각했다. 그녀와 일본인 관계는 주인과 하인 사이가 아니고 영웅이 호걸을 만나서 서로의 이익을 더 크게 하는 것과 마찬가지라고 생각했다. 이 때문에 베이핑성 전체에서 집회가 있으면 필히 참가하고, 우승 패와 상품이 필요한 때는 그녀는 기꺼이 자기 몫을 보냈다. 이와 같이 그녀는 일본인과 동등하다고 생각하고 높고 낮은 것으로 나누어진다고 생각하지 않았다.

일본인과 연회를 할 때 그녀는 진심을 다하여 최고로 좋은 물건을 내놓아 일본인이 감탄을 금치 못하게 했다. 그녀는 베이핑 문화의 정수를 보여서 일본인이 그녀의 위대함을 인정하게 했다. 그녀는 한간이 아니었으며 망국노도 아니었다. 먹고 마시고 입는데 일본인들을 이끄는 안내자였다. 일본인들은 기녀들과 마찬가지로 모두가 그녀의 아기들이었다. 그녀가 먹여주고 놀게 해주어야 했다. 그녀는 베이핑의 황후이고, 그들은 시골 아이들에 불과했다.

다츠바오가 쑨치환을 먹은 듯이 통쾌하다면 관샤오허는 때때로 가슴 속이 우울했다. 그는 일본인들이 베이핑에 진주했으니 반드시 좋은 운이 닥칠 것이라 생각했다. 그러나 그는 아무것도 얻은 것이 없었다.

그는 분주하게 뛰고 누구보다 더 노력을 했지만 이룬 것이란 누구보다 못했다. 그는 초조해서 불평을 했다. 그의 과거의 경력과 자격이 그에게 도움이 된다기 보다 오히려 일종의 장애가 되는 것 같았다. 위로도 못가고 아래도 나아가지 못하고 영으로 떨어졌다. 그는 자신을 잃어가고 자기는 이미 환경과 시대를 통제할 수 없는 것이 아닌가 생각했다. 그는 자기가 시대의 찌꺼기라는 것을 모르고, 자기는 임기응변에 능한 기회를 잡을 수 있는 사람으로 생각했다. 그는 거울을 보고 자기에게 물었다. '너는 어떤 결점이 있는가? 왜 사람들보다 뒤떨어지는가? 그는 일본인이 베이핑을 강점하는 것은 착오라고 생각했다. 그렇지 않으면 왜 자기가 일이 없는가?

다츠바오가 직위를 얻자 그는 최초에 마음속으로 기뻐했다. 그는 여자조차 관리가 될 수 있는데, 자기 자신이 관리가 못 될 리 없다고 생각했다. 그러나 관직은 언제나 자기 머리 위에 떨어지지 않았다. 반면에 부인의 기염은 하늘에 닿은듯하여 참기 어려울 정도였다. 그러나 그녀가 관리가 된 것은 확실하고, 관리에 취임하면, 반드시 관리다운 패기가 있어야 하며, 자기 부인도 예외가 아니라는 것을 인정했다. 그는 소리 죽여 참을 수밖에 없었다. 그는 이제 마음대로 나무랄 수 없었으며 하물며 관직에 있는 부인이니 말할 수도 없었다. 그는 세상물정 모르는 그녀에게 무어라고 하기가 곤란했다. 오히려 그는 특별히 그녀의 환심을 사고 그녀에게 충성을 보이고 협력해야 했다. 이 때문에 그는 마음속으로 통팡을 좋아하면서도, 할 수 없이 그녀에게 냉담할 수밖에 없었다. 만약 그가 이전 같이 통팡을 총애했다면 그는 반드시 다츠바오의 반감을 사게 되고, 자기는 아마도 쌀쌀하게 취급당할 것이라고 알고 있었다. 그는 모진 마음을 먹고 퉁팡을 희생하고 자기가 관직에 나가면 다시 옛날의 생활 질서를 회복하고 싶었다. 그는 자기 부인이 퉁팡을 사창굴에 보내려는 악랄한 계획을 알고 있으면서, 공개적으로 반대할 수가 없었다. 그는 절대로 부인의 원망을 살 수 없었다. 부인은 일종의 좋은 운과 세력을 대표하기 때문이었다. 계란으로 바위를 칠 수는 없었다. 그는 자존심이 강했지만 시운 때문에 자기가 계란이라고 인정할 수밖에 없었다.

그러나 그는 낙담하지 않았다. 그는 기회를 보아서 앞으로 뚫고 나갈 것이다. 시운이 자기를 홀대할 수 없고 자기는 자신을 홀대할 수 없다. 권세에 빌붙어 자기 이익을 꾀하는 것 외에 작은 일에도 마음 써서 자기의 재주를 드러내려고 애썼다. 첸 씨 댁 집을 세놓기로 한 것은 자기의 생각이었다. 이 생각은 부인에게 칭찬을 들었다. 방을 세 얻어서 일본인에게 세주는 것은 확실히 절묘한 계획이었다. 그가 첸 선생을 팔아먹었기 때문에 후퉁사람 전부가 자기를 불경스럽게 대한다는 것을 알고 있었다. 그는 잘못했다고 생각하지 않았다. 모두가 자기에게 불경스러운 것은 순수하게 그의 세력이 일방적으로 그들에게 위협적일 정도가 못 되어서 그렇다고 생각했다. 다츠바오가 소장이 되고 난 뒤 모두가 자기와 손을 잡으려 한다고 생각했다. 그러나 그들은 여전히 냉담하여 심지어 축하인사조차 없었다. 현재 집 두 채를 일본인에게 자기 손으로 세놓고 있다! 일본인이 세든 집 두 채의 주인이라면 위세가 적은 것이 아니다. 그는 이미 정색을 하고 바이 순장에게 훈시를 했다.

"내가 말하겠는데, 바이 순장."

그의 눈꺼풀이 영리하게 깜박거렸다. "자네 알다시피 1호 집은 내 것이야. 머잖아 일본인이 내왕할 것이네. 우리 후퉁이 너무 더러워. 자네 알다시피 일본인들은 깨끗한 것을 좋아한다네. 자네가 방법을 생각해 내야 하네!"

바이 순장은 마음속으로 관샤오허를 몹시 싫어하지만 얼굴에 나타내지 않고 미소를 지으며 말했다.

"관 선생, 후퉁에는 가난한 사람이 많아 청소비를 거둘 수 없을 거요!"

"그건 모두 자네 일이야. 나는 상관하지 않겠어!"

관 선생의 얼굴에 핏줄이 붉어졌다.

"자네, 방법이 없다고 했어? 일본인들을 기쁘게 해야 한다고! 자네가 나 몰라라 하면 일본인들이 직접 위에다 보고 할 거야! 내 생각에는 자네에게 좋은 것이 하나도 없어! 내가 보기에 모두를 권유하여, 돈을 갹출하고 사람을 고용하고 청소를 시키게! 모두가 돈을 내고 자네가 일을 하면 어때?"

그는 바이 순장이 다시 말을 꺼내기 전에 득의에 차서 들어가 버렸다. 그가 일본인에게 방을 세놓으면 바이 순장을 누를 수 있고 나아가서 후퉁 전체를 누를 수 있다. 다츠바오가 은배, 비단표, 혹은 다른 상품을 증정할 때 관샤오허는 자신의 이름을 새기거나, 수놓거나, 혹은 써 놓고 싶었다. 다츠바오가 허락지 않았다.

"당신은 그런 것 필요 없어요!" 그녀는 퉁명스럽게 말했다.

"써 넣어서 뭐 할래요? 당신이 나의 남편이라는 사실을 다시 밝히고 싶소?"

관샤오허는 마음속으로 참기 어려웠다. 그러나 그는 진심으로 그녀를 위해서 어떻게 재주를 써야 할까를 생각했다.

그가 배운 것이 너무 적었다. 그래서 그는 머리를 짜내는 시늉을 하여 그녀를 위해서 생각을 해주어야 할 것 같았다. 그는 분명히 말했다.

"나에게 오로지 충심뿐이요. 매사 흐리멍덩하게 하지 않아요!"

그런 후에 그는 눈살을 찌푸리고 담배를 뻐금거리며 먹을 잘 갈고 종이를 잘 펴고 《사신불구인》, 《춘란대전》 같은 소책자를 참고용으로 앞에 쌓아놓고, 자오디들에게 말다툼하지 말라고 당부하고 생각에 잠겼다. 그는 헛기침을 하고 차를 마시고 눈을 감고 뒷짐을 지고 방으로 돌아갔다. 그는 이렇게 시끄러운 소리를 낸 후에 몇 자를 썼다. 다 쓰자 그는 경쾌한 발걸음으로 마치 성지를 받들 듯이 종이를 받들고 다츠바오에게 가져다주었다. 그녀는 기세 좋게 눈을 들어 쳐다보고는 아마도 글자는 보았지만, 근본적으로 뜻을 아는지 모르는지 모르게 머리를 보일 듯 말듯 끄덕였다.

"됐구만!"

사실상 그녀는 대체로 무엇이 쓰여 있는지 보지 않은 듯 했다. 그녀의 생각에 상패는 은이고 기는 비단이면 되는 것이지, 무슨 자를 쓰던 안 될 것이 없다고 생각했다. 샤오허는 자기의 학식이 대단하다는 것을 보이기 위해서 오히려 미소를 지으며 비평했다.

"내가 다시 보니 만족스럽지 못하군!"

란둥양이 그 자리에 있었으면 샤오허는 반드시 그와 상의를 했을 것이다. 란둥양은 시를 쓰고 짧은 글을 지었지만 대련이나 제자 등은 근본적으로 몰랐다. 그러나 설명할 형편이 아니어서 반드시 누런 이로 검고 누런 손톱을 한참 물고 있다가 머리를 쓰는 모양을 한다. 결과적으로 샤오허가 승리한다. 둥양의 손톱이 다시 물것이 없게 되면 드디어 한 마디 한다.

"나는 밤중에 조용할 때가 아니면 머리를 쓸 수가 없소! 됐어요, 장차 머리를 써보지요."

이렇게 둥양에게 승리하자 샤오허는 자기가 확실히 학식이 있다고 생각하기 시작했다. 그래서 점점 더 시대를 못타고 났다는 기분이 들었다—일종의 자만심으로 인한 상심이었다.

이러한 불우한 인간은 특별히 자기의 재능을 표현하고 싶어 한다. 샤오허는 자기 재주를 표현하기 위해서 다츠바오에게 이름을 적은 책을 하나 만들어주었다. 이 명부는 (갑~정(甲乙丙丁) 다섯 부로 되어있었다.) "갑"부는 모두 일본인이고, "을"부는 임시 정부의 고관이고, "병"부는 실권이 없으면서 이름만 요란한 사람으로, 일본인에게 초빙되어 자문에 응하는 소위 "원로"들이고, "정"부는 모두 지방에서 안면이 있는 사람들이었다. 그는 이 명부를 《사고전서》 의 자매 저작처럼 보이기 위해서 《사부전서》 라 불렀다. 각 이름 아래에 상세히 주를 붙여 연령, 주소, 생일, 기호 등을 적었다. 명부에 등재되는 사람은 자기의 우인으로 인정하여 선물을 보낼 때 필요해서였다. 선물을 보내는 것을 사람을 정복하는 특효약으로 간주했다. 선물을 보내기 위해 루이펑과 도박을 해서 루이펑이 졌다. 루이펑은 샤오허의 방법은 대체로 나쁘지 않다고 생각했다. 그러나 일본인들이 샤오허의 예물을 기꺼이 받아들일지 의심스러웠다. 그는 일본인을 위해서 특무가 된 친구로부터 들어보면 난징함락 이후에 일본군관들은 훈령을 받았다─이들은 마땅히 중국인이 아편을 피우도록 독려했다. 다만 장소 여하, 어떤 경우에서든 그들 자신들은 아편 냄새가 나는 곳에 머물지 말 것. 이는 아편의 유혹에 빠지지 않게 하기 위해서였다. 그들이 중국인의 예물을 받아서는 안 된다. 루이펑의 경고가 담긴 소식을 모두 전하자 샤오허는 눈을 감고 있다가 피식 웃었다.

"루이펑, 자네는 너무 유치해! 내가 자네에게 말하지만 내 눈으로 일본인이 아편을 피우는 것을 본 적이 있어! 명령은 명령이야. 명령이 아편의 향기와 맛을 바꿀 수 있으랴! 예물 보내기 내기를 해볼까!" 그는 《사부전서》를 펼쳤다.

"자네 마음대로 일본인 한 명을 찍게. 오늘이 생일이든 아니든 그리고 중국이나 일본의 명절이 아니라도 내가 선물을 보내어 그가 받는지 안 받는지 보자. 그가 받으면 자네가 지는 거야. 술 한 상 내기로, 어때?"

루이펑은 머리를 끄덕였다. 그는 자기가 질 줄 알았지만 술 한 상 내는 것을 두려워한다는 것을 보이고 싶지 않았다.

샤오허는 사람을 시켜 선물을 보냈다. 그 사람이 빈손으로 돌아왔다. 예물이 건네졌다.

"어때?"

샤오허는 득의에 차서 루이펑에게 물었다.

"내가 졌습니다!"

루이펑 한 잔 내려니 가슴이 아팠으나 과장으로서 그럴 줄 몰랐다는 소리는 할 수 없었다.

"이런 일로 나와 내기를 하다니, 자네는 항상 지기 마련이야!"

샤오허는 웃으면서 말했다. 그는 술 한 상 벌은 것도 기분이 좋지만 일본인이 자기의 예물을 받은 것에 더 기분이 좋았다.

"자네에게 말하건대 자네가 예물을 보내면, 자네는 절대로 머리를 흔드는 사람과 마주치지 않아! 그가 머리를 흔들지 않으면 그는—그가 아무리 고상한 인간이라도—곧 너와 함께 어깨를 나란히 할 걸세! 내가 자네에게 말하건대, 나는 평생 그런 눈썹 치켜들고 청렴한 척 여기는 사람을 징벌하는 것을 즐겼네. 어떻게 징벌하느냐, 그 사람에게 예물을 보내는 거야. 예물은 사람의 입을 막고 사람의 마음을 부드럽게 하지. 일본인도 사람이야. 사람이면 나의 예를 받게 되어 있어. 나의 예물을 받으면 곧 위풍이 없어지지! 자네 믿겠어?"

루이펑은 고개를 끄덕이고 아무 말도 하지 않았다. 그는 과장이 된 후 어느 정도 관 대형을 대수롭지 않게 여겼다. 그러나 관 대형이 이 하나의 이야기로 그의 존경을 샀다. 그가 이전의 관 선생에 대한 존경이 회복되었다고 하지 않을 수 없다. 관 선생이 일등급 강등되어 관 대형이 되었지만 오히려 "학문"이 있는 것으로 밝혀졌다! 그는 자신이 관 대형의 이론을 실행하려고 한다면 아마 그 날은 예물을 일본천황에게 보내면, 일본천황이 자기의 어깨를 두드리면서 자기를 동생이라

부를 것이라고 생각했다.

예물을 보내면서 샤오허는 또 일본인의 미신을 발견했다. 그가 듣기에 일본군인이 몸에 부적과 불상을 지니고 있고, 일본인이 신불을 믿을 뿐만 아니라, 세계에서 모두가 꺼리고 기위하는 금기도 믿는다고 한다. 일본인은 서양인이 예배하는 5와 13을 기위하고, 성냥 한 개비에 담배 3개에 불을 붙이는 것도 기위한다는 것을 배웠다. 그들은 전쟁을 좋아하기 때문에 다방면에서 보우받기를 요구한다. 그들은 심지어 자신들에 대한 예언도 싫어한다. 영국의 웨일스가 중·일전쟁을 예언하고 일본인이 호수와 늪지를 만나면 전염병 때문에 전군이 몰살할 것이라고도 말했다. 일본인들의 "3개월 만에 중국을 망하게 할 수 있다는 이론"은 난징함락 후에 중국이 투항하지 않고 태을장에서 승리한 후에 허망한 꿈이 되었다. 그들은 웨일스의 예언을 생각하며 전염병이 그들을 무덤 속으로 끌고 들어갈까 몹시 두려워했다. 이 때문에 곽란이나 성홍열을 발견하면 마을 전체를 도륙해버리는 것을 주저하지 않았다. 그들의 무사도 정신이 죽음을 두려워하지 않게 했지만, 자기들도 확실히 죽는다는 것을 알게 하기 때문에 죽음을 두려워하지 않을 수 없었다. 그들은 예언을 두려워하여 심지어 "사(死)"라고 말하는 것조차 두려워했다. 이 이치에 근거를 두고 샤오허는 선물을 모두 3개로 보냈다. 그가 사(四)는 사(死)와 발음이 비슷하기 때문에 四를 피하기 위해서였다. 이 점이 그의 이름이 성 전체에 알려지고 각 신문에 그의 재주에 대한 칭찬이 단편으로 실리게 했다.

이러한 조그마한 성공이 그의 마음의 고통을 완전히 들어주지 않았다. 그는 이미 베이핑의 명사였다. 동양화 연구회, 대동아 문예작가협회(란둥양이 창립에 힘썼다.), 삼청회(이것은 일종의 비밀결사와 비슷한 신 조직. 허다한 일본인이 참여), 또 기타 많은 단체가 모두 그에게 입회 약속을 받으려 하고 이사나 간사로 피선해주었다. 그는 매일매일 회의에 참석하고 회의에서 몇 마디하거나 오락시간에 얼후황을 부른다. 그런데 그는 관리가 되지 못했다. 그의 명함에는 이사, 간사 직함이 꽉 차서 한 장에 다 찍어 넣을 수 없는 분량이었다. 그가 새 친구에게 명함을 건네지 못 할 거야 없지만, 봉급 없는 직함들이 사람들이 눈을 희번덕거리게 하는데 그칠 뿐이다. 그가 삼청회나 자선단체에 기부금을 내거나 신에게 경배할 때 그는 몰래 귀신들에게 호소했다. '신선님, 저는 절대로 거짓말 하지 않습니다! 먹고 마시고 입는 것을 논하면 부인이 소장이라서 그렇습니다. 그러나 저의 경험이나 재주와 학식에 비춰보건대 실재는 말이 아닙니다! 저는 돈을 위해서가 아니면 신분을 위해서 이겠습니까? 나에게는 작은 일이지만 당신들 신불은 항상 공정하지 않습니까? 저는 공직에 끼지 못하고 있습니다. 이게 당신들의 수치가 아닙니까?' 눈을 감고 경건하게 빌고, 반은 빈정거리고 나면 마음속이 좀 풀리는 것 같았다. 그러나 호소를 다해도 아무 쓸모가 없어서 신불들을 원망했다. 신불들만 나무랄 게 아니다. 신불을 나무라면 화가 닥친다! 그는 가만히 한숨을 쉰다. 한숨을 쉬고 나서 함께 웃고 떠들 친구들과 모임을 주선한다. 그의 가슴은 때때로 부글부글 끓듯이 아프다! 가슴이 아프면 낮은 소리로 욕을 하지 않을 수 없다.

"망해도 산 나라다. 제기랄, 한자리 주면 안 되나!

38

어영부영하다가 단오절이 되었다. 치 노인이 키우는 몇 개의 석류분이 겨울철 관리가 부실하여 한 나무에 작은 꽃봉오리 세 개 밖에 피지 않았다. 남쪽 담장 밑에는 가을 해당화와 옥잠화가 아직 잎도 피우지 않았다. 투월초가 이들을 대신하고 있다. 치 노인은 쇄락해진 원안—겨울에 손질이 부족한 탓—이 뻔한 결과를 낳았지만, 그는 꽃과 나무가 쪼그라드는 것을 집안이 망해가는 징조로 생각해서, 아주 기분이 좋지 않았다. 그는 꿈에 셋째를 보았는데 셋째는 편지조차 없다. 셋째가 불행을 당하지는 않았겠지? 그는 샤오순얼애미에게 물었다. 그녀는 정확한 소식도 전하지 않으면서 꿈으로 해몽해 드렸다. 근래에 그녀의 눈이 훨씬 커진 것 같이 보였다. 왜냐하면 얼굴에 있던 살을 많이 잃었기 때문이다. 그녀는 눈에 웃음기를 담아서 노인에게 말했다.

"저도 꿈에 셋째를 만났어요. 그가 얼마나 기뻐하는지 몰라요! 제 생각에 그는 반드시 잘 지내고 있어요! 그는 근본적으로 능력 있는 젊은이예요! 할아버지 걱정하지 마세요. 그는 능력과 총명이 누구보다 나아요!" 사실은 그녀는 그런 꿈을 꾸지도 않았다. 하루 종일 바빠서 꿈같은 것을 꿀 시간조차 없었다. 그러나 그녀가 꾸며낸 꿈이 곧 노인의 웃는 얼굴을 만들어 내었다. 그가 도대체 꿈을 믿느냐 아니냐는 별개 문제였다. 다만 어쩔 수 없는 때가 되면 그는 다만 아득하고 먼 거짓말도 믿어서 실제상의 고통을 덜어 주기만 하면 좋았다.

선의의 거짓말로 노인을 속이는 것 외에도 샤오순얼애미는 명절을 쇨 준비물을 갖출 수가 없는 것이 문제였다. 그녀는 명절을 쇠는 것이 그들의 고통을 감소시키지는 않지만 쥐죽은 듯 조용히 아무 일 없는 듯이 명절을 지내는 것도 견디기 힘들 것이다.

예년에는 5월초에서 늦어도 5일까지 날씨가 좋으면 대문 밖에 장사꾼의 소리가 들린다. '검고 흰 오디가 있어요, 앵두도 있어요!' 장사꾼들의 소리가 점심때까지 끊이지 않고 이어진다. 장사꾼들의 소리는 장사하는 것이 목적이지만 일종의 장난기로 소동을 부리는 의미도 있었다. 왜냐하면 앵두나 오디 파는 사람은 전문 직업 과일장사꾼이 아니라, 대개는 10여세 남짓한 아이들이기 때문이다. 그들은 평소에 아마 인력거를 끌거나 더운물을 팔지만 명절 때가 되면 전문을 바꾼다—집집마다 반드시 쫑쯔 , 오디, 앵두로 불공을 드리는 계절이므로 아주 장사가 잘된다.

올해 샤오순얼애미는 모두가 명절을 쇠라고 일깨워주는 그 소리를 듣지 못했다. 북성의 과일 시장은 더성먼 안에 있어, 매매는 모두 날이 밝을 때 이루어지지만, 성벽 넘어 성 밖에 구화폐를 쓰는 작은 시장은 태양이 뜨기 이전이 한창이다. 더성먼 밖의 감옥이 이전에 습격을 당한 적이 있기 때문에, 일본인들이 시장이 한창일 때를 틈타서 다시 습격당할까 겁이 나서, 성 밖과 성 안의 조기 시장을 금지하고 더성먼을 봉쇄해 버렸다. 앵두와 오디에 이르러서는 원래가 북산과 성 밖에서 오는 것이고 시산에서 북산에 이르기까지 진지나 전투가 없는데도 불구하고 아무도 과일을 성안으로 운반하려 하지 않았다.

"오우" 샤오순얼애미가 조왕예에게 한숨을 쉬었다.

"금년에는 고생하셔야겠어요!"

이렇게 조왕예에게 사과를 하면서 보충할 방법은 생각해 보려고 하지 않았다.

"몇 개 쫑쯔만 있으면 앞가림은 하겠는데!"

그러나 쫑쯔도 살 수 없었다. 베이핑에서 팔리는 쫑쯔는 몇 개의 종파가 있다. "도향촌"에서 파는 것은 광동 쫑쯔다. 알이 굵고 소의 종류가 다양하고 값이 비싸다. 이 종류는 소 안에 햄과 돼지기름을 쟁여 넣었기 때문에 베이핑사람들의 구미에 맞지 않았다. 북방인은 찹쌀에 대해서 이미 겁을 내고 있는데, 햄 등이 위에 보태지면 더 겁을 낸다. 그러나 이러한 물건도 적잖게 팔린다. 첫째는 베이핑인은 광동 것은 모두가 약간의 혁명적인 면이 있다는 것을 인정하여 공공연하게 그것이 먹음직하지 않다고 말하지 않는다. 둘째는 그것이 비싸서 예물로 보내면 체면이 서기 때문이다―비싼 것은 맛이 있거나 말거나 언제나 좋은 것이기 때문이다.

정말로 베이핑의 정통적 쫑쯔는 첫째, 베이핑의 구식 만한(滿汉)점에서 파는 것으로, 어떤 소도 없고 정갈하고 아름다운 찹쌀로 감싼 아주 작은 쫑쯔다. 먹을 때는 위에 흰 설탕을 뿌린다. 이러한 쫑쯔는 맛이 좋을 뿐만 아니라 깨끗하고 앙증맞고 채색을 맞추어 상 위에 차리면 겉모양이 아주 매끈하다. 둘째, 길가에서 파는 것은 크기도 좀 크지만 안에는 붉은 대추가 있다. 이것이 보통 쫑쯔다.

그 외에 시골 사람들이 누른 쌀로 감싼 쫑쯔가 대추가 들어 있기도 하고 없기도 하지만 크기가 아주 크다. 이것은 전적으로 노동자들이 사먹는 것이다. 검은 떡과 튀김과 같은 종류다. 내용과 모양이 체면깨나 차린 방에는 들어가기 곤란한 것들이다.

샤오순얼 애미가 생각하는 쫑쯔는 찹쌀로 만들어서 속에 대추가 들어있는 것이다. 그녀는 주의 깊게 대문 밖에서 "작은 대추 큰 쫑쯔요!"라는 소리가 나기를 기다린다. 그러나 그녀는 시종 듣지 못했다. 그녀의 베이핑은 모양이 변했다. 단오절을 쇠면서 앵두, 오디와 쫑쯔가 없다니! 그녀는 원래 특이한 일을 꼭 해야 되는 것으로 생각하지 않는다. 왜냐하면 베이핑은 작년 가을부터 지금까지 때때로 갑자기 성문이 닫혀버리는 일이 잦기 때문에, 채소조차 살 수가 없어서, 무엇 하나 부족하지 않은 것이 없었다. 그러나 오늘만은 심사가 뒤틀리지 않을 수 없다. 오늘은 명절이지만 그녀의 마음속에는 명절을 쇠든 쇠지 않든 별 관계가 없었다. 그녀는 오히려 명절을 쇠면 훨씬 더 수고를 해야 한다. 그녀는 물건을 사와야 하고, 화로를 끼고 조리를 해야 하고, 모두가 술을 마시고, 밥을 배불리 먹을 때까지 기다려야 하고, 그때는 이미 자기는 너무 힘들어 아무것도 먹고 싶지 않다. 그러나 다른 면으로 생각해보면, 그게 바로 그녀의 생활이고, 그녀는 전적으로 모두가 생활을 해가도록 해주기 위한 사람이다. 만약 집에 늙은이와 어린 것들이 없으면 그녀는 명절을 쉴 필요도 없다. 그러면 삶이 아무 의미가 없는 것 같이 느껴질 것이다. 그녀는 문화가 무엇인지 말할 줄도 모른다. 사람들과 자기의 문화 즉 삶의 방식대로—마치 단오에는 쫑쯔, 앵두, 오디가 있어야하는 것처럼—살아가야 즐거움이 있다. 그녀는 베이핑이 변했다고 생각했다. 변해서 온 집안 노소가 아무 하는 일 없이 단오절에 멀뚱멀뚱하게 얼굴만 쳐다보고 있다. 이러한 것들은 그녀가 일본인들이 베이핑을 점령한 결과로 알고 있다. 그러나 그녀는 요점을 찔러서 말할 수 없었다. 망한 나라는 다시 자기의 문화방식대로 살 수가 없다. 그녀는 극도로 심사가 뒤틀렸다.

그녀는 쫑쯔 등을 못 구하는 것을 보충하기 위해서, 창포 두어 단과 쑥을 사서 문 앞에 꽂아두고, 몇 장의 부적을 사서 문설주에 붙여두어 "오히려" 명절을 쉰 표시를 내고 싶었다. 그녀는 그런 종류의 부적을 좋아했다. 매년 늘 큰 종이를 사고, 누른 종이도 사고, 붉게 인쇄된 역귀 쫓는 것, 5개의 박쥐 그려진 것들을 대문에 붙인다. 이 이외에 그녀는 몇 장의 백지 위에 오린 붉은 색 "5개독(毒)" 도안을 사서 각방의 문설주 위에 붙인다. 그녀는 이런 종이 장난감이 벽사 작용을 한다고 믿기도 하고 믿지 않기도 한 것이다. 다만 그녀는 이 종이들의 형형색색 과 무늬가 좋을 뿐이었다. 그녀는 이런 것들은 춘련보다 훨씬 더 아름답

78

다고 생각했다.

그러나 그녀는 이런 것들을 살 수 없었다. 잘 되었다. 그녀는 두어 장 부적을 발견했다. 그러나 일본인들이 종이를 함부로 쓰지 못하게 하고, 안료값이 천정부지로 올라서 부적 값이 굉장히 비쌌다. 그녀는 할 수 없이 돈을 썼다. 창포와 쑥에 이르러서는 성문 출입이 불편해서 살 수가 없었다.

샤오순얼의 작은 입이 그녀를 적잖게 난감하게 했다.

"엄마, 명절 쇠려면 새 옷을 입어야 하잖아? 쫑쯔도 먹어야지? 맛있는 것은? 이마에 왕(王)자 그려주지 않아? 엄마, 거리에 고기 사러 가야지! 관 씨 집은 굉장히 많은 고기를 샀어. 거기다 물고기도 샀어! 엄마, 관 씨 집 대문에 역귀 쫓는 귀신이 붙어 있어, 못 믿겠어? 엄마 가서 봐!"

그의 질문은 한 마디 한 마디가 엄마를 꾸짖듯 했다!

그의 질문은 한 마디 한 마디가 엄마를 꾸짖듯 했다!

엄마는 아이를 상대로 성을 낼 수가 없었다. 아이들은 설이나 명절을 쇨 때는 제일 중요한 사람이다. 그들은 마땅히 즐기고 쾌활해야 한다. 다만 그녀는 아이들을 큰 소리로 웃게 할 물건을 찾을 수 없었다. 그녀는 다만 부끄러운 듯이 말했다.

"단오에 웅황을 써서 왕(王)자를 그려주마! 잊지 마, 내가 반드시 그려주마!"

"조롱박도 차야 되잖아?"

조롱박은 각양각색의 수실로 만든 앵두, 작은 호랑이, 오디, 작은 표주박… 꿰어서 한 꿰미를 만들어 아이들에게 차도록 해준다.

"너 이 녀석, 무슨 표주박을 찬단 말이냐?"

웃으면서 나무라듯 말했다.

"동생에게 차게 해준다!"

샤오순얼의 이유는 성실하고 충실했다.

뉴쯔는 뒤에 처지고 싶지 않았다.

"엄마, 뉴쯔가 차지요!"

엄마는 방법이 없었다. 짬을 내어 뉴쯔에게 "조롱박" 꾸러미를 만들어줄 수밖에 없었다. 그녀는 작은 호랑이를 짜 만들기 위해 반짇고리를 열었다. 명절을 쇨 물건이라고는 곁에 없으니 "조롱박" 꾸러미 걸어줄 생각이 있겠나? 아이들 배를 채워 줄 맛있는 것이 없지만 머리에 혹은 몸에 채워줄 오색으로 만든 장난감만 있으면 간단하게 아이들을 속일 수 있지 않을까! 그녀는 남모르게 눈물을 지었다.

톈유가 단옷날 아침에 돼지고기 한 근과 마늘종 두 단을 가지고 왔다. 샤오순얼은 양 개념을 몰랐지만 한 덩이 고기가 얼마나 체면을 세워 주는지 알았다.

"할아버지! 왜 이렇게 작은 고기 덩어리를 사와요?"

그는 웃으면서 물었다.

할아버지는 아무 말도 없이 치 노인 방과 자기 방을 들러보고 겸연쩍은 듯이 가게로 돌아갔다. 그는 대단히 비관하고 있었지만 가족들에게 말하고 싶지 않았다. 그의 장사는 계속 내리막길을 걸었지만 문을 닫을 수 없었다. 일본인들은 어떤 상점도 장사가 되든 안 되든 휴업을 허락하지 않았다. 톈유는 한간들이 득세한 이후에 주단 장사는 약간 전기를 맞았다는 것을 안다. 다만 그의 가게는 포목이 주가 되고 주단을 구색 맞추는데 그쳤다. 정말로 입는 것을 중요하게 여기는 사람은 그를 찾지 않았다. 포목에 전적으로 의존하기 때문에, 일반인들과 성 밖 백성들이 물가가 높고, 먹는 것에 정신이 팔려, 입는 것을 등한시 함으로, 당연히 그를 찾아올 리 없었다. 다시 말하면 각지의 전쟁 때문에 화물이 산지에 서부터 공급이 단절되었다. 그는 상품을 보낼 수 없었고 대상들이 매점 매석한 상품들로 폭리를 얻듯이 할 수도 없었다. 간단히 말해 장사가 안 되었다. 그는 휴업을 원했지만 관청은 서류 제출을 불허했다. 그는 점포 문을 열어야 했다. 세금을 내고 관청이 운영하는 신문을 보기 위해서였다—그는 반드시 그가 보고 싶지 않은 신문 두부를 보아야 했다. 그는 주주들과 상의했으나 주주들은 그에게 호의를 베풀지 않고, 그의 웃기는 얘기를 수수방관하듯 했다. 그는 인원을 줄이는 수밖에 없었다. 그것은 그에게 큰 고통을 안겨주었다. 그의 가게 점원들은 어느 규칙하나 어긴 것이 없다. 이 어지러운 때 환난을 함께 해야 할 때에 아무 이유도 없이 사람을 쫓아내어서 되겠나? 단오절에 두 명을 잘랐다. 두 명은 모두 그가 직접 키운 도제였다. 그들은 그의 어려움을 해결해주었고, 좋지 않은 말 한마디도 하지 않았다. 그들은 집으로 돌아가고 싶어 했다. 집에는 땅이 있어서 옥수수 가루면을 먹을 정도는 되었다. 그러나 그들이 쉽게 헤어져 갈수록 그의 마음은 더 괴로웠다. 그는 자기를 능력이 없고 일을 불공평하게 하는 사람으로 생각했다. 그들이 그를 양해해줄수록 마음은 더 괴로웠다.

그의 마음에 걸리는 것은 듣기에, 오래잖아 일본인들이 각 점포의 상품재고를 조사하여 재고량에 따라서 새 상품을 배급한다는 것이었다. 그들이 얼마를 주든 주는 대로 팔아야 했다. 그들이 만약 천 세필을 주면 두 타스의 우산과 짝을 맞춘다. 고객에게 천을 팔려면 사람이 우산을 필요로 하든지 말든지 간에 두 타스 우산을 함께 팔아야 한다.

톈유의 검은 수염에 흰 가락이 나타났다. 표면상 그는 참고 끽소리 하지 않았다. 그는 베이핑의 점포의 장궤였다. 점원들과 도제들의 설왕 설래를 당할 수 없었다. 그러나 그의 면전에서 어느 누구도 그의 수염과 입이 그치지 않고 움직이는 것을 본 사람은 없다.

"그것이 무엇을 매매하는 규칙이냐? 포목전이냐? 우산을 파는 가게 냐? 내가 이 가게의 장궤냐 일본인이 장궤냐?"

한참 중얼거리고 나서 그는 '제기랄!'로 보충할 밖에 없었다. 그는 야비한 말로 사람을 욕할 줄 몰랐다. 이 세 마디가 그가 하는 야비한 말이었다. 이 세 마디만으로 겨우 마음이 통쾌해진 것 같았다.

이 억울함은 견디기 힘들었지만 가게 사람에게 말하는 게 편치 못하고 집 사람들에게도 알리지 않기로 결정했다. 늙은 부친 마음이 평안하도록 억울함을 마음에 담아두고 말마다 모든 것이 태평하다고 말하여왔다. 그는 루이쉬안에게도 무엇이든 많은 말을 하고 싶지 않았다. 그는 세 아들 중에 둘이 떠나고 가정을 책임지고 있는 큰 아들에게 끊임없이 불평을 늘어놓을 수 없었다. 부자가 얼굴을 맞대면 굉장히 큰 고통일 것 같았다. 루이쉬안의 눈은 몰래 부친을 곁눈질 했다. 부친의 안광이 아들과 마주치자 재빨리 피했다. 두 사람은 눈물 담긴 말이 많이 있었으나, 눈물을 머금고 한꺼번에 이야기를 쏟아버릴 수 없었다. 오십줄의 장궤가 삼십줄의 중학교 교사와 마음 놓고 눈물을 흘릴 수 없었다. 하물며 그들은 후련하게 이야기 하려면 반드시 국가가 망하고 집안이 쪼개진 이야기를 해야 한다. 이야기를 하면 할수록 반드시 비관적이 될 것이다. 이 때문에 부자가 대면하면 거저 웃는다. 웃음도 허위라 해도 난감하여 웃지 않을 수도 없다. 그래서 톈유는 집에 돌아오고 싶지 않았다. 가게 안에 사람이 부족한 것도 사실이다. 다만 장사가 안 되니 어쩔 수 없지만 집에 돌아올 시간을 내기가 어려웠다. 그는 고의적으로 집에 돌아오지 않았다. 첫째는 노친, 손자들을 만나는 고통을 피하기 위해서였다. 둘째는 자기 고집을 표시하기 위해서이다─가게가 문을 못 닫는다면 가게와 함께하겠다. 장사가 안 되더라도 나는 나의 책임을 다해야 한다.

집에서 톈유를 가장 잘 이해할 수 있는 사람은 루이쉬안이다. 치노인은 위에서 누르고 아들들은 아래에서 치오른다. 톈유는 권위상, 연치상으로 부친에게 일보를 양보한다. 동시에 그의 학식과 지식은 아들에게는 비교가 안 된다. 이 때문에 집에서는 효자가 되고 아이들에게 미움을 사지 않은 부친이 되어야 한다. 그래서 모두가 그의 성실을 보고 그의 중요성은 소홀히 한다. 다만 루이쉬안은 분명히 안다. 부친은 조부의 근검하는 가풍을 이어서 아들들이 고등교육을 계속할 수 있게 했다. 그는 부친을 존경했다. 항상 부친을 생각하면 일종의 정신적 위로가 되었다. 그는 장자였다. 부친과 그의 관계는 다른 두 아들보다 더 친밀했다. 그와 부친이 친숙한 것은 동생들보다 몇 년 더 함께 살아왔기 때문이다. 특별히 근래에 와서 그가 부친의 우울을 알아채고, 억울함을 뱃속에 억눌러 두는 것을 알아채자, 부친을 더 위로해주고 싶었다. 그러나 어떻게 위로하지? 부자간에는 거짓말을 할 수 없다. 그가 일방적으로 진실을 말하면 일방적으로 노인에게 위로가 될까! 진실을 말하면 나라가 망하고 나니 고통만 남을 것이다! 우선 국가대사만을 중요시할 수 없다. 집안 사정을 이야기하면 입을 열지 않는 것만 못하다. 그는 부친이 셋째를 생각하고 있는 것을 분명히 알지만, 무슨 얘기로 부친이 아들을 생각하지 않게 할 수 있나? 그리고 부친이 둘째에 대해 못마땅하게 여기시지만 그가 어떻게 둘째를 좋아하시지 않도록 할 수 있는가? 이러한 것들이 도리어 말하지 않는 것이 묘수라고 생각하게 한다. 그러나 이러한 것들을 말하지 않으면 부자간에 무슨 이야기를 한단 말인가? 그는 부자간에 얇은 비단 막이 있는 것 같다고 생각한다. 피차 서로 볼 수 있지만 서로를 쓰다듬을 수 없다. 침략자들의 죄가 형제들을 갈라놓았을 뿐 아니라, 서로 이산하지 않은 부자가 부득이 냉담해지지 않을 수 없다.

모두가 그럭저럭 점심을 먹었다. 루이펑은 어디서 술과 밥을 배부르게 먹고 부친을 보러왔다. 아니, 부친을 보러 온 것이 아니다. 문에 들어서자마자 형수에게 차를 청했다.

"형수님! 좋은 차를 부어 주십시오! 술을 많이 마셨어요! 차 잎이 좋은 게 없어요? 사오지 않으셨어요?"

그는 자기의 득의와 무료를 표현하러 왔다.

샤오순얼애미는 말이 입술까지 나왔으나 꾹 참았다. 그녀는 말하고 싶었다. '조부조차 좋은 차를 못 마시는데, 네가 사람이냐? 왜 너는 사오지 못하는가?' 그녀는 다시 생각해보고 자기에게 말했다. '하필 명절에! 다시 말하면 정은 없더라도 의리도 없으면 되냐?' 이렇게 생각이 들자 그녀는 물병을 화로 위에 올려놓았다.

루이쉬안은 방안으로 피해서 낮잠을 자는 척 했다. 그러나 둘째는 도대체 미운 짓만 골라하고 있다.

"형은? 형!"

그는 한편으로 소리 지르며 한편으로는 방문을 열어젖혔다.

"먹자마자 자면 좋지 않아요!"

그는 분명히 형이 침상에 누워있는 것을 보았다. 그러나 나가려 들지 않는다. 루이쉬안은 할 수 없이 일어나 앉았다.

"형, 형네 학교의 일본 교관은 어때?"

그는 작은 의자에 앉았다. 술 냄새를 풍기며 꺼억 하고 길고 힘 있는 딸꾹질을 해댔다.

루이쉬안은 동생을 힐끗 보고는 아무 말도 하지 않았다.

루이펑은 말을 이었다.

"형, 형은 교관이 무엇을 가르치든 간에 교장 위에 있다는 것을 알아야해. 버는 것도 교장보다 많고 권력도 교장보다 세지! 교장이 일본요인과 사귀면 교장에게 깍듯해. 그렇지 않으면 교관은 다루기 어려워져! 근래에 나는 일본인 친구 몇 명과 사귀고 있어. 나는 이렇게 생각해. 만약 과장에서 쫓겨나면 나는—과장을 한 자격으로—교장이 될 수 있어. 내가 교장이 되면 일본 교관의 기세를 견디기 어렵다. 그래서 나는 일본 친구와 사귀고 있어 그게 바로 유비무환이야. 형, 안 그래?"

그는 눈을 깜빡거리며 형의 칭찬을 기다렸다.

형은 아무 소리하지 않았다.

"오우, 형"

둘째의 머릿속이 주정(술기운)이 충동질하여 쉼 없이 회전하고 있었다.

"다음 학기에 각급 학교의 영어 수업시간이 결국은 대부분 없어지고 일본어로 메꾸어진다는 이야기가 있어. 형은 영어를 가르치니 일찍, 생각을 해두어야 할 거야! 사실은 형이 무엇을 가르치건 괜찮아. 일본 교관만 설득만 하면 돼! 형은 고집불통이고 항상 무뚝뚝하잖아. 요즈음은 통하지 않아! 형도 활동을 해야 잖아. 내왕할 때는 내왕하고 예물을 보낼 때는 돈 쓰는 것을 두려워하지 마! 일본인은 형이 생각한 만큼 나쁘지 않아. 형이 선물을 보내면 그들도 매우 싹싹해져!"

루이쉬안은 전처럼 아무 말도 하지 않았다.

둘째는 마음속에 술기운이 남아서 형이 냉담하다는 것에 마음을 쓰지 않았다. 그는 말을 끝내자, 동생의 모습으로 돌아가서 좋은 말을 형에게 해보아야 보답을 받을 수 없다고 생각했다. 그는 일어서서 문을 열고 소리쳤다.

"형수! 차 어떻게 됐어요? 할아버지 방으로 날라다 주세요!"

그는 치 노인의 방으로 갔다.

루이쉬안은 중학교 교관—야마끼—생각이 났다. 그는 50세쯤 되는 키가 작은 장방형인 백발의 사나이로 도수 높은 안경을 끼고 있었다.

야마끼 교관은 동물학자였다. 그의 저작―《화베이의 날짐승》―은 상당히 유명했다. 그는 루이핑이 말하는 그런 교관은 아니었다. 그는 일본어를 가르치는 것을 제외하고 방안에서 책을 읽고, 표본을 제작하고, 학교일에는 관심이 없었다. 그의 중국어 실력은 상당히 좋았으나, 학생들이 욕을 하면 못 들은 척 할뿐이었다. 어떤 때는 학생들이 칠판을 닦은 지우개를 문 위에 두었다가, 그가 문을 열면 머리 위에 떨어지게 했으나, 학생들을 신고하지 않았다. 그런데 루이쉬안의 주의를 끈 것은 루이쉬안이 다른 학교 안에서 비슷한 일이 있었으면, 교관이 위에 신고해서, 곧 헌병이 학생을 체포하여 하옥시킨다고 들었기 때문이었다. 루이쉬안은 야마끼 교관은 반드시 침략에 반대하고, 전쟁에 반대하는 학자라고 생각했다.

그러나 하나의 사건이 루이쉬안의 생각을 바꿔놓았다. 어느 날 교원들이 모두 휴게실에 있을 때, 야마끼가 가만히 들어왔다. 모두에게 예의 바르게 허리 굽혀 인사한 후 교무주임에게 말했다. 그는 학생들에게 훈화를 하려고 하니 선생님 제위께서도 들어주십시오. 그가 예를 차렸기 때문에 모두가 기꺼이 갔다. 학생 전체가 강당에 도착하자 그가 엄숙하게 연단에 올라갔다. 그의 눈은 맑았고 목소리는 낮고 힘이 있었다. 미동도 하지 않고 꼿꼿이 서서 중국어로 말했다.

"여러분에게 한 가지 사건, 아주 큰 사건을 알려드립니다. 나의 아들 야마끼 소위가 후난에서 전사했습니다. 그것은 저의 가장 큰 영광입니다! 중국, 일본은 형제의 나라입니다. 일본인들이 중국에서 전투를 하는 것은 중국을 멸하기 위해서가 아니고, 중국을 구하기 위해서입니다. 중국인들은 일본인이 견식도 있고, 용기도 있는 것은 알지 모르지만 중국을 구하기 위해 생명을 희생하고 있는 것을 모르고 있습니다. 나의 아들, 외아들이 중국에서 죽은 것은 가장 큰 영광입니다! 제가 여러분에게 말씀 드려서 여러분을 깨우치고 싶은 것은 내 아들이 여러분을 위해서 죽었다는 사실입니다! 나는 아들을 몹시 사랑했습니다. 그러나 감히 눈물을 흘리지 않습니다. 왜냐하면 일본인은 영웅의 순직에 눈물을 흘려서는 안 되기 때문입니다!"

그의 목소리는 시종 차분하고 힘이 있었다. 한 마디 한 마디가 발작을 억누르고 있었다. 그의 눈은 시종 말라 있었고 눈물을 흘릴 생각도 없었다. 그의 입술도 말라 있었고, 꼭 다물고 있어서, 양 입술은 열고 닫을 수 있는 칼날 같았다. 그의 말은 아주 적절하지 않은 "적(的)"자를 제외하면 거의 완벽하게 아름다운 간결한 중국말이었다—그는 감정을 가장 잘 조절하여, 발광을 억눌러, 이성이 승리하게 하여, 논리도 서고 힘도 있게, 다른 나라의 말로 할 말을 할 수 있었다. 말을 마치자 그는 눈을 아래로 깔고 사람을 아주 깔보는 듯, 사람을 아주 싫어하는 듯했다 -그들을 향해 예의바르게 깊이 허리를 굽혀 인사했다. 그러고 나서는 천천히 연단을 내려왔다. 얼굴을 들어 웃으면서 모두를 보고 가만 가만 상당히 빨리 걸어 나갔다.

루이쉬안 혼자서 야마끼를 찾아가서 함께 이야기 하고 싶었다. 그는 야마끼에게 말하고 싶었다. '너의 아들은 근본적으로 중국을 위해서 희생한 것이 아니다. 너의 아들은 기십만 군대들과 함께 중국을 멸망시키기 위해서 왔다!' 그리고 그는 야마끼에게 명백하게 설명하고 싶었다.

'네가 일개 학자로써 일반 일본인을 대표한다는 말은 되도 안한 소리라고 생각한다! 너의 되도 안한 말이 너를 실성하게 한다. 너희들은 너희들이 가장 우수하고 당연히 주인 노릇을 해야 하는 민족이라고 잘못 알고 있다. 어떤 민족도 기꺼이 너희들의 노예가 되고자 하는 민족은 없다는 사실을 모른다. 중국이 일본에 항전하는 것은 너희들에게 너희들이 절대로 주인 노릇을 할 수 있는 민족이 아니며 세계의 평화는 반드시 민족의 평등과 자유에 달려있다는 것을 분명히 해주기위해서다.' 그는 또 야마끼에게 말해주려고 했다. '너희들은 우리를 이미 정복했다고 생각한다. 사실은 전쟁이 아직 끝나지 않았고 너희들이 전쟁에 이겼는지 졌는지를 증명할 수도 없다! 너희들은 3개월 만에 중화를 멸망시키겠다는 주장이 공염불이 되자, 현재는 너희들이 한간들이 너희들을 돕게 하여 천천히 중국을 멸망시키고자 한다. 너희들의 방법이 약간 달라졌지만 시종 너희들의 어리석음과 착오는 깨닫지 못하고 있다. 한간은 크게 써먹을 곳이 없고, 그들은 우리를 해칠 뿐만 아니라 너희들도 해친다! 일본인은 중국을 망하게 할 수 없고 한간도 중국을 망칠 수 없다. 왜냐하면 중국은 절대로 너희들에게 무릎을 끊지 않을 것이고, 중국인은 절대로 한간을 믿지 않을 것이기 때문이다! 너희들은 반드시 빨리 깨달아야 한다. 발광은 발광을 일으키고, 착오는 착오를 불러일으키고, 다시 발광과 착오가 진리가 될 리는 없다!'

그러나 운동장을 몇 바퀴 돌면서 하고 싶었던 이야기를 목구멍으로 삼켰다. 일개 학자가 발광하는 정도를 생각하면 어떤 지식도 없는 다른 일본인들은 미루어 짐작할 수 있었다. 설사 자기가 야마끼를 설복시킬 수 있더라도 무슨 소용이 있는가? 하물며 그를 설복시킬 수 있을지도 알 수 없지 않은가?

중·일 문제를 해결하고 싶다면, 중국인이 일본인을 쳐서 깨닫게 해주는 수밖에 없다는 것을 분명히 알았다. 우리가 언제 "주인"을 타도 하여, 주인이 스스로 깨닫고 자신을 잃게 하여, 다른 좋은 생각을 하게 한 적이 있는가? 헛소리 해보아야 쓸 곳이 없다. 일본인에게는 총알이 제일 좋은 선전품이다. 여기에 생각이 미치자 그는 천천히 교문을 나섰 다. 길에서 사색이 멈추지 않았다. 그는 생각했다. 야마끼 설복은 작은 일이다. 더 중요한 것은 어떻게 하면 학생들이 교관에게 속고, 그들의 허위 보도에 속는 것을 방지하는가이다. 강당에서 그가 공개적으로 무엇을 말할 수는 없다. 그는 학생과 선생 중에 일본의 탐정이 있을까 의심이 되었다. 하물며 그는 영어를 가르치는데 입을 열어 도도하게 현하지변으로 문천상을 들먹이면서, 본받으라고 학생들을 깨우칠 수도 없다. 동시에 평소와 다름없이 교과 외에 어떤 한담도 못한다. 그는 어찌 월급만을 위해서 출근하는 것이 되어, 돈 이외에 자신을 위로하고 자신을 변명할 이유가 없지 않은가? 그는 그렇게 할 수는 없었다. 살맛 이 없어진다!

오늘 루이펑의 이야기를 듣고 하나도 마음에 담아두지 않았다. 그러 나 여름 방학 후에 영어수업 시간이 줄어든다는 말은 귀에 들어왔다. 둘째 이야기는 모두 시시하고 가증스러웠지만, 그 소식은 귓전으로 흘러버릴 수 없었다. 만약 수업시간이 반으로 줄어든다면 어떻게 살아 간단 말인가? 그는 일어섰다. 그는 곧 나가 보아야 한다. 다시는 이렇게

90

그 전처럼 답습할 수는 없다. 반드시 다른 일을 찾아야 한다. 일주일에 몇 시간씩 가르치는 것으로는 가계를 지탱할 수 없다. 학생을 위해서 그는 학생들을 유익하게 지도할 방법이 없다. 학생들과 떨어져야 한다 ─이것은 용감한 일은 아니나, 적어도 마음이 편안해질 것이다. 도처에 분주하게 가보았으나 사정은 더 무서웠다. 다만 오늘 열심히 뛰어보기로 결심했다. 마당에서 샤오순얼과 뉴쯔가 루이펑을 잡고 치 노인 방에서 나왔다.

"아빠!"

샤오순얼이 기분이 아주 좋아 소리 질렀다.

"우리 잡극 구경하러 가요!"

"무슨 잡극?"

루이쉬안이 물었다.

"베이핑에 있는 모든 잡극, 나무 다리발, 사자놀이, 큰북, 카이루, 우후꾸, 많아요! 많아! 오늘 모두 나와요!"

루이펑이 샤오순얼을 대신하여 대답했다.

"원래 신민회에서 20년 전과 같이 성황당 귀신이 순시하고 연도에 각양각색의 잡극 놀이를 베푸는 것이요. 그러나 우리 성황당의 신상은 너무 낡고, 허물어져서, 밖으로 들고 나올 수 없어서, 베이하이에서만 놀이하는 거요. 한번 볼만해요. 몇 년 동안 못 본 놀이가 오늘 모두 피로한답니다. 일본인도 잘 하는 것이 있어요. 그들이 우리의 옛 놀이를 좋아하다니!"

"아빠! 같이 가요!"

샤오순얼이 아빠에게 앙탈했다.

"나는 시간이 없어!"

루이쉬안은 냉정하게 말했다—당연히 샤오순얼에게 한 말은 아니었다.

　그가 밖으로 나가자 루이펑과 아이들도 따라 나왔다. 일단 문 밖에 나오자 다츠바오, 가오디, 자오디와 뚱보 쥐쯔가 회나무 아래에 서서 마치 루이펑을 기다리고 있는 듯 했다. 그 들 모두 매우 요염하게 차려입고 있어서 그녀들 모두가 오히려 어떤 "잡극"을 연기하러 가는 듯 했다. 루이쉬안은 고개를 숙이고 총총히 지나쳤다. 그는 갑자기 마음속이 허황해지고 뱃속이 쓰려서 쓴 물을 뱉었다. 아먀끼와 다른 일본인이 발작을 해서, 그들이 중국인들에게 분명히 할 필요가 있다고 생각했을 것이다. 그러나 다츠바오와 루이펑이 오히려 따로 발작을 하고 있는 것을 보면 무릎을 꿇고 굴욕을 당하는 것을 누리고 있는 것 같았다. 일본인이 베이핑인에게 쫑쯔도 못 먹게 하고, 베이핑인들에게 구경거리나 제공하여, 알록달록하게 차려입고 구경하러 오라고 한다! 일본인들이 도처에서 다츠바오와 루이펑을 만난다면 그들은 영구히 발광을 계속할 것이다! 그는 돌아가서 루이펑을 끌고 가서 귀싸대기를 올려주고 싶었다. 그는 희고 연약한 한 쌍의 자기 손을 내려다보고 어쩔 수 없이 웃고 말았다. 그는 남을 때릴 줄 몰랐다. 그의 교육과 문화는 원래 루이펑과 한 틀에서 나왔다. 그와 루이펑의 연약함은 정도 상의 차이일 뿐이다! 그와 루이펑은 신민족적인(미국인 같이) 힘쓰기를 좋아하여 잘 움직이고, 때리겠다고 말하면 곧 때리고, 웃겠다고 말하면 곧 웃고, 어떤 일을 하려들면(물론 국가를 보호하는 것이나 시험 비행을 하거나 기차 속도를 내는 것 등) 곧 생명을 희생할 수 있는 그러한 성질이 결여되어 있다. 여기에 생각이 미치자 자기의 손이 그렇게 연약해서 루이펑을 때려주지 못하는 것이 아니라고 생각했다. 그와 루이펑은 원래가 비슷해서 루이펑을 깔보더라도 자기와 오십보백보에 불과하다고 생각했다.

그가 괴로운 것은 이제 남에게 부탁해서 일자리를 찾아야 하는 것이었다. 그는 아무 야심이 없는 인간이라서 지금까지 남에게 사정해 본 적이 없고 남에게 연줄을 대어 본 적 없다. 친구들이 자기에게 부탁을 하면 그는 언제나 힘껏 애썼다. 그러나 그는 절대로 우인에게 본전을 대주어 이자를 취하는 식으로는 하지 않았다. 그는 몇 년 전 일을 해주었지만 그런 식으로 사람을 도와주고 남에게 구하지 않기 때문에, 그는 언제나 친구가 있고 친구에게 존경을 받았다. 오늘 압박을 받아 어쩔 수 없이 친구에게 부탁을 하지 않을 수 없었다. 이 때문에 매우 난처했다. 침략자의 죄악은 죽이고, 불태우고, 약탈하고, 강간하는 것만이 아니라, 일체의 인간의 낯가죽을 벗기기도 한다!

동시에 그는 학생들을 차마 버려둘 수 없었다. 수업하는 것은 어떤 때는 고뇌이고 어떤 때는 즐거움이다. 수업하는 것이 습관이 되기에 이르면, 즉 어떤 교육이 신성하다는 말을 하지 않아도, 한 사람이 갑자기 사랑스러운 청년의 얼굴을 외면하고 싶지 않으며, 자기의 심혈을 화초에 물 주듯이 그들에게 부어주고 싶다. 다시 말하면 자기는 학생들과 감히 국사를 논하지는 못하지만 적어도 정직하고 분명했다. 그와 학생이 한 자리에 있으면, 한두 마디로 학생들의 잘못을 바로 잡아, 욕됨을 참고 원수를 갚는 것을 잊지 않게 할 것이다. 학교에서 떨어져 나오면 이런 책임을 벗는다! 그는 괴로웠다.

하물며 그가 부탁할 만한 사람은 외국 친구들이었다. 평소에 그는 "양놈의 주구"—모자를 삐딱하게 쓰고, 손을 호주머니에 찌르고, 입에 금니를 해 넣고, 이빨 사이로 외래어를 내뱉는 담배회사의 외판원, 외국인을 데리고 이화원에서 통역하는 사람—를 싫어했다. 이 때문에 그는 자기가 영어를 가르치지만 평소 말하는 중에 영어를 끼워 넣지 않았다. 그는 양복을 입지 않았다. 그는 절대로 편협한 국수주의자는 아니었다. 그는 서양 문명 중에서 어떤 것이 존경할만한 가치가 있는지 알았다. 그러나 그는 넥타이를 매고, 자만하고, 천박하고, 무료한 양놈의 주구를 매우 싫어했다. 그는 "남의 세력에 기대는 주구"를 가장 비천한 것으로 여겼다. 그가 보기에 "양놈의 주구"를 루이펑보다 더 싫어했다. 왜냐하면 루이펑의 무료함은 순수하게 중국식이었다면 양놈 주구는 특제품이었다—그들은 동서의 문화라고는 조금도 모르면서 중국인의 좋은 점은 모두 버렸기 때문이다. 루이펑조차 죽엽청주를 좋아하지만, 양놈 주구는 죽엽청주에 사이다를 첨가하여 홀짝이면서 양주 비슷하다고 지껄인다. 국가가 망할 때는 양놈 주구 같은 놈이 가장 두려운 인간이다. 그들은 보통 때 중국성(姓)은 외국인의 성 만큼 귀를 즐겁게 해주지 않는다고 생각한다. 그리고 항복을 하고나서는 외국인보다 자기의 문화와 문물을 파괴하는데 더 적극적이다. 이웃들 중에 가장 미워할만한 놈이 딩웨한이었다.

그러나 오늘 반드시 딩웨한이 출입하는 곳에 가야한다. 그도 "양"인들에게 일자리를 빌어야 한다.

그는 일본인들이 베이핑을 점령하자 '주나라 곡식은 먹지 않는다'면서, 일자리를 찾을 생각을 안 할 수 없다. 그는 집안의 늙은이와 어린애를 굶어 죽게 할 수 없어서, 무엇이든 해야 했다. 그런데 일본인과 관계없는 일을 찾으려 했더니 자기의 처지를 알아주는 곳이 없었다. 그러나 그는 도대체 맛의 문제가 아니라고 생각했다. 만약 몇 묘의 땅이 있든지 손재주가 있으면 노친들을 봉양하는데 어려움을 겪을 필요는 없을 것이다. 그러나 자기는 베이핑인이다. 그는 살아가야 한다. 유일한 생활방식은 월급을 받는 것이다. 그는 자기가 베이핑에 태어난 것이 한스러웠다.

시창안제를 가다가 큰 사자놀이와 작은 사자놀이를 보았다. 잡극 지휘자가 은행나무 색 삼각기를 들고 머리가 땀에 흠뻑 젖은 채 늘을세라 회장 안으로 들어가고 있었다. 한 눈에 펑장류 사부를 알아보았다. 그의 마음이 전율했다. 류 사부가 왜 투항을 했는가? 그는 류 사부의 됨됨이를 생각하고 감히 부르지는 못했다. 만약 부르면 류 사부를 난처하게 할 것이라는 것을 알았기 때문이다. 그는 오히려 머리를 숙이고 지나갔다. 그는 류 사부를 나무라고 싶지 않았다.

"베이핑을 버리고 싶지 않아서 염치를 버렸구나!"

그는 혼자 중얼거렸다.

그가 가서 보려고 하다가도, 보고 싶지만 보기가 무서운 사람이 한 사람이 있다. 그 사람은 대학교에서 그에게 영어를 가르친 영국인 미스터 구드리치였다. 구드리치는 전형적인 영국인이었다. 무슨 일에든 언제나 자기의견이 있었으며 남에게 완전무결하게 논박을 당할 경우를 제외하고는 절대로 쉽게 자기주장이나 견해를 버리지 않았다. 만약 그의 의견이 논박당하면 희한하고 고괴한 예를 들어 변론의 방향을 돌려서 권토중래한다. 그는 변론을 즐기고 있는 것 같다. 그의 말은 언제나 예리하고 단도직입적이고 말문이 막혀 숨을 못 쉬게 몰아 부친다. 그러나 어떤 사람이 그를 말문이 막히게 하면 서둘지 않는다. 그가 사람을 궁지에 몰아넣으면 그는 목에 핏줄을 세우고 연거푸 머리를 흔든다. 그 후에 그는 그가 정복한 사람에게 술을 권한다. 그가 항복을 하지 않으면 패배한 적에게 존경을 표한다.

그는 영국인이기 때문에 자만심이 강했다. 그러나 어떤 사람이 먼저 영국은 이런 저런 점이 좋다고 말할라치면, 그는 곧 영국이 유사 이래 한 번도 좋은 일을 한 적이 없는 것처럼 영국을 호되게 비판하기 시작한다. 상대가 그를 따라 영국을 비판하면 그는 돌변하여 영국이 유사 이래 어떤 잘못도 저지르지 않은 것처럼 영국을 변호한다. 그가 영국을 비판하거나 변호할 때 그의 행위나 기개는 일거수일투족에 이르기까지 영국인다운 데가 없다.

그는 이미 30년을 베이핑에 살고 있다. 그의 베이핑 사랑은 그의 영국 사랑과 비등하다. 베이핑의 일체, 베이핑의 모래 바람 큰 대변 무더기조차도 그가 보기에는 좋은 것이다. 그는 자연히 베이핑이 영국보다 더 좋다는 말은 차마 하지 않지만 다만 술기가 있을 때는 진실을 말한다.

"나의 뼈는 시산 정의원 밖에 묻어주면 좋겠다."

베이핑의 풍속과 연혁에 대해서 보통 베이핑 사람보다 훨씬 더 잘 안다. 베이핑인은 베이핑에 사는 것에 익숙해져서 어느 시점이 되면, 모든 것이 평범해져 기이한 것이라고는 없다고 생각한다. 그는 외국 사람이어서 그의 눈은 어떤 물건에 대해서라도 소홀하게 넘기지 않는다. 그는 자세히 관찰한 후에 판단을 내려서 천천히 베이핑통이 되었다. 그는 일체를 알기 때문에 베이핑의 주인이라고 자부한다. 그는 베이핑에 여행 온 외국인을 아주 싫어한다. '일주일 만에 베이핑을 다 볼 수 있을까? 돈을 낭비하지마라 베이핑을 모욕하는 것이다'라고 쏘아 붙인다.

그의 평생 꿈은 《베이핑》이라는 책을 쓰는 것이다. 그는 매일 원고를 정리한다. 시종 그는 '아직 좀 덜 되었다'라고 한다. 그는 영국인이다. 이 때문에 완성되지 않았을 때는 절대로 입을 열어 선전하지 않는다. 그는 자기가 《베이핑》이라는 책을 한권 쓰고 있노라고 말하지 않지만 유언장에 그가 이미 다 썼노라고 쓰려고 한다―걸작 《베이핑》의 저자.

영국인의 장점과 단점은 그들의 수구적(보수적)인 자세와 큰 관계가 있다. 굿리치선생은 영국인이기 때문에 당연히 수구적이다. 그는 영국을 위해서 수구적일 뿐만 아니라 베이핑을 위해서도 수구적이어서 일체의 옛 물건들을 지키고 싶어 한다. 그가 성 밑이나 성 바깥 교외를 산보하다가 조롱을 들고 있거나, 복숭아씨를 손안에서 굴리는 사람 즉 "유민"을 만나면 그와 몇 시간 동안 이야기를 나눈다. 그때만은 그는 영국은 물론 셰익스피어도 잊어버리고, 그 유민과 그 유민의 손에 든 복숭아씨에만 관심을 집중한다. 일개 영국인의 눈으로는 응당 새를 조롱에 가둬두는데 반대한다. 다만 그때는 그가 영국인임을 잊을 뿐이다. 그의 눈은 중국인의 눈으로 바뀌었는지도 모른다. 그는 중국은 특이하고, 독립적인 문화를 가지고 있고, 새를 키우는 것도 그 중에 하나라고 생각한다. 그는 새의 고통을 잊고 베이핑인의 문화만 생각한다.

이 때문에 그는 새로운 중국을 매우 싫어한다. 새 중국인은 혁명을 요구하고 개혁을 요구하고 중국식 두루마기를 벗고, 단의를 벗고, 여자에게 전족을 못하게 하고, 조롱 속의 화미조와 구관조를 날려 보내려 한다. 그는 그것은 전형적인 문화를 소멸시키고 파괴하는 것이기 때문에 당장 금지해야 한다고 생각한다. 양심적으로 말하면 중국인을 물웅덩이에 처넣어서 물속에서 죽게 하고 싶은 생각은 없다. 그러나 그는 중국인이 개혁하여 그가 미래의 자기 책에 등장할 베이핑인이 없어질까 두려워한다. 그는 30년 전의 목판화 수집품을 들고 나와 베이핑인에게 묻는다.

"당신이 보기에 30년 전의 물건이 좋아요. 아니면 현재의 석인(石印)이 좋아요? 색깔을 보세요, 표정을 보세요, 윤곽선을 보세요. 종이를 보세요. 당신들은 30년 전에 생산된 물건과 비교해서 어때요? 여러분은 이미 아름다움이라 부르는 것을 잊었어요. 무엇을 문화라 해야 하나요! 당신들이 개혁운동을 해서 늙은 호랑이를 고양이로 바꾸고 싶소!"

그림과 마찬가지로 허다한 30년 전 물건을 모았다. 아편 도구, 작은 신발, 화령, 조주 같은 것들이다.

"아편을 피우는 것은 반대하지만 보세요. 잘 보세요. 이 아편 담뱃대는 얼마나 아름답고 얼마나 정교합니까!"

그는 득의에 차서 설명했다.

당초에 베이핑에 오자 대사관에서 일했다—딩웨이한이 입에 달고 있는 영국부이다. 베이핑을 사랑하여 베이핑 처녀와 결혼하여 부인을 삼고 싶었다. 그때 그는 그가 아는 베이핑에 대한 사정은 많지 않고, 급히 일체를 알려면 중국인과 혼인을 한다면 많은 사정을 명백하게 알 수 있다고 생각했다. 그러나 그의 상사가 그에게 경고했다.

"너는 외교관이다. 정신 차려라!"

그는 그 경고를 받아들이지 않고 정말로 좋아하는 처녀를 찾았다. 그는 정말 그녀와 결혼하면 사직해야 한다는 것을 알았다—자리를 내어 놓으면 자기의 앞길을 파괴하는 것과 같다. 그러나 그는 내일을 상관하지 않고 "동방의 꿈"을 완성하기로 결정했다. 불행히도 그 처녀는 폭병에 걸려 죽었다. 그는 대단히 상심했다. 자기 자리는 유지하게 되었는데도 그는 사직했다. 그가 상심하고 있을 때 그는 늘 중얼거렸다.

"동양은 동양이고 서양은 서양이다."

여기다 덧붙였다.

"나는 동양인이 되려했지만 성공하지 못했다."

사직 이후에 그는 곧 중국 학교에서 글을 가르치거나 외국 상점에서 임시로 일을 도왔다. 그는 능력이 있었다. 그리고 그의 생활은 아주 단출했다. 수입은 많지 않아도 자기 쓰기에는 충분했다. 그는 동남성

귀퉁이에 오래된 집의 작은 꽃밭이 있는 세 칸 방을 세 얻었다. 세칸방의 벽이 중국화 글씨, 형형색색의 놀이기구들로 가득 찼다. 또 중국학자에게 하나의 편액을 서달라 해서 걸었다―"소류리창". 마당에는 몇 개의 어항에 금어와 몇 개의 조롱에 새와 적잖은 화초를 키웠다. 일단 문에 들어가면 문간방을 하나 만들고 전에 광서황제를 모신 태감을 찾아서 문을 지키게 했다. 명절을 쇨 때마다 태감에게 빨간 영모를 씌우고, 그에게 만두를 만들어 주게 했다. 그는 성탄절, 부활절, 단오, 중추절도 쇠었다.

"사람마다 모두 나와 같아도 일 년에 불과 몇 번 즐기냐?"

그는 웃으면서 태감에게 말했다.

그는 두 번 다시 연애도 결혼도 하고 싶어하지 않았다. 친구들이 혼인 문제를 거론하면 그는 언제나 머리를 흔들고 말했다.

"늙은 중이 혼수를 보면 후배(손)도 보는 거야!"

그는 베이핑의 우스갯소리와 헐후어 을 배워서 쓸 줄 알았으며 아주 적절하게 사용했다.

영국대사관이 난징으로 옮겨질 때 그는 대사관으로 돌아와 일을 했다. 그는 대사에게 베이핑에 남게 해달라고 청했다. 그때 그는 이미 60여세였다.

그는 루이쉬안을 가르쳤고 그를 좋아했다. 원인은 루이쉬안이 침착하고 단아했기 때문이다. 그가 보기에 어떤 점으로 30여 년 전의 중국인 같았다. 루이쉬안은 전에 영원히 완성될 수 없는 걸작의 자료를 수집하고 그가 인용하는 중국시와 문장을 번역하는 것을 도왔다. 루이쉬안은 영문도 좋고 중문도 나쁘지 않았다. 루이쉬안과 함께 일하면 유쾌했다.

두 사람이 때때로 의견이 같지 않아서 격렬하게 피차를 공박하지만 그는 국회의 어머니인 영국에서 왔고 루이쉬안은 쉽게 얼굴이 붉어지지 않아서 그들의 감정 때문에 우의가 손상을 입지는 않았다. 베이핑이 함락되었을 때 굿리치선생은 루이쉬안에게 편지를 보냈다. 편지에서 그는 일본인들의 침략은 유럽의 암흑시대에 야만인들이 로마를 습격한 것에 비교할 수 있다. 그는 이미 3일을 제대로 먹지 못했다고 썼다. 편지 끝에 루이쉬안에게 말했다.

"무슨 어려움이 있으면 나를 찾아오게나. 내가 할 수 있는 한 반드시 자네를 도울 것이네. 내가 중국에 산 지 30년이야. 나는 동방인이 친구를 어떻게 사귀며 어떻게 돕는 가를 배웠네!"

루이쉬안은 예의 바르게 답을 했으나 그를 찾아가지는 않았다. 그는 굿리치선생이 중국인을 나무랄까 두려웠다. 그는 노인이 한편으로는 일본의 침략을 저주하겠지만 한편으로는 중국인이 베이핑을 지키지 못했다고 중국인을 나무랄 것이다.

오늘 가지 않을 수 없게 되었다. 노인이 자기를 도와줄지 누가 알겠나. 그리고 그는 노인이 반드시 통쾌하게 한바탕을 불평을 늘어놓을 것이고, 그것이 그를 난감하게 할 것이라는 것을 알았다. 그는 그저 낯가죽을 두껍게 하여 부딪쳐 보는 수밖에 없었다. 물론 어떻게 말하든 노인의 험담을 듣는 것이 일본인에게 손을 뻗쳐 돈을 구걸하는 것보다 훨씬 낫다고 생각했다.

과연 생각한대로 벽두에 한 시간은 좋게 중국인을 나무랐다. 나쁘지 않은 것은 루이쉬안 개인을 욕하지 않은 것이었다. 그러나 자기가 욕을 들어먹지 않으려고 중국인을 변호할 수도 없었다. 동시에 그는 노인을 도와주기 위해서 왔기 때문에 노인을 반박할 수도 없었다.

구드리치의 키는 그리 크지 않았다. 얼굴은 길고 코는 날카로웠다. 회색 눈은 안와 속에 깊이 박혀 있었다. 그의 허리는 아주 꼿꼿했지만 듬성듬성한 머리카락은 백발이나 다름없었다. 그의 목은 상당히 길었다. 그래서 한 가지 나쁜 버릇이 있다면—말이 길어질 때 마다 숨이 막히는 것처럼, 수탉이 울 때 하듯이 목을 길게 뽑는 것이다.

루이쉬안이 보기에 노인은 확실히 베이핑을 위해서 걱정을 한 탓인지 백발이 작년보다 늘었다. 그래서인지 말 할 때 쉴 새 없이 목을 뽑았다. 그렇더라도 의견 상으로 고의적으로 양보하려고 들지 않았다. 그는 밥벌이를 할 수 없으니, 먼저 노인의 꾸지람을 들었다. 그는 반드시 노인에게 분명히 말했다. 중국은 아직 망하지 않았으며, 중·일전쟁이 아직 끝나지 않았다. 노인에게 제발 너무 빨리 단정하지 말라고 말씀드렸다.

반시간 가량 토론을 하다가 노인이 생각난 듯이 말했다.

"이런 일이 있나! 얘기하는데 바빠서 중국식 예절을 잊었구나!"

그는 급히 벨을 눌러 차를 가져오게 했다.

차를 가지고 온 사람이 딩웨한이었다. 루이쉬안이 굿리치선생과 평좌로 함께 앉아서 이야기를 하고 있었다. 딩웨한의 놀라움은 말로 할 수 없을 정도였다.

차를 한 모금 마시자 노인은 자동적으로 휴전했다. 그는 루이쉬안을 말로 압도할 수 없었다. 그렇다고 마음대로 자기 의견을 버릴 수도 없었다. 다시 기회를 잡아 설전을 한 차례 더 벌리는 수밖에 없다. 그는 루이쉬안이 반드시 다른 일로 자기를 찾아왔지 한담이나 하자고 오지 않았을 것이란 것을 안다. 그는 웃었다. 그는 약간 애교 섞인 중국어로 그리 유창하지 않게 말했다.

"그래 무슨 일이야? 나를 찾다니 일이 있어? 먼저 진지한 얘기부터 하세!"

루이쉬안은 온 뜻을 말했다.

노인은 목을 쭉 뽑더니 루이쉬안에게 말했다.

"자네, 나에게 오게. 나는 좋은 조수를 못 구했어. 자네가 와서 나하고 함께 일하세. 그러면 피차 만족할거야! 자네 보기에 항상 파견된 중국인은 영문이 좋지 않고, 중문도 항상 믿을 수 없어. 현재 중국대학 졸업생은 영문도 좋지 않고 중문도 좋지 않아—자네는 항상 신중국을 변호했지만, 내가 말하는 이 점은 자네도 반박할 수 없을 거야?"

"일개 국가가 새로운 국가로 바뀔 때 자연히 한 발자국 만에 천당에 닿을 수는 없어요!"

루이쉬안이 웃으며 말했다.

"오우?"

노인은 급히 차를 한 모금 마셨다.

"자네가 와라! 베이핑은 이미 버려졌다. 자네들도 변했나? 어떻게 변했지?"

"버리고 다시 탈환할거요!"

"되었어! 되었어! 너의 말을 완전히 믿지는 않지만, 자네의 신념이 굳은 것을 존경하네! 좋아, 오늘은 그만하세. 이후에 우리가 토론할 기회가 있을 거야. 다음 주 월요일 사무실로 오게. 자네의 이력서를 영문과 중문으로 써주게."

루이쉬안이 쓰기를 마치자 노인은 호주머니에 넣었다.

"어때 술 한 잔 마시겠나? 오늘이 단오절이 아닌가?"

39

둥청에서 돌아오는 길에 루이쉬안은 마음이 좋지 않았다. 돈을 벌어 가족을 부양하는 것을 두고 말하면, 그는 응당 한 숨을 돌릴 수 있다고 생각하지만 양인들의 일을 하는 것을 말하면 딩웨한과 같지 않더라도, 다소 마음이 언짢았다. 가장 좋은 쪽으로 생각해도 그는 학생들을 방치하고 외국인을 도와 일을 해야 함으로 일종의 도피인 셈이다. 그는 국가에서 가장 필요로 하는 때에 국가에 면목 없는 일을 하는 것 같이 생각되었다. 그는 고개를 숙이고 천천히 걸었다. 그는 거리의 사람들을 명청하게 베이하이로 구경하러 가는 데 사람들에게라도 보일 면목이 없었다. 자기는 명청하지 않다 해도, 국가를 위해서 무엇을 하고 있는가? 그는 책임을 회피하고 있지 않은가.

그러나 그는 이 기회가 일가의 곤란—일가가 잠시 굶주림을 해결할 수 있는 기회를 잡았다는 것을 부인할 수 없다. 그는 어떤 일이라도 하나의 결함도 없이 해결될 수는 없다고 생각했다. 베이핑은 이제 중국인의 베이핑이 아니라서, 베이핑인은 이제 다시 완전히 자기의 의사대로 살아갈 수 없다. 그는 거의 일본인에게 완전히 사로잡힌 사람이 아니라고 자기를 위로하고, 자기가 해결할 수 있는 길을 찾았다는 사실을 응당 축하해야 할 것 같았다. 이렇게 생각하자 머리를 들었다. 그는 노인들에게 명절을 기념하는 띰섬을 사가서 즐겁게 해드려야겠다고 생각했다. 그는 이렇게 어머니에게 효자가 되는 것이라고 생각하며 웃었다. 그러나 이것은 도대체 합리적 행동이고, 적어도 항상 얼굴을 찡그리고 펴지 못하여 노인들을 걱정시키는 보다 더 낫다고 생각했다. 시단패루 과자점에서 20위안 어치 우두뼹을 샀다.

그 집은 오래된 상점으로 문 밖에 '만·한과자' '고급과자 있음' 등의 황금색 글씨로 된 붉은 간판이 여전히 걸려 있었다. 상점 안은 아주 깨끗하고 아치가 있었다. 몇 개의 붉은 칠을 한 나무 상자가 있고 그 안에 각색의 띰섬이 있었다. 벽에는 다른 물건은 없고 누렇고 검은 큰 벽화가 그려져 있었다. 그림은 《삼국지》와 《홍루몽》의 고사들을 그린 그림이었다. 루이쉬안은 이런 가게를 좋아했다. 가게 방안에는 따뜻하고 부드러운 사탕과 우유 맛이 조금 가미되어 있는 카스텔라가 진열되어 있었다. 이런 것들이 사람의 마음을 안정시켜 주었다. 옥내의 광선은 상당히 어두웠다. 그러나 계산대에 가까이 가면 머리를 깨끗이 밀고, 얼굴을 깨끗이 씻은 점원이 미소 띤 채 맞이하러 나와서 온화한 낮은 소리로 '무얼 사시렵니까?' 하고 묻는다.

거기는 페인트칠을 한 울긋불긋한 유리 궤가 없고, 색깔이 눈을 찌르는 깡통과 종이함이 없고, 한 편에서는 웃고 한편에서는 장사하는 점원이 없고, 형형색색의 '파격 세일'과 '2주년 기념' 같은 종이 띠도 없다. 거기에는 상호, 규칙, 청결과 정가판매가 있다. 그것은 진정한 베이핑 상점이고 충분히 평화적 문화와 함께 꾸려갈 수 있는 곳이다. 그러나 이런 가게도 천천히 사라져 간다. 성 전체에 4~5집만 남았다. 이 4~5집도 장차 '도향촌'으로 바뀌어 띰섬, 족발, 혹은 찻잎이 한 곳에 널브러져 팔릴 것이다. 그러지 않으면 스스로 멸망을 자초한다. 이들을 멸망에 이르게 한 것은 규칙, 성실, 진정한 기술을 갖춘 장인과 가장 예의바른 점원들이었다.

루이쉬안은 여러 종류의 띰섬을 물었다. 점원들은 죄송한 듯이 '없습니다'라고 답했다. 점원이 말한 이유는 재료를 구할 수 없고, 비치해두어도 사는 사람이 없다는 것이다. 계절에 맞는 띰섬은 우두뻥 밖에 없었다. 왜냐하면 그것이 안 팔리면 비벼 부수어서 "깡루"를 만들 수 있기 때문이다—가장 소화가 잘 되고 임산부가 먹도록 만들어진 띰섬. 루이쉬안은 우두뻥이 별 맛이 없다는 것을 알았다. 그래도 20위안 어치를 샀다. 그는 명년이면 아마도 우두뻥이라는 명사조차 베이핑의 멸망을 따라 소멸될 것으로 알고 있다.

점포에서 나오자 자신에게 말했다. '명년 단오에는 아마도 일본 띰섬을 먹어야 하겠지! 나조차도 양놈 일을 하지 않는가? 예절, 규칙, 성실, 문아, 만약 우리가 목숨을 걸고 그것들을 지키려 하지 않으면, 모두가

사라질 것이다.'

집으로 서둘러 가다가 펑장 류 사부를 만났다. 류 사부의 얼굴이 빨개졌다. 루이쉬안이 무슨 말을 해야 좋을지 몰라 굉장히 난처했다. 류 사부는 머리를 숙이고 지나쳤다가 급히 되돌아와서 이야기를 분명히 하려는 것 같았다. 그는 마음속에 할 말을 담아둘 수 있는 사람이 아니기 때문이다.

"치 선생, 제가 베이하이에 갔습니다. 그러나 그들을 위해서 연회를 펼치지 않았습니다. 원래는 가지 않으려 했습니다. 그러나 회장이 내 이름을 공고해버려서 안 가면 시비를 일으킬 것 같았습니다! 제가 어떻게 하면 좋지요? 선생님이 말씀해 주십시오. 출근에는 응하고 연희는 하지 않는다! 저는…"

그의 마음속은 혼란스러웠다. 무슨 말을 해야 좋을지 몰랐다. 그는 확실히 일본인이 원망스러워서 일본인을 위해서 절대로 놀이를 하지 않으려 했다. 그러나 회장의 명령을 어길 수 없었다. 왜냐하면 어기면 손해를 보기 때문이다. 그는 자신의 어려움을 루이쉬안에게 털어놓았다. 전처럼 그를 존경하기 때문이었다. 그는 체면을 잃었기 때문에 양해달라고 요구하고 있었다. 또 이번에 공연장에 가서 출연을 하지 않으면 다음번에는 출연이 불가능하게 될 것이다. 그가 어떻게 해야 하는가? 그는 "처마가 낮은 집에 살면, 머리를 숙이지 않을 수 없다"는 도리를 안다. 그러나 그가 천세를 믿고 행패를 부리면 이전의 예를 모조리 잃어버리고 적에게 머리를 기꺼이 숙여야 되지 않을까? 머리를 숙이지 않으려면 그가 아마 일본인의 눈치를 살펴야 할 것이다. 그는 약간의 무예를 갖췄지만 일본인은 기관총이 있지 않은가!

루이쉬안은 류 사부의 마음속의 어려움과 걱정을 상상할 수 있었지만 해야 할 적절한 말을 찾을 수 없었다. 그는 전에 류 사부에게 자네 같이 무예를 갖춘 사람이 왜 베이핑을 떠나지 못하는가라고 물은 적이 있다. 류 사부는 그때 떠나지 못했는데 이제 무슨 말을 해야 할 것인가? 그는 '안 가려면 낯가죽을 벗겨 똥구덩이에 처박아버려라!'라고 말해주고 싶었다. 그러나 그것은 이웃을 위로하는—좋은 이웃이 할 수 있는—말이 아닌 것 같았다. 그는 또 다시 류 사부에게 탈출하라고 권할 수도 없었다. 류 사부가 만약 어려움이 없다면 반드시 베이핑을 떠나라는 권고를 기다리지도 않을 것이라고 믿었다. 그가 이미 곤란에 처해 있고 그가 해결하는 것을 도울 수 없다면 루이쉬안이 공허한 말을 해봤자 무슨 소용이 있는가? 그의 입술이 몇 번 달싹거리다가 적절한 말을 찾지 못했다. 그는 아직 일본인들에게 잡혀 고문을 당하지 않을지라도, 이미 자기 마음은 고문을 당하고 있다는 생각이 들었다.

그때 청창순이 문안에서 튀어나왔다. 그는 못 말리는 녀석이라 다짜고짜 입을 열어 물었다.

"류 사부! 듣자하니, 사자춤을 추러 가셨다면서요?"

류 사부는 대답을 하지 않았다. 꾹 참아서 눈에서 불이 튀어나왔다. 그는 어린아이에게 뭐라 할 수 없었다. 그러나 화를 내지 않을 수 없었다. 그는 눈으로 죽일 듯 쳐다보았다.

창순은 겁이 났다. 자기가 말을 잘못 했다는 것을 깨달았다. 그는 아무 말 없이 천천히 대문 안으로 물러났다.

"후레자식!"

류 사부는 시답지 않게 한 마디로 꾸짖었다. 그러고는 덧붙였다.

"다시 봅시다!"

몸을 돌려 가버렸다.

루이쉬안은 잠시 그 자리에 서 있다가 천천히 집안으로 들어갔다. 그는 류 사부와 청창순을 어떻게 편단해야 좋을지 몰랐다. 마음을 논하면 그들 모두 혈기왕성한 사람들이다. 처지를 말하면, 둘 다 비슷했다. 그들을 칭찬할 수도 없고 그들을 나무랄 생각도 없었다. 그들과 자기는 베이핑에서 영혼이 능지처참 당하기를 기다리면서 살아가고 있는 사람들에 불과하다. 그러므로 아마 베이핑은 그들의 출생지일 뿐만 아니라 그들의 묘지이기도 하다―아마 일본인들에게 생매장 당할 땅인지도 모른다.

그러나 그의 우두삥은 성공을 거두었다. 치 노인은 먹고 싶어 하지는 않아도 웃는 얼굴을 했다. 그의 70년의 기억은 하나의 사건이 어떤 계절과 한 조를 이루고, 어떤 물건과 방법이 한 짝을 이루어 기억되었다. 그의 단오절의 기억에는 우두삥이, 추석에는 월병, 설에는 설떡과 함께 빨간 글씨로 쓰여 있는 홍빠오 가 있었다. 그는 그것들을 먹고 싶지는 않았지만 보고 싶어 했다. 그것들은 머릿속에 있는 기억들의 증거이고 세계가 여전히 변동하지 않았다고 방심할 수 있었다. 금년 단오에 그는 앵두, 오디, 쫑쯔와 부적을 보지 못했다. 그는 아무 말도 하지 않았지만 마음속에 있는 카드들이 어지럽게 출현해서 마음을 불안하게 했다. 지금은 적어도 하나의 물건을 보았다. 붉은 글자로 쓴 물건으로 단오절이 아직도 지켜지고 있으며, 일본인들이 단오절을 없애지 못했다는 생각이 났다. 그는 급히 두 개를 집어서 샤오순얼과 뉴쯔에게 나누어주었다.

샤오순얼과 뉴쯔는 두 손으로 띰섬을 받았다. 뉴쯔는 기쁘게 숨을 들이쉬었다. 순얼은 이미 한 입 베어 물었다. 그러고는 물었다.

"이것이 우두뼹입니까? 독이 있어요?"

노인은 혀를 차면서 웃었다.

"위에 전갈, 지비(의 무늬)가 있어서 그래. 모두 모양을 본뗬지 독은 없어!"

루이쉬안은 옆에서 보았다. 처음으로 아이들이 가련했다―베이핑이 함락된 후 아이들은 제대로 먹지 못했다. 잠시 후에 갑자기 어떤 이치를 깨달았다. '과연 이래서 한간이 되는구나. 잘 먹고 잘 마시는 것은 인생의 기본적인 즐거움이다! 잘 먹으면 아이들은 곧 천사처럼 귀여워진다!' 그는 순얼을 바라보면서 머리를 끄덕였다.

"아빠!"

순얼은 마음으로부터 혀를 움직였다.

"아빠는 왜 머리를 끄덕여?"

뉴쯔는 어른들이 그녀가 먹는 데만 정신을 판다고 말할까 두려워서 아무 뜻도 모르고 물었다.

"머리를 끄덕여?"

루이쉬안은 참담하게 웃으며 대답하고 싶지 않았다. 만약 답을 꼭 해야 한다면 아마 그는 이렇게 말했을 것이다. '그래도, 나는 아이들의

웃는 얼굴을 위해서, 그들의 영혼을 팔수는 없다!'

그는 둘째처럼 마음에 일을 담아두지 못하지는 않은 것 같다. 그는 곧 집안사람들에게 새로운 일자리를 찾았다고 말하고 싶지 않았다. 태평성시면 그는 반드시 일자리를 얻은 것에 기분이 좋았을 것이다. 왜냐하면 돈을 벌 수 있고, 영어를 말할 기회도 얻고, 외국잡지와 외국어로 라디오도 들을 수 있기 때문이다. 현재는 이리힌 편리한 삿을 알고도 그렇게 흥이 나지 않았다. 그는 학생들을 방치한 것이 용기가 없고, 불의를 저지르고, 책임을 회피한 것이기 때문이라고 생각했다. 집안사람들에게 얘기하면 모두가 반드시 대단히 기뻐할 것이지만 집안사람이 기뻐할수록 그의 부끄러움과 고통은 더 커질 것이다.

다만 노소가 웃을 수 있게 했다는 것을 알고서는 그는 자기의 혀를 더 이상 억누를 수 없었다. 그는 그들에게 이야기를 해서 모두를 기분 좋게 하고 싶었다.

그는 사정을 얘기했다. 과연 노인과 윈메이의 즐거워하는 모습을 예상했던 대로였다. 서너마디 말하자 소식이 남쪽 방에도 전해졌다. 어머니가 흥분해서 즉시 뛰어나왔다. 대답하고, 화답하면서, 그녀가 큰 아들이 최초로 돈을 벌어 온 날을 얘기하고, 밤새 눈을 붙이지 못하던 일, 둘째가 일을 하려고 할 때, 그녀가 밤을 이어 검은 단비 가죽 밑창을 만든 일. 그러나 신발이 다 되자, 둘째가 가죽신 사려고 해서 사흘 동안 참기 어려웠던 일을 꺼내었다.

며느리의 얘기가 늙은 시아버지에게 영감을 주어, 치 노인도 이야기 보따리를 열었다. 그는 톈유가 장년일 때의 일을 들먹이자 모두가 노년의 고사를 듣는 것 같이, 톈유가 살아있는 사람이라는 것을 잊었다. 그가 이야기하는 것은 톈유 부인조차 모르는 것으로 노인을 대단히 득의에 차게 했다. 고사의 주인공이 재미있어 하는지 아닌지 관계없이, 이야기의 연대가 이미 며느리가 식상한 것이고 적잖게 빛바랜 것이었다.

원메이는 다른 사람보다 더 기분이 좋았다. 몇 개월 동안 일가 대소의 먹고 입는 것에서 그녀가 얼마나 고초를 겪었는지 모른다. 현재는 남편이 서양인의 일을 하게 되어 아주 잘되었다고 생각했다. 그녀는 아직 서양 사람의 돈을 손에 쥐어 본 적 없다. 그러나 서양인의 돈은 그녀가 다시 마음속으로 쌀과 아이들이 신을 신과 양말 걱정을 하지 않게 해 줄 것이고, 다시 일본인들을 욕할 필요가 없게 할 것이다. 일본인이 계속 베이핑을 점거하더라도 그녀와는 관계가 없다! 노인과 시어머니의 "옛날 얘기"를 들으면서, 그는 원래 어린애를 낳고 키우는 경험은 말할 가치가 있기는 하지만 입을 열지는 않았다. 왜냐하면 두 분 노친들이 하는 얘기가 고목이라면 그녀의 경험은 이제 막 크기 시작한 푸른 묘목에 불과하기 때문이다. 그녀는 남편이 이미 믿음직한 수입원이 있으니, 가족 모두가 화기애애하게 살아갈 수 있고, 20~30년만 기다리면 그녀도 캉에 편안히 앉아서 자식들에게 옛날이야기를 할 수 있을 것이다.

루이쉬안은 듣고 보니 마음은 괴로웠지만 감히 자리를 피할 수 없었다. 보는 것, 듣는 것이 그의 책임이었다. 남이 웃으면 그도 따라 웃으면서 머리를 끄덕였다. 그는 야마끼 교관을 생각했다. 야마끼가 아들이 죽어도 울 수 없었다면 자기는 성이 이미 망했는데도 노인들과 함께 웃고 있다. 전 민족이 호전적 전쟁광임으로 야마끼를 철석같이 무정하게 만들었지만, 전체 (중화)민족의 전통적인 효제의 도가 자기를 분에 넘치게 다정하게 만들었다—심지어 나라가 망해도 그럴 수 있었다. 그는 어쩔 도리 없이 인륜 중에서 사랑과 정의(情宜)를 잘라버릴 수밖에 없다고 생각했다. 그러나 그는 그와 허다한 사람들이 가정에 얽매여 보국이라는 큰일을 그르치고 있다는 것도 알고 있었다. 그는 견디기 힘들지만 자기의 방법을 고칠 수 없었다. 하나의 손짓으로 수천 년 내려온 문화를 어떻게 바꿀 수 있단 말인가?

쉽게 두 노인의 이야기가 일단락 지자, 루이쉬안은 자기 방으로 가서 쉴 수 있었다. 그러나 치 노인은 거리에 나가보고 싶어 했다. 아들 톈유에게 소식을 전해서 자식이 기뻐하게 하고 싶었다. 순얼과 뉴쯔도 가고 싶어 했다. 윈메이가 힘들여 노인이 두 개구쟁이를 부르지 못하게 말했다. 루이쉬안만 노인을 모시고 가면 되었다. 그런데 루이쉬안이 순얼에게 물었다:

"너희들 베이하이는 가보지 않을래?"

아이들에게 따라오지 못하게 하려는 뜻이었다.

"역시 말하고 마는구나!"

윈메이가 대답했다.

"한바탕 울겠구나! 둘째가 둘을 데리고 가고 싶어 했지만, 뚱보 숙모가 귀찮아하니, 그들이 가는 것을 허락할 수 없었어. 당신 보다시피 아이들이 저렇게 울어대는구려!"

루이쉬안은 말이 없었다. 아이들을 데리고 대문 밖을 나가는 것은 일종의 책임이다!

다행히 노소가 문을 막 나서다가 샤오추이를 만났다. 루이쉬안은 정말 다시 가고 싶지 않았다. 그래서 노인과 아이들을 샤오추이에게 넘겼다.

"추이 아저씨, 할아버지 모시고 가시는 것이 어때요? 가게에 가세요. 천천히 갈수록 좋아요! 순얼, 뉴쯔, 너희들 얌전히 앉아 있어라. 떠들면 못써! 추이아저씨, 손님이 없으면, 기다렸다 다시 모시고 오십시오."

샤오추이가 고개를 끄덕였다. 루이쉬안이 할아버지를 부축하여 인력거에 태웠다. 샤오추이는 아이들을 안아서 인력거에 태우고 웃고 말하면서 인력거를 끌었다.

루이쉬안은 안도의 한숨을 쉬었다.

노부인은 대추나무 아래에서 나무를 올려다보며 말랑말랑한 작은 푸른 대추가 익어가는 것을 보고 있었다. 루이쉬안이 밖에서 들어오니 모친이 나무 아래에 서 있는 것을 보고 신기하게 생각했다. 대추나무 잎이 연한 빛을 발하고 노부인의 얼굴은 상당히 누렇고 매우 조용했다. 그는 마치 고요하고 아름다운 감동을 주는 한 폭의 그림을 보는듯하여 옛날 모친을 생각나게 했다. 그가 19세 혹은 20세 때의 모친과 현재의 모친을 비교하면 못 알아볼 것 같았다. 그는 멈춰 서서 멍청하게 어머니를 바라보았다. 그녀는 천천히 작은 초록빛 대추에서 안광을 거두어 그를 보았다. 그녀의 눈은 움푹 들어가서 눈알이 퀭하고 흐리멍덩했지만 옛날처럼 인자하고 온유했다—그녀는 눈의 모양이 달라졌으나 기품은 달라지지 않았다. 여전히 모친이었다. 루이쉬안은 갑자기 마음이 따뜻해지며 그녀의 손을 덥석 못 잡는 게 한스러웠다. 그는 엄마라고 불렀다. 그녀의 인자함과 따뜻함과 부드러움이 몰려 나와서 그녀를 10년 전 아니 20년 전의 눈빛으로 돌아오게 했다. 이렇게 한 번 부르고 나면 그는 반드시 순얼과 뉴쯔 모양으로 톈진해질 것 같았다. 그리고 마음속의 억울함이 모두 쏟아져 나와 버려 마음이 통쾌하게 될 것 같았다! 그러나 소리가 나오지 않았다. 그는 30여 세가 되면서 입이 이미 톈진하게 말할 줄 몰랐다.

"루이쉬안!"

엄마가 가만히 불렀다.

"이리와, 나와 얘기 좀 하자!"

그녀의 목소리는 온유하여 비는 듯한 의미가 있었다.

그는 친밀하게 대답했다. 그는 어머니의 바람을 거역할 수 없었다. 그는 둘째와 셋째가 집에 없어 어머니가 적막하게 느낄 것이라고 생각했다. 그는 자기가 좀 더 일찍이 그 생각을 못하고, 어머니에게 따뜻한 위로의 말을 못한 것을 부끄럽게 생각했다. 그는 어머니를 따라 남쪽 방에 들어갔다.

"큰애야!"

어머니가 캉에 걸터앉았다. 자연스럽게 웃는 얼굴을 하면서 말했다.

"네가 취직을 했구나. 그런데 그렇게 기분이 좋아보이지 않는구나. 그렇지?"

"음…"

첫째는 난처해서 어떻게 대답해야 할지 몰랐다.

"사실대로 말해. 나에게 곧이곧대로 말해줘."

"그래요, 어머니! 저는 그렇게 기분이 좋지 않아요!"

"왜 그래?"

노부인도 큰애가 무어라고 대답하든지 성을 내지 않겠다는 표시를 하듯이 웃었다.

큰애는 거짓말할 필요가 없다는 것을 알았다.

"엄마, 나는 집을 위하자니 나라를 위할 수 없고, 나라를 위하자니 집을 위할 수 없어. 몇 달 동안 이 때문에 기분이 좋지 않고, 현재도 기분이 좋지 않고, 앞으로도 그럴 것 같애. 국가가 이렇게 큰일을 당하고 있는데도, 나는 참여할 수가 없어. 정말로 이것은… 이것은…"

그는 적당한 말이 생각나지 않아 부끄러운 듯 무료한 듯 웃고 말았다.

늙은 부인은 한참 말이 없었다. 그리고 나서 머리를 끄덕였다.

"알겠다! 나와 조부가 너에게 묶여있지!"

"저에게는 아내와 자식이 있어요! 그들은 나에게 기대어 살아갑니다!"

"어떤 사람이 늘 너를 비웃느냐? 네가 간이 작고 무능하다고 그래?"

"그런 사람 없어요! 내 양심이 때때로 나를 조소합니다!"

"음! 나는 내가 죽지 않아 걱정이다. 너에게 짐이 되는구나!"

"엄마!"

"나는 일본놈들이 곧 베이핑을 떠날 것 같지 않아 걱정이야. 그들이 여기 있는 한, 너는 언제나 기분이 좋지 않을 거야! 나는 매일 류리창으로 너를 본단다. 너는 나의 큰애야. 너가 기분이 좋지 않으면 내 마음이 아파!"

루이쉬안은 한참 동안 말을 하지 못했다. 방안에서 두어 걸음을 걸었다. 그리고는 멋쩍게 웃었다.

"엄마, 안심하세요! 저는 천천히 기분이 좋아질 것입니다!"

"너?"

어머니는 웃었다.

"내가 너를 안다!"

루이쉬안의 마음이 아팠다. 아무 말도 나오지 않았다.

어머니도 다시 입을 열지 않았다.

최후로 루이쉬안은 멋쩍은 듯이 말했다.

"엄마, 누워있어! 나는 가서 편지 써야 돼!"

그는 아주 곤란한 듯이 밖으로 나갔다.

자기 방에 돌아와 다시 어머니 말을 생각하고 싶지 않았다. 왜냐하면 그 말을 언제 생각해도 해결방법이 없기 때문이다. 그는 다만 환경을 부연할 수 있을 뿐, 신국면을 창조할 수 없기 때문에, 자기 생명을 낭비하고 있다고 생각했다.

그는 확실히 사직서를 써서 학교에 전하고 싶었다. 방안에 들어서자 마자 서둘러 연필을 잡았다. 그는 생각을 고쳐먹고 어머니의 말을 잊어 버리고 싶었다. 그러나 연필을 잡자 글이 쓰이지 않았다. 그는 학교에 가서 학생을 다시 한 번 보고 싶었다. 그는 학생들에게 부탁하고 싶었다. 탈출할 수 있는 사람은 베이핑을 떠나라. 탈출할 수 없는 사람은 책을 읽어서 지식을 축적하라. 중국은 망할 리 없다. 너희들은 반드시 지식을 축적하여 장래에 국가를 위해 힘을 다할 수 있도록 해라. 그리고 너희들은 필요 없이 일본인들을 도발하지 마라. 그리고 마음을 다해 절대로 그들의 주구가 되지 마라. 너희들은 인내해야 한다. 꿋꿋하고 침착하게 참아야 한다. 마음속에는 영원히 복수를 잊지 않아야 한다.

그는 이 이야기를 반복해서 여러 번 말했다. 그는 이렇게 전해줌으로 학생을 방치한 죄를 용서받을 수 있다고 생각했다. 그러나 그가 어떻게 가서 이 말을 말할 수 있는가? 만약 강당에서 용감하게 입을 열면 그는 즉시 체포될 것이다. 그는 각급 학교에서 사람들이 체포되었다는 이야기를 들었다. 명철보신(明哲保身)이 위난시대를 사는 지혜로 보지는 않지만 일단 체포되면 조부와 모친을 반드시 걱정하시다가 돌아가실 것이다. 연필을 던지고 방안을 서성거렸다. 그렇다. 그가 현재에 일본인들에게 잡혀있지 않고, 형벌을 받지 않아도, 그의 입, 손, 심지어 마음까지 이미 족쇄가 채워져 있다! 한참이나 서성이다 앉아서 연필을 들고 아주 간단하게 사직서를 교장 앞으로 썼다. 다 쓰자마자 봉하고 우표를 붙였다. 그리고 거리 우체통에 던져 넣었다. 그는 두려워하고 주저했다. 학생들을 대면하고 작별하지 않았기 때문에, 편지를 보내고 싶지 않았다.

저녁때가 빨리 돌아왔다. 샤오추이는 노소 세 식구를 데리고 왔다. 날씨가 상당히 더웠다. 그게 흥분을 더했다. 순얼과 뉴쯔의 얼굴이 빨개지고 빛이 났다. 치 노인은 얼굴이 빨개지지는 않았지만 눈에 기쁨이 가득했다. 그는 윈메이에게 말했다.

"거리에 볼만한 것이라고는 없더라. 아마도 일본인도 다시 어디에서도 말썽을 일으킬 수가 없는가봐?"

바라는 것이 있어야 실수도 하는 법이다. 노인은 그저 태평하기만 바라서 거리에서의 광경을 보고 평안무사하다고 생각한다.

샤오추이가 회나무 아래에서 루이쉬안에게 낮은 소리로 말했다.

"치 선생, 당신은 내가 누구를 만났을 것 같습니까?"

"누구?"

"첸 선생님!"

"첸…"

루이쉬안은 샤오추이의 팔을 잡고 대문 안으로 끌어들었다. 문을 닫고 다시 물었다.

"첸 선생님?"

샤오추이는 머리를 끄덕였다.

"나는 점포 건너 작은 차관에서 노인과 일행을 기다렸습니다. 내가 막 차를 따르려다 첸 선생이 눈에 들어왔습니다! 선생님은 한 다리가 걷는데 불편한 것 같았으며 아주 천천히 걸었습니다. 차관에 들어오자 안은 어둡고 바깥은 밝아서 한참 정신을 가다듬고 있는 것처럼 보여서 차관의 차탁자를 분명히 못 보는 것 같았습니다."

"어떤 옷을 입었던가요?"

루이쉬안도 목소리를 낮추어 물었다. 그의 심장이 아주 빨리 뛰었다.

"아주 더러운 천 바지저고리를 걸치고 있었습니다! 맨다리에 더럽고 헤진 가죽 신발을 신고 있는지 끌고 있는지 모를 정도였어요!"

"오우!"

루이쉬안은 첸 시인이 이미 큰 마고자를 다시 입지 않는다는 생각에 이르렀다. 베이핑인이 마고자를 버리고 진짜 일을 하려고 들다니!

"그는 살이 쪘어요? 여위었어요?"

"매우 여위었어요! 머리가 길고 여위어서 정신이 없는 듯했어요. 그의 두발은 몇 달 동안 손질을 안 한 듯 했어요. 두발이 길어지면 얼굴은 작아 보이지 않겠지요?"

"흰 머리가 있었어요?"

샤오추이는 생각 난 듯이 말했다.

"있어요! 있어요! 그 분의 눈은 아주 맑았습니다. 평소에 그 분이 말하면 눈에는 항상 물기가 촉촉하고 웃는 듯 했지요? 현재에는 역시 웃으며 쯧쯧 거리지 않지만, 눈물이 촉촉하게 젖어있지는 않은 것 같았습니다. 그의 눈은 맑았지만 말라있어서 그를 한번 보고 나는 기분이 크게 좋지 않았습니다!"

"그분에게 어디 사시는지 물어보았어요?"

"물었지요. 그는 웃기만 하고 말을 하지 않았습니다. 저는 상당히 많은 것을 여쭈었지요. 어디에 사시는지? 무슨 일을 하시는지? 진싼예 씨는 안녕하신지? 그는 아무 대답도 없으셨습니다. 그는 저와 한자리에 앉았지요. 더운 물 한 사발을 주문했습니다. 군침을 삼키시고 그의 입술이 열렸지만 그의 목소리는 아주 낮았습니다. 사실은 차관에는 아무도 없었는데도."

"그는 당신에게 무어라 하셨소?"

"많은 말씀을 하셨지만 목소리가 너무 낮고 이빨이 없어서 나는 분명히 알아듣지 못했습니다. 한 가지 분명한 것은 그가 나에게 탈출하라고 한 말이었습니다."

"어디로?"

"군인이 되라!"

"당신은 무엇이라 말했소?"

"저요?" 샤오추이는 얼굴이 빨개졌다.

"당신이 보다시피, 치 선생, 저는 이제 막 취직을 했는데, 어떻게 갑니까?"

"무슨 일?"

"당신 동생이 월세를 내고 저를 고용했어요! 이미 아시는 분이니까, 제가 고생하더라도 가고 싶지 않아요!"

"당신은 일본인을 원망하지 않아요?"

"당연히 하지요! 나는 첸 선생님에게 말했습니다. 저는 막 일자리를 찾았습니다. 제가 지금은 갈 수 없습니다. 제가 일을 그만둘 때까지 기다렸다가 다시 말씀해주시겠습니까?"

"그는 무어라고 말씀하셨어요?"

"그가 말씀하신 거요? 자네 목이 달아날 때까지 기다릴 거야. 그때는 늦어!"

"그분이 화를 내셨어?"

"아닙니다! 그는 저에게 다시 생각해보라 하셨어요!"

루이쉬안이 다시 재촉할까 두려워하는 듯이 급히 말을 이었다.

"그는 저에게 부적을 하나를 건네주셨어요!"

그는 호주머니에서 붉은 글씨로 쓴 한 장의 종이부적을 꺼냈다.

"나는 이것은 무엇에 쓰는지 모릅니다. 단오절에 부적을 붙이지요. 정오가 되면 떼어야 하지요? 지금 하늘이 어두워지네요!"

루이쉬안은 부적을 가지고 와 펼쳐서 찬찬히 앞면을 보고 뒤집어 뒷면을 보았다. 빨간 글자로 찍혀진 우레이 부적과 장티엔 스님의 도장 이외에 다른 것은 알아보지 못했다.

"추이예, 그것을 나에게 줄래요?"

"가지고 가십시오, 치 선생! 저는 갑니다! 차비은 받았어요."

말을 마치자 그는 문을 열고 가버렸다. 그가 어떤 모습인가를 다시 물을까 겁내는 듯 했다.

등을 켠 후 그는 부적을 자세히 들여다보았다. 뒷면에서 몇 자를 보았다. 그 글자들도 붉은 색이었다. 투명한 붉은 글자 붉은 점 같은 글자가 보이고 붉은 색 글자 위에 이중으로 쓰여 있었다. 등불 가까이 비치고 자세히 보자 한 수의 신시가 보였다.

핏방울이 맺힌 목구멍과 혀로
너희들에게 간절하게 부탁하노라.
국기도 없는 대문에서 떠나라.
다시는 연연하지 마라!
국가가 너희를 부르고 있다.
마치 어머니가 자식을 부르듯!
가거라. 너희들 장삼을 벗어라.

장삼은 너희들을 걸려 넘어지게 한다.

넘어지면 무덤 속으로 들어간다.

오늘 너희들의 예복은 군복이다.

너희들의 국토는 이미 전장이 되었다.

이미 죽은 베이핑을 떠나라.

너희들은 곧 개선할 수 있다.

여기에 남는 것은 관 옆에 눕는 것이다.

저항하고 피 흘리는 것이 너희들의 몫이다.

최고의 영예는 훈장이다.

살아남기 위해 너희들은 훈장을 가슴에 달아야 한다.

그렇지 않으면 너희들은 죽은 것이나 같다.

치욕과 기한 속에 죽겠느냐?

탈출하거라. 나는 너희들에게 빈다.

한 사람이 탈출하면 노예가 한 사람 주는 것이다.

한 사람이 탈출하면 한 사람의 전사가 는다!

탈출하거라. 국가가 부르고 있다.

국가가 부르고 있다.

읽기를 마치자 루이쉬안의 손바닥에 땀이 났다. 사실이다. 이것은 잘 쓴 한 수의 시다. 그러나 시 중의 한자 한자는 예리한 바늘처럼 그의 가슴을 찔렀다. 그가 만약 장삼을 벗지 않으면 기꺼이 관 옆에 누워있는 부끄러움을 모르는 사람이 된다!

그것이 좋은 시가 아니라도 버릴 수는 없었다. 시간을 별로 들이지도 않고 외워버렸다. 외우면 어떻게 하지? 그의 얼굴에 열이 났다.

"순얼아, 아버지 진지 드시라고 해라."

윈메이의 소리가 났다.

"아빠! 진지 드세요!"

순얼의 예리한 소리가 들렸다.

루이쉬안은 전신을 떨면서 부적을 호주머니에 넣었다.

40

루이쉬안은 밤잠을 설쳤다. 날씨가 상당히 더웠다. 바람 한 점 없었다. 번민이 폭우처럼 쏟아졌다. 침상에 누웠으나 눈을 감지 못했다. 어둠 속에서 한 무리의 금성이 공중에서 반짝거리듯이 첸 노인의 신(新)시처럼 보였다. 그는 이튿날 샤오추이가 말하던 찻집에 가서, 큰 마고자를 버린 구(旧)시의 첸 시인을 기다리기로 했다. 그는 줄곧 첸 시인을 존경해왔다. 현재는 간단히 말하면 그는 첸 선생을 십자가에 못 박힌 예수처럼 생각했다. 사실 예수는 특별히 국가나 민족의 해방에 대해 관심이 없고 오직 사람의 영혼에만 관심이 있었다. 그러나 십자가를 용감하게 짊어진 것을 두고 말하면, 첸 선생도 확실히 숭배할만하다. 그렇다. 첸 선생이 아마 눈앞만 보고 영생은 보지 못했지만 오늘의 생과 유혈이 없다면 민족의 영생을 어떻게 말할 수 있는가?

그는 첸 선생이 반드시 다시 잡혀서 벌을 받을 것이라고 생각했다. 다만 그는 첸 선생은 흔쾌히—기꺼이 잡혀서 벌을 받을 것으로 상상했다. 한 마디로 말하면 적들과 투쟁할 것이다. 이것이 바로 마음속의 유쾌한 결정이다. 첸 선생을 찾겠다는 결정은 눈앞에 하나의 길이 있어서 전후를 살피거나 갈림길에서 배회할 필요가 없는 것을 의미한다. 첸 선생은 굳은 신념이 있으니 반드시 즐겁게 사실 것이다.

자기는 어떤가? 결정도 못하고 믿음도 없다. 하나의 길을 똑바로 갈 수도 없다. 혹은 영원히 잡히지 않을 것이고, 형벌도 받지 않아서, 영원히 즐거움도 없을 것이다! 그의 '마음'이 고된 형벌을 받는다. 그는 첸 선생을 만나서 간절하게 흉금을 털어놓고 이야기하고 싶었다.

첸 선생이 샤오양쥐안을 떠난 이래로 루이쉬안도 베이핑을 떠나야 한다고 생각했다. 그는 첸 선생이 적들의 코앞에서 항일공작을 하리라는 생각은 못했다. 그랬다. 그는 첸 선생은 다리가 심히 불편하여 멀리 갈 수 없다고 생각했다. 그러나 노선생이 베이핑에서 피를 흘리기로 결심하지 않았으면 다리를 잘라버리고 도주할 수 있었다. 노인은 고의로 베이핑에서 활동하고 그의 피를 다 흘릴 각오를 했을 것이다. 이렇게 생각하자 노인을 만나고 싶었다. 노인을 만나면 노인에게 삼배를 올릴 것이다! 노인이 표현하고자 하는 것은 한자 한자가 모두 개인이 원수를 갚고자 하는 결심을 드러낸 것이다. 그것은 바로 문화사의 정면에 기록될 증거가 될 것이다. 첸 선생은 토박이 중국인이다. 시가, 예의, 회화, 도덕을 갖춘 토박이 중국인이 하나의 신념을 위해 살신성인을 실천하는 것이다. 란둥양, 루이핑, 관샤오허는 첸 선생이 갖추고 있는 수양은 없다. 그저 중국의 밥이 맛이 있는 것을 알기 때문에, 밥만 보면 다른 것은 모두 잊어버리고 달려드는 놈들이다.

문화는 체를 사용하여 치는 것이다. 치고 난 뒤에는 아래에서 흙과 찌꺼기를 볼 수 있고 체에 남은 것은 순금 덩어리다. 첸 시인은 순금이고 란둥양은 흙덩이다.

여기에 생각이 미치자 루이쉬안은 마음이 맑아지고 가벼워졌다. 그는 참다운 중국 문화의 진짜 역량을 보았다. 왜냐하면 그가 순금 덩어리를 보았기 때문이다. 아니다, 아니다, 그는 다시 옛 것을 생각하지 않기로 결정했다. 그는 첸 노인의 신상에서 중국 문화의 증거에 대해 의심을 품을 필요가 없다고 생각했다. 이러한 증거가 있으면 중국은 자신할 수 있다. 자신이 있으면 한 걸음 더 나아가서 개선할 수도 있다―소나무가 곧게 자라 동량이 되지만 가죽나무 곧게 자라더라도 어디에 써먹나? 그는 지금까지 신중국인으로 자처하며 늘 굿리치선생에게 중국인이 마땅히 나아가야할 길을 변호해 왔다―그는 반드시 옛 것을 제거하고 새로운 것을 수립할 것이라고 주장해왔다. 오늘 그는 옛 것 즉 첸 선생이 가지고 있는 모든 낡은 것을 확실히 보고 그것이 바로 혁신의 기초가 될 수 있음을 분명히 알았다. 오히려 루이펑이 일종의 변혁이라 해도 기껏해야 양복을 입은 서양인의 주구에 불과하다. 기초가 있으면 개조가 가능하다. 황사는 바뀌고 바뀌어도 황사에 불과하다.

그는 이러한 도리를 첸 선생에게 말씀해드리고 싶었다. 그는 내일 선생을 만날 수 있기를 고대했다.

그러나 다음날 막 출타하려할 때 마당에서 가로막혔다.

딩웨한이 맥주를 두 병 들고 공손하게 그의 길을 막아섰다. 딩웨한의 공경과 공손함은 하느님을 감동시킬 정도였다.

"치 선생님."

그는 머리를 숙이고 정지해서 공손함을 다하여 절했다.

"특별히 반나절 휴가를 얻어서, 선생님께 축하인사를 드리러 왔습니다!"

루이쉬안은 마음으로부터 딩웨한을 싫어했다. 그는 딩웨한은 백 년 동안의 국치의 산 증거였다—외국인에게 얻어맞으면 영광이라고 아첨을 떤다! 그는 그 자리에 멈춰 서서 어떻게 딩웨한을 상대해야 할지 몰랐다. 그는 손님을 방안에 들이고 싶지 않았다. 그의 방과 찻물은 리쓰예, 샤오추이, 쑨치를 위한 것이다. 그는 살아있는 국치의 증거에게 의자와 찻잔을 더럽히게 하고 싶지 않았다.

딩웨한은 눈을 치켜뜨고 몰래 루이쉬안을 보았다. 그는 루이쉬안이 냉담하다는 것을 알았다. 어떤 점으로는 이상하다고 느꼈다. 그는 루이쉬안이 굿리치선생과 한자리에 앉을 수 있으면, 하느님과 호형호제하는 것과 마찬가지라 생각하고 감히 하느님의 친구의 기분을 상하게 해서는 안 된다고 생각했다.

"치 선생님, 바쁘시면 저는 방안에 들어가지 않겠습니다! 제가 선생님에게 작은 성의로 맥주 두 병을 가지고 왔습니다!"

"아니요!"

루이쉬안은 간신히 말을 꺼냈다.

"아니요! 저는 원래 예물을 받지 않습니다!"

딩웨한은 기어들어가는 소리로 말했다.

"치 선생님! 이후에 모든 일을 제가 부탁을 드려야 합니다! 제가 당연히 선생님을 받들어 모셔야합니다—작은 성의입니다!"

"제가 당신에게 말씀드리지요."

루이쉬안의 쉽게 붉어지지 않는 얼굴이 붉어졌다.

"제가 다른 일을 찾을 수 있어야 하는데, 저는 절대로 서양인의 밥을 먹으려 하지 않았습니다. 이것은 기뻐할 일이 아닙니다. 응당 한바탕 울어야 하지요. 당신은 저의 생각을 아시겠습니까?"

딩웨한은 루이쉬안의 의사를 명백히 알 수 없었다. 그는 루이쉬안이 고괴한 사람이 틀림없다고 생각했다. 서양 사람의 일을 하는 것이 곡을 해야 하는 일이라고 생각하다니.

"그런데, 저, 저⋯!"

그는 할 말을 찾지 못했다.

"고맙습니다! 당신이 가지고 가십시오!"

루이쉬안은 참을 수 없었다. 그는 다른 사람에게 이렇게 버릇없이 굴지 않는다.

딩웨한은 어쩔 수 없어서 몸을 돌렸다. 루이쉬안도 밖으로 나갔다.

"멀리 가지 않습니다! 감당할 수 없습니다! 감당할 수 없습니다!"

딩웨한이 마음대로 루이쉬안을 막아섰다. 루이쉬안은 할 수 없이 말했다.

"당신을 전송하러 가는 것이 아니요. 외출하는 거요."

루이쉬안이 마당에 멈춰 섰다.

잠시 서 있다가 루이쉬안이 밖으로 나가자 류 사부를 만났다. 류 사부의 얼굴이 굳어지고 눈썹을 찌푸렸다.

"치 선생, 외출 하십니까? 제가 중요하게 드릴 말씀이 있습니다!"

그의 입김이 밖으로 나왔다. 루이쉬안이 아무리 중요한 일이 있더라도, 그의 이야기를 먼저 들어야 할 것 같았다.

루이쉬안이 방안으로 들어갔다.

앉자마자 류 사부가 입을 열었다. 그는 할 말을 입가에 모아둔 것 같았다.

"치 선생님, 저에게 처리 곤란한 일이 있습니다! 어제 저는 베이하이에 가지 않았겠습니까? 제가 연희는 베풀지 않았지만 마음속으로는 견딜 수 없었습니다. 당신이 알다시피 저는 세상물정을 아는 사람으로 체면을 아주 중시합니다. 어제 이 리우가란 놈은 체면을 잃었습니다. 청창순—그는 어린애라는 것을 압니다. 말의 경중을 가려 할 줄 모릅니다—어제 제게 물었지요. 나는 그 당시 땅 속으로 들어갈 수 없는 것이 한이었소! 어제 저는 저녁밥조차 먹을 수 없을 정도로 괴로웠소! 저녁밥 먹은 후 저는 기분을 풀려고 나갔다가 첸 선생을 만났소!"

"어디서요?"

루이쉬안은 눈을 빤짝이며 물었다.

"저기 있는 공터에서요!"

류 사부는 루이쉬안이 말을 가로막는 것을 반기듯이 말했다.

"그가 니우씨 저택에서 나오는 것 같았습니다."

"니우씨 저택에서?"

류 사부는 루이쉬안의 질문을 무시하고 말을 곧장 계속했다.

"나를 보자 곧장 무슨 일을 하느냐고 물으셨습니다. 제가 대답하는 것은 기다리지 않고 곧장 말씀했습니다. 자네, 왜 탈출하지 않는가? 내가 입을 여는 것을 기다리지도 않고 말씀하셨습니다. 베이핑은 이미 절망의 땅이 되어서 성 안에는 귀신만 설치고 있어 성 밖에 가야 사람이 있다! 저는 그분의 이야기를 분명히 알지 못했지만 대충 뜻을 짐작했습니다. 나는 그분에게 내 자신의 어려움 즉 집에 아내가 있다고 말씀드렸습니다. 그분은 웃으면서 자기를 보라고 말씀하셨습니다. 나는 아내도 있고 자식도 있었다! 현재 아내와 자식들은 어디에 갔는가? 죽음을 두려워하면 죽지만, 죽음을 두려워하지 않으면 살 수 있다고 말씀하셨어요. 마지막으로 그분은 나에게 치 선생을 만나서 너를 도와줄 수 있는지 알아보라고 하셨습니다. 말을 마치자 그는 서쪽 낭하 쪽으로 가셨습니다. 두어 발자국 가시드니 돌아보고 말씀하셨습니다. 치 씨 댁 사람들이 안녕하시냐고 물었습니다. 치 선생님, 저는 밤새 생각했습니다. 그래서 이러한 생각을 해냈습니다. 탈출하기로 결정했습니다! 그렇지만 집안에 매달 6위안의 돈은 있어야 합니다. 현재의 시장 쌀값을 두고 말하면 그녀가 6위안만 있으면 방세 내고 옥수수 빵을 먹을 수 있습니다. 이후에 만약 모든 것이 비싸질지 누가 알겠소! 치 선생님 당신이 매달 6위안만 계속 도와주시면, 저는 곧 탈출할 수 있습니다! 그리고 물건이 비싸질 때는 당신이 치 부인을 돕게 하시고, 그녀에게 두 끼만 주시면 됩니다! 이게 제가 생각한 것입니다. 당신이 원하시든

안하시든 제발 사양하지 마십시오!"

류 사부는 숨을 헐떡거렸다.

"저는 탈출할 겁니다. 여기서는 답답해서 죽겠어요! 제가 성을 드나들 때마다, 일본군인에게 절을 해야 하고, 아무 일 없이도, 나에게 사자놀이를 강요하고, 정말 못 견디겠어요!"

루이쉬안은 잠시 생각하더니 웃었다.

"류 사부, 제가 어떻게 하길 원해요! 제가 이제 막 일자리를 찾았소. 한 달에 6위안 정도는 부인에게 주는 것이 어렵지 않을 것이요! 그러나 장래는 어떻게 될지. 저는 확실히 말할 수 없어요!"

류 사부는 일어나서 한숨을 쉬었다.

"이후의 일은 이후에 말합시다! 지금은 당신이 기꺼이 돕기로 했다는 것을 알고 저는 마음 놓고 갑니다! 치 선생님, 제가 무슨 말을 못하겠습니다! 당신은 나의 은인이요!"

그는 하늘과 땅에 큰절을 했다.

"곧 그렇게 합시다. 내가 월급을 받으면 순얼애미에게 돈을 보내겠습니다."

"우리 다시 봅시다! 치 선생님! 만일 내가 객지에서 죽으면 그녀를 돌봐주십시오!"

"힘닿는 데까지 하리다! 내 문제도 당신처럼 간단하다면, 저도 당신과 함께 갈 수 있을텐데!"

류 사부는 다시 무슨 말이든 하려고 하지 않고 총총히 나갔다. 얼굴은 굳어있었으나 빛이 났다.

루이쉬안의 심장이 빨리 뛰었다. 진정이 되자 자기도 모르게 웃었다. 7·7사건 이후에 비로소 남에게 면목이 서는 일을 한 건 했다는 생각이 들었다. 그는 첸 선생에게 이 일을 말씀드리고 싶었다. 그는 밖으로 나갔다. 그가 막 대문을 나서자 관샤오허, 다츠바오, 란둥양, 뚱보 쥐쯔와 딩웨한과 마주쳤다. 그는 딩웨한이 틀림없이 맥주를 관 씨 댁에 주고 관 씨 댁 사람들에게 사정을 말했을 것이라는 것을 알았다. 뚱보 쥐쯔는 아주 크게 하하 웃어서 입이 마치 빨간 국자처럼 되었다. 란둥양의 눈가에는 눈곱이 두어 개 끼어있고 입술에는 적지 않은 담뱃불에 거슬린 껍질이 떨어지지 않고 있었다. 그가 보기에 그들은 대체로 밤새 "마작을 쳤던"것 같았다.

다츠바오가 앞장서 입을 열었다. 그녀의 얼굴에 적잖은 주름살이 진 것을 보면 임시로 향분을 바른 것 같았다. 입을 열자 흰 분이 아래로 떨어졌다. 그녀는 남은 힘을 모두 발휘했다. 목소리가 웅장했다.

"당신은 정말 해냈군요! 치 선생님! 당신은 입을 조개보다 더 굳게 다물고 계셨군요! 그렇게 좋은 자리에 취직을 하셨으면서, 한 마디 말씀도 없으시고 참고 계시다니! 존경합니다! 말씀만 하세요. 당신이 우리를 청하시든지, 우리가 당신을 청하든지?"

샤오허는 옆에서 마치 부인의 말을 감상하고, 루이쉬안에게 존경을 표하듯이 연신 고개를 끄덕였다. 부인이 말을 마치기를 기다려, 공경하듯이 때맞추어 일보 나서며, 손을 마주잡고 들면서 미소를 띠고 말했다.

"축하! 축하! 음, 우리 후퉁이 작다고 보지 마시오. 궁벽한 곳에 좋은 술이 나는 법이요. 한 사람은 일본 관리이고, 선생님은 영국 관리가 되셨으니, 우리 후통은 간단히 말해서 국제연맹입니다!"

루이쉬안은 그들에게 한 방씩 먹여서 쓰러뜨려, 발로 몇 번 차주지 못하는 것이 한이었다. 그러나 그는 그러한 야비한 짓은 할 수 없었다. 그의 예절이 영원히 그의 손발을 묶었다. 그는 아무 말도 하지 않았다. 다만 그들을 집에 들이지 않기로 결정했다.

그러나 뚱보 쥐쯔가 두어 발자국 옮겼다.

"큰 형님은요? 저는 그녀를 보러 가서 축하인사를 할래요!"

말을 마치자 밀치고 들어갔다.

루이쉬안은 그녀가 자기 집에 들어가는 것을 막을 수 없었다. 그녀는 갑자기 큰 동서가 그를 시켜서 몇 대 세게 때려줄지 모른다는 생각이 들었다.

그녀가 밀치고 들어가자 나머지 사람들은 꿰미에 꿰인 고기처럼 들어갔다. 딩웨한도 마치 루이쉬안을 실컷 못 본 듯이 들어갔다.

란둥양은 시종 입을 열지 않았다. 그는 루이펑에 이를 갈았고 현재는 루이쉬안에게 이를 갈았다. 그는 누구에게 어떤 일이 있으면 그 사람에게 이를 갈았다. 그러나 이를 갈든 말든 그는 원한을 풀기 전에 참고 호의를 끌려한다. 그는 크게 교분이 두터운 사람의 관을 전송하듯이 둘을 따라 들어왔다.

치 노인과 톈유 부인이 갑자기 값이 올라갔다. 다츠바오와 관샤오허가 신혼부부 방에 몰려가 신부를 놀리듯 노인들의 방에 들어가 입을 맞추어 말끝마다 어르신, 노부인이라 공대하고, 샤오순얼과 뉴쯔도 덩달아 귀염둥이가 되었다. 란둥양은 관 씨 댁 부부 뒤에서 줄곧 히히거

리다가 다츠바오의 눈총을 맞았다. 딩웨한은 십분 예의를 지키고, 얼굴
에는 일종의 형용할 수 없는 희열을 나타내어, 거의 톈진하고 순결하게
보이게 했다. 뚱보 쥐쯔는 특별히 주방에 가서 윈메이를 위로했다.
한마디 한마디가 큰 동서란 말을 음악화했다—그녀의 목소리는 줄곧
듣기가 거북했다.

　치 노인의 관가집 사람에 대한 증오심은 루이쉬안에 못지않았다.
그러나 오늘 관 씨 부부가 축하인사를 해주니 오히려 반가웠다. 그가
제일 걱정하는 일은 자기 손으로 이룩한 사세동당의 보루가 훼손되는
것이었다. 오늘 루이쉬안이 타당한 일을 하게 되었지만, 둘째와 셋째가
이사를 갔더라도 사세동당은 여전히 사세동당이다. 루이쉬안만 집을
떠나지 않으면 사세동당이 훼손될 염려는 없다. 이 때문에 그는 마음속
의 흥분을 나타내지 않을 도리가 없었다.

　톈유 부인은 큰아들의 마음을 분명히 알기에, 오히려 루이쉬안을
반갑게 하지 않는 축하인사라는 것을 환영하고 싶지 않았다. 그녀는
그저 건성으로 손님들이 늘어놓는 말에 몇 마디 덧붙이다가 곧 캉에
누워버렸다.

　윈메이는 난처했다. 그녀는 남편이 관 씨 집 사람과 뚱보 쥐쯔를
싫어하는 것을 알지만은 냉담한 얼굴을 지어 실례를 범할 수 없었다.
남에게 실례를 한다는 것은 요즘 같은 세상에 화를 자초하는 것이다.
화만 불러일으키지 않으면, 그녀는 모두에게 이런 축하인사는 격이
맞지 않다고, 솔직하게 말해주고 싶었다. 그녀는 주부로서 남편의 고정
수입이 얼마나 중요한 지 잘 안다. 그녀는 정말로 뚱보 동서랑 툭

까놓고 집안 사정을 얘기하고 싶었다. 돼지고기를 살 수 없다느니, 채소가 하루가 멀다 하고 값이 올라간다는 말을 하고 싶었다. 뚱보 동서가 좋은 동서는 아니지만 살림걱정을 나눌 수 있으면 어느 정도 동서다워질 것이다. 그러나 그녀는 감히 말할 수가 없었다. 남편이 그녀가 천박하게 수다 떨기 좋아한다고 할까 두려워했다. 그녀는 그저 그녀의 듣기 좋은 베이핑 사투리를 목구멍에 집어넣어두고, 그녀의 큰 눈으로 모두의 형색을 살피고, 자기의 웃는 얼굴과 표정으로, 자신의 나쁜 습관을 드러나지 않게 했다.

루이쉬안의 얼굴은 점점 더 창백해졌다. 그는 그들과 말을 섞고 싶지 않았고 그들을 대문 밖으로 쫓아낼 결심이 서지 않았으며 또 그럴 용기도 없었다. 그는 자신의 연약함과 무능을 탓할 뿐이었다.

다츠바오가 마당에 있는 사람들 모두의 축하인사 끝나자 생각을 제시했다.

"치 선생님! 당신이 손님을 청하기 불편하시면 제가 제안하지요. 요즈음 우리는 허장성세를 떨지 말아야 합니다. 정말이지요! 그래도 좋은 일은 떠들썩하게 축하하지 않으면 너무 섭섭합니다. 우리 두 탁자 마작을 벌리는 게 어떻습니까? 모두 하루 떠들썩하게 즐깁시다. 그게 내가 새로 발명한 것이고 현재는 당연히 제창해야 되는 것이구요. 두 개의 탁자를 펴기만 하면 모두가 마시고 먹기에 족할 것입니다. 당신이 돈을 내실 필요는 없습니다. 우리가 예물을 가지고 오지 않는 대신 먹고 마시고 놀면 얼마나 좋은 방법입니까?"

"그렇습니다!"

샤오허는 부인의 이론에 급히 알맹이를 보탰다.

"우리 부부, 둥양, 루이펑부부면 5명이고 다시 3명만 모으면 됐습니다. 좋습니다, 루이쉬안, 당신은 누구와 짝이 되고 싶어요?"

"할아버지는 마작을 못하시게 합니다. 그게 이 집안의 전통입니다!" 루이쉬안은 아주 쌀쌀하게 말했다.

다츠바오의 얼굴에 장막이 드리워져서 어두워졌다. 그녀의 호의는 지금까지 남이 거절하는 것을 허용한 적이 없었다.

샤오허는 서둘러 입을 열었다.

"여기가 불편하다면 우리 집이 어때요? 루이쉬안, 저희 집에서 하루 놉시다. 그러기만 하시면 우리 집의 영광입니다!"

루이쉬안이 미처 대답하기 전에 루이펑이 잰걸음으로 들어왔다. 루이펑의 입술과 이마에 땀이 배어 있고 작은 얼굴이 온통 빨개졌다. 뛰어 들어오자, 다른 사람에게 인사할 생각도 하지 않은 채, 바로 형에게 갔다.

"형!"

형이라는 한 마디가 다른 사람을 감동시켜서, 뚱보 쥐쯔는 눈물을 흘릴 뻔 했다.

"형!"

둘째는 마치 다른 말은 모두 감정에 막힌 것처럼 소리 질렀다. 숨을 헐떡거리며 그는 상당히 매끄럽게 말이 미끄러져 나왔다.

"다행히 내가 오늘 가게에 가서 아버지를 뵈었습니다. 아니면 나 역시 쌀독을 걱정해야 했지요? 잘됐어요. 영국대사관이라니! 형, 정말 잘됐어요!' 분명히 그는 할 말이 많았지만 감정이 지나치게 풍부해서 그의 마음은 열 때문에 혼란해져서 이을 말을 잊어버렸다.

루이쉬안은 멍청해졌다. 잠시 후에 갑자기 웃었다. 이런 군상들에게 달리 방법이 없었다. 웃는 것 이외에 그는 둘째를 잡고 둘째에게 듣기 싫은 소리를 두어 마디 해주고 싶었다. 자연히 다른 사람도 "난처해서 물러가기를" 바랐다. 그러나 그는 말을 거두어들였다—그는 감지덕지 노예가 된 인간이 두어 마디 불쾌한 말로 자기를 놓아줄리 없을 것 같았다. 괜히 입만 헛되이 고생시키는 셈이 된다.

원메이는 남편의 난처한 처지를 간파했다. 그녀는 한 걸음 나서며 말했다.

"당신, 둥청에 가야 되잖아요?"

다츠바오는 이 암시를 알아차리고 마지못한 듯 말했다.

"좋아요, 우리, 치 선생님의 일을 막지 맙시다. 가세요!"

"가신다니?"

루이펑은 놀란 것 같았다.

"형, 가서 술 한 잔 안 하실래요? 모두 함께 마셔요!"

루이쉬안은 아무 말도 하지 않았다. 그는 아무 말 하지 않는 것이 효과를 크게 할 뿐만 아니라, 자기의 존엄도 지킬 수 있다고 생각했다.

"둘째"

치형수가 웃으며 거짓말했다.

"형님은 정말 일이 있으십니다! 다음날 제가 소를 채워 넣어서 구운 밀전병 해드릴게요!"

다츠바오는 루이펑이 다시 입을 열도록 기다리지 않고 밖으로 나갔다. 모두가 아주 불쾌한 안색으로 그녀를 뒤따랐다. 루이쉬안은 사형수를 데리고 형장에 가듯이 그들을 전송했다.

샤오추이는 하루 종일 루이펑에게 인력거를 전세 주었다. 그는 혹시나 관 씨 댁 사람을 만날까봐 치씩 댁 문전에 차를 세우지 못했다. 서편 큰 나무 아래에 얼굴을 북쪽으로 돌린 채 앉아 있었다. 모두가 치 씨 댁에서 나왔다. 그는 못 본척하고 있었다. 그들이 관 씨 집에 들어가자 총알같이 루이쉬안에게 서둘러 왔다.

"치 선생! 마침 잘 되었습니다! 저도 방금 달세를 놓았습니다. 들자하니 좋은 일자리를 찾으셨더군요! 축하합니다!"

그는 읍을 했다.

루이쉬안은 비참하게 웃었다. 그는 샤오추이에게 몇 마디 진심을 말하고 싶었다. 그가 보기에 샤오추이는 관 씨 일행보다 훨씬 더 보기 좋았다.

"샤오추이 좋아하지 말아요! 당신도 알다시피 우리는 아직 일본인들의 손아귀에 들어 있잖아요!"

샤오추이가 생각하더니 말했다.

"그러나 치 선생님, 우리가 일본인 눈 밖에 나고서 어디 좋은 일이 있을 수 있습니까?"

"샤오추이! 자네에게 너무 입바른 말해서 미안하오! 자네 생각은 그들과 생각이 같아!"

루이쉬안은 관 씨 집을 손가락질했다.

"저는, 저"

샤오추이는 침을 삼켰다.

"제가 그들과 같다니요?"

"자네 천천히 생각해봐!"

루이쉬안은 비참하게 웃으며 문안으로 들어갔다.

샤오추이는 인력거에 걸터앉았다. 그는 푸른 나뭇잎을 올려다보았다.

관 씨 댁 응접실에 오늘은 손님이 없었다. 가오이퉈와 리쿵산도 오지 않았다. 명절 전에는 세 개 응접실에 손님이 꽉 찼었다. 샤오허는 예물을 받고 보낸 장부를 완전히 기록하지 못했다. 오늘은 이미 명절을 지냈으니 손님들이 "소장"에게 하루 쉬시게 하는 듯 했다.

다츠바오가 집에 들어와 보좌에 앉아서 한숨을 쉬었다.

"루이펑! 간단히 말해 그는 당신의 한 배 형제가 아닌 것 같아! 어떻게 그렇게 괴팍할 수 있어! 나는 그런 인간을 만난 적이 없어!"

"말씀 마십시오!"

샤오허는 눈을 감고 마음속에서 지혜를 짜냈다.

"한 마리 용이 아홉 마리 새끼를 낳아도 다 다르다!"

"솔직히 말하면"

루이펑이 감탄하면서 말했다.

"우리 부인이 그래! 나는 걱정이야. 이러한 좋은 일이 오래 가겠어! 그는 공부는 많이 해서 영어를 하면 영국인처럼 되지만 사회를 너무 몰라, 어떻게 잘 되겠어! 형 정도의 머리면 식은 죽 먹기보다 쉽게 교육국 국장이 되었을 것인데, 냉담한 얼굴로 일본인을 보면 허리를 굽혀 인사하려고 하지 않아! 도리가 없어! 방법이 없어!"

모두가 한숨을 쉬었다. 란둥양은 쿨쿨 잠이 들었다.

딩웨한이 가볍게 기침을 했다. 그러자 모두들 눈을 그에게로 돌렸다. 그는 가볍게 죄송한 듯이 미소를 띠면서 말했다.

"그래도 치 선생의 방법은 내력이 있어요! 영국인은 모두가 얼굴이 죽은 것처럼 냉담하다오! 그는 영국식으로 위신을 지키는 거요. 그래서 영국대사관에 들어간 거요! 저는 모르겠어요. 제 말이 맞지요!"

샤오허는 그에게로 몸을 돌려 머리를 끄덕였다.

"그 말이 옳아! 그 말이 옳아! 배우는 흉악하게 분장을 할 때도 있지만 여자배역은 애교가 있어야 돼! 수법은 가지각색이야!"

"음!"

다츠바오는 혀를 차면서 맛을 음미하고 나서 말했다.

"그렇게 말하면 그 사람을 나무랄 것 없어! 그는 자기 쪼대로 사는 거야!"

"글쎄 제가 미처 생각하지 못했네요!"

루이펑이 솔직히 말했다.

"마음대로 하게 내버려두어요! 오히려 상관하지 맙시다!"

"그도 당신을 상관하지 않을 거요!"

뚱보 쥐쯔가 하품을 했다.

"말 잘했소! 좋아요!"

샤오허는 손으로 "박수"를 치게 했다.

"자네 치 씨 형제들 각기 천 년은 살기를!"

41

태평시대에 베이핑의 여름에는 좋은 것이 많았다. 십삼릉[5]에서 앵두
가 시장에 나오고, 대추가 붉은 색을 띠고 매달려 있다. 이것이 과일
역사의 한 단계다—보아라. 푸른 살구 씨가 아직도 굳어지지 않았다.
곧 주먹만 하게 굵은 것이 부들 광주리에 담겨서, "물엿"과 함께 아가씨
들과 아이들을 위해 매물로 나온다. 천천히 살구 씨가 굳어지고, 껍질이
녹색이 되면 행상꾼들이 소리 지른다. '큰 접시에 큰 살구요!' 이 소리에
꼬마들 입 속에 침이 가득히 고이고, 노인들은 이미 움직이기 시작한
이빨을 만지며 쓸쓸하게 웃는다. 오래잖아 붉은 색을 띠고 반은 푸르고
반은 붉은 "토종" 살구가 시장에 나온다. 고함치는 소리가 음악으로

• • •

5 베이징시 창평구 북부 천수산기슭에 위치하며 명나라 13명의 황제의 능침소재지이다. 명나라
영락황제가 베이징을 수도로 정한 후 정치와 전략의 두 방면을 고려하여 베이징에서 능지를 복선하
기 시작했다.

바뀌기 시작한다. 마치 과일 껍질의 붉은색이 행상들에게 영감을 준 것 같다. 그 후에 각종 살구들이 시장에 나와 경쟁한다. 어떤 것은 짙은 황색이고 어떤 것은 붉은 윤기가 나고, 어떤 것의 껍질은 두껍고, 깊은 맛이 나고, 어떤 것은 씨는 작고 상쾌하다—씨조차도 달다. 마지막으로 나오는 것은 유명한 "흰 살구"다. 비단 종이에 싸서 시장에 나온다. 마치 대기만성인 것처럼 살구철의 막이 내린다. 살구가 끝나지 않았을 때 작은 복숭아가 이미 붉은 입술을 기울여 자리를 차지하려 한다. 살구가 자취를 감추고 여러 모양의 복숭아들, 둥글거나 납작하거나, 피처럼 붉거나 완전히 새파랗거나, 짙은 녹색인데 척추에 붉은 띠를 두르거나, 크고 수분이 많은 것, 작고 바삭한 것들이 모두가 베이핑 사람들의 눈, 코, 입을 즐겁게 한다.

붉은 자두, 옥자두, 화홍과 호라차[6]가 차례로 뒤를 잇는다. 사람들은 멜대 위에 푸른색, 붉은색 이슬을 머금고 빛을 내는 여러종류의 과일을 볼수 있으며, 상인들이 각양각색의 목소리로 충분히 펼치는 것을 즐긴다. 상인은 그의 목소리를 충분히 발휘하여 한 번에 긴 리스트를 외칩니다. "자두를 팔아요, 얼음사탕 같이 단 과일이 있어요. 물을 마신큰 복숭아요. 꿀맛 복숭아요. 바삭하고 달콤한 큰 샤과일이요...."

한 종류의 과일이 다 익으면, 산 아래 시골 마을에서 온, 등에 긴 광주리를 멘 사람들이 과일을 안전하 숨기고 반나절 동안 서툴지만 간단하게반나절에 한번 소리친다. 큰 사과요 혹은 크고 단 복숭아요.

···

6 "호라차"는 "호라페안"이라고도 하며, 사과와 사과의 중간이며, 맛은 푸른 바나나 사과와 비슷하며, 담백하고 아삭아삭하다.

그들이 팔고 있는 것은 정말 "자기 밭에서 난" 산물이다. 그들의 모습과 물건은 진정한 본토의 산물이고, 베이핑 사람들에게 서쪽과 북쪽의 푸른 산 위 과수원을 상상하게 하며, 약간의 시적 감성을 느끼게 합니다.

배, 대추와 포도 모두가 비교적 늦게 나온다. 이들의 종류가 많고 품질이 우수해서 절대로 베이핑 사람들이 늦게 왔다고 냉담하게 대하지 않는다. 베이핑인들은 그들의 희고 굵은 대추, 작은 흰 배, 우유 같은 포도가 자랑스럽다고 생각한다. 배와 대추를 보면 사람들은 '하나의 잎으로 가을을 안다'고 느끼듯 하여 겉옷을 햇볕에 말리거나 솜옷을 세탁할 준비를 시작합니다.

가장 더울 때가 베이핑인의 먹을복이 가장 많을 때다. 과일 외에 참외도 있다! 수박 종류도 다양하다, 참외도 여러 종류다. 수박이 맛이 좋지만, 향과 맛을 두고 말하면 참외에 양보해야 한다. 하물며 참외는 "민중을 쟁취하다"의 의미가 있는 종류다—그것은 색이 은백이고, 입에 넣으면 녹아버리듯 하는 달콤한 "양지아오미"는 우아한 신사 숙녀의 입에 들어가면 딱이다. 단단하고 두꺼운 푸른 껍질에 황금띠를 두른 "산빠이"와 "하마오수"는 젊은이들 입으로 깨물어 봄직한 것이고, "로투얼러" 이름만 보면 알듯이 이빨이 없는 노인들도 모퉁이를 향하지 않도록 하기 위해서이다.

단오절에는 돈 있는 사람은 탕산의 연근을 맛볼 수 다. 신선한 연뿌리가 시장에 나오면 돈이 충분치 못한 사람도 "얼음 그릇"을 맛볼 수 있다. 큰 그릇의 얼음, 그 위에 부드러운 연잎이 덮여 있고, 잎에는 신선한 마름모가 들어 있다. 신선한 호두, 신선한 아몬드, 신선한 연근,

참외로 구성된 향기로운, 신선하고, 맑고, 차가운, 술 안주. 바로 그 삥완을 먹을 수 없는 사람들은 마름모와 닭머리를 사서 '신선함'을 맛볼 수 있지 않은가?

신선들이 신선한 과일만 먹고 화식을 먹지 않았다면, 그들의 지상의 동굴 집은 마땅히 베이핑에 있었을 것이다!

날씨는 더웠으나 아침저녁은 꽤 시원해서 일을 할 수가 있다. 즐길 줄 아는 사람은 방안에 얼음 상자를 들여놓고 마당에서 포장을 쳐서 열기의 습격을 이겨낸다. 집에 있기 싫으면, 베이하이의 연당 안에서 배를 저을 수 있다. 혹은 태묘와 중산공원의 늙은 측백나무 아래에서 차맛을 즐기거나 장기를 둘 수 있다. 약간 "통속"적인 사람들은 스차하이 호반에서 버드나무 가지를 빌려, 천막을 치고 한나절 내내 시원하게 차맛을 즐기거나, 신매실떡 몇 조각을 빨거나, 팔보연잎죽 한 그릇을 마실 수 있다. 좀 소탈하고 싶으면 낚싯대를 들고 물이 고인 모래톱이나 높고 환한 다리 서쪽에 가서 강가의 옛 버들 아래에서 반일 동안 낚시를 할 수 있다. 너무 시끌벅적하다. 연극을 듣기 좋은 시간이다. 날씨가 더울수록 연극은 더 좋아지고, 명배우들이 모두 두 번 노래를 부른다. 야극이 흩어지는 것은 거의 늦은 밤이다. 서늘한 바람, 회화꽃과 연못에서 불어오는 서늘한 바람은 사람의 정신을 일으키게 한다. 그래서 오후 4시에서 5시 사이의 더위도 아깝지 않게 느끼며 그래서 〈쓰랑탄무〉라는 것을 흥얼거리며 즐겁게 집으로 돌아간다. 날씨는 더웠지만 사람들은 그것을 피할 수 있었다! 집에서, 공원에서, 도시 밖에서 모두 그것을 피할 수 있다. 몇 걸음 더 멀리 가고 싶다면 서산와불사, 벽운사, 정의원에 가서 며칠 묵을 수 있다. 바로 이 언덕에서, 사람들은 운을 무릅쓰고 야찻집이나 작은 식당에서 한 궁중요리사를 만나서, 황제가 좋아하는 요리나 과자를 뭐가지 만들어 주는것을 맛 볼 수 있다.

바로 치 씨 댁에서는 천막도, 얼음상자도 없고, 얼음 사발과 팥보 연잎 죽도 없지만 모두가 여름날의 즐거움을 느낄 수 있다. 치 노인이 아침 일찍 방문을 열면 자기의 푸른색, 흰색, 빨간색, 그리고 얼굴을 긁은 나팔꽃을 볼 수 있는데, 이슬을 가지고 술이 있는 나팔입을 위로 젖히고 있는데, 마치 창조자를 영광스럽게 하는 노래를 부르려는 것 같다. 그의 왜꽃 위에 붉은 잠자리가 떨어져 있을지도 모른다. 그는 공원과 베이하이에 가는 습관이 없었지만, 낮잠을 자고 나면 천천히 후궈쓰까지 걸을 수 있었다. 그곳의 천왕전에는 묘회가 없는 날에 〈시공안〉이나〈삼협오의〉를 평론하는 사람이 있다; 노인은 차 한 주전자를 끓이고 책을 몇 번 들을 수 있다. 그곳의 궁전은 매우 높고 깊으며, 항상 작은 바람이 불어 노인들에게 더위를 피하도록 해준다. 해가 서쪽으로 기우르면, 그는 천천히 돌아와서, 샤오순아와 계집애에게 노란 완두콩 한두 조각이나 참외두세 개를 가져다 주었다. 소순아와 계집애는 항상 큰 회화나무 아래에서 회화꽃을 골라내면서 태할아버지와 태할아버지의 손에 있는 음식을 기다린다. 노인이 문에 들어서자 서벽 아래에 이미 그늘이 생겨서 작은 의자를 옮겨 대추나무 밑에 앉아 샤오순아의 엄마가 만들어 준 녹두탕을 빨았다. 저녁은 서벽의 그늘에서 먹었다. 요리는 단지 참죽과 두부를 섞거나 파를 곁들인 왕과를 절인 것일 수도 있지만, 노인은 영원히 까다롭지 않다. 그는 고속 출신이

어서 두부와 왕과가 그의 신분에 딱 맞는다고 생각한다. 식사 후, 노인은 잠시 쉬고 나서, 그의 화초에 물을 주러 가는 냄비와 분수주전자를 들었다.그는 샤오순즈들과 처마 밑에 앉아서 낮게 날고 있는 박쥐를 구경한다. 어떤 취미도 없다. 이미 몇 번인지 모르게 반복한 고사를 얘기한다. 이렇게 노인의 하루는 끝난다.

톈유 부인은 여름이면 천식이 약간 좋아져서 꾸물거리며 힘이 많이 들지 않는 일을 할 수 있다. 만두를 빚을 때는 캉 끝에 앉아서 만두피로 소를 감싸는 일을 돕는다. 그녀가 만두를 쌀 때는 정밀하게 만들어 만두 가에 꽃 도장을 찍는다. 그녀는 시금치, 가지피를 연말에 만두 만들 때 사용하도록 말려서 저장하는 것을 돕는다. 왜과와 수박을 먹을 때 그녀는 반드시 참외 씨를 창틀에 늘어 말려서 비올 때 단 것이나 콩이 없을 때 아이들에게 주어서 그들의 입을 달랜다. 이 조그마한 일이 그녀가 잠시 죽음의 위협을 잊게 한다. 때로는 친구들이 와서 그녀가 일하고 있는 것을 보고 과분하게 몇 마디 할라치면 그녀는 대답한다.

"야, 나 아직 살아있어! 그러나 겨울에는 어떨지 누가 알랴!"

샤오순얼애미에 이르면 삼복염천에도 그녀는 대가족을 밥해서 먹이고 의복 세탁하고 그래도 짬을 내어 여름날에 한적함과 고상한 흥취를 즐긴다. 그녀는 대문에서 만향옥 두 송이를 사서 머리에 꽂고 자기가 향기 나게 한다. 봉선화를 찾아서 백반을 갈아서 딸의 손톱을 붉게 물들인다.

루이쉬안은 취미가 없다. 소란스러운 것 좋아하지 않았다. 여름 방학에는 한가로운 복을 누렸다. 그는 베이핑 도서관에서 책 한 권을 빌려서 편안하게 반나절을 보내고, 베이하이로 가서 통로를 지나 베이하이 후문으로 빠져 스차하이를 눈으로 즐긴다. 차를 마시려고 자리에 앉으려 하지 않지만 목이 몹시 마를 때는 한 사발 얼음 넣은 솬메이탕을 즐긴다. 때로는 기분이 좋으면 서직문 밖의 강변에 간다. 자리 하나를 빌려 나무 그늘에서 셸리나 셰익스피어를 읽는다. 쇼순즈를 데리고 가면 몇 개의 금실 박힌 연잎 몇 개와 초롱 꽈리를 건져서 집에 돌아와서는 큰할아버지에게 두어 마리 작은 금붕어를 사달라고 한다.

쇼순즈와 쥬즈의 복은 여름에 어떤 사람보다 더 많았다. 첫째, 그들은 양말을 신을 필요 없이 맨다리로 충분했고, 몸에는 직공들이 입는 바지로 충분했다. 둘째로 실제로 다른 놀이가 있으나, 문 밖에 두 그루 큰 나무가 있었다. 회나무 꽃을 주어서 할머니에게 꽃바구니를 만들어 달라고 요구한다. 회나무 벌레에 싫증이 나면 나무뿌리에서나 담 귀퉁이에서 회나무 벌레가 번데기로 변해있다. 번데기 머리를 돌려 하나는 동쪽으로 하나는 서쪽으로 향하게 한다. 벌레들은 찍 소리도 없이 머리를 돌린다. 셋째, 여름음식은 날씨가 더워서 간단하다. 주방 안의 참외는 부득이 할 때 몰래 하나씩 가질 수 있다. 참외,과일, 배, 복숭아가 끊이지 않고 공급이 된다. 샤오순얼의 성명이 한 번도 멈추지 않는다.

"하루에 300개의 복숭아를 먹고 밥을 안 먹어도 나는 한다."

때맞추어 큰 비가 내린다. 문 밖에 외치는 소리가 없다.

"소십줄 완두요! 마르고 향기 나는 것이요!"

이것은 흥분되는 일이다. 샤오순얼은 머리에 찢어진 기름 천을 쓰고 맨다리로 물을 철벅거리며 대문에 가서 산초와 붓순나무로 찐 완두를 산다. 완두 파는 행상은 삿갓을 쓰고 바지를 허벅지까지 걷어 올리고 소쿠리를 받쳐 들고 있다. 완두는 작은 술잔으로 댄다. 한 잔에 한 푼이다. 사와서 침상에 앉아 쥬즈와 나눠먹는다. 쥬즈의 몫은 쥬즈가 문 밖에 사라나가는 모험을 하려 하지 않기 때문에 오빠 것과 같은 향기와 맛은 없다! 비가 그치기를 기다려서 무리지어 마당 위를 날고 있는 왕잠자리와 하늘에 펼쳐지는 일곱색 무지개를 본다!

그러나 금년 여름은 날씨가 덥기만 하다. 좋은 것이라고는 하나도 없다. 치 노인은 화초를 잃고, 마음의 평정도, 천왕전에서 책 읽는 것을 듣는 흥취도 잃었다. 샤오순얼애미는 할아버지에게 차를 마시고 번민을 해소하도록 권했다. 그는 '이때는 마음 한가하게 하여 책 읽는 것 들으러 가야하는데' 하고 대답할 뿐이다.

톈유 부인은 몸이 좀 나아졌지만 할 일이 없다. 시금치를 말릴까? 매일 먹는 시금치도 못 사는데 말릴게 어디 있어야지? 성문이 사흘이 멀다 하고 닫히는데, 채소가 성에 매일 들어올 수가 없다. 방역할 때가 되면 성문에서 가지, 왜과에 조차 석회석을 뿌려서, 곧장 썩어버리게 한다. 이리하여 성문 한 번 닫히고, 방역 한 번 하고 나면, 값이 올라 채소가 고기보다 비싸진다! 그녀는 이렇게 사는데 멀리까지 생각할 필요가 없다. 설 쇨 때, 마른 채소 소를 넣은 만두를 꼭 먹어야 되나? 설 쇨 때 가서 얘기를 다시 하자! 신년이 되면 물가가 어디까지 오를지 세계가 어떤 모양으로 바뀔지 누가 알아? 그녀는 침상에서 일어나기 싫었다.

샤오순얼은 문 밖에 감히 혼자 나가놀 수가 없었다. 그 곳에는 두 그루 노거수가 있고, "번데기"는 아직 담 밑에서 기다리고 있지만, 다시 나가지 못했다. 1호에 일본인 두 집이 이사를 왔다. 합쳐서 남자가 두 명, 젊은 부인 두 명, 노파 한 명, 두 명의 8·9살짜리 남자아이가 있었다. 이 두 집이 이사를 오자, 제일 먼저음이 무거워진 사람은 바이순장이다. 샤오허는 일본인의 순장으로 엄숙하게 자처했다. 그가 바이순장에게 후통을 청소하도록 명령하고, 이웃들에게 아이들이 회나무 아래에서 오줌을 누어서는 안 된다고 통지했다. 그리고 그에게 나무에 가로등을 설치하라고 이르고 물을 긷는데 "셋째형님"이 계신다는 것을 명심하도록 촉구했다. 가물어서 우물에 물이 없으면 1호가 쓰는 물을 충분히 확보하도록 한다—'순장에게 이르노니, 일본인은 매일 목욕을 하니 물을 많이 쓴다! 다른 집은 1호집이 물이 모자라게 하지 않도록 물을 길어라!'

후통 내의 다른 사람은 직접적인 압력을 받지 않았지만, 정신적으로 대단한 위협을 느꼈다. 베이핑인은 수백 년 동안 국도에 살았기 때문에 외국인을 배척하지 않았다. 샤오양쥐안 사람은 절대로 영국인이나 터키인을 경시하지 않는다. 그러나 두 집의 일본인에 대해서는 마음이 불안하다. 저 두 집이 먼저 베이핑을 멸하고 나서 이사를 왔다는 것을 안다. 그러므로 반드시 그들의 이웃이 바로 정복자라는 것을 인정해야 한다! 일본인이 조선을 어떻게 멸망시키고, 어떻게 대만을 탈취하고, 어떻게 고려인(조선인)과 대만인을 학대했는지 들어서 알고 있다. 현재는 노예로 학대당하고 있는 고려인과 대만인이 그들의 면전에 있다!

하물며 볼품없는 이 샤오양쥐안에조차 일본인이 왔다. 아마도 베이핑 전체가 분명히 일본인에게 속해있다! 그들은 저 두 집이 이웃일 뿐만 아니라 반드시 스파이일 것이라고 생각했다! 그들은 1호를 거대한 시한폭탄을 보듯이 했다.

1호의 두 남자는 30세쯤 되는 상인이었다. 그들은 매일 아침 일찍 반드시 두 아이들을 데리고—굉장히 작은 훈도시 하나만 차고—회나무 아래에서 체조를 했다. 아침 체조 구령이 라디오에서 크게 울려 퍼졌다. 아마도 성안의 일본인 전부가 이 시간에 신체 단련을 할 것이다.

7시쯤에 이 두 아이가 책을 등에 지고 화살처럼 대로로 달려가서 사람들의 다리 사이를 헤집고 전차에 올라탄다. 그들이 차에 타는 것이 아니라 말뚝이 차 안에 박히는 것 같다. 차에 얼마나 많은 사람이 타고 있거나 타려하거나 간에 막무가내로 밀치고 올라탄다. 방과 후에는 샤오양쥐안의 "조롱박 가슴"은 그들이 차지한다. 그들은 달리기 시합을 하고, 나무에 기어 올라가고, 땅에 구르고, 서로 두들겨 팬다—때때로 머리가 터져 피를 흘린다. 그들이 놀고 싶으면 노는 것이다. 마치 태어날 때부터 그들이 주인인양 논다. 그들이 어떤 집의 벽에 기어오르거나, 작은 칼로 개를 가르고 싶으면, 그들은 조금도 주저하지 않고 그대로 한다. 그들의 어머니는 그들이 마치 작은 상제님인 것처럼 항상 그들에게 미소를 띠고 있을 뿐이다. 그들이 대가리가 터져서 피를 흘리면, 부인들은 나와서 깍듯이 상처를 어루만질 뿐 나무라지 않는다. 이들은 일본인 아이들이기 때문이다. 장차 눈 하나 깜빡이지 않고, 살인을 하는 "영웅"이 되어야 한다.

두 남자는 매일 8시경에 나가서 오후 5시경에 돌아온다. 그들은 항상 낮은 소리로 이야기하면서 함께 출입한다. 개와 마주치면 무서운 듯이 반드시 하던 말을 멈추고 눈을 치켜뜬다. 그들은 가슴을 펴고 눈은 공중을 향한 채 독일식으로 발을 맞추어 소리가 울리게 걷는다. 그러나 사람들을 만나면 본능적으로 머리를 숙이고 약간 남보다 못함을 스스로 부끄러워하는 듯했다. 그들은 이웃을 방문하지 않고, 이웃도 그들을 방문하지 않았다. 그들은 마치 고독하게 자기네만의 특별한 취미를 즐기는 것 같았다. 후통 전체에서 관샤오허만 그들과 내왕하는 것 같았다. 샤오허는 사흘에 두 번 꼴로 참외나 생화 한 다발 혹은 황조기 두어 근을 들고 1호를 "방문"했다. 그들은 그에게 아무 것도 답례를 하지 않았다. 유일한 답례는 샤오허가 그 집에 드나들 때 그들의 가족 전체가 나와서 깊이 머리 숙여 절하는 것이 전부다. 그들은 특별히 더 깊이 머리를 숙였다. 그들의 깊은 절은 일종의 즐거움이었다. 절을 마치면 그들은 아주 천천히 집으로 들어간다. 이것은 이웃들에게 이웃이 1호에 드나드는 것을 알게 하기 위해서였다. 그리고 1호에 드나들면 그들은 크게 예의를 차릴 수 있다는 것을 보인다. 1호에 예물을 보내지 못하면, 샤오허는 그들이 오는 시간에 맞추어 회나무 아래에서 배회하다가, 그들에게 절을 올릴 기회를 찾는다. 회나무 아래에서 두 명이 함께 놀 아이를 못 만나면 그는 반드시 그들에게 경의를 표하고 그들과 놀아준다. 두 아이들은 어떤 때는 버릇없이 멀리서 달려와서 머리로 힘껏 그의 복부를 들이받아 소스라치게 만든다. 때로는 고의적으로 더러운 손으로 눈 같이 흰 바지를 주무른다. 그는 서둘지 않고 전처럼 그들의 머리를 쓰다듬어 준다. 이웃이 지나가면 겸연쩍은 듯이 말한다.

"두 녀석이 귀여워요! 아주 귀여워요!"

이웃들은 관 선생의 "귀엽다"는 말에 동의하지 않는다. 그들은 모두 두 아이를 싫어한다. 적어도 관 선생을 싫어하는 정도와 같이 싫어한다. 두 아이가 머리로 맹렬하게 관 선생을 들이받을 뿐만 아니라 다른 사람에게도 그런다. 그들이 제일 득의에 차 하는 짓은 쓰다마를 들이받을 때였다. 그들이 쓰다마를 들이받는 것이 일차로 끝나면 다음은 후통 안의 모든 아이들이 그들의 머리 힘을 시험하는 대상이 되었다. 그들이 샤오순얼을 들이받아 넘어뜨리고 그의 머리카락을 꼬아 말고삐를 만들었다. 샤오순얼은 중국애이니까 위험이 닥치자 소리 밖에 칠 줄 몰랐다.

샤오순얼 애미가 뛰쳐나왔다. 그녀의 눈이 샤오순얼이 말이 되어있는 것을 보자마자 눈에서 불이 튀었다. 평소에는 그녀가 자기 자식을 무턱대고 비호하는 부인이 아니었다. 샤오순얼이 남의 집 아이와 싸울라치면 그녀는 대개는 아이를 집으로 끌고 들어가서 다른 집 아이의 머리 위에 올라타지 못하도록 나무란다. 오늘은 그녀가 다시 그렇게 할 수는 없었다. 샤오순얼이 일본인의 말이 되어 있는 것이다. 만약 일본인이 베이핑을 함락하지 않았으면, 아마 그녀가 그토록 성을 내지 않고 대범하게 말했을 것이다. 아이는 아이일 따름이고 일본인 아이도 당연히 장난이 심할 밖에 없다. 지금은 그녀가 다른 식으로 생각했다. 그녀는 일본인이 베이핑을 멸했기 때문에, 일본 아이도 감히 이토록 사람을 업신여긴다고 생각했다. 그녀는 아무 일 없는 듯이 아이를 끌고 집으로 들어오고 싶은 기분이 아니었다. 그녀는 뛰쳐나가 손을 뻗어서

"기사"의 목덜미를 쥐고 확 휘둘렀다. 기사가 땅에 뒹굴었다. 한 번 더 손을 뻗쳐 샤오순얼의 손을 잡고, 두 명의 작은 적들이 다시 반격하러 오는 것을 기다렸다. 두 일본 아이들은 그녀를 보더니 끽소리도 못 내고 집안으로 도망쳐버렸다. 그녀는 그들이 반드시 집에 들어가서 어른들에게 얘기할 것이고, 어른들이 나와서 따질 것이라 생각했다. 그녀는 떡 버티고 서서 그들을 기다렸다. 그들은 나오지 않았다. 그녀는 긴장을 풀고 샤오순얼을 나무라기 시작했다.

"너는 손도 없니? 왜 그들을 때리지 않았니? 니가 고름 덩어리냐?"

샤오순얼이 엉엉 소리 내어 울었다. 울수록 마음이 아팠다.

"울어! 울어! 너는 울 줄만 알지!"

그녀는 숨을 헐떡거리며 그를 끌고 집으로 들어갔다.

치 노인은 윈메이가 남에게 원한을 사고 화를 내는 것이 불만이었다. 그녀는 언제나 노인들에게 말대꾸하는 법이 없다. 오늘 참지 못하고 물불을 못 가리듯이 화를 냈다. 그녀는 평소의 예절 따위는 잊은 듯했다. 그랬다. 그녀의 목소리는 높지 않았다. 그러나 누구나 그녀의 완강함과 분노를 느낄 수 있을 정도로 높았다.

"나는 상관하지 않아! 그들이 일본인 아이들이 아니었으면, 나도 웃고 말았을 것이다! 그들이 일본 아이들이니까 나는 오히려 그들과 승패를 겨루려고 했다!"

노인은 손부가 정말 화가 났다는 것을 알았다. 다시 아무 말도 하지 않고 샤오순얼을 자기 방으로 끌고 들어갔다. 그리고 그에게 말했다.

"마당에서 놀면 안 되니? 무엇 때문에 말썽을 일으키니? 그들은 모진

놈들이야. 너희들은 눈앞의 손실을 당하지 마라. 내 귀염둥아!"

저녁 때 루이쉬안이 문에 들어서자마자 치 노인은 그에게 가벼운 소리로 일렀다.

"샤오순얼 애미가 일을 저질렀어!"

루이쉬안은 펄쩍 뛰었다. 그는 윈메이가 쉽게 일을 저지를 사람이 아니라는 것을 안다. 일을 쉽게 저지르지 않는 사람이 일을 저지르면 큰일이라는 것을 알기 때문이다.

"무슨 일이예요?"

그는 급히 물었다.

노인은 회화나무 아래에서 벌어진 전쟁을 상세히 말했다.

루이쉬안은 웃고 또 웃었다.

"할아버지 마음 놓으세요. 아무 일 없을 거요! 아무 일 없을 거요! 샤오순얼에게 싸움하는 법을 일러주어야 좋겠군요!"

치 노인도 손자의 마음을 명백히 읽지 못하고, 손자가 가볍게 말하는 태도가 영 마음에 들지 않았다. 그가 보기에는 증손자를 데리고 1호 집에 가서 사과를 해야 할 것 같았다. 8개국이 연합해서 북경을 침범했을 때 그는 청년이었다. 그는 왕공대신조차 심지어 서태후와 황제 모두가 외국인에게 감히 말썽을 일으키지 않으려는 사람들이었다. 현재는 일본인이 베이핑을 침입했다. 그는 지금의 사태가 40년 전과 마찬가지라고 생각했다! 그러나 그는 아무 말도 하지 않았다. 그는 자기의 조심성 때문에 손자와 말다툼을 하는 것이 불편했다.

윈메이도 보고를 했다. 그녀의 얘기와 태도가 조부보다 더 생동감이 넘쳤다. 그녀의 노기가 완전히 사리지지 않았다. 그녀의 눈은 빛나고 관골에 붉은 반점이 돌았다. 루이쉬안은 다 듣고 나서 웃고 웃었다. 그는 그러한 작은 일을 마음에 담아두고 싶지 않았다.

그러나 기분이 좋은 것은 어쩔 수 없었다. 그는 윈메이가 그렇게 격분하고 그렇게 용감할 줄 몰랐다. 그는 그녀의 거동에 만족하지 않을 수 없고 그녀를 응당 존경해 마지않았다. 그녀의 이러한 작은 표현으로 그는 깨달았다. 아무리 건실한 사람도 핍박을 받아서 어쩔 수 없는 지경에 이르면 반항할 수 있다. 그는 윈메이의 거동은 본질적으로 치엔 선생, 치엔쭝스, 리우셔푸의 반항과 같은 종류이다. 좋아. 그는 관샤오허와 루이펑을 알아볼 수 있고, 치엔 선생과 루이취안을 알아볼 수 있다. 암흑 속에서 절박하게 필요한 광명이다. 중국인 침략을 당했기 때문에 중국인이 눈을 뜨게 되어 자신의 마음에 등을 밝혀주었다.

어느 한 여름, 그는 괴롭고 근심걱정에 빠진데다, 크고 작은 일 때문에 난감하고 불안해졌다. 그는 거의 어떻게 웃는지 잊어버렸다. 대사관의 여름휴가는 학교만큼 길지는 않았다. 그는 왕년처럼 도서관에 가서 책을 읽을 기회를 잃었다. 그러한 기회가 오더라도 안심하고 책을 읽을 수 있을지 그것도 문제라는 것을 알았다. 그가 아침에 출근하고 오후에 귀가할 때 십중팔구는 일본인 두 사람을 만났다. 그랬다. 난징이 함락된 이래로 베이핑에 일본인이 부쩍 늘어서 어디가도 만날 수 있었다. 그래도 자기 후통에서 그들을 만나는 것은 난감한 일이었다. 그들을 만나면 그는 어떻게 대하면 좋을지 몰랐다. 그가 그들을 향해서 절을 할 필요가 없고, 그렇다고 성난 눈으로 노려볼 수도 없었다. 그는 대문을 나설 때나 골목길에 들어올 때 먼저 사방을 잘 살핀다. 그들이 앞에 있으면 곧 걸음을 늦추고, 뒤에 있으면 걸음을 빨리 한다. 비록 작은 일이지만 불편하게 생각되었다. 불편하지 않더라도 출입의 자유를 잃어버렸다. 시간이 지나면서 그가 고의적으로 그들을 피하는 것이 그들의 주의를 끌 수 있다는 것을 알았다. 일본인들은 무엇을 하든지 모두가 반드시 정탐꾼일 것이다!

일요일은 특별히 곤란했다. 샤오순얼과 쥬즈가 힘을 합쳐 떠들어댄다.

"아빠! 놀아요! 얼마나 오래 공원에 가서 원숭이를 못 봤어요! 만생원도 좋아요. 전차 타고 성 밖에 가서 코끼리 보아요!"

그는 아이들의 요구를 거절할 수가 없었다. 그러나 그는 공원, 베이하이, 천단, 만생원이 일요일에는 완전히 일본인 천지라는 것을 알고 있다. 일본 여자들은 언제나 웃음을 머금고, 어린애를 달고, 아주 화사하게 차려입고, 아이를 안고, 혹은 업고, 술병과 도시락을 들고 있다. 일본 남자들은, 항상 눈꼬리로 사람을 유혹하는 자들처럼, 잘 차려입거나 일부러 단정치 않게 보이거나, 빈 손으로 그들의 영원한 노예인 여성들과 뛰어다니는 남자아이들과 함께 무리를 지어 각종 공원에 가서 경치를 차지하고 그들의 침략의 힘을 과시했다. 그들은 모두 술을 들고 다닌다. 술은 언제나 소인배를 위대하다고 생각하게 만든다. 술을 먹은 후에는 도처에서 발광한다. 휘청거리며 술병을 대로상이나 연못에 던진다.

동시에 화류계 남녀가 다츠바오나 루이펑처럼 형형색색으로 꾸미고 공원으로 몰려든다. 그들은 신경을 써서 차려입고, 무료를 웃음으로 날리고, 먹고 마실 줄 알며, 일본인 남녀가 차지한 곳으로 가서 90도 절을 한다. 그들은 아주 기분 좋게 그들의 문화 즉 망국의 문화를 일본인에게 펼쳐 보이고, 마음 놓고 침략하라고 가르친다. 보기만 하면 마음이 더 상하는 것은 멸망하기 전의 부잣집 도련님이다. 망한 후에도 그들은 무관심한 청년이 되어 애인을 데리고 뱃놀이를 하면서 끌어안고 입으로 사랑의 노래를 흥얼거린다. 그들의 돈이 그들에게 쾌락을 사서 멸망해가는 나라가 있다는 사실은 잊게 만들었다.

루이쉬안은 그런 모습을 참고 볼 수 없었다. 그는 집에서 괴로워하기만 했다. 한 마디 말도 없이 일요일을 지냈다. 그는 샤오순얼과 쥬즈에게 얼굴이 서지 않았지만 좋은 방법이 없었다.

간신히 일요일을 보내고 나면 월요일 하루 사무보기가 아주 힘들었다. 그는 굿리치선생을 피할 수 없었다. 굿리치 선생은 휴가 중에도 베이핑을 떠나려 들지 않는다. 그는 베이핑을 더위를 피할 수 있는 가장 적당한 지역으로 생각했다. 칭다오, 뭐깐싼, 베이따이허?

"픔!"

그는 콧방귀를 뀌었다.

"그런 곳은 근본적으로 중국 같지 않아! 내가 양(洋)식집과 양식일을 보고 싶어 하면 내가 영국으로 돌아갈 수 있지 않은가?"

그는 떠나지 않는다. 그는 중해와 베이하이의 연꽃, 중산 공원의 작약, 자기 집의 작은 정원의 정향, 석류, 협죽도, 그리고 여러 가지 꽃들이 충분히 즐길만하다고 생각한다. '베이핑은 원래가 한 송이 큰

꽃이다'라고 말한다.

"자금성과 삼해가 화심이고, 그 밖의 지방은 꽃잎이고 꽃받침이다. 베이하이의 백탑은 하늘에 뻗은 꽃술이다. 베이핑은 원래가 한 송이 꽃이다. 하물며 도처에 나무가 있고 화초가 있지 않은가!"

그는 피서 같은 것은 가리고 하지 않았다. 처리할 공사가 없어도 대사관에 나와 본다. 그가 나오면 언제나 루이쉬안의 "마음의 병"에 다시 몇 개의 작은 상처를 내곤 했다.

"오호! 안칭도 잃었구나!"

굿리치선생이 신문을 펼치며 루이쉬안에게 말한다.

굿리치 선생은 실은 루이쉬안을 난감하게 할 생각은 없다. 그는 사실 중국에 관심을 두고 있으므로 그날 신문으로 자기도 모르게 소식을 전하고 있다. 그는 절대로 남의 불행을 즐기는 사람이 아니다. 중국이 실패했다는 소식을 나누고 싶을 뿐이다. 그러나 루이쉬안은 굿리치 선생을 십분 이해하지만 굿리치 선생의 말 속에는 아주 날카로운 가시가 있다고 생각했다. 하물며 '오우! 마땅 요새도 끝장났구만!' '야, 져우쟝 항구에 전투가 벌어졌군!', '오오! 류안도 잃었구나!' 연이어서 쉬지 않고 나쁜 소식만 전해지자 루이쉬안은 고개를 들지 못했다. 그는 고개를 숙이고, 사실로 인정하고, 대담하게 굿리치 선생을 바로 볼 수 없었다.

그는 중일 전쟁이 결코 단기간에 끝날 수 없다는 것을 설명할 많은 말을 가지고 있었다. 그러나 전투가 계속된다면 중국에는 큰 희망이 있다고 믿었다. 매일 아침 굿리치 선생의 보고를 들을 때마다, 그는 굿리치 선생에게 해드리고 싶은 이야기가 셀 수 없이 많았다. 그러나 그는 노선생이 변론을 좋아하여, 변론이 벌어지면, 잠시 중국에 대한 애정을 숨기고 독한 말로 중국을 비평하리라는 것을 분명히 알고 있었다. 노선생은 변론을 위해서 변론하는 버릇이 있다. 노선생은 자기의— 혹은 루이쉬안의—이론과 관점을 "최근의 미신적 견해"라고 부른다.

그는 그로 인해 입을 굳게 다물고, 마음속의 말을 밖으로 흘러넘치지 않게 막았다. 이것은 그를 답답하게 만들었지만, 결국 굿리치 선생님과 정면으로 맞서는 것보다는 나았다. 그는 굿리치 선생 같이 동양을 좋아하는 영국인일지라도 반드시 실제적인 것을 중시한다고 생각한다. 불 같은 혁명이론과 혁명행위는 러시아, 프랑스, 아일랜드는 가능하지만, 절대로 영국에서는 일어날 수가 없다. 영국인은 영원히 꿈을 꾸지 않는다. 이러한 루이쉬안의 마음속의 말이 만약 입 밖으로 나온다면, 굿리치 선생의 냉소를 당하고 일언지하에 반격을 당할 것이다. 왜냐하면 그의 말은 사실 한 노국가가 반항정신을 이용하여 노인을 어린애로 되돌리기를 원하기 때문이다. 굿리치 선생은 틀림없이 이 주장을 몽상으로 볼 것이기 때문이다. 그는 말을 하고 싶지 않아서 꿈속의 헛소리가 되게 해버렸다.

그는 이렇게 그 얘기를 감추자마자 곧 이 이야기들의 귀함을 깨달았다. 그는 《정기가》, 웨우무(岳武穆)의 《만강홍》이 어떻게 지어졌는지 대충 알고 있다—마음속에서 눌린 분노와 남에게 말하기 어려운 신념을 다이아몬드처럼 여러 조각으로 압축한 것이라고. 그러나 그는 그것들이 다이아몬드가 되기 전에 고독과 괴로움을 느껴야 한다는 것도 알고 있었다.

평화에 대한 소문이 횡행했다. 베이핑신문은 평화를 고취하고 각국의 외교관들은 일본이 우한을 공격하면, 국민정부는 다시 천도할 수 없다고 믿고 있었다. 굿리치 선생조차 평화가 멀지 않다고 생각했다. 그는 일본인을 좋아하지 않았지만 그가 사랑하는 중국인이 피를 흘리는 것을 볼 수 없어서 좋다고 생각했다. 그는 이러한 암시를 여러 번 루이쉬안에게 흘렸으나 루이쉬안은 모른 척 했다. 루이쉬안은 이번에 화친을 맺어도, 오래지 않아 두 번째 침략을 시작할 것이라고 생각했다. 그리고 일본이 다시 침략하면 훨씬 더 많은 중국인을 죽일 뿐만 아니라 반드시 영미인을 중국에서 쫓아낼 것이라고 생각했다. 루이쉬안은 마음속으로 생각했다. '그때가 되면 굿리치 선생도 짐을 싸야 할 것이다!'

이렇게 생각하기는 하지만 마음은 극도로 불안했다. 만일 정말로 평화 될까? 이 시점에서의 평화는 화베이의 죽음을 의미했다. 국사에 대해 말하지 않더라도, 그는 자신이 어떻게 될까?. 정말로 자기는 일본의 코 밑에서 일생을 구차하게 살아야 하지 않을까? 그래서 그는 설령 아주 작은 일이라도 저항과 고투에 대한 이야기를 듣는 것을 좋아했다. 그래서 윈메이가 이틀 전에 일본 아이들과 다툰 일과 같이 작은 일도 듣기 좋았다. 그것은 발광이 아니라 노예가 되고 싶지 않은 사람이 당연히 가져야 할 정당한 태도였다. 유혈과 저항없이 정의와 진리를 이룰 수는 없다. 이 때문에 청창순에게 탈출하도록 말하고 샤오추이에게 권하여 차를 불렀다고 해서 모든 일이 잘 풀릴 것이라고 생각하지 말라고지 말도록 권했다. 그도 딩웨한에게 "영국대사관"이 철가방이 될 수 없다고 말해주고 싶었다. 만약 영국이 중국을 돕지 않으면 하루아침에 "영국대사관"도 일본에게 폭격당할 것이다.

"7·7" 일주년 그는 위원장이 전 국민에게 하는 방송을 들었다. 그의 국사에 대한 추측과 희망이 개인의 의견이 아니라 전 중국의 희망과 요구라고 생각되었다. 그는 다시 고독하다고 생각지 않았다. 그의 마음은 사방의 동포가 동일한 율동으로 춤추고 있다고 느꼈다. 그는 굿리치 선생도 반드시 이 방송을 들었을 것이나 고의적으로 들으라고 그에게 말해주었다. 굿리치 선생은 루이쉬안이 생각한 것과는 달리 아무 변론도 없이 엄숙하게 그와 악수를 했다. 그는 굿리치선생이 마음에 무엇을 생각하는지 명백하지 않아서 하나의 이야기를 마음에 예비로 간직했다. '일본인이 3개월 만에 중국을 멸망시킬 수 있다고 말했다. 지금 우리는 이미 일 년을 싸우고 있다. 우리는 저항을 계속할 것이다. 계속할수록 승리의 희망도 커진다. 전투란 쌍방 간의 일이다. 반드시 얻어터진 쪽에서 보복을 하기 마련이다. 그러면 반드시 변화가 일어난다. 변화는 희망을 대동하고 희망은 믿음을 낳는다!'

이 얘기는 하지 않고 몰래 혼자 간직했다. 어쩌면 굿리치 선생님도 그도 신부처럼, 겉으로는 화기애애하지만, 본질을 파고들면 결국 그들도 서양인이라는 것을. 서양인 중 100명 중 99명은 힘을 숭배하는 경향이 있다─아마도 숭배의 정도는 다를 수 있지만. 그는 도 신부를 다시 만나고 싶었다. 도 신부가 중국의 저항이 1년을 넘기고 계속된다면, 그도 진지하게 악수할 것인지 궁금했다. 결국 굿리치 선생이 무슨 생각을 할까를 몰랐다. 그는 다만 마음이 통쾌했다. 심지어 빼기고 싶었다. 그는 고개를 들고 바로 굿리치 선생을 볼 수 있었다. 자기 자신의 이러한 교만한 마음으로부터 굿리치 선생이 중국인이라면 교만이라는 것을 알아내었을 것 같았다. 그렇다. 중국인이 혼자 힘으로 저항하는 것은 절대 기적이 아니다. 진짜 피와 살로 총과 대포에 덤벼드는 것이다. 중국인은 평화를 사랑한다. 그래서 평화를 위해서 피를 흘린다. 이것이 바로 자랑할 수 있는 일이 아닌가? 그는 다시는 굿리치 선생의 '오우' 하는 소리를 두려워하지 않았다.

그는 반나절 휴가를 얻었고 일본인들도 '7·7'을 기념했다. 그는 중국인들과 중국 학생들이 톈안먼에서 침략자의 전사들에게 허리를 숙여 경의를 표하는 것을 참을 수 없었다. 그는 집안으로 도망쳤다. 그는 위원장의 라디오 방송을 인쇄하여 베이핑인들에게 나누어주지 못하는 것이 원망스러웠다. 그러나 그는 인쇄할 방법은 없었지만 그러한 큰 모험을 감히 하려고도 하지 않았다. 그는 한숨을 쉬고 혼자 말을 했다.

"나라가 망할 일은 없겠지만, 루이쉬안 너는 무엇을 했니?"

42

일요일은 루이쉬안에게 난감한 날이다. 그는 노상에서는 물론 놀러 간 곳어디서나 일본인을 피할 수 없었기 때문에 놀러 가려고도 하지 않았다. 일본인의 위선적 예의 밑에 감춰둔 전승자의 오만과 득의가 그를 아주 난감하게 했다. 베이핑 전체가 그들의 전리품으로 바뀌었다.

일요일마다 그는 집에 숨어 있었다. 그러나 집에서도 마음이 편치 않았다. 루이펑과 뚱보 쥐쯔가 오는 게 사람을 미치게 했다. 그 부부는 항상 바쁘게 들어와서 얼마 지나지 않아 다시 바쁘게 나가면서, 그들 역시 바쁜 와중에도 형을 보러 왔다는 것을 나타냈다. 루이펑은 바쁜 중에—항상 가짜 상아로 만든 담배 꽁초를 물고—손가락을 꼽아가면서 형에게 보고를 한다.

"오늘 또 네 개의 식사 자리가 있어! 모두 내가 안 갈 수 없어! 안

갈 수 없지! 내가 형에게 말할게. 나는 맛있는 것을 먹는 걸 좋아해. 두어 잔 마시는 것도 좋고, 그러나 접대가 너무 많아. 도저히 먹을 수가 없어! 요즘 나는 자주 설사를 한다! 주량이 굉장히 늘었어! 믿지? 나와 한 번 마셔보자, 형! 가위 바위 보도 진보했어! 지난 일요일 저녁때에 회현당에서 장국장을 일곱 번을 이겼어. 무려 일곱 번이나!"

식지로 가볍게 가짜 상아 담배 꽁추를 쳤다. 그리고 말을 계속했다.

"친구가 아주 많아! 내가 이렇게 많은 친구를 알게 된 것만 해도 과장을 거저한 것은 아니야. 나는 사람이 사회에서 도처에 친구를 사귀어두면 사귈수록 밥 먹는 길이 넓어지고 밥그릇이 비게 되지는 않는다는 것을 명백히 알게 되었지. 나는…"

그는 목소리를 낮추었다.

"근래에 특무원, 최근에 일본의 특무든, 중국의 특무든 대접을 받는 일이 잦아졌어. 내 몸은 교육국에 있지만 각처에 다니면서 등나무꽃과 나팔꽃처럼 내 가지를 뻗어야 해! 이렇게 나는 도처에서 얻어먹을 수 있다. 형님, 말씀해보세요. 그렇지요?"

루이쉬안은 대답을 하지 않았다. 입에서 신물이 올라왔다.

바로 그때 뚱보 쥐쯔는 동서의 손을 잡고 자신의 목도리도 없고 소매도 없는 겉옷을 만져 보라고 했다:"형님, 만져 보세요. 얼마나 얇고 얼마나 부드러운지! 한자에 2위안 7자오 한다오!"

옷저고리를 다 만져보자 그녀의 손가방을 보여주고 작은 비단 양산, 실 양말 그리고 흰 칠을 한 가죽구두를 벗어서 일일이 값을 알려주었다.

두 사람은 보고할 것을 다 마치고 서로 인사를 나누었다:

"갈까? 왕 씨 댁에서 마작하자고 기다리지 않을까?"

그리고는 친밀하게 나란히 서서 서둘러 나갔다.

그들이 나가고는 루이쉬안은 반드시 반시간은 두통에 시달린다. 그의 두통은 때로는 한 시간으로 연장이 된다. 관샤오허가 루이펑을 뒤따라 방문하거나 하면 훨씬 더 연장이 된다. 샤오허에 대한 증오심이 거의 루이쉬안이 표해야 하는 존경심 정도에 이르게 되고 그리하여 루이쉬안을 어쩔 수 없게 한다. 루이펑 부부가 자기선전만 한다면, 관샤오허는 자기 자신 이야기는 거론하지 않고, 루이펑 부부의 허풍을 도와주지도 않았다. 구구절절이 영국대사관을 찬양하고, 아울러 영국대사관에서 일하는 사람을 찬양한다. 그는 자기가 루이쉬안을 만나러 오는 것을 "영일동맹"이라 부른다.

매번 샤오허가 가고난 후 왜 샤오허 면상에 침을 뱉지 않았나 하고 자신을 원망한다. 그러나 샤오허가 오면 전처럼 그런 생각은 없어지고 흥흥 하하 하면서 손님을 상대한다. 그는 자신이 쓸모가 없다고 생각한다. 시대는 강철인데 자기 자신은 두부덩어리로 본다. 그들을 피하기 위해 때로는 하루 종일 외출한다. 도처에 치엔 선생을 찾아다닌다. 그러나 한 번도 마주친 적이 없다. 작은 차관에 들려서 둘러보고 난 뒤에 심지어 샤오추이가 설명을 참고하여 물어보기도 했다.

"맞아, 그런 사람을 본 적은 있지만, 자주 오지는 않아." 그게 유일한 답이었다. 기진맥진하여 머리를 푹 숙이고 집으로 돌아온다. 그가 만약 치엔 선생을 만나면 여름날 하루의 악을 한꺼번에 날아가버릴 것 같다고 생각했다. 그러면 얼마나 기분 좋겠는가! 그러나 치엔 선생은 돌덩어리처럼 바다 깊은 곳에 빠진 것 같았다. 비교적 그를 기분 좋게 하지만 약간은 난감하게 하는 것은 청창순의 내방이다. 청창순은 열렬하게 나라를 구하고 싶어 하는 애국자다. 올 때마다 루이쉬안에게 묻는다.

"제가 가야할가요?"

루이쉬안은 이런 청년을 좋아한다. 그는 창순이 정말 베이핑을 탈출하고 싶어 하지 않더라도 이렇게 물어주는 것이 듣기 좋았다. 그러나 창순의 할머니를 떠올리면 그는 다시 난감함을 느끼고 기쁨이 불쾌함으로 바뀌었다.

어느 날 루이쉬안이 샤오허가 왔다간 후 두통에 시달리고 있을 때 마침 창순이 왔다. 그는 자신을 억제하지 못하고 창순에게 말했다.

"뜻이 있는 사람이면 탈출해야 한다."

창순은 눈을 반짝이며

"제가 탈출해야 될까요?"

루이쉬안은 머리를 끄덕였다.

"좋아요! 저 갑니다!"

루이쉬안은 자기 말을 다시 주워 담을 수 없었다. 그는 약간 통쾌하게 느끼기도 했으나—그가 응당 청년에게 모험을 하도록 부추겨서는 안 되는 것 아닌가? 부추기는 것은 청창순에게 의지하고 사는 노파에게 면목이 서지 않는 짓 아닌가? 그는 머리가 아팠다. 창순은 얼른 뛰어나가 즉시 집에 돌아가 탈출할 준비를 하는 것 같았다. 루이쉬안의 마음은 훨씬 더 괴로웠다. 양심적으로 말하면 그가 일개 청년을 감옥에서 탈출하도록 부추긴다 해도 비난 받을 짓은 아니다. 그러나 그는 남을 선동만

하는 사람과 다르게 먼저 창순이 겪을지도 모를 많은 고난과 위험을 생각해보았다. 그리고 만약 창순이 헛되이 목숨을 잃게 되면 자기가 모든 책임을 져야 한다고 생각했다. 그는 어느 쪽이 좋을지 알 수가 없었다.

그는 3일 동안 연달아 매일 윈메이에게 4호에 가서 창순이 이미 탈출했는지 여부를 살피게 했다.

창순은 떠나지 않았다. 그는 마음이 괴로웠다. 사흘이 지나서 그는 회나무 아래에서 창순을 만났다. 창순은 부끄러워하면서 그를 향해 머리를 끄덕이고는 피해버렸다. 그는 더 괴로웠다. 창순이가 할머니에게 설복당한 것인가? 역시 나이도 어리고 담도 작으니 후회가 되었는가? 물론 그는 도무지 창순을 나무라고 싶지 않았다. 그러나 창순의 굴복과 후회 때문에 기분이 좋을 수 없었다.

5일째 저녁 비가 곧 올 것 같았다. 구름은 짙지 않았으나 바람은 시원하여 모두가 방안에 일찍 들어갔다. 그렇지 않았으면 저녁을 먹고 모두 마당에서 시원함을 즐기고 있었을 것이다. 창순이가 만면에 부끄러움을 띠고 들어왔다.

루이쉬안은 창순에게 문을 열어주고도 난감하게 여길까봐 감히 무슨 일이냐고 물을 수 없었다. 창순은 말하고 싶은 기분이 생기는 듯이 루이쉬안이 묻는 것을 기다리지 않고 말을 걸었다.

"치 선생님!"

그는 얼굴이 붉어지고 눈으로 자신의 코를 보면서 목소리는 더더욱 우물거리기 시작했다.

"저, 탈출 못했습니다."

루이쉬안은 웃지도 말할 수도 없었다. 다만 동정하듯이 엄숙하게 고개를 끄덕였다.

"할머니께서 돈을 좀 갖고 계십니다!"

창순은 낮은 목소리로 코를 훌쩍이며 말했다. "모두가 법화입니다. 노인네가 절대로 돈 놀이는 하지 않으려 합니다. 그리고 우체국에 예금도 하려들지 않습니다. 그녀가 손에 쥐고 있어요, 돈을 자기 손에 쥐고 있어야 안심한답니다!"

"노인이야 다 그렇지!"

루이쉬안이 말했다.

창순은 루이쉬안이 노인의 심리를 이해하고 있다는 것을 알고 좀 더 말이 잘 통했다.

"저는 할머니가 얼마나 가지고 있는지 모릅니다. 저에게 얘기한 적이 없으니까요!"

"그래! 노인들의 돈이란 다른 사람에게는 어디에 있는지 얼마 있는지 알리지 않지!"

"이게 큰 문제예요!"

창순은 소매로 코를 훔쳤다.

"몇 달 전에 일본인들이 공고를 했지요. 우리의 법화를 새 지폐로 바꾸어야 한다고? 제가 그 고시문을 보고 할머니에게 알려드렸어요. 할머니는 못들은 척 했어요."

"노인이야 당연히 일본의 화폐를 믿을 리 없지!"

170

"그래요! 저도 그렇게 생각해서 할머니에게 더 이상 바꾸라고 하지 않았어요. 저는 아마 외할머니가 손에 돈이 많지 않을 거라고 생각했어요. 바꾸는 것이 별로 관계가 없겠지요. 나중에 환전 소문이 긴박해지자 저도 할머니에게 독촉을 했지요. 할머니가 저에게 말씀하셨어요. 어제 시골 사람에게 좁쌀 다섯 근을 사러 대문 밖에 나갔다가 그 사람이 할머니에게 법화는 받지 않는다고 말했답니다. 할머니의 법화는 손에서 빠져나가지 않으려나봐요. 이틀 전에 바이순장이 순찰 중에 대문에서 할머니와 한담하다가 환전 기간이 이미 지났으며, 법화를 사용하면 징역 일 년에 처해진다는 말을 들었어요. 할머니는 밤새 울었습니다. 그녀는 모두 1000위안의 돈이 있었으며, 모두가 1위안짜리였으며 교통은행이 발행한 신권이었습니다! 그녀가 1000위안이나 갖고 있었어요! 그러나 그녀가 1위안이라도 없어져 봐요! 돈을 잃으면, 그녀는 일본인들을 욕하고, 말끝마다 욕하고 일본놈(일본인)들과 죽자 살자 싸울걸요! 할머니가 이러시니, 제가 탈출하지 못했어요. 그 돈이 할머니 전 재산이고 그녀의 관재 값이에요. 그 돈이 없어지면 당장 세끼 식사가 문제가 되요. 선생님 어떻게 하면 좋아요! 저는 갈 수 없어요. 제가 가면 할머니는 목 메달 거예요! 저는 외할머니를 봉양할 수밖에 없어요. 할머니가 저를 키우셨는데 이제는 제가 은혜를 갚아야 할 때예요! 치선생님?"

창순의 눈꼬리에 맑은 눈물방울이 맺혔다. 콧잔등 위의 땀을 손으로 닦으며 루이쉬안의 대답을 기다렸다.

루이쉬안은 일어서서 방안을 천천히 걸었다. 창순의 얘기 속에서 그는 자신을 보았다. 집과 효도가 자기와 창순을 양떼 우리에 묶어두었다. 국가가 그들을 부르고 있었지만 그들은 벙어리인척하고 있었다. 그는 젊은이가 가지 못하면 노인을 구할 수 없을 뿐만 아니라 노인과 함께 죽는다. 그러나 그는 발을 구르며 단호하게 떠날 수 없었고, 창순에게도 그렇게 떠나라고 강요할 수 없었다. 그는 깊은 한숨을 쉬고 창순에게 말했다.

"그 1000위안을 잘 아는 산동인이나 산서인에게 주어서, 그것을 점령되지 않는 지방에 가지고 가서, 1위안을 1위안과 교환하면 돼. 물론 그들은 1위안을 1위안으로 주지 않을 거야. 손해를 좀 볼수 있어. 그러나 그냥 내버리는 것보다는 났다."

"그래요! 그래요!"

창순은 다시 머리를 숙였다. 루이쉬안의 한 마디가 복음이라도 되는 양, 루이쉬안의 얼굴을 주시했다.

"내가 탠푸자이의 양장궤이를 아는데 그가 산동인이요! 좋아! 그는 반드시 도와줄 거요! 치 선생님, 저는 무엇을 하면 좋아요?"

루이쉬안은 창순에게 적절한 사업이 무엇인지 떠올리지 못했다.

"다시 생각해보고 얘기하세, 창순!"

"좋아요! 선생님이 저를 위해서 생각해보아 주세요. 저도 생각해보겠습니다."

창순은 코 위에 땀방울을 다 닦고 나자 일어섰다. 잠시 서 있다가 조용히 말했다.

"치 선생님, 선생님이 제가 떠나지 않았다고 저를 비웃는 것은 아니죠?"

루이쉬안은 비참하게 웃었다.

"우리 모두가 마찬가지 아닌가!"

"뭐라구요?"

창순은 루이쉬안의 말뜻을 이해하지 못했다.

"괜찮아!"

루이쉬안은 해석해주고 싶지 않았다.

"우리 내일 보자! 할머니께 초조해 하시지 말라고 말씀드려!"

창순이 나가자 밖에는 비가 조금 내렸다. 빗소리를 들으며 루이쉬안은 밤새 잠을 깊이 자지 못했다.

창순의 일이 루이쉬안의 마음속에 맴돌고 있을 때, 천예추가 갑자기 찾아왔다.

예추의 의복은 상당히 단정하게 옷을 입고 있었지만, 얼굴색은 루이쉬안이 기억하는 것보다 더 창백했다. 방 안에 들어와 앉자, 눈알을 고정시키고 얇은 입술을 꼭 다물었다. 몇 번 말을 하려했다. 입술을 열려고 하다가 닫았다. 루이쉬안이 주의를 기울였다. 루이쉬안은 예추가 차를 따를 때 그의 손이 미세하게 떨리고 있음을 알아차렸다.

"근래에 잘 있었습니까?"

루이쉬안은 천천히 예추의 말을 유도했다.

예추의 눈이 구르기 시작했다. 미소를 띠었다.

"이 세월에 안 죽었으면 편안한 것으로 쳐야지요!"

말을 마치자 입을 다물었다. 그는 자신의 지혜를 써서 몇 마디 아름다운 말을 하고 싶어 했지만, 마음속의 수치와 불안이 쉽게 말을 하도록 하지 않았다. 그는 멍청해졌다. 한참 그러고 있다가 굉장히 힘을 들이는 듯이, 그의 마음속의 수치와 불안한 이야기를 꺼냈다.

"루이쉬안 형! 근래에 모인을 보았습니까?" 원래 그가 루이쉬안보다 연배가 많지만, 그는 항상 겸손하여 정중하게 루이쉬안 형 이라고 불렀다.

"여러 친구들이 그를 봤다고 했지만, 나는 직접 만나지 못했어. 나는 그를 찾으러 여기저기 다녔지만, 찾을 수가 없었어!" 입술을 핥으며 예추는 말을 쏟아 붓기 시작했다.

"그렇다! 그래요! 나도 그렇소! 두 명의 화가 친구가 그를 보았다고 합니다."

"어디서?"

"그림 전람회에서요. 그들이 전람한 작품들을 모인이 참관하러 왔대요. 루이쉬안형, 당신도 내 매형이 그림을 그리신다는 것 아시죠?"

루이쉬안이 머리를 끄덕였다.

"그러나, 그는 그림을 보러 온 것이 아니었어요! 그들이 제게 말합디다. 모인은 태연자약하게 전람실을 한 바퀴 돌아보고, 아주 예의 바르게 그들에게 말을 걸었답니다. 그는 그들에게 너희들은 영모, 화훼, 연운, 산수를 그려서 뭐 하는 거야? 너희들은 저따위를 그려서 오락인가요? 너희들의 진짜 산수는 피로 물들여 있는 이때에, 너희들의 짐승과 새 그리고 화초가 포화에 맞아 부셔진 이 때에, 너희들은 오락하고 있는 건가? 너희 이 그리는 것이 일본인에게 보여주기 위한 것인가?

174

아아! 일본인이 너희들의 청산을 부수고, 강물을 붉게 물들여도, 너희들은 봄꽃과 가을 달을 그려서, 일본인들이 마음 편하게 보도록 하고, 그들이 너희들의 도시와 전원을 폭격하여 쑥밭으로 만들은 것들을, 각종 물감으로 분식하여, 태평하다고 생각하도록 해야 체면이 서는가? 너희들의 더러운 예술을 집어치우고 자신의 작품을 경멸하십시오! 그러려면 너희들은 전장의 피를 그리고 침략에 반항하는 영웅을 그리세요! 그는 말을 마치자 그들에게 깊이 절을 하고, 자기 말을 한번 생각해보시라고 부탁하고, 몸을 돌려 돌아보지도 않고 가버렸다. 나의 친구가 그를 알아보지 못했지만 나에게 그 모습을 말해주는 것을 들으니 반드시 모인인 것 같았습니다."

"당신의 두 친구가 그 분에 대해 무어라고 말하던가요? 천 선생!" 루이쉬안은 정중하게 물었다.

"그들은 그가 반미치광이라 합디다!"

"반미치광이? 그의 이야기에는 일리가 있는 것 아닙니까?"

"그들은!"

예추가 잇따라 친구 대신에 사과를 하듯이 미소를 지었다.

"그들은 당연히 그의 말이 미친 말이라고 하지 않았어요. 그들은 다만 전시한 그림을 잘 팔아서 쌀과 밀가루로 바꾸는 것이 큰 잘못이라 할 수 없다고 생각했습니다. 동시에 그들은 그가 도처에서 되지도 않은 소리를 지껄이고 다니면, 왜놈들에게 잡혀서 죽임을 당할 것이라 생각했습니다! 그래서 그 때문에…"

"당신이 그를 찾아서 그에게 충고하시려고?"

"내가 그에게 충고하라고?"

예추의 눈동자가 죽은 고기처럼 동작을 그만 두었다. 그는 입술을 깨물고 멍청해졌다. 얼마 후에 그는 길게 한숨을 쉬고 푸른 얼굴에 땀방울이 송송 맺혔다.

"루이쉬안형! 당신은 제가 그와 절교했다는 것을 모르시지요?"

"절교라니?"

예추는 천천히 아주 오랫동안 머리를 끄덕였다.

"내 마음은 처형의 비밀 방과 같아서, 그곳에는 모든 형틀과 형벌의 방법이 있어요."

그는 모인 선생과 절교를 하게 된 경과를 이야기했다.

"그게 모두 나의 잘못이오! 나는 그를 다시 볼 면목이 없소. 왜냐하면 나는 그의 말대로 탈출하지 않고, 일본인의 돈으로 의복을 사고 아이들에게 일본인의 돈으로 쌀과 밀가루를 사서 먹이지 않을 수 없었소. 동시에 나는 일본인이 준 일을 했소. 그러한 일을 하면 내 이름은 영원히 한간의 대열에 끼게 된다는 것을 안다오. 나는 그를 만날 체면이 없소. 그러나 주야로 그를 생각한다오. 그는 나의 지친이고, 좋은 스승이고, 익우예요. 그를 만나면 그가 나에게 귀싸대기를 올릴까 두렵소. 나는 기꺼이 맞을 거예요! 그가 내 뺨을 때리는 것은 내 마음의 병을 걷어 내주고, 안으로는 치료해줄 거요! 나는 그를 찾을 수 없었소! 나는 그의 안전과 건강이 걱정되오. 나는 그 앞에 무릎을 꿇고, 내 돈과 의복을 받아달라고 청할 거요! 그러나 나는 또 어떤 물건이든 내 이 두 손으로 바치는 물건을 절대로 받지 않을 것이라는 것을 안다오!

그러니, 만난다고 해도 무슨 소용이 있을까요? 오히려 내 고통만 더 늘어날 뿐이에요."

그는 급히 차를 한 모금 마시고 급히 말을 이었다.

"고통뿐이요! 고통뿐이요! 고통이 내 마음을 좋는다오! 아이들은 굶지 않았고 옷을 입을 수 있었습니다. 그들은 춤추고 노래했소. 그들의 작은 얼굴에 살이 올랐어요. 다만 그들의 춤과 노래가 독침이 되어 내 마음을 찌른 다오! 나는 어쩌란 말이요 나는 내 자신을 마비시키고, 마비시켜서 감각이 없게 하는 것 이외에는 방법이 없다고 생각했소. 나는 고통을 피하려다 더 큰 고통을 당하고 있다오. 마음 전체가 고통이 되어 고통을 잊어버릴 수 있기를 기다릴 수밖에 없소."

천 선생님! 당신 아편 피웁니까?"

루이쉬안의 콧등에 땀이 솟아났다.

예추는 두 손으로 얼굴을 감싸고 한참 동안 가만히 있었다.

"예추 선생님!"

루이쉬안은 근심스럽게 말했다.

"그렇게 자신을 해치면 안 됩니다!"

예추는 천천히 손을 놓고 여전히 머리를 숙이고 말했다.

"저는 압니다! 저는 알아요! 나는 나 자신을 제어할 수 없어요! 매형이 나에게 말했소. 땅콩이나 과일을 팔아라. 그게 일본사람을 위해서 일하는 것보다 낫다. 그러나 나는 긴 겉옷을 입는 습관을 가진 사람이라서, 나라의 수치가 긴 옷저고리가 감추어 줄지라도, 긴 겉옷을 벗고 행상을 할 수는 없었어요! 이 때문에 나는 나를 마취시키는 거요: 아편에 돈을 많이 쓸수록 일을 배로 더 해야 했소. 일이 많을수록, 내 정신이 더 따라가지 못해서, 더 많이 아편을 하는 거요. 현재는 밤늦게까지 바쁘다오. 마치 아편 피울 돈을 벌려고 일하는 것 같소. 제가 아편 한 모금만 빨면 정신이 흐리멍덩해져서 고통을 잊는다오. 자기를 잊어버리고, 국치를 잊고, 일체를 잊는 거요! 루이쉬안형! 저는 끝장이요! 끝장이요!" 그는 천천히 일어났다.

"가겠소! 모인을 보거든 그에게 나의 고통을 전해주어요. 제가 아편을 하고, 완전히 끝났다고 전해주어요!" 그는 밖으로 나갔다.

루이쉬안은 바보처럼 그를 뒤따라 밖으로 나갔다. 그는 많은 말을 하고 싶었다. 그러나 한 마디도 할 수 없었다.

두 사람은 말없이 천천히 밖으로 걸어갔다. 대문에 다다르자 갑자기 예추가 멈춰 서서 고개를 돌렸다.

"루이쉬안형! 깜박했습니다. 제가 당신에게 5위안를 빚졌지요?"

그는 오른손이 긴 겉옷 속으로 들어갔다.

"예추 선생님! 언제 5위안를 빌려가셨소?"

루이쉬안은 처참하게 웃었다.

예추는 손을 뺐다.

"우리가……. 좋아요, 제가 성의로 알고 받아들이지요! 감사합니다!"

대문에 이르러 예추는 1호 쪽으로 눈을 돌렸다.

"현재 누가 살고 있습니까?"

"예. 일본인이 살지요!"

"오!"

예추는 크게 숨을 쉬더니, 루이쉬안을 향해 머리를 끄덕이고, 어깨를 펴고 걸어갔다.

루이쉬안은 가만히 서서 모퉁이를 돌아갈 때까지, 그의 뒷모습을 바라보았다. 방으로 돌아오면서 예추가 가지 않은 듯이, 눈을 감고 그의 여윈 얼굴을 바라보았다. 예추의 형상이 그의 마음에 박혔다. 천천히 그의 푸른 얼굴을 생각할 때마다 자기를 보는 듯 했다. 아편을 피우는 것을 제외하면, 자기가 어느 한 곳도 예추보다 나은 곳이라고는 없었다―베이핑에 남아 있으면 스스로 멸망의 길로 들어가는 것이다.

그는 앉아 있으려니 무료해서 연필을 들고 종이에 낙서했다. 다 쓰자 그는 분명히 '우리는 모두 스스로 멸망의 길로 들어섰다!'는 글자를 읽을 수 있었다. 그는 그것을 봉투에 넣어서 예추에게 붙여주고 싶었다. 그러나 여기에 생각이 미치자 모인 선생이 생각이 났다. 손으로 종이쪽지를 말아서 방바닥에 던졌다. 모인선생은 자기 멸망의 길로 들어선 사람이 아니다. 그렇다. 치엔 선생은 조만간에 다시 잡혀서 죽음을 당할 것이다. 그러나 이 죽음의 시대에 치엔 선생의 죽음은 어떤 작용을 할 것이다. 양심이 있으나 용기가 없으면 그와 예추 같이 자살을 할 수 밖에 없다!

43

광저우 함락. 우리군 우한에서 철수.

베이핑의 일본인 발광. 승리! 승리! 승리 후 곧 평화. 평화는 곧 중국의 투항! 화베이의 양도를 의미한다! 베이핑의 신문에 등재된 평화 조건들. 일본군은 광저우도, 우한도 필요 없고 오로지 화베이만 원한다.

한간들은 기분이 좋았다. 화베이은 영원히 일본 것이고 곧 영원히 자기네들 것이다.

그러나 우한의 후퇴는 후퇴에 불과했다. 중국은 투항하지 않았다.

미친 듯이 취한 일본인은 술이 깬 후에 평화를 추구하지 않았다. 그들은 모두 골치가 아팠다. 그들은 전쟁을 일으켰다. 그들도 아주 빨리 전쟁을 끝내고 되도록 빨리 승리로 얻은 행복을 한 이틀 정도 누리고 싶었다. 그러나 그들이 중국은 오히려 그들이 승리를 누리는 것을 허락하지 않았다. 그들은 전쟁의 주도권을 잃었다. 그들은 더 긴요하게 한간들을 이용하여 화베이을 통제하고, 화베이의 자원, 식량를 이용하여 작전을 계속할 뿐이었다.

루이쉬안은 우한에서의 후퇴가 난징을 잃었을 때만큼 견디기 힘들지는 않았다. 부서진 상자 밑구녕에서 누가 숨겨 두었는지 모르는 대청(大淸)지도를 꺼냈다. 벽에 붙여 두었던 지도에서 충칭을 찾았다. 마음속에서처럼 지도상의 충칭도 자신에게서 그렇게 먼 것 같지 않았다. 지금까지 충칭은 자기 기억 속에서는 하나의 명사에 불과했으며 영원히 자기와 어떤 관계도 없을 것이라 생각했다. 오늘은 충칭이 자기와 아주 가까워지고 일종의 친밀한 관계가 있는 것 같았다. 그가 충칭에게 "공격"이라고 말하자 베이핑이 흔들렸다. 충칭이 끊임없이 항전의 함성을 지르도록 하자, 화베이 적들의 음모체계가 임시 장부에 우선 써놓은 금액처럼 하루아침에 말끔히 지워질 것이다. 지도를 보면서 이를 갈았다. 그는 베이핑에서 편안히 있지만 충칭에서 돌아오는 반향을 감지하고 있었다. 그는 베이핑에서 충칭을 대신하여 고개를 들고 걸으면서 전 중국인을 대신하여 중국민은 항복할 민족이 아니라고 소리치고 싶었다.

루이쉬안이 깊이 생각에 빠져 있을 때 관 씨 댁에서는 우한 후퇴를 경축하여 밤낮 환호하고 웃으며 소란을 피웠다. 첫째로 그들을 기분 좋게 한 것은 랑둥양의 승진이었다.

화베이이 일본인이 보기에는 자기네 손아귀에 들어왔다. 이 때문에 그들은 반동분자의 숙청에 더 열을 올렸다. 또 한편으로는 신민회 조직을 확대하여 민중을 달랬다. 일본인은 왼손에 칼을 들고, 오른손에 쇼와 사탕을 들고, 협박과 이익으로 유혹하는 작전을 동시에 진행했다.

신민회 개조, 선전부, 사회부, 당부와 청년단을 합쳐서 하나의 기관으로 총괄하게 했다. 몇 개의 처를 설립하고 각 처마다 처장을 두었다. 선전 공작하는 곳, 공상(工商)계를 관장하는 조직, 소년단과 유년단, 백성을 순종하도록 하기 위해서 일개 정당과 비슷한 공작을 하는 조직을 두고, 조직을 개조할 때 원래 회에 속해있던 직원을 일본인으로 바꾸었다. 몇 개의 처장과 중요 직원의 선발을 편리하게 하기 위해서 시험을 쳤다. 량둥양의 생긴 모양이 시험관의 주의를 끌었다. 삼 할은 사람 같고 칠 할은 오히려 귀신 같았다. 일본인들은 그의 모양이 일종의 자격이고 보증이라 생각했다―이런 사람은 타고난 한간이며 영원히 주인에게 충성하고 선량한 사람을 속이고 짓밟을 수 있다고 생각했다.

동양의 얼굴은 주의를 끌기에 족하다. 거기다 그의 행동과 태도가 그렇게 비천할 수가 없었다. 그가 선전처 처장자리를 꿰찼다. 시험관이 그를 보았을 때 그의 얼굴은 푸르고 우려먹은 찻잎 같았다. 그의 위로 치켜진 눈알은 치켜져서 제자리로 돌아오지 않았다. 그의 손과 입술은 떨렸고 그의 목구멍에는 담이 끓고 있었다. 그는 시험관을 보지 않았다. 그는 세 번이나 허리깊이 숙여 절을 했다. 너무나 깊이 숙인 나머지, 신체의 평형을 잃어서 걸려 넘어졌다. 그가 시험관 앞에 이르렀을 때는 감격한 나머지 눈물을 흘렸다. 시험관은 감동해서 처장자리를 주었다.

그를 위해서 첫 번째로 승진 축하연을 준비한 곳은 당연히 관 씨 댁이었다. 그는 초대장을 받았지만, 고의로 한 시간 반이나 늦게 갔다.

관 씨 댁에 갔을 때는 얼마나 거들먹거렸는지 응대에 도가 튼 샤오허의 재치 있는 말도 그가 웃음을 보이게 하지 못했다. 들어서자 그는 소파에 반은 앉고, 반은 드러누워 한마디도 하지 않았다. 그의 얼굴은 기름을 바른 것 같이 광이 났다. 사람들은 그의 차와 다과를 준비했지만, 는 게으르고 오만하게 소파의 모서리에 머리를 기댄 채 신경도 쓰지 않았다. 사람들이 즉위 축하주를 마시게 하자 마지못해 일어났다. 세네 번 권유한 끝에 그는 마지못해 마치 애벌레처럼 몸을 비틀어 가장 좋은 자리로 갔다. 엉덩이를 의자에 내려놓자마자, 양팔을 의자에 올려 놓고 먼저 조는 듯한 자세를 취했다. 그의 마음은 완전히 비어 있었다. 다만 '처장, 처장'이란 말이 심장이 뛰는 대로 가볍게 울리고 있었다. 그는 술을 마시려 하지 않고, 차도 먹으려 하지 않고, 오로지 처장이 세상을 대함에 있어 입과 배를 채우기를 탐하지 않음을 보이고자 했다. 음식의 향기가 그의 군침을 자아내자, 그는 갑자기 큰 젓가락으로 음식 을 집어 입에 넣고, 주변을 의식하지 않고 마구 먹어대었다.

다츠바오와 관샤오허가 서로 눈짓을 주고받으며, 마치 정신 나간 아이들처럼 연신 처장이라고 불러댔다. 그들은 처장이 되면 거들먹거 리는 것은 당연하다고 생각했다. 만약 뚱양이 거들먹거리지 않았다면 그들은 오히려 실망했을 것이다. 그들은 최고 낮은 소리에서 최고 높은 소리로 처장이라고 불렀다. 때로는 두 사람이 동시에 낮게 높게 마치 이부 합창하듯이 불러댔다.

그들 부부가 이렇게 부르고 있는데도 뚱양은 시종 콧방귀도 뀌지 않았다. 그는 처장이었다. 그는 진득하게 처신해야 한다. 큰 인물은 함부로 지껄이지 않아야 한다.

맛있는 요리가 나오자 뚱양은 갑자기 일어서서 밖으로 나가며 말했다.

"일이 있소!"

그가 나간 후에 샤오허는 입에 침이 마르도록 그의 관상을 칭찬해 마지않았다.

"나는 한 눈에 알아 봤다. 란처장의 관상이 비범하다는 것을 알아보았다. 당신네들도 주의했지? 그의 얼굴은 약간 푸른색이지만 당신네들이 자세히 보면, 아래쪽은 윤기가 나는 자색이라서, 주사빛 얼굴이라 할 수 있어 반드시 권세를 잡을 것이다!"

다츠바오는 더 실제적이었다.

"그의 얼굴이야 어떻든 처장이라는 자리는 돈 방석이야. 내가 봐도 그래, 흥!"

그는 가오디 를 힐끗 보았다. 그녀와 샤오허가 단 둘이만 남게 되자 그녀는 그에게 말했다.

"나는 오히려 가오디 를 뚱양에 줄까봐, 처장은 과장 보다는 훨씬 나아!"

"그래! 그래! 소장이 보신 것이 옳아! 당신이 가오디 에게 말해! 그 아이는 삐딱해서 말을 들으려 하지 않아!"

"내가 주의하지! 당신은 상관하지마!"

사실 다츠바오는 무슨 고명한 생각이 있는 것이 아니었다. 그녀는 마음속으로 가오디 가 말을 듣지 않을 것이라고 확실히 알고 있었다.

가오디가 말을 듣지 않은 것이 하루 이틀 일이 아니었다. 그녀는 시종 어머니가 자신을 리쿵산에 묶으려 하자, 말을 듣지 않았다. 리쿵산이 올 때마다 다츠바오와 장부를 정리할 때를 제외하고(다츠바오가 매춘부들에게서 갈취한 돈을 리쿵산과 3:7제로 나누어 가졌다.) 곧장 가오디 방에 가서, 가오디가 긴 옷을 입었거나 입지 않았거나 상관하지 않고, 침상에 들어가 한숨 잤다. 그는 엄연히 자기가 가오디의 남자라고 생각했다. 방에 들어가면 그는 침상 위에 한 쪽으로 몸을 꼬고 눕는다. 기분이 좋으면 몇 마디 지껄인다. 기분이 나쁘면 한 마디도 하지 않고 두 눈을 똑바로 뜨고 그녀를 노려본다. 그는 매음 굴을 기웃거리다가 기녀에게 장가드는 것에 익숙해져 있다. 그는 일체의 여자와 기녀는 비슷하다고 생각한다.

가오디는 그게 참을 수 없었다. 그녀는 어머니에게 항의했다. 다츠바오는 당당하게 딸을 훈계했다.

"너는 정말 어리석구나! 너 생각 좀 해 봐. 그 사람 덕에 내가 소장이 되었지? 당연히 나는 원래 소장이 될 능력과 자격은 있다. 그러나 우리는 배은망덕할 수는 없다. 솔직히 말하면 우리는 그에게 신세지고 있다! 너를 두고 말하면 너는 이미 자라서 절대로 선녀 같지는 않다. 그가 과장이니 나는 이 혼사가 어울리지 않은 곳은 없다고 생각한다. 너는 눈을 떠서 사태를 직시하라. 눈감고 꿈꾸지 마라! 다시 말하면 그와 내가 3:7제로 나누고, 내가 수고를 하고 그는 그냥 돈을 챙긴다. 나는 벙어리 냉가슴 앓듯이 한 마디 말도 못한다. 너는 이치에 밝으니 그를 새장에 가둘 수도 있다. 너가 그에게 시집가면 그가 쑥스러워서 장모에게 3:7제로 나눠먹자고 하겠어? 너는 내가 혼자서 돈을 벌어서 너희들 모두가 쓰도록 한다는 것을 알고 있지. 내 돈이 전부 내 몸뚱이에 입히고 처바르는데 다 들어가지는 않아!"

항의가 소용이 없자 가오디와 퉁팡이 자연히 과 더 친밀하게 되었다. 그러나 그것이 어머니의 퉁팡에 대한 증오심을 크게 하여, 퉁팡을 기생 집으로 쫓아 버릴 생각을 했다. 퉁팡을 돕기 위해서 되도록 퉁팡과 함께 있는 것을 피했다. 그녀는 리쿵산이 그녀의 침상에 드러누울 때는 노발대발하여, 손가방을 들고 나가서 하루 종일 돌아다닌다. 그녀는 베이하이의 바위 위에 혹은 공원 측백나무 고목 아래 멍하니 앉아있다. 외로워지면 샤오허가 자주 가는 통선사나 숭선사에 가서, 돈이 많고 여유가 있는 사람들과 하루 종일 어울리곤 했다.

가오디가 이렇게 피하자 다츠바오는 자오디 를 리쿵산에게 붙여준 다. 그녀는 쉽게 자오디 를 허락하지 않았다. 그러나 사실은 그녀를 핍박하여 그렇게 되지 않으면 안 되게 했다. 그녀는 절대로 리쿵산에게 말 들을 짓은 하지 않았다. 리쿵산의 화를 돋우면 그녀의 생계가 위태로 워질 것이기 때문이다.

자오디 는 어머니가 소장이 된 후로 기녀들과 어울려 시시덕거리다 가, 이미 그녀의 천진함과 소녀다운 아름다움을 잃었다. 그의 본질은 원래 나쁘지 않았다. 전부터 그녀의 낭만적 꿈은 여학생과 마찬가지였 다—소설과 영화가 그녀의 꿈의 자료였다. 그녀는 화장하는 것을 즐기 고 남자친구를 가지고 싶어 했다. 그러나 모두가 사소하고 슬프지만 상심하지 않는 청춘의 유희였다. 그녀는 남녀의 문제와 남녀 피차의 관계나 필요를 생각해본 적이 없었다. 그녀는 소설과 영화대로 놀면 그만이라고 생각했다—그냥 노는 것이지 별것이 아니었다. 그녀는 갑자기 성인이 돼 버렸다. 그녀는 기녀들의 육체를 통해서 육체를 보았으며 상상할 필요가 없었다. 한 눈에 분명히 육체를 보았다. 그녀는 다시 낭만적 꿈을 꾸지 않았다. 그녀는 대담하게 진흙탕 속에 들어가 시험해 보고 싶었다—마치 돼지처럼 진흙탕 속에서 혼탁을 누리고 싶었다.

정말로 그녀의 옷과 머리 및 얼굴의 꾸밈은 여전히 모던했으며, 매춘부들의 영향은 받지 않았다. 그러나 얼굴의 표정과 언어상으로는 큰 변화가 있었다. 그녀는 스스로 거드름을 피우고, 기녀들의 말투를 배우고, 즉시 진흙탕에 뛰어들 수 있는 더러운 말을 내뱉곤 했다. 그리고는 해맑은 얼굴로 자신의 대담함에 만족하며, 더러운 말 속에 숨겨진 의미를 음미했다. 그녀가 받은 학교 교육은 선악을 구별하기에 불충분하므로, 그녀는 직관에만 의존 할 뿐 사상이라는 것이 없었다. 이러한 소녀의 직관이 일반적으로 말하면 애교와 조심을 보험 상자로 삼았다. 보험 상자가 열리자 다시 열쇠를 채우지 않았다. 그녀는 일종의 더 직접적이고 더 유쾌한 더 원시적인 쾌락을 찾을 생각만하고, 수치와 조심을 마치 썩은 달걀을 찾아내어 버리듯이 버렸다. 그녀는 다시 직관을 이용하지 않고 고의적으로 눈으로 진흙 속을 들여다보았다. 그녀의 청춘은 홀연히 일진광풍에 휘날려 가버리고, 기녀의 대오에 낄 수 있는 작은 부인이 남았다.

그녀는 어머니의 명령을 받아들여 리쿵산에게 붙었다.

리쿵산은 여자를 보면 한 눈에 여자의 가장 비밀스런 곳까지 알아보았다. 이 점은 일본인과 같았다. 자오디 를 보자 자오디 를 불러서 그녀의 손을 잡고 잇따라 키스를 하고 목을 더듬었다. 이러한 일련의 행동이 그가 원래 가오디 에게 하려던 짓이지만 가오디 는 말을 듣지 않으려 했다. 지금은 가오디 보다 더 예쁘고 젊은 자오디 에게 그 짓을 했다. 그는 곧 흥분하여 서둘러 비단가게에 가서, 그녀에게 옷감 세 벌치를 끊어주었다.

다츠바오는 옷감을 보자 마음이 떨렸다. 자오디 는 그녀의 보배였다. 리쿵산이 함부로 빼내게 두어서는 안 된다. 그러나 비단은 비단이다. 비단이 리쿵산 대신에 좋은 말을 하고 있다. 그녀는 자오디 에게 사절하란 말을 못했다. 동시에 그녀는 자오디 가 굉장히 총명하다고 믿었다. 절대로 쉽게 손해를 보지 않을 것이다. 그래서 그녀는 아무 말도 하려고 들지 않았다.

자오디도 쿵산을 좋아하지 않았다. 그녀는 근본적으로 혼인이란 문제를 생각조차 하지 않았다. 그녀는 다만 모험을 하고 싶었다. 자극적인 맛을 보고 싶었다. 그래서 그녀에게 남이었으면 감히 못하지만, 무슨 짓이든 하고 싶은 리쿵산은 할 수 있는 짓, 즉 손을 대는 짓을 하도록 내버려 둘 수 있었다. 그녀는 여러 번 샤오허가 몇몇 기녀와 키스하는 것을 보았다. 이제는 그녀 자신이 약간 대담해져서, 악한 짓도 아니고 크게 나쁜 결과가 빚어질 짓도 아니라고 생각하기에 이르렀다.

우한이 함락되었다. 일본인이 베이핑의 반동 세력을 정리하고 인구조사를 강화하며 대규모로 사람들을 잡아들였다. 리쿵산이 바빠졌다. 그는 다시 짬을 내어 가오디 의 침상에 들어 누울 수 없었다. 그는 일본 주인에게 불충하지 않고도 자기 자신을 위해 돈을 벌었다. 그는 제 맘대로 사람을 잡아넣었다. 더 많이 잡아넣은 후에 다시 차례대로 값을 흥정했다. 돈을 내는 사람은 석방되고, 돈이 없는 놈은 유죄든 무죄든 곧 목숨이 날아갔다. 무고한 사람을 죽일 때는 여인의 몸을 더듬을 때처럼 어느 때라도 그의 간땡이가 더 커졌다.

다츠바오가 리쿵산을 며칠이나 못 보자 마음을 놓을 수가 없었다. 혹시나 딸이 무례하게 굴지나 않았나? 그녀는 자오디 를 보내어 그를 찾아보게 했다.

"너에게 말하는데 자오디 내 귀여운 것! 그를 찾아가봐! 그에게 말해 우한이 끝장났다. 모두가 집에서 술을 마시고 있다. 그가 오지 않으면 모두가 술 맛이 안 난다고! 제발 짬을 내어 와서, 하루 시끌벅적하게 놀다가고 해라! 그가 너에게 보낸 의상을 입어! 알아들었어?"

자오디가 출발하고 가오디 를 부르러 갔다. 그녀는 눈살을 찌푸리고 아주 피곤한 듯이 낮은 소리로 말했다.

"가오디, 너에게 두어 마디 하겠다. 너는 리쿵산을 아주 좋아하지 않으니 나도 다시 강권하지 않겠다!"

그녀는 딸을 바라보며 오랫동안 지켜보았고, 마치 딸이 엄마의 큰 마음을 이해했는지 확인하는 것 같았다.

"현재 란둥양이 처장이 되었으니, 너의 마음에 좀 맞겠지? 그는 별로 깔끔하지는 않지만, 결혼하지 않았기 때문이야. 만약 부인이 있어서 그를 돌봐주면 그는 틀림없이 다시 그렇게 그 정도로 더럽게 되지는 않을 것이다. 솔직히 그가 잘 꾸미면 꽤 잘생겼다고 할 수 있어! 게다가 그는 젊고 능력도 있어; 이제 처장이 되었으니, 누가 알겠어, 감독까지 할지도 모르잖아! 좋은 아이야, 엄마 말을 들어! 엄마가 너를 해치겠어? 너는 이제 나이가 적지 않으니, 엄마 걱정하게 하지 마라! 엄마 혼자서도 힘든데, 걱정할 일이 더 많아! 좋은 아이야, 그와 친구가 되어봐! 너의 결혼이 성공하면 우리 가족 모두가 혜택을 받을 수 있잖아?"

이야기를 마치자 그녀는 주먹으로 가슴을 쳤다.

가오디 는 아무 말도 하지 않았다. 그녀는 둥양을 리쿵산 못잖게 싫어했다. 부득이하게 둥양을 받아들여주었지만 퉁팡과 먼저 상의하고 상의했다. 큰일을 만나면 그녀 자신이 결정을 내리지 못했다.

다츠바오가 집에 없는 틈을 타서 가오디는 퉁팡과 서직문 밖의 강변에 있었다. 천천히 걸으면서 마음을 털어놓고 이야기했다. 강을 따라 성에서 10리 쯤 떨어진 곳, 강가의 아주 한적한 곳, 지나다니는 사람조차 없는 곳이었다. 강가의 버드나무 잎들이 이미 모두 떨어졌다. 가을 햇빛에 긴 버드나무 가지들이 늘어져 있었다. 강 남쪽 연당에는 몇 개 밖에 남지 않은 연 잎이 가볍게 소리를 내고 있었다. 연당 가운데 백로가 한 마리 서 있었다. 연당 안에 물이 적지 않았으나 강은 이미 매우 얕아져서 강 가운데에만 맑은 물이 천천히 흐르고 있었다. 이삭을 하늘로 뻗어 올린 짙은 녹색 수조, 강 언덕 비탈이 축축하고 여기저기에 반이나 진흙 밖에 나와 있는 우렁이, 아이들이 와서 파가지 않는다. 가을이 베이핑성 교외 지역을 쓸쓸하게 하여 주위가 추색이 완연하다. 어디도 대도시의 바깥처럼 보이지 않았다.

잠시 걷다가 두 사람은 가장 큰 늙은 버드나무 아래에 앉았다. 고개를 돌리면 높고 밝은 다리를 볼 수 있었다. 다리 위에는 끊임없이 차마가 오가고 있었다. 이 때문에 그들은 자주 고개를 돌리지 못했다. 그들은 잠시 그들을 가둬두고 있는 조롱—베이핑성—속에 있는 사람이라는 것을 잊고 싶었다. 그리고 거기에서 자유롭게 흙과 개울물의 향기가 배어 있는 공기를 마시고 싶었다.

"나도 가고 싶지 않아!"

퉁팡이 눈썹을 찌푸리며 담배를 빨아들였다. 이 말을 마치자 그녀는 천천히 사라져 가는 연기를 바라보았다.

"당신이 가고 싶지 않다구요?"

가오디 는 한 숨을 토해내듯이 물었다.

"그럼 잘 되었네요! 당신이 떠나고 나면 나 혼자 남아서 솔직히 말해 어찌 해야 좋을지 몰랐을 거예요!"

퉁팡은 눈을 게슴츠레하게 뜨고 콧구멍에서 나오는 연기를 바라보았다. 얼굴에 얇은 미소를 띠우고 가오디 의 자신에 대한 믿음을 즐기는 것 같았다.

"그러나"

가오디 의 짧은 코 위에 작은 주름이 잡혔다.

"어머니가 당신을 쫓아내려 하지 않을까? 당신을…"

퉁팡은 담배를 반으로 꺾어서 땅에 버리고 신발로 밟아서 가루로 만들어 흩어버렸다.

"나는 그녀를 기다리고 있어! 나는 이미 방법을 생각해 두었어. 나는 무섭지 않아! 너가 보기에 나는 일찍이 도망치려고 하는 줄 알았지.

그러나 네가 나와 함께 가려고 하지 않았다. 나는 머리만한 글자도 모르는 주제에 내가 무엇을 하겠어? 좋아, 내가 노래도 조금할 줄 알고 놀 줄도 알아, 그러나 도망가서, 노래하고, 놀아서, 내가 뭐가 되겠어? 맞아, 나는 조금 노래를 부를 수 있지만, 도망가서 노래를 부르면 나는 뭐가 되는 거야? 만약 네가 나와 함께 간다면 다를 거야, 적어도 너는 뭔가를 쓸 수 있고, 계산할 수 있잖아.   네가 일을 하고, 나는 세탁이나 하고 접시나 닦는 늙은 할미가 되고 싶다. 우리들은 반드시 살 시낼 것이라고 자신할 수 있어! 그러나 네가 가려고 하지 않으니, 나 혼자 가서는 어쩔 수가 없어!"

"나는 베이핑을 떠날 수 없고 집을 떠날 수도 없어!"

가오디 는 아주 성실하게 마음에 있는 말을 했다.

퉁팡은 웃고 웃었다.

"베이핑이 일본인 차지가 되자 집에서는 너를 망나니에게 시집보내려 하는 구나! 너는 떨치고 벗어날 수 없어! 너 잊었니, 일본병을 한 차에 싣고 처박아 죽인 중스를 잊었냐? 네가 좋은 처녀라고 말한 치엔 선생을 잊었냐!"

가오디는 두 손을 무릎 위에 얹고 멍청히 앉아 있었다. 그렇게 한참 있더니 소곤거렸다.

"가실 생각 없어요?"

퉁팡이 머리를 쳐들고 머리를 뒤로 젖혔다.

"나에게 신경 꺼, 나에게는 내 나름대로의 방법이 있어!"

"무슨 방법인데?"

"말할 수 없어!"

"그런데 저도 나름대로의 방법이 있어요! 저는 리쿵산에게도 시집갈 수 없고 랑둥양에게도 시집갈 수 없어요! 제가 누구를 원할까 누구에게 시집갈까!"

가오디는 얼굴을 들고 결연한 의지를 보였다. 그렇다, 그녀는 진심을 말했다. 그녀가 다른 일이 어떠한 것이든 분명하지 않더라도 혼인은 자유라는 것을 알았다. 자유 결혼은 그녀의 일종의 신앙이었다. 그녀는 왜 혼인이 자유여야 하는지 말하지 않았다. 그녀는 남이 하는 대로 자기도 해야 하는 것으로 안다. 그녀는 살아 있는 동안 어느 하나라도 자랑할 만한 것이 없더라도 시대가 그녀가 모던 소녀가 되도록 강압했다. 어떤 것이 모던이냐? 자유 결혼! 그녀가 결혼한다면 세계에 생명을 단단히 묶는 것과 같다. 그래서 그녀와 노년의 부녀는 거의 차이가 없다. 그러나 그녀는 노부녀와 반드시 차이가 있어야 한다. 어떻게 차이를 보이느냐? 그녀가 결혼한다면 반드시 위에 "자유"를 덧붙여야 한다. 결혼 후는 어떻게 한담! 그녀는 심각해본 적이 없다. 그녀가 학식과 수완이 있더라도, 결혼 후에 그녀도 아마 굶주릴지도 모르고 아마 아기를 낳고, 아기의 이마에 묽은 똥을 처바를지 모른다. 이런 일들은 그녀가 생각해 본적이 없다. 그녀는 다만 낭만적으로 연애해서 결혼하는 것을 생각해보았을 뿐이다. 이러한 일단의 경험을 하고, 그녀가 모던 소녀가 되고 난 후에, 지옥에 떨어져도 괜찮다. 신시대의 사람이 신시대적 미신을 신앙이라 부른다. 그녀는 신시대의 환경에 발을 붙이지 못했다. 이미 이루어진 환경에 앉아 신시대의 과실을 먹고 있다.

역사가 그녀에게 자유의 기회를 주었다. 그러나 그녀의 미신은 역사를 허공에 빠지게 한다.

퉁팡은 한참이나 말이 없었다.

가오디 가 했던 말을 다시 했다.

"나는 내가 원하는 사람에게 시집갈 거야!"

"그러나 집안사람을 이길 자신 있어? 너는 집에서 밥 먹고, 집에서 마셨으니, 식구들의 말을 들어야 한다!"

퉁팡의 목소리는 은근하고 간절했다.

"너 가오디 야, 나 외에는 너를 도울 사람이 없어. 나는 내 일을 해야 하고! 내가 너라면 나는 발을 구를 수밖에 없어! 우리가 동북에 있으면, 여인들이 남자를 도와 일본인들을 칠 텐데, 너는 무엇 때문에 못가니? 네가 가면 너는 자유로울 수 있어! 믿겠니?"

"당신은 도대체 무엇을 하실 건데요? 왜 나를 도울 수 없어요?"

퉁팡은 머리를 천천히 흔들면서 입을 다물었다.

한 참 후에 퉁팡은 손가락에서 반지를 뽑아서 가오디 의 손에 넘겨주었다. 그리고 두 손으로 가오디 의 손을 잡고 말했다.

"가오디 ! 지금부터 우리 둘은 집에서는 얘기하지 말자. 그들이 우리가 좋은 친구라고 알고 있으니 우리 둘이 늘상 같이 있으면 그들의 의심을 산다. 이후에는 내가 다시 너에게 상관하지 않을 테니. 그들은 우리가 서로 좋아하지 않는다고 믿게 되면 나를 내버려둘지도 몰라. 이 반지는 기념으로 너에게 준다!"

가오디는 두려웠다.

194

"당신은 자살하려고 그래요?"

퉁팡은 쓴 웃음을 지었다.

"나는 자살하지 않을 거야!"

"그러면 도대체…"

"곧 네가 알게 될 거야. 먼저 이야기는 하지 않을 거야!"

퉁팡은 일어서서 허리를 폈다. 손으로 버드나무 가지를 쳤다. 가오디도 일어섰다.

"그런데 아직도 나는 어쩔 줄 모르겠어!"

"이미 말을 했어요. 당신이 용기만 있다면 어려움에서 벗어날 수 있을 거요. 뭐든지 아까워하면 아무것도 이룰 수 없어!"

집에 돌아오는 중에 해는 이미 졌다.

자오디가 돌아오지 않았다.

다츠바오는 아무런 기색을 나타내지 않으려 했으나 성공하지 못했다. 그녀는 원래 자오디가 총명해서 절대로 남에게 당하지 않을 것이라고 믿고 있었다. 그러나 날이 어두워지는데 딸은 돌아오지 않았다. 그녀는 사실을 부인할 수 없었다. 다시 말하면 그녀는 리쿵산이 얼마나 무서운 놈인가를 몰랐다. 그녀는 이를 악물었다. 그때 그녀는 정말 "모친" 같았다. 자기가 범의 아가리 속으로 딸을 보내지 말았어야 한다고 자신을 나무랐다. 그러나 자기를 나무라는 것은 자신을 잃은 탓이다. 그녀는 지금까지 여자 깡패의 길을 한 걸음 한 걸음 걸어왔다. 강패는 절대로 자기 죄를 고발하지 않는다! 아니야, 자기는 잘못한 것이 없다. 자오디도 잘못한 것이 없다. 모두가 리쿵산 그놈이 악한 탓이다! 리쿵산을 징벌할 방법은 없을까!

그녀는 마당 안을 천천히 걸었다. 한편으로는 걸으면서 한 편으로는 리쿵산을 처리할 방법을 생각했다. 그녀는 리쿵산이 쉽게 상대할 수 있는 사람이 아니란 것을 알기 때문에 무슨 방법도 생각해낼 수가 없었다. 만약 방법이 생각나지 않으면, 자기는 '부인도 잃고 병사마저 잃어' 체면을 완전히 구기게 되었다는 생각이 들었다. 이렇게 생각하자 그녀는 화가 치밀었다. 그녀는 두어 번 헛기침을 하고, 뜨거운 기운이 배에서 위로 치밀어서, 가슴을 뚫고 가슴에서 폭발하려 했다. 열기가 위로 향해서 치밀어 올랐지만 그녀의 피부는 아주 차가워져서 가볍게 떨렸다. 닭살이 돋아서 그녀 얼굴의 주근깨를 덮었다. 그녀는 더 이상 아무 것도 생각할 수 없었다. 하나의 생각만이 벌레처럼 그녀의 심장을 뚫는 것 같았다—그녀는 체면을 잃었다.

평생 독신이었는데 지금 체면을 잃다니! 그녀는 참을 수 없었다! 됐어! 생각할 필요 없다. 리쿵산과 사생결단하겠다! 그녀는 주먹을 꽉 쥐었다. 매니큐어 바른 손톱이 손바닥을 파고들어 아팠다. 그렇다 아무것도 더 말할 필요가 없다. 목숨을 걸고 싸우는 것이 유일한 방법이다. 샤오허가 죽어도 상관없지 않은가? 가오디 , 그녀는 언제나 가오디 를 좋아하지 않았다. 가오디 가 만약 크게 당했다면, 그래도 큰 문제가 아니다. 퉁팡, 흥, 퉁팡은 창녀굴에 집어넣어 버릴 테다. 퉁팡이야 체면을 잃을수록 좋다! 집 전체에서 가오디 만 좋아한다. 가오디 는 그녀의 심장의 살이고 눈앞에 있는 한 송이 아름다운 꽃이다. 하물며 그 꽃송이는 리쿵산을 위해서 준비해둔 것이 아니다! 자오디 가 고귀한 사람과

196

어떤 관계를 맺으면 말이 통하지 못할 곳은 없다. 불행히도 리쿵산이 자오디 를 탈취하다니 숨을 넘길 수가 없다. 리쿵산은 일개 과장에 불과하잖아!

그녀는 사람을 불러 조끼를 가져오게 하여 조끼를 입고 리쿵산을 찾아 그와 따지고 그와 한 바탕 목숨을 걸고 치고 박고할 생각이었다! 다만 마당 밖으로 발걸음이 떨어지지 않았다. 그녀는 리쿵산은 부녀들을 납치해서 부녀들에게 시중들게 하는 사람은 아니란 것을 안다. 그녀가 그를 치면 그도 반드시 갚음을 할 것이다. 그는 순경들을 불러서 자기를 돕게 할 것이다. 그녀가 "성토"하려고 들면 그녀가 더 크게 당하게 될 것이고 체면을 더 잃게 될 것이다. 그녀는 독신이고 그는 공교롭게도 악당이기 때문이다.

샤오허는 부인이 불안해하는 것을 간파하고 시종 끽소리도 내지 않았다. 그는 부인이 쉽게 다른 사람에게 분풀이를 하는 사람이라는 것을 안다. 그가 입을 열면 아내의 화살이 자신에게 향할지도 모른다고 생각했다.

또한 그는 약간의 불행을 즐기는 듯한 모습이었다. 다츠바오와 리쿵산은 관리다. 자기는 백수건달이다. 그는 기쁘게 두 명의 관리가 두 마리 흉포한 개처럼 한 바탕 싸우는 것을 보고 싶어 한다. 그는 딸의 현재나 장래에 대해 관심이 없었다. 그가 보기에는 딸이 리쿵산 손에 들어가도 좋다. 반대로 다츠바오가 전투를 벌여서 딸을 구출해도 좋다. 그는 굉장히 냉정했다. 딸을 잃는 것과 나라를 잃은 것 모두 냉정하게 생각해보면 사실대로 받아들여야 한다. 구태여 감정이 상할 필요가 없다.

가을은 별들이 가득하고 은하는 낮고 한없이 밝다. 다츠바오는 여전히 쿵산과 자오디 를 찾아 나설지 결정을 못하고 있다. 이 때문에 그녀의 노기가 극에 달했다. 그녀는 지금까지 성질이 급해서 어떤 일을 해야 한다면 곧 하려들었다. 지금은 그녀의 마음과 다리가 일치하지 않아서 성을 내지 않을 도리가 없었다. 그녀는 샤오허를 찾아 표적으로 삼아서 성을 냈다. 방으로 들어가 그녀는 마치 피가 빠진 힘없는 소고기처럼 소파에 몸을 던졌다. 그녀의 눈은 샤오허를 응시했다.

샤오허는 폭풍이 곧 닥칠 것이라는 것을 알고 굳어진 얼굴을 들고 눈썹을 찌푸리고 자기도 자오디 에 관심이 있는 모습을 연출했다. 그는 마음속으로 생각하고 있는 중이었다. 어느 날 아침에는 꼭 《구경천》 혹은 《왕좌 단비》 같은 연극의 예행연습을 봐야 한다. 나도 연극을 할 수 있어!

그는 막 자기가 가짜 수염을 달고 경극의상을 입으면 얼마나 아름답게 보일까 생각하고 있는데 다츠바오의 벼락이 내리쳤다.

"내가 당신이 바보짓 하는 것이라고 말했지! 자오디 는 친정집에서 데려온 자식이 아니야. 그녀는 당신 관 씨 댁 처녀란 말이야. 당신 서둘지 않을래?"

"나는 서둘고 있어요!"

샤오허는 곡을 하듯이 말했다.

"그런데 자오디 는 언제나 혼자 외출하기도 하고 늦게 돌아오기도 하는데?"

"오늘은 전날과 달라! 그녀는… 만나러…"

그녀는 말을 잇지 못하고 침을 삼켰다.

"내가 가게 했냐?"

샤오허는 한마디로 반격했다. 만약 자오디 가 체면을 잃었으면 그것은 모두 다츠바오의 잘못이고 잘못이 돌아갈 곳은 다츠바오다. 그러면 체면을 잃은 일은 자기가 관계없는 일이 될 것이다.

다츠바오는 닥치는 대로 찻잔을 들어 재빨리 던졌다. 찻잔이 유리창을 깨뜨렸다. 그녀는 찻잔이 유리창에 부딪치리라 예상하지 못했다. 그러나 유리가 박살나자 그녀는 오히려 기분이 좋았다. 왜냐하면 유리 깨지는 소리가 커서 그녀의 기분을 풀어주었기 때문이다. 그녀는 울리는 소리 따라 목소리를 높였다.

"당신은 무슨 물건이야! 내가 하루 종일 집 안팎일로 골머리를 썩이는데, 당신 꼼짝도 않고 앉아 미적거리고 있구려! 당신은 심장과 폐가 없는 사람이구나?"

가오이퉈는 방 안에서 아편을 몇 모금 빨고 한 숨을 참았다. 유리 깨지는 소리에 놀라 정신이 났다. 아편 독에 절어서 게을러졌다. 그는 하품을 늘어지게 했다. 눈을 몇 번이나 문지른 후에 작은 차 주전자에서 차를 두어 모금 빨고 천천히 일어나 앉았다. 잠시 앉았다가 주렴을 걷고 밖으로 나왔다.

두세 마디 말로 사정이 명백해졌다. 몇 마디로 상황을 이해한 그는 자오디 양을 찾겠다고 자청했다.

샤오허도 가고 싶었다. 그는 가서 그 광경을 보고 싶었다. 정말 자오디 가 리쿵산의 그물에 걸렸으면, 응당 곧 리쿵산에게 장인어른에게 큰절을 올리게 하고, 즉시 조건을 제시하게 하여, 리쿵산이 그에게 이름만 걸어 놓고 월급을 챙길 수 있는 자리를 알아보게 한다. 그는 이번 기회를 빌어서 반쪽짜리 관직에라도 나가면, 자오디 의 황당한 실수가 전화위복되어, 조상의 이름을 빛내는 영광스러운 일이 되게 할 수 있다. 반대로 이번 기회를 놓치면 그는 자기 자신에게 면목이 안서고 일본인에게 얼굴을 들 수 없다고 생각했다—일본인이 베이핑을 점거하고 있으니 그에게 충성을 다해야 하지 않겠느냐?

그러나 다츠바오는 그를 보내는 것을 허락하지 않았다. 그녀는 그를 집에 붙들어두고 그에게 통쾌하게 욕을 쏟아 붓고 싶었다. 다시 말하면 가오이퉈는 그녀가 보기에 그녀의 심복이고 샤오허에 비해서 사정을 잘 파악하여 타당하게 일을 처리할 수 있다고 믿었다. 그녀가 너무 화가 나서 선입관 때문에 재삼 숙고하는 것조차 잊어버리고, 남편을 쥐어짜야 수완을 발휘할 수 있다고만 생각했다. 가오이퉈는 가볍게 혀를 차며 상성의 마지막 장면에서 경쾌하게 나가듯이 웃었다.

다츠바오는 샤오허를 백분동안이나 욕을 했다.

이퉈는 이미 다츠바오가 리쿵산과 "약속한" 연인을 몇 번 보낸 경험을 업고 리쿵산이 연인과 만나는 곳을 알고 있었다.

그곳은 서단패루 부근의 아파트였다. 전에 그 집은 학생만 전문적으로 상대하는 대단히 고급 아파트였다. 아파트 주인은 50여 세 된 부부였다. 남자는 회계를 책임지고 여자는 요리를 했다. 이밖에도 40세가량 여자 하녀가 방의 청소를 맡았다. 또 14~5세가량의 남자아이가 찻물을 긴고 심부름을 했다. 그곳은 잘 아는 사람의 소개가 없으면 절대로 방을 세주지 않았다. 그래서 열심히 공부하는 학생이 그 곳에 잠자리를 얻게 되면 영광으로 생각했다. 노부부는 손님들을 거의 자식처럼 대접했다. 그들은 월말에 숙식비를 받을 뿐만 아니라 모두의 건강과 품행에도 관심을 가졌다. 학생들은 그들을 노선생과 노부인으로 불렀다. 학생들이 곤란한 일이 생겨서 방세를 내지 못하더라도, 이유를 설명하면 노선생은 한숨을 쉬면서, 그들에게 방세를 대납해주고 용돈도 꾸어준다. 이 때문에 학생들이 졸업 후에 취직을 하면 명절에 선물을 보내어 옛날의 후의에 감사한다. 그것이 베이핑의 아파트다. 거기 산 학생들은 동서남북 어디에서 왔던 간에 이러한 아파트 덕에 베이핑을 더 사랑하게 된다. 그들이 그 곳에서 마치 루이푸샹 주단 가게에서 물건을 살 때와 작은 음식점에서 식사를 할 때에 대비하여 인정과 예절을 배운다. 베이핑은 원래가 거대한 학교다. 이 학교의 훈육주임은 바로 전체 북경 사람의 인정과 예절이다.

"7·7" 항전 이후 늘 손님이 넘쳐나던 이 아파트가 비기 시작했다. 대학은 개학을 하지 않고 중학생은 아파트에 살지 않았다. 노부부는 어쩔 줄 몰랐다. 그들은 아파트를 개조하여 여관으로 만들려고 하지 않았다. 왜냐하면 여관을 연다는 것은 "강호" 상에서 장사한다는 의미가 있다. 그런데 그들은 성실하고 착실한 베이핑인이었다. 그들은 문을 닫을 수 없었다. 일본인들은 어떤 일이든 휴업을 불허했다. 바로 이즈음에 리쿵산이 베이핑에 일을 꾸미러 왔다. 첫째로 이 아파트의 위치가 마음에 들었다—서단패루는 교통이 편리하고 변화한 곳이었다. 둘째로 이 아파트가 깨끗하고 편리한 것이 마음에 들었다. 그는 세 칸 방을 원했다. 먹고 살기 위해 노부부가 머리를 끄덕였다.

일단 이사를 하자 리쿵산은 곧 여자 한 명에 남자 2~3명을 데리고 왔다. 그들은 밤새도록 노름을 했다. 노부부가 그만두라고 충고하자 리쿵산은 눈을 부라렸다. 노부부는 순경이 와서 도박판을 덮칠까 두렵다고 말했다. 리쿵산은 함께 온 여인에게 문을 활짝 열라고 명령하고 노부부에게 순경이 감히 들어오는지 보도록 했다. 반쯤 성을 내고 반쯤 웃으면서 리쿵산은 노부부에게 고했다.

"당신들은 지금 현재 왕조가 바뀌고 있는 것을 몰라? 일본인은 우리가 아편을 하고 마작하는 것을 좋아한다고!"

말을 마치자 그는 노선생에게 연등을 찾아오라고 말했다. 노선생은 거절했다. 리쿵산은 의자를 때려 부숴버렸다. 그는 군인으로서 민간인을 괴롭히는 법을 알고 있었다.

다음날 여인이 바뀌었다. 노부부는 사정도하고 성도 내보았지만 어쩔 수 없어서 나가달라고 청했다. 리쿵산은 한 마디도 없이 절대로 이사하지 않는다고 했다. 노선생은 사생결단을 준비했다.

"늙은 목숨 필요 없다. 내가 너가 여기서 행패를 부리지 못하게 할 수 없다면!"

리쿵산은 마치 거기에 뿌리라도 박은 것처럼 꿈쩍하지 않았다.

최후로 그 여인이 차마 보다 못해 말했다.

"리 어르신 당신은 돈이 있잖아요. 어디서든 세 들어올 사람 못 찾겠어요? 저 늙다리와 다툴 필요 없잖아요?"

리쿵산은 체면을 살려서 여인에게 말했다.

"네 말이 옳아, 오 귀여운 것!"

그 후에 조건을 제시했다. 노부부가 이사 갈 비용 50위안을 배상했다. 노부부는 조건을 받아들이고 돈을 지급했다. 리 공산이 떠난 후, 그들은 그를 위해 향을 피웠다.

리쿵산은 그 50위안을 전부 그 여인에게 주었다.

"좋아, 이틀 동안 무료로 방을 빌리고, 여자도 공짜로 즐겼으니, 이 장사는 괜찮네." 그는 한참이나 웃었다. 자기는 굉장히 잘나고 유머가 있다고 생각했다.

리쿵산이 특고과장이 되자 제일 첫 번째 "덕정"이 그 아파트의 방을 세 개나 차지하는 것이었다. 그는 자신이 가지 않았다. 허리에 총을 찬 "일꾼" 네 명을 보내어 아파트 주인에게 말했다.

"리 과장—여기서 쫓겨난 분—이 원래 살던 방 세 개를 원합니다!"

그는 재삼 "일꾼"들에게 부탁했다. 그는 이 말 속에 보복의 의미가 있다고 생각하기 때문에 이 말을 원래대로 분명히 할 필요가 있었다. 그는 다만 작은 원한을 기억하고 작은 원한을 갚고 싶어 한다. 작은 원한을 갚으려고 적을 아버지로 모시는 것도 아까워하지 않는다. 적의 위세를 빌려서 무고한 노부부를 속이고 모욕을 주는 것에 만족하고 기분 좋아한다.

아파트의 노부부는 사지에 권총이 닿는 것을 느끼고 눈물을 머금고 머리를 끄덕였다. 그들은 베이핑인이다. 모욕과 억울함을 당하자 그들은 자기 자신이 "죽어 마땅한 사람"이라고 자책하거나 자기의 운이 나쁘다고 탄식했다. 그들은 일본인의 압박을 견디면서도 일본의 수하인들의 권총을 두려워했다.

리쿵산은 거기에 살지는 않았다. 여인과 기분 좋게 놀거나 마작을 할 때 이 "별장"을 생각했다. 올 때마다 그는 반드시 노부부에게 세 개의 방에 어떤 물건이나 기구를 첨가하도록 명령하고 발령하기 전에 반드시 노부부에게 권총을 내보였다. 이 때문에 이 방 세 칸은 점점 더 잘 꾸며졌다. 그가 기분이 좋은 때는 노선생에게 발했나.

"당신이 보기에 당신 방이 좋아졌지요? 가구도 더 많아지고 "진보"했지요?" 노선생이 들여놓은 가구 값을 말할라치면 그는 눈을 똑바로 뜨고 차고 있는 권총을 두드리며 말했다.

"나는 바로 일본인을 위해서 일하고 있소. 돈이 필요하면 일본인에게 요구해요! 내 생각에 당신은 그 정도로 간땡이가 크지 않을 거요?"

노선생은 감히 다시 묻지 못했다. 그래서 세상 이치를 깨닫고 몰래 마누라에게 말했다.

"운명이거니 합시다. 누가 우리에게 일본인들을 쫓아내지 말라고 했습니까?"

가오이뒤는 기회를 이용하여 다츠바오를 쓰러뜨리고 그 자리를 차지하려는 생각을 잠시도 잊지 않았다. 이 때문에 그는 리쿵산에게 특별히 잘했다. 그는 리쿵산이 호색한이라는 것을 알고, 리쿵산과 여인을 묶어줄 생각을 했다. 다츠바오가 "암창"을 만들 때 그도 한편으로는 돕고 한편으로는 리쿵산에게 아양을 떨었다.

"리 과장, 새로운 계획이 생겼습니다. 어떻게 생각하십니까? 새로 들어온 암시장 여성을 제가 먼저 여기로 데려와서 과장님께서 세례를 주시면 어떨까요?"

리쿵산은 "세례"란 말을 잘못 알아들었다. 그러나 가오이뤄가 천천히 소매를 걷어 올리며 눈을 모으자, 리쿵산은 홀연히 대오했다. 그는 웃으면서 입을 다물지 못했다. 겨우 웃음을 멈추고 물었다.

"자네가 나에게 진심이구만. 내가 무엇으로 보답하지? 내가 자네에게 아편 덩어리를 좀 줄까?"

가오이뤄는 살짝 피하면서 손사래를 쳤다.

"무슨 보답이라뇨. 당신의 지위에서 다른 사람에게 말을 잘해줘서 제가 순조롭게 일을 하도록 하면 되었지, 감히 보답을 바랄 수야? 과장님, 그렇게 예의를 차리면 제가 다시 못 옵니다!"

이러한 아첨에 리쿵산은 자기 성씨도 잊고 가오이뤄의 어깨를 두드리며 "큰동생!"이라 불렀다. 이리하여 가오이뤄는 그의 별장으로 여자를 보내주었다.

가오이뤄는 계산이 정확했다. 자오디 가 올가미에 걸려들었다면, 반드시 아파트에 있을 것이라 생각했다.

그의 추측이 옳았다. 그가 아파트에 도착하기 전에 이미 리쿵산은 자오디 와 거기서 세 시간을 놀았다.

자오디는 리쿵산이 그녀에게 준 덧옷과 최고의 하이힐을 신고 있어서 키가 갑자기 커진 것 같았다. 그녀의 작은 흰 목덜미를 펴고, 다 크지 않은 가슴을 펴서, 몇 시간 만에 다 자라버린 작은 부인이 된 것 같았다. 그녀의 검은 눈동자는 부동적인 빛을 발하면서, 동으로 번쩍 서로 번쩍하며, 자기가 얼마나 대담한지를 보이고자 했으나, 왠지 모르게 불안해 보였다. 그녀의 입술은 특별히 빨갛고, 특별히 컸고, 윤곽이 뚜렷하여, 자신이 용감하다는 것을 드러내려는데 일조를 했다. 그녀의 머리카락은 길게 감겨있고 일부분은 수직으로 뻗어서 매 올이 펄럭였다. 길게 감겨있는 올은 그녀의 목덜미를 찔러서 간질였다. 이마에는 머리를 아주 높게 올렸다. 그녀는 때때로 눈을 치켜떠서 그것을 보고 싶어 했다. 머리도 높고, 신발도 높고, 목덜미를 펴고, 가슴도 폈으니, 그녀는 자신이 성장한 여인이고, 게다가 담략도 있으니, 다 큰 어른이 하는 일을 해야 하는 것이 마땅하다고 생각했다.

그녀는 자기가 얼마나 작고 예쁜지 잊었다. 그녀는 이전의 모든 생활의 이상을 잊었다. 그녀는 이전의 남자친구를 잊었다. 그녀는 국치도 잊었다. 베이핑이 함락된 후에 늘 루이추안과 같이 있었으며, 그녀는 총명과 열기의 힘으로 부모에게 반항하여 애국심을 표시했다. 그러나 루이추안은 떠났다. 그녀는 기녀들과 어울려 부모가 만들어주는 비천하고 시시한 일들을 보아왔다. 그녀의 마음은 쾌락과 음탕에 둘러싸여 있었다. 천천히 그녀는 일체를 잊었다. 그녀는 눈앞 쾌락과 실제적이고 단순명쾌한 것을 최고로 여겼다. 그녀는 이상 대신에 충동이 자기를 어머니보다 더 아름답게 하고, 더 모던하게 하고, 더 쾌락적인 여인으로 변하게 하기를 원했다. 그러한 사람이 되는 것이 가능하다면 그녀가 가장 용감한 소녀라고 생각했다. 하늘이 무너져도 자기를 덮치지 않을 것이며 망국이니 아니니 하는 소리는 아무 소용이 없다고 그녀는 생각했다.

그녀는 리쿵산을 좋아하지 않았다. 그에게 시집가고 싶지 않았다. 그녀는 리쿵산이 굉장히 놀기 좋아한다고 생각했다. 그녀는 이런 것들을 모두 잊었다. 장래에 대해서 어떤 타산도 없었다. 그녀는 집이 그녀에게 황음을 가르쳤으므로, 오늘 술에 취하고 싶은 생각뿐이었다. 그녀의 마음 깊은 곳에서는 한 가닥 빛이 있어 그녀에게 비춰주었다. 마치 영화관에서 "유리조각" 때리듯이 하나의 경구가 비쳤다. 그러나 베이핑 전체는 뒤죽박죽이어서 그녀가 아는 모든 "유능인"들 모두가 눈을 감고 아무렇게나 살고 있다―그들과 그녀들은 모두 입과 육체적 쾌락만 추구한다. 그녀가 하필 혼자서 거꾸로 갈 필요가 있는가? 그녀는 그러한 몇 개의 경구를 알지만 입을 삐죽거리기만 했다. 그녀는 심지어 자기에게 이렇게 말했다. 일본인 손에서 생활하자면 아무렇게나 살면 된다. 이렇게 자기에게 권고했다. 그녀는 일체가 평안무사하다고 생각했다. 그래서 일본인 손에 생활하면 꽤 좋고 편리한 점도 있다고까지 생각했다.

어떤 반항정신도 없다면 자연히 타락할 수밖에 없다.

자오디가 리쿵산을 보자 리쿵산은 그녀가 무슨 말을 하기도 전에 하숙집으로 데리고 갔다. 그녀는 자기가 우물 안에 떨어지는 것을 알았다. 그녀의 높은 구두에 얇은 얼음 조각이 밟히는 듯했다. 그녀는 두려웠다. 그러나 그녀는 약하게 보이거나 도주할 생각은 없었다. 오히려 가슴을 높이 폈다. 그녀의 눈은 이미 일체를 분명히 볼 수 없었다. 그저 동쪽으로 서쪽으로 굴릴 뿐이었다. 그녀의 목구멍이 바싹 말라서 때때로 가볍게 기침을 했다. 기침을 다 하자 무료한 생각이 나서 비실비실 웃기만 했다. 그녀의 심장은 굉장히 빨리 뛰었다. 심장이 빨리 뛰자,

자기의 몸이 위로 솟구쳐서, 하늘을 날아다니는 것 같이 느꼈다. 그녀는 두려웠고 흥분되었다. 그녀의 심장이 빨리 뛰다가 반으로 갈라지려는 듯했다. 그녀는 앞으로 뛰어나가고 싶고 또 뒤로 물러나고 싶었다. 그러나 시종 어떤 행동도 취하지 않았다. 그녀는 마치 청개구리가 뱀에게 물려있는 것처럼 꼼짝을 할 수 없었다.

하숙집에 이르자 그녀는 정신이 들었다. 그녀는 연기처럼 빠져나가고 싶었다. 그러나 그녀는 지쳐서 한 발자국도 움직일 수 없었다. 그녀는 리쿵산을 보았다. 그녀는 그가 매우 저속하고 구역질이 난다고 생각했다. 그 사람의 몸의 냄새가 아주 싫었다. 두어 명의 사복이 마당에 보초를 서고 있었다. 그녀는 작은 거울로 자신의 얼굴을 비춰보며 마음을 진정시키는 척 했다. 입에 나오는 대로 영화에 나오는 명곡을 흥얼거렸다. 그녀는 이러한 모양의 모던걸의 자유분방이 리쿵산의 습격을 막아줄 수 있으리라 생각했다. 그녀는 대단히 자신을 귀하게 생각했다.

그러나 그녀는 마침내 그녀를 필요로 하는 곳에 이르렀다. 일이 끝난 후에 그녀는 몹시 후회하고 눈물을 흘렸다. 리쿵산은 여인이 눈물을 흘리는 것에는 상관하지 않았다. 여인이 자기 손에 떨어지면 곧 응당 솜처럼 뭉쳐서 주물러서 원하는 모양으로 만들면 되는 거다. 그는 따뜻하고 부드러운 것이 없고 자기가 거칠고 무정한 것을 자랑으로 여겼다. 그는 자기의 경험을 득의에 차서 피력한다.

"여자에게 정을 주지 마라! 그녀의 엉덩이를 두들겨라. 그러면 그녀는 너를 더 사랑할 것이다!"

가오이뤄가 왔다.

44

가오이퉈가 왔다. 자오디가 얼굴에 분을 바르고 입술을 붉게 칠하기 시작했다. 개의치 않는다는 모습을 연출하고 있었다. 이러한 모습을 연출하자 오히려 마음도 안정을 되찾았다. 그녀는 이미 모험을 치렀으니 이후의 일은 그녀 마음대로 될 테고 걱정할 필요도, 다른 생각을 할 필요도 없다고 생각했다. 그녀는 자연스럽게 이퉈를 불러서 그에게 얘기하듯 했다.

"당신이 알아도 좋아. 몰라도 좋아. 오히려 될 대로 되라지 뭐."

가오이퉈의 눈은 마침 이런 사정을 잘 판단하고 있었다. 한 눈에 일체의 내막을 알아챘다. 그는 자오디 의 미모와 용기를 극구 칭찬했다. 그는 정면으로 사태를 한 마디도 언급하지 않았다. 진지하게 잡담을 나누었다. 잡담하는 중에 자오디 에게 알려 주었다. 그녀는 자기의 친구이므로 그녀가 도움이 필요하면 힘껏 그녀를 돕겠다고. 그는 말하기 자체를 좋아했다. 다만 자기의 말이 조리를 잃지 않게 하려고 정신을 차렸다.

이튀의 한담을 한참 듣고 난 뒤, 자오디 는 기분이 좋아져서 웃고 떠들었다. 마치 지금부터 영원히 리쿵산과 한 곳에 살지 않으면 안 되는 것 같았다. 사실 그녀는 다음 발자국을 어디로 떼어야 되는지 생각지 못하고 그녀의 첫 걸음이 아무 잘못노 없다고 생각하고 있었다. 리쿵산이 어떤 화상인지 상관없이, 오히려 오늘은 그녀가 점령당한 이상, 그녀가 곧 그와 관계를 단절하는 것은 오히려 너무 무정한 것이 아닌가? 좋아, 안 돼. 그녀는 아무 소리 없이 일체에 응했다. 사태가 순조롭게 풀리지 않으면 마지막 하나의 수가 있었다. 어머니처럼 독신이 되는 것이다. 그녀는 작은 거울로 자기를 비춰보고 얼굴, 눈, 코, 입술이 아름답다고 생각했다. 이러한 아름다움이 있으면 그녀는 절대로 재난이나 불행을 당하지 않을 것이라고 생각했다.

자오디와 한담 시간이 길어지자 이튀는 눈짓으로 리쿵산을 옆방으로 데리고 들어갔다. 방에 들어서자 그는 하늘과 땅을 결합한 듯 큰 절을 세 번 하며 쿵산에게 축하를 전했다.

쿵산은 여자는 모두 여자이고 비슷비슷해서 축하할 것이 있다고 생각지 않았다. 그리고 자오디 의 몸에서 특별한 것을 찾지도 못했다. 그래서 그는 이 말 밖에 안 했다.

"에이, 귀찮아!"

"귀찮아요? 무슨 말씀이세요?"

가오이튀는 진지하게 물었다.

"이건 밥벌이 하고 달라. 아주 귀찮아!"

쿵싼은 의자에 털썩 주저앉아서 피곤하고 싫증이 나는 척하며 위로를 받고 싶어 했다.

"과장님!"

가오이튀의 여윈 얼굴에 엄숙한 표정이 나타났다.

"당신은 모던한 아내를 정말 원하지 않나요? 그건 맞아요! 과장님의 지위와 권한을 생각하면, 정식 아내가 있어야 마땅하죠! 자오디 양은 그렇게 아름답고 젊은데, 많은 사람들이 애를 써도 얻지 못하는데, 지금은 이렇게 쉽게 당신 손에 들어왔으니, 당연히 친구들을 초대하여 통쾌하게 축하주를 마셔야 하지 않아요?"

이튀는 이 말로 쿵싼을 웃게 했다. 그러나 그는 힘들여 말했다.

"귀찮아! 귀찮아!"

그는 거의 이미 귀찮다는 말이 무슨 뜻인지 모르고, 입에 나오는 대로 별 뜻 없이 지껄였다. 동시에 이 두 마디를 중복하여 자기의 굳은 의지를 보였다.

이튀는 과장이 웃는 것을 보고 다가가서 입을 쿵싼의 귀에 대고 물었다.

"정말, 진짜 처녀였소?"

쿵싼의 큰 덩치가 커다란 뱀처럼 꼬이더니, 팔꿈치로 이튀의 갈비뼈를 쳤다.

"당신! 당신!"

그 후에는 입술을 오므리고 웃으면서 말했다.

"당신도 참!"

"과장님, 이 한 수면 손님을 청할 만하잖소?"

이튀는 소매를 걷어 올리고 담뱃재를 털었다.

"귀찮아!"

리쿵산의 머릿속에서는 여전히 새 말이 튀어나오지 않았다.

"귀찮을 것 없어요!"

이튀가 갑자기 정중하게 나왔다.

"하나도 귀찮지 않아요! 당신이 관 씨 댁에 통지해요. 다츠바오가 길길이 날뛰겠지만 감히 당신에게 덤비지는 못 할 거요!"

"당연하지!"

쿵싼은 끽소리도 하기 싫어서 만족한 듯이 고개만 끄덕였다.

"이후에 당신네 두 집에서 청첩장을 돌려요. 일체를 샤오허에게 맡겨요. 우리는 앉아서 일이 이루어지기를 기다립시다. 샤오허가 이런 종류의 일을 하기를 좋아하니 잘 할 거요. 우리는 먼저 관 씨 댁으로 보낼 혼수품이나 마련합시다. 제가 과장님 당신에게 고합니다. 다츠바오는 당신 덕에 출세해서 이미 적잖은 돈을 모았으니, 이참에 돈을 좀 토해내게 해야지! 혼수를 잘 흥정하고 좋은 날 잡읍시다. 내가 일을 책임지지요. 결산을 할 때 내가 축하 주렴과 축의금 장부를 모두 관 씨 댁에 넘기고 현금을 당신에게 주겠소. 다츠바오가 감히 같이 나누자고 하면 우리가 그녀에게 권총을 들이대면 그것으로 끝일 거요. 내가 생각하기에 그것은 상당히 볼만한 큰 수입일 거요. 과장님도 이번에는 꼭 그렇게 해야 합니다. 제 말이 거칠게 들릴 수 있지만, 다른 사람이 이렇게 오랫동안 과장직을 맡았다면 벌써 많은 이익을 챙겼을 겁니다. 과장 당신은 너무 착실해서 항상 약간 쑥스러워 하십니다. 손해 보지 말고 이번에 확실히 부인을 얻으십시오. 그러면 모두에게 현금을 바칠 기회를 줄 수 있다고 말할 수 있지 않소?"

이야기를 듣자 리쿵산은 마음속이 근질거려서 '귀찮아! 귀찮아!'라고만 말했다.

"약간은 귀찮지요!"

이뤄의 이야기는 점점 더 힘이 들어갔으나, 목소리는 가라앉았다. 착 가라앉은 목소리는 더 힘이 있고 친밀감을 표시하고 더 큰 마력이 있었다.

"당신이 일을 저에게 맡기려면 우선 나를 중매쟁이로 삼으세요. 이쯤에서 내가 다츠바오와 힘든 싸움을 벌일 거요. 그러나 우리끼리 이야기지만 그녀가 할 수 있으면 저도 할 수 있어요. 그녀가 감히 말썽을 일으키면 당신이 소장 자리를 뺏어버리면 그만이요. 우리는 그냥 잡담을 하는 거니까요. 예를 들어, 과장님이 저를 높이 평가해 주신다면, 저는 절대 당신과 수익을 나누려고 하지 않을 겁니다. 제가 당신에게 얼마나 존경을 표할 수 있을지는 그만큼 드릴 것입니다. 저는 절대로 다츠바오처럼 배은망덕하지는 않을 겁니다! 이것은 모두 여담이에요. 과장님 제가 절대로 다츠바오에게 하극상을 저지르려고 한다고 생각하지 말아주세요. 그녀는 나의 상사요. 저는 그녀에게 배은망덕할 수 없어요! 다시 본론으로 돌아가서 일을 저에게 전부 맡겨주시면 제가 당신이 만족할 수 있게 처리할 것입니다!"

"귀찮아!"

리쿵산은 이튀의 이야기를 아주 좋아했다. 그러나 자기도 생각이 있다는 것을 표시하기 위해 남의 책략에 완전히 동의하지 않으려고—어리석은 사람이 어리석은 사람이 되는 이유는 자기가 대단하다고 생각하기 때문이다.

"그래도 무엇이 귀찮으십니까? 제가 인생을 알지요?"

가오이튀가 서둘러 미소를 지었다.

"가정이 생긴다면."

리쿵산은 엄숙하게 이유를 댔다.

"자유를 없어져!"

가오이튀는 낮은 소리로 한바탕 웃었다.

"나의 과장님, 집이 우리를 묶을 수 있을까요? 다른 것은 모릅니다. 저는 일본에 간 적이 있지요!"

쿵싼이 이야기에 끼어들었다.

"일본에 갔다고, 당신이?"

"며칠 있었지요!"

이튀는 겸양하면서 자랑스럽게 말했다.

"저는 일본 사람들의 생활방식을 알아요. 일본 남자들은 창녀를 자기 집에 데리고 가서 밤을 새웁니다. 부인은 이불을 깔아주고 보살펴주지요. 그 방법 좋잖아요! 그녀…"

이튀의 코가 옆방을 가리켰다.

"그녀는 모던 걸이에요. 아마도 질투를 할 거요. 그러나 당신이 두어 번 훈계하면, 그녀는 고분고분하게 말을 들을 거요. 때리고 비틀고 물고 모두가 길들이는 방법이요. 길을 다 들이면 그녀에게 옷감 같은 것을 사주면 울다가 웃을 거요! 이렇게 하면 그녀는 당신의 자유를 방해하지 않을 거요. 당신이 일본인을 초대하는 대연회에 가서, 아름다운 부인이 동석하고 있으면 아주 좋을 거요! 하나도 귀찮을 것 없어요! 하나도 없어요! 하물며 터놓고 말하면 정말 그녀에게 싫증이 나면 당신이 그녀를 일본인 친구에 보낼 수 있어요! 과장님 당신에게 말하건대, 일본인이 베이핑을 점령하고 있는 한, 실제로 우리에게 아주 편리하답니다!"

쿵산은 웃었다. 그는 이튀의 마지막 일항의 방법에 동의했다─자오디 가 말을 듣지 않으면 일본인에게 보내버린다.

"그렇게 하죠, 과장님!"

이튀는 가볍게 수다를 떨며 밖을 향해 발걸음을 옮겼다. 창 너머서 자오디 에게 말했다.

"둘째 아가씨, 내가 집에 가서, 오늘은 아가씨가 못 온다고 말할게."

자오디 가 말하기를 기다리지 않고 나와 버렸다.

그는 차를 빌려 타고 관 씨 댁으로 돌아갔다. 오는 길 내내 웃었다. 그는 쿵싼의 아파트에서의 경과를 기억하면서 《장간 도서(盜書)》류의 극과 비슷한 의미를 상상했다. 가장 재미있는 부분은 리쿵산에게 일본에 간 이야기를 해서, 일본인이 여자를 어떻게 다루는지를 알려준 것이었다. 그는 자기의 지식이 작용하리라고 생각했다. 그는 앞으로 이

지식을 발판으로 일약 출세를 할 것이다―그가 장차 일본인을 직접 상대하여 다츠바오는 물론 리쿵산까지도 차버릴 것이다. 그는 베이핑에서는 자기가 "원래(原) 뿌리"가 있는 화목이 아니라서 바로 일본인이라는 종자에 붙어야 한다고 생각했다. 이렇게 종자를 바꿀 때는 그 자신이 어느 누구보다 더 기선을 잡고, 제일 먼저 일본인 면전에서 일본인 같이 되어야, 가장 많은 돈과 세력을 잡게 될 것이다. 이전에 천교 근방에서 약을 팔았다. 장래에는 일본인 면선에서 약을 팔아서 한 사람의 큰 약장사가 되어야 한다. 장래에 그의 약은 그의 입술과 기지 그리고 사람 사귀는 수단이다. 그는 장차 오늘의 쑤친과 짱이임으로 흐린 물에서 가장 큰 고기를 잡아 올릴 것이다.

그가 관 씨 댁 대문에 들어서자 얼굴에 미소를 지우고 엄숙한 얼굴로 바꾸었다. 집안이 조용했다. 퉁팡과 가오디 는 이미 방문을 닫고 잠자리에 들었다. 북쪽 방에만 등불이 켜져 있었다.

다츠바오는 거실 가운데 앉아있었다. 얼굴에 분이 군데군데 벗겨져 누렇고 검은 주름살과 검은 주근깨가 드러나고 코에는 번들거리는 기름이 비져 나와 있었다. 샤오허가 방안에서 나왔다. 그는 이미 실컷 욕을 들어먹었다. 얼굴에는 폭풍이 지나가고 장차 하늘이 맑아지리라는 것을 아는 듯이 미소가 번지고 있었다. 그의 눈이 때때로 다츠바오를 힐끗거리며 수시로 미소를 짓다가, 때로는 우울해지기도 했다. 평소에 그는 다츠바오를 몹시 두려워했다. 오늘은 그녀가 진짜 성을 내는 것을 보았지만 그는 오히려 기분이 좋았다. 그녀가 어떻게 자기를 욕하든 간에 오히려 리쿵산 같은 적수를 만나서 아주 기분 좋아할만했다. 그는 자오디 를 위해서 아무 생각도 하지 않았다. 정말로 리쿵산과 결혼시키면 그만이었다. 그러면 장차 자기의 수완을 부릴 기회를 얻을 수 있을 것이다. 그는 아주 세밀하게 인내심을 갖고 계산했다. 그녀에게 줄 혼수를 골라야하고 그러면서 돈을 절약해야하고 아주 우아한 것들이어야 한다. 그리고 피로연은 몇 상을 차려야하며, 메뉴를 요리조리 잘 짜서, 1위안 이라도 절약해야하고, 보통 손님들은 그 오묘함을 모르게 해야 한다. 이러한 것들을 생각하고 나서 자기 생각을 했다. 이 좋은 날 자기는 무슨 의복을 입고, 자기가 큰 어른으로 분장하여, "멋쟁이 장인"으로 보이게 해야 한다. 그가 장래에 어떻게 보이든 이미 피곤하고 싫증이 났다. 손님을 상대하기란 극히 주도면밀해야 하니까. 그는 극히 조심해서 마셔야 하고 얼굴이 빨개져서 술 냄새를 풍기고 횡설수설하는 지경에 이르러서는 안 된다. 그는 모든 사람들 앞에서 완벽한 노인 태산을 연기할 것이다!

만약 일본인이 술이 취해 머리를 쳐들고 가슴을 쫙 펴고 주사를 부리면, 관샤오허는 유사한 베이핑인의 주사, 즉 술과 담배에 절은 마고자에 빠져서 천 겹이나 되는 신발 밑창 사이에 숨는다. 일본인의 주사는 항상 자기 수완을 시험하는 것이고, 관샤오허의 주사는 자기의 무료함을 표현하는 것이다. 이 두 종류의 발광이—만약 자기만 알고 자기에게만 관심을 가지고, 세계를 똑바로 쳐다보지 않으면 발광이라고 불러도 좋다—한 곳에서 만나면 한 쪽이 다른 쪽과 목숨을 걸고 싸운다. 한 쪽이 죽어도 체면을 중시하지 않고, 머리 숙여 자기의 비단신발을 볼 것이다. 관샤오허가 자오디 에 대해 다소 관심이 있어야 한다. 그녀는 그의 친딸이니까. 중국인의 마음에서 부친은 자기의 친딸을 풀 방망이처럼 마음대로 던져버릴 수 없다. 그러나 샤오허의 발광은 평소의 마음의 평정을 잃었다. 그는 딸에게 자기가 태어난 베이핑에 대하듯 했다. 남에 의해 파괴되더라도 별로 마음이 움직이지 않았다. 그는 확실히 베이핑 문화의 벌레였지만 문화의 깊은 곳을 뚫고 들어가지 못했다. 그가 가진 문화란 종잇장 같이 얇았다. 그는 다만 술과 밥, 남녀에 주의하고, 향기를 분별하고, 룽징차 마시는 법에 주의해서, 선악에 대해서는 일소에 부치고, 가벼운 발광 같은 미소를 흘릴 뿐이었다.

가오이퉈가 들어오는 것을 보고 샤오허는 침착하고 진지한 모양으로 물었다.

"어떻게 됐소?"

이퉈는 샤오허를 무시하고 다츠바오를 보았다. 그녀는 눈꺼풀을 들어올렸다. 이퉈는 독신이 정말 마음이 급하다는 것을 알아차리고 약점을 잡아 공격하려고 했다. 그러나 이퉈 역시 성격이 약한 미친녀석이었다. 그는 고의로 피곤한 모습으로 힘없이 말했다.

"저 먼저 한 모금 피워야겠다!"

그는 곧장 자기 방으로 갔다.

다츠바오가 따라 들어갔다. 샤오허는 객청에서 천천히 걸었다. 그는 급히 이퉈를 따르지 않았다. 그는 신분이 있다!

이퉈가 한 모금 길게 빨아들이는 것을 기다려 다츠바오가 물었다.

"어떻게? 그들을 찾았나요? 그녀는 없어요?"

한편으로 연기를 천천히 내뿜으며 이뒤는 낮은 소리로 말했다.

"찾았지요. 둘째 딸이 오늘은 돌아오지 않는대요."

다츠바오는 그저 손으로 그 녀석의 뺨을 쳐주고 싶었다. 좋아. 딸이야 조만간 시집을 갈 테니. 다만 딸이 자기의 생각대로 시집가야 한다. 자오디 가 이렇게 리쿵산에게 떳떳하지 못하게 겁탈 당하다니. 그녀는 참을 수 없었다. 그녀는 자기가 키운 딸의 실수라고 생각하지 않았다. 자오디 는 그 정도로 대담하게 아무렇게나 행동해서 자기 마음을 상하게 할 리가 없다고 생각했다. 그러나 자오디 는 어린애에 불과하니까 용서할 수 있다. 리쿵산은 화를 불러일으킨 화수(화근)이다. 어떻게 해도 이해할 수 없다. 리쿵산의 유혹이 없이 자오디 는 절대로 그런 대담한 짓을 저지를 수 없다. 모든 책임을 리쿵산에게 돌리고 이를 악물었다. 리쿵산이 고의로 그녀에게 도전했다가 그녀가 고개를 숙이면 다시 베이핑에서 독신 행세를 할 수 없다. 이 점이 자오디 의 실수보다 더 중요하다. 그녀는 자오디 가 구출되어 돌아왔지만 다시는 "온전"하게 회복될 수는 없다는 것을 안다. 그러나 자오디 의 명예와 미래를 위해서 구한 것이 아니라, 리쿵산과 박터지게 싸우기 위해서였다. 그녀와 리쿵산은 이제부터 양립할 수 없는 두 세력이다!

"샤오허!"

벼락 치듯 내질렀다.

"차 불러!"

벼락 소리에 이뒤가 뛰어나왔다.

"왜요?"

한 손을 허리에 찌르고 한 손으로는 연등을 가리키며 다츠바오가
이를 갈았다.

"내가 리가 놈과 사생결단을 내겠다! 내가 그를 찾아가겠다!"

이뤄가 일어섰다.

"소장님! 이 이씨 둘째 딸이 원하고 있어요!"

"허튼 소리! 내가 키운 자식은 내가 알아!"

다츠바오는 얼굴이 한층 더 창백해졌나. 손은 연등을 가리키며 떨고
있었다.

"샤오허! 차 불러!"

샤오허가 문 안으로 머리를 살짝 들여다보았다.

다츠바오가 연등을 가리키던 손을 접고 샤오허를 보았다.

"약골, 겁쟁이야! 딸이, 딸이, 남에게 당했는데, 대가리만 움츠리고
있어! 너도 인간이야? 너도 인간이라 할 수 있어? 말해봐!"

"내가 어떤 사람인지 상관하지 말고"

샤오허는 침착하게 말했다. "우리 먼저 일을 어떻게 해결할지 상의해
보자. 성을 내봐야 무슨 소용이 있소?"

그는 마음속으로 자오디 의 행동에 대해 만족하고 있었으므로 재빨
리 사태를 해결하고 싶었다. 그는 리쿵산을 사위로 맞아들이면 장인의
자격으로 일을 처리할 수 있다고 생각했다. 그와 뚱양, 루이펑이 의형제
의 맹세를 했지만, 아무런 이득도 얻지 못했다. 의형제 관계는 장인과
사위의 친밀함 보다는 못하니, 그가 입만 뻥긋하면 리쿵산이 자기에게
진심을 다하지 않을 수 없을 것이다. 자오디 가 체면을 잃는 짓을

했으니 반드시 결혼을 시켜 잘못을 엄폐하여 체면을 살려야 한다. 이것은 베이핑이 함락되고 난 뒤 오색기를 걸어두어 사람들에게 그리 부끄럽지 않게 만드는 것처럼. 세력과 격식은 가장 큰 수치도 가릴 수 있다.

다츠바오는 말문이 막혔다.

가오이튀는 급히 말참견했다. 오직 샤오허가 그녀를 위로하여 혼자서 공로를 차지할까 두려웠다.

"소장! 화내지 마세요, 몸이 중요합니다. 정말로 화가 나서 병이라도 나면 큰일이에요!"

그렇게 말하면서 소장에게 의자를 가져다 드리고 앉으시게 했다.

다츠바오가 흥흥 거리더니 정말 화을 내서는 안 된다는 것을 알았다. 자기가 병이 나면 모든 사람에게 손실이다.

이튀가 이어서 말했다.

"제가 소견을 말씀드리지요. 소장님이 참고로 하십시오. 첫째, 시대가 시대니까요. 자오디 양은 절대로 큰 실수를 한 게 아닙니다. 둘째, 소장님의 명예와 신분에 비춰볼 때 자오디 양이 조심하지 않은 것은 사실입니다. 그러나 누가 허튼 소리를 믿겠습니까. 당신은 마음 놓으십시오. 셋째, 리쿵산이 이번 일로 소장님의 체면을 손상했지만 그래도 그는 특고 과장이고 생살권을 쥐고 있습니다. 그러므로 이 혼사는 쌍방의 세력이나 지위를 보아도 대등한 혼사라서 모두가 입에 올릴만합니다. 넷째, 제가 대담하게 어리석은 말씀을 드리면 우리의 베이핑이 이제 옛날 베이핑이 아닙니다. 우리는 근본적으로 이제 옛날 예의범절이나 도리를 고려할 필요가 없습니다. 예를 들어 베이핑이 우리 손에 있을 때는 내가 감히 공개적으로 아편을 피울 수 있었겠습니까? 오늘 저는 마음 놓고 피울 수 있고, 순경이나 헌병을 두려워할 필요가 없고, 오히려 일본인들이 좋아합니다. 이처럼 자오디 아가씨의 작은 어려움도 그리 해결하기 어려운 것이 아닙니다. 오히려 이러한 곤란으로 바람의 방향을 바꿀 수 있을 것입니다. 소장님 제 말이 그럴듯하지요?"

다츠바오는 침착하게 신발에 수놓은 꽃을 보면서 흥하는 소리를 냈다. 그녀는 가오이퉈의 말이 옳은 줄 알았지만, 다만 마음속에 쌓인 분을 모두 삭일 수 없었다. 그는 리쿵산을 두려워하기 때문에 마음속이 괴로웠다. 정말 자기가 가서 싸움을 벌이면 반드시 당해내지는 못할 것이다. 오히려 딸을 그에게 주면 후일에 더 날뛰지 못하고, 더 위세를 부리지 못할지 어떻게 알아. 그녀는 어쩔 수 없었다.

샤오허는 가오이퉈가 의견을 아뢰고 있을 때 방문에 붙어 서있었다. 이제 그가 말할 차례다.

"제가 보기에, 소장, 자오디 를 그에게 주는 게 좋겠어!"

"입 닥쳐!"

다츠바오는 리쿵산을 두려워했으나, 샤오허는 완전히 손아귀에 쥐고 있었다.

"소장님!"

이퉈가 차가운 찻물로 입을 헹구고 가래침 그릇에 뱉고 난 뒤에 말했다.

"소장님, 모수가 자청하듯이 저도 자청하여 중매쟁이가 되지요! 일은 빨리 처리할수록 좋아요. 잠이 길어지면 꿈이 많은 법이요!"

다츠바오는 가쁜 숨을 들이쉬고, 손으로 가볍게 가슴을 문질렀다. 그녀의 마음은 갈피를 못 잡았다.

이튀는 재빨리 아편을 한 모금 빨고는 소장에게 작별을 고했다.

"우리 내일 다시 얘기해요! 정말 화내지 말아요. 소장님!"

이튼날 다츠바오는 아주 늦게 일어났다. 날이 밝자 잠에서 깼으나 이 생각 저 생각으로 눈을 뜰 수 없었다. 그리고 그녀는 자기가 일어나기 전에 자오디 가 돌아와 있기를 바랐기 때문에 침상에서 일어날 수가 없었다. 그녀가 자오디 가 언제 돌아왔는지 모르는 것처럼 꾸미면 난감한 점이 좀 줄어들 것이라고 생각하기 때문이었다. 그러나 정오가 될 때까지 그녀가 돌아오지 않았다. 다츠바오는 화가 났다. 그러나 감히 밖으로 드러낼 수가 없었다. 이제 그녀는 이미 샤오허를 개 나무라듯 나무라서 오늘 다시 화를 내면 너무 단조로울 것 같았다. 오늘은 가오디 나 퉁팡 중에 골라서 하나를 "매꾼"으로 만들어야 한다. 그러나 그녀가 가오디 를 나무랄 수는 없다. 그녀는 지금까지 자오디 만 편애하고 가오디 에게는 돈으로 배상해 왔는데, 이제 그녀의 체면을 잃게 한 것은 오히려 그녀가 아끼는 아이였지 가오디 는 아니었다. 그녀는 가오디 를 격노하게 해서 소란 피우게 할 수 없었다. 그녀는 퉁팡만은 만만하게 욕을 할 수 있다. 그러나 퉁팡도 욕할 수 없었다. 그녀는 생각이 났다. 만약 그녀가 도전을 하면 퉁팡은 반드시 대문 밖의 회나무 아래에 서서 전 후통에 자오디 의 추한 일을 방송할 것이다. 그녀는 노기를 마음에 꾹 눌러두는 수밖에 없다. 그녀는 리쿵산에게 알랑거려서 소장 지위를 얻고 돈과 세력을 얻었다. 오늘 괴로움을 당해도 감히 발설도 할 수 없고 욕도 할 수 없다니! 그녀는 조금도 후회하지 않았다. 절대로 자신을 나무라고 싶지도 않았다. 그러나 마음속에 뭔가를 빼낼 수 없는 병이 있는 것 같은 기분이었다. 정오가 가까워지자, 그녀는 더 이상 누워 있을 수 없었다. 만약 그녀가 계속 침대에 누워 있다면, 퉁팡의 주목을 받을 것이고, 퉁팡은 매우 기쁜 마음으로 그녀가 이렇게 아무 말 없이 침대에서 죽었다고 서주힐 것이 분명했다. 그녀는 반드시 일어나야 했고, 아무렇지 않은 척해야 했다. 그렇게 부끄럽[재번역]일어나서 세수할 생각도 없이 퉁팡의 방안을 한번 볼 작정이었다. 퉁팡은 방에 없었다.

가오디 는 얼굴에 분도 바르지 않고 방에서 나와서 '엄마!' 하고 불렀다. 지 않게 얼굴을 세우기 위해서였다.

일어나서 세수할 생각도 없이 퉁팡의 방안을 한번 볼 작정이었다. 퉁팡은 방에 없었다.

가오디 는 얼굴에 분도 바르지 않고 방에서 나와서 '엄마!' 하고 불렀다.

다츠바오는 힐끗 그녀를 보았다. 가오디는 얼굴에 분도 바르지 않고 입술에 매니큐어도 바르지 않아서 평소보다 훨씬 보기 싫었다. 그녀는 생각했다. 자오디 가 훨씬 잘 생겼지. 그러나 그냥 그렇게 체면을 잃다니. 여기에 생각이 마치자 그녀는 가오디 가 고의로 그녀를 풍자하는 것 같은 생각이 났다. 그러나 그녀는 감히 화를 낼 수 없었다. 그녀가 물었다.

"그녀는?"

"누구? 퉁팡? 그녀는 일찍 아버지와 함께 나갔어요. 아마 자오디 찾으러 갔는지 몰라요? 아버지가 새 친척을 보러 간다고 했어요!"

다츠바오는 고개를 숙이고 두 손을 꽉 쥐고 한참동안 말을 못했다.

가오디 는 두어 발짝 가까이 와서 겁이 나지만 용감하게 말했다.

"엄마! 예전에 당신이 나에게 리쿵산을 대충 대하라고 가르쳤잖아요. 그 사람은 좋은 사람이라고 생각해요?"

다츠바오가 고개를 들고 냉정하게 질문했다.

"또, 어째서?"

"엄마! 일본인이 베이핑에 들어온 이래 나는 어머니와 아버지 마음과 살아가는 방식에 찬성할 수 없을 것 같아! 이 동네 사람들 중 누가 우리를 존중하나요?아무도 우리가 일본인들 덕에 먹고 산다고 말하지 않아요? 내가 보기에 리쿵산은 무섭지 않아요. 그는 남의 힘에 기대어 사는 사람이요. 일본인들의 힘을 빌려서 우리를 속이는 거요. 우리는 손해를 보고 있어요. 왜냐하면 우리는 일본인 손에서 덕을 보려고 하기 때문이요. 늙은 호랑이와 사귀면 조만간 호랑이 밥이 되지요!"

다츠바오는 웃었다. 목소리는 높지 않으나 매우 힘 있게 말했다.

"야! 너가 나를 가르치려고 드는구나. 그렇지! 너 먼저 기다려라! 내 마음은 하늘에 대한 죄가 없어! 내가 조심하면서 고생하는 것은 너희들이 쓸데없는 식충이 되지 않게 하기 위해서다! 나를 가르친다고! 참 희한한 일이구나! 내가 없으면 너희들은 개똥도 못 얻어먹을 것이다!"

가오디 의 짧은 코에 땀이 났다. 두 손을 마주 잡았다.

"엄마, 치루이쉬안을 보아요. 그는 대가족을 먹여 살리면서 전혀…"

그녀는 두꺼운 입술을 빨았다. 그는 어머니가 성을 낼까봐 거슬리는 말을 할 수가 없었다.

"리쓰예, 순치, 샤오추이, 모두 굶어죽지는 않잖아요? 우리만 하필 성급하게 아부하지 않으면… 안 돼요?"

다츠바오는 웃었다.

"됐어, 나를 화나게 하지 마. 알겠어? 알겠어! 너는 뭘 아냐?"

바로 그때 샤오허가 만면에 웃음을 띠고 마치 벌이 꿀 냄새를 맡고 꽃에 달려들 듯이 종종걸음으로 들어왔다. 그는 곧장 다츠바오에게 갔다. 그가 그녀에게 두어 보 떨어진 곳에 서서 먼저 웃으면서 은근히 그녀의 눈을 들어다 보고 말했다.

"소장님! 둘째 딸이 오셨어요!"

샤오허가 막 말을 마치자 자오디 가 공교롭게 얼굴에 아무 것도 모르는 듯이 좋은 표정으로 부끄럽거나 무서운 안색도 없이 들어왔다. 그녀의 아름다운 눈은 가오디 에게서 어머니에게로 다음에는 용마루를 올려다보았다. 그녀의 눈은 밝았지만 진정되지 않고 수시로 변덕스로운 빛을 발했다. 그녀는 가볍게 침을 삼켰다. 그러고는 용감하게 말했다.

"엄마!"

다츠바오는 아무 말도 하지 않았다.

퉁팡은 들어와서 가오디 를 흘긋 보더니 곧 자기 방으로 가버렸다.

"언니!"

자오디 가 아주 활발한 척 가오디 의 손을 잡았다. 그러고 나서 킥킥 웃더니 자기조차 왠지 모르는 듯이 웃었다.

샤오허는 자기 딸을 보았다. 얼굴에 자상하고 유쾌한 표정을 띠고 입 속에 낮은 소리로 중얼거렸다.

"아무 문제가 안 돼! 무슨 일이든 방법이 있게 마련이야! 암, 방법이 있지!"

"그 짐승은 어디 있니?"

다츠바오가 샤오허에게 물었다.

"짐승이라?"

샤오허는 분명히 하고 싶었다.

"아무 문제 없어! 소장님, 먼저 얼굴부터 씻으세요!"

자오디 는 언니의 손을 놓고 고개를 들고 빠른 걸음으로 자기 방으로 뛰어갔다.

다츠바오가 문에 닿기 전에 가오이퉈가 왔다. 그는 대개 낮 12시와 오후 6시 경에, 만약 더 일찍 올 수 없다면, 친구를 보러 오는 사람이다. 그는 두세 걸음 가다가 다츠빠오를 부축하며 계단을 올라갔다. 마치 그녀가 70대나 80대인 듯이 보였다.

다츠바오가 막 입을 헹구고 나자 루이펑이 왔다. 문에 들어서자마자 모두에게 축하인사를 했다. 축하 인사가 끝나자 그가 해도 그만 안 해도 그만인 의견을 제시했다.

"아주 잘 되었어요! 아주 잘 되었어! 일이 이렇게 되어야 합니다!

이렇게 되어야 합니다! 관가와 리가의 혼인은 정말로 시대를 초월한, 하나의…"

그는 뭘 정확히 말해야 할지 생각이 나지 않아, 더 실질적인 문제로 이야기를 돌렸다."관형! 우리는 언제 축하술을 마실 수 있소? 이번에는 솜씨를 한번 발휘하지 않으면 안 돼요! 술은 술, 요리는 요리. 어느 것 하나 그냥 넘어가면 안 돼요. 나도 모두들 초대할거요. 간단히 말해 성화 꽃바구니만 적어도 40쌍은 될 서요! 우리가 리괴장에게 일러서 일본인이 와서 위세를 보태면 그게 시대에 하나하나 획을 긋는 일이니…" 그러나 그는 아직 무엇인가를 생각하고 싶지 않았다. 그는 적절한 문자를 찾고 있지만 아직 못 찾은 듯이 굉장히 유식해지려고 애썼다.

샤오허가 영감을 얻고, 얼굴을 굳힌 채 눈을 깜빡이며 마치 시를 생각하는 듯한 표정을 지었다. "맞아요! 맞아요! 일본 친구들을 초대해야 해요. 이는 중일 친선의 좋은 기회입니다! 내가 보기에," 그의 눈이 갑자기 밝아지며, 마치 고양이가 쥐를 발견한 듯이, "일본인에게 결혼식 증인으로 와달라고 하면 더 멋지지 않을까요?"

루이펑은 계속 고개를 끄덕였다.

"형님이 그렇게 생각해주셔서 정말 기쁩니다. 그건 정말로 전례 없는 일이에요!"샤오허는 웃었다.

"확실히 다시없는 일이지! 관 씨가는 일을 한다면 적어도 일거양득은 돼야지!"

"혼수는?"

루이펑은 샤오허에게 가까이 가서 아주 친밀하게 말했다.

"제가 쥐쯔에게 여기 자주 와서 도우라고 할까요?"

"그때가 되면 꼭 초대할게. 우리 사이에 이런 정이 있는데, 나는 절대 예의 차릴 필요 없어! 먼저 고마워!"

샤오허가 말을 마치자 가볍게 몸을 돌려 마침 란둥양이 들어오는 것을 보았다. 그는 급히 나가서 맞이했다.

"어쩐 일이셔! 소식이 이렇게 빨리 전해졌는가?"

둥양은 승진을 하자 거들먹거리는 것이 하루가 다르게 심해졌다. 그러나 그의 허세는 일종의 의기양양이었다. 뼈가 흐느적거려서 때때로 바람이 불면 불려갈 것 같았다. 그는 걷기 싫어하고 움직이기 싫어했다. 엉덩이는 노상 의자를 찾고 한번 앉으면 거기에 눌러 붙어서 다시 일어나기 싫어했다. 가끔 몇 발자국 걷고자 하면, 마치 막 걸음을 배우는 어린아이처럼 이리저리 비틀거리며 걷곤 했다. 그의 얼굴은 그렇게 느슨하지 않았고, 눈은 자꾸 좌우로 흔들리며, 이를 악물고 있었다. 이는 자신이 승진했지만 여전히 무한한 분노가 있다는 것을 나타내었다. 자기는 한달음에 최고의 자리에 올라가지 못하는 것을 한(恨)하고, 천하에 이렇게 많은 자리가 있다는 것을 한하고, 그 자리를 자신이 전부 차지하지 못하는 것을 한한다. 한할수록 자기 자신이 더 중요하다고 생각한다. 그래서 그의 입은 가급적 행구지 않고, 가급적 벌리지 않으려 하여, 평범한 사람들과 대화하는 것에 대한 경시를 드러냈으며, 입에서 나는 악취도 매우 귀한 것처럼 쉽게 내뱉지 않았다.

그는 샤오허의 질문에 대답을 하지 않았다. 그는 곧장 소파에 털썩 주저앉아 얼굴을 위로 돌렸다. 루이펑에 대해서는 원래 개의치 않았다.

그는 루이펑을 원망했다. 왜냐하면 루이펑이 자신에게 운동 중학교 교장직을 주지 않았기 때문이다.

소파에서 한참 눈을 굴리다가 갑자기 입을 열었다.

"그거 사실이요?"

"사실이라뇨? 무엇이 말입니까?"

샤오허가 웃으며 물었다. 샤오허는 피차간의 예의를 주의했다. 하지만 이것은 둥양이 예의 없다는 것을 싫어해서는 아니었다. 그가 보기에 만약 관리가 될 수 있다면 모두가 존경받을 만하다고 생각했다. 이 때문에 둥양이 한 마리 당나귀라도 그는 웃는 얼굴로 맞이해야 할 것이다.

"자오디!"

둥양은 누런 이빨 사이로 이 두 글자를 뱉었다.

"그게 거짓이 될 수 있어? 동생아!"

샤오허는 하하하고 웃었다.

둥양은 다시 말을 못하고 힘껏 손톱을 깨물었다. 그는 리쿵산이 예쁜 자오디를 차지할 수 있고, 자기는 닭 쫓던 개 신세가 된 것을 원망했다. 그는 자오디에게 몇 번이나 땅콩을 사다주었는 생각이 났다. 흥, 자기의 사랑을 위한 투자가 모두 허사가 되었다! 그의 손톱에 피가 났다. 그의 얼굴은 일그러져서 마른 호두처럼 되었다. 원망이 그에게 영감을 주어 그의 머릿속에서 시 한 수를 이루게 했다.

죽어라, 당신!

내 땅콩을 날로 먹어치우다니,

230

차라리 개를 키울 걸!

시가 이루어지자 소리 없이 입에 굴려 단단히 외워서 신문사에 적어 보낼 것이다.

시가 되자 곧 고료가 들어올 것을 생각하니 기분이 통쾌해졌다. 그는 갑자기 일어서서 말없이 밖으로 나갔다.

"밥 먹고 가요!"

샤오허가 뒤통수에 대고 한 마디 했다.

둥양은 고개도 돌리지 않았다.

"저 녀석은 무슨 일이 있나?"

루이펑은 둥양이 무서워 그가 나가기를 기다려서 입을 열었다.

"그 사람?"

샤오허는 세상 사람의 성격을 모두 아는 듯이 미소를 지었다.

"사람이라는 게 다 조금씩 괴팍한 성격이 있어!"

좋은 일은 문 밖에 나가지 않아도 나쁜 일은 천리를 간다. 얼마 지나지 않아 관 씨 집의 추문이 동네 전체에 알려졌다. 이 일에 대해 치 노인이 솔선하여 윈메이에게 의견을 말했다.

"샤오순얼 애미야, 너 보기에 어때. 내 말이 맞지 않니? 원래 셋째가 그 여자애와 사귈 때 내가 말리지 않았니. 걔가 우리 집에 들어왔다면 둘째 며느리보다 훨씬 더 쁜 일이 되었을 거야!. 이런 얘기가 있지. 노인 말을 듣지 않으면 화가 눈앞에 있다고. 옛말 그른 것 없어!"

노인은 자신의 선견지명을 자랑스럽게 여겼다. 수염을 부지런히 다듬었다. 이는 수염이 지혜와 통찰력을 나타낸다는 듯이 보였다.

샤오순얼 애미는 다른 견해를 가지고 있었다.

"사실, 할아버지 그렇게 걱정할 필요 없어요. 셋째가 처음에 마음이 있었는지 모르지만 그녀를 손에 넣으려 하지 않았어요. 그녀 집안은 권력이나 세력이 있는 집이 아니면 눈길이나 주나요!"

노인은 윈메이가 한 말 중에 진리가 있다는 것을 알지만, 자기 말의 권위를 지키기 위해서, 완전히 동의하지 않고 뭉뚱그려서 한숨을 쉬었다.

샤오순얼 애미는 자기의 의견을 남편에게 얘기했더니, 남편은 눈살을 찌푸리며 아무 말도 하지 않으려 했다. 그가 입을 열고 싶었다면 반드시 그녀에게 이렇게 말했을 것이다. '그것은 관 씨 댁만의 수치가 아니라 관 씨 댁이 우리 가운데 살고 있기 때문에 우리 모두가 망신당한 거야—우리 가운데 어떻게 그런 인간이 있어? 당신이 관 씨 댁의 존재를 인정하는 것이 사실이라면 일본인의 침략을 불가피한 것으로 인정하는 것이 된다. 이것은 썩은 고기가 파리를 꼬이게 하기 때문이다! 반대로 당신이 관 씨 댁의 존재가 우리의 오점으로 볼 수 있다면, 당신이 우리가 일본에 반항해야 할 필요를 알게 되거고, 우리 내부의 더럽고 썩은 부분을 청소해야 한다는 것도 알게 될 것이다. 국민은 합리적으로 생활하고 건전한 문화를 가져야 침략자를 물리칠 수 있다.' 그러나 그는 입을 열지 않았다. 첫째는 부인이 이해하지 못할까 두려웠고 둘째는 자기의 생활에서 모든 것이 합리적이 아닐까 두려웠다. 남은 숨을 부지하려고 일본 사람의 깃발 아래 살고 있지 않은가?

동네에서 가장 열심히 관 씨 댁을 헐뜯은 사람은 샤오추이와, 쑨치,

창순이었다. 샤오추이에게는 다츠바오가 원수와 다름없었다. 이 때문에 그는 쉽게 헐뜯는 것을 보복할 기회로 삼았다. 그는 루이쉬안처럼 깊이 생각하지 않고 사건의 표면에서 자신의 의견을 얻었다.

좋아, 너가 집에 기생을 데려오면, 너는 그녀에게 비밀스러운 문을 가르쳐 줄 거야. 너의 딸도 남자를 훔칠 거야! 하늘이 지켜보고 있어!'순치도 샤오추이의 의견에 동의하지만 약간 다른 점에 주의했다.

"자네한테 하는 소린데 저러다가 보복을 당할 거야! 당신 일본인에게 굽실거려 관직을 얻고 돈을 갈취하다니. 흥, 너의 딸까지 복이 많구만! 자네 보라구, 샤오추이, 일본인에게 한 자리 얻은 사람은 호랑이 위세를 빌린 여우같은 놈이야. 조만간 보복을 당할 거야!"

창순은 남녀관계에 대해서 깨끗한 편이라 이 문제에 주의를 기울였다. 그는 이야기의 세부 사항을 모두 파악하고 싶어 했고, 이를 관집에 대한 반대 자료로 삼고 싶었다. 그는 샤오추이와 순치에게 자초지종을 캐물어 만족할 줄 몰랐다. 그는 심지어 리쓰다마에게도 물었으나, 리쓰다마는 이 사건에 대해서는 거의 몰랐으며 정중하게 그에게 부탁하기까지 했다.

"젊으니까 가급적이면 남의 험담을 하지 마라! 그렇게 잘 생긴 처녀가 그렇게 체면 깎이는 짓을 했겠어? 그럴 수 있어! 만약 그런 일이 있었다 해도, 우리는 입 조심을 해야 하는 거야!"

리쓰다마가 부탁하길 마치자 마음을 놓지 않고 몰래 창순의 할머니에게 사정을 얘기했다. 두 노인네는 관 씨 댁을 거의 아무런 비판도 하지 않으나 창순 같은 어린애가 너무나 "순수하다"고 생각했다.

할머니가 창순에게 경고했다. 창순은 표면상 할머니에게 반항하지 않았다. 그러나 그는 몰래 훨씬 더 알아내고 싶어 했다. 그리하여 가지에 잎을 보태듯이 널리 알렸다.

리쓰예는 이 사건을 듣고 난 뒤 어떤 의견도 말하려 들지 않았다. 그는 두 노안으로 좋든 나쁘든 선하든 악하든 사정을 훤히 꿰뚫어 보았다. 그는 특별한 사건 때문에 하찮은 일에 크게 놀라지 않으려 했다. 그의 경험 중에 여러 번 세상의 동란을 보아왔고 동란 중에 착한 사람, 나쁜 사람이 한 가지로 머리가 칼에 잘리거나 교묘하게 칼을 피하여 목숨을 건지는 것을 보아왔다. 이 때문에 생명이 얼마나 취약하며 선악이 불분명한지 알고 있다. 이러한 상황에서 그는 다만 자기 노력으로 돈을 벌어서 먹고 살아가므로 마음이 편했다. 동시에 그는 가능한 죽은 후의 평안을 위해서 남에게 유익한 일을 하려고 애썼다. 그는 좋은 사람이 악한 보복을 당하거나 절망하는 일은 없으며, 악한 사람이 좋은 보답을 받아 개과천선하는 일은 없다고 생각했다. 그의 노안은 멀리에 있는 빛을 바라봄으로 사후의 심리적 평안을 얻는다. 그는 마치 지금까지 몇 천 년, 몇 만 년을 살아오고 앞으로도 몇 천 년, 몇 만 년을 살아갈 것 같은 진짜 토종 중국인이었다. 그는 영원히 고생하고 때로는 노예도 된다. 인내가 최고의 지혜이며 평소의 가장 유용한 무기이다. 그는 어떤 일에도 거의 흠을 잡지 않으며, 아무 선택도 하지 않고 언제나 침묵으로 비평하며 침묵으로 선택한다. 그는 생명을 잃을 수 있다. 그러나 영원히 멀리 있는 빛을 놓치지 않는다. 그는 자신이 영원히 살 수 있다고 믿는다. 그러나 절대로 어떤 하나의 파동에,

하찮은 일에 크게 놀라지 않았다.

어떤 사람이 리쓰예에게 묻는다.

"관 씨 댁에 무슨 일이요?"

그는 웃기만 할 뿐 말이 없었다. 그는 관 씨 댁이 한간이고, 일본인과 함께 망할 것이지만, 자기는 영원히 살 것이라는 것을 아는 것 같았다.

다만 딩웨한이 모두의 의견을 듣기 좋아하지 않았다. 사실을 말하면 그는 자오디 의 행동이 완전히 합리적이라 생각지 않았지만, 자기가 영국대사관에 속해있다는 것을 보이기 위해서, 아무나 좋다니며 함부로 말할 수는 없었다. 그는 전과 다름없이 관 씨 댁에 예물을 보내곤 했다. 그는 하느님만이 자기를 재판할 수 있고, 다른 사람은 그를 간섭하거나 비판해서는 안 된다고 생각했다.

"여론"이 쑨치에 의해서 부근 점포에 전해지고, 샤오추이에 의해서 각 골목으로 전해졌다. 다츠바오 혹은 자오디 가 나타날 때마다, 사람들의 눈길이 마치 외국 남녀가 길거리에서 키스하는 것을 보듯이 기괴하고 좋지 않은 광경을 보듯이 쏘아보았다. 그들의 배후에 대고 손가락질을 해댔다.

다츠바오는 자오디 의 이러한 눈빛과 손가락질을 알아채고 오히려 외출횟수를 늘렸다. 다츠바오는 더 요염하게 차려입고 고개를 빳빳이 세우고 "여론"에 도전했다. 자오디 도 훨씬 더 예쁘게 차려입고 얼굴에 광채와 용기를 더했다. 웃고 재잘거리며 어머니를 따라 놀러 다녔다.

샤오허는 매일 거리에 나타났다. 나갈 때는 무슨 중요한 일로 나가는 듯이 상당히 빨리 걸었다. 돌아올 때는 언제나 손에 무엇을 들고 아주 천천히 걸었다. 아는 사람을 만나면 아주 피곤한 듯이 가볍게 한숨을 쉬고 사람들에게 말했다.

"오우! 딸의 부모 노릇하기란 정말 쉽지 않아요! 다만 진심을 다할 뿐이에요!"

45

천예추는 자형인 첸모인을 못 찾았다. 이 때문에 그는 첸 선생의
손자에게 특별히 주의를 기울였다―첸 씨 댁의 며느리는 정말로 아들을
낳았다. 첸 씨 댁 며느리가 해산이 임박했을 때 예추는 해산에 필요한
물건들을 사서 진 씨 댁에 보냈다. 그는 진쌴예가 자기를 대수롭지
않게 생각하는 것을 알고, 그 분의 생각을 바꾸려고 애썼다. 누나와
생질이 죽었을 때 생활이 극도로 곤궁한 상황이었던 그는 돈 한 푼
내놓을 수 없었다. 형편이 조금 나아진 예추는 진쌴예에게 자신이
인정도 모르는 사람이 아니란 것을 알리고 싶었다. 다시 말하면 첸
씨 댁 며느리가 친정에 살고, 첸 씨 댁에 그녀를 보러오는 사람이 없어
서, 그녀가 힘들게 느껴질 것이라 생각했다. 그래서 그는 외삼촌 자격으
로 그녀를 위로하고 싶었다. 아기의 출생 사흘과 열이틀 그리고 보름에

그는 짬을 내어 예물을 들고 열심히 달려왔다. 그는 영원히 첸 자형을 잊지 못할 것이다. 그리고 그가 어떻게 자기를 꾸짖고 심지어 절교까지 했는지 잊지 않았다. 그러나 자형을 찾지 못하자 자신의 마음을 가다듬고 이 유복자에게 각별한 관심을 표현했다. 그는 자형을 보는 것과 마찬가지로 기꺼이 자형의 손자를 보았다. 첸의 집안은 완전히 대가 끊긴 것이나 마찬가지이지만, 아기가 향화를 이어갈 것이다. 이렇게 첸 자형이 손자를 볼 수 없지만 예추 자신이 그를 대신해서 기쁨을 표해야 한다고 생각했다.

예추가 임시정부(일본인이 세운 괴뢰정부)에서 일을 하면서 친구들은 그와 멀어졌다. 이전의 친구들 대다수는 학술계 사람들이었다. 현재 어떤 친구는 베이핑을 떠났고, 어떤 친구들은 베이핑에 남았다 해도 이름을 감추고 학술적인 부역을 거부했다. 어떤 사람은 가족을 먹여 살리기 위해 돈을 벌수밖에 없었다. 부역을 하려 들지 않는 사람을 찾아갈 면목도 없었다. 노상에서 우연히 만나면 자신이 고개를 숙이고 지나갔다. 감히 불러서 인사할 엄두도 내지 못했다. 자기와 마찬가지로 마음 약한 옛 친구는 모두가 왕래를 단절했다. 왜냐하면 피차 얼굴 대하기가 난감했기 때문이다. 자연히 그에게도 새로운 동료가 생겼다. 그러나 새로운 동료들이 모두 친구가 될 수는 없었다. 게다가 새 동료들 중에서 가장 편한 사람은 자기와 비슷한 사람인 것이다 — 마음속으로는 옳고 그름과 좋고 나쁨에 대해 알지만 잠시를 견디지 못하고 혹시나 작은 일로 큰일을 그르칠 수 없다고 생각하여 어리석은 사람인척 자신을 웃음거리로 만들었다. 어떤 사람들은 흐린 물에서 고기를 잡듯이 기회를 틈타 세상을 농락했다. 그들은 무지하고 학식도 부족해서 태평한 시대였으면 높은 자리에 오를 꿈도 못 꿀 사람들이었다. 현재는 권세에 빌붙거나 염치를 차리지 않는 처세로 일본인이나 첩자들에 붙어 의외의 출세를 했다. 일 이 십년 동안 낮은 지위의 관리를 지낸 사람은 승진을 못하면 원래의 지위를 유지하기 위해서 발버둥 쳤다. '자리'가 곧 목숨이기 때문에 누굴 통해서든 수단방법을 가리지 않고 자리를 얻으려 애를 썼다. 이런 사람들은 하루 종일 뒷배가 되는 관계에 대해서만 이야기 했다. 예추에게 이들은 인간 같지 않고 하찮게 보여 친구가 될 수 없었다. 그러나 그는 매우 외로웠다. 이미 그들과 같은 까마귀 무리에 속한 자신이 그들을 경멸할 자격이나 있는가 하고 생각했다. 그는 매우 부끄러웠다.

그렇다, 옛 친구와 관계가 단절되고 새 친구도 사귈 수 없다고 해도 그에겐 이미 친한 옛 친구 첸모인이 있다. 그러나 모인은 그와 절교를 했다. 베이핑은 얼마나 크고 얼마나 많은 사람이 있는가. 그런데 남은 것은 병든 여편네와 여덟 명의 애새끼들 밖에 없다. 친구 한 명 없다니! 일종의 외로운 감옥이다!

그는 자주 샤오양쥐안 1호의 살던 집을 생각했다. 마당에는 얼마나 많은 꽃이 있었으며 얼마나 넓고 한적했던가. 마음을 가다듬지 않아도 아담하고 깨끗했다. 그 곳에는 모인, 멍스가 있었고 차와 술 그리고 글과 그림이 있었다. 비록 내일 먹을 양식이 없을지라도 거기서 한가하게 이야기 하는 것이 얼마나 유쾌한 일이었던가. 뜨거운 물로 정신을 씻고 상쾌하게 땀을 흘리는 기분이었다. 그러나 베이핑이 망하고 샤오양쥐안 1호집에는 일본 사람이 산다. 일본인은 마당 가득한 꽃을 즐기겠지만 멍스, 중스 그리고 자기 누나를 죽였다. 이 하나의 사실을 보아도 그가 일본인 손에서 밥을 얻어먹을 수는 없는 노릇 아닌가?

그는 적막과 부끄러움을 마취시키기 위해 아편을 한다.

아편을 하기 위해서는 많은 수입이 있어야 한다. 좋아! 일자리, 일자리를 더 찾자! 그는 정말 수완이 있다. 흐린 물속을 휘저어 고기를 잡았지만 제대로 된 공문 하나 작성할 줄 모르는 사람들이 예주 같은 사람을 필요로 한다. 그들이 그를 찾으면 그는 더 바빠진다. 바로 그때 그는 자기만족에 도취되어 자기에게 말한다.

"안빈낙도(安貧樂道)가 별거인가? 되는대로 살면 되는 것이지!"

순간의 기쁨을 위해서라면 생각을 이성을 놓을 수도 있다.

그러나 그는 곧 고개를 숙이고 즐거움은 후회의 마음으로 변한다. 일요일에 할 일도 없고 찾아갈 친구도 없는 처지에 있는 자신의 절개와 영혼을 생각했다. 아이들이 시끄럽게 싸우면 그들에게 잔돈을 던져주고 소리 지른다.

"모두 꺼져! 꺼져! 밖에 나가 놀아!"

아이들이 나가고 난 뒤엔 침상에 누워 아편의 몽롱함에 취한다. 곧바로 아이들에게 했던 자신의 행동을 후회하고 혼자 중얼거린다.

"이게 모두 저 아이들을 위해서가 아닌가. 나는 거저…에이! 절개를 잃고 팔방으로 굽실거렸다!"

이렇게 하루 종일 누워 있었다. 그는 아편을 피우고 깜빡 졸다가 꿈을 꾼다. 혼자 중얼거리다 몽롱함에 빠진다. 다만 어떻게 해도 자신의 영혼을 구할 수 없다. 그의 침상과 침실, 사무실, 베이핑이 모두가 지옥이다!

첸 씨 댁 며느리가 아이를 출산 하자 예추의 마음이 다소 진정되기 시작했다. 그에게는 이미 여덟 명의 자식이 있어서 아이가 새로운 것은 아니다. 다만 첸 씨 댁 저 아이는 다른 아이와 닮았지만 같지 않다. 모인의 손자이기 때문이다. '모인' 이란 글자를 붉은 글씨로 영원히 자신의 마음속에 새겨야 한다면 저 아이도 응당 그러해야 한다. 그가 모인을 버렸다면 그는 오히려 작은 친구를 얻었다—모인의 손자. 모인이 시인, 화가 그리고 의사(義士)라면 저 아이는 반드시 비범하여 모두가 성인 공자의 후예를 존경하듯이 경애를 받을 만하다. 첸 씨 댁 며느리는 원래 평범한 여인에 불과했으나, 저 아이를 낳았으므로 예추는 그녀를 볼 때마다 성모의 모습을 생각했다.

그를 기분 좋게 한 것은 진싼예가 외손자의 사흘과 보름에 아주 떡 벌어지게 상을 차린 것이었다. 예추가 보기에 진싼예가 이렇게 외손자를 위해 돈을 쓰는 것은 마음속에 첸모인을 생각하기 때문인 것 같았다. 이렇게 진싼예가 이미 모인의 숭배자였기에 반드시 예추와 친구가 될 수밖에 없었다. 우정의 결합은 종종 우연한 일에 부딪히거나 당할 때 일어난다. 그가 진 씨 댁에 한두 번 온 후에 하물며 진싼예가 자기를 깔보지 않는다는 것을 알아챘다. 그것은 아마 진싼예의 건망증 탓일 것이다. 그는 이미 멍스가 죽었을 때의 일을 기억하지 못했다. 아니면 현재는 예추가 몸에 맞는 의복을 갖춰 입고 예물을 들고 오기 때문이었을까? 어떤 이유에서든 예추의 마음은 편안했다. 그는 진싼예와 친구가 되기로 결정했다.

진싼예는 체면을 중시했다. 그렇다, 그는 외손자를 좋아한다. 다만 외손자의 할아버지가 모인이 아니라면 아마 외손자의 사흘과 보름에 이렇게 돈을 많이 쓰지 않았을 것이다. 이러한 곡절의 이면에는 첸 사돈이 하늘에서 내려다보고 자신이 의리와 강개를 보이는 것을 보아주길 갈망했기 때문일 것이다. 그는 사돈의 손을 잡고 말할 것이다.

"당신도 보다시피 당신의 며느리와 손자를 나에게 부탁했소. 나는 그들을 불만이 없도록 대해 왔소! 당신과 나는 진정한 친구요. 당신의 손자가 내 손자요!"

그러나 첸 사돈이 예상대로 나타나지 않았다. 그는 얘기를 할 기회가 없었다. 그래도 그는 모인이 받은 고난을 아는 사람을 찾아서 만나고 싶었다. 자기를 대신하여 그 사람이 친구의 부탁을 이렇게 잊지 않고 있다는 것을 증명해 줄 수 있기를 바랐다. 예추는 잘 왔다. 첸 씨 집에 대해서는 예추가 모든 것을 안다. 진싼예는 이리하여 예추가 종전에는 별 볼일이 없는 녀석인 것을 잊고 마음에 묻어둔 이야기를 예추에게 해주었다. 예추는 말을 할 줄 아는 사람이었으며, 기회를 보아 진싼예를 칭찬해주자 진싼예는 얼굴이 밝아졌다. 술기운을 빌어 그는 예추에게 솔직히 말했다.

"나는 전에 당신을 대수롭지 않게 보았어요. 지금 나는 당신을 괜찮게 본다오!"

이렇게 그들은 친구가 되었다.

진싼예가 이렇게 쉽게 예추를 받아들였다면 그가 일본사람도 쉽게 받아들일 것이라고 생각하는 것이 어렵지 않다. 그는 부동산을 사고파는 것 외에 어떤 것에도 풍부한 지식이 없었다. 세상에 처하는 것에 대해서 그는 절대적으로 옳은 것도 그른 것도 알지 못하고, 그냥 느끼는 대로 함부로 말할 따름이었다. 누구든 친구라 말하면 '맞다'가 되었다. 누구든 친구가 아니면 '아니다'가 되었다. 일단 친구를 위해서 성을 내면 누구하고든 싸웠다. 그가 사돈을 위해서 다츠빠오와 관샤오허를 때린 것이 좋은 예이다. 마찬가지로 첸사돈이 일본인에게 독하게 얻어맞았기 때문에 그는 일본인을 원망한다. 첸모인이 그와 함께 있을 수 있었다면 그는 틀림없이 일본인 두서너 명을 죽였을 것이고 아마도 영원히 일본인을 원망했을 것이다. 그가 아마 두서너 명의 일본인을 죽였다면 한 명의 의사가 되었을 것이다. 분명히 첸 선생은 그와 떨어져 있었다. 그의 마음은 평온을 되찾았다. 그는 평상시에 첸 사돈을 생각했다. 다만 사돈을 생각하면 곧 관샤오허나 일본인을 떠올렸다. 그에게 의무감은 없었다. 때가 되면 그는 딸이 일깨워주어서 딸에게 안사돈과 사위를 위해서 지전을 태울 돈을 주었다. 혹은 딸을 따라 둥청 밖에 사위의 무덤에 가보기도 한다. 이것으로 첸 씨 댁에 대해서 충분히 한 것으로 생각한다. 그 밖에 특별한 일은 사족을 그리는 것과 같다고 생각했다. 하물며 최근에 그의 장사가 아주 잘 되는 데야 어쩔 것인가?

가장 아름다운 한 여인이 최대의 불행을 만나듯이 최고로 유명한 성(城)이 최대의 치욕을 당했다. 일본인이 난징을 함락하고 난 뒤 베이핑의 지위는 훨씬 더 추락했다. 영리한 사람은 이미 눈치 챘을 것이다. 일본 본토가 첫째라면 조선이 둘째고 만주가 셋째 몽고가 넷째 난징이

다섯째—가련하게도 베이핑은 여섯째로 추락한다! 매국노들이 목숨을 바쳐 베이핑을 잡고, 적어도 난징과 같은 지위를 누리려하지만, 난징은 좋든 나쁘든 정부가 있고, 베이핑은 기껏 해봐야 일본군 화베이사령부의 부속물이었다. 베이핑의 정부는 전국을 향해 명령을 내릴 수 없었다. 기껏 허베이, 허난이, 산둥, 산시 같은 지방에 권한이 미치지만, 겉으로만 명령을 따르고 속으론 딴 마음을 품는데다가 게다가 지난, 타이위안, 카이펑 은 각각 사령(부)를 가지고 있었다. 사령관 하나가 바로 한 개의 군벌이었다. 화베이는 북벌 이전의 정세로 되돌아갔다. 같지 않은 것이 있다면, 그것은 옛날에는 짱쭝창이 할거하여 왕을 칭했다면 지금은 일본이 이를 대신한 것이다. 화베이에는 정치는 없고 군사 점령뿐이었다. 베이핑의 정부는 어린 아이의 장난감 같았다. 이 때문에 일본인이 다른 곳에서 승리하면 베이핑과 베이핑 주변 지역이 재앙을 만났다. 일본군 전선의 군대에서 이미 공을 세운 베이핑 주재 군사령관은 필연적으로 후방에서 무위를 떨친 꼴이다. 반대로 일본인이 다른 곳에서 전투에 패하면 베이핑과 그 주위가 반드시 재앙을 당했다. 왜냐하면 주재 사령관이 이미 잡아둔 주구들을 향해 다시 칼을 휘둘러 전선의 불리를 은폐했다. 언제나 일본 군벌은 자기 휘하의 병사들이 많이 죽게 되면, 이미 투항한 순민에게 수시로 총알 맛을 보여주어 편안하게 살지 못하게 한다. 살인을 하는 것이 그들의 천직이었다.

이 때문에 베이핑의 집이 모자라게 되었다. 한편 일본인들은 이동하는 벌떼처럼 꿀을 따기 위해 베이핑으로 몰려왔다. 다른 한편으론 일본 군대가 베이핑의 사방에서 도살을 자행하여 시골 사람들이 집과 논밭을 버리고 베이핑으로 피난 왔다. 그들은 베이핑으로 피난을 하면 살 수 있을지도 모른다 생각했다. 살아갈 마땅한 방법이 없었다. 그러나 그들은 그들의 고향과 촌락들이 적들에 의해 불태워지고, 도륙되어버린 것이 틀림없는 사실이라는 것을 확실히 알게 되었다.

그래서 진싼예는 바빴다. 베이핑에서는 어떤 장사도 마땅한 것이 없었다. 오로지 진싼예가 하는 일과 거리에서 작은 북을 울리는 고물상 정도가 그런대로 괜찮았다.

옛날의 베이핑이라면 주거는 문제가 되지 않았다. 베이핑에는 사람도 많고 집도 많았다. 특히 북벌이 성공하여 정부가 난징으로 천도한 이후에 집이 사람보다 더 많은 정도였다. 많고 많은 기관들이 모두 난징으로 옮겨가고 기관을 따라 관리와 용인들이 옮겨가고 다음에는 그들의 가족들이 옮겨갔다. 도량형국, 인쇄국 등등의 기관들은 관리 이외의 허다한 기사와 공인들을 데리고 갔다. 동시에 전삼문 밖에 있는 각성의 회관은 사람으로 가득 찼다―출장으로 상경한 사람과 일을 찾는 무직자들이었다. 정부가 남쪽으로 옮기고 나자 베이핑은 문화구가 되어 이러한 무직자들이 전과 같이 회관 안에서 할 일 없이 바보같이 기다릴 수밖에 없었다. 어떻게 해야 할지 몰랐다. 그들 모두는 난징으로 상경하여 관직과 식사를 기다려야 했다. 동시에 왕년의 군벌, 관료, 정객들은 난징으로 갈 수 있었다. 당연히 난징에 가깝고 활동에 편리하니 상하이나 쑤저우로 가야 한다. 난징으로 가는 것이 불편하면 톈진에 가서 살면 된다. 그들이 보기에 시정부와 남녀학생만 남은 베이핑은 빈 성과 다름없었다. 이 때문에 어떤 사람이 한 달에 3~40위안 있으면

화원이 딸린 깊숙이 들어앉은 대저택을 빌릴 수 있었다. 공동주택에서는 3~40동판만 있으면, 방 하나를 빌릴 수 있어서, 삼등 순경이나 인력거꾼도 걱정 없이 살 수 있었다.

지금은 갑작스럽게 방이 모두가 주의를 끄는 물건이 되었다. 세를 들어 사는 사람이 갑자기 통지를 받는다—다른 방을 찾아주세요! 이런 방들은 전부 일본인에게 세를 놓는다. 아마도 일본인이 세를 들겠다고 하자, 집주인이 세를 놓기로 결정하는 것 같다. 일본인과 관계가 없으면 틀림없이 주인의 친척이나 친구가 시골에서 도망쳐 와도 살 곳을 찾지 못하기 때문이다. 이래서 세를 들어 사는 것을 못 면할 사람들은 스스로 위험을 느끼고 집 가진 사람도 안정이 되지 않았다 — 마당 가운데 있는 방만 원하고 두 개의 방을 두려워한다. 친척 친구가 세를 놓을 의사의 유무에 관계없이 눈독을 들였다. 친구 이외에 진싼예와 같은 사람의 무리가 있다. 그들의 눈은 담장 넘어도 볼 수 있어서 마당 안에 빈방이 없는지를 정확하게 안다. 한번 빈방이 있는 것을 알게 되면, 그들의 수완은 거의 신문기자와 다름없이, 아무리 대문을 엄중하게 잠가두어도, 밀고 들어온다. 동시에 저축이 있는 사람은 임시 화폐를 불신하여 아무데도 투자하려 하지 않고, 이 기회를 잡아 서둘러—집을 산다! 집, 집, 집! 도처에서 사람들 모두가 집 이야기를 한다. 집을 찾고 팔고 혹은 산다. 집이 문제가 되고 가치 있는 유일한 재산이 되었다. 이것이 일본인이 베이핑에 가지고 온 또 하나의 재앙이었다!

확실히 일본인의 편협한 사고로는 이런 문제를 고려하지 않았다. 그들은 전쟁의 승자로서 공작새 무리처럼 날개를 쫙 펴고, 고개를 쳐들고 걸어 들어오는 것이 당연하다. 그들이 베이핑인들은 동양 공작⁷을 대수롭지 않게 생각하는 줄 알고 베이핑을 피했다면 베이핑인들은 일본의 승리를 모른 체 하며 일본의 침략을 잊은 듯 살고 있었을 것이다. 그러나 일본인들은 승리에 도취되어 있었다. 승리에 도취되어 승리를 휘장처럼 가슴에 달고 다녔다. 그들은 무리 지어 베이핑에 와서는 각각의 후퉁(골목) 마다 뿔뿔이 흩어져 살았다. 하나의 후퉁에 일본인이 한 집 산다면 중국인과 일본인의 원한이 골목 안에서 수십 년이 이어지게 될 것이다. 베이핑인들은 각 후퉁에 분산되어 있는 일본인이 겉으로는 상인이나 교사일지 모르나 사실은 정탐꾼이라고 알고 있었다. 베이핑인들의 일본인에 대한 증오심은 고양이와 개가 서로 미워하듯이, 어떤 사건에 관계되거나 그들이 접촉하여 충돌함으로써 생기는 것이 아니라, 거의 본능적으로 서로 용납할 수 없기 때문에 생겼다. 가령 일본인이 이웃 사람을 정탐하지 않는 제일 선량한 사람이라 해도 베이핑인 이라면 그들을 싫어했다. 한 사람의 일본인은 어떤 경우에도 5백 명의 베이핑인들의 두통거리였다. 베이핑인 본래의 예의, 범절, 관용, 우아가 일본인을 보자 깡그리 사라졌다. 베이핑인은 토종개와 삽살이 잡종, 다리 짧은 개는 좋아하지 않았다—그 개는 일종의 잡종 개로 토종개 같지 않게, 그렇게 튼튼하지도 않고, 발발이 같이 그렇게 영리하지 않고, 발발이 처럼 귀엽지 않은 밉살스런 땅딸보 왜놈개였다. 그들은 일본인들을 바로 그런 종류의 개로 보았다. 걸상 같이 생긴 '걸상 개'라고 할 수 있다. 그들은 일본인 한 사람 한 사람을 '고애자

• • •

7 일본인.

(孤哀子)'[8]처럼 생각했다. '걸상 개'와 '고애자'의 연결자인 일본인들을 베이핑인들은 받지 못했다. 베이핑인들은 지금까지 외국 사람을 배척하지 않았다. 다만 그들은 '걸상 개'와 '고애자'를 받아들일 방법이 없을 뿐이다. 그것은 일본인 자신의 잘못이었다. 왜냐하면 그들은 미움 받으리라는 것을 자각하지 못했기 때문이다. 그들은 자기들이 '최(最)'자가 붙는 민족이라 생각했다. 다시 말하면 자기들은 역사상 최대, 최고로 총명하고, 최고로 아름답고, 생활이 최고로 합리적이라…자기 것이라면 일체가 '최(最)'가 붙어야 한다고 생각했다. 이 때문에 일본인은 베이핑, 중국, 아주, 세계를 점령하기에 최고로 적당한 민족이라고 생각했다! 그들이 베이핑인을 그냥 죽이면 아마 베이핑인은 통쾌하게 여길 것이다. 아니다. 그들은 베이핑인을 모조리 죽이러 온 것이 아니라 베이핑인의 이웃이 되려고 왔다. 이것이 베이핑인들을 골치 아프게 하고, 악한 마음을 가지게 하고, 고민하게 하여, 하루아침에 '고애자'를 모조리 죽여 버리고 싶어 하기에 이르렀다.

일본인들은 성 바깥의 사람들이 성내로 이주하는 것을 막지 않았다. 아마 그들이 이로 인해서 성내가 번영하게 될 것이라고 생각한 것 같았다. 일본인의 행동양식은 골갈 협박을 하면서 한편으로는 법률에 따를 것을 요구 하였다. 또 한편으로는 살인과 방화를 하고 또 한편으로는 번영의 강요다. 그러나 허위는 언제나 자기의 원래 모습을 드러내기 마련이다. 그들이 베이핑을 번영시키고 싶어 했지만 베이핑인들은 성

• • •

8 중국은 옛날에 부친상을 당하여 '고자(孤子)'로 부르고, 모상을 당하여 '애자(哀子)' 부르며, 부모상을 당하여 '고애자(孤哀子)'로 불렀다.

밖에서 이사 오는 사람들에게서 각처에서 일어나는 살인 방화 소식을 듣게 되었다. 그들은 신문처럼 사람들에게 정확한 뉴스를 전했다. 모두가 방을 세 얻고, 집을 찾고, 방을 융통하고, 집을 살 때 일본의 횡포를 들려주고, 일본인에 대한 원망을 전염시켰다.

진싼예의 마음속에서는 이렇게 빙빙 돌려 생각하지 않았다. 그는 생각이 단순한 사람이었다. 장사꺼리를 보면 곧 장사하고 다른 것을 고려하지 않았다. 장사가 점점 잘 되자, 국가대사를 잊었을 뿐만 아니라 자기 자신도 잊었다. 그는 갑자기 장사에 빠져서 이쪽저쪽 모두 장사만 생각했다. 그의 붉은 얼굴은 점점 더 밝아져서 마치 전등을 단 것처럼 빛났다. 그는 계산하고, 길을 달려가고, 흥정하고 바쁜 척 하지만, 마음은 냉혹해서 좋은 물건은 놓치지 않았다. 그의 마음은 단단히 조여진 시계태엽 같아서 하루를 꼬박 지나야 느슨해졌다. 때로는 쌈지에 담뱃잎이 없는데도 사러 갈 생각도 않는다. 때로는 태양이 이미 서쪽으로 기울었는데도 점심을 먹지 못했다. 그는 자신도 잊는다. 장사는 장사다. 한 끼 덜 먹었다고 뭐가 잘못되나. 그의 몸은 강인해서 능히 참아낼 수 있었다. 늦게 집에 돌아오면서 그제야 피곤한 것을 느낀다. 밥을 세 그릇이나 비우고 웃으면서 담뱃대를 문다. 담뱃대를 입에 떼지도 않고 곯아떨어진다. 침상에 눕자마자 코고는 소리가 바람소리 같이 처마를 울려서 참새들의 잠을 설치게 한다.

우연히 반나절 한가했다. 그때 마침 일본인이 찾아왔다. 일본인의 모양이 그의 마음속에서 여러 번 바뀌었다. 그의 머릿속에 몇 개의 점이 있다. 그 중에 두서너 개가 연결되어 선을 만들었다. 이것이 그의 사상이었다. 이렇게 간단하게 두서너 개의 선을 그렸다. 그는 자기에게 말했다.

"일본이 언제나 나쁜 것은 아니다. 그들은 나에게 적잖은 일거리를 주었다! 일본인이 자기가 방을 세 얻고 집을 살 수 있나? 그들도 나를 찾을 것이다! 친구다! 모두가 친구다! 당신들이 베이핑을 점령하고 살아라. 나는 장사하련다. 각자 서로 수고를 끼치지 말자. 그러면 나쁘지 않아!"

연기를 비틀어 내뿜으며 잠시 자세히 생각해보고 말했지만 조금도 빈틈이 없었다. 그는 장래를 생각했다.

"이렇게 나가면 내가 집을 살 수 있다. 내 이미 60이다. 집 두서너 채를 사고 방세를 받는다. 방세가 점점 비싸진다! 그러면 어느 날부터 하루에 두 끼 흰 가루를 먹을 수 있다. 흰 가루를 얻을 수 있다면 누가 그런 일을 하지 않겠나? 그러면 외손자 손을 잡고 거리를 천천히 걸은 후에 찻집에 앉아서 차를 마신다!"

노년에 살아갈 방도가 있어야 정말 최고로 복이 많은 사람이다. 진싼예는 자기 앞에 흰 밀가루를 대주는 두서너 채의 집이 있고 노년의 유복함이 놓여있다! 그는 자신을 존경하지 않을 수 없었다.

장래는 제쳐 두고라도, 지금 그의 신분은 이미 상당히 높아졌다. 전에는 그가 방을 다른 사람에게 소개해주면 매수인 매도인을 막론하고 불쏘시개처럼 사용하고 다 쓰면 땅에 던져버린다. 그들은 그가 손을 벌리고 돈을 구걸하는 거지보다 조금 나은 것으로 생각할 따름이었다. 현재는 그렇지 않다. 방 얻기가 어렵기 때문에 그는 상당히 중요한 사람이 되었다. 그가 고개를 돌리고 가면 사람들은 곧 그를 잡아끌고 그에게 듣기 좋은 말을 늘어놓는다. 그는 수수료를 받고 존엄도 얻었다. 이런 모든 것이 일본인들 덕이다. 일본인이 베이핑을 점령하지 않았으면 어떻게 이런 일이 있을 수 있나? 그렇다, 그는 다시는 일본인을 원망하지 않기로 결정했다. 대장부가 은원 관계가 분명해야지.

아기는 아주 잘 자라서 살이 많이 찌지 않고 몸 군데군데가 튼튼했다. 진싼예는 아이의 코와 눈은 애미를 닮았다고 말하면, 애미는 코와 눈뿐만 아니라 두 발과 귀는 모두 멍스를 닮았다고 생각했다. 아기가 태어난 (아기가 이미 6개월이 되었다) 후 지금 까지 이 다툼은 해결할 수가 없었다.

또 하나 해결이 안 된 문제는 아이의 이름이었다. 첸 씨 댁 며느리는 당연히 할아버지가 이름을 지어주었다고 주장했다. 진싼예는 아이가 일단 아명이라도 하나 있어야 한다고 생각했다. 나중에 첸 선생이 오면 학명[9]을 지으면 된다고 생각했다. 젖먹이 적 이름은 무어라 불러야 하나? 아버지와 딸의 의견이 일치될 수가 없었다. 진싼예는 기분이 좋으면 '강아지야' 혹은 '송아지야'라고 불렀다. 첸 씨 댁 며느리는 이런 동물을 좋아하지 않았다. 그녀가 혼자서 아들을 데리고 놀 때는 '뚱보야' 혹은 '냄새나는 녀석'으로 불렀다. 이 이름은 진싼예가 반대하고 나섰다.

"걔는 뚱보도 아니고 냄새도 안 나!"

라고 말했다.

• • •

9 정식 이름.

여기서도 의견이 일치되지 않았다. 이름을 정하는 것은 아주 곤란한 문제였다. 오래 끌자 진싼예가 단도직입적으로 '손자'라 불렀다. 그러자 애엄마는 '아들' 이라 불렀다. 이리하여 아이가 '손자' 혹은 '아들' 이란 말을 듣게 되자, 모두가 입을 벌리고 바보처럼 웃었다. 이게 다른 사람을 곤란하게 하자, 다른 사람들은 되는대로 손자 혹은 아들이라 불렀다.

이 문제가 굉장히 중요한 것은 아니라도 상당히 곤란한 문제였다. 진부녀는 모두 첸 선생이 빨리 돌아와서 아이에게 평생 변하지 않을 이름을 지어주길 고대했다. 그러나 첸 선생은 끝내 오지 않았다.

예추는 이 무명의 아이를 매우 좋아했다—모인의 손자이고 그와 진싼예를 친구가 되게 해 준 매개였다. 시간만 있으면 언제든 보러왔다. 그는 아기가 아무것도 먹지 못하여 장난감도 못 잡는다는 것을 확실히 알지만 빈손으로 오려고 하지 않았다. 올 때마다 그는 반드시 과일 혹은 알록달록하게 꽃이나 버드나무를 그린 작은 북 같은 것을 가지고 왔다.

"예추"

진싼예가 보고만 있을 수 없어서 한 마디했다.

"그 녀석은 먹지도 놀지도 못 해요. 왜 돈을 쓰고 그러슈? 다음에는 그렇게 하지 마세요!"

"내 성의야! 작은 성의야!"

예추는 사과하듯이 말했다.

"첸 씨 집은 이 하나의 뿌리뿐이야!"

마음속으로 이렇게 생각했다. '내가 그의 조부를 잃었다.(나의 가장 친한 친구였지!) 다시 이 어린 친구를 잃을 수 없어. 어린 친구가 크면 열렬하게 외할아버지라고 불러주길 바란다. 듣기 어려운 다른 이름일랑 부르지 마라!'

그날 날이 이미 어두워지고 난 후 예추가 띰셤을 사들고 장양팡에 왔다. 멀리서 가는 목을 뻗어서 진 씨 집 마당 쪽으로 보았다. 등불조차 보이지 않았다. 그는 진싼예와 첸 씨 댁 며느리가 상당히 일찍 잔다는 것을 알았다. 그는 그들이 자지 않아서 띰셤 꾸러미를 전해줄 수 있었으면 했다. 그는 꾸러미를 집에 가지고 가서 자기 아이들에게 주고 싶지 않았다. 왜냐하면 그는 자기 아이들이 마음에 들지 않았다―아버지가 못나니 어떻게 좋은 아들딸이 있을 수 있나! 다시 말하면 8명의 아이들이 자기의 발목을 잡고 늘어지지 않았으면 그는 절대로 이렇게 못난 사람은 되지 않았을 것이라고 생각했다. 가정이란 짐이 없었으면 그는 반드시 베이핑을 탈출하여 인간다운 일을 찾았을 것이다. 아이들을 탓할 수 없다 해도 그는 자신의 괴로움과 부끄러움 때문에 그들을 가볍게 볼 수 없었다. 오히려 그는 모인의 손자를 아이일 뿐만 아니라 어떤 상징으로 보았다. 저 아이의 조부모인, 그의 할머니, 부친, 숙부가 모두 순국했다. 그는 바로 영웅들의 후예이고 장래의 광명을 대표한다 ―할아버지와 아버지대의 희생이 자손이 지구상에 머리를 들고 서서 행복하고 자유로운 국민이 되게 할 것이다. 자기는 이제 끝났다. 자신의 자식들도 자기가 못난 탓에 재목이 되지 못했다. 여기에 진싼예의 방에 민족의 보배가 있다!

다시 몇 발짝 다가가다가 깜짝 놀랐다. 진 씨 댁에 등불이 없었다.

그는 멈춰 서서 자기에게 말했다.

"늦게 왔구만. 아편쟁이는 시간관념이 없어. 죽어 마땅해!"

그는 또 두어 발자국 앞으로 나갔다. 그는 쉽게 돌아가고 싶지 않았다. 아이를 보려고 문을 두드려서 진 씨 집 사람들을 놀라게 하고 싶은 생각은 없었다. 그는 조금 창피스러웠다.

진 씨 댁 대문에서 5~6보쯤 떨어진 곳 문설주 옆에 어떤 사람이 서 있다가 갑자기 자기와는 반대 방향으로 천천히 걸어가는 것을 보았나.

예추는 누구인지 확실히 알 수 없었다. 다만 부근에 있는 '생쥐' 같다는 생각이 났다. 그는 혼신의 힘으로 그를 따라 붙었다. 틀림없이 첸모인이라고 믿었다. 급히 쫓아갔다. 앞에 있는 검은 그림자가 더 빨리 걸었다. 요리조리 피해 걸어서 따라잡을 수 없자 뛰었다. 몇 발짝 뛰어서 겨우 따라잡았다. 그는 눈물과 목소리가 한꺼번에 터져 나왔다.

"모인!"

첸 선생은 머리를 숙이고 불편한 다리로 절룩거리며 빨리 걸으려 했다. 예추는 취한 듯이 다른 사람이 어떻든 상관하지 않고 오로지 자기가 울고 싶고 말하고 싶다는 생각만 했다. 잠시 후 띰섬 꾸러미를 땅에 버리고 자형을 잡아끌었다. 만면에 눈물범벅이 되어 흐느끼며 불렀다.

"모인! 모인! 찾아다녔는데 이제야 자네를 보네!"

첸 선생은 발을 멈추었다. 천천히 걸었다. 빨리 걸으면 아팠다. 그는 여전히 머리를 숙이고 아무 말이 없었다.

"모인, 자네는 왜 그리 독한가? 내가 마음 약하고, 무능하고, 못난 놈이라는 것을 나나 자네도 인정하지 않나! 나는 다만 자네에게 한 마디만 하고 싶네. 그래 그 한 마디가 두려울 게 뭔가! 그래! 모인 나와 한 마디 하세! 그렇게 머리 숙일게 뭐 있나! 자네가 나를 한번 보아주면 좋겠어!"

첸 선생은 여전히 머리를 숙이고 말이 없었다.

그때 그들은 가로등 가까이까지 갔다. 예추는 몸을 숙이고 자형의 얼굴을 한번 보기를 앙망했다. 그는 보았다. 자형의 얼굴은 아주 검고 아주 여위었다. 수염이 아무렇게나 자라 입을 덮었다. 코의 양 옆에는 눈물 자국이 나있었다.

"모인! 자네가 말을 하지 않으면 내가 땅바닥에 꿇어앉겠네!"

예추는 괴로운 듯이 애원했다.

첸 선생은 한숨을 쉬었다.

"자형! 자네는 아기를 보러왔지? 그렇지?"

모인은 다시 천천히 걸었다. 머리를 푹 숙이고 손등으로 얼굴의 눈물을 닦았다.

"응!"

자형의 한 마디를 듣고 예추는 어린애처럼 눈물을 머금고 웃었다.

"자형! 좋은 아이야. 자라면 잘생기고 튼튼할 거야!"

"나는 아직 아이를 못 봐서!"

모인은 낮은 소리로 말했다.

"나는 아기의 울음소리를 들었다네."

"매일 나는 진싼예가 잘 때 쯤 문 밖에 서서 아기가 우는 소리를

255

들으면 만족했어. 아기가 울음을 그치고 잠들면 나는 고개를 들고 집 위의 별을 보고 별들이 내 손자를 보우해주길 기도한다네! 위난 중에는 사람은 쉽게 미신에 빠진다오!"

예추는 최면에 걸린 듯이 고개를 들어 하늘의 별을 보았다. 그는 다음에 무슨 말을 해야 할지 몰랐다. 모인은 다시 말이 없었다.

말없이 그는 장양팡 서쪽 출구를 향해 빨리 걸었다. 예추는 급히 자형의 팔을 잡았다. 모인은 급히 멈춰 서서 팔을 떨쳤다. 둘은 얼굴을 마주했다. 예추는 모인의 가을 하늘 별 같이 빛나는 눈을 보았다. 그는 몸이 떨렸다. 그가 기억하는 한 자형의 눈은 언제나 자상하고 온화하였다. 지금은 자형의 눈이 강철 같은 빛을 발하여 아주 밝고 아주 냉정하여 아주 무서웠다. 모인은 처남을 흘낏 쳐다보고는 고개를 돌려 걸어갔다.

"자네는 동쪽으로 가야지?"

"저는…"

예추는 입술을 빨았다.

"당신은 어디로 가오?"

"걸거치는 것이 없는 곳이 내 잠자는 곳이지!"

"우리 이렇게 헤어져야 돼?"

"음… 나라가 수복되기를 기다려. 그러면 매일 우리는 함께 할 수가 있어!"

"자형! 나를 용서해 주는 거지?"

모인은 희미하게 머리를 흔들었다.

"안 되지! 너와 일본인은 영원히 나의 용서를 받을 수 없어!"

예추의 피가 가신 얼굴에 갑자기 열이 났다.

"자네는 나를 저주하는구나! 자네가 나를 저주하는 것이 당연해. 그게 나의 행복이야!"

모인은 대답이 없었다. 천천히 앞으로 성큼성큼 걸었다.

예추는 자형을 잡아끌었다.

"모인! 나는 아직 자네와 나누고 싶은 이야기가 있어!"

"나는 지금 한가하게 이야기 할 기분이 아냐!"

예추의 눈동자가 정지했다. 그의 마음은 끓고 있는 솥 속의 물 같았다. 내키는 대로 의견을 제시했다.

"왜 우리 애기 보러 가면 안 돼? 아마 진쌴예가 기뻐할 거야!"

"그와 자네는 모두 나를 실망시켰어! 나는 그를 만나고 싶지 않아. 그에게 자기 일을 하라고 해. 그에게 내가 애기를 보여 달라고! 내가 할 수만 있었으면 아기를 그에게 맡기지 않았을 것이다! 나는 손자가 몹시 보고 싶다. 다만 먼저 한 떼기의 땅을 깨끗이 청소하여 아기가 자유롭게 살 수 있는 땅을 줄 수 있어야 한다고 생각해! 조부가 죽어도 손자가 살 수 있어야 한다. 아니면 조부와 손자가 모두 망국노가 된다!"

"그래, 그래."

모인 선생은 웃었다. 그는 아주 아름답게 웃었다.

"집에 가게. 인연이 닿으면 우리 다시 만나세!"

예추는 그 자리에 멍하니 서있었다. 나쁘지 않은 눈으로 자형이 앞으로 걸어가는 모습을 바라보았다. 저 구부정한 그림자는 확실히 자기의 자형이었지만 자형 같지 않았다. 그것은 영원히 험한 소리를 하지 못하는 시인이지만 자동적으로 십자가를 짊어진 전사다. 검은 그림자가 후통 입구를 빠져나가고 예추 생각도 따라갔다. 그러나 그는 다리가 아파 죽을 지경이었다. 고개를 숙이고 한숨을 쉬었다.

예추는 자형의 용서를 얻지 못해 마음이 매우 괴로웠다. 그는 모인을 존경했다. 모인을 존경하기 때문에 그는 모인이 자기를 재판할 권위를 가지고 있다고 생각했다. 그가 자형의 용서를 얻지 못하면 얼굴에 자자하기를 기다리고 있는 것과 같다고 보였다 그는 한간이다! 그는 여윈 손으로 얼굴을 쓰다듬었다. 얼굴이 차가운 눈물에 젖었다.

그는 몸을 돌려 동쪽으로 걸었다. 그는 진 씨 댁 입구에 다다라서 예기치 않게 걸음을 멈추었다. 아기가 울었다. 그는 자형이 이렇게 문 밖에 서서 아기의 울음소리를 들었을 것이라고 상상했다. 그는 서둘러 걸어갔다. 더 이상 참담할 수가 없었다. 조부가 감히 들어가서 손자를 보지 못하고 문 밖에 서서 우는 소리만 듣다니! 그의 눈사울이 뜨거워졌다.

몇 발짝 가다가 생각을 고쳐먹었다. 그는 오히려 자형을 보았다. 자형이 자기를 용서하든 말든 아무튼 자형을 만나는 이 일은 반가운 일이다. 이번에 자형이 용서해주지 않아도 그와 이야기를 나누었다. 그러면 다음에 자형을 만나면 아마도 용서를 받을 수 있지 않을까? 자형은 원래 자애롭고 선량한 사람이 아닌가라고 생각했다. 여기까지 생각하자 그는 곧 루이쉬안을 만나러 가기로 결정했다. 그는 반드시 모인을 만난 소식을 루이쉬안에게 전해야 한다. 이 소식은 루이쉬안을 기쁘게 할 것이다. 그는 다리가 시리지 않았다. 그는 빨리 걸었다.

루이쉬안은 자리에 누웠지만 잠이 들지는 않았다. 문 두드리는 소리를 듣고 그는 깜짝 놀랐다. 이 며칠 동안 우한이 함락되고 일본인이 도처에서 사람을 잡아갔다. 전선에서의 승리가 북방에 주재하는 적들이 화베이를 꽉 쥐고 영원히 손에서 놓지 않으려 했다. 화베이 도처에 한간이 있었지만 한간이 어디에서도 일본인을 위해서 인심을 얻어주지 못했다. 베이핑에는 첸 선생 같은 사람이 있었다. 성 밖에는 성에서 3~40리 떨어진 곳에 간단한 무기를 들었지만 결심만은 단단한 적과 사생결단을 할 전사들이 있었다. 일본인들은 복종하지 않으려는 사람들을 '치안강화'란 미명으로 숙청했다. 그들은 진짜 '비적'을 잡지 못하면 여러 명의 무고한 사람을 잡아서 고문하고 모두 죽여 버렸다. 그들이 사람을 잡을 때는 언제나 밤이다. 마치 부엉이가 참새를 잡듯이 동양의 영웅들은 몰래 일을 저지르는 것을 좋아한다. 루이쉬안이 놀라서 펄쩍 뛰었다. 그는 자기가 죄가 있다는 것을 안다─영국인을 위해서 일하는 것이 죄다. 그는 급히 옷을 입고 조용히 밖으로 나갔다. 그의 생각으론 만약 적이 잡으러 왔다면 숨기가 곤란했다. 영국인을 위해서 일하는 것이 그에게 믿을 데가 있어 두려움을 없애주지는 않았다. 그는 남의 세력을 믿고 두려움 없이 굴기는 싫었다. 그가 감옥에 가야 한다면 피해서 숨을 형편이 아니었다. 조부에 대해서 가족 모두에 대해서 그는 이미 억울한 것을 참고 살아가고자 모든 계획을 다했다. 형을 살아야 한다. 구태여 눈살을 찌푸리지 않을 것이다. 그는 이미 자세히 계산을 했다. 그는 나라를 위해 정면으로 몸을 던져 싸울 수는 없지만 적어도 적의 도끼나 가죽 채찍을 크게 무서워하지 않아야 한다.

마당은 매우 어두웠다. 그가 영벽을 지나면서 물었다.

"누구세요?"

"접니다. 예추!"

루이쉬안은 문을 열었다. 삼호의 대문에 걸린 등불의 빛이 안으로 들어왔다. 3호집 안에서 아직 웃는 소리가 들렸다. 그렇다. 그는 마음속으로 재빨리 생각했다. 삼호의 사람들은 아마 이 시대가 부끄러움이 없다는 가장 좋은 증명이 아니겠나? 그가 분명히 생각하기를 기다리지도 않고 예추는 문간으로 성큼 들어섰다.

"야! 당신 벌써 주무셨소? 사실! 아편쟁이는 시간관념이 없다오! 죄송해요! 제가 놀라게 했다면!"

예추는 얼굴의 차가운 땀을 닦았다.

"괜찮습니다!"

루이쉬안은 담담하게 웃으며 되는대로 단추를 채웠다.

"들어오세요!"

예추는 잠시 주저했다.

"너무 늦지요?"

그러나 그는 이미 마당으로 들어서고 있었다. 그는 친구와 한담하는 것을 즐기기 때문에 한담할 기회를 얻으면 모든 것을 잊었다.

루이쉬안은 응접실 고리를 풀었다.

예추는 문을 열고 먼 산을 보듯이 말했다.

"제가 모인을 보았습니다!"

루이쉬안의 마음이 갑자기 밝아지고 밝은 빛이 나와서 천천히 눈에서 얼굴 전체로 퍼졌다.

"그 분을 보셨다고요?"

그는 웃으면서 물었다.

예추가 자형을 만난 경과를 모두 이야기 했다. 그는 사실만 이야기 했지 자기 의견은 보태지 않았다. 그는 고의로 그렇게 하여 루이쉬안 자신이 판단하게 하기 위해서인 것 같았다. 그는 루이쉬안이 총명하여 충분히 볼 수 있다고 생각했다. 예추는 못나서 자형의 용서를 얻지 못했지만, 진심으로 모인을 존경하므로 밤중에 소식을 가지고 모인과 가까운 루이쉬안에게 왔다.

루이쉬안은 아무 의견도 말하지 않았다. 그때 그는 예추가 무슨 생각을 하는지 고려치 않고 첸 선생 생각만 했다.

"내일"

그는 생각을 결정했다.

"내일 밤 8시 반에 우리 진 씨 댁 대문에서 만납시다!"

"내일?"

예추는 눈알을 굴렸다.

"혹시 그가 반드시…"

루이쉬안은 총명해서 당연히 첸 선생이 진싼예와 예추를 좋아하지 않는다는 것을 알았다. 내일—혹은 영원히—아마 모인은 거기에 오지 않을 것이다. 그러나 그는 간절히 시안을 만나고 싶었다. 그래서 평소의 생각을 바꾸었다.

"상관없어! 상관없어! 오히려, 꼭 가지요!"

이튿날 그와 예추는 진 씨 댁 문 앞에서 늦게까지 기다렸으나 첸 선생은 오지 않았다.

　"루이쉬안!"

　예추는 울면서 말했다.

　"저는 불행의 화신[10] 이요! 제가 또 모인 선생에게서 손자의 우는 소리를 듣는 권리마저 빼앗았군요! 사람이 한 발자국 잘못 가면! 다음 발자국도 잘못되는구려!"

　루이쉬안은 아무 말도 하지 않고 하늘의 별만 쳐다보았다.

• • •

10 화를 부르는 귀신.

46

    루이쉬안이 잘못 생각했다. 일본인은 사람을 잡아갈 때 문을 두드리지 않는다. 날이 밝기 전에 담을 뛰어 넘어온다. 거시적인 면에서 일본인에겐 독창적인 철학, 문예, 음악, 미술, 과학이 없다. 그것은 그들이 위대한 식견과 높고 깊은 사상을 가지지 못하는 원인이다. 미시적으로 보면 그들은 오히려 가는 머리카락과 같이 섬세하다. 쥐를 잡는 데도 코끼리를 잡는 힘과 계략이 동원된다고 할 수 있다. 작은 일들을 촘촘히 짜맞추어 마치 원숭이가 이를 잡듯이 작은 것을 하나 얻으면 마음이 기쁨으로 가득 차게 보이기도 한다, 그러다 보니 큰일은 잊어버리고 이상은 없고, 작은 일에는 하루 종일 매달린다. 루이쉬안이 첸 선생을 보러 갔다가 못 만난 지 사흘째 되는 날, 일본인들이 루이쉬안을 체포하러 왔다. 이들이 사람을 체포하는 방법이 첸 선생을 체포할 때와는 많이 달라졌다.

루이쉬안은 아무 죄가 없었지만 일본인들은 기어이 그를 체포했다. 그를 체포하는 것은 원래 쉬운 일이었다. 그들은 한 명의 순경이나 헌병을 보내면 그만이다. 그러나 그들은 작은 일을 크게 벌여서 자신들이 가진 총명함과 진지함을 과시하고 싶어 한다. 대략 4시경에 군용트럭 한 대가 샤오양쥐안의 입구에 멈춰 섰다. 군용트럭 위에는 10여 명이 타고 있었는데, 어떤 이는 제복을, 어떤 이는 사복을 입고 있었다. 트럭 뒤에는 작은 차가 한 대 있었다. 차 안에는 두 명의 장교가 앉아 있었다. 한 명의 연약한 서생을 체포하기 위해서 그들은 10여 명의 인원과 과도한 기름을 사용해야 했다. 이렇게 일본인은 득의에 차서 엄숙감마저 느끼게 한다. 일본인은 유머감각이 없었다.

차가 멈춰 서자 두 명의 장교가 먼저 지형을 시찰하고 후통의 입구에 초소를 설치했다. 그들은 지도를 꺼내 자세히 살폈다. 그들이 서로 귓속말을 나눈 후에 트럭 위에서 뛰어내린 사람들에게 소곤거렸다. 그들은 하나의 보루나 화약고를 공격하는 것 같았다. 도저히 저항할 줄 모르는 순박한 사람을 잡는 것이 할 수 없었다. 이렇게 상의하고 숙덕거리고 나서 한 명의 장교가 작은 차로 가서 팔짱을 끼고 앉았다. 자기가 굉장히 중요한 인물이라 생각하는 듯했다. 다른 한 명의 장교와 여닐곱 명의 사람이 마치 고양이처럼 잽싸게 후통 안으로 들어갔다. 발자국 소리를 죽이려 그들은 고무신을 신고 있었다. 그들은 두 그루의 큰 회나무를 보며, 장교는 손을 들어 두 명의 인원을 나누어 나무에 올라가서 나무의 가지에 걸터앉아 5호 집으로 총구를 겨누게 했다.

장교는 다시 손을 들어 나머지 사람들 — 다수가 중국인이었다 — 일부는 담을 기어오르게 하고 일부는 지붕에 올라가게 했다. 장교 자신은 회나무와 3호집 그림자 사이로 몸을 숨겼다.

날은 아직 완전히 밝지 않았다. 별들이 드문드문 남아 있었다. 후퉁 전체에 아무 소리도 들리지 않았다. 사람들은 여전히 달콤한 잠에 빠져 있었다. 새벽바람에 늙은 회나무 가지가 흔들렸다. 한 마리의 중간치 정도의 고양이가 2호집을 향해 담 밑을 뛰어갔다. 고양이임을 정확히 확인한 동양무사는 비로소 정신을 집중하여 5호집 대문을 바라보며 더욱 엄숙한 표정을 지었다.

루이쉬안은 지붕 위에서 사람이 움직이는 낌새를 알아챘다. 그는 직감적으로 무슨 일인지 눈치를 챘다. 그는 도둑이 들었으리라 생각지 않았다. 왜냐하면 치 씨 댁은 여기서 수십 년 살아오면서 도둑맞은 적이 없었기 때문이다. 그는 근본적으로 후퉁에서 이웃과 잘 지내왔기 때문에 도둑을 피할 수 있었다. 소리 없이 상의를 입었다. 그러고 나서 윈메이를 흔들어 깨웠다.

"지붕에 사람이 있다! 별일 아니니, 너무 놀라지 마라! 내가 그들에게 잡혀가면 허둥대지 말고 굿리치선생을 찾아가라!"

윈메이는 분명히 알아들은 것 같기도 하고 못 알아들은 것 같기도 했다. 그저 온몸이 사시나무 떨듯 했다.

"당신을 잡아가요? 나 혼자 이 일을 어째?"

그녀의 손이 그의 바지를 단단히 잡아끌었다.

"놓으시오!"

루이쉬안 낮은 소리로 절절하게 말했다.

"당신은 담이 있잖아! 나는 당신이 두려워하지 않는 것을 안다! 제발 할아버지에게 알리지 마라! 당신이 말해. 나는 굿리치선생과 같이 시골에 가기 때문에 며칠 지나야 돌아온다고!"

그는 몸을 돌려 재빨리 침대에서 내려섰다.

"당신이 돌아오지 못하면?"

윈메이가 낮은 소리로 물었다.

"난들 알겠나?"

방문을 두어 번 가볍게 두드렸다. 루이쉬안은 못 들은 척했다. 윈메이는 어금니가 달그락달그락했다.

문에서 소리가 났다. 루이쉬안이 물었다.

"누구요!"

"당신이 치루이쉬안이요?"

문밖에서 가볍게 질문했다.

"그렇소!"

루이쉬안의 손이 떨렸다. 신을 털었다. 그 후에 문의 빗장을 열었다. 검은 그림자가 그를 둘러쌌다. 몇 개의 총구가 그의 몸에 닿았다. 손전등 하나가 갑자기 그의 얼굴을 비추며 눈을 감게 만들었다. 총구가 그의 옆구리를 찌르며 말했다.

"아무 소리 말고 따라와!"

루이쉬안은 마음을 다잡아먹고, 말없이 천천히 밖으로 따라 나왔다.

치 노인은 날이 밝으면 잠이 오지 않았다. 그는 무슨 소리를 들었다.

루이쉬안이 막 노인의 문 앞을 지날 때 노인은 먼저 기침을 하고 마지못한 듯이 물었다.

"뭐야! 누구야! 누가 배가 아픈가?"

루이쉬안은 발을 잠시 멈추었다가 곧 앞으로 나아갔다. 그는 아무 소리도 내지 못했다. 그는 앞에서 자기를 기다리고 있는 것이 무엇인지 알고 있다. 첸 선생이 형벌을 받는 전례가 있음을 알기에, 그는 자신이 화를 면하기 어렵다는 것을 알고 있다. 그도 지레 겁을 먹을 필요 없고 두려워해 봤자 아무 소용이 없다는 것을 알았다. 다만 조부, 부모, 처자를 위해서 베이핑을 떠나게 하지 않은 것을 후회했다. 그러나 후회가 노인을 원망하게 하지는 않았다. 그는 조부의 목소리를 듣고 슬픔을 참을 수 없었다. 그는 아마도 더 이상 조부를 못 볼지 모른다! 그의 다리가 약간 후들거렸으나 의연하게 앞으로 걸어갔다. 그가 조부와 한 마디라도 나누었으면 다시는 발걸음을 옮기지 못했을지도 모른다. 대추나무 옆에서 남쪽 방을 흘깃 보면서 마음으로 속삭였다.

"엄마!"

날이 밝았다. 문밖에 나서자 루이쉬안은 나무줄기를 타고 내려오는 사람을 보았다. 그의 얼굴에 혈색은 없었지만 웃고 있었다. 그는 그들에게 일러주고 싶었다.

"나를 잡는데 이렇게 큰 소동을 벌일 필요가 있는가?" 그러나 그는 아무 말도 하지 않았다. 좌우를 보면서 후퉁이 전보다 더 넓어진 것 같다고 생각했다. 그는 약간 통쾌한 기분도 들었다. 4호집의 문이 삐걱거렸다. 몇 개의 총이 전기로 지휘를 하는 것처럼 일제히 북쪽을 겨누었다. 아무 일이 없자 그는 앞으로 걸어가기 시작했다. 3호 문 앞 그림자 뒤에서 그 장교가 나왔다. 두 명이 돌아서 이동하여 5호로 들어가 문을 닫아걸었다. 문 닫히는 소리가 희미하게 울렸다. 루이쉬안은 통쾌한 마음마저 들었다 — 뒤에서 집의 문이 닫혔다. 그는 마음 크게 먹고 자기의 운명을 맞이하러 앞으로 나아갔다.

원메이는 몇 시인지 생각할 겨를도 없이 허겁지겁 웃옷을 걸쳤다. 세수하고 머리빗을 생각도 못한 채, 황망히 굿리치선생을 찾기 위해 뛰쳐나가려 했다. 그녀는 자주 외출하지 않아서 어떻게 굿리치선생을 어떻게 찾을지 몰랐다. 그러나 그런 이유로 지체할 수는 없었다. 그녀는 당황했지만 어떤 곤란도 마다치 않고 남편을 구출해야 한다는 결의를 다졌다. 그녀는 남편을 구해내는데 자신을 희생하는 것을 아까워하지 않았다. 평소에 그녀는 아주 성실했다. 오늘은 누구도 어떤 곤란도 두려워하지 않기로 결심했다. 몇 번 눈물이 고였다. 그녀는 애써 눈을 부릅뜨고 눈물을 삼켰다. 그녀는 눈물을 흘려봐야 아무 소용이 없다는 것을 알았다. 그녀는 심지어 루이쉬안이 피살되는 것까지 생각해 보았다. 불행히도 남편이 정말 죽더라도, 그녀는 자신의 모든 힘을 다해 아이들을 키우고 시어머니와 할아버지를 봉양할 것이다. 그녀는 담이 크지 않을지 모르지만, 그래도 정말 귀신과 맞부딪혀도 맞서 싸우며, 정면으로 뚫고 나갈 것이다.

가만히 방문을 닫고 재빨리 밖으로 나왔다. 대문에 이르자 그녀는 키가 크고 작은 작은 두 사람을 보았다. 두 명은 중국인이었으며 일본인이 준 총을 들고 있었다. 두 개의 총이 그녀가 가는 길을 막았다.

"왜 나와요? 나가면 안돼요!"

윈메이의 다리가 후들거렸다. 손으로 벽을 짚었다. 그녀의 큰 눈에 불이 이글거렸다.

"비켜요! 나가야 돼요!"

"누구도 나갈 수 없소!"

키 큰 쪽이 말했다.

"당신, 가서 차 좀 끓여, 먹을 것도 가지고 와요! 빨리 들어가요."

윈메이는 온몸이 떨렸다. 그녀는 정말 죽기 살기로 달려들고 싶었으나, 두 명의 총 든 사람을 이길 수는 없었을 것이다. 하물며 살아오면서 한 번도 남하고 싸울 생각조차 해본 적이 없었다. 그녀는 어쩔 수 없었다. 다만 이대로 물러설 수가 없었다.

그녀는 쓸데없는 짓인 줄 알면서도 그들에게 묻지 않을 수 없었다. "당신들 무슨 근거로 내 남편을 잡아가는 거요? 그는 아주 성실한 사람이에요!"

이번에는 키가 작은 녀석이 입을 열었다.

"쓸데없는 소리 치워! 일본인이 그를 잡는 거지. 우리도 이유는 몰라요! 빨리 물이나 끓여 와요!"

"당신들 중국사람 아닌가요?"

윈메이가 눈을 부라리며 물었다.

작은 쪽이 성을 내었다.

"말했지요? 우리가 당신에게 예의 차리는 거요. 뭔가를 모르는구만! 돌아가요!"

그의 총구가 윈메이에게 더 가까이 다가왔다.

그녀는 뒤로 물러섰다. 입으로 총을 이길 수는 없다. 두어 발짝 물러나더니, 그녀는 갑자기 몸을 돌려 남쪽 방으로 뛰어갔다. 그녀는 원래 시어머니를 깨우려 하지 않았다. 그러나 이제는 방법이 없었다. 그녀가 대문을 나서려면 반드시 시어머니에게 주의를 줄 필요가 있었다.

그녀는 시어머니를 불러 깨웠다. 곧 그녀는 후회했다. 상황은 간단했지만 어떻게 이야기를 해야 할지 떠오르지 않았다. 시어머니는 아픈 사람이다. 놀라게 해서는 안 된다. 그리고 사태가 긴급하니 천천히 말하고 돌려서 설명할 수 없다. 시어머니 방에 들어가자 그녀는 멍해졌다.

날은 훤히 밝았다. 남쪽 방도 그리 어둡지 않았다. 톈유 부인은 윈메이의 얼굴을 똑똑히 보지 못했으나, 직관적으로 큰일이 났다는 것을 알았다.

"무슨 일이야? 아가!"

윈메이의 눈에는 오래 참았던 눈물이 쏟아졌다. 그러나 그녀는 자신을 억제하여 우는 소리를 내지 않았다.

"무슨 일이야? 무슨 일?"

톈유 부인은 연달아 물었다.

"루이쉬안."

윈메이는 다시 생각해보지도 않았다.

"루이쉬안을 그들이 잡아갔어요!"

마치 차가운 물 두어 방울이 톈유 부인의 손등에 떨어진 듯이 그녀는 부르르 떨었다. 그러나 그녀는 자제했다. 그녀는 시어머니다. 며느리에게 나쁜 모범을 보여서는 안 된다. 그리고 그녀는 50년 생활이 모두 전쟁과 곤궁 속에 보냈다. 어떤 지혜와 마음의 계획으로 감정을 다스려야 하는지 안다. 그녀는 힘들여 탁자에 기대어 물었다.

"어떻게 잡아갔어?"

원메이는 사정을 소상하게 말했다. 빨리 그리고 분명하고 자세하게 말했다.

텐유 부인은 한눈에 생명의 끝을 보았다. 루이쉬안이 없으면 온 가족이 모두 죽는다! 이러한 마음이 가슴을 눌렀지만 말을 하지 않았다. 비관적인 말을 하지 않아야, 며느리에게 위로가 될 수 있다. 그녀는 정신이 없었다. 그녀가 방법을 생각해야 한다. 방법이 좋던, 좋지 않던 울거나 쓸데없는 말만 하는 것보다 낫다.

"샤오순얼 애미야. 담장을 뚫을 방법을 생각 해봐. 6호 사람에게 말하면 그들이 소식을 전해줄 거야!"

이 방법은 시어머니가 혼자서 생각한 것이 아니다. 그도 치 노인에게서 배운 것이다. 전에 병변이나 전쟁을 당하게 되면 노인은 즉시 절굿공이로 담장에 구멍을 뚫어, 두 집 사람이 서로 소식을 통하고 서로 해결책을 의논했다. 이러한 방법이 재난을 피할 수 있게는 못 해주었을망정, 심리적으로는 크게 소용이 있어, 두 집 사람들에게 여러 사람이 함께 있는 것으로 느껴져서, 두려움을 감소시켜 주었다.

원메이는 더 생각할 필요 없이 뛰어나갔다. 부엌에서 벽에 구멍 뚫을 도구를 찾아 나왔다. 그녀에게 절굿공이로 담을 뚫을 수 있는 힘도 없으며, 뚫고 난 뒤에 어떻게 쓸지도 몰랐다. 다만 그것이 방법인줄 알고 반드시 담을 뚫어야 한다고 생각하기만 했다. 남편을 살릴 수 있다면 산이라도 옮길 수 있다고 생각했다.

그때 치 노인이 일어나서 빗자루를 들고 대문을 쓸려고 나갔다. 그것은 그에게 매일 아침에 하는 운동과 같다. 기분 좋게 자기 집과 6호집 문밖을 깨끗이 쓴 후, 바로 회나무 밑을 쓸고 다리를 굽혔다 편 후, 허리를 쭉 펴고 집안으로 들어온다. 기분이 좋으면 대문 계단을 쓸고 마당을 쓴다. 하지만 기분이 좋든지 나쁘든지 절대로 3호문 밖은 쓸지 않는다. 그는 관 씨 댁 사람을 인간 같이 보지 않았다. 이 운동이 자신의 몸에 종기나 독창이 생기지 않게 하기에 충분하다고 생각했다. 이 외에 마당을 다 쓴 후에 그는 반드시 빗자루를 들고 손자들에게 보여준다. 그들에게 이것을 근검절약으로 가정을 꾸리는 것이라고 일 러주었다!

톈유 부인과 원메이는 노인이 나오는 것을 보지 못했다.

노인은 영벽을 지나서야 그 두 명의 군안을 보았다. 곧 말을 걸었다. 이것은 자기 집이고 자신은 자기 집으로 밀치고 들어오는 사람에게 간섭할 권리가 있다고 생각했다.

"무슨 일이요? 자네들 두 사람?"

그의 말은 상당히 힘이 있고 권위가 담겨있었다. 동시에 남에게 책 잡히지 않으려고 상당히 부드러웠다—만약 두 명이 강도였다 해도 그들에게 책잡히고 싶지는 않았다. 그가 그들의 총을 보자 노인은 고집을 부리지 않고 당황하지도 않기로 했다. 70년의 난세를 겪은 경험이 상수리나무 껍질과 같이 부드러움 중에 강인함을 표하기 위해 신중했다.

"뭐요? 두 분이 돈이 떨어졌소? 우리 집은 가난하다오!"

"가시오! 안에 있는 사람에게 전해요. 아무도 나오지 못합니다!"

키 큰 쪽이 말했다.

"뭐라고?"

노인은 성을 내지 않으려 했다. 그러나 눈이 가늘어졌다.

"이것은 내 집이야!"

"그만하세요. 연세를 생각하지 않았으면 내가 쏘아버렸을 거요!"

키 작은 쪽이 말했다. 마치 키 큰 쪽보다 성질이 더 더러운 것처럼 보였다.

노인이 말하는 것을 기다리지 않고 키 큰 쪽이 끼어들었다.

"돌아가세요, 긁어 부스럼 만들지 마시오! 루이쉬안이라는 사람이 당신 아들이요, 손자요?"

"장손이요!"

노인은 약간 득의에 차서 말했다.

"그는 이미 일본인이 잡아갔소. 우리는 명을 받아 여기를 지키는 거요. 당신들이 나가는 것은 금지요, 분명히 들었소?"

빗자루가 손에서 떨어졌다. 노인의 피가 갑자기 공포와 노기에 잡혀 먹힌 것 같았다. 얼굴이 잿빛이 되었다.

"왜 걔를 잡아가는 거요? 그 애는 죄가 없소!"

"헛소리 그만해요, 가시오!"

키 작은 자의 총이 노인에게 바짝 다가갔다.

노인은 키 작은 자의 총을 빼앗고 싶지 않았지만 앞으로 한걸음 나섰다. 그는 가난한 집 출신이다. 나이는 비록 많지만, 아직 힘이 있었다. 이 때문에 싸우고 싶지는 않았지만, 몸의 힘이 노기를 발동하게 하여 총구를 향해 한 발짝 다가서며 대들었다.

"이것은 내 집이야! 내가 나가고 싶으면 나가는 거야! 네가 감히 나를 어떻게 할 거야 쏴, 나는 절대로 피하지 않아, 왜 내 손자를 삽아가, 무엇 때문에?"

노인은 마음속으로는 분명히 이들에게 빌어야 한다고 생각했다. 그러나 그의 분노는 자신의 입술을 제대로 통제하지 못했다. 그의 말이 제멋대로 순서도 없이 튀어나왔다.

말이 이렇게 나오자 죽음도 불사하고 소리 질렀다.

"내 손자를 잡아가다니, 안 돼! 일본인이 그를 잡아갔다니, 너희들은 뭐하는 거야? 일본놈들이 나를 가라 해. 내가 일본놈들을 본 적이 있다! 저리 비켜! 내가 그놈들을 찾아야겠다!"

이렇게 말하면서 그는 저고리를 찢어서 그의 가늘고 단단한 가슴을 드러냈다.

"네가 나를 쏜다고, 어디 쏴봐!"

분노로 손이 떨렸지만 가슴은 크게 울렁거렸다.

"당신, 소리 지르면 정말 쏠 거야!"

키 작은 자가 이를 악물었다.

"쏴, 여기다 쏴봐!"

치 노인은 떨리는 손으로 자기 가슴을 쿡쿡 찔렀다. 그의 작은 눈이 일자가 되었다. 그의 허리가 펴졌고 뺨의 수염이 힘 있게 떨렸다.

톈유 부인이 먼저 달려왔다. 원메이는 벽을 들어내고 구멍을 뚫을 수 없지만 빠르게 달려왔다. 두 여인이 노인의 팔을 잡고 마당으로 끌고 갔다. 노인은 펄쩍 뛰면서 고래고래 소리 질렀다. 그는 예의고 평화고 잊었다. 왜냐하면, 예의와 평화가 그에게 평안과 행복을 가져다 주지는 않았기 때문이다.

두 부인이 노인을 끌다시피 방으로 모시면서 빌었다. 투덜거리는 소리만 남았다.

"아버지!"

톈유 부인이 낮은 소리로 말했다.

"성내지 마십시오. 루이쉬안을 구해낼 방법을 먼저 생각해 봅시다!"

노인은 한숨을 삼켰다. 작은 눈으로 며느리와 손부를 보았다. 그의 눈은 마르고 맑았다. 얼굴의 회색빛이 약한 붉은 색을 띠었다. 두 부인을 보기를 마치자 눈을 감았다. 그렇다. 그는 이미 자기의 용기를 보였다. 이제는 좋은 생각을 해내야 한다. 그는 며느리와 손부가 그렇게 좋은 방법을 생각할 수 없을 것으로 생각했다. 그는 지금까지 여자는 마음에 계책이 없다고 생각했다. 그는 재빨리 방법을 생각해냈다.

"톈유를 찾아가라!"

순전히 습관적으로 원메이는 미소를 지었다.

"우리는 집 밖에 나가지 못해요, 할아버지!"

노인은 가슴이 아파 고개를 숙였다. 그는 지금까지 규칙을 지키며 살아왔다. 시비를 만들지도 않는다. 그의 아들과 손자는 모두 성실하여 절대로 나쁜 일은 저지르지 않는다. 그러나 가족 전체가 총으로 위협을 받아 집안에 갇혀 있다. 그는 물론 일본놈들이 이렇게 사나울 것이라 절대로 생각해본 적이 없다. 그러나 셋째가 탈출해서 도망가고 장손자가 체포되었다. 두 명의 총을 든 녀석이 대문을 막고 있다. 이게 무슨 세상인가! 그의 이상, 그의 평생 동안 노력해서 얻으려 했던 것이 완전히 끝장이 났다! 그는 자기 집에 갇힌 범죄사가 되었다! 그는 재빨리 일생 동안 자기가 만들고 해온 일을 검토해보아도 자신을 나무랄 것이 없었다. 그렇더라도 현재는 자신을 나무랄 수밖에 없다. 자신에게 반드시 많은 착오가 있었을 것이다. 그렇지 않았다면 어떻게 집이 이렇게 망할 수가 있는가? 허다한 착오 중에 가장 큰 것은 일본인을 잘못 본 것이다. 그는 인정에 맞고 이치에 합당하게 재앙과 화를 당하지 않도록 살기만 하면, 일본인은 반드시 그가 화목하게 대대손손 행복을 누리도록 해주리라 생각했다. 그러나 그는 틀렸다. 일본인은 정말 어떤 중국인과도 공존할 수 없었다. 이렇게 생각하자 70여 년의 세월을 헛되이 살아왔다는 생각이 들었다. 그는 다시는 자신을 신뢰할 수 없었다. 그의 늙은 목숨은 마치 개구쟁이의 손에 잡혀있는 회화나무 벌레처럼 일본인의 손에 잡혀있었다.

그는 감히 자신의 수염을 쓰다듬을 수조차 없었다. 수염은 이제 경험과 지혜를 대표하는 것이 아니라 노쇠의 증표에 불과했다. 그는 끙끙 소리를 내더니 온돌에 드러누웠다.

"너희들은 가라. 나는 모르겠다!"

시어머니와 며느리는 어쩔 줄 몰라 하면서 멍하니 있다가 천천히 나왔다.

"제가 다시 벽에 구멍을 내 보겠습니다!"

윈메이의 큰 눈에 빛이 번쩍였다. 무엇을 해야 좋을지 안 해야 좋을지 몰랐다. 그녀의 마음속에선 불꽃이 타오르고 있지만, 속으로 삼키며 노인들을 조급하게 하지 않으려 노력했다.

"아가, 기다려!"

텐유 부인은 마음의 화가 며느리 보다 적지 않았지만 화를 드러내지 않았다. 또한 며느리를 진정시켜 며느리가 당황하지 않도록 노력했다. 그리고 그녀는 자신의 병조차 잊었다. 큰 아들이 만약 불행을 당한다면 그녀도 반드시 죽을 것이다. 죽음은 병보다 더 무섭다.

"내가 가서 저 두 사람에게 사정하여 소식을 전하도록 내보내달라고 사정을 해보겠다."

"소용없어요! 그들은 사정 따윈 들으려 하지도 않아요!"

윈메이는 손을 비비면서 말했다.

"그들도 중국인이 아니더냐? 우리를 조금이라도 도와주지 않을까?"

윈메이는 대답 대신 머리를 흔들었다.

날이 밝았다. 하늘에는 옅은 구름이 끼어있었으나 태양 빛을 막지는 못했다. 햇빛이 옅은 구름을 비춰 동쪽과 서쪽으로 한 무더기씩 비단 같은 노을을 수놓았다. 시어머니와 며느리는 하늘을 쳐다보았다. 조각 조각 밝은 노을을 보며 마치 꿈을 꾸는 듯 했다.

윈메이는 어쩔 수 없어 부엌 북쪽으로 돌아와 철몽둥이를 집어들었다. 그는 힘껏 칠 수가 없었다. 혹시 대문 밖 총을 든 두 명이 소리를 들을까 겁이 났다. 그러나 힘 들이지 않고는 벽을 뚫을 수 없었다. 그녀는 땀을 흘렸다. 그녀는 벽을 뚫으면서 "원 선생, 원 선생!" 하고 불렀다. 원 선생 댁이 가장 가까워 원 선생이 자기의 부르는 소리를 들을 수 있기 바랐다. 소용이 없었다. 그녀의 목소리가 워낙 낮았다. 그녀는 다시 부르지 못하고 손에 힘을 더했다. 한참 지나서야 그녀는 겨우 벽돌 하나를 들어냈다. 한숨을 쉬면서 멍하니 서있었나. 어린 딸애가 그녀를 불렀다. 그녀는 급히 방에 뛰어갔다. 그녀는 어린 딸아이에게 대문 밖에 나가지 말라고 일러야 하는 것을 생각났다.

딸아이는 아직 철이 덜 들었으나, 어머니의 안색과 태도로 보아 사태가 심각하다는 것을 알아차렸다. 그녀는 감히 자세히 하나하나 묻지 못하고 작은 눈으로 엄마만 쳐다보았다. 엄마가 옷을 입혀 주자 아이는 엄마 뒤를 바짝 따라붙어 감히 떠나지 못했다. 치 씨 댁 사람이라 무서움을 알았다.

어머니가 부엌에서 불을 지피려 하자, 어린 딸이 불쏘시개를 건네주고 땔나무를 찾았다. 그녀는 착한 아이처럼 행동하여 어머니가 화내지 않게 하려고 애썼다. 이렇게 해서 공포를 줄일 수 있었다.

톈유 부인은 마당 가운데 서 있었다. 그녀의 눈은 잎이 떨어진 석류나무 화분 몇 개를 보고 있었지만, 눈에 아무것도 들어오지 않았다. 그녀는 심장이 너무나 빠르게 뛰어서 드러눕고 싶은 심정이 가득했으나, 힘들여 자신을 억제했다. 아니다. 이제는 자신의 병에 다시 관심을 가질 여유도 없이, 큰아들을 구할 방법을 찾아야 했다. 갑자기 그녀의 눈이

278

빛났다. 눈이 빛나고 난 후 곧 정신을 잃고 쓰러질 것 같았다. 그녀는 급히 쭈그리고 앉아서 생각을 가다듬었다. 생각에 애를 썼더니 그녀는 현기증이 났다. 잠시 주저앉아 있으니 흥분이 차차 가라앉았다. 그녀는 아주 조심해서 일어섰다. 일어서자마자 재빨리 남쪽 방으로 갔다. 그녀의 시집올 때 가지고 온 상자 안에 5~60위안 은전이 있었다. 모두 '사람 머리'가 새겨져 있다. 그녀는 가만히 상자를 열고 밑바닥에 있는 희고 낡은 버선을 찾았다. 그녀가 두 손으로 낡은 버선을 들자 짤깍짤깍 하는 소리가 났다. 손을 버선 바닥에 넣으니 차고 단단한 은자가 손에 잡혔다. 그녀의 마음도 빨리 뛰었다. 그것은 그녀의 '사전'[11] 이었다. 병이 심해질 때마다 그녀는 언제나 몇 십 개의 은전에 생각이 미치면, 은전은 죽음을 앞에 둔 순간에도 위로를 주었다. 왜냐하면 이 은전들이 그녀에게 관을 만들어 주고, 자신의 위급을 들어주리라 생각하기 때문이다. 오늘 그녀는 이 돈의 용도를 바꾸기로 결심했다. 자기가 죽고 난 뒤에 관이 있거나 없거나 무슨 상관이랴, 먼저 큰아들을 구해내야 한다. 루이쉬안이 만약 감옥에서 죽으면 가족 모두가 함께 죽을 것이며 관을 사려던 돈이 제대로 쓰일 리 없을 것이다! 가만히 그녀는 돈을 1위안씩 꺼냈다. 동전 하나 하나가 반짝거렸고 앞면에는 뚱뚱한 위안스카이가 새겨져 있었다. 그녀는 결코 위안스카이를 판단하지 못했다. 왜냐하면 위안스카이의 모습은 둥근 은전 위에서는 부티나고 위무당당했기 때문이다. 사람들이 위안스카이에 대하여 이렇게 저렇게 말해도 그녀는 그가 틀림없이 지하세계에서는 재물신이 될 것이라 생각했

...

11 비상금.

다. 현재 이런 한가한 생각을 할 겨를이 없었다. 이 돈만 있으면 루이쉬안의 목숨을 사올 수 있을 것 같았다.

그녀는 20위안만 꺼냈다. 그녀는 일본인을 등에 업고 일본인을 위해 일하는 그 두 명의 총을 든 자들을 경멸했다. 20위안, 한 사람당 10위안이면 충분히 그 사람들을 매수할 수 있을 것이다. 나머지 돈은 잘 거두어서 손수건으로 20위안을 싸서 주머니에 넣었다. 그 후에 그녀는 가만히 문밖으로 나갔다. 나가서 대추나무 아래에 섰나. 안 돼! 지 두 명은 일본인을 도와서 나쁜 일을 하는 사람이다. 반드시 나쁜 사람이다. 그녀가 그들에게 돈을 주면 오히려 그들이 나쁜 생각을 하지 않을까? 그들은 총이 있다. 그들은 이유 없이 사람을 잡는다. 돈을 보고 다른 나쁜 마음을 먹으면 어떻게 하나? 그러나 뻔한 일 아닌가? 세상이 분명히 변했어. 뇌물을 주는 것조차 조심해야 돼!

그녀는 한참을 망설이며 서 있었다. 그녀는 빈혈로 땀을 많이 흘리지는 않았지만 지금 손바닥은 땀으로 흥건했다. 아들을 구하기 위해서 모험을 해야 하지만 괜히 위험을 무릅쓰며 한 행동으로 더 많은 문제를 야기한다면, 그럴 가치가 없다. 그녀는 조급했지만 그 조급함으로 인해 머리가 떨어진 파리처럼 섣부른 행동을 하지는 않았다.

그녀가 이러지도 저러지도 못하고 있을 때 요령 소리가 나더니 둘째 루이펑이 들어왔다. 루이펑은 인력거를 월세로 타기 때문에 올 때마다 대문을 활짝 열어두고 요령 소리를 크게 내었다. 인력거 요령 소리로 자신의 신분과 위세를 과시하려 했다. 톈유 부인은 재빨리 두어 걸음 문전으로 발을 옮겼다. 그러고는 더 나갈 수 없었다. 그녀는 둘째 아들에게 자신의 능력을 발휘하도록 가르쳐야 한다. 그녀 자신의 조바심 때문에 일을 망쳐서는 안 되었다. 그녀는 치 씨 댁 안주인이었으며 그에 합당한 법도를 알았다─남자가 할 수 있는 일은 남자에게 맡기고, 부녀자는 절대로 트집 잡거나 분수를 모르고 트집을 잡아선 안 된다.

원메이도 인력거 요령 소리를 듣고 급히 나왔다. 시어머니를 보고는 걸음을 멈췄다. 그녀의 눈이 밝아졌으나 목소리는 낮았다.

"둘째예요!"라고 귓속말을 했다.

노부인은 고개를 끄덕였다. 입가에 미소가 번졌다.

두 부인은 아무 말이 없었으나 마음은 따뜻해졌다. 둘째가 평소에 그녀들을 어떻게대했는지 생각할 것 없이, 오늘 그가 루이쉬안을 구하는 것을 도와주기만 한다면 그를 용서해야 할 것이다. 두 부인의 눈은 밝게 빛났다. 그녀들은 루이쉬안이 그의 친형이니까 도와주리라고 생각했다. 원메이가 가만히 앞으로 나가자 시어머니가 끌어당겼다. 그녀는 호흡을 가다듬어 말했다.

"내가 머리를 내밀어 볼게. 너무 가까이 가지 않을게!"

말을 마치자 그녀는 영벽 옆으로 머리를 내밀어서 한 눈으로 밖을 보았다.

둘 다 밖을 내다보고 있었다. 키가 작은 쪽이 문을 열었다.

루이펑의 작은 마른 얼굴이 빛이 났다. 이마와 코도 유난히 빛났다. 그의 눈은 밝았으며 양 볼에 웃음기가 서려 있었다. 방금 아침을 배부르게 먹어서 득의에 차 있는 듯했다. 모자를 오른손에 들고, 방금 맞춘 짙은 남색의 화려한 중산복을 입고 있었다. 그의 가슴에 교육국 휘장이 붙어있었다. 그가 막 문간을 들어서면서 손으로 휘장을 만졌다. 한번 휘장을 만지자 갑자기 그의 가슴이 쫙 펴졌다. 그는 득의에 찼다. 자신은 교육국 과장이 아닌가? 그는 오늘 특별히 기분이 좋았다. 왜냐하면 교육국 과장의 자격으로 일본 천황이 보낸 두 분 특사를 만나러 가기 때문이다.

우한 함락 이후 화베이의 지위가 중요해졌다. 일본인은 우한을 버릴 수 있다. 심지어 난징도 버릴 수 있다. 그러나 절대로 화베이에서는 철수하지 않는다. 그러나 화베이의 '정부'는 종전에 말했듯이, 아무 실권이 없어서 표면상으로나 체면상으로 중요성에서 난징보다 못했다. 이 때문에 천황은 두 명의 특사를 보내어 베이핑 한간들의 사기를 돋워주고 동시에 군인과 정객이 보고하는 것처럼 태평한지 보려고 했다. 오늘 두 분 특사는 회인당에서 각 기관의 과장 이상의 관리들을 접견하고 모두에게 천황의 은덕을 선포할 예정이었다.

접견 시간은 오전 9시. 루이펑은 밤중에 깨어나서는 잠을 잘 자지 못했다. 5시에 침상에서 일어났다. 꼼꼼하게 머리를 빗고 세수를 한 뒤, 다섯 차례나 고쳤지만 한치도 결함이 없는 중산복을 입었다. 대문을 나설 때야 뚱보 쥐쯔를 깨웠다.

"당신 한번 보아요. 잘 어울려? 내가 보기에 소매가 좀 길어. 한 푼쯤 더 긴 것 같아!"

쥐쯔는 그를 무시한 채로 고개를 처박고 잠이 들었다. 그는 자신에게 미소를 지었다.

"흥! 나는 우군이 입성한 후에 남보다 먼저 중산복을 입으려 한다!

282

약간 간이 큰 거다! 오늘, 의외로 중산복을 입고 천황 특사를 만난다! 루이펑은 대단한 놈이야! 정말 대단하지!"

아직 일렀다. 특사를 만나러 가기엔 두어 시간 이른 시간이다. 그가 집에 가서 자기가 중산복 입은 모습도 보이고, 동시에 일가 노소에게 일본특사를 만나러 간다는 것도 알려야겠다—이것은 바로 천황을 만나는 것과 마찬가지다.

인력거에 오를 때 샤오추이에게 인력거를 다시 한 번 닦게 했다. 인력거에 타고 나서 인력거 의자에 기댔다. 목을 꼿꼿이 세우고 입에는 가짜 상아 파이프를 물었다. 시원한 바람이 얼굴에 닿았다. 막 떠오른 태양 빛이 그의 새 옷과 휘장에 비쳤다. 좌우를 둘러보며 득의에 차 있었다. 그는 몇 번이나 소리 내어 웃으려다 참았다. 웃고 싶은 마음을 코와 입 사이로 발산해냈다. 아는 사람을 만나면 목을 더 길게 뽑아서 남들의 주의를 끌었다. 입술을 삐죽거리며 얼굴에 깨진 복숭아씨 같은 웃음 무늬를 지었다. 동시에 두 손을 불끈 쥐고 얼굴 옆 어깨 위에 들고 있었다. 인력거가 멀리 갔어도 신분이 높고 예의가 바르다는 것을 표시했다. 손을 내리고 그의 다리로 필요 여부에 관계치 않고 인력거 요령을 울렸다. 그는 기분이 좋았다. 그는 거대한 베이핑이 제 것인 양 했다.

집 문이 열렸다. 그는 키 작은 쪽을 보았다. 그는 멈칫했다. 웃을 기분과 얼굴의 빛이 사라졌다. 그는 위험을 감지했다. 그는 겁이 많았다.

"들어와!"

키 작은 자는 명령했다.

루이펑은 움직이지 못했다. 키다리가 다가섰다. 루이펑은 근래 적잖은 간첩을 사귀었기 때문에 키다리를 알아보았다. 어린애가 아는 사람 얼굴을 본 것처럼 두려움을 싹 잊어버리고 웃음을 지었다.

"야, 라오멍이구나!"

라오멍이 고개를 끄덕였다.

키 작은 자가 루이펑을 끌고 가려 했다. 루이펑은 얼굴을 라오멍에게 향한 채 말했다.

"왜 이래, 라오멍?"

"체포하러 왔어!"

라오멍은 냉랭하게 말했다.

"누구를 체포해?"

루이펑의 얼굴이 하얘졌다.

"아마 자네 형일걸?"

루이펑은 긴장되었다. 형은 언제나 형이다. 그러나 다시 생각해보면 형은 자기는 아니다. 밖으로 한 발짝 물러서서 입술을 축이면서 억지로 웃으면서 말했다.

"어이! 우리는 형과 분가했네. 서로의 일에 상관하지 않아! 나는 할아버지를 뵈러 왔네!"

"들어가!"

키 작은 자가 마당 안을 가리켰다.

루이펑이 눈을 돌렸다.

"내가 생각해보니, 들어갈 일이 없네!"

키 작은 자가 루이펑의 팔을 잡았다.

"들어간 사람은 모두 못 나온다. 명령이야!"

그렇다. 라오멍과 키 작은 자의 책임은 문을 지키고 나가는 사람을 잡는 것이었다.

"그렇게 말하는 게 아니야. 그렇게 말하지 마라, 라오멍!"

루이펑은 고의로 키 작은 자를 피했다.

"나는 교육국 과장이야!"

그는 아래턱으로 가슴에 달린 휘장을 가리켰다. 한 손은 모자를 들고 한 손은 키 작은 자에게 잡혀있어서 쓸 수가 없었다.

"누구든 상관없어! 우리는 명령만 따를 뿐이다!"

키 작은 자가 손에 힘을 주자 루이펑은 팔이 아팠다.

"나는 예외야!"

루이펑도 약간 강경했다.

"나는 천황께서 파견한 특사를 뵈어야 해! 자네가 나를 놓아주지 않으면 자네들이 나를 위해 휴가를 청해야 돼!"

그가 약간 부드러워졌다.

"라오멍, 너무 하는구나. 우리는 모두 친구가 아닌가!"

라오멍은 말했다.

"치 과장, 이러면 우리가 곤란해! 자네 일도 공적인 일이고, 우리 일도 공적이라네! 우리는 명령을 받들어, 들어가는 사람은 모두 체포해야 하는 거야. 현재는 그렇게 할 수밖에 없어. 우리가 당신을 놓아주면 우린 생계를 잃는 거야!"

루이펑은 모자를 쓰고 손으로 주머니를 뒤졌다. 부끄럽게도 주머니에 2위안 밖에 없었다. 그가 버는 돈은 모두 풍보 쥐쯔에게 준 후 매일 잔돈 몇 푼만 받아썼다. 손에 잡히는 것이 두 장의 화폐였다. 감히 밖에 꺼내지 못했다. 그는 헛웃음을 지으며 말했다.

"라오멍! 나는 회인당에 가지 않으면 안 돼! 가게 해주면 다음 날 두 분에게 술 한 잔 사지! 우리는 모두 한편이 아닌가!"

키 작은 자 쪽으로 얼굴을 돌리며 말했다.

"성함이 어떻게 되세요?"

"꾸어야, 상관 없잖아?"

원메이는 혼자 중얼거렸다. 톈유 부인이 가까이 왔다. 며느리의 손을 잡고 그녀도 문에서 며느리가 중얼거리는 대화를 들었다. 갑자기 그녀가 며느리 손을 놓고 영벽을 돌아 나갔다.

"엄마!"

루이펑이 들릴 듯 말 듯 한마디 했다. 그와 루이쉬안이 한배에서 나온 형제라는 사실이 알려져서, 가지 못하게 될까 두려웠다.

노부인은 아들과 다른 두 명을 보고 나서 침을 삼켰다. 천천히 그녀는 20위안 은전이 든 수건을 꺼냈다. 가만히 수건을 펴서 하얀 은전을 노출시켰다. 여섯 개의 눈이 모두 요술을 부린 듯이 눈같이 희게 반짝이는 은전을 노려보았다. 오랫동안 못 본 은전이었다. 키 작은 자 라오꾸어는 아래턱을 내려뜨렸다. 그는 워낙 욕심이 많은데 돈을 보자 더 탐욕스러웠다.

"가져가. 그를 놓아줘!"

노부인은 한 손에 10위안을 쥐고 그들의 발밑에 던졌다. 그녀는 그들의 손에 쥐어주려고도 하지 않았다.

키 작은 자는 루이펑을 놓아주고 재빨리 돈을 집었다. 라오밍은 한숨을 쉬고 노부인에게 웃음을 지으면서 돈을 집으려 했다. 키 작은 자가 1위안을 골라서 돈에 대고 훅 불었다. 그리고서는 눈에 대고 들여다보았다. 그도 웃고 말했다.

"오래 못 보았구나. 좋은 물건이야!"

루이펑은 입을 벌리고 재빨리 밖으로 뛰어나갔다.

노부인은 빈 손수건을 들고 안으로 들어왔다. 영벽을 돌아가면서 그녀와 며느리가 얼굴을 마주보았다. 원메이의 눈에는 눈물이 고였다. 눈물이 화를 숨기지는 못했다. 치 씨 댁에 온 이래 그녀는 시어머니에게 화낸 적이 없다. 오늘 그녀는 다시 참을 수 없었다. 그녀의 영리한 입이 말을 할 수 없어서 노부인을 노려보기만 했다.

노부인은 벽을 짚고 서서 낮은 소리로 말했다.

"둘째는 나쁜 놈이라도 내 아들이야!"

원메이는 땅에 주저앉아, 두 손으로 얼굴을 감싸고 낮은 소리로 울었다.

루이펑은 뛰어나가자 급히 인력거에 올라 도망가고 싶었다. 생각할수록 무서워 중얼거리기 시작했다. 샤오추이의 인력거는 전처럼 회나무 아래 서쪽에 놓여있었다. 루이펑은 3호집 앞에 가서 멈춰 섰다. 그는 그가 놀란 일과 모험을 말하고 싶어서 아는 사람을 찾고 싶다.

그는 형 루이쉬안 일은 완전히 잊어버리고 자기가 놀란 이야기만 늘어놓아 심지어 소설을 한 권 쓰듯 했다! 그는 관 씨 댁에 들어가서 세 번 하하 웃고 웃기는 이야기만 하면 곧 자기가 위안을 얻고 진정되리라 생각했다. 루이쉬안이 지옥에 가든 말든 자기는 반드시 천국에 가야 한다고 생각했다─관 씨 댁이 바로 그의 천국이다.

평소 같으면 관 씨 댁 사람들은 그렇게 일찍 일어나지 않는다. 오늘은 다츠바오가 회인당에 가야 하므로 모두 일어났다. 다츠바오는 기분이 좋고 득의에 찼다. 그러나 기쁜 마음을 차마 얼굴에 드러낼 수가 없었다. 그녀는 한 시간이나 걸려 눈썹을 그리고 립스틱을 붉게 칠했으나 마음에 안 들었다. 한편으로는 화장을 고치면서 한편으로는 기분이 좋지 않고 립스틱이 마음에 들지 않음을 탓했다. 머리 장식을 고치는 일은 끝났으나 의복의 선택은 골치 아픈 문제였다. 무슨 이야기냐 하면 오늘 그녀는 특사를 만날 것이다. 그녀는 반드시 가장 돋보이게 차려 입어야 한다. 단추 하나라도 소홀함이 없어야 한다. 옷상자를 전부 열고 의복을 침상과 소파에 가득 꺼내 놓았다. 그는 입고 벗고 계속해서 옷을 갈아입었다. 그러나 여전히 마음에 들지 않았다.

"만약 특사가 입을 옷을 지정해줬으면 오히려 덜 귀찮을 것을!"

거울을 들여다보면서 중얼거렸다.

"당신 가만히 있어. 내가 멀리서 봐 줄테니!"

샤오허가 방으로 머리를 들이밀어 머리를 갸웃거리고 눈을 돌리며 자세히 살폈다.

"내가 보면 된 거야! 당신 두 걸음 걸어봐!"

"보기는 개뿔!"

다츠바오가 반쯤 성난 듯 반쯤은 웃는 듯이 말했다.

"어이! 어이! 입만 열면 사람의 마음을 상하게 하면 쓰나!"

샤오허는 웃으며 말했다.

"오늘은 우리 모두가 당신 성질을 건드리면 안 되지. 이거야 참, 더욱이 특사가 당신을 불러볼 것인데! 아주 잘 되었어! 아주 잘 되었어!"

샤오허는 마음속으로 좋아했다.

"사실을 말하면 그야말로 전무후무하다! 만약 내가 할 몫도 있다면 흥, 나는 부들부들 떨 거야! 소장, 당신 가시오. 정말 침착하시오! 다시 갈아입지 마요. 내 눈에조차 꽃을 보는 듯하오!"

이때 루이펑이 들어왔다. 그의 얼굴은 창백했다. 그러나 그가 관씨 댁 사람의 목소리를 듣자 벌써 마음이 놓였다.

"중산복을 입으셨구려!"

샤오허는 루이펑을 보자마자 소리 질렀다.

"역시 남자는 꾸미기가 쉬워요! 보세요, 이렇게 중산복 하나로 루이펑이 10살은 젊어 보이는 구려!"

사실 그의 마음속에는 은근한 아픔이 있었다. 그의 아내와 루이펑이 특사를 만나러 가는데 자신은 아무런 자격이 없었다. 그는 그래도 아내의 차림새와 루이펑의 새 의상에 흥미를 느꼈다. 그는 루이펑과 마찬가지로 어떤 일 그 자체의 좋고 나쁨을 보지 못하고 그 일의 떠들썩한 것에만 마음을 썼다. 떠들썩한 구경거리만 있으면 그는 기분이 좋았다.

"대단히 훌륭합니다!"

루이펑은 깜짝 놀라는 듯이 말했다. 말을 마치자 그는 잠시 소파에 앉았다. 그는 안정이 필요했다. 그는 조부, 모친, 형수마저 잊은 채 안정이 필요했다.

"무슨 일이야?"

다츠바오는 그의 중산복을 자세히 보더니 물었다.

"큰 일, 큰일 났다! 나는 조만간 이런 일이 있을 줄 알았어! 루이쉬안, 루이쉬안!"

그는 고의적으로 효과를 노렸다.

"루이쉬안이 어때서?"

샤오허가 간절하게 질문했다.

"잡혀갔어!

"뭐라고?"

"잡혀갔다고!"

"사실이야?"

샤오허는 오히려 숨을 들이쉬었다.

"왜 잡혀갔지?"

다츠바오가 물었다.

"아이, 재수 없어!"

루이펑은 문제에 대한 직접적인 답을 하지 않고 자기 생각만 고려했다.

"나조차 그들에게 잡혀갈 뻔했다! 이거 참 내가 중산복과 이 휘장, 그들에게 특사를 만날 거란 말을 하지 않았다면 나도 확실히 당했을 거야! 사실이야! 나는 형과 한 번이 아니라 여러 번 이야기를 해도 형이 믿지 않았어. 보라고 망쳤지 않나? 나는 형에게 일본인에게 기분 나쁘게 대하지 말고, 고개를 외로 꼬지 말라고 말했어. 그가 잡혀가고도 대문에 여전히 두 명의 문지기가 버티고 있어!"

루이펑은 이만큼 이야기를 늘어놓자 마음속이 통쾌해져서 천천히 혈색이 돌아왔다.

"그 말이 맞아, 맞아!"

샤오허는 입술을 삐죽이며 말했다.

"루이쉬안은 틀림없이 영국대사관의 세력을 믿고 문제가 생기지 않을 거라고 생각했겠지. 그러나 베이핑에서 일본인은 영미보다는 힘이 더 세단 말이야."

이렇게 루이쉬안을 비평하고 다츠바오를 향해서 머리를 끄덕여서 그녀의 처리 방식이 최고로 총명한 것이라고 암시했다.

다츠바오는 더 이상 아무 말도 없었다. 그녀는 루이쉬안을 동정하지도 않고 루이펑을 하찮은 인간으로 생각했다. 그녀는 루이펑을 작은 일에 크게 놀라는 남자다움이 부족한 사람으로 보았다. 이 사건을 제쳐두고 루이펑에게 물었다.

"자네는 자네 인력거로 가는 거지? 그럼 자네도 움직여야지!"

루이펑은 일어섰다.

"그래요. 제가 먼저 가지요. 소장님은 자동차를 불렀소?"

다츠바오는 고개를 끄덕였다.

"오전에 차를 한 대 대절했어!"

루이펑이 밖으로 나왔다. 인력거에 타자 그는 약간 기분이 좋지 않았다. 다츠바오가 그에 대해서 아주 냉담했기 때문이다. 그녀는 그에게 위로의 말 한마디 하지 않고 가라고 재촉했다. 그에게 냉담하기까지 했다! 야! 맞다. 그가 집에서 탈출하자마자 바로 3호집에 갔으니, 다츠바오는 연루될까 두려워서, 자기의 일을 모른 척 해버렸다고 생각했다. 그렇다. 도대체 이게 무슨 일이야! 루이쉬안이 법석을 떠는구먼, 흥! 당신이 남에게 잡혀가도 중요하지 않다. 나까지 연루되어 인맥을 잃다니! 이렇게 생각하자, 그는 루이쉬안이 더 원망스러웠다.

샤오추이가 갑자기 말을 걸어 루이펑이 깜짝 놀랐다. 샤오추이가 물었다.

"선생, 막 집에 가시더니 들어갈 수 없었어요?"

루이펑은 사정을 샤오추이에게 말하고 싶지 않았다. 라오멍과 라오꾸어가 그가 소식을 흘리는 것도 원하지 않을 것이다. 그러나 그는 말을 하지 않을 수 없었다. 일반적으로 말하기 좋아하는 사람처럼 먼저 샤오추이에게 당부했다.

"자네 다른 사람에게 다시 말하지 마라! 들었지! 루이쉬안이 잡혀갔어!"

"뭐라고요?"

샤오추이가 발을 멈췄다. 큰 발걸음으로 뛰어가려던 참이었다.

"절대로 남에게 말하지 마라! 루이쉬안이 그들에게 잡혀갔어!"

"어째서, 우리는 남해에 가는 거지요. 그러면…. 그를 구하기 위해 급히 방법을 생각해보아야 하지 않소?"

"그를 구하다니? 나까지 연루되어 처벌받으란 말인가!"

루이펑은 자기가 옳다고 생각하는 듯이 당당하게 말했다.

샤오추이의 얼굴은 원래가 빨갛지만 더 붉게 변했다. 몇 걸음 걷다 말고 인력거를 던져버렸다. 아주 무례하게 말했다.

"내려요!"

루이펑은 당연히 내리려 하지 않았다.

"무슨 말이야!"

"내려요!"

샤오추이가 굉장히 강경했다.

"나는 당신 같은 사람을 보살피고 싶지 않소! 그분은 당신 친형이에요. 그런데도 당신은 태평스럽게 완전히 손을 놓고 아무 상관도 하지 않아요? 그리고도 당신이 인간이요?"

루이펑도 화가 치밀어 올라왔다. 자신이 아무리 유약하더라도 인력거꾼의 가르침을 받고 싶지 않았다. 그러나 그는 화를 꾹 참았다. 오늘 그는 반드시 대절 인력거를 타고 남해로 가야 한다. 좋아. 얼마나 많은 사람이 자동차를 타고 오는데 대절한 인력거라도 타지 않으면 체면이 말이 아니다! 그가 샤오추이의 잔소리 몇 마디를 들을지언정 남해 옆에서 체면을 잃는 일은 당하지 않아야 한다! 대절차도 일종의 휘장이다. 그는 짐짓 웃는 체하면서 말했다.

"됐어! 샤오추이 내가 특사를 만나고 나서까지 기다려. 다시 루이쉬안을 위해서 방법을 강구해보자. 반드시!"

샤오추이가 잠시 머뭇거렸다. 그는 돌아가서 치 씨 댁을 위해 뛰어다

니고 싶었다. 그는 루이쉬안을 존경했다. 당연히 도와야 한다. 그러나
자신은 능력이 없으니 오히려 루이펑을 독촉하여 뛰게 하는 것이 낫다
고 생각했다. 하물며 루이쉬안이 루이펑의 형이니 루이펑이 수수방관
하지는 않겠지? 다시 말하면 루이펑이 이 일을 어떻게 처리하는가를
기다렸다가 그를 으슥한 곳으로 끌고가 한바탕 패줄 수도 있다. 과장이
고 나발이고 간에 한 방 놓아버리자! 이렇게 분명히 생각한 후에 그는
천천히 인력거를 바로 세웠다. 그는 더 캐묻고 싶었지만 그를 때릴
수도 있는 생각이 들어서 더 이상 말을 하지 않았다.

  가는 내내 루이펑은 말이 없었다. 샤오추이는 그에게 난제를 안겨주
었다. 그러나 샤오추이 저놈은 죽어도 놓아주지 않을 것이니 귀찮기만
하다. 그는 샤오추이를 해고할 수도 없다. 그는 샤오추이가 주먹도
쓰는 놈이란 걸 안다. 그는 방법을 생각해내고 싶지도 않아서 루이쉬안
만 원망스러웠다. 그는 루이쉬안 같은 사람 한 명이 있어도 천하가
안심하고 살 수 없게 한다고 생각했다!

  곧 남해에 도착할 것이다. 그는 고민스러운 일을 잊어버리고 싶었다.
사방을 둘러봐도 군경들이 이미 길가 양 옆으로 겹겹이 에워싸고 있었
다. 좌우 양쪽 대로변에 두 줄로 늘어서서 총에 칼을 꽂고 있었다.
모두 길의 가운데를 향하고 있었다. 인도에도 두 줄로 서서 대로로
향하고 있었다. 가운데 두 줄은 총을 든 채 상점을 향하고 있었다.
상점들은 모두 오색기와 일본기를 게양하고 있었으며 문을 열고 있었
다. 길 가운데 회의에 온 자동차, 마차, 월세 낸 인력거 외에 다른
차는 없었다. 행인도 없었다. 전차는 다니지 않았다. 루이펑은 도로

중간을 보면서 좌우 여섯 줄을 이룬 군경을 보고 마음이 떨렸다. 동시에 그는 또 으쓱하는 기분도 느꼈다. 교통이 이미 두절되어 있었으나 대로의 중앙으로 나갈 수 있었다. 신분이다! 다행히 그가 적절히 처신해서 샤오추이가 처박아버리지 않았다. 이것 참 안 좋은 차에 앉아있었다면 군경들이 틀림없이 그의 가는 길을 막았을 것이다. 그는 인력거 요령을 울리고 싶었으나 급히 그것을 멈췄다. 대로가 이렇게 넓고 이렇게 조용한데 갑자기 요령이 한 번 울리면 아마도 총을 든 군인들이 떼거리로 달려들 것이다! 그의 등을 의자에서 떼고 똑바로 앉았다. 심장이 움추러들었다. 샤오추이조차 당황했다. 굉장히 빨리 달렸다. 시시때때로 고개를 돌려 루이펑을 보았다. 그는 마음속으로 욕을 했다. "어이 나를 그만 봐, 의심을 사게 되면 반드시 우리를 향해 총을 쏠거야!"

부우가 입구에서 키가 아주 큰 순경이 손을 들었다. 샤오추이는 모퉁이를 돌아갔다. 인력거는 남해의 서쪽 담장 밖에서 모두 멈춰야 했다. 거기는 이삼십 명의 군경이 손에 권총을 들고 질서를 유지하고 있었다.

차에서 내린 루이펑은 두 명의 아는 얼굴을 보고 난 뒤 마음도 안정되었다. 그는 아는 사람을 향해서 고개만 끄덕이고 그들에게 감히 말을 걸 생각도 못 한 채 빨리 걸어갔다. 질서정연한 대열이 그들의 입을 봉해버렸다. 두 사람이 낮은 소리로 말을 나누었으나 위협을 느꼈다. 그래도 그들을 제지하려 하지 않았다. 어떤 사람이 이런 말을 하는 소리를 들었다.

"오후에 연극이 있대요. 성내에서 명배우들이 다 나온답니다!"

그의 말이 공포를 없애주었다. 그는 시끌벅적한 것이 좋고 연극이 좋았다.

"연극을 해요? 우리도 볼 수 있어요?"

"그것까지는 모르겠소. 아마도 과장 직급이면 들어갈 자격이 되겠지요."

그 사람도 반드시 무슨 과장일 것이다. 그래서 어색하게 웃었다. 루이펑은 머리를 굴려서 자격이 있거나 없거나 간에 연극을 관람할 수 있는 방법을 찾아보기로 했다.

남해의 대문 앞에서 그들은 군경에게 포위되어 이름을 기록하고 휘장을 검사 받고 몸을 수색 당했다. 루이펑은 조금도 모욕감을 느끼지 못했다. 그는 그것은 필수적인 수속이고 과장 이상의 사람만이 이러한 대우를 받을 수 있다고 생각했다. 다른 것은 모두 가짜다. 과장 이상이 진짜 물건이다!

대문에 들어서서 돌아들어가자 그의 눈앞에 넓은 광장이 나왔다. 다만 그에게는 호수와 산과 궁전의 아름다움을 볼 여유가 없었다. 그저 그는 회인당에 빨리 들어가서—거기에 허다한 매우 좋은 다과가 있을 것이다—먼저 과자를 먹어야지! 그는 미소지었다.

한 눈에 다츠바오를 보았다. 그녀는 화살 세 개 정도의 거리에 있었다. 그가 앞으로 향해서 나갔다. 양쪽에 군경들이 아주 많아서 감히 빨리 갈 수가 없었다. 그리고 그도 약간 질투를 했다. 다츠바오는 자동차를 타고 와서 늦게 출발했어도 먼저 도착했다. 어쨌든 자동차는 자동차다! 언젠가는 자신도 인력거 타는 계급에서 자동차 타는 계급으로 승진해야 한다! 대장부는 반드시 꿈을 가져야 한다! 이런 생각에 빠져있을 때 문루에서 군악이 울려 퍼졌다. 그의 마음이 두근거렸다. 특사가 도착했다. 군경이 그를 큰 소리로 불러 세웠다. 그를 길옆에 서있게 했다. 그는 고분고분하게 명령에 복종했다. 한참 서있자 군악이 멈추었다. 사방이 고요했다. 그는 정적이 두려웠다. 손바닥에서 땀이 났다.

갑자기 두 발의 총성이 울렸다. 아주 가까웠다. 대문 밖에서인 듯하기도 했다. 이어서 몇 발의 총성이 울렸다. 그는 당황했다. 자기도 모르게 뛰려고 했다. 두 자루의 칼에 끼었다.

"움직이지 마라!"

밖에서 총성이 끊이지 않았다. 그의 심장이 목구멍까지 뛰었다. 그는 회인당을 보지도 못했다. 군경이 그와 다른 사람들을, 다츠바오도 포함해서, 대문 안에 있는 일련의 남방에 가두었다. 모두가 최고로 좋은 의복을 입고 휘장을 패용하고서도 갑자기 음습한 방에 죄수처럼 갇혔다. 찻물도 없고, 앉을 의자도 없고, 오직 군경의 총과 칼 밖에 없었다. 문밖에서 무슨 일이 일어났는지 알 수 없고, 누군가 특사를 암살했을지도 모른다고 추측할 뿐이다.

루이펑은 특사를 걱정한다기보다 흥이 깨져버릴까 걱정했다. 연극 보는 것은 고사하고 차를 마실 희망도 없어졌다. 사람은 빵을 위해 태어난 것은 아니다. 루이펑도 빵을 위해 살지는 않는다. 하지만, 빵에 버터를 곁들이지 못하면 낭패라 생각했다. 그나마 다행히 루이펑은 제일 먼저 쫓겨 들어와서 의자를 차지할 수 있었다. 뒤에 온 사람들은 서 있을 수밖에 없었다. 그는 편안하게 좌정했다. 의자를 잃을까 봐 꼼짝하지 않았다.

다츠바오는 그래도 기품이 있었다. 그녀는 한 사람을 확 밀쳐내고 그의 자리를 차지했다. 거기에 앉자 그녀는 심지어 큰 소리로 군경에게 말을 걸었다.

"이게 무슨 일이요? 우리는 회의에 참석하러 온 것이지, 고생하기 위해서 온 것이 아니오."

루이펑의 배꼽시계는 시간을 알리고 있있다. 정오가 지나자 배가 고팠다. 뱃속에서 꾸르륵 꾸르륵 소리가 났다. 그는 겁이 났다. 만약 군경이 이렇게 포위하고 있으면 절대로 나가서 음식을 먹게 하지 않을 것이다! 그는 배고픈 것을 가장 두려워했다. 배가 고프면 그는 쉽게 죽음 같은 생각을 떠올렸다.

대략 오후 2시쯤 일본 헌병 수십 명이 왔다. 헌병들의 얼굴은 모두 마치 방금 아버지가 죽는 것을 본 것처럼 험상궂어 보였다. 그들을 지휘하는 군경이 방 안의 사람들을 자세히 검색하게 했다. 남녀 모두 속옷까지 벗었다. 루이펑은 이러한 일이 너무나 싫었다. 일은 문밖에서 일어났는데 문안에 있는 사람까지 괴롭힐 필요가 있는가 싶었다. 그러나 다츠바오도 등을 드러내고 두 개의 검고 큰 유방을 드러내자 그의 마음이 조금은 풀리는 듯했다.

한 시간 정도 검색을 해도 아무것도 찾지 못하자, 헌병장교 하나가 손을 높이 들었다. 군경은 그들을 중해로 압송했다. 중해의 후문에 이르자 그들은 자유로운 공기를 마셨다. 루이펑은 다른 사람은 부를 여가도 없이 허겁지겁 시쓰파이러우로 가서, 몇 개의 사오뼁과 훈툰을

298

큰 사발로 한 사발 마셨다. 배가 빵빵해지자 그는 일막의 희극을 완전히 잊어버렸다. 심지어 그것은 꿈에 불과했다. 교육국에 도착해서야, 두 명의 특사가 남해 대문 밖에서 죽었다는 말을 들었다. 성문이 닫히고 지금도 여전히 닫혀있다는 말을 들었다. 길거리에서 얼마나 많은 사람이 체포되었는지 모른다. 이 소식을 듣자 그는 가슴을 열어젖히고 멍해졌다. 위험하다! 다행히 그는 과장이고 중산복과 휘장이 있다. 어쨌든 곧 혐의자가 잡히지 않겠나! 그는 술을 두어 잔 들이키고 자기의 행운을 경축하고 싶었다. 과장이란 신분은 자신의 생명보험이다!

퇴근 때 그는 국자문 밖에서 샤오추이를 찾았다. 그를 찾을 수 없자 그는 화가 났다.

"제기랄! 천생 못난 놈, 게을러터졌어!"

그는 걸어서 집으로 돌아왔다. 문에 들어서자 물었다.

"샤오추이 안 왔어?"

그는 돌아오지 않았다. 누구도 샤오추이를 못 봤다. 루이펑은 가슴이 쿵쿵거렸다.

"이 녀석이 정말 일을 그만두었나? 정말 이상한 일이네!"

나는 루이쉬안이 급하지 않다. 너는 어느 쪽이 급해? 그는 당신의 형이 아니오? 그는 화가 났다. 내일 샤오추이가 나타나면 샤오추이를 호되게 꾸짖을 각오를 다졌다.

이튿날에도 샤오추이는 얼굴을 내밀지 않았다. 성내에서는 도처에서 사람이 체포되었다. 에라이, 루이펑은 자기에게 말했다. '이 녀석 설마 다른 사람이 잡아갔을 거야? 말할 것도 없이, 그 녀석은 교활하게 생겨

서, 마치 간첩처럼 보인다!'

특사의 원수를 갚으려 성내에서 일이천 명을 잡아갔다. 샤오추이도 거기에 끼었다. 다양한 계층의 사람들, 혐의가 있건 없건 남녀노소를 불문하고, 다양한 사람들이 고문을 받았다.

진짜 범인은 잡지 못했다.

일본 헌병 사령관은 기다릴 여유가 없었다. 그는 반드시 두 명을 잡아 총살하여 자기가 영리하게 일을 처리한다는 것을 증명해야 했다. 특사를 해한 사람을 잡지 못하면, 공무를 수행하지 못한 것이므로 천황에게 면목이 서지 않을 뿐만 아니라 전 세계 사람에게 비웃음을 산다! 그는 이틀 동안 피부가 찢기고 살이 터지게 고문하여 두 명을 선택했다. 한 사람은 성이 펑씨인 자동차 운전수이고 또 한 사람은 샤오추이였다.

삼 일째. 아침 8시 펑씨와 샤오추이는 묶인채 시내를 끌려다니며 대중들에게 보여졌다. 그들 둘은 등이 벗겨지고, 셔츠 하나만 입히고, 머리 뒤에는 죄상에 대한 자백표가 꽂혀 있었다. 두 명 모두 머리가 잘려서 사람들이 보도록 첸먼 밖 우파이러우에 걸릴 것이다. 펑 운전수는 옥에서 나오자 머리를 축 늘어뜨려 두 명의 순경이 부축했다. 그는 이미 혼이 나갔다. 샤오추이는 가슴을 펴고 자기 힘으로 걸었다. 그의 눈은 얼굴에 비해 더 붉었다. 그는 거리 사람에게 욕을 하지도 않았고, 죽음도 두려워하지 않았다. 그는 마음속으로 후회하고 있었다. 그가 첸 선생과 루이쉬안의 충고를 듣지 않았던 것을 후회했다. 그는 나이, 신체, 마음도 일본사람과 전쟁터에서 생사를 건 전투를 치루기에 충분

300

했다. 그는 순국하기에 충분한 자격이 있었다. 그러나 자기도 잘 모르는 새에 붙잡혀서 머리가 잘리게 되었다. 그는 몇 걸음 가다가 하늘을 쳐다보고, 다시 머리 숙여 땅을 보았다. 하늘, 얼마나 아름다운 베이핑 하늘인가. 땅, 한 평 한 평이 모두 뜨거운 검은 흙을 안고 있다. 그는 이 하늘과 땅을 버릴 수 없었다. 이 천지가 바로 자신의 무덤이었다.

양면으로 된 놋쇠 징과 네 개의 나팔이 앞에서 울렸다. 앞뒤의 몇개 소대 군경은 모두 총검을 단 총을 메고 있었다. 이들의 가운데 펑 운전수와 샤오추이가 있다. 제일 뒤에 두 명의 일본 장교가 큰 말을 타고 있었다. 득의에 차서 살육과 폭행을 감시했다.

루이펑은 시단상가에서 북소리 즉 죽음의 음악 소리를 들었다. 그는 재빠르게 뛰어서 따라갔다. 그는 구경을 좋아하고 군대 북소리와 구령 은 특별히 흡인력이 있었다. 살인도 구경거리다. 그는 꼭 보아야 한다. 그것도 상세하게 볼 필요가 있다.

"와아!"

자기도 모르게 소리 질렀다. 그는 샤오추이를 보았다. 그의 얼굴이 일순에 백지장 같이 변해서 급히 뒤로 물러났다. 그는 샤오추이를 생각 해서가 아니라, 먼저 자기 목부터 만져보았다―샤오추이는 자기 인력 거꾼이다. 그도 위험했던가?

그는 재빨리 믿을만한 사람을 만나서 상의해야겠다고 생각했다. 만 일 일본인이 와서 자세히 조사한다면, 그가 어떻게 답을 해야 할까? 그는 북쪽을 향해 달리면서 루이쉬안 형을 찾아서 얘기하고 싶었다. 형은 아마 좋은 생각이 있을 것이다. 몇십 보 가다가 그는 생각이 났다. 루이쉬안 형이 잡혀가지 않았나? 그는 발을 멈추고 섰다. 공포가 분노로 변했다. 그는 중얼거렸다.

"정말 재수 없네! 자기 생각만 해서는 안 돼! 저 떼거리들을 보라. 모두가 죽는 줄도 모르는 귀신이야! 조만간 나도 저들에게 당할 수 있다!"

47

　청창순은 아랫배가 살살 아팠다. 변소에 가려고 마당에 내려섰다. 대문을 조금 열었을 때 5호집 대문에 한 떼의 검은 그림자들을 보았다. 그는 급히 손으로 문을 받쳐 소리가 안 나게 닫은 후에 부서진 문짝 판자 구멍에 엎드려 한 눈으로 밖을 내다보았다. 심장이 터질 것 같았다. 배 아픈 것은 까마득히 잊었다. 사람을 잡는 데는 시간이 얼마 걸리지 않는다. 그러나 그러는 동안 창순의 마음은 안절부절 하지 못 하였다. 간신히 그는 검은 그림자들 중에서 루이쉬안을 알아보았다—얼굴을 분명히 보지 못했지만 키나 형태로 보아 루이쉬안이 틀림없었다. 그는 이 상황이 무슨 일인지 알아챘다. 외눈으로 보려고 애썼더니 눈이 시렸다. 그의 손이 떨렸다. 그 검은 그림자가 모두 가버릴 때까지 그도 거기에 서 있었다. 호흡이 가빠지고 심장이 쿵쾅거렸다. 그는 한 가지 생각뿐이었다. 루이쉬안을 구해야 한다. 어떻게 구하지? 그는 생각이 안 났다. 그는 첸 씨 댁 일이 생각났다. 만약 빨리 루이쉬안을 구하지 못한다면 치 씨 댁은 틀림없이 첸 씨 댁처럼 망할 것이다. 마음이 급해졌다. 양 눈에 눈물이 핑 돌았다. 그는 쑨치에게 말하고 싶었다. 그러나 쑨치는 말만 요란해서 쓸모가 없다. 손을 머리에 얹고 생각을 거듭했다. 후퉁 사람 전부를 생각하다가 갑자기 리쓰예 생각이 떠올랐다. 그는 즉시 문을 열려다 손을 멈췄다. 조심해야 했다. 일본인은 잔꾀가 많다는 것을 알았기 때문이다. 몸을 돌려 마당으로 들어왔다. 그는 부러진 의자를 서쪽 담에 기대고 담에 올라갔다. 두 손을 짚고 힘을 쓰자 몸이 2호집 마당으로 내려졌다. 그는 자기가 이렇게 영리하고 경쾌하게 할 수 있다고 생각하지 않았다. 발이 땅에 닿자 자신이 무슨 일을 하고 있는지 이제서야 아는 것 같았다.

"쓰예! 쓰예!"

그는 창밖에 서서 낮은 소리로 불렀다. 입 안 뜨거운 입김이 문종이에 닿아 가볍게 떨렸다.

리쓰예는 이미 깨어 있었다. 그러나 눈을 감고 이불 속의 따스함을 즐기고 있었다.

"누구요?"

노인은 눈을 크게 떴다.

"접니다! 창순!"

창순의 코맹맹이 소리가 낮게 울렸다.

"빨리 일어나세요! 치 선생이 그들에게 잡혀갔어요!"

"뭐?"

리 노인은 재빨리 일어나 앉았다. 손으로 옷을 더듬어서 옷깃을 여미고 나왔다.

옷 단추를 다 채우지 않는 상태로 그는 나왔다.

"무슨 일이야, 무슨 일이야?"

창순은 손에 난 식은땀을 비볐다. 급할수록 말이 나오지 않아, 더듬거리며 사정을 설명했다.

듣기를 마치자, 노인의 눈이 가늘게 일자가 되었다. 노인은 담 밖의 회나무 가지를 바라보았다. 마음속이 괴로웠다. 그는 분명히 알고 있었다. 후퉁 안 오랜 이웃 중에서 첸 씨 댁과 치 씨 댁이 제일 좋은 사람들이었다. 그러나 좋은 사람이라고 해서 명이 보장될 수 없었다. 그는 자신이 좋은 사람이라 믿었던 사람들이 모두 수난을 당하는 것을 보고, 자기의 늙은 목숨도 지킬 수 없을지 모른다는 생각이 들었다. 그는 새벽바람에 살랑거리는 나뭇가지를 보자 말이 나오지 않았다.

"쓰예! 어떻게 하지요?"

창순은 쓰예의 옷을 끌었다.

"아이고!"

노인은 부르르 떨었다.

"방법이 있어! 있지! 빨리 영국대사관에 소식을 전해야겠지?"

"제가 가지요!"

창순의 눈이 밝아졌다.

"너 누구를 찾아야 하는지 알아?"

노인은 머리를 숙이고 친절하게 물었다.

"저…"

창순은 잠시 생각해보고 나서 말했다.

"저는 딩웨한을 찾을 거요!"

"그래! 좋은 녀석, 너는 똑똑하구나! 너는 어서 가라. 나도 일어나서 몰래 이웃들에게 치 씨 댁에 가지 말라고 알려줄 것이다!"

"어떻게요?"

"그들이 사람을 잡아가고 대문에 두 명을 남겨두어, 들어가는 사람을 잡으려고 기다리고 있어! 그들은 우리가 여전히 모르고 있다고 생각할 거야. 사실은, 사실은"

노인은 경멸하는 웃음을 웃었다.

"그들이 어떻게 했는지 우리가 몰랐니?"

"그러면 제가 즉시 가지요?"

"가라! 벽을 넘어가! 이렇게 일찍 문을 나서면 매복한 두 놈의 의심을 살 거야! 해가 떠서 다시 문 열 때까지 기다려! 너는 길을 아니?"

창순은 머리를 끄덕이고 경계 담을 바라보았다.

"자, 내가 너를 받쳐주마!"

노인은 힘이 있었다. 두 손으로 받치자 창순은 담 위에 올랐다.

"천천히! 발 빠지지 않도록 조심해!"

창순은 소리 없이 내려섰다.

태양이 왜 이렇게 느리게 뜨는지 몰랐다. 창순은 홑두루마기를 걸치고 마당에서 동쪽 하늘을 쳐다보았다. 할머니는 아직 일어나지 않았다.

그는 할머니가 꼬치꼬치 물을까 겁이 났다. 만약 그가 사실대로 말하면 그녀는 분명히 그를 말릴 거다.

"애야, 그게 무슨 상관이라고 그렇게 마음을 쓰니!"

하늘이 붉어지자 창순의 심장이 더 빨리 뛰었다. 붉은빛이 엷은 구름을 뚫고 나와 밝은 노을로 변했다. 그는 대문에 이르러 한 눈으로 밖을 내다보았다. 후통 안에는 아무 움직임도 없었다. 다만 회나무 가지에 밝은 빛이 비쳤다. 그의 코는 아직 충분하지 않은 듯 입을 벌렸다. 그는 급히 소리 내어 호흡했다. 그는 감히 문을 열지 못했다. 문을 열면 곧 총탄이 날아올 것이라고 상상했다. 용감해야 하지만 조심해야 한다. 그는 어렸다. 더 노회해져야 한다. 일 년 동안의 노예 노릇으로 열 살은 더 나이가든 듯 했다.

해가 떴다! 그는 천천히 문을 열었다. 살며시 몸이 빠져나갈 정도만 열고, 마치 물고기가 물속으로 미끄러지듯이 밖으로 나왔다. 그는 5호에 매복한 놈들에게 들킬까 봐 담에 바짝 붙어서 동쪽으로 갔다. 그가 '후루두(葫芦肚)'까지 가자, 태양이 후궈쓰 대웅전 위 깨어진 유리 기와를 비추어, 기와가 반짝이고 있었다. 그는 다리에 힘을 주었다. 후궈쓰 서쪽 입구에서 전차를 탔다. 전차가 시단패루에 도착했다. 시창안제는 오늘 교통 통제 중이었다. 차에서 내려 그는 뜨거운 떡을 몇 쪽 샀다. 걸으면서 떡을 입에 넣었다. 가게 점원들이 모두 오색기를 달았다. 그는 그게 무엇을 위한 것인지도 모르고 물으려고도 하지 않았다. 게양된 깃발에는 태양이 너무 많았다. 그는 이미 흥취가 느껴지지 않았다. 오히려 게양된 기가 무엇이든 간에 일본인의 생각일 뿐이다. 시창안제를 들어가지 않고 갈림길에서 길을 따라 동쪽으로 갔다.

유성기를 등에 지지 않아 그는 아주 빨리 걸었다. 그가 길을 걷는 모양은 볼품이 없었다. 큰 머리가 앞으로 튀어나오고 양손은 큰 나팔과 유성기판을 잃은 탓에 어디에 놓아야 좋을지 몰랐다. 다리는 빨랐다. 손은 더 제멋대로였다. 때로는 아주 높이 흔드는가 하면 때로는 흔드는 것조차 잊었다. 그래서 그는 스스로도 자신을 잊은 듯이 걷고 있었다.

둥자오민 골목이 보이자 그는 걸음을 늦추었다. 손에도 일정한 율동이 붙었다. 약간 두려웠다. 그는 외할머니 손에서 자랐다. 외할머니는 외국인을 두려워해서 항상 외국인을 피하도록 손자를 가르쳤다. 이 때문에 창순이 총을 손에 넣게 되면 어떤 외국인과 싸우는 것도 두려워하지 않겠지만, 처음 대면하게 되면 놀라서 꼼짝을 못하다가, 후에는 죽으려고 앞으로 나아갈 것이다. 평소에 할머니가 하던 가르침이 그를 그렇게 얼어붙게 할 것이다.

그는 다리의 먼지를 털었다. 손으로 코의 땀을 닦고 그는 천천히 둥자오민 골목으로 들어섰다. 그는 결심이 섰다. 반드시 대사관으로 뛰어 들어가야 한다. 그래서 무의식적으로 다리를 털고 땀을 닦았다. 영국대사관을 보자 당연히 문에 막대기처럼 서 있는 경비병이 보였다. 그는 자기도 모르게 멈춰 섰다. 수십 년에 걸친 외국인을 두려워하는 마음이 영국대사관에 바로 들어가지 못하게 했다.

아니다. 그래도 그 자리에 서 있을 수만 없었다. 여러 해 동안의 두려움 속에서 그는 오히려 청년과 같은 마음을 가지게 되었다. 그것은 일본인이 모르는 마음이다. 피가 몰려 붉어진 얼굴로 경비병과 마주하기 위해 달려갔다. 위병이 입을 열기를 기다리지 않고, 코맹맹이 소리를 내지 않으려고, 큰 소리로 말했다.

"나는 딩웨한을 만나러 왔소!"

위병은 아무 말 하지 않고 손으로 안쪽을 가리켰다. 그는 문으로 달려갔다. 문에 있던 담당자가 예의를 갖춰 기다리게 했다. 얼굴까지 치솟았던 피가 아래로 내려갔다. 그는 자기가 용감하다고 생각하지 않았고, 다시는 두렵지도 않고 마음이 편안해졌다. 그는 정원의 꽃과 나무를 보았다— 한 중국인은 마음이 평온해지자 꽃과 나무 정원의 아름다움에 주의를 기울이는 것 같았다.

딩웨한이 달려 나왔다. 세탁하여 잘 다려진 줄이 선 흰 셔츠를 입고, 머리를 숙이고, 신발 바닥이 소리를 내지 않도록, 빨리 아주 조용하게 나왔다. 그의 동작은 영국대사관의 존엄이 묻어날 뿐만 아니라 그가 거기에서 일하고 있다는 자랑까지 드러내고 있었다. 창순을 보자 그의 머리가 약간 올라갔다. 목소리를 낮추어 말했다.

"어! 너야!"

"저예요!"

창순은 웃었다.

"집에 무슨 일이 있어?"

"아니요! 치 선생이 일본인에게 잡혀갔어요!"

딩웨한은 놀랐다. 그는 일본인이 절대로 영국대사관 사람을 체포하리라고 생각하지 않았다. 그도 일본인이 두렵지 않은 것은 아니었다.

그러나 영국인을 일본인과 비교한다면 영국에는 '大(대)'자를 붙이고 일본에는 '小(소)' 자를 붙이지 않을 수 없다. 大자와 小자 사이에는 각자의 분수가 있다. 그는 일본인의 대단함을 인정한다. 그러나 그 대단함을 인정한다고 해서 그들의 대단함이 영국대사관 사람을 감금할 정도로 대단하다고는 상상도 못 했다. 그는 눈살을 찌푸리며 화를 냈다―중국인을 위해서가 아니라 영국대사관을 대신하여 의분을 느꼈다.

"이건 아니야! 내가 말하는데 이건 정말 아니야! 잠깐만 기다려. 내가 굿리치선생에게 전할게! 그들에게 알려서 곧 풀려나도록 하지 않으면 안 돼!"

창순이 도망가 버릴까 두려운 것처럼 그는 한 마디 덧붙였다.

"자네 기다려!"

오래지 않아 딩웨한이 돌아왔다. 이번에는 굉장히 빨리 왔다. 그렇지만 발자국 소리는 내지 않았다. 그의 눈이 빛났다. 침착했지만 흥분해서 창순에게 손가락질했다. 그는 창순 대신에 흥분되었다. 왜냐하면 굿리치선생이 직접 창순과 얘기하고 싶어했기 때문이다.

창순은 바보 같은 얼굴로 딩웨한을 따라 그리 크지 않은 사무실에 들어갔다. 굿리치선생은 무언가를 삼키 듯이 목을 쭉 빼고 방 안을 왔다갔다 했다. 굿리치선생의 마음이 아주 불안해 보였다. 창순이 들어오는 것을 보자 손을 모아 인사를 했다. 그는 악수하는 것을 좋아하지 않았다. 중국식 공수 인사가 훨씬 더 공경스럽고 위생적이라 생각했다. 창순에게 그렇게 공손한 인사를 할 필요가 없다. 창순은 아이에 불과했

310

으니까. 그러나 그는 순수한 중국인을 좋아했다. 그래서 양복을 걸친 중국인은 영원히 그의 존경을 받지 못한다. 그러나 다꾸아(홑두루마기)를 입은 사람이면 나이를 불문하고 그는 모두를 중시했다.

"자네가 소식을 가져왔군. 치 선생이 잡혀갔다면서?"

그는 중국말로 물었다. 그의 옅은 푸른색 눈동자가 더 푸르러졌다. 그는 진심으로 루이쉬안을 걱정하고 있었다.

"어떻게 잡혀갔지?"

창순은 사정을 자세히 설명했다. 그는 외국인과 얘기해본 적이 없었다. 그는 어떻게 말하는 것이 맞는지 몰랐다. 이 때문에 그는 말이 더듬거렸다.

굿리치선생은 주의를 기울여 들었다. 다 듣고 나자 그는 목을 쭉 빼더니 얼굴이 상당히 붉어졌다.

"음! 음! 음!"

그는 몇 번이나 고개를 끄덕였다.

"자네가 그의 이웃인가? 응?"

그가 창순이 머리를 끄덕이는 것을 보고 한 번 더 '음' 하는 소리를 내었다.

"좋아! 자네는 착한 아이이구나! 나에게 생각이 있어!"

그는 가슴을 쭉 폈다.

"빨리 돌아가서 걱정 마시라고, 치 선생에게 말해주겠나, 나한테 생각이 있어! 내가 직접 가서 그를 석방시키도록 하지!"

잠시 침묵이 흐르고 자기에게 말하듯이 그가 말했다.

"이것은 루이쉬안을 잡은 것이 아니라, 영국의 뺨을 때린 거야! 닭을 죽여서, 원숭이를 훈계한 것이야, 흥!"

창순은 더 이상 할 말도 없고 작별인사를 하기도 미안하여 쑥스러워하며 거기에 서 있었다. 그는 마음이 아주 통쾌했다. 그는 오늘 대단한 일을 한 거 했다. 쏜치가 큰소리칠 입을 틀어막기에 족하다!

"딩웨한!"

굿리치가 소리쳤다.

"쟤를 데리고 나가 차비를 좀 주게!"

그리고 창순에게 말했다.

"착한 아이로구나. 돌아가거라! 다른 사람에게 우리 얘기는 하지 마라!"

딩웨한과 창순은 득의에 차서 밖으로 나갔다. 창순은 딩웨한이 주는 차비를 받지 않으려는 듯이 말했다.

"치 선생을 위한 일인데, 어찌…"

그는 자기의 뜨거운 마음을 표현할 적당한 말을 못 찾아서 바보같이 웃기만 했다.

딩웨한은 창순의 주머니에 일 위안을 집어넣었다. 그는 이렇게라도 명을 받들지 않으면 안 되었다.

둥자오민 골목을 나오자 창순은 인력거를 빌려 탔다. 그는 인력거를 타야 했다. 그 돈은 굿리치선생이 인력거를 타라고 준 돈이기 때문이었다. 인력거를 벅찬 마음이 끓어 올랐다. 그는 할머니, 쏜치, 리쓰예 그리고 모든 사람에게 어떻게 영국대사관에 밀치고 들어갔는지를 말하

312

고 싶었다. 이어서 그는 곧 자신에게 경고했다.

'한마디도 해서는 안 된다. 입을 조개처럼 꼭 다물어야지!' 동시에 그는 또 어떻게 치 노인에게 보고할지 말을 생각했다. 노인에게 마음 놓으시라 말씀을 드리고, 조금 있으면 치루이쉬안이 어떻게 구출되어 그를 감격시킬까 상상했다. 그는 생각을 이어갔다. 시원한 바람이 그의 머리 아래로 불었다. 아침 일찍부터 느꼈던 공포, 흥분, 피곤 등이 그의 눈을 감겼다.

갑자기 정신이 들었다. 인력거가 멈춰 섰다. 그는 큰 거리를 통째로 삼키듯이 크게 하품을 했다.

집으로 오는 도중에 그는 할머니에게 늘어놓을 거짓말을 짜 맞추었다. 그 다음에 치노인에게 알려드릴 묘책을 생각했다.

그때는 이미 모든 후통 사람들이 리쓰예에게 들어서 치 씨 댁의 불행한 소식을 알고 있었다. 리쓰예는 감히 집집마다 찾아가서 알릴 수 없었다. 모두가 채소장수를 둘러싸고 있을 때 모두에게 숨죽이고 말해주었다. 소식을 듣자 모두가 대문을 열고 마음이 진정되었음을 표시했다. 그러나 그들의 심장은 쿵쿵거렸다. 이 작은 후통 안에서 첸 씨 댁과 치 씨 댁이 불행을 당하는 것을 이미 보았다. 그들 모두 힘껏 치 씨 댁을 돕고 싶었으나 도울 능력도 방법도 없었다. 그들은 몰래 5호의 문을 곁눈질했다. 그들은 평소처럼 불을 피워 밥을 짓고 차를 끓이고 물을 길었다. 그러나 마음속에 있는 비애와 불만을 말할 수 없었다.

정오가 되자 모두의 심장이 더 빨리 뛰었다. 이것이 또 다른 종류의 살아가는 방법이다. 그들은 루이쉬안의 일은 잊었다. 두 명의 특사가 암살 당했다는 소식을 들었기 때문이다. 쑨치는 집에 오자마자 할 말을 잊고 술부터 찾았다. 며칠 동안 그는 이런 통쾌한 소식을 듣지 못했다. 오늘 그는 기분이 째지게 좋았다. '좋아! 한이 풀리는 구만! 누가 우리 베이핑에 영웅호걸이 없다고 했는가!' 그는 집으로 달리며 한편으로는 자기에게 말했다. 그는 자신의 근시안을 잊어버리고 날리디기 전신주에 머리를 들이받았다. 그는 머리에 난 큰 혹을 만지면서도 기분이 좋았다. '맞아! 죽이려면 큰 놈을 죽여야 해, 그렇지!'

샤오원 부부는 남해에서 참극이 있었다는 소식을 전해 듣자 샤오원이 자신이 가진 예술가로서의 의견을 말했다.

"왕조가 바뀔 때면 사람이 죽는 법이다. 돈이 있든 없든 지위가 있든 없든 주인이든 노예든 모두 죽는다! 좋은 연극 안에는 사형장, 암살, 목 자르기 등의 여러 소동이 다 있어야 좋다고 할 수 있는 거야!"

말을 마치자 호금을 들고 간주곡을 한 곡 탔다. 그의 마음에는 동요가 없는 것 같아도 호금 소리 안에는 경쾌함과 격렬한 웅장함이 있었다.

원뤄샤는 아무 말도 없었지만 머리를 숙이고 '심두자탕(審斗刺湯)'[12] 을 흥얼거렸다.

리쓰예는 아무 말도 하기 싫어서 의자를 들고 문밖으로 나가서 5호집 대문 맞은편에 앉았다. 가을 햇살이 머리에 비추자 그는 기분이 편안해졌다. 그의 마음은 하늘이 양쪽을 아주 공평하게 대한다고 느꼈다 — 너희들이 우리의 루이쉬안을 잡아가자, 우리는 너희들의 특사를 끝장

...
12 아내의 복수극.

내었다. 1호집 애들이 특사를 접견하러 갔다가 물에 빠진 늙은 쥐꼴로 돌아왔다. 그들은 감히 문밖에서 소동을 일으키지 못하고 집에 들어가자 문을 닫아걸었다. 리쓰예의 눈가에 미소가 번졌다. 노인은 살생을 좋아하지 않았지만, 지금은 거의 생각이 바뀌었다 — '죽이는 것'도 쓰일 곳이 있고, 죽여야 옳은 경우도 있는 법이다!

관샤오허는 뱃속에 말하고 싶은 것을 꾹 참고서 말할 사람을 찾았다. 그는 모든 근심 걱정을 혼자서 다하는 듯 눈썹을 찌푸렸다. 다츠바오의 안전을 걱정하지는 않았지만 일본인이 학살을 자행할까 봐 걱정이 되고 두려웠다. 그는 특사가 암살되었으니 당연히 성을 도륙할 만 하다고 생각했다. 자연히 성의 도륙은 아마 없을지 모른다. 관 씨 댁은 일본인의 친구니까. 그러나 일본인들이 죽이려고 눈이 뻘겋게 되어 미친 듯이 죽이려는 마음이 생긴다면, 그들의 정신이 몽롱해져서 그에게도 칼을 휘두르지 않으리라고 누가 보장할 수 있는가? 지나치게 두려워하는 사람은 무릎을 먼저 굽히는 사람이지만, 무릎을 굽힌 후에도 계속 벌벌 떤다.

리쓰예를 보자 그는 급히 그에게 갔다.

"이런 일은 곤란해!" 그는 미간을 찌푸렸다.

"봐라, 이것은 호랑이 콧수염 뽑은 격이지?"

그는 이 사건은 터무니없는 짓이라 생각했다.

리쓰예는 일어서서 작은 벤치를 가져왔다. 그는 남을 탓하는 것을 제일 싫어했다. 그는 남과 원수가 되는 것을 가장 싫어하지만, 오늘 그의 마음속에는 어딘지 모르게 강한 기운이 있어, 관샤오허의 미움을 사기로 결심했다.

　바로 이때, 한 사람이 마치 부고를 하듯 치씨 집으로 달려갔다. 문밖에 이르자 문도 두드리지 않고 일종의 암호를 말했다. 문이 열리고 그와 문 안에 있는 사람이 개미가 촉수를 흔들듯 하더니, 안에 있던 두 사람이 황망히 뛰어나와 세 명이 함께 가버렸다.

　리쓰예는 특사가 암살당하자 아마 특무가 모자라서 치 씨 댁에 매복해있던 녀석들이 이동되었다는 것으로 알아보았다. 그는 천천히 집으로 갔다. 잠시 후에 다시 나와서 샤오허가 밖에 없는 것을 확인하고 잇따라 4호집 대문 밖에서 창순을 불렀다.

　창순은 한나절 동안 한가하게 있지 않고 지금까지도 어떻게 치 노인을 만날까 생각했다. 리쓰예의 목소리를 듣고 급히 뛰어나왔다. 리쓰예가 손짓을 했다. 그는 노인 뒤에 붙어서 치 씨 댁에 갔다.

　원메이는 이미 담에 구멍 내는 짓을 그만두었다. 치 노인이 더 계속하는 것을 허락하지 않았기 때문이다. 노인의 노기는 아직 가시지 않아서 상당히 큰 소리로 말했다.

　"그만둬! 다시 더 팔 필요가 없어. 누가 우리를 돕겠나. 우리는 다른 사람을 끌어들여서는 안 돼! 그런 낡은 방법은 이제 소용이 없어. 너에게 일러두마. 이후에는 다시는 에 깨진 항아리로 대문을 괴지 마라! 흥, 다른 사람 집 지붕으로 들어오지 않느냐! 말세야, 말세야! 칠십 평생을 헛살았어! 내 방식은 더 이상 먹혀들지 않아!" 그렇다. 그의 귀한 경험이 한 푼의 값어치도 되지 않았다. 그는 자신감을 잃었다. 그는 사람에게 버려진 한 마리의 늙은 말처럼 어떤 파리, 모기에게 수모를 당해도,

어쩔 도리가 없었다.

샤오순얼과 뉴쯔는 남쪽 방에서 숨죽이고 놀면서 감히 마당에 나올 생각을 못 했다. 숨죽이고 노는 것은 어린애의 가장 큰 비애다. 윈메이는 그들에게 볶은 완두를 주어서 그들의 입을 틀어막아 소리를 안 내게 했다.

샤오순얼은 리쓰예가 집에 들어오는 것을 보았다. 그는 아주 흥분이 되어서 '엄마!' 하고 소리 질러 이미 반나절이나 평온을 찾은 집안을 온통 떨게 했다.

윈메이가 충혈된 눈으로 뛰쳐나왔다.

"귀신이 잡아갈 놈! 너 왜 소리를 지르고 야단이야?"

그녀는 말을 마치고 리쓰예를 보자 미처 말도 하기 전에 소리 내어 울었다.

그녀는 쉽게 우는 여인이 아니었지만, 그동안의 재난으로 그녀는 울지 않을 수 없었다. 남편의 생사도 모르는 채, 온 집안 사람들이 마당 안에 죄수처럼 갇혀 있었다. 그녀가 만약 밖으로 나다닐 수 있는 자유만 있었더라면, 발이 닳도록 남편을 위해 분주했을 것이다. 그녀는 그럴 결심과 용기도 있었다. 그러나 그녀는 나갈 수가 없었다. 다시 말하면 이미 집안에 있는 사람은 모두 나갈 수 없었다. 그녀는 마음이 아무리 괴로워도 그녀가 먹든 말든 노인과 애들에게 밥은 해 먹여야 했다. 그러나 그녀는 문밖에 나가서 아무것도 사올 수가 없었다. 그녀와 온 세계의 연락이 단절되고 아내 노릇, 어미 노릇, 며느리의 책임마저 저버리게 만들었다. 족쇄는 채워지지 않았으나 그녀는 죄수와 같았다.

그녀는 조급해 하며 성을 내고 발악했지만 어쩔 수 없었다. 그녀는 들은 적은 없지만 한 사람이 잡혀가면 온 가족이 옥에 들어앉는 것과 같다는 말이 옳다고 생각했다. 일본인은 이렇게 한 집안을 몰락시키는 이러한 방법을 생각해냈다. 이제야 일본인을 알게 됐다. 그녀야말로 그들을 정말 미워했다.

"쓰예!"

치 노인이 놀라서 소리 질렀다.

"자네, 어떻게 들어왔나?"

리쓰예는 억지로 웃었다.

"그놈들이 갔어!"

"갔다고?"

톈유 부인이 샤오순얼과 뉴쯔를 따라나섰다.

"일본인 특사가 우리 손에 죽었어. 그놈들이 여기를 지킬 겨를이 없어!"

윈메이가 울음을 그쳤다.

"특사라니, 죽다니?"

치 노인은 모든 게 꿈 같았다. 리쓰예의 말을 기다리지도 않고 생각을 정리했다.

"샤오순얼 애미야 큰 향을 가지고 오너라. 일본인을 위해서 향을 피워야겠다!"

"어르신 생각이 맞아요!"

리쓰예도 웃었다.

"향을 피우다뇨? 총을 쏴야 제맛이지요!"

"흥!"

치 노인의 작은 눈 속에 원한의 빛이 서렸다.

"내가 총이 있었다면 먼저 대문에 있던 그 두 놈을 쏘아버렸을 거야! 중국인이 일본인이 우리에게 수모를 주는 것을 돕다니. 개새끼들이야!"

"맞아요. 창순의 이야기를 들어봅시다."

리쓰예가 자기 뒤에 서 있는 창순을 앞으로 내밀었다.

창순은 이제 더 이상 참을 필요가 없었다. 곧 가슴을 펴고 일찍이 있었던 영웅적 사건을 놀랍고 위험했던 고사처럼 모두에게 들려주었다. 그가 처음 들어올 때는 모두가 구경하러 온 줄 알아서 별 주의도 기울이지 않았다. 이제는 영웅이 되어 그의 코맹맹이 소리도 음악처럼 들렸다. 그가 말을 마치기를 기다려 치 노인이 한숨을 쉬면서 말했다.

"창순아, 고생했다! 좋은 녀석이구나! 좋은 녀석이야! 나는 그때는 이웃들이 모두 팔짱 끼고 한옆에 서서 치가를 보면서 웃고 있을 것이라 생각했지."

그는 더 이상 말을 잇지 못했다. 이웃들의 진정에, 일본인에 대한 분노를 잊고, 그의 마음이 누그러졌다. 격했던 화가 식자 그의 어깨는 다시 펴지고 풀렸다. 더듬어서 천천히 계단에 앉아 두 손으로 머리를 고았다.

"할아버지! 왜 그래요?"

윈메이가 급히 물었다.

노인은 고개를 숙인 채 낮게 말했다.

"내 손자가 아마 죽지는 않겠다! 하느님, 눈을 뜨시고 루이쉬안을 봐주세요!"

사태가 희망이 보이자 곧 원래 모습으로 돌아가서 존엄하고, 평화적이고, 환난과 어려움을 참아내는 노인이 되었다.

톈유 부인은 오전 내내 애썼더니 피곤하여 눕고 싶었다. 그러나 그녀는 리쓰예와 창순 곁을 떠나려 하지 않았다. 그녀는 둘째 아들 루이펑의 추태를 말하려 들지는 않았지만, 친구들이 루이펑에 비해서 더 친근하고 더 믿음직하다는 것을 알았다. 감정을 억제하고 억지로 웃으며 말했다.

"스따예와 창순, 두 분 모두 수고했어요!"

윈메이도 마음속으로 감격했지만 말이 나오지 않았다. 그녀의 마음에는 온통 루이쉬안 뿐이었다. 그녀가 굿리치선생의 힘을 못 믿는 것이 아니라, 남편이 굿리치선생의 손이 미치기 전에 형을 받을까 마음을 놓을 수 없었다! 그녀의 마음은 첸 선생과 루이쉬안이 하나로 겹쳐져서 피를 뒤집어쓴 루이쉬안이 보이는 듯했다.

리쓰예는 이쪽저쪽 마음이 괴로웠다. 눈앞의 남녀노소는 십지가 가장 맑은 사람들이고, 하나하나가 악마가 주는 어려움을 아무 이유 없이 모두가 겪었다. 그는 이들을 위로할 방법이 없다시피 했다. 그는 힘들여서 입을 열었다.

"제가 보기에 루이쉬안은 그렇게 많이 고생하지 않을 것 같아요.

너무 조급하게 굴지 말아요!"

그는 가볍게 기침을 하고 나서 자기 이야기는 그저 하는 소리이고 믿을 게 못 될지도 모른다고 말했다.

"조급해하지 말아요! 그리고 함부로 말하지 말아요! 영국대사관은 좋은 방법이 있을 거예요! 창순, 우린 가자! 치 큰형님이 일이 있으면 우리를 찾으실 게다!"

그는 천천히 밖으로 나갔다. 두어 발자국 가다가 머리를 돌려 윈메이를 보고 말했다.

"조급해하지 말게. 먼저 애들에게 뭐 좀 해먹이게!"

창순은 두어 마디 말하고 싶었으나 말이 나오지 않았다. 그냥 샤오순얼의 머리를 쓰다듬었다. 샤오순얼은 웃었다.

"누이야, 우리 모두 착하지, 말 듣자! 대문에 가보지 마!"

그들은 밖으로 나갔다. 두 부인은 무엇에 홀린 듯 그들을 내보냈다. 리쓰예는 어깨를 펴고 말했다.

"나오지 마세요!"

그녀는 멍하게 서 있었다.

치 노인은 머리를 괴고 앉아 꼼짝하지 않았다.

그때는 이미 루이쉬안은 몇 시간이나 감옥에 있었다. 거기가 첸모인 선생이 있었던 곳이었다. 그곳은 일체 설비가 모인 선생이 알던 것과 크게 다르지 않았다. 모인이 왔을 때는 학교를 임시감옥으로 바꾸었기 때문에 학교 설비 그대로 단순했다. 지금은 완전한 감옥이 되어 있었다. 곳곳에 일본인들이 고심해서 만든 흔적이 드러나 있었다. 어느 곳이든 일본인은 심혈을 기울여 고치고 또 고쳐서, 누가 보더라도 그것은 잔인과 폭력의 결정체라고 칭찬을 받을만했다. 그곳은 일본이 살인에 대하여 마치 예술적으로 조예가 깊다는 것을 충분히 보여주고 있었다. 그렇다. 살인은 그들이 차를 마시고 화병에 꽃을 꽂는 것처럼 연구를 거듭한 일종의 예술이었다. 여기에 끌려온 사람은 범인이 아니라 일본인이 꺾어 온 화초였다. 그 꽃들은 호흡이 끊어지기 전에, 최고의 인내심을 경험하는 최고로 보드랍고 매끄러운 예술적 수법을 실행하는 대상이다. 피가 한 방울 한 방울 천천히 교묘하게 가장 고통스럽게 흘러나오도록 해야 한다. 그들의 고통은 일본인의 기쁨이었다. 일본인이 받은 교육이 그들이 흉악하고 잔인하게 할 뿐만 아니라 독하고 사나운 재미를 맛보게 하고, 흉악하고 사나운 것이 꽃과 새를 사랑하는 것과 같은 일종의 취미가 되도록 한다.

루이쉬안의 마음은 상당히 평온했다. 평소에 그는 사색을 좋아했다. 작은 일이라도 가장 타당한 방법에 이르기 위해서 전후를 고려한다. 7·7항전 이래로 그의 머리는 한가할 때가 없었다. 오늘 그는 갇혀있기 때문에 오히려 사태가 마무리되었으므로, 다시 무슨 생각도 할 필요가 없었다. 얼굴은 하얬으나 미소를 띠고 있었다. 차에서 내려서 베이징대학에 들어갔다 ― 그는 그곳이 베이징대학 이라는 것을 분명하게 알았다.

첸 선생이 갇혀 있었던 감방도 그때와는 완전히 모양이 바뀌었다. 아래층에 일렬로 된 방들은 앞면이 헐리고 굵은 철사로 된 철창살이 동물원의 동물 우리처럼 처져있었다. 하나의 감방이 좁은 방 몇 개로 나누어졌다. 각각의 공간 안은 한 마리의 산돼지나 여우를 가두어 둘 정도의 크기였다. 그러나 루이쉬안은 한 방에 10명 혹은 12명이 있는 것을 분명히 보았다. 그들은 서로 가슴을 등에 대고, 입을 뒤통수에 대고 서서 누구도 꼼짝할 수 없었다. 방에는 사람 외에 아무것도 없었다. 범인들은 대소변을 아마 서서 보고 있었을 것이다. 루이쉬안은 한 눈으로 지나가면서 훑어보고 이런 모양의 짐승 우리가 적어도 열 몇 개라는 것을 알았다. 그는 벌벌 떨었다. 우리 밖에 두 명의 일본인이 서있고, 6개의 눈 — 군병들의 눈 4개, 총구 두 개—이 전체를 통제하는 데 힘을 쏟고 있었다. 루이쉬안은 머리를 숙이고 지나갔다. 그는 자기도 여러 명이 들어가 있는 '짠롱'[13]에 처넣어질지 몰랐다. 만약 거기 들어가면 이틀이면 숨이 끊어질 것이라고 생각했다.

그러나 그는 제일 서쪽 끝 방으로 끌려갔다. 방은 작았지만 빈방이었다. 그는 마음속으로 생각했다. '이것은 아마 특실인가 보다!' 철문의 열쇠가 열렸다. 그는 허리를 굽혀서 들어갔다. 바닥에 삼합토가 깔렸었으나 아무것도 없었다. 진한 흙색에 비린내를 품고 있는 핏자국이 여기 저기 눈에 띄었다. 그는 급히 몸을 돌려 철책을 마주했다. 햇빛을 볼 수 없고 군인 한 명이 보였다. 군인의 총칼이 태양빛 마저 차갑게 만들었다. 그가 머리를 들자 천장판 위에 철조망이 보였다. 철조망 위에 철사가 감겨있고 철사에 이미 부패한 손이 묶여있었다. 그는 눈빛을 거두어 무의식 중에 동쪽 벽을 보았다. 벽에는 완전한 사람 가죽이 박혀있었다. 그는 그대로 뛰쳐나가고 싶었다. 그러나 곧 철책이 눈에

• • •

13 바구니 모양의 형구. 한 명만 가둔다.

들어왔다. 이왕 나갈 방법이 없으니 아예 눈을 돌려 서쪽 벽을 보았다. 벽에는 사람 머리 높이에 표구가 된 화폭이 옆으로 걸려있고 위에는 7개의 여자의 성기가 붙여져 있었다. 하나하나의 붉은 붓으로 호수를 적어놓고 옆에 꽃이 극세화로 그려져 있었다.

루이쉬안은 두 번은 볼 수 없었다. 머리를 숙이고 입을 꼭 다물었다. 잠시후 이빨이 부딪치는 소리가 났다. 사기의 위험에는 아랑곳없이 마음속에서 분노가 치밀었다. 그는 콧구멍을 벌리고 소리 내어 숨을 토해냈다.

그는 다시 집 생각은 하지 않기로 했다. 그는 자신의 운명을 일본인이 결정한다는 것을 알았다. 걸려있는 손과 못 박혀있는 사람의 가죽은 정말 특별히 자기에게 보여서, 자기의 손과 가죽이 아마도 전시품이 될 수 있다는 것을 말하고 있는 것 같았다. 좋아. 운명이 이미 결정되었다면 웃으면서 맞이하자. 그는 차갑게 웃었다. 조부, 부모, 아내와 자식들…모두 그와 멀리 떨어져 있어서, 그들의 모습도 분명히 기억할 수 없었다. 이런 모습이 좋다. 죽는 것이 오히려 통쾌하나, 죽을 때엔 눈물도 흘리지 말고 눈물이 맴돌지도 않게 아무 생각도 없이.

그는 거기에 얼마나 오래인지도 모르고 멍하게 서 있었다. 서쪽으로 넘어가는 햇살이 머리에 닿자 꿈에서 방금 깬 듯이 움직였다. 그의 다리가 벌써 뻣뻣해졌다. 그러나 앉고 싶지 않았다. 오히려 서 있는 것이 굳건한 기백을 보이기라도 하는 듯 했다. 평상복을 입은 아주 작은 일본인이 쥐새끼같이 그를 보고는 웃으면서 가버렸다. 이 일본인을 '생쥐'라고 부를 것이다. 그의 웃는 얼굴이 루이쉬안의 마음에 남아 루이쉬안에게 독한 마음이 들게 했다. 잠시 후에 '생쥐'가 와서, 루이쉬안을 향해서 악의에 찬 절을 했다. '생쥐'가 입을 열었다. 상당히 정확한 중국말로 말했다.

"너는 앉으려고 하지 않는군, 예의가 있구만. 내가 한 명의 친구를 데려다 함께 있게 해주지!"

말을 마치자 고개를 돌려 손짓을 했다. 두 명의 군인이 다 죽어가는 사람을 들고 와서 철책 밖에 놓더니 안으로 운반해 와서 세워두었다. 그 사람은 얼굴이 부어있었고, 나이가 몇이나 되는지 알 수가 없었다. 그는 설 수가 없었다. 두 명의 군인이 그를 철책에 매었다.

"좋아! 치 선생, 저 사람은 말을 못 들어요. 우리는 그를 세워둘 거요."

'생쥐'는 다 죽어가는 사람의 발을 가리켰다. 루이쉬안은 분명히 볼 수 있었다. 그 사람의 열 개의 발가락은 모두 목판에 못 박혀있었다. 그 사람은 동쪽으로 휘청 서쪽으로 휘청하지만 쓰러지지 않았다. 왜냐하면 철사가 그의 가슴에 감겨있기 때문이었다. 그의 발은 이미 검게 변색되었다. 한나절이나 지나서야 아야라고 한 번 소리 지른 것이 전부였다. 병사 하나가 급히 달려와서 총으로 절구처럼 발을 짓이겼다. 이미 썩은 발가락은 잘려나가고 없었다. 그 사람은 굶주린 늑대처럼 길게 소리치더니, 머리를 아래로 떨구고 다시는 소리를 내지 않았다.

"너 자꾸 소리 지를래?"

그 병사는 루이쉬안을 보며 그 사람을 욕했다. 그 후에 그는 잘린 발가락을 주워서 자세하게 진귀한 듯이 감상했다. 한참을 보다가 어깨에 총을 메고 주머니에서 종이를 꺼내어 발가락을 싸고는 방 호수를 적었다. 그 후에 루이쉬안을 보고 초소로 돌아갔다.

반 시간 지나서 '생쥐' 같이 생긴 사람이 나타났다. 발가락이 잘린 사람을 보더니 다시 루이쉬안을 보았다. 발가락이 잘린 사람은 이미 호흡이 끊어졌다.

"저 사람은 튼튼하지 못해. 나무 신을 신고 사흘도 못 견디고 죽었어! 중국인은 체육을 중시하지 않아!"

'생쥐'를 닮은 놈은 말을 하면서 머리를 흔들었다. 중국인의 건강을 걱정하는 것 같았다. 한숨을 쉬면서 루이쉬안을 향해 말했다.

"영국대사관에는 나무 신이 없지요?"

루이쉬안은 아무 말도 하지 않았지만 이제야 그의 죄상이 명백해졌다.

'생쥐'새끼는 무표정해졌다.

"당신, 영국 것은 귀하게 여기면서 일본 것은 깔본다! 반성해야 돼!"

말을 마치자 그는 죽은 사람의 다리를 모질게 찼다. 말이 이빨 사이로 새어 나왔다.

"중국인은 다 같아! 모두 더러워!"

그의 반짝이는 쥐새끼 같은 눈이 루이쉬안을 쳐다보았다. 루이쉬안은 눈을 부릅뜨지도 않고 담담하게 늙은 쥐새끼를 보았다. 늙은 쥐새끼는 성이 났다.

"너는 지독한 놈이야. 너도 나무 신을 신길 테다!"

말하고 나서, 그는 마치 지구를 반바퀴 쯤 돌 것 같은 큰 걸음걸이로 가버렸다.

루이쉬안은 멍청하게 자기 발을 보았다. 발가락에 못이 박히길 기다렸다. 그는 자신이 몸이 튼튼하지 못하다는 것을 안다. 못이 박히면 이틀이나 견딜까?. 이틀은 당연히 매우 고통스러울 것이다. 그 후는 아무것도 모를 것이고 영원히 아무것도 모를 것이다. 영원히 감각이 없어질 것이다. 그는 사태가 이렇게 간단하게 신속하게 되기를 간절히 바랐다. 그가 유죄라고 인정하면 응당 그렇게 참혹하게 죽을 것이다. 자신이 고루하고 편안하게 지내려 하고 항전에 참가하지 않은 벌이다.

두 명의 죄수가 묵묵히 죽은 사람을 들고 나갔다. 두 사람의 눈에 눈물이 고였으나 말이 없었다. 목소리를 내는 것은 자유를 의미하는 말이다. 자유가 없으니 침묵 속에서 죽어갔다.

마당에 갑자기 초소가 늘었다. 드나드는 일본인들이 개미처럼 긴장한 채 바삐 움직였다. 루이쉬안은 남해 밖에서 있었던 암살은 몰랐다. 그는 허둥지둥 오가는 하는 왜놈들이 대단히 가소롭다고 생각했다. 한 사람의 삶이란 매우 가련하다. 그러나 일본인으로 산다는 것은 이 가련한 생명을 소란을 일으키는데 다 써버리니, 가련할 뿐만 아니라 가소롭다고 생각했다.

한 무리 한 무리의 죄수들이 밖에서 양들처럼 끌려 나와서 뒤로 들어갔다. 루이쉬안은 밖에서 무슨 일이 일어났는지 몰랐다. 다만 베이핑성 안이나 밖에서 폭동이 일어났었길 바랐다. 폭동이 실패하더라도 그것은 영광이다. 그와 같이 묵묵히 가죽을 벗기고 손가락이 잘리길 기다리고 있는 것은, 일본인의 손에 놀아나는 작은 벌레일 뿐이며, 치욕은 그의 영원한 시호이다!

48

루이쉬안은 운이 좋았다. 사령부에서는 자객을 검열하느라 바빴다. '생쥐'가 와서 그를 한 번 보고 몇 마디 희롱한 후에 아무도 그를 괴롭히는 사람이 없었다. 첫째날 정오와 저녁에 흙보다 더 검은 만두와 맹물을 가져다 주었다. 사람 가죽을 마주하고 먹으려니 아무것도 넘길 수 없었다. 그는 물만 마셨다. 둘째 날 그의 밥이 바뀌었다. 한 그릇의 수수밥이 검은 만두를 대신했다. 그는 수수밥을 보자 둥베이지방이 생각났다. 관내인들은 수수밥을 먹지 않는다. 이것은 반드시 일본인이 둥베이에서 범인들에게 이러한 식사를 제공하는데 익숙해서 관내의 범인을 '우대'하는 데 사용하는 것 같았다. 일본인이 중국을 잘 안다고 생각하지만, 베이핑인이 고량을 먹지 않는다는 것은 알지 못한다고 루이쉬안은 생각했다. 둥베이에서 관례를 만들었다면 곧 법으로 정례화 하여 모든 지방에 활용한다. 루이쉬안은 평소에 일본인을 잘 안다고 생각했으나 이제는 자신할 수 없었다. 그는 일본인은 무슨 일이든 한 번 이루어지면, 어디서든 자주 바꾸지는 않지만 형편에 따라 바꿀 것이라고 생각했다. 하지만 확실하지는 않았다. 예를 들어 일본인이 중국인과 중국의 일을 도대체 얼마나 아는지 모르는지 분명치 않았다.

자기가 체포된 사건에 대해서도 마찬가지로 분명한 추측을 힐 수 없었다. 일본인은 왜 자기를 체포했는가? 왜 체포했으면 고문하지 않는가? 그들은 자기를 가르치려고 하는가 아니면 구경을 시키려고 데리고 온 것일까? 아니다. 그럴 수는 없다! 일본인은 음험하고 가장 비밀스런 술책을 쓰지만 그들의 폭행을 남들이 아는 것을 원하지 않는다. 그러면 왜 자기에게 보여주려고 하는가? 만약 운이 좋아 도망칠 수 있다면, 자신이 본 모든 것이 그대로 역사가 되어, 영원히 일본인의 죄상으로 남지 않겠는가? 그들은 아마 자신을 방면하지 않기로 결정했는지 모른다. 그러면 왜 그를 우대 하는가? 어떻게 생각해도 아무것도 분명하게 알 수 없었다. 일본인이 총명한지 우둔한지 알 수 없고 일마다 일정한 방법이 있다면 제멋대로 아무렇게나 하는 일은 없을 것이다. 감히 단정할 수가 없었다.

최후로 그는 결론을 지었다. 남을 감히 단정할 수가 없었다고, 남을 정복하고 남을 상해하고 싶으면 아무렇게나 하는 수밖에 별다른 방법이 없다고 생각했다. 침략의 본질은 마구 덤비는 것이다. 왜냐하면 침략자는 자기만 보고 자신의 생각에 따라 침략의 피해자도 응당 그러할 것이라 생각하기 때문이다. 그래서 침략자의 계산이 아무리 철저했더라도 침략자는 필연적으로 좌절하고 실패한다. 자기 실패를 보충하기 위해서 침략자는 자신이 이미 가지고 있던 견해에 따라 적을 고치려고만 하므로, 고치면 고칠수록 더 잘못되어버린다. 작게 수정하고 엄밀하게 하기 때문에 대전제와 근본적인 착오는 고쳐지지 않는다. 루이쉬안은 일본인이 작은 일에서는 확실히 마음을 쓰지만 아주 조심성이 많은 작은 원숭이는 영원히 작은 원숭이에 지나지 않고 고릴라가 될 수는 없다고 생각했다. 이렇게 생각되자 수수밥을 두어 입 맛을 보았다. 그는 다시 걱정하지 않았다. 자기 자신이 살아서 나가든 죽어서 나가든 일본은 필연적으로 실패한다는 것을 분명히 알았다. 조그마한 일에는 총명하고 큰일에는 멍청한 것이 일본의 실패 원인일 것이다.

루이쉬안이 큰 문제에 대해서 생각하고 있었다면, 굿리치선생은 최고로 실제적이고 작지만 가장 유효한 방법을 생각하고 있었다. 루이쉬안의 체포는 그를 분노하게 했다. 루이쉬안을 대사관에 초빙하여 일하게 해주는 것은 확실히 루이쉬안과 그의 전 가족의 생명을 구해주는 것이라고 생각했다.

그러나 루이쉬안이 체포되었다. 이것은 이 노인의 자존심을 상하게 했다. 그는 루이쉬안이 가장 예의바르고 올바른 사람으로 말썽을 일으킬 사람이 아니란 것을 확실히 알고 있다. 그러면 일본인이 루이쉬안을 체포한 것은 영국에 대한 도전이다. 확실히 굿리치선생은 중국화 된 영국인이었다. 그러나 그의 마음 깊숙한 곳에는 아직 중국화 되지 않은 부분이 있었다. 그는 중국인을 동정했지만 중국인에 대한 동정 때문에 일본인의 무력을 존경하려 하지는 않았다. 이 때문에 일본인이 중국에서 살육을 자행하는 것을 보고 그는 일종의 어쩔 수 없는 마음을 가지고 있었다. 그는 철인(哲人)은 아니어서 특별히 초월한 담력과 식견도 없었으므로 일본인을 책하려 하지 않았다. 이렇게 한편으로 영국 정부가 중국을 위해서, 정의 편에 서서 정의를 집행해 주기를 바랐지만, 다른 한편으로는 오히려 일본이 영국을 공격하지 않는 한, 자질구레한 일에 관계할 필요가 없다고 생각했다. 그는 영국이 바다의 왕이라고 생각했기 때문에 일본은 절대로 계란으로 바위를 치지 않을 것이라고 생각했다. 자기 나라의 국력과 국가의 위신에 대한 신앙이 중국에 대한 동정심과 불가피하게 자기 우월감을 가지게 했다. 그는 절대로 남의 불행을 기뻐하지 않았지만 의를 위해서 용기를 내어 타인을 위해 불평등을 쳐부수려고도 하지 않았다. 루이쉬안의 체포는 이미 일본이 영국에 대드는 것이라 생각했다. 그는 마음이 움직였다. 그의 동정심이 루이쉬안을 구출해야 되겠다고 결정하게 하고, 그의 자존심이 이 결정을 더 굳혔다.

그는 방법을 생각하기 시작했다. 그는 영국인으로서 일본인과 교섭할 생각을 해보았다. 그는 역시 동방화된 영국인이었다. 그는 공문이 전달되기 전에 루이쉬안이 고문을 당하고 공문서가 도달했을 때 일본인이 루이쉬안의 명줄을 이미 끊은 후라서 아주 예의 바르게 '조사 결과 그런 사람 없음' 이라고 공문을 보내올 수도 있다는 것을 알았다. 하물며 영일 양국이 직접 접촉을 하려면 반드시 대사를 만나야 한다. 번거롭다. 게다가 이로써 상관의 기분을 상하게 할 수 있다. 신속을 기하고 번거로움을 줄이기 위해서 그는 동방의 방식을 응용했다.

그는 한 분의 대형을 찾아가서 그에게 자기 돈을 주고 대형이 루이쉬안을 빼오도록 부탁했다. 대형은 체면을 중시하고 옳고 그른 것에는 관심이 없었다. 그는 영국과 안면을 터놓을 필요가 있다고 생각하고, 일본인에게 현금을 주었다. 돈이 전해졌고 루이쉬안이 수수밥을 맛보았다.

셋째 날 바로 샤오추이가 머리가 잘리는 날 대략 저녁 8시경에, 생쥐가 전에 루이쉬안 몸수색에서 빼앗아간 물건을 들고 와서, 만두를 쪼개듯이 웃으며 낮은 소리로 말했다.

"일본인은 아주 좋은 사람들이오. 예의 바르고 착하고 공정하다오! 당신 가도 좋소!"

물건들을 루이쉬안에게 넘겨주고, 얼굴이 굳어지더니 한 마디 덧붙였다.

"당신, 맹세하시오! 여기서 있었던 일 하나라도 발설하면 안 됩니다! 만약 발설하면 다시 끌고 와서 나무 신을 신길 거요!"

루이쉬안은 '생쥐'를 보고 자신만의 생각에 빠졌다. 일본인은 수수께끼다, 전능하신 하나님이라 해도 생쥐가 어떤 놈인지 판단할 수 없을 것이다. 그는 맹세했다. 그는 첸 선생이 왜 시종 옥중의 일을 말하려 하지 않았는지 알게 되었다.

생쥐는 가죽지갑에서 차마 손을 떼지 못했다. 루이쉬안은 안에 1위안 짜리 석 장과 명함 몇 장 그리고 두 장의 전당표가 있다는 기억이 났다. 루이쉬안은 손을 내밀지도 않았고 '생쥐'에게 넘겨줄 생각도 없었다. 생쥐는 참지 못하는 표정으로 웃으며 물었다.

"주시는 거지요?"

루이쉬안이 고개를 끄덕였다. 그는 '생쥐'의 칭찬을 들었다.

"당신 정말 괜찮은 사람이야. 같이 갑시다!"

루이쉬안은 천천히 나왔다. '생쥐'는 그를 후문으로 안내했다.

루이쉬안은 궁리치선생이 힘을 써서 구출한 줄 몰랐다. 그러나 그는 어서 그분을 뵙고 싶었다. 그를 위해 힘을 쓰지 않았다 해도, 자신이 이미 출소했다는 사실을 알려서, 안심하도록 하고 싶었다. 속마음은 그랬지만 있는 힘을 다해 서쪽으로만 걷고 있었다. 집이 자신의 다리를 이끌고 있었다. 인력거를 세웠다. 감옥에서 사흘을 굶었지만 그는 피곤하기는 해도 배고픔을 못 느꼈다. 분노가 그의 정신과 체력을 지탱해 주었다. 감옥을 나오자 분노가 누그러졌지만 다리가 후들거렸다. 인력거에 올라앉자 현기증이 나고 구역질이 났다. 그는 힘껏 인력거 깔개를 잡고 자신을 진정시켰다. 혼미해지고 전신에 오한이 났다가 정신이 들었다. 한 참 후에 얼굴의 땀을 닦았다. 사흘 동안 세수를 하지 않았더니 얼굴이 진흙투성이였다.

눈을 감았다. 서늘한 바람이 귀와 볼을 간지럽히듯 스쳐 갔다. 그는 마음이 놓였다. 눈을 떴다. 먼저 그의 눈에는 등불, 아름다운 등불이 들어왔다. 그는 자기도 모르게 웃었다. 그는 자유를 얻었다. 인간 세상의 등불을 보았다. 그러나 그는 다시 감옥 안에 갇혀 있는 동포들이 생각이 났다. 그 사람들 모두는 하나같이 아마 아무 죄도 없고, 아무 죄도 저지르지 않았는데 거기에 갇혀 있을 것이다. 하루, 이틀, 사흘이면 아무리 건장한 사람이라도 다른 형벌을 가하지 않아도 서서 죽는다.

'망국이 가장 큰 죄다!' 라는 말이 생각났다. 반복해서 중얼거렸다. 그는 등불을 잊고 눈앞에 있는 모든 것도 잊었다. 저 등, 저 사람들, 저 상점들, 모두가 가짜이고 환영이다. 감옥에 그 많은 사람이 서 있다면 일체의 것은 존재하지 않는다! 베이핑의 호수와 궁전 모두가 존재하지 않는다. 존재하는 것은 죄악이다!

인력거꾼은 마흔 살 정도의 나이라 걸음이 경쾌하지 못했다. 자기의 느린 것을 숨기려는 듯 말을 걸었다.

"선생님, 오늘 목이 잘린 인력거꾼 성이 무엇인지 압니까?"

루이쉬안은 몰랐다.

"성은 추이예요! 시성 사람이요!"

루이쉬안은 샤오추이를 생각했다. 그러나 그는 재빨리 그 생각을 버렸다. 그는 샤오추이가 루이펑에게 인력거를 달세로 놓고 있어서 갑자기 아무 이유 없이 목이 짤릴 일은 없을 것으로 생각했다. 다시 생각해보니 정말 샤오추이라면, 그래도 이상 할 게 없었다. 자기도 아무 이유 없이 잡혀가지 않았나?

"그 사람은 왜……?"

"역시 모르시는 거요, 선생?"

인력거꾼은 좌우에 아무도 없다는 것을 알고 낮은 소리로 말했다.

"특사인가 뭔가가 우리 손에 살해당해서 그런 거 아닌가요? 샤오추이 외에도 2천 명이나 잡혀갔소, 샤오추이의 머리가 잘렸다오! 그가 자객이었느냐고? 천만에, 누구도 말하려 들지 않는다오. 오히려 우리 머리는

335

값이 나가지 않으니 마음대로 자르라지! 뒈질 놈들!"

루이쉬안은 이틀 동안 감옥에 그렇게 많은 사람이 잡혀 왔지만, 자기가 심문을 받지 않고, 고문을 당하지 않았다는 것을 명백하게 알게 되었다. 그는 운 좋게 생명을 건진 것이다. 그가 운이 좋아서 화를 면했다면 샤오추이는 운이 나빠 그물에 걸렸는지 어떻게 알 수 있는가? 나라 땅을 남에게 빼앗기니, 사람의 생명이 남의 손에 넘어가 마음대로 하게 되고, 누가 살고, 누가 죽는지 모두 남의 손에 의해 결정이 된다. 그와 샤오추이는 모두 구차하게라도 살아가려고 했다. 그런데 구차하게 사는 것이 바로 비참한 죽음의 원인이다. 그는 눈을 감고 자신과 샤오추이를 잊고, 자유로운 중국의 진영 안에서 얼마나 많은 자유인들이 자유롭게 살수 있고, 죽음의 목적을 선택할 수 있는가를 생각했다. 총탄을 향해서 달려가는 그 사람들이 진짜 인간이고, 자기의 생명을 자기의 결심과 배짱에 맡긴 사람이다. 그들은 살고 살아서 자유를 얻는다. 죽음, 죽음의 영광을 얻는다. 그와 샤오추이는 거기에 끼지 못한다.

인력거가 집 앞에 멈춰 섰다. 그는 나른하게 눈을 떴다. 그는 지닌 돈이 한 푼도 없다는 것을 잊었다. 인력거꾼에게 말했다.

"잠시 기다려요. 돈을 가져다 드리겠소."

"그래요 선생, 안 급합니다!"

인력거꾼은 예의 바르게 말했다.

그는 문을 두드렸다. 아주 냉정하게 문을 두드렸다. 죽음에서 탈출하여 손으로 자기 집 문을 잡고 있다. 응당 감동할 일이다. 그러나 그는 아주 냉정했다. 그는 망국 현상을 보고, 망국의 노예는 생(生)과 사(死) 사이의 거리가 아주 가깝다는 것을 깨달았다. 그의 마음은 굳어졌다. 그가 죽음에서 도망쳐 나오는데 준비가 되지 않아서, 계속 구차하게 살아가야 하는 건가 그의 감정이 흔들렸다. 다시 말하면 집이 감옥이 되고 모두가 먹고사는 일에만 마음을 쓴다면 영혼의 생활이 잊혀 질 것이다.

그가 윈메이의 발자국 소리를 들었다. 그녀가 멈춰 서서 낮은 소리로 물었다.

"누구세요?"

그는 담담하게 대답했다.

"나요!"

그녀는 달려들듯이 재빨리 문을 열었다. 부부가 얼굴을 마주했다. 그녀가 서구의 여인이었으면 급히 다가가서 남편을 꼭 껴안았을 것이다. 그녀는 중국인이었다. 그녀의 마음은 뛰어서 남편의 품속에 뛰어들고 있었다. 그렇지만 그녀는 걸음을 멈추고 부부 사이에 무형의 벽이 막고 있는 듯이 다가서지 못했다. 그녀의 눈이 밝아졌다. 어떤 질문을 던져야 할지 모른다는 듯이 말했다.

"당신 돌아왔어요?"

"인력거 차비를 주시오!"

루이쉬안은 낮은 소리로 말했다. 말을 마치자 마당으로 들어갔다. 그는 부부 상견의 흥분과 기쁨을 느끼지 못했다. 다만 자신이 구차하게 잡혀가서, 구차하게 돌아온 것이 일종의 말할 수 없는 큰 수치라고 생각했다. 만약 몸에 상처를 입거나 얼굴에 흉터가 생겼다면, 으스대며 성큼성큼 대문을 들어서서 집안사람의 위로와 친절을 웃으며 반겼을 것이다. 그러나 그는 그대로의 그다. 정신적인 상처를 제외하고 육체에는 한 점의 혈흔도 없다 ―오히려 일본인들이 자기를 때릴 가치도 없다고 생각한 듯했다. 애국자들은 전쟁을 통해서 평화를 쟁취한 후에 혈흔은 영광의 휘장이 된다. 그는 아무 휘장도 없이 사흘간 굶기만 하고, 배고픈 개가 꼬리를 다리 사이에 박은 모습으로 집으로 돌아왔다.

톈유 부인이 방문에 서 있었다. 그녀의 목소리가 약간 떨렸다.

"큰애야!"

루이쉬안은 감히 머리를 들지 못하고 가만히 불렀다.

"엄마!"

샤오순얼과 뉴쯔가 지난 이틀은 아버지 돌아오시길 기다리느라 늦게 잠이 들었다. 두 아이가 웃으며 뛰어 나왔다.

"아빠! 돌아오셨어요?"

두 아이는 아버지 손 하나씩 나누어 잡았다.

두 개의 따뜻한 손이 루이쉬안의 마음을 부드럽게 녹였다. 천진난만한 사랑이 그의 치욕을 마음에서 몰아내어 주었다.

"큰애야! 루이쉬안!"

치 노인도 잠들지 않고 손자가 돌아오길 기다리다가 방안에서 소리쳤다. 바쁘게 문을 열었다.

"큰애야, 정말 너로구나?"

루이쉬안이 아이들을 데리고 들어갔다.

"접니다. 할아버지!"

노인은 부들부들 떨면서 계단을 내려왔다. 마음은 급했으나 몸은 느리게 무릎을 꿇었다.

"역대 조상님들의 덕이다! 조상님들, 제가 절을 올립니다!"

그는 서쪽을 향해 세 번 머리를 조아렸다.

샤오순얼과 뉴쯔의 손을 놓고 급히 할아버지를 부축하려 했다. 노인은 전신이 모두 물러져 버린 듯이 한참 만에 겨우 일어났다. 노소 사대가 모두 노인의 방 안으로 들어갔다.

텐유 부인이 이때를 틈타서 마당에 있는 며느리에게 부탁했다.

"그가 돌아왔다. 정말 조상의 음덕이다. 그에게 둘째 얘기는 하지 마라! 알겠지?"

윈메이가 눈을 껌벅이며 말했다.

"저는 말하지 않을 거예요!"

방안에서 노인은 몇 년이나 못 본 듯이 장손을 똑바로 쳐다보고 있었다. 루이쉬안의 얼굴이 여위었다. 사흘 동안 수염을 깎지 않았더니 짧지만, 여기저기에 수염이 돋아 있어서 병자의 얼굴이었다.

텐유 부인과 윈메이가 들어왔다. 그들 모두 하고 싶은 말이 뱃속에 가득했으나 서두를 찾지 못했다. 이 때문에 바보같이 루이쉬안을 뚫어 져라 쳐다보기만 했다.

"샤오순얼애미야!"

노인의 눈은 손자를 보면서 손부에게 말했다.

"너는 나가서 찻물 끓여서 차 좀 내와!"

윈메이는 빨리 무어라도 하고 싶었다. 그러나 이제야 겨우 찻물을 끓일 생각이 났다. 그녀는 웃었다.

"저는 그저 얼떨떨했네요. 할아버지!"

말을 마치자 재빨리 밖으로 뛰어나갔다.

"그에게 뭐두 먹여라!"

노인은 며느리에게 말했다. 그는 며느리를 보내고 손자를 독점하고 자기의 용기와 상심을 말하고 싶었다.

롄유 부인은 주방에 들어갔다.

노인은 말이 많았다. 이 때문에 형편 되는대로 한 마디를 끝내면—할 말이 많아서 어디서든 시작될 수 있다.

"내가 그들을 두려워했겠나?"

노인의 눈이 일자로 모아졌다. 3일 전의 전투장면이 눈앞에 펼쳐졌다.

"나 말이야? 흥! 가슴을 헤치고 그들에게 쏘라 했지! 그들은 감히 쏘지 못했어! 히히!"

노인은 냉소하면서 말했다.

샤오순얼은 아버지를 잡고 할아버지랑 함께 온돌 가장자리에 앉았다. 샤오 뉴쯔는 아버지 다리 사이에 서 있었다. 그들은 모두 조용히 노인의 팔다리를 흔들며 말하고 있는 것을 지켜보았다. 루이쉬안은 할아버지가 무슨 말을 하는지 분명히 알 수 없었다. 다만 그가 기억하기에 할아버지의 교훈은 언제나 평화, 인내, 손해의 감수이지, 용기나 대담, 모험은 없었다. 지금 노인은 가슴을 헤치고 그들에게 총을 쏘라고 말했다! 압박과 폭행은 아마 온순한 양 마저도 머리를 부딪치고 싸우게 할 것이다!

톈유 부인은 먼저 찻주전자를 가지고 왔다. 그녀는 시아버지 앞에서 감히 앉지 못했다. 그러나 그녀는 서 있어야 하지만 이것은 그녀도 달갑지 않았다. 그녀는 큰아들의 눈을 보면서 마음속에 있는 말을 아들에게 하고 싶었다.

뜨거운 차를 두어 모금 넘기자 정신이 나는 것 같았다. 그래도 그는 눕고 싶고 자고 싶은 생각뿐이었다. 그는 할아버지의 말씀을 들어야 했다. 그것이 그의 책임이었다. 그의 책임은 매우 많다. 할아버지 말씀을 듣다가, 일본인에게 체포되고, '생쥐'에게 희롱 당한 것 등을 생각했다… 하지만 모두가 그의 책임이었다. 그는 책임을 다하는 망국의 노예였다.

겨우 할아버지가 말을 다 끝내자, 그는 엄마가 분명 할 말이 많다는 것을 알았다. 불쌍한 우리 엄마! 그녀의 얼굴은 다 헤어진 누렇게 퇴색된 종이 같았다. 광채라고는 없었다. 그녀의 눈이 깊이 들어가고 눈 주변의 피부도 파랬다. 그녀는 일찍 쉬어야 했다. 그러나 버티고 서서 나가시려 하지 않았다.

윈메이가 대야에 물을 들고 왔다. 루이쉬안은 세수할 생각은 하지 않고 지푸라기만 떼었다. 감옥에 앉아 있으면, 큰일만 기억하고, 세수와 이 닦기 같은 작은 일에 소홀하게 되어버린다.

"당신 뭐 좀 먹지요?"

윈메이는 노인과 시어머니에게 차를 따르면서 남편에게 물었다.

그녀는 감히 남편만 부르고 노인들을 소홀하게 할 수 없었다. 그녀는 아내이고 며느리다. 며느리의 책임이 아내의 책임보다 더 중요했다.

"되는대로!"

루이쉬안의 뱃속은 분명히 비어있다. 그러나 먹고 싶은 기분이 나지 않았다. 그는 잠이 더 필요했다.

"얇게 썰어서 수제비를 만들어!"

톈유 부인이 지시했다. 며느리가 나가기를 기다려서야 겨우 그녀가 루이쉬안에게 물었다.

"애야, 고생하지 않았니?"

"괜찮아요!"

루이쉬안은 억지로 웃었다

노부인은 할 말이 많았지만, 자신을 억제해야 한다는 것을 알고 있다. 그녀의 말은 가득한 한 잔의 물 같아서 가득 찼지만 쏟아 버릴 수 없었다. 그녀는 아들이 피곤해서 휴식이 필요하다는 것을 알고 있다. 그녀가 가장 마음에 걸리는 것은 고생이나 하지 않았나 하는 것이었다. 아들이 '괜찮다'고 해서 더 이상 꼬치꼬치 묻지 않았다.

"샤오순얼아, 우리 자러 가자!"

샤오순얼은 할 수 없이 떨어졌다.

"샤오순얼아, 착하지!"

루이쉬안은 마지못한 듯이 말했다.

"아빠! 내일 또 가는 것 아니지?"

샤오순얼은 아빠의 안전에 대해서 마음을 못 놓는 듯했다.

"음! "

루이쉬안은 아무 말도 하지 않았다. 그는 일본인의 기분에 따라 내일 다시 감옥에 갈 수 있다는 것을 알고 있었다.

어머니와 샤오순얼이 나가자 루이쉬안도 일어섰다.

"할아버지, 쉬십시오."

노인은 손자에게 불만이었다.

"너, 나에게 어떤 괴로움을 당했는지 말하지 않는구나!"

노인은 아주 흥분이 되어 조금도 피곤한 기색이 없었다. 그는 손자가 투옥되어 겪었던 상황을 듣고, 자신의 용감한 행동을 하나로 합쳐서, 머리와 꼬리가 맞아 떨어지게 해서 역사가 되게 하고 싶었다.

루이쉬안은 정신이 없어서 감옥에서의 정황을 말하고 싶지 않았다. 중국인은 비밀을 지키지 못하고, 일본인의 귀와 눈은 아주 빠르다. 만약 그가 함부로 지껄이면 다시 투옥될 수 있다. 그리하여 '안에서도 괜찮았습니다!' 라고 말했다. 뉴쯔를 데리고 밖으로 나왔다.

자기 방으로 돌아와서 잠시 침상에 자신을 뉘었다. 자기의 침상이 무엇보다 전신을 부드럽게 받쳐주는 것이 자랑스러웠다. 자신의 신체, 모든 부위를 내려놓고 몸 전체를 맡겼다. 마음속이 비로소 평온하고 편안해졌다. 사람을 벌주는 가장 간단하지만 가장 무서운 방법은 침상을 빼앗는 것일 것이다. 이렇게 생각하며 눈을 감고 바람 앞에 등불처럼, 반은 꺼졌으나 아직 완전히 꺼지지 않은 듯이, 생각을 미처 정리하지 못한 채 더이상 생각하지 못하고 없이 꿈나라로 깊이 빠져들었다.

원메이가 접시를 들고 들어와 어쩌면 좋을지 몰랐다. 불러 깨우자니 그가 싫어할까 겁나고, 안 깨우자니 수제비가 식을까 겁이 났다.

샤오 뉴쯔가 작은 눈을 껌벅이며 조심하라고 일렀다.

"니우야, 너 먹을래?"

평소에 뉴쯔의 제의는 반드시 거절당한다. 원메이는 자기 전에 아이들이 무엇을 먹는 것을 허용하지 않았다. 오늘은 무엇이든 규칙에 어긋나더라도 허락하고 싶었다. 그녀는 자신의 마음속의 환희를 표시할 방법이 없었다. 좋았어, 그녀는 소녀에게 수제비를 먹게 해서 자기 마음을 밝히려 했다. 그녀는 뉴쯔의 귀에 대고 말했다.

"조금만 먹어. 다 먹고는 착하게 자거라! 아빠가 오시니 좋지?"

"좋아!"

뉴쯔도 낮은 소리로 대답을 했다.

원메이는 의자에 앉아 한 눈으로 뉴쯔를 보고 한 눈으로는 남편을 보았다. 그녀는 자지 않고 남편이 깨면 다시 수제비를 끓일 때까지 기다리기로 결심했다. 그가 하룻밤 자면 그녀도 하루 저녁 기다릴 수 있다. 남편이 돌아왔다. 그녀의 남은 반생을 의지하려는데 하룻밤 잠쯤이야 희생하지 못하랴. 그는 가만히 일어나서 남편에게 이불을 덮어주었다.

날이 밝자 루이쉬안도 잠에서 깼다. 눈을 뜨자 여기가 어디인지 잊었다. 재빨리 불안해서 일어나 앉았다. 샤오 뉴쯔의 작은 침상 앞에 있는 유등이 깜박이고 있었다. 원메이는 작은 침상 앞 의자에서 졸고 있었다.

루이쉬안은 머리가 약간 아프고 마음은 텅 빈 것 같았다. 굶은 것 같았지만 먹고 싶지는 않고 계속 잠만 자고 싶었다. 그러나 윈메이가 잠자지 않고 밤을 세운 것이 그를 감동시켰다. 그는 작은 소리로 불렀다.

"샤오순 엄마, 메이! 당신 왜 자지 않았소?"

윈메이는 눈을 비비며 등불의 심지를 돋웠다.

"저는 당신에게 수제비를 끓여드릴까 하고 기다렸지요! 몇 시예요?"

이웃집 닭이 그녀의 질문에 대답했다.

"아이쿠야!"

그녀는 일어나서 허리를 폈다.

"날이 밝았구나! 당신 배고프지 않아요?"

루이쉬안은 고개를 흔들었다. 그는 윈메이를 보자, 갑자기 그녀에게 마음속에 있는 말을 말하고 싶었다. 그녀에게 옥중에서 지난 일과 일본인들이 얼마나 잔인하고 포악한지 말해주고 싶었다. 그는 그녀가 그의 유일한 진정한 친구라고 생각했다. 응당 그녀와 환난을 함께 하려면 일체의 자기 사정을 알아야 한다. 그러나 다시 생각해보면, 그녀에게 얘기해줄 가치가 있는 것이 무엇인가? 자신의 연약함과 치욕은 처자에게 조차 꺼내고 싶지 않았다!

"당신 누워서 자요. 감기 들겠어!"

그는 이 두 마디만 덧붙였다. 그렇다. 그는 덧붙여 말할 수 있다. 그에게는 생명의 참 불꽃과 뜨거운 피가 없어졌다. 그는 삶을 덧붙여 이어갈 수 있을 뿐이다. 생명이 가치가 떨어져 대충 살아가서 숨을 붙이고 있는 것이 책임을 다하는 것이다.

그는 다시 누웠다. 다시는 잠이 오지 않았다. 그가 모두 말하지 못하면 원메이에게 몇 마디라도 해서 그녀의 열성과 감격에 대해 고마움을 표시라도 해야 한다. 그러나 원메이는 등불을 불어 끄고 곧 잠이 들었다. 그녀는 뉴쯔처럼 단순했다. 그가 아무 일 없던 듯이 돌아오자, 그녀는 마음을 놓아버렸다. 그가 무엇을 해주던지 안 해주던지 상관 없었다. 그녀는 감격을 요구하지도 않고, 냉담해도 의심하지 않았다. 그녀의 사랑하는 남편에 대한 성심은 등불 같아서, 빛을 발하고는 보수도 칭찬도 요구하지 않았다.

새벽에 일어나자 그의 몸은 마치 감기에 걸린 것처럼 뻣뻣했다. 그러나 굿리치 선생을 뵈러 가기로 했으니 쉬려고 하지 않을 것이다. 굿리치선생을 만나자 그는 감격스러워 감사의 마음을 표시할 적당한 말을 찾지 못했다. 굿리치선생은 영국 사람이라 '고생하지 않았어' 한마디 물어보고는 더 이상 말이 없었다. 그는 루이쉬안이 감격에 찬 이야기를 늘어놓는 것을 원하지 않았다. 영국인은 감정을 억제한다. 그도 어떻게 루이쉬안을 구출했는지 말하지 않았다. 자신의 개인 돈으로 뇌물을 준 것에 대해 일체 언급이 없었고, 영원히 언급하지 않을 것이다.

"루이쉬안!"

노인은 목을 펴고 친절하게 말했다.

"자네 한 이틀 쉬게. 안색이 좋지 않아!"

루이쉬안은 쉬려고 하지 않았다.

"자네 마음대로 퇴근하게. 나하고 술 한잔 하세!"

노선생은 웃으며 루이쉬안에게서 멀어졌다.

이 만남과 대화의 모든 과정이 루이쉬안에게 만족감을 주었다. 그는 노인에게 아무 말도 하지 않았고 서로가 말은 없었지만 둘의 마음은 명백히 전해졌다. 이미 무사히 나왔으니 많은 수다스런 잔소리는 필요 없었다. 루이쉬안은 노선생이 진심으로 기뻐한다는 것을 알아챘고, 노인도 루이쉬안이 성심으로 감격하고 있다는 것을 알아챘다. 다시 말을 보태면 그것은 쓸데없는 소리다. 그것이 영국인의 방법이고 그것은 또 중국인이 친구를 사귀는 도리이다.

정오가 되자 두 사람이 한 잔 술을 마신 후에, 노인은 마음속에 있는 걱정을 말했다.

"루이쉬안! 자네 일을 겪고서 내가 하나하나 곰곰이 생각해 보니, 걱정이 되네. 나도 걱정으로 끝났으면 한다네! 내가 보기에 어느 날 일본인이 영국을 기습 공격하지 않을까!"

"아마?"

루이쉬안은 감히 단언할 수 없었다. 그는 이미 일본인은 예측할 수 없다는 것을 안다. 일본인에 대해 무엇을 추측한다는 것은 쥐가 밤중에 무엇을 할 것인가를 예언하는 것과 마찬가지다.

"아마? 어쩔 수 없을 거야! 내가 알아낸 바로는, 네가 체포된 것은 순전히 네가 대사관에서 일을 하기 때문이야!"

"그러나 영국은 강대한 해군을 가지고 있지 않아요?"

"누가 알겠어! 이것이 쓸데없는 걱정이기를 바랄 뿐이야!"

노인은 술잔을 멍청하게 바라보며 다시는 말이 없었다.

술을 마시자 노인은 루이쉬안에게 말했다.

"자네 집에 가게. 내가 자네를 위해서 반나절 휴가를 주겠네. 오후 4~5시경에 노인들을 위로하러 내가 가보겠네! 귀찮지 않으면 나를 위해 만두를 좀 빚어주겠나?"

루이쉬안은 고개를 끄덕였다.

관샤오허는 치 씨 댁의 일에 특별히 주의했다. 루이쉬안은 평일에 자기에게 그렇게 냉담했다. 그는 그렇게 냉담해서 불행하거나 낙담하지 않았다. 동시에 샤오추이의 머리가 잘리듯이 아마도 루이쉬안이 죽을 수도 있다고 생각했다. 루이쉬안이 만약 죽으면 치 씨 댁은 완전하게 무너질 수밖에 없다. 치 씨 댁이 망하면 그에게는 정신상의 위협이 하나 준다—전체 후통에서 치 씨 댁은 체면을 차리고 살면서 자기에게 친절하지 않은 집이었다. 다시 말해 치 씨 댁이 망하면 그는 응당 5호집을 매입하여 일본인에게 세를 놓는다. 그러면 자기 집 좌우에 일본인 이웃이 들어 앉으므로 자신이 일본에 사는 것처럼 훨씬 더 안전하게 느껴질 것이다.

그런데 루이쉬안이 풀려났다. 샤오허는 자신의 생각을 고쳤다. 일본인에게 잡혀가서 죽지 않았다는 것은 루이쉬안의 이력이 대단해진 것이라고 생각했다. 아니, 루이쉬안의 비위를 맞춰줘야 한다고 보았다. 그는 약간의 정신적인 스트레스 때문에 유력한 사람에게 책을 잡혀서는 안 된다 생각했다.

그는 때때로 대문 앞에 서서 치 씨 댁 동정을 살폈다. 5시경에 그는 굿리치선생이 5호의 대문에서 문을 두드리는 것을 보았다. 그는 혀를 내두르며 한참 동안 입을 다물지 못했다. 여름에 배우자 구하는 개새끼처럼 혀를 내민 채 뛰어 들어왔다.

"소장, 소장! 영국인이 왔다!"

"뭐요?"

다츠바오는 놀라서 물었다.

"영국인, 5호에 왔어요!"

"정말이요?"

다츠바오는 한편으로 질문하면서 한편으로 구체적 방법을 생각했다.

"우리가 이러한 놀라움을 그냥 넘겨 버려야 해요?"

"당연히 아니지! 곧 갈 거요. 우리와 저 영국인이 늘 하던 대로 교분을 나눕시다!"

샤오허는 급히 옷을 갈아입었다.

"제가 한마디 하는 것을 용서하세요. 소장!"

가오이튀는 저녁밥을 기다리다가 아주 공손하게 다츠바오에게 말했다.

"그게 적절해요? 요즘 같은 세월에 사람을 응당 끌어들여야 하지요. 그러나 그러면 두 배에 양다리 걸치는 꼴이 되지 않을까요? 치 씨 댁에 가서 몰래 염탐을 해서 보고드리면 어떨지… 소장님 말씀해보세요?"

샤오허는 생각할 것도 없이 고개를 끄덕였다.

"이튀, 자네 생각이 옳아! 자네 정말 생각이 있구만!"

다츠바오가 생각에 생각을 거듭했다.

"자네 말이 일리가 있어. 그러나 큰일을 하는 사람은 팔방미인이라야 돼. 한 방면이라도 많아지면 그만큼 관계도 많아지고 재능이 어떤 방면이거나, 어느 때라도 통해야 돼! 내가 근래에 늘상 큰 인물들과 가까이 지내는데 당신도 알다시피 그들은 중앙정부를 탓하지 않지요? 아니요, 그들이 난징 정부를 탓하던가요? 아니요! 그들이 영미 혹은 독일을 탓하던가요! 어떻게 큰 인물이 될 수 있는가? 사람들은 누구에 대해서도 말을 조심하고 누구도 멀리하지 않아. 이 때문에 누가 출세하던지 그 사람의 밥을 먹지. 그래서 그들은 영원히 큰 인물이야! 이뤄 자네는 좀 생각이 좁아!"

"그래요! 그래요!"

샤오허는 잇따라 급히 말했다.

"나도 그렇게 생각해! 의화단 사건 때 당신은 권법연습을 했지. 순경 자리가 나오자 당신은 곧 순경이 되려 했어. 의화권법이 순경이 되게 할 뻔했지. 임기응변이야! 좋아. 우리 한번 보러 가는 것이 어때?"

다츠바오도 고개를 끄덕였다.

굿리치선생과 치 노인이 얘기 중이었다. 치 노인의 모든 것이 굿리치 선생의 의중에는 진짜 중국의 멋이 깃든 듯 보여서, 자신의 마음속에 있는 중국적인 것과 딱 들어맞았다. 치 노인도 반드시 손님에게 상석의 자리를 양보하고, 치 노인은 차를 양보했으며, 치 노인의 겸양과 번거로움 모두가 굿리치 선생을 만족하게 했다.

톈유 부인과 원메이도 굿리치선생에게 좋은 인상을 주었다. 그들은 전족은 하지 않았고 머리를 파마하거나 입술에 립스틱을 바르지도 않았다. 그들은 손님에 대해서 아주 깍듯했으며, 그들의 번잡한 예절이 굿리치선생을 아주 기분 좋게 했다.

샤오순얼과 뉴쯔는 굿리치선생을 보자 신기하고 두려워하면서도, 다가가서 노선생의 양복을 만져보기도 하면서 수줍어했다. 이것이 굿리치선생을 기쁘게 해서, 뉴쯔를 안아 보려고 말했다.

"이리 와, 나의 큰 코와 푸른 눈을 보아라!"

표면상의 예절과 행동거지를 보고, 모두와 얘기를 나누어 보고, 굿리치 선생은 중국 역사의 한 부분을 보는 것 같았다. 치 노인은 청조의 인물을 대표했다. 즉 굿리치 선생이 가장 보고 싶어 하는 중국인이었다. 톈유 부인은 청조와 민국 사이의 인간을 대표했다. 그녀는 아직도 약간의 낡은 범절을 가지고 있었지만 새로운 사태가 생기는 것을 막지 못했다. 루이쉬안은 순수한 민국의 사람이다. 그는 조부와 나이가 40세 정도 차이가 나지만, 사고방식에서는 1세기가 떨어져 있었다. 샤오순얼과 뉴쯔는 미래의 인간이다. 장래 중국인은 어떤 모양일까? 굿리치 선생은 생각해낼 수 없었다. 그는 치 노인을 아주 좋아했다. 그러나 그는 톈유와 루이쉬안의 변화를 막지 못했으며, 더욱이 샤오순얼과 뉴쯔의 계속되는 변화도 막지 못했다. 그는 변하지 않는 특이하고 아치가 있는 중국문화를 보고 싶었다. 그러나 중국은 광풍을 맞고 있는 배처럼 물을 따라 흘러간다. 치 씨 댁의 네 세대를 보면서 그들은 기이한 일가라고 생각했다. 그들이 모두 중국인이지만 복잡하고 변화무쌍했다. 가장 기괴한 것은 각자가 하나의 집에 각기 다른 양식을 가진 사람으로 사는 것이고, 한 사람 한 사람이 변하고 있으면서, 각자 다른 역량을 가졌지만, 변화 중에서도 분열되어 흩어져버리는 데 이르지 않는 것이다. 이 기괴한 일가에서는 모두 각자 자기 시대에 충실하지만, 동시에 다른 사람의 시대를 격렬하게 거절한다. 그들은 다른 시대를 함께 버무려서 마치 여러 가지 맛의 약을 비벼서 하나의 환약을 만들듯이 하나로 된다. 그들은 모두가 역사에 순종하지만 동시에 역사에 항거한다. 그들은 각각 나름대로의 문화가 있다. 그리고 피차가 관용하고 이해한다. 그들 모두는 앞을 향해서 나아가고 또 뒤를 향해서 물러나는 듯하다.

이러한 집안사람들의 앞길에 광명 있을까? 굿리치 선생은 분명히 생각할 수가 없었다. 더욱 절박하게 핍박을 받으면, 그들이 일본인의 폭력적인 소탕을 견뎌 내고 우뚝 서서 흔들리지 않게 될까? 그는 샤오뉴쯔와 샤오순얼을 보며 마음속에 말할 수 없이 괴로운 감정을 느꼈다. 그는 중국통으로 자처했지만, 마음대로 단언할 수 없었다. 그는 이 일가가 이미 태풍 속에 휘말린 배처럼 보였다. 그는 이들을 위해서 조급했다. 그러나 지나치게 조급할 필요가 없었다. 누가 알랴? 이들이 배처럼 보이지만 실은 하나의 산인지? 산을 보고 조급해 하는 것은 얼마나 바보 같은가!

다츠바오와 샤오허는 아주 아름다운 옷을 차려 입고 들어왔다. 영국인에게 좋은 인상을 얻으려고 다츠바오는 얇은 나시, 어깨가 반쯤 노출되고 소매가 없는 서양식 옷을 입었다. 그녀의 입술은 아주 붉게 칠해져 있었고, 두발은 크고 작은 스물에서 서른 개 쯤의 계란말이를 올려놓은 것처럼 보여 마치 아름다운 요정 같았다.

그들이 들어오자 루이쉬안은 정신이 아득해졌다. 하지만 그는 재빨리 생각을 정리했다. 그는 감옥에 들어가서 죽음과 지옥을 본 사람이라 다시 이런 종류의 요정과 요괴 같은 것들 때문에 화를 낼 필요가 없었다. 그는 죽기 전에 일본인 앞에서도 무릎을 꿇지 않았는데, 부르지도 않은 두 명의 일본인 주구에게 무릎을 꿇겠는가? 그는 분노하지 않기로 결심하고 그들을 거절하지도 않기로 결정했다. 그는 자신이 그들과 놀아나는데 너무 마음 쓰지도 말고, 그들이 고양이나 강아지처럼 멋대로 놀게 놔두어야겠다고 생각했다.

굿리치선생은 놀라서 펄쩍 뛰었다. 그는 막 중국이 변화 중에 있다는 생각을 하던 참이었지만 중국인이 요정으로 변하리란 생각은 못 했다. 그는 어쩔 줄 몰라 했다.

루이쉬안이 그들을 소개했다.

"굿리치 선생님, 이쪽은 관 선생, 관부인으로 일본인과 절친한 분들이에요!"

다츠바오는 루이쉬안의 풍자를 알아듣고 못 들은 척 태연했다. 그녀는 날카로운 소리로 꺅꺅 하고 웃었다.

"어디요! 일본인이 영국인만 하나요? 노 선생님, 루이쉬안의 허튼소리는 신경 쓰지 마세요!"

샤오허는 원래 풍자를 못 알아듣고, 마음을 하나로 하여 굿리치 선생과 악수를 하려는데 정신이 팔려 있었다. 그는 악수가 이 세상에 제일 운명적이고 가장 진보한 예절이라 생각했다. 거기다 한 사람의 서양인과 악수하는 것이 10초 혹은 반 시간 서양에 머무는 것과 마찬가지라고 생각했다.

그러나 굿리치선생은 악수를 좋아하지 않아서 손을 맞잡았다. 샤오허도 허겁지겁 공수했다.

"노 선생, 대단합니다. 공수하실 줄 아시네요!"

그는 일본인에게 말할 때의 어조로 나왔다. 그는 중국말을 알 거나 모르는 것 같이 말하면 대체로 외국어가 된다고 생각했다.

그들 부부는 루이쉬안을 검먹게 한 일을 완전히 잊어버리고 모든 관심을 굿리치 신상에 두었다. 다츠바오의 말은 폭우처럼 굿리치 신상에 쏟아졌다. 굿리치 선생이 한 마디 대답할라치면 즉시 샤오허의 칭찬이 떨어졌다.

"보세요! 노선생은 '천만의 말씀'이란 말도 아시네."

"보세요. 노선생은 또 짜장면도 아시네! 얼마나 잘하시는가!"

굿리치선생는 자신이 동방의 방식을 따른 것을 후회했다. 자기가 여전히 에누리 없이 영국 사람이라면 좋으련만! 그러면 이 얼굴 두꺼운 요정들에게 냉담하게 대하면 그만인 것을! 그러나 그는 중국화 된 영국인이고 과도하게 예의를 배우려고 더 노력을 곁들였다. 그는 사람을 천 리 밖으로 밀어내고 싶지 않았다. 그러면 다츠바오와 관샤오허는 아주 득의에 차서 장난기 많은 무지한 아이들처럼 안색을 고쳐버려 더 귀찮아질 것이다.

최후로 샤오허가 공수하고 말했다.

"노선생, 영국대사관 쪽에서는 사람을 쓰지 않으십니까! 제가 바라건대… 당신이 아시다시피 하하! 삼가 부탁드립니다!"

영국인의 입장에서 말하면 굿리치 선생은 거짓말을 해서는 안 된다. 중국인의 입장에서 말하면 사람을 난감하게 해서는 안 된다. 그는 난처해졌다. 그는 만두를 희생하고 급히 도망을 가기로 결심했다. 그는 일어서서 더듬거리며 말했다.

"루이쉬안, 내가 방금 생각이 났네, 아, 그러니까 내 일이 그래, 일이 좀 있어! 다음 날, 다음 날 다시 오지, 반드시 오지…"

그는 루이쉬안이 말하기를 기다리지도 않았다. 관 씨 부부는 노선생을 못 가게 하려고 바빴다. 다츠바오는 간곡하게 말했다.

"노선생, 우리는 무슨 일이 있어도 당신을 보내드릴 수 없습니다. 우리는 이미 술과 요리를 좀 준비해두었습니다. 제발 귀하께서 우리의 체면을 보아 주십시오!"

"그래요 노선생님, 당신이 체면을 보아 주지 않으시면, 집사람이 틀림없이 한바탕 울 겁니다!"

샤오허도 옆에서 맞장구를 쳤다.

굿리치 선생은 어쩔 줄 몰랐다―일개 영국인으로서는 방법이 없었다. 정말로 방법이 없었다.

"관 선생!"

루이쉬안은 서둘지 않고 성을 내지도 않았다. 평화롭게 그러나 결연하게 말했다.

"굿리치 선생님은 가실 수 없어요! 우리는 식사를 할 거예요. 두 분을 잡지 않을 거요!"

굿리치선생은 침을 삼켰다.

"좋아요, 좋아요!"

다츠바오는 감탄하면서 말했다.

"우리는 아첨하지 않을게요. 우리가 여기 있는 것을 싫어하시겠지요. 그러면 노선생, 우리는 선생님이 우리집에 오시도록 강권하지는 않겠습니다. 제가 술과 요리를 보내 드리겠습니다! 한 번 만나고 두 번째 만나면 구면이요. 이후에 우리는 친구가 될 수 있어요. 그렇지요?"

"나의 일은 노인장께서 마음을 나누어 주십사 하는 것입니다!"

샤오허는 높이 공수했다.

"좋아요, 루이쉬안! 다시 봐요! 나는 당신이 아주 건강하셔서 기쁩니다. 서양전문가시고!"

다츠바오는 말을 마치자 눈을 돌려 모두에게 작별 인사를 했다. 샤오허는 뒤에 따라가면서 공수하면서 나갔다.

루이쉬안은 방 안에서 그들에게 머리만 보일 듯 말듯이 끄덕였다.

그들이 나가고 난 뒤 굿리치 선생은 한참 동안 목을 길게 뽑아서 겨우 말을 했다.

"저, 저 사람도 중국인이요?"

"불행히도!"

루이쉬안은 웃었다.

"우리는 일본안을 죽일 때, 저런 중국인도 씨를 말려버려야 해! 일본인이 늑대라면, 저 사람들은 여우야!"

49

갑작스런 재난이 샤오추이 부인을 산채로 암흑 속에 생매장 시켰다. 샤오추이는 그녀에게 어떤 행복도 누리게 하지 못했지만 그녀를 굶어 죽게 하지는 않았으며 그녀를 상당히 사랑했다. 샤오추이가 좋으냐 나쁘냐 하는 것은 둘째로 치고, 그는 그녀의 남편이었다. 그녀가 굶주릴 때조차 희망이 있고, 의지할 데가 있었다. 그러나 샤오추이의 머리가 잘렸다. 샤오추이가 못난 사람이기는 하지만 어떤 죄도 저지르지 않았다. 그는 좀도둑질도 강도질도 하지 않았다. 술주정을 할 때만 욕을 하고 아내를 때리는 것이지 술주정을 하는 것이 죽일만한 죄는 아니다. 게다가 술에 취해서 소란을 피울 때도 그는 좋은 말 몇 마디를 듣기 좋아하고, 누가 그에게 듣기 좋은 말 몇 마디만 하면 그는 순순히 잠자리에 들었다.

그녀가 아무리 울고 또 울어도 어떻게 해야 할지 몰랐다. 그녀는 생각이 없어졌다. 그녀는 갑자기 궁지에 몰렸는데, 무엇을 위해서인지 조금도 몰랐다. 억울하고 분하고 슬퍼서 그녀는 기절했다. 마 노부인, 창순, 쑨치와 리스마가 그녀를 구해냈다. 정신이 들자, 그녀는 눈을 똑바로 뜨고 울부짖었다. 곧 그녀는 목이 쉬어 말이 막혀버렸다.

그녀는 멍해졌다. 오랫동안 죽은 듯이 있더니, 그녀는 홀연히 일어나서 밖으로 뛰어나갔다. 그녀의 늘상 굶주리고 곤궁했던 여윈 몸이 미친 듯이 리스마를 들이받아 쓰러뜨렸다.

"쑨치, 막아!"

쓰다마가 소리쳤다.

쑨치와 창순이 있는 힘을 다해 그녀를 끌고 돌아왔다. 그녀의 산발한 머리의 일부가 눈물로 얼굴에 붙어 있고 낡은 신발 한 짝만 신고 이를 악물고 쉰 목소리로 말했다.

"날 놓아 줘요! 놓아줘요! 내가 일본놈들을 찾아 가서 그들에게 머리를 들이박고 죽어버리겠소!"

쑨치의 근시안이 울어서 붉어졌다. 그때는 다시 눈물을 흘리지 않았다. 창순과 함께 힘써서 그녀의 어깨를 두드렸다. 쑨치는 진심이었다. 평소 그는 샤오추이와 말다툼을 했지만 마음속으로 샤오추이를 좋아했다. 샤오추이는 그의 친구였다.

창순은 힘껏 코를 풀었다. 닭똥같은 눈물이 줄줄이 흘러내렸다. 그는 샤오추이를 존경하지 않았지만, 다만 샤오추이의 억울한 죽음과 샤오추이 부인의 가련함이 눈물을 멈출 수 없게 했다.

리쓰다마는 이미 몇 번을 울고 또다시 울기 시작했다. 샤오추이는 그녀의 이웃일 뿐만 아니라 자기의 자식이나 다름없었다. 평소에 샤오 추이가 그녀에게 조금도 예의를 차리지는 않았지만 그녀는 영원히 그를 도와주고, 때로는 야단쳤지만 진심으로 그를 사랑했다. 그녀의 크나큰 모성애가 그녀가 사랑하는 모든 사람에게 어떤 보답도 바라지 않게 했다. 그녀는 하나의 마음의 눈을 가지고 있었다. 그 눈에는 젊은 이들이 모두가 깡충깡충 뛰어다니는 어린이로 보였다. 그녀는 활기차 고 신이 나서 뛰놀던 아이가 갑자기 죽었다는 생각을 못 했고, 젊은 여인이 과부가 된다는 생각을 못 했다. 그녀는 나랏일은 모르고 관심도 없었다. 그녀는 오직 사람만 알았다. 특별히 젊은 사람들은 응당 평안하 게 살아야 했다. 죽음의 원래 모습은 저주다. 어째서 샤오추이가 죽고, 샤오추이의 머리가 잘려야 하는가! 그녀는 다시 울기 시작했다.

마 노부인은 젊어서부터 수절했다. 샤오추이 부인을 보자 그녀는 당년의 자기를 생각했다. 사실 그녀는 리스마처럼 그렇게 열렬하지도 않아서 평소 사오추이 부부에 대해서 우연히 한집에 사는 이웃으로 보기에 우의가 있거나 사랑한다고 할 수는 없었다. 그러나 과부와 과부 가 우연히 만났더라도, 남이라고 할 수 없을 정도로, 눈물이 끊이지 않고 흘러내렸다.

그런데 비교적 마 노부인은 다른 사람에 비해서 정신이 맑고 냉정했 다. 그녀는 말할 수 있었다.

"방법을 강구해 봐. 운다고 무슨 소용이 있나! 사람은 이미 죽었어!"

그녀는 사실을 말했다—사람은 이미 죽었다. 사람이 죽으면 곡으로 되살리지 못한다는 것을 안다. 그녀의 남편도 젊었을 때 자기를 떠났다. 그녀는 과부는 응당 사랑하는 마음 대신에 독한 마음을 먹어야 한다고 생각했다. 그녀가 독하게 마음먹고 운명을 받아들이지 않았으면, 그녀는 이미 무덤 속에 들어갔을 것이다.

그녀의 간곡한 말도 아무 효과도 없었다. 샤오추이 부인은 정신이 나간 것 같았다. 그녀는 머리 없는 샤오추이를 보고 있는 것처럼 앞만 바라보고 있었다. 그녀는 여전히 팔을 빼려고 발버둥치고 있었다.

"그는 억울하게 죽었어요! 억울해요! 나를 놓아주세요!"

그녀는 쉰목소리로 외쳤다. 깨문 입술에서 피가 났다.

"창순아, 놓아주지 마라!"

마 노부인은 급히 소리 질렀다.

"다시 소란 떨지 못하게 해! 치 씨댁 큰아드님, 그 점잖은 어른이 그들에게 잡혀가지 않았던가!"

이 말에 모든 사람 — 샤오추이 부인을 제외하고— 이 냉정함을 되찾았다. 리스마도 울음소리가 멈췄다. 쑨치는 다시 큰 소리로 욕하지 못했다. 창순은 비록 영국대사관에 밀고 들어가는 영웅적 기개는 있었지만, 샤오추이를 살려낼 방법은 없다는 것을 알았다. 게다가 모두의 머리가 위험하다는 걸 눈치채서 언제 잡힐지도 몰랐다.

모두들 울지도 소리치지도 않고 멍하니 샤오추이 부인을 보고 있으니, 누구도 방법을 생각해 내지 못했다.

샤오추이 부인은 버둥거리다 잠시 멈추었다가 다시 버둥거렸다. 그녀가 버둥거릴수록 모두의 마음이 혼란스러웠다. 일본인이 샤오추이를 죽었지만, 또 다른 보이지 않는 칼이 그들 모두의 마음을 찌르고 있었다. 샤오추이 부인은 이미 탈진하여 눈이 희멀겋게 뒤집혀서 기절해버렸다. 모두가 급히 떼지어 둘러쌌다.

리쓰예가 들어왔다.

"아이요!"

쓰다마는 허벅지를 손으로 때리면서 말했다.

"당신 어디 갔다 이제 오냐! 그녀가 두 번이나 죽었다 깨어났어!"

쑨치, 마 노부인과 창순은 일을 주관할 사람을 얻었다─리쓰예가 왔다. 무슨 일이든 다 잘 될 것이다.

샤오추이 부인이 다시 눈을 떴다. 그녀는 일어설 힘이 없었다. 바닥에 퍼질러 앉아서, 리쓰예를 보고 두 손으로 얼굴을 감싸고 울었다.

"걔를 잘 챙겨!" 리쓰예가 쓰다마에게 명령했다. 노인의 눈에는 눈물이 없었다. 그는 남이 괴로워하지 않고 그들에게 일만 해주기로 결심한 것 같았다. 그의 선심은 그가 우는 것을 허락하지 않았다. 울음은 어쩔 수 없는 표시일 뿐이다.

"마 노부인, 쑨치, 창순 모두 이리 와요!"

그들 모두를 마 노부인 방에 데리고 들어갔다.

"모두 앉아요!"

쓰예가 모두 앉는 것을 보고 자기도 앉았다.

"모두 먼저 소란 떨지 말고 일을 어떻게 처리할까 생각해봐요! 첫째는, 어떻게 하든 우리가 그녀에게 상복을 구해주어야 해요. 둘째는 어떻게 시신을 수습하는가 하는 거예요. 어떻게 운구하여 묻는가─이

361

모든 것이 돈이 들어요! 돈이 어디서 나오는가?"

쑨치는 눈을 비볐다. 마 노부인과 창순은 서로 마주 보았지만 말이 없었다. 리쓰예가 보충했다.

"시체 수습, 운구, 매장 모두 나 혼자 할 수 있어! 돈이 문제야, 나에게는 돈이 없어. 돈을 구해올 곳도 없어!"

쑨치도 돈이 없었고, 마 노부인도 돈이 없고, 칭순도 돈이 없었다, 모두가 멍청하게 넋 나간 듯이 앉아있었다.

"저는 더 이상 살아갈 수 없어요!"

쑨치가 울상을 지으며 말했다

"일본인이 공연히 무고한 사람을 죽였어요. 우리는 시체 수습할 일이나 의논하다니! 정말 체면이 말이 아니네요, 시체를 수습하려 해도 돈이 없어. 여기 있는 우리 모두가 쓸모가 있기라도 한 건가! 제기랄. 살아서 뭐 한단 말인가?"

"당신 그런 소리 하면 안 돼!"

창순이 항의했다.

"창순!"

마 노부인은 손자가 말하는 것을 저지했다.

리쓰예는 쑨치와 무엇이건 논쟁하고 싶지 않았다. 그는 얼마 안 있어서 심장이 뛰는 것도 멈추고 슬픔도 없어지고 불필요한 한담도 싫었다. 오로지 일만 얘기하고 타당하게 처리하고 싶었다. 그는 모두에게 물었다.

"돈을 모아 보는 것이 어떨까?"

"흥! 후퉁 전체에서 관가 집이 제일 부자이지, 하지만 나는 그에게 손을 벌려 구걸하러 갈 수는 없다. 아버지가 돌아가셨다고 해도, 나는 관가 집에 가서 구걸할 수는 없다! 무슨 소리를 해도 나는 매음굴에 가서 모금하지 않겠다!"

"내가 관가에 가겠어요!"

창순이 용감하게 나섰다.

마 노부인은 창순을 관 씨 댁에 보내고 싶지 않았지만 막을 수 없었다. 그녀는 샤오추이의 시신을 계속 땅 위에 버려놔서는 안 된다는 것을 알았다. 들개한테 훼손을 당할 수도 있기 때문이다.

"이렇게 하면 어때요? 쑨치, 거리 점포에 가서 모금을 해봐. 강요하지는 마라. 주면 주는 대로 받아라. 나와 창순은 우리 후퉁 안을 한 바퀴 돌겠다. 그 후에 창순 너는 치루이펑에게 가봐. 샤오추이가 그에게 인력거를 달세로 주었지 않니? 그도 아마 몇 푼은 안 내놓겠나! 나는 톈유를 찾아가서 샤오추이 부인 상복을 만들도록 굵은 흰 배를 달라고 하겠다. 마 노부인, 천을 가져올 테니 좀 꿰매 주세요."

"그게 좋겠군. 내 눈은 아직 잘 보여!"

마 노부인은 그렇게 돕고 싶어 했다.

쑨치는 장례비용 모을 기분이 내키지 않았다. 하지만 그는 정말 돕고 싶었다. 그가 돈이 있으면 인색하게 굴지 않고 내어놓았을 것이다. 장례비용 모으기는 골치가 아팠다. 다만 그는 감히 거절할 수 없었다. 눈을 비비며 나갔다.

"우리도 나가자"

리쓰예가 창순에게 말했다.

"마 노부인, 그녀를 돌보는 일에 스마를 도와주세요."

그는 샤오추이 방을 손가락으로 가리켰다.

"그녀가 뛰어나오지 못하게 해요!"

문을 나오자 쓰예가 창순에게 말했다.

"너는 3호에서 시작해. 1호에는 갈 삘뇨가 없이. 니는 후퉁 저쪽 끝에서 시작해서 양 끝을 책임질 테니. 빨리 해라! 화내지 마라. 주면 주는 대로 받고, 다투지 마라. 주지 않더라도 원망하지 마라."

말을 마치자 늙은이와 젊은이가 헤어졌다.

창순이 문에서 아직 부르지도 않았는데 가오이퉈가 마당에서 나왔다. 우연히 만난 듯이 이퉈가 말했다.

"어휴! 자네 무슨 일로 왔나?"

창순은 어른처럼 의젓하고 침착하고 예의 바르게 말했다.

"샤오추이가 죽었잖아요. 집이 가난해서 제가 이웃에 도와달라고 온 거예요."

그의 코맹맹이 소리가 완전히 사라질 수는 없다 해도 말이 적절하고 태도가 상냥해서 자신이 만족할 정도였다. 그가 영국대사관에 다녀온 이래 그는 갑자기 몇 살이 더 들어 보였다. 그는 이미 아이가 아니며 자신도 결혼할 자격을 갖추었다고 생각했다. 만약 그가 정말 결혼했으면 적어도 딩웨한 만큼은 의젓해졌을 것이다.

가오이퉈는 그 말을 듣더니 얼굴이 점점 더 엄숙해지고 동정하는 기미가 보였다. 연후에 그는 천천히 호주머니에서 10위안을 꺼냈다.

돈을 들고 그는 낮은 소리로 간절하게 말했다.

"관 씨 댁에서는 샤오추이를 좋아하지 않아요. 자네가 거절당하러 일부러 들어갈 필요가 없겠지. 내가 특별히 돈을 쓰지. 자네 받게나. 이 돈은 빈궁한 사람을 돕기 위한 특별비야. 일차 10위안이고 몇 차례에 걸쳐 받을 수 있을 거야. 주변 사람에게 말하지 말게. 돈은 많지 않은데, 말이 한 번 새나가면, 모두 몰려와 요구할테니, 내가 감당할 수 없어. 나는 샤오추이 부인이 아주 곤궁하다니, 그녀에게 한 몫을 주는 거야. 그녀에게는 이 돈을 어떻게 구했는지 말하지 마. 이후에는 그녀 대신에 자네가 받아가면 돼. 이 돈은 자선가가 내어놓은 것이니, 성명을 밝히고 싶어하지 않는다고 하게. 자네가 가지고 가게!"

그는 지폐를 창순에게 건네주었다.

창순은 얼굴이 상기되었다. 그는 기분이 좋았다. 나와서 처음 만난 사람이 바로 재물신이다.

"아참, 간단한 수속이 필요해."

이뒈는 갑자기 생각난 듯했다.

"남이 나에게 일을 부탁했으니, 나는 어쨌든 당부해야지!"

그는 작은 공책과 만년필을 꺼냈다.

"자네 서명하게! 작은 수속일 따름이네. 크게 관계가 없어!"

창순은 작은 공책을 보았다. 윗면에 성명, 액수, 서명이 적혀 있었다. 그는 마음이 내키지 않은 구석이 있었다. 다시 다른 집에도 급히 가야 하기 때문에 만년필로 서명을 했다. 글자가 단정하지 못해 고쳐 쓰고 싶었다.

"됐어! 원래 큰 관계가 없으니까! 작은 수속이야!"

이뭐는 웃으며 공책과 만년필을 회수했다.

"좋아, 내 대신에 샤오추이 부인에게 너무 상심하지 마시라고 전해주게! 친구들은 모두 그녀를 돕고 싶어 한다네!"

말을 마치자 그는 후통 밖으로 나갔다.

창순은 아주 기분 좋게 5호에 갔다. 문밖에 서서 생각을 고쳐먹었다. 그의 수중에 10위안이 있고, 치 씨 댁도 일을 당했는데, 치 씨 댁에 돈을 요구하고 싶지 않았다. 그는 6호에 갔다. 그는 류 사부와 딩웨한이 집에 없는 것을 알기에 곧장 샤오원에게 갔다. 그는 부인들과 여러 말 나누고 싶지 않았다. 샤오원은 바로 그때 횡적(피리)을 연습하고 있었다. 아마 그것은 뤼샤에게 쿤치앙[14] 반주를 준비하고 있는 것 같았다. 창순이 들어오는 것을 보고 피리를 내려놓았다. 적의단[15]에 작은 뱀 같은 뚜껑을 끼웠다.

"자, 저예요, 당신이 헤이토우[16]를 부네요?"

그는 웃으며 물었다.

"오늘은 시간이 없네요!"

창순은 창극에 중독되어 있었지만 자신을 억제했다. 그는 이제 어른이 되었다. 그는 아주 간단하게 오게 된 이유를 말했다.

샤오원이 안에 대고 물었다.

• • •

14 崑腔 : 명대의 희곡.
15 공명통.
16 경극의 배역.

"뤄샤! 우리 돈 얼마 있소?"

그는 언제나 집에 돈이 얼마나 있는지 없는지를 몰랐다.

"3위안 정도밖에 없어요."

"모두 가지고 와요."

뤄샤는 3위안 4마오를 손바닥에 들고 방 안에서 나왔다.

"샤오추이는 정말…"

그녀는 창순에게 물었다.

"물어볼 것 없어요!"

샤오원이 눈살을 찌푸렸다.

"사람은 모두 죽어요! 누군들 아나요, 자기 머리통이 언제 날아갈지!"

그는 천천히 돈을 집어 창순의 손에 놓았다.

"죄송해요, 요것 밖에 없어서!"

창순은 감동했다.

"당신 이렇게 다 주시면… 제가 다 가지고 가면…당신들은…"

"이게 어디 늘상 있는 일이요?"

샤오원은 웃었다.

"내 머리에 여전히 목이 붙어있어서 좋아. 돈이 없어 목이 떨어질
리는 없을 것이요! 샤오추이는…"

그의 목이 메어서 말을 잇지 못했다.

"샤오추이 부인은 어떻게 하고 있소?"

뤄샤가 걱정스럽게 물었다.

창순은 대답이 나오지 않았다. 그는 천천히 돈을 호주머니에 넣고

뤼샤를 힐끗 보면서 속으로 말했다. '샤오원이 일본인에게 살해당하면 당신은 어떻게 할 거요?' 마음속으로 이렇게 중얼거리며 그는 밖으로 나갔다. 그는 결코 샤오원 부부를 저주할 생각은 없었다. 그러나 죽는 것이 이렇게 쉬우니, 누가 샤오원이 절대로 칼을 맞지 않을 것이라고 감히 말할 수 있으랴.

샤오원은 나와서 인사하지 않았다.

창순은 대문까지 빨리 나왔다. 샤오원의 피리 소리가 뒤따라 나왔다. 그것은 피리 소리가 아니라 일종의 가장 괴롭고 슬픈 곡성이었다. 그는 걸음을 빨리 했다. 그 피리 소리가 그의 눈에서 눈물을 끌어내었다.

그가 7호 대문에 이르자 마침 리쓰예가 안에서 나왔다. 그가 물었다.

"어때요, 쓰예?"

"뉴 씨 댁에서 10위안을 주었어. 거기…"

리쓰예가 7호를 가리켰다. 그 후 손에 있는 돈을 세어보았다.

"여기는 모두가 굉장히 열심이기는 했지만 부유하지 않으니, 수중에 돈이 없어. 1마오, 4마오… 합쳐서 2위안 1마오야. 나는 합계 12위안 1마오야. 자네는?"

"쓰예에 비해서 좀 많아요, 13위안 4마오!"

"좋아! 돈을 나에게 주어, 자네가 치루이펑에게 가보겠나?"

"이 액수면 충분하지 않아요?"

"값싼 관을 찾고 4명 정도의 상여꾼을 고용하기만 하면 충분할 것이야. 그것은 시체 수습뿐이야. 경찰에게 2~3위안은 주어야 시체를 운반하도록 허가해줄 거야. 다시 말하면 샤오추이 묘지가 없으니, 그래서 말이야…"

그는 들으면서 머리를 끄덕였다. 그가 갑자기 어른이 되었지만, 여전히 아이인지라 그의 지식과 경험은 리쓰예에 비해서 한참 멀었다. 그가 보기에 나이는 숫자에 불과하다고 생각하지만 생각만 가지고는 아무 쓸모가 없다.

"좋아요, 제가 치 둘째를 찾아가지요!"

그는 자기가 제일 잘하는 것은 걷는 것이라고 생각했다. 머리를 써서 일하는 것은 리쓰예에게 양보해야 한다.

교육국의 응접실에는 사람들이 꽉 차 있었다. 창순은 방해되지 않는 구석 자리를 찾았다. 드나드는 사람을 보고, 자기 신발의 흙을 보고, 입고 있는 낡은 겉옷을 보고, 그는 힘이 빠졌다. 지난 며칠 동안 그가 보여준 용기, 기지와 그가 얻은 나이, 경험과 자존심이 일순에 자기를 이탈하는 것 같았다. 에누리 없이 남은 것은 닳은 신발에 해진 바지를 걸친 평범한 청창순이었다. 그는 감히 목을 세우지 못하고, 고개를 숙여 눈으로 몰래 사람들을 훑어보았다. 그 사람들은 과장과 직원이 아니면 교장이었다. 자기에 비해서 점잖고 위엄이 있었다. 오로지 그만 겁에 질려있는 촌닭 같았다. 그는 십팔 구 세 먹은 아이였다. 그의 감정은 정말 십팔 구 세 먹은 아이로서 쉽게 자극을 받고 여러 가지 변화를 받아들인다. 그는 현재 자기가 도대체 무엇을 하러 왔는지 분명하지 않았다. 그는 총명하고, 열정도 있고, 청춘도 있었다. 그가 만약 제대로 공부만 했더라면 그도 어엿한 학식 있는 사람이 되었을 것이다. 그러나 그는 제대로 공부하지 못했다. 그가 할머니의 구속이 없어서 베이핑을 탈출했으면, 그는 아마 항전 무명청년영웅이 되거나 이름을 드날린 영웅이 되었을 것이다. 그러나 그는 탈출할 수 없었다. 모든 가능성은 그의 마음에 있었고 육체만 멍청하게 교육국 응접실에 바보처럼 쭈그리고 앉아 있었다. 그는 부끄러움을 느꼈다. 그는 자신이 당연히 오만해도 된다고 생각했다. 그는 비단 의복과 점잖은 태도는 대단하게 생각하지 않았지만 그래도 자신의 형색이 너무나 초라한 것이 악산은 부끄러웠다. 그는 루이펑이 빨리 나오기를 고대했다. 루이펑은 반 시간이나 기다리게 했다.

방 안에 있던 많은 사람들이 떠났다. 루이펑은 가짜 상아 담배파이프를 물고, 얼굴을 쳐들고 들어왔다. 먼저 다른 사람에게 고개를 끄덕여 인사를 하고, 몇 마디씩 주고 받은 다음에 창순을 보았다.

창순은 매우 불쾌했다. 그러나 몸은 자기도 모르게 일어섰다.

"앉아라!"

루이펑은 가짜 상아 담배파이프를 들고 세글자를 뱉었다.

창순은 바보 같이 앉았다.

"일이 있어?"

루이펑은 냉정하게 물었다.

"오우, 제가 말씀드리죠. 아무 일 없이 제가 이 관청까지 뛰어오겠어요?"

창순은 루이펑에게 힘껏 귀싸대기를 올려주고 싶었다. 그러나 그는 부탁을 받고 왔으므로 성이 난다고 책임을 잊어서는 안 되었다. 그는 얼굴이 붉어졌다. 억지로 참으면서 코맹맹이 소리로 말했다.

"샤오추이가…"

"어느 샤오추이 말이냐? 내가 샤오추이와 무슨 관계가 있단 말인가? 함부로 관련시키지 말게. 머리가 잘린 귀신이 나에게 멋있어 보일 줄 알았나? 무엇 때문에 온 거야? 빨리 가! 나는 샤오추이도 모르고, 그의 일에 관심이 없네! 그럼 나는 좀 바빠서!"

말을 마치자 그는 담배파이프를 뽑아서 두어 번 털고는 얼굴을 쳐들고 가버렸다.

창순은 몸이 떨리고 얼굴이 붉게 달아 올랐다. 평소에 다른 이웃과 같이 루이펑을 별 볼일 없는 놈으로 보았지만, 그래도 치 씨댁 사람으로 보기 때문에 볼썽사납게 비평하지 않고, 오이도 10개 중에 하나는 쓴맛이 나는 게 있듯이 그러려니 하면서 그냥 데면데면하게 지냈다.

그는 루이펑을 오늘처럼 의리도 없고 정의도 없는 놈으로 생각치 않았다. 그렇다. 루이펑은 의리도 정의도 없었다. 창순은 그놈을 묵사발을 만들어버리지 않으면 분이 풀리지 않을 것 같았다. 그놈은 과장이고, 자기는 유성기 짊어지고 거리를 헤매며 노래나 팔아먹던 놈이다. 창순은 머릿속으로 루이펑은 샤오추이 일을 나 몰라라 해서는 안 된다고 생각했다. 샤오추이는 창순 뿐만 아니라 루이펑의 이웃이다. 루이펑을 일 년 넘게 인력거에 태워 주었다. 그리고 그가 머리가 잘렸다. 하물며… 창순은 생각할수록 화가 났다. 천천히 응접실을 나왔다. 대문 밖에서 다시 더 걷기 싫어서 문밖에서 루이펑을 기다렸다. 루이펑을 기다려서, 모두의 면전에서 루이펑의 멱살을 잡고 한바탕 욕을 해주고 싶었다. 그는 해주고 싶은 말을 생각해두었다. '치과장, 너가 한간이 된 것을 원망하지 않는다! 너는 알고 보니 일본놈을 아버지라 부르고, 친척도 친구도 잊는구나! 제기랄 너는 대체 어떤 놈인가!' 그는 이렇게 몇 마디 하고 잇따라서 소리가 철썩 나게 뺨을 때려주어, 루이펑의 가짜 상아 담배파이프가 날아 가는 모습을 상상했다. 그는 또 개 같은 과장과 과원들에게 이렇게 훈시할 것이다. '내 옷이 낡은 것을 보지 마라. 쫄쫄 굶어도 일본인에게 머리 조아리며 굽실거리지 않는다! 제기 랄 너희들은 가죽구두 신고 중절모자 쓴 애송이, 너희들은 애송이다! 잘 들었냐? 너희들은 애송이들이다. 애송이!'

이렇게 생각하고는 머리를 쳐들었다. 그의 눈에 빛이 났다. 그는 더러운 형색이 부끄럽지 않았다. 그가 바로 뼈가 있고 피가 있는 인간이 었다. 그러니 과장과 과원들이란 헤진 신발을 털면 나오는 먼지보다 못한 놈들이다!

그러나 시간이 얼마 지나지 않아, 그의 기분이 가라앉았다. 그는 할머니 손에서 자랐기에 참을 줄 안다. 그는 빨리 집으로 달려가서, 할머니를 마음이 놓이시게 해야 했다. 쓴웃음을 지으면서 큰 소리로 투덜거리며 돌아왔다. 그의 기분은 그래도 참기 어려운 상태였다. 그는 자신이 어떤 치욕도 참을 수 있다고 자만했었다. 그는 어린애였지만 또한 성인이었다. 그는 영웅이기도 했지만 또 망국의 노예였다.

집에 돌아와서 곧장 샤오추이 집에 들어갔다. 쑨치와 쓰다마가 거기 있었다. 샤오추이 부인은 온돌에 누워 있었다. 그녀는 창순이 들어오는 것을 보고 후다닥 일어나더니, 그를 노려보았다. 그녀는 그를 겨우 알아보고 그를 모든 사람의 대표로 삼은듯했다.

"그는 억울하게 죽었다! 억울하게 죽었어! 억울하게 죽었어!"

쓰다마가 작은 인형을 다루듯이 그녀를 눕혔다.

"착하지! 먼저 잠이나 푹 자거라! 착하지!"

그녀는 누워서 죽은 듯이 꼼짝 않고 있었다.

창순은 코가 뚫리지 않아서 손으로 주물렀다.

쑨치의 눈도 충혈되고 부어있었다. 할 말을 찾지 못했다.

"어때? 루이펑이 얼마 내놓데?"

창순은 화가 다시 타올랐다.

"땡전도 한 푼 안 내놓았다고! 바쁘다는 것은 제쳐놓고. 언제 그 녀석이 혼자일 때 손 좀 봐주어야겠어! 나는 반드시 모래로 그의 눈을 멀게 할 것이다. 나쁜 놈!"

"때려줄 놈이 한 놈뿐 아니야!"

쑨치가 혀를 차며 말했다.

"내가 10여 점포를 가보았는데 겨우 5위안 뿐이야! 못 믿어서 그래. 일본인들이 부조하라고 했으면, 10위안이라고 했으면 9위안 반에 그치지 않았을 거야! 샤오추이를 위해서는 그들의 돈이 갈비뼈 사이에 끼어있는 것 같았다니까, 개새끼들!"

"함부로 욕하지 마, 너희들!"

마 노부인이 가만히 들어왔다.

"다른 사람들이 너희에게 인정을 베푼 것뿐이지, 안 주는 것이 인간의 본성이야!"

쑨치와 창순은 마 노부인의 의견에 동의하지 않았지만, 그녀와 논쟁하고 싶지 않았다.

리쓰예가 흰 막베를 겨드랑이에 끼고 들어왔다.

"마 노부인 좀 꿰매 주세요! 치톈유는 정말 친구답네. 보지도 않고 이렇게 큰 막베를 끊어주고 그 밖에 돈도 2위안나 주었어! 남들이 아는 것처럼. 아들 셋중에 하나는 나가서 소식도 없고 또 한 녀석은 이유도 없이 감옥에 들어앉았었지. 돈이 뭐 대순가!"

"참 이상하지. 루이펑 그 녀석은 어째서 아버지와 형에게 배우는 것이 없을까!"

쑨치가 말했다. 그런 후에 루이펑이 도울 생각조차 하지 않는다는 얘기를 창순을 대신해서 한바탕 늘어놓았다.

마 노부인은 흰 막베를 끌어안고 나갔다. 그녀는 쑨치와 창순이 남을 욕하는 것이 듣기 싫었다. 그녀 생각에는 루이펑과 치가 한집안 사람이고 가게주인 치 씨가 배와 돈을 내놨으면 루이펑이 아무것도 내놓지 않더라도 이해 할 수 있다. 10개 발가락 중에도 길고 짧은 것이 있다. 그녀의 이런 방식, 중국식 변증법이 언제나 특별하게 사람을 이해할 수 있게 하고 자기가 억울한 일을 당해도 성을 내지 않을 수 있었다. 그녀는 세심하게 샤오추이 부인을 위해서 상복을 재단했다.

리쓰예는 루이펑에 대해 어떤 단언도 하지 않고, 시체에 대해서 염려하기 시작했다. 샤오추이 부인이 상주이니 당연히 가서 확인해야 한다. 그는 그녀가 초주검이 되어 있는 것을 보고, 첸 모인 선생의 부인이 생각 났다. 만약 샤오추이 부인이 머리가 없는 남편 시신을 보고, 자살이라도 한다면 어떻게 하겠는가? 그리고 또 샤오추이의 머리는 여전히 우파이러우에 효수되어 걸려 있다. 어떻게 내리겠는가? 일본인이 사흘 동안 호령하고 영원히 가죽과 살이 썩어버릴 때까지 걸어둘 것인지 누가 알겠는가? 만약 머리는 제쳐두고 몸뚱이만 관 속에 넣으면 말이 되겠는가? 노인은 일생 동안에 강이나 우물에 뛰어든 시체, 목이 잘린 시체 모두 메어다 묻어보았다. 그는 시체의 추한 모습이 무섭지 않았다. 언제나 추한 시체를 관 속에 넣어 황토에 묻으면 표면이 깨끗해서 보기 좋다. 그는 이보다 더 힘든 일에 부딪힌 적이 없다. 샤오추이가 일본인 식으로 머리가 잘렸는데 일본인들의 방식이 어떤 것인지 누가 알아? 그는 힘들 뿐만 아니라 자신까지 잃은 것 같았다 — 피가 다 빠져버린 시체를 인간 세상을 위해서 잘 처리하는 것조차 어려운데, 일본놈들은 어떤 놈들인지 알 수 없단 말야.

쑨치는 성을 낼 줄은 알아도 생각을 해낼 줄은 몰랐다. 그가 쓰예에게 말했다.

"저에게 묻지 마세요. 내 머릿속에는 윙윙거리는 소리뿐이요!"

창순은 용기를 뽐내고 싶었다. 쓰예와 시체를 수습하러 가고자 했다. 그러나 사실은 약간 두려웠다. 만일 샤오추이의 원귀가 일본인을 찾아 가지 않고 자기를 따라오면? 그의 마음속에는 할머니가 해주신 귀신 얘기가 가득히 쌓여 있었다.

쓰다마의 마음은 아주 간단했다.

"네가 여기 않아서 걱정만 한다고 일이 해결되니? 어서 가봐. 시체를 보고 관을 정하면 된다."

리쓰예는 할 수 없이 일어섰다. 그의 늙은 마누라 말에는 학식과 총명은 없었지만, 약간의 지혜는 있었다―그렇다. 앉아서 걱정한다고 무슨 소용인가. 인간 세상에서 일이란 행동으로 이루어지는 것이지 걱정한다고 이루어지지 않는다.

"스따예!"

쑨치가 일어섰다.

"제가 어르신과 함께 가지요! 저는 샤오추이의 시신을 안고, 한바탕 곡이라도 해야겠소!"

"너희들은 우리가 돌아오는 것을 기다려. 샤오추이 부인과 염을 하러 가겠다! 내가 있으니 안심해라. 그녀가 사달을 일으키지 않을 것이다!"

쓰다마가 근시를 껌벅거리며 말했다.

첸먼 밖 우파이러우 가운데 두 개의 머리가 걸려 있다. 하나는 남쪽을 하나는 북쪽을 보도록 걸려 있었다. 쑨치는 근시였지만 전문을 나가자 조심해서 친구의 얼굴을 바라보았다. 큰 다리 끝에 닿자 그가 리쓰예에게 말했다.

"스따예 저 두 개의 검은 공 같은 것이지요?"

리쓰예는 말이 없었다.

쑨치는 걸음을 빨리했다. 우파이러우 밑에 가서 힘써 눈을 찡그리면서 보았다. 그는 분명히 남쪽을 보고 있는 것이 샤오추이라 생각했다. 샤오추이의 납작한 호박씨같은 얼굴은 아무 표정도 없었다. 두 눈은 감겨있고 입은 약간 벌리고 있었다. 양 볼은 쑥 들어갔다. 꿈을 꾸듯이 공중에 걸려 있다. 목 밑에 쫄아든 검은 껍질이 붙어 있었다. 다시 아래를 보니 쑨치는 자기의 그림자와 붉은 우파이러우의 기둥이 보였다. 그는 우파이러우의 바깥 기둥을 안고 있었다. 그는 서 있을 수가 없었다.

리쓰예가 가까이 갔다.

"가자! 쑨치!"

쑨치는 움직일 수가 없었다. 그의 얼굴이 창백했다. 굵은 눈물방울이 눈가에 맺혀있었다. 눈이 한곳을 응시하고 있었다.

"가자!"

리쓰예가 쑨치의 어깨를 잡았다.

쑨치는 술 취한 귀신같이 양다리가 비틀거리며 리쓰예와 같이 걸어갔다. 리쓰예가 그의 한쪽 어깨를 잡았다. 잠시 걸어가다 쑨치가 '끄억' 하며 탄식을 했다. 눈가에 붙었던 눈물방울이 떨어졌다.

"스따예, 혼자 가세요! 저는 걸을 수가 없네요!"

그는 가게 문밖에 앉았다.

리쓰예는 잠시 멍한 표정을 짓더니 말없이 혼자 남쪽으로 걸었다.

천교에 이르렀다. 쓰예는 찻집에 들려 탐문해보고 나서, 샤오추이의 시신이 서쪽으로 실려 갔다는 것을 알았다. 그가 서쪽으로 가서 선농단 담밖에 깨어진 벽돌 더미 위에서 샤오추이의 머리 없는 몸뚱이를 찾았다. 샤오추이는 등이 드러나 있고 다리도 맨다리였다. 2~3개의 발가락이 들개들에게 물어 뜯겨 나가버렸다. 쓰예는 눈물을 흘렸다.

샤오추이에게서 두 세 걸음 정도 떨어져 순경이 서 있었다. 리쓰예는 억지로 눈물을 거두고 다가갔다.

"한 가지 여쭈어보겠습니다."

노인은 정중하게 순경에게 말했다.

"이 시체를 거두어 가도 좋습니까?"

순경도 깍듯했다.

"거둔다 하셨나요? 좋습니다! 거두지 않으시면 들개가 먹어치울까 두렵습니다! 그래서 자동차 운전수 시체는 이미 수습해 갔습니다!"

"파출소에 가서 말 안 해도 됩니까?"

"당연히 해야지요!"

"머리는?"

"그것은 제가 말씀 못 드리겠어요! 시신은 천교에서 이리로 운반되었어요. 위에서 우리에게 지키라는 명령은 없었어요. 우리의 상관이 들개가 시신을 물어갈까 두려워, 우리를 여기 보내어 보초를 서게 했소. 우리는 중국인이에요! 좋아요. 다른 사람이 그들의 머리를 잘라버리고 몸뚱이도 남아있지 않는다면 말이 돼요? 머리 말인데 그건 또 다른 문제요. 머리는 우파이러우에 걸려 있는데, 누가 감히 옮기려 하겠소? 일본인의 마음은 우리의 머리를 원하지 우리 몸뚱이야 원하겠소? 아저씨 먼저 몸뚱이만 수습합시다. 머리야… 제기랄, 이것 무슨 일이야!"

노인은 그 경찰에게 고맙다고 말하고 벽돌 더미로 갔다. 선농단을 힐끗 보고 망연자실하여 어찌해야 좋을지 몰랐다. 그가 젊은 시절엔 여기가 황량하여, 붉은 담에 심어진 푸른 송백을 제외하고는 인가라고는 없었던 곳이라는 기억이 났다. 민국이 성립되고, 국회가 생기자,

여기가 번화지역으로 바뀌었다. 성남놀이공원이 선농단 단원 안에 있다. 신세계가 놀이공원 맞은편에 있다. 매일 주야로 설명절과 같이 징소리 장구소리 차마 오가는 소리가 끊이지 않았다. 여기에 가장 화려한 식당과 비단 가게가 있었고 가장 요염한 여자와 오색 전등도 있었다. 나중에 신세계와 놀이공원 모두가 문을 닫고 의원과 기녀가 모두 베이핑을 떠났다. 가장 번화한 지대에서 갑자기 차마 마저 사라졌다. 천단의 담장이 헐리고 벽돌과 토기는 민간에게 팔렸다. 천교의 중고품 좌판이 성시를 이루고 옛날의 화려함과 장엄함을 소란과 혼잡이 대신했다. 샤오추이가 차지하고 있는 깨진 벽돌더미는 헐려버린 천단의 큰 담장 아래에 버려져 있었다. 변화, 노인은 일생 중에 얼마나 많은 변화를 보아왔던가! 일찍이 그 어떤 변화도 이렇게 큰 것은 본 적이 없다—샤오추이의 몸뚱이는 거기 있고 머리는 없다. 천단 안의 청송은 옛날과 다름없이 푸르르고, 샤오추이의 피는 깨진 벽돌조각 두어 개를 붉게 물들였다. 이것은 악몽이 아닌가? 변화, 누가 변화를 막을 수 있는가? 그러나 변화는 언제나 있게 마련이다. 존엄한 천단이 아주 더러운 작은 새들이 소란을 떠는 작은 시장으로 바뀔 줄이야. 시장이야 아무리 더럽고 소란스럽더라도 언제나 산사람이 모이는 곳이 아닌가! 그런데 샤오추이의 몸뚱이는 생명이 없이 여기 누워있다. 베이핑은 변했을 뿐만 아니라 일본인들이 이미 샤오추이와 허다한 사람의 머리를 잘랐으므로 다시 회복될 수 없을 것이다.

보면 볼수록 노인의 마음은 더 어지러워졌다. 저게 샤오추이인가? 만약 샤오추이의 잘린 머리를 정확히 몰랐으면, 시신도 틀림없이 알아보지 못했을 것이다. 시신을 보자 자기도 모르게 샤오추이도 정말 머리가 있었다고 생각했다. 샤오추이의 머리는 노인의 마음속에서 튀어나와 추악한 검은 자색의 몸뚱이 위에 올라붙을 것이다. 자세히 보니 확실히 머리가 없었다. 노인은 갑자기 샤오추이를 알아볼 수 없었다. 샤오추이의 머리가 홀연히 있다가 없어졌다. 홀연히 눈썹과 눈이 나타났다. 홀연히 둥근 흰 광선을 내뿜었다. 홀연히 말도 하고 웃기도 했다. 그러고는 홀연히 사라졌다.

보초를 서던 순경이 천천히 다가왔다.

"어르신, 당신…"

노인은 깜짝 놀라 눈을 비볐다. 샤오추이의 시신이 선명하게 다가왔다. 한 점도 틀리지 않은 샤오추이가 분명했다. 목이 달아나고 없는 샤오추이였다. 노인은 한숨을 쉬며 조용히 말했다.

"샤오추이! 내가 너의 몸부터 먼저 묻으마!"

말을 마치자 그는 파출소에 가서 소장을 만나 시신 수습을 위한 수속을 마쳤다. 다음에 부근의 장의사에게 버드나무 관을 예약하고, 곧 장의사에게 상여꾼과 다섯 명의 승려를 부탁하고, 아울러서 천단 서쪽에 무연고 묘지에 구멍을 파게 했다. 이렇게 제대로 일을 처리하고 천교에서 전차를 탔다. 전차가 움직이자 노인이 흔들리면서 정신이 몽롱해져서 눈을 감았다. 눈을 뜨자 차 안에 있는 모든 사람이 머리가 없었다. 앉아있거나 서 있는 사람 모두가 깨진 벽돌조각 더미에 있던 샤오추이 같이 몸뚱이뿐이었다. 그는 황급하게 눈을 깜박였다. 모두의 머리가 다시 붙었다. 그는 혼자 중얼거렸다.

"일본인이 여기 있는데 누구 머린들 온전하랴!"

집에 도착해서 그는 마 노부인, 쑨치와 상의해서 이후의 일을 결정했다. 쑨치는 그와 동행해 천교로 돌아가서 샤오추이를 염하고 묻기로 했다. 쑨치는 다시 가고 싶지 않았지만, 노인은 두 사람이 함께 가면, 빠짐없이 일을 처리했다는 증명이 될 수 있어 좋겠다고 했다. 쑨치도 승낙했다. 그들은 샤오추이의 부인을 데리고 가지 않기로 결정했다. 왜냐하면 쑨치조차 머리를 보고 길거리에서 주저앉는 판이니, 샤오추이 부인이 남편 시신을 본다면 곡하다가 죽을지 모른다고 생각했기 때문이다. 머리에 대한 문제는 잠시 꺼내지 않는 것이 좋았다. 그들은 사람들이 머리를 끌어 내릴 때까지 기다려 다시 염할 수 없고, 감히 일본인을 찾아가 왜 샤오추이의 머리와 몸을 나누었는지, 사후에 하나로 합치는 것을 허락하지 않는지 따질 수 없었다.

그들은 이 문제들을 의논하고 샤오추이에게 옷을 찾아서 염을 해주기로 했다. 그들은 샤오추이가 머리 없이 웃옷을 벗은 채 관에 들어가서는 안 된다고 생각했다. 마 노부인이 창순의 흰 홑저고리를 내어 주었고 쑨치가 양말 한 켤레와 남색 바지를 찾아왔다. 이 물건들을 가지고 리쓰예가 천교에서 전차를 타고 갔다.

천교에 이르자 해가 이미 서쪽으로 기울었다. 리쓰예가 전차에서 내리자 쑨치에게 말했다.

"시간이 이르지 않다. 신속하게 처리하자!" 그러나 쑨치의 다리가 후들거렸다. 노인은 조급했다.

"자네 어쩌자는 거야?"

"저요?"

쑨치는 근시안을 껌벅거렸다.

"저는 시체가 두렵지 않아요! 저도 간이 크답니다! 그러나 샤오추이는 우리 친구예요. 내 마음이 좀 그러네요!"

"누구는 마음이 좋은 줄 알아? 기분이 언짢고. 다리가 후들거리면 아무 일도 못 해!"

리 노인은 걸으면서 말했다.

"마음을 굳게 먹어라. 나는 너를 기개가 있는 사람으로 알고 있다!"

노인이 이렇게 격려하자, 쑨치는 걸음을 재촉해서 따라왔다.

노인은 작은 점포에 들어가서, 지전과 소지 그리고 향과 초를 사왔다.

선농단 밖에 이르자 관을 들 상여꾼, 스님들이 모두 도착해 있었다. 장의 가게 주인은 리쓰예와 아는 사이라 함께 왔다.

노인은 쑨치에게 향과 초를 피우고 소지를 사르게 했다. 자신은 샤오추이에게 상의와 바지를 입혔다. 쑨치가 깨진 벽돌조각을 주워모아 향과 초를 피우고 소지에 불을 붙였다. 그는 시종 감히 고개를 들어 샤오추이를 보지 못했다. 샤오추이를 관 속에 넣자 그는 종이돈을 공중에 던지고 싶었으나 손을 들 수가 없었다. 그는 땅에 쭈그리고 앉아 방성대곡했다. 리쓰예가 관에 못을 박게 하고, 스님들이 법기를 울리게 하고, 관이 들어올려지고, 스님들이 앞서서, 장례를 순서대로 실행하고, 법기를 울리면서 앞장서 걸었다. 목관이 아주 가벼워서 네 명의 상여꾼이 성큼성큼 빨리 걸었다. 리쓰예와 쑨치가 일어나서 뒤따라갔다.

"구덩이는 다 팠을까?"

리쓰예가 눈물을 글썽이며 가게 주인에게 물었다.

"다 했을 거예요! 상여꾼이 위치를 알아요!"

" 돌아가세요! 우리 가게에서 만납시다. 전부 얼마를 드리면 될까?
만나서 계산합시다!"

"그래요. 스따예! 좋은 차를 준비해두고 기다리지요!"

가게 주인이 몸을 돌려 가버렸다.

태양은 이미 시산에 졌다. 작고 붉은 금빛이 아주 소박하고 칠도
되지 않은 큰 상자 같은 흰 관 위에 비치고 있었다. 관은 재빨리 움직이
고 있었다. 앞에 5명의 누렇게 여윈 스님들 뒤에는 리쓰예와 쏜치가
있었다. 집사도 없고, 상주도 없고, 흰 상복을 입은 사람은 아무도
없었다. 다만 흰 목갑에 들어있는 머리 없는 샤오추이 맞은편에는 햇빛
이 황량한 들을 달려가고 있었다. 등에 햇빛을 받고 있는 몇 마리의
기러기가 지친 듯이 천천히 동쪽으로 날아가고 있었다. 관재를 보더니
그들은 마지못해 슬프게 몇 마디를 지르고 지나갔다.

법기가 멈췄다. 스님들이 다시 앞장을 서지 않았다. 리쓰예가 그들에
게 수고했다고 말했다. 관을 메는 사람이 더 빨리 갔다.

한쪽은 황무지였다. 도처에 깨진 벽돌과 기와 그리고 마른 풀이
있었다. 기와와 벽돌조각 사이에 허다한 작은 묘가 있었다. 작은 분묘
4~5개 중에 얕은 흙구덩이가 샤오추이를 기다리고 있었다. 아주 빨리
관을 구덩이 속으로 밀어 넣었다. 리쓰예가 황토를 한 줌 집어서 목관

위에 뿌렸다.

"샤오추이 잘 가거라!"

해가 졌다. 정적이 흘렀다. 다만 쏜치만 방성대곡하고 있었다.

50

루이쉬안은 감옥에서 나온지 나흘 후 우연히 첸모인 선생을 만났다. 그가 보기에 첸 선생은 의도적으로 매일 그가 내리는 전차 정거장에서 그를 기다렸던 것 같았다. 그가 추측한 대로 첸 선생을 만나자 첫마디가 이랬다.

"자네, 나하고 이야기할 자격을 갖추었네, 루이쉬안!"

루이쉬안은 참담하게 웃었다. 그는 노선생이 소위 자격이라는 것이 그가 감옥에 갔다가 온 것을 말하고 있다는 것을 알았다.

첸 선생은 얼굴이 새카맣게 타고 여위었지만 아주 강인하게 보였다. 이제 얼굴에서 통통하고 온화하고 돈독한 선비의 흔적은 찾을 수 없었다. 그는 완전히 변하여 납작한 태양 같고 여물은 방망이같이 각이 분명한 얼굴이었다. 아무렇게나 자란 수염이 입술을 가렸다. 눈은 맑고 힘이 있었다. 이제 전처럼 담담해 보이는 사람은 아니었으며 눈빛이 반짝이는 날카로운 바늘같이 보고 있는 물건에 꽂혔다. 이미 시인의 얼굴 같지 않았으며, 무공을 연마한 여위고 강인한 무사의 얼굴이었다.

노선생은 몸에 짧은 푸른색 베저고리를 입고 있었으며, 아래에는 낡고 얇은 덧바지를 입고 있었다. 발에는 낡은 베신을 신고 양말 한 짝은 확실히 검은색이고, 다른 한 짝은 거의 푸른색이거나 붉은색인 것 같기도 해서, 일정한 색이 없는 듯했다.

루이쉬안은 평소의 평온을 잃어버리고 어떻게 말씀드려야 할지 몰랐다. 첸 선생은 나의 오랜 이웃이고 좋은 선생이고 유익한 친구일 뿐만 아니라 애국지사였다. 그는 쉽게 적당히 대할 수 있는 사람이 아니었다. 이웃, 시인, 친구에다가 적에 대항하는 영웅이었다. 이러한 허다한 면에서 그는 위문할 말을 할 수도 있고, 마음속에 있는 관심, 존경, 즐거움을 말할 수도 있었다. 그러나 한마디도 하지 않았다. 첸 선생은 그를 마치 한 마리의 뱀이 청개구리 빨아들이듯이 꼼짝도 하지 않고 바라보았다.

첸 선생의 수염 아래에서 웃음이 시작되어 활짝 열렸다. 아름답고 진심 어린 미소였다. 이러한 미소 속에는 한 점의 허위도 교만도 없었다. 건강한 아기의 꿈속에서의 미소처럼 텐진했다. 그 미소는 아무 근심 걱정이 없고 건강하고 강하다는 마음을 담고 있었다. 그것은 늙은 나무가 꽃을 피운 것처럼 아름답고 충실했다. 루이쉬안도 웃었다. 그러나 그의 미소 속에는 억지스런 무력과 함께 비겁과 수치가 담겨 있었다.

"걸으면서 얘기하자!"

첸 선생이 조용히 말했다.

루이쉬안은 얼마나 오래 전부터 노인과 이야기하고 싶었던가! 이 세계에서 단 세 명, 루이취안, 굿리치와 첸 시인과만 이야기하고 싶었다. 3인 중에 루이취안은 때로는 어리고, 굿리치는 때로는 강한 말투 때문에 이치를 놓치는 수가 있고, 오직 첸 선생만이 태도와 언어가 항상 편안함을 느끼게 한다.

그들은 작은 찻집에 들어갔다. 첸 선생은 뜨거운 백탕을 시켰다.

"차 드십시오."

루이쉬안은 공손하게 찻값은 내겠다고 말씀드렸다.

"사대부의 습관은 모두 버렸네. 나는 오래전부터 차를 마시지 않아!"

첸 선생은 뜨거운 맹물을 조금씩 마셨다.

"이러한 습관을 벗겨내야 우리는 원래의 모습 즉 백성이 될 수 있어. 자네 보듯이 참호 속에 엎드려서 전투를 하는 사람은 차를 마시지 않는 백성이야. 그들은 큰 장삼을 입고 좋은 향을 음미하는 사대부가 아니야. 우리가 이미 다듬어진 옥이라면, 백성은 다듬지 않은 옥 즉 박(璞)이야. 다듬어진 작은 옥 반지는 장식이야. 그러나 원색 그대로의 박은 사람의 머리를 박살 낼 수 있다네."

루이쉬안은 자기의 두루마기를 보았다.

"셋째는 소식이 없나?"

노인은 관심을 가지고 물었다.

"없습니다."

"류 사부는?"

"역시 없어요."

"좋아! 탈출에는 두 가지 길, 즉 삶과 죽음이 있어서 안 죽었으면 살아 있어. 탈출을 하려 들지 않은 사람에게는 한 가지 길밖에 없어—죽음! 내가 샤오추이에 권했는데, 내가 그의 머리를 보고 말았어!"

노인의 목소리는 시종 조용했다. 안광이 그의 복소리를 도와주었다. 만약 말을 무겁게 해야 할 부분에서는 그의 눈이 더 빛났다.

루이쉬안은 손으로 차완의 뚜껑을 만지작거렸다.

"자네 고생하지 않았나? …안에서…"

노인의 눈이 재빨리 사방을 둘러보았다.

루이쉬안 문제가 명백해졌다.

"안 했습니다! 제 살은 아마 매 맞을 가치도 없는가 봐요!"

"맞아도 좋고 안 맞아도 좋아! 오히려 그 속에 들어가 본 사람은 반드시 누가 원수이고 원수의 진면목이 어떠한지 기억하고, 영원히 기억할거야. 그래서 내가 자네가 얘기할 자격이 있다고 방금 말했어. 나는 시시각각 자네를 생각했지만 고의로 자네를 피했어. 자네가 내가 하는 조그마한 공작을 못하게 말릴까 봐 겁이 났던 거야. 자네가 감옥에 들어가 죽음이라는 것을 보았어. 자네 나를 도울 수 없다면 나를 말릴 수도 없어! 나를 말렸다면 내가 화를 냈을 거야. 내가 자네를 만나려 하지 않은 것은 진싼예와 며느리를 만나지 않은 것과 똑같아!"

"나와 예추가 선생님을 찾아갔습니다. 진씨댁에…"

노인은 말을 가로막았다.

"예추 말은 꺼내지 말게! 그는 머리는 있지만 뼈대가 없어! 그는 지금 자기의 묘 구덩이를 파고 있어! 그래 그가 어렵다는 것을 알아. 그러나 그를 용서할 수는 없어! 일본인을 위해서 하루라도 일했다면, 누구라도 나는 영원히 용서할 수 없어! 내 말은 법률은 아니지만, 나의 저주를 받은 사람은 아마 하느님의 용서를 받을 수도 없을 거야!"

이러한 강철같이 강한 몇 마디 말이 잠시 루이쉬안을 떨게 했다. 그는 잇따라 물었다.

"첸 아저씨, 어떻게 살아가십니까?"

노인은 웃었다.

"나 말인가? 아주 간단해! 내 방식대로 살아간다네. 사대부적인 생활 방식을 털어버리니 아주 간단해! 생기면 먹고, 손에 들어오면 입고, 어디에 가면 거기에서 잔다네. 베이핑성 전부가 내 집이지! 간단해지면 즐거워진다네. 나는 현재 부처님을 위해서 출가하고, 예수님을 위해서 맨발로 뛴다네! 문화란 의관의 문물이지. 때로는 의관의 문물이 사람에게 번거로운 것이 되지. 현재 나는 성가신 것을 벗어버리고, 상쾌하고 자유롭기 그지없네. 의상을 벗고 나야 능히 자신을 볼 수 있어!"

"선생님은 무엇을 하십니까?"

루이쉬안은 물었다.

노인이 물을 벌컥 마셨다.

"그런데 말하려면 길어."

그는 앞뒤 좌우를 살폈다. 그때는 바로 저녁 먹을 시간이라 찻집은 설렁했다. 세 의자 건너의자에 인력거꾼들이 큰 소리로 자기네들의 일을 얘기하고 있었다.

"처음에"

노인은 더 낮은 소리로 말했다.

"나는 이미 있는 어떤 조직을 빌려서 저항 단체로 새로 조직하고 싶었어. 싸움은 자기네도 알다시피 혼자서 성공하는 것이 아니야. 나는 관운장이 아니어서 《단도회》를 노래하고 싶지 않았어. 하물며 관공이 이 세상 살아계셔도 틀림없이 혼자서 덤비지는 않을 거야. 자네 알듯이 내가 어떤 사람의 도움으로 옥에서 나왔나? 나는 생각하고 또 생각해 보았다네. 그들은 조직이 있고 역사가 있고 의기를 귀하게 여긴다네. 나는 조사도 하고 방문도 했다. 결과는 두 개의 세력 있는 단체 즉 흑문과 백문이라는 단체였어. 백문은 백련교의 지류였고, 흑문의 조사(祖師)는 흑호현단이었어. 나는 그들의 중요한 인물을 만나서 찾아온 이유를 설명했지. 그들은…"

노인은 호흡이 불편한 듯이 목을 쭉 뺏다.

"그들은 어때요?"

"그들은 나에게 '도(道)'를 이야기했네!"

"도라니요?"

"그래 '도' 말이네!"

"어떤 '도' 요?"

"그랬어, 어떤 '도'인가? 백련교와 흑호현단 모두가 '도'였어! 누구나 그들의 '도'를 믿으면 승인해주고 그들의 모임에 들어갈 수 있어. 들어 가면 즉시 의기를 누릴 수 있어. 다시 말하면 어디에 있든지 편리와 보장을 받을 수 있어. 편리라면 즉 다른 사람이 양식을 살 수 없을 때, 살 수 있는 것, 그런 종류야. 보장이란 어려움에 처했을 때 어떤 사람이 어떤 방법으로 자네를 안전하게 해주는 것이야. 나는 그들에게 항일을 왜 하지 않는지 물었어. 그들은 머리를 흔들었어! 그들은 일본인이 의기를 중시해서 자기들을 침범하지 않으므로 자기네들도 일본인에게 문제를 일으키지 않는다고 했어. 그들의 의기라는 것은 실제로 일종의 군자(신사)협정으로 이 협정 외에는 그들은 아무 관심—국가와 민족도 협정 외에 있으니—도 없었다네. 그들은 일본인의 침략은 일종의 위난으로 보고 일본인의 칼이 자기네들의 목을 겨누고 있지 않으면 일본인은 의기를 중하게 여기므로 자기네들이 보장받을 수 있다고 생각했어. 일본인은 밝아서 이 점을 분명히 알고 있으므로 잠시 동안 그들에게 칼을 빼지 않을 뿐만 아니라 그들에게 여러 가지 편리를 봐주었어. 그들의 도와 의기는 공교롭게도 항일의 장애가 되지 않았다네. 나는 그들에게 연합하고 흑문과 백문도 연합하여 역량을 집중하여 사회적 복리에 관계할 수 없느냐고 물었지. 그들은 도가 각기 다르기 때문에 절대로 연합할 수 없다고 했어. 도가 다르면 적이었어. 그러나 흑문과 백문 양문이 서로 적대시하지만, 자연히 서로 존경함으로 항시 한편으로 적을 증오하지만, 한편으로는 적을 경외했지. 오히려 그들은 문파가 없는 사람에 대해서 근본적으로 인간으로 보지 않았어. 내가 당초에 그들과 내왕할 시에는 내 모습과 말투가 나를 반드시 자기네 문파의 인간으로 생각되게 했지. 그들이 내가 적나라한 하나의 인간에 불과하다는 것을 알고서는, 그들이 나를 아주 달갑지 않게 여겨 나를 쫓아내 버렸어. 그러나 나는 이 때문에 활동을 중지하지 않았어. 나는 그래도 그들을 찾아가서 그들에게 나는 공맹장(孔·孟·壯)과 불교와 예수교에 대해서도 알고 그들과 이야기하는 것을 즐긴다고 말했지. 그들은 나를 거절했어. 그들의 도가 진짜 도이고 세계에 공·맹·장·불·예는 없으며 그럴듯할 뿐이라고 했어. 그들은 나를 쫓아내버 니에게 다시 와서 나붐대면, 내 목숨을 끝장내겠다고 경고했어. 그들의 도는 그들의 눈을 가려서 진리를 못 보게 했을 뿐만 아니라, 지식을 받아들이는 것조차 막았지. 나 개인에 대해서 그들은 조금도 경의를 표하지 않았어. 나의 나이, 학식, 애국심, 열성이 조금도 쓸모가 없었어. 내가 그들의 도를 믿지 않기 때문에 나를 인간으로 쳐주지 않았네."

노인이 다시 말이 없자 루이쉬안도 멍해졌다. 한참 말이 없다가 노인이 웃었다.

"그러나 자네 안심하게나, 나는 그 때문에 절망하지 않아. 만약 구국에 뜻을 둔 사람이면, 모두가 근본적으로 생과 사 그리고 득실을 생각하지 않기 때문에, 절망하지 않는다네. 이렇게 이미 있는 조직의 계획을 빌어서는 통하지 않으니, 나는 친구들을 결합하여 새로운 조직을 만들고 싶었다. 그러나 내가 몇 명의 친구가 있겠나? 아주 적어. 종전의 내 생활은 반은 은자의 생활을 하며 사회와는 벽을 쌓고 지냈지. 나의 친구는 술, 시, 도화, 화초였어. 다시 말하면 말뿐인 조직을 만들어봤자, 금전과 무기가 없으면 무슨 소용인가? 나는 마음이 괴로웠지만 이 계획을 버렸어. 나는 다시 조직 같은 것을 생각하지 않고 맨손 맨주먹으로 혼자 하려고 했지. 그것은 바보 같은 짓이야. 현대에서는 혼자서는 무슨 일이든 성공할 수 없어. 그러나 내 과거의 생활, 베이핑 사람들의 일시적 안일을 탐하여 구차하게 살아남으려는 탓에, 그리고 일본 특무들의 엄밀 때문에, 부득이 나 혼자 하려고 했어. 나는 이런 식으로 일하는 것은 영원히 성공할 수 없다는 것을 알지만, 그래도 안 하는 것보다는 낫다는 것도 알았어. 조금이라도 하고 나면 내 마음을 다한 것이네. 내일이 실패해도 내가 실패한 것은 아니야. 나는 나라를 구하기 위해 죽기로 결심했다! 나의 공작은 사막에 위에 내린 한 방울의 비다. 한 방울의 비라도 역시 비다. 한 방울 비와 같은 용기가 사막에 떨어지게 했다. 좋아. 나는 미꾸라지가 되기 시작했지. 어시장의 뱀장어통의 고기가 모두 미꾸라지인가? 미꾸라지는 아주 잘 움직인다. 뱀장어들은 뒤이어 움직인다. 미꾸라지는 뱀장어 모두가 한 자리에 꼼짝 못 하고 있다가 압사하기에 이르지 않게 하는 거야. 베이핑성은 큰 수족관이고 베이핑인들이 뱀장어. 나는 미꾸라지다."

노인의 눈이 루이쉬안을 물끄러미 바라보았다. 손으로 눈꼬리의 눈꼽을 비볐다. 이어서 말했다.

"내 수중에 두 개의 샤오빙과 따끈한 물 한 잔을 살 돈만 있으면, 내일을 상관하지 않고, 오늘의 일을 하려 든다. 내가 어디에 가면 거기가 내 사무실이다. 내가 미술 전람회에 가면 화가들에게 내가 하고 싶은 말을 들려준다. 그들은 아마 나를 정신 나간 사람으로 생각하겠지만 그들은 내 말에 오히려 정신이 아득해진다. 정신이 아득해지는 것은 좋다. 그들이 다시 붓을 들 때는 아마도 내 말을 생각하고 부끄럽게 여길 것이다. 공원에서 청년남녀들이 사랑을 속삭일 때 마주치면 나는 그들이 가장 싫어하는 것을 알면서도 묻는다. '망국노가 되어도 연애는 신성하냐?' 나는 미움 받는 것도 두려워하지 않는다. 나는 미꾸라지다. 때로는 얻어맞는다. 그래도 내가 한마디 한다. '때려! 일본인 대신 때린다면 한 대라도 좋아, 때려죽여도 좋아!' 이렇게 말하면 언제나 손을 거둔다. 차관에서는 내가 물만 마시는 것이 아니라 누구를 갚으면 그 사람에게 권한다. 샤오추이에게도 충고하고, 류 사부에게도 충고했다. 많은 젊은 장년들에게 권했다. 그게 큰 효과가 있었다. 류 사부가 탈출했지? 베이핑성에서 조직을 만들지 못했지만, 피 끓는 젊은이를 탈출하게 할 수 있어서, 전국적 항일 조직에 가입시킬 수 있었다. 대체로 말하면 돈 있고 긴 장삼을 입은 사람에 비해 하류층 사람들이 간단하고 단순하여 더 많은 감동을 받았다. 장삼을 입은 사람은 자기는 지식이 있다고 생각하여 남의 조언을 받아들이려 하지 않는다. 그들은 생각을 많이 해서 그들의 다리에 티눈이 박힌 것처럼 충분한 이유를 대면서 베이핑 탈출을 거절한다. 나는 실제로 샤오빙을 살 돈이 없으면 곧 장사를 한다. 내가 몇 장의 종이와 화구를 가지고 색이 선명한 그림을 그려서 몇 푼을 번다. 때로는 그림을 그리기 싫으면 의복을 전당포에 몇 푼 받고 맡기고, 사탕 같은 물건을 사서, 학교 교문에서 사탕을 팔면서, 학생들에게 역사상의 충의 고사를 말해주고, 학교에 가서 공부하도록 권한다. 어린 학생들이 자발적으로 탈출하는 것은 쉽지 않으나, 고사를 듣는 것을 좋아하고, 감동을 받는다. 내 입이 나의 기관총이고 말이 탄알이다."

노인이 물을 다 마시자, 사람을 불러 잔 가득히 물을 따르게 했다.

"나는 모두에게 탈출하라고만 권하는 것이 아니라 모두에게 적을 죽이라고도 권한다네. 인력거꾼을 보면 그에게 말을 하지. 차를 기울여 땅에 처박아 반쯤 죽게 하라. 술 취한 일본인을 만나면 처박아서 목 졸라 죽여라. 학생을 보면 나는 냉혹하게 가르친다. 수공예 칼로 일본인의 목구멍을 찌르면 일본인 교원을 죽일 수 있다. 자네가 알듯이 전에는 나는 개미 한 마리 상하게 하지 않으려는 사람이었어. 오늘 나는 살인을 주장하고 살인을 고우한다. 살육이란 내가 좋아하는 것이거나 이상이 아니다. 나의 수단에 불과하다. 일본인을 죽여서 패배하게 하는 것이 우리가 평화를 얻을 수 있는 길이다. 일본인과 이치를 따지는 것은 개에게 당시[17]를 논하는 것과 마찬가지다. 칼로 그들의 심장 이 꿰뚫리면 그들은 상대가 모두 개나 노예가 아니라는 것을 알 것이다. 나도 한 사람의 일본인을 죽이는 것이 적어도 3-5명을 배상 받는 것에 해당한다는 것을 안다. 다만 나는 인명의 다소로 계산할 수 없지만, 뱀장어가 통 안에서 썩어버리게 해서는 안 된다는 것을 안다. 많이 죽일수록 원수들은 분명히 알게 될 것이다. 원한을 품고 원수를 갚을 수 있는 사람은 망국노가 될 수는 없다. 베이핑을 저항도 없이 잃었다는 것은 우리가 피를 흘려서 되찾아야 한다는 것을 의미한다. 공포를 조성해야 한다. 이 공포는 일본인이 우리를 도살하도록 기다리는 데서 시작되는 것이 아니라, 우리도 그들을 죽이는 데서 시작해야 한다는 것을 의미한다. 우리 중에 어떤 이가 용감하게 칼을 들면, 일본인은 즉시 눈을

●●●
17 당나라 시대의 시.

크게 뜨고, 우리 착실한 베이핑인들은 일본인이 쇠를 두드려 만들어낸 것이 아니라는 것을 깨닫는다. 언제나 공포가 우리에 의해서 조성되었다. 이젠 우리가 광명을 볼 수 있다. 칼과 총의 섬광은 해방과 자유의 불빛이다. 며칠 전에 우리가 일본 특사를 암살했다. 자네 기다려봐라. 일본인이 반드시 더 잔인한 방법으로 우리를 대접할 것이다. 동시에 일본인은 반드시 표면상으로 중·일 친선이라는 꼭예를 연출할 깃이다. 일본인은 언제나 한 쪽으로는 살인하고 한 쪽으로는 죽은 자를 위해 독경한다. 살인이 있을 뿐이다. 몇 사람을 죽이느냐. 네가 나를 죽여라. 내가 너를 죽이마. 피차 서로가 피 속에서 뒹군다. 우리의 뱀장어는 일본인의 친선이 거짓이라는 것을 알고, 다시는 당하지 않는다. 두 명의 특사 때문에 샤오추이와 운전수가 헛되이 목숨을 잃었다. 수천 명이 아무 이유 없이 감옥에 들어가 독한 고문을 당했다. 그것은 바로 우리가 바라는 것이었다. 한 가지 의의만 말해도 샤오추이는 괜히 죽은 게 아니다. 그의 머리는 지금 일본인의 '친선'과 '평화'의 선전에 반하는 상징물이다! 지금 우리의 유일한 표어는 일곱 번 칠살 비(七殺碑)이다. 죽여! 죽여! 죽여!…"

노인은 눈을 감고 잠시 쉬었다. 눈을 뜨자 그의 안광은 그렇게 무섭지 않았다. 온화했다. 거의 종전처럼 온화했다. 그는 말했다.

"나중에 우리가 다시 평화를 얻으면 나는 반드시 참회할 것이다! 인간과 인간은 원래가 서로 죽여서는 안 된다! 지금은 나는 절대로 후회하지 않는다. 지금의 나는 소인적인 인도주의는 버려야 하고 적을 섬멸해야 한다고 생각한다. 부인의 어짊에 비해서 훨씬 더 중요한 인도주의를 쟁취하기 위해서이다. 우리는 우리가 야수와 마주쳐야 하기 때문에 잠시 사냥꾼이 되어 위험을 무릅쓰고 용감하게 총을 쏘아야 하는 것이다. 우리가 시인과 사냥꾼을 한 곳에 집어넣어야 일종의 신문화를 낳을 수 있다. 이 문화는 평화를 사랑하고, 필요할 때는 영용하고 굳건할 수 있어서 평화와 진리를 위해서 기꺼이 희생할 수 있어야 한다. 우리는 반드시 방초와 향화가 가득히 돋아나고 아주 단단한 돌도 있는 큰 산과 같아야 한다. 자네, 어떻게 생각하는가? 루이쉬안!"

루이쉬안은 고개를 끄덕이며 말이 없었다. 그는 첸 아저씨가 마치 산 같았다. 지금까지 그 산은 그윽한 아름다움만 나타냈다면 오늘은 숨겨둔 보석이 드러났다. 그가 평소처럼 평범하고 두어 마디로 칭찬했다면 그 산을 더럽히는 것이 되었을 것이다. 그는 아무 말도 하지 않았다.

한참 후에 그는 겨우 질문을 던질 수 있었다.

"첸 아저씨, 아저씨의 행동이 특무의 주의를 끌지 않을 수 있을까요?"

"당연하지! 그들은 나를 주목한다!"

노인은 오만하게 웃었다.

"그러나 나는 나대로의 방법이 있어. 나는 늘 그들과 같이 걸어가고 있어! 자네가 알다시피 그들도 중국인이야. 특무는 최첨단 조직이야. 그리고 가장 믿을 수 없는 조직이야. 동시에 그들은 내가 몸에 무기를 지니고 있지 않다는 것과 당장 그들에게 화가 되지 않는다는 것을 알아. 그들은 아마 내가 반쯤 노망에 걸린 사람으로 알아. 나도 노망에 걸린 것처럼 그들과 횡설수설한다네. 나는 그들에게 내가 감옥에 갔었고 고문을 버텨내었으며, 또한 감옥에 들어가는 것과 고문을 당하는 것을 두려워하지 않는다는 것을 알게 한단다. 그들은 또 나는 돈이 없으며 내 몸에 그들이 삥땅을 뜯을 게 없다는 것을 알고 있어. 필요할 때는 나는 그들을 놀라게 하려고 중앙에서 보낸 사람이라고 말한다네. 그들은 국가관이 없어. 그러나 일본인을 진심으로 신복하지 않고, 막연하게 일본인이 반드시 실패한다고 생각하고 있다네. 그들은 이유는 잘 알지 못하지만, 대개는 일본인을 미워하기 때문인 것 같아. 왜냐하면, 그들조차도 일본인이 실패하기를 바라기 때문이야.(이게 일본인의 최대의 비애다!) 이미 일본인이 실패하기를 바라기 때문에 그들은 당연히 진짜 칼과 총을 가진 사람과 중앙에서 보낸 사람 때문에 억지로 일하는 척을 하는 것 같아. 그들은 반드시 자기는 물러선다. 자네에게 말하겠는데 루이쉬안, 죽음이란 일단 죽음이 두렵다는 것을 잊어버리면 쉬운 것이 아니라고 할 수 없어. 나는 죽음을 두려워하지 않아. 이 때문에 사망의 문전에서 허다한 살길을 찾을 수 있다네. 나는 일시적으로 위험이 없어. 그러나 장래에 나도 내가 생각지 못한 장소 그리고 시간에 갑자기 죽어버릴지 누가 알겠어? 죽음에 관한 한 오늘 내가 살아있으니 오늘 마음 놓고 공작을 하는 거야!"

이때는 이미 어두워졌다. 찻집 안의 유등에 불이 켜졌다.

"첸 아저씨."

루이쉬안이 낮은 소리로 불렀다.

"집에 가셔서, 뭐 좀 듭시다. 좋지요?"

노인은 주저하지 않고 거절했다.

"안 가려네! 자네 조부랑, 샤오슌즈를 보면 내 종전의 생활이 기억이 나서 견딜 수 없을 것 같아. 나는 오늘 네 다리로 기다가 막 일어나서 두 다리로 걸을 때야. 내가 마음 놓아버리면 다시 네 발로 걷는 동물이 될 거야! 인간은 연약한 존재야. 전력을 다해 자기를 떠받쳐야 한다네!"

"그러면 우리 밖에서 무얼 좀 먹어요."

"그것도 안돼! 이유는 마찬가지야!"

노인은 천천히 일어났다. 바로 섰다가 다시 주저앉았다.

"두어 마디 더 할 게 있어. 자네는 자네 후퉁에 사는 니우 교수를 알지?"

"모릅니다. 왜요?"

"모른다면 되었네. 자네는 늘 유퉁팡을 눈여겨보는가?"

루이쉬안이 머리를 끄덕였다.

"그녀는 넓은 마음이 있어. 자네가 그녀를 돌봐주거라! 내가 그녀에게 '殺(죽여라)'의 말 한마디를 가르쳤어!"

"누굴 죽여요?"

"죽여야 할 사람은 많네! 일본인을 죽일 수 있다면 좋지. 관샤오허, 리쿵산, 다츠바오같은 물건들을 죽이려 하는 것도 좋아. 이번 항전은 응당 중화민족을 대청소해야 하고 한편으로는 적들을 쫓아내어야 하지만, 또 한편으로는 쓰레기도 청소해야 돼. 우리의 전통적으로 관리가 되어 돈을 번다는 생각. 봉건적 사상—즉 한쪽으로는 고관이 되고 싶고, 한 쪽으로는 기꺼이 노예가 되는—가정제도, 교육방법과 구차하게 안녕을 꾀하는 습관 모두가 민족의 유전병이야. 이 유전병은 국가가 태평할 때는 역사가 소리 없고, 색깔도 없고, 평범하게 한 마리의 늙은 소처럼 앞을 향해서 천천히 걷게 한다. 우리의 역사에는 전 세계를 비춰주는 얼마나 많은 발명과 공헌이 있는지 모른다. 전국이 위난을 당하기에 이르면, 오히려 이 병은 매녹 3기처럼 즉시 깃몰려져 버린다. 다츠바오 같은족속들은 사람이 아니야. 민족의 더러운 궤양이고 몹쓸 병이야. 칼로 도려내 버려야 해! 그들이 잘잘못을 모른다고 생각한다면 작은 벌레라서 개의치 않는다면 내버려 두어. 그들은 구더기야. 구더기가 파리가 되어서 전염병을 퍼뜨린다. 오늘에 와서 그들의 죄는 일본인과 마찬가지로 많기도 하고 크기도 하다. 이 때문에 그들은 죽어야 한다!"

"내가 어떻게 그녀를 보살펴야 하나요?"

루이쉬안이 상당히 난감하게 질문했다.

"그녀를 응원하고 격려해! 부인은 왕왕 결심을 하기는 하지만 실행으로 옮겨야 할 때는 주저한다!"

노인은 천천히 일어섰다.

루이쉬안은 움직이려 하지 않았다. 그는 한참이나 생각해서 겨우 한마디 하려고 했다. '저를 가르쳐 주십시오.'라고 말하고 싶었다. 그는 자신은 겁쟁이 선비이고, 무능하다는 것을 알았다. 만약 첸 아저씨가 독하게 가정을 떠나라고 한다면 그가 그럴 수 있을까? 그는 그 말을 목구멍으로 넘기고 천천히 일어섰다.

두 사람이 찻집을 나오자 루이쉬안은 첸 노인과 헤어져야 했다. 그는 노인을 따라갔다. 몇 걸음 가서 노인은 멈춰 섰다.

"루이쉬안, 임은 천 리 길을 가서 이별하더라도, 결국은 이별하는 거야. 집으로 돌아가게!"

루이쉬안은 노인의 손을 잡았다.

"아저씨, 우리가 언제 만날 수 있을까요? 아저씨께서 알듯이…"

"늘 만나는 것은 불편해! 나는 자네가 나를 생각하는 줄 알고 있네. 나도 자네를 늘 생각한다네! 그러나 우리가 만나면 만날수록 시간을 많이 낭비한다네. 쓸데없는 소리 하는데 낭비하지! 그것은 손실이야. 다시 말하면 중국인은 비밀을 엄격히 지키지 못하고 말해버린다네. 아무 이익이 없어. 나는 자네가 비밀을 지키는 사람이라고 믿고 있어. 이 때문에 오늘 내가 추호도 숨김없이 마음에 있는 말을 쏟아내었다네. 그러나 자네도 나에게 마음속에 있는 말을 하는 게 좋아. 마음을 다해 노예가 되고 싶은 사람은 시시로 주인님을 불러야 하지만, 마음을 다해 노예가 되고 싶지 않은 사람은 입을 다물어야 한다네. 필요할 때 입을 벌려서―원한과 분노를 분출해야 하는 거야. 기회를 보아서 내가 자네를 찾아야 할 때가 오면 반드시 자네를 찾아가지. 자네가 나를 찾지 말게나. 자네가 보다시피 자네와 예추가 이미 손자의 울음소리를 몰래 듣는 즐거움을 빼앗아 가지 않았나! 잘 가거라! 할아버지께 안부 전하게!"

루이쉬안은 어쩔 수 없이 손을 놓았다. 손에는 따뜻한 열기가 남아있었다. 그는 망연히 그 자리에 서서 첸 선생의 그림자가 천천히 멀어지는 것을 바라보고 있었다. 노인이 보이지 않게 되자 몸을 돌렸다.

그는 첸 선생을 몹시 보고 싶어했다. 오늘 노인을 보았지만 몇 마디도 해보지 못했다. 그분의 말씀을 중간에 가로챈 것이 부끄러웠다. 나이로 치면 그는 노인에 비해 한참 어리다. 지식을 따지면 신지식은 노인보다 풍부할지 모른다. 애국심을 두고 말하면, 그는 신시대인이므로 이치상으로 첸 아저씨랑 마찬가지여야 한다. 그러나 그는 첸 어저씨가 은사(隱士)에서 전사로 변한 것을 눈으로 보았지만, 자기는 역시 자기였기에 조금도 크게 나아진 것이 없었다.

그는 노인의 강직하게 말하는 것을 듣기만 하고 자신은 입을 열지 않았다. 아무 행동도 하지 않았다. 말을 많이 한다는 것은 무료하다는 것이다. 이 시대는 당연히 그의 시대다. 그러나 결국에 자신이 첸 노인에게 빼앗겨버렸다. 그는 부끄러워하지 않을 수 없었다.

집에 돌아오자 모두가 이미 저녁을 먹고 난 뒤였다. 원메이가 새로 그에게 따뜻한 찬과 밥을 내놓았다. 그녀는 그에게 왜 늦었는지 물었다. 그는 대답하지 않았다. 되는대로 밥을 퍼 넣고는 침상에 누워서 이생각 저 생각을 했다. '도대체 첸 아저씨가 나를 어떻게 보았을까?' 그는 몸을 뒤척이며 이 문제를 생각했다. 잠시 동안은 첸 노인이 틀림없이 자기를 괜찮게 보고 있다고 생각했다. 그렇지 않으면 노인이 무엇 때문에 자기를 찾아오고 자기와 허심탄회하게 이야기를 했겠는가? 잠시 후에 그는 이 생각이 자기변명에 불과하다고 생각했다. 자신은 어떻게 하면 노인의 마음에 드는 일을 했다고 생각할 수 있을까? 한 일이 없다. 자신은 적을 대항하여 나라를 위해서 어떤 일도 한 것이 없다.

그런데 노인이 왜 나를 괜찮게 보았을까? 아니다, 아니다! 노인이 자기를 괜찮은 사람으로 보아서가 아니라, 자기와 얘기가 하고 싶어 나를 생각했을 것이다.

그는 분명히 생각해낼 수 없고 피곤했다. 일찍 잠이 들었다.

이튿날 날이 밝아오자 새로운 광명을 볼 수 있었다. 그는 자기를 내려놓고 첸 선생 생각만 했다. 그는 첸 선생이 고생을 하고 있지만, 아주 건강하며 아주 쾌활했다고 생각했다. 왜일까? 노인은 신앙이 있고 결심이 있기 때문일 것이다. 이 신앙이 일본인을 타도할 수 있다고 절대로 믿게 하고, 결심은 그가 아무것도 돌아보지 않고 주저 없이 일본을 타도할 공작을 할 수 있게 한다. 신앙과 결심이 노 시인을 다시 살게 하고 영원히 살 수 있게 해준다.

루이쉬안은 분명히 알게 되었다. 루이쉬안은 그의 행동이 항전에 적절하게 대비된 것이냐에 상관없이, 응당 의지를 가지고 첸 노인에게서 배워야 한다고 생각했다. 그는 비록 목숨을 바쳐 적을 죽이지는 않을지라도, 적에게 무릎을 꿇지 않겠다고 결심했다. 그런데 이전에는 그는 소극적으로 저항하지도 않고 도피하는 것이 부끄러운 일이라 생각했다. 부끄러움 때문에 언제나 하루 종일 머리를 숙이고 있었다. 감히 다른 사람을 똑바로 보지 못했으며 감히 거울도 보지 못했다. 이제 행동에서는 첸 선생과 다를지라도 첸 선생처럼 굳건하고 즐거워하기 위해 첸 선생에게 배우기로 결정했다. 그가 적에게 무릎을 꿇지 않는 것은 도피가 아닐 뿐만 아니라 일종의 절개다. 이 절개를 고수하면 곧 첸 선생과 같은 강의[18]를 얻을 수 있다. 절개를 지키기 위해 괴로움을 겪고 고문을 받으면 죽음을 당하기에 이르는 것을 어쩔 수 없다. 그는 절개를 지키고 고난을 견디기 위해서 정신을 차리고 살아야 하며, 피해서 숨는 달팽이처럼 머리를 처박아서는 안 된다. 그렇다. 그는 살아야 한다. 자기를 위해, 가정을 위해, 절개를 위해, 살아야 하며, 정정당당하게 말도 하고, 웃으며 살아야 한다. 그는 마음이 관대해져야 한다. 그러나 둘째처럼 철면피와 같이 관대한 것이 아니라, 자신을 믿고 자신에 충실하여 자기가 꿈쩍 않는 산 같이 되어야 한다. 그는 어떤 것도 피해서는 안 되며 오히려 모두를 보러 가고 모두와 접촉을 시도해야 한다. 그는 관 씨 댁에 가서 보고 부패한 정도가 어느 정도인지 보아야 한다. 그는 당연히 샤오추이가 어떻게 머리가 잘렸는지 보아야 한다. 그는 당연히 일본인의 만행과 연극[19]을 보아야 한다. 보아서 더 분명히 알고, 더 굳건해져서, 아마 예기치 않게, 자연스럽게 독한 마음이 생기면, 항전 공작에 참가해야 한다. 인간은 역사적 존재이지 꿈 같은 환상적 존재가 아니다. 그가 첸 선생을 위해서 걱정할 필요가 없다. 첸 선생의 강건함을 배우고, 근심 걱정 없는 것도 배워야 한다. 아침 식사는 엊저녁 먹다 남은 밥을 끓인 죽과 워토우[20]와 절인 무였다. 그러나 그는 맛있게 많이 먹었다. 그는 다시 워토우 때문에 노인들과 아이들을 위해서 어려워하지 않았다. 남녀노소가 모두 고생을 해야 한다고 생각했다. 고생함으로써 모두가 적을 원망하고, 나라를 더 사랑하게 된다고 생각했다.

• • •

18 굳건함.
19 곡예.
20 음식명.

이것은 벌이고 채찍이다.

밥을 먹자 바삐 출근했다. 문에 나서자 1호의 두 명의 일본인을 만났다. 그는 고개를 꼿꼿이 들고 그들을 바라보았다. 그들은 오늘 그의 눈에는 승리자가 아니라 총알받이로 보였다. 그들은 조만간 이동 배치되어 중국에서 죽을 것이다.

그는 서둘러 전차에 탔다. 평소에는 전차에 끼어 타는 것이 고역이었다. 오늘은 일종의 단련으로 생각했다. 옥중에서 영원히 서 있던 좌수와 첸 선생이 절뚝거리며 분주하게 다니는 것이 생각났다. 그는 다시 복잡한 전차에 시달리는 것을 고통이라 생각지 않았다. 작은 일을 괴로워하면 과도하게 비관적이 된다.

그날은 토요일이었다. 오후 2시에는 사무실에서 퇴근할 수 있었다. 그는 오후 3시에 태묘(종묘)에서 거행되는 화베이문예작가협회의 대회에 가서 보고 싶었다. 그는 다시는 피하지 않고 보아야 했다.

태묘는 한적한 공원이라서 중산공원처럼 소란스럽지 않았다. 거기는 원래 측백나무 대전이 있었지만 다른 화려한 정자는 없었다. 베이핑인들은 대개가 소란스러운 구경거리를 좋아하는데 거기는 너무 고요했다. 현재는 겨울이기 때문에 놀러 온 사람도 거의 없었다. 루이쉬안이 갔을 때 대문 밖에 이미 오색기와 일본기가 걸려있고 허다한 표어가 붙어있었지만, 내부는 적막해서 한 사람도 눈에 띄지 않았다. 그는 천천히 아는 사람을 만나지 않기 위해 모자를 눈썹까지 눌러쓰고 공원 내를 둘러보았다.

그는 늙은 측백나무 위에 앉아있는 유명한 흑두루미를 보았다. 두 마리가 나무 위에 서 있었다. 그는 꼼짝 않고 서서 그들을 보았다. 전에는 흑두루미들이 새끼들을 데리고 있었는데 유심히 보아도 새끼들이 보이지 않았다. 오늘 무의식 중에 그들을 빨아 당기듯이 다시 움직일 수 없다고 생각했다. 전해오는 말에 의하면, 여기 있는 흑두루미는 황제가 사육하는 것이어서 여기에 오래전부터 있었다고 한다. 루이쉬안은 한 쌍의 학이 얼마나 오래 살 수 있는지, 저 두 마리가 황제를 본 적이 있는지 모른다. 그는 그들이 일본 점령하에 여기에서 살아가는 것이 어울리지 않는다고 생각했다. 그들의 깃털은 저렇게 깨끗하게 빛나고 자태 또한 뛰어났다. 그들은 붉은 담과 녹색의 측백, 금빛 기와 궁전과 잘 어울리는 선경의 선학이다. 그러나 선경 속의 주인은 사람을 죽이고도 눈 하나 깜박거리지 않은 왜구다. 그러면 뛰어난 자태가 무슨 소용이 있겠는가? 만약 일본인이 저들을 조롱 속에 집어넣을 수만 있다면, 섬나라에 데리고 가서 전리품으로 전시할 것이다!

그러나 새들은 도대체 아무것도 모른다. 인간은? 자기가 왜 흑두루미를 멍청히 보고 있으며 살인마들을 쫓아내지 않는가? 그는 문예계의 대회를 보러 가고 싶지 않았다. 그와 흑두루미는 모두 오만하고 날개와 털을 아깝게 여긴다. 자기와 그들이 자만하는 것은 아무 쓸모도 없는 어디에도 쓸 수 없는 자태뿐이다. 그는 머리를 숙이고 집으로 돌아가고 싶었다.

그러나 재빨리 자신의 생각을 고쳤다. 아니다. 그가 이렇게 쉽게 슬퍼해서는 안 된다. 다시 고개를 숙였다. 슬픔은 참되고 건강한 감정이 아니다. 슬픔으로 흘리는 눈물은 이슬이지 단비의 효용이 없다. 그는 회장으로 갔다. 그는 일본인이 뭐라고 하는지 들어보고 싶었다. 일본인으로 가장하고 있는 문예인의 면목을 보고 싶었다. 그가 흑두루미를 보러 온 것은 아니었다.

회의장에 이미 적지 않은 사람들이 앉아 있지만 아직 회의를 열지 않았다. 그는 방명록에 가짜 이름을 적었다. 출석부와 성전 곳곳에 특무가 지키고 있음을 똑똑히 보았다. 체포된 후에, 그는 이미 복장이 의기양양하게 그들을 알아볼 수 있을 것이었다. 그는 속으로 은근히 웃었다. 특무는 첨단 조직이다. 그러나 가장 믿을 수 없는 조직이라는 첸 선생의 말이 생각이 났다. 특무로 정권을 지탱하는 것은 모래 위에 집을 짓는 것과 같다. 일본인들은 집을 잘 짓는데, 아쉽게도 지반이 모래인지 아닌지 보지 못했다.

그는 사람이 많지 않는 곳을 찾아 앉았다. 천천히 제법 많은 사람을 알아보았다. 구아피모를 쓰고 머리가 일종의 보탑 같은 사람은 동안시장에서 춘화(음란화)를 전문적으로 인쇄하는 예광제의 사장, 저기 얼굴에 때가 끼고 기차 같이 숨을 토해내는 뚱뚱한 사람은 류리창에서 먹통을 파는 쪼우스빠오이다. 저기 둥근 눈의 젊은이는 후문 밖에서 덕문제 종이점 외근사원 샤오산뚱얼이다. 저기 온 얼굴이 담배 연기에 싸여있으며, 뺨에 털이 가득한 사람은 상성을 하는 아마추어 배우 팡리우다. 아마추어 배우 팡리우(샤오양쥐안 7호에 산다)를 제외하고 저 세 사람은 아마도 그를 알아보지 못할 것이다. 왜냐하면, 평소에 서점이나 류리창을 돌아다니다 덕문제에서 물건을 사기 때문에, 서서히 그들의 얼굴을 익히게 되었지만, 그들은 그를 주목하지 않았을지 모르기 때문이다. 그 밖에 그는 60세쯤 된 얼굴에 향분을 처바른 늙은 요정들을 보았다. 그는 한참 생각한 후에 늘 연주평을 쓰는 아마추어 배우 리우유 칭이라는 것을 알아보았다. 연극 잡지에서 그의 사진을 보았다. 늙은 요정의 주위에 서 있는 사람, 앉아있는 사람, 만면에 웃음을 띤 사람, 어떤 사람은 눈에는 익지만, 누구인지 생각해낼 수 없었다. 그들의 표정과 의복에서 그는 그들이 작은 신문 꽁부니에 글을 쓰는 신문 기자라는 것을 알 수 있었다. 대체로 틀리지 않은 추측으로 그는 작은 신문에 출현하는 필명—이소자, 대백서, 청풍도사, 반신제주, 열상 풍…. 이러한 필명을 앞세우는 웃기는 사람들이라 그에게 구토를 나게 하기에 꼭 맞는 사람들이라고 생각했다.

다츠바오, 자오디, 관샤오허가 들어왔다. 다츠바오는 붉은색 큰 비단 두루마기를 걸치고 머리 위에 붉은 꽃을 수놓은 붉은 큰 펠트(felt) 모자, 둘레가 아주 좁고 위에는 두자나 되는 긴 야생 닭 꼬리가 꼽힌 모자를 쓰고 있었다. 그녀는 아주 천천히 느릿느릿 걸어서 전각문으로 들어와서, 두 손으로 망토를 꼭 잡고 머리 위의 야생닭 꼬리가 좌우로 반원을 그리고 눈알을 야생닭털을 따라 움직여서 전각 안에 있는 사람 들을 검열했다. 이렇게 얼굴을 밝히고 그녀의 양손은 벌리고 어깨를 떠받쳐서 망토가 몸에서 떨어져 경쾌하게 수중에 떨어졌다. 연후에 자오디를 부축하여 앞으로 똑바로 나아갔으나 옷 위의 주름 하나 움직 이지 않고 야생닭털만 약간 떨렸다. 전각 안에 있는 모든 사람이 말과 미소를 멈추고 모두의 이목을 야생닭털에 집중시켰다. 제일 앞 열에 이르자 그녀는 제 마음대로 손으로 벌레를 쫓아내듯이 중간에 앉은 사람을 밀어내고 앉았다. 그녀 자신이 앉은 곳은 연단 탁자 위의 화병 바로 앞이었다. 자오디는 마마의 옆에 앉았다.

샤오허는 부인의 망토를 어깨에 걸고 한편으로 앞으로 나가면서, 한편으로는 모든 사람에게 고개를 끄덕여 인사했다. 그는 눈을 가늘게 뜨고 입술은 반쯤 열고 약간 달싹거리긴 했지만 아무 말도 하지 않았다. 그는 힘들이지 않고 모두가 자기와 이야기한다고 추측하게 했다. 이렇게 몇 보 가다가 이미 모두에게 충분히 인사했다고 생각하자 입을 다물고, 종종걸음으로 뛰는 것 같지 않게 뛰어서, 삽살개처럼 마누라에 따라붙어서 부인과 한자리에 앉았다.

루이쉬안은 관 씨 부부가 연출한 그 장면을 보고 앉아있을 수가 없었다. 그는 집에 돌아가고 싶었다. 그때 문밖에서 벨 소리가 났다. 관샤오허는 엉거주춤하게 서서 손을 머리 위로 뻗쳐서 박수를 쳤다. 다른 사람도 따라 박수를 쳤다. 루이쉬안은 다시 자리로 와서 앉았다.

박수 소리에 제일 먼저 들어온 것은 란둥양이었다. 오늘은 양복을 입고 있었다. 그의 머리와 등이 국궁 자세를 취했기 때문에 아무도 그의 넥타이 매듭을 볼 수 없었다. 그는 옆으로 걸어서 두 손을 허리에 붙이고 땅에 물건을 줍는 듯이 머리와 등을 한껏 구부렸다. 10년 전에 루이쉬안은 이꼐다의 강연을 들은 적이 있다. 이꼐다는 키가 작고 배가 볼록한 사람이었다. 걸어 다니는 사천산 김칫독 같았다. 그의 배는 오늘 특별히 밖으로 더 튀어나왔고 얼굴은 쳐들고 있었다. 그의 머리는 흰 머리가 많았다. 둥양은 한편으로는 길을 인도하고 한편으로는 앞설 수 없다는 겸손을 보이기 위해 옆걸음으로 걸었다. 그의 머움직이는 이께다 선생의 배 옆에 있었으므로 이께다 선생을 거슬리게 했다. 이 때문에 이께다는 몇 걸음 뒤에 오다가 배 옆에 있는 머리를 밀치고 강연대 위로 머리를 쳐들고 올라갔다. 그는 다른 사람이 연단에 오르기를 기다리지 않고 중앙에 앉았다. 그의 눈은 연단 아래는 보지 않고 거만하게 화려한 천장판을 쳐다보고 있었다. 둘째, 셋째, 넷째도 모두 일본인이었다. 그들의 키는 모두 크지 않았다. 그러나 한 사람 한 사람 이 자기가 파고다와 같다는 것을 아는 듯했다. 일본인 뒤에 두 명의 고려인이, 고려인 뒤에는 둥베이 청년이 있었다. 란둥양은 이께다에게 밀쳐져서는 아예 움직이지 않았다. 이렇게 엉덩이를 벽에 대고 대표들이 모두 들어오는 것을 조용히 기다렸다. 모두가 들어오자 국궁자세를 유지한 채 연단으로 올라왔다. 연단에 올라와서야 허리를 펴고 이께다를 향해 새로 국궁했다. 그 후에 그는 몸을 돌려 연단 아래에 있는 사람들에게 얼굴을 돌렸다. 그의 눈알은 맹렬하게 위를 쳐다보고 얼굴의 살을 힘들여 끌어당기고 연단 아래 있는 사람들을 모두 잡아먹을 듯이 오감을 모두 움직였다. 이렇게 시위를 하더니 몸을 꼿꼿이 세우고 앉았다. 엉덩이가 의자에 닿자마자 다시 일어나서 이께다에게 국궁했다. 이께다는 여전히 천정판을 감상하고 있었다. 그때 관샤오허가 일어나서 전각문을 향해서 손짓했다. 잘 차려입은 남자 하인이 생화 바구니를 들고 왔다. 샤오허는 생화 바구니를 받아서, 공손하게 부인과 딸에게 하나씩 넘겨주었다. 다츠바오와 자오디가 일어나 모두가 자기를 한번 똑똑히 보도록 뒤돌아본 후에 천천히 연단 위로 올라갔다. 다츠바오의 꽃바구니는 둥양에게 주었고, 자오디는 이께다에게 주었다. 이께다는

410

눈을 천정판에서 거두어 자오디를 보았다. 앉은 채 자오디와 악수했다. 그 후에 모녀가 한 자리에 서서 모두를 향해 깊이 허리 숙여 절하면서, 입으로 조용히 자기소개를 했다.

"관샤오허! 관샤오허!"

연단 아래에서 그에게 박수를 쳤다.

란둥양이 개회를 선포했다.

"이께다 선생님!"—국궁. "이꾸찌 선생님"—국궁. 그는 연단에 있는 모든 사람을 한 사람씩 부르고, 그럴 때마다 국궁했다. 연단 아래를 향해서 푸른 얼굴을 돌리더니 거만하게 소리 질렀다.

"문예가 여러분들!"

국궁은 하지 않았다. 한 마디 소리 지르고는, 마치 기분이 좋아서 개회사를 잊은 것처럼 멍청해졌다. 그는 눈알을 힘들여 위로 향하게 했다. 연단 아래 있는 사람은 그가 재주를 부리는 줄 알고 일제히 박수를 쳤다. 그는 손을 떨면서 주머니 속을 더듬더니 한참 만에 종이 한 장을 꺼냈다. 그는 반신을 왼쪽으로 향하게 하여 옆얼굴을 이께다 선생 쪽으로 향한 채 개회선언을 읽었다.

"우리는 오늘 개회합니다. 왜냐하면, 반드시 개회해야 하기 때문입니다!"

그는 "반드시"란 말을 큰소리로 외쳤다. 그리고 한 손을 힘 있게 뻗쳤다. 연단 아래에서 또 박수를 쳤다. 그는 박수 소리가 천천히 멈추는 것을 기다려 입을 열었다. 다시 외웠다.

"우리는 문예가입니다. 태생적으로 일본의 문호들과 한 집안입니다."

연단 아래에서 박수 소리, 이번에는 소리가 반 시간이나 이어졌다. 이 반 시간 동안 둥양의 입은 움직이지 않았다. 중얼거렸다.

"좋은 시! 좋은 시!"

박수 소리가 멈췄다. 그는 그 종이를 거두었다.

"나의 말은 여기서 끝냅니다. 왜냐하면, 시는 언어의 결정이어서 많이 말해서는 안 됩니다. 그럼 대문호이신 이께다 선생의 훈화를 청하겠습니다. 이께다 선생님!"

그는 허리를 깊숙이 숙였다.

이께다가 허리를 폈다. 탁자 옆에 섰다. 배가 볼록 튀어나왔다. 천정의 화판을 보고 자오디를 보고 못 참아서 손을 흔들어서 박수를 멈추게 하고 중국어로 말했다.

"일본은 선진국입니다. 일본의 과학 문예 모두가 동아시아를 영도해야 하는 모범입니다. 나는 반전주의자입니다. 일본인 모두가 반전적이고 평화를 사랑합니다. 일본은 고려, 만주국, 중국과 동일한 문예, 동일한 종류의 문화를 가지고 있습니다. 여러분, 모두 당연히 일본의 영도를 따르고 일본을 모범으로 삼아 대동아의 평화와 신질서를 공동으로 건설해야 합니다! 오늘 바로 첫 시도가 시작됩니다. 모두들 노력합시다!"

그는 또 자오디를 한 번 보고는 몸을 돌려 앉았다.

둥양은 기꾸찌에게 국궁하여 치사를 부탁했다. 루이쉬안은 모두가 박수를 칠 때 빠져나왔다.

밖에 나오자 그는 거의 동서남북을 구별하지 못했다. 그는 앙상한

412

송백나무 고목을 찾아 나무 둥치에 기대어 앉았다. 그는 상상조차도 상상할 수도 없었다. 세상에 이처럼 파렴치한 속임수, 시시한 희롱이 없을 것이다. 가장 그를 못 견디게 만든 사람은 란둥양, 다츠바오 그리고 이께다였다. 그는 이께다의 종전의 강연을 들었고, 그의 문장을 읽은 적이 있었다. 이께다는 10여 년 전에는 확실히 존경할만한 작가였다. 그는 이께다가 돌연히 일본 군벌의 주구가 되어, 중국인을 희롱하고, 문예를 희롱하고, 그것도 모자라서 진리까지 희롱하리라고는 절대로 상상하지 못했다. 이께다 자신으로부터 일본 전체의 문화를 볼 수 있다. 일본의 문화는 독약으로 만든 환약에 설탕을 입힌 당의정이다. 그들의 예술, 과학, 의관, 문물은 모두 가짜이고 속임수이다. 그들의 본질은 독약이다. 그는 종전에 이께다를 신임하고 존경했다. 그는 일본이 특수한 문화를 가지고 있다는 것을 인정하지 않을 수 없다. 오늘 이께다는 비천한 마술사에 불과하며 그를 포함하여 일본인 모두는 인간을 속이고 자기를 속이는 곡예사라는 것을 확실히 볼 수 있었다.

생각이 여기에 미치자 그는 자기를 원망하지 않을 수 없었다. 그가 만약 간덩이가 크다면, 하나의 수류탄으로 전각 안의 연단 위에 있는 부끄러움을 모르는 무리를 쓸어버리고 싶었다. 그들을 쓸어버리는 것이 원수를 갚고 진리를 희롱한 사람을 청소해버릴 수 있는 길이다. 일본 군벌은 중국인을 죽이고, 이께다는 진리와 정의를 교살한다. 이것은 전 인류의 손실이다. 이께다가 말하는 반전, 평화, 문예, 과학은 아마추어 배우 팡리우와 쪼우스빠오를 속이는 데 그치지 않고, 전 세계가 흑을 백으로 사슴을 말로 인정하게 한다. 이께다가 성공하면 바로 일본이 성공하는 것이고, 그러면 전 세계가 지옥을 천당이라 하고 마귀를 하느님이라 부를 것이고, 그러면 이께다가 천사가 된다!

그는 자기를 원망했다. 그렇다. 그는 이께다와 란둥양에 박수를 치지 않았지만 손을 뻗쳐서 무치한 사기꾼을 때리지도 못했다. 그는 동포를 위해서 원수를 갚지 못하고 진리와 정의를 위해서 몸을 떨치고 일어나지 못했다. 그는 끓는 피도 영혼도 없는 놈이다!

전각 밖에 굉장히 긴 폭죽이 매달려 있었다. 그는 어쩔 수 없이 서 있다가 공원 밖으로 나갔다. 두 마리의 흑두루미가 폭죽에 놀라 하늘로 날아갔다. 루이쉬안은 또 머리를 숙이고 걸어갔다.

51

일본인들은 원하고 있다. 무력으로 토지를 빼앗고 한간을 이용하여 문치를 시행하고 곧 온전하게 토지와 인민의 마음을 사로잡을 수 있다. 그들은 한간들이 확실히 중국인의 대표라고 여겼기 때문에 한간이 등장하면 사람들은 반드시 기꺼이 복종할 것이고, 큰 일은 반드시 확정될 것이다. 그러면서 그들은 중국의 몇 차례 혁명이 몇몇 야심 찬 정치인들의 수작이라고 생각했고, 인민은 조금도 영향을 받지 않았다. 따라서 비혁명적, 반혁명적, 한간을 이용하여 그들은 반드시 비혁명적, 반혁명적 인민의 옹호와 사랑을 받고 하나가 될 것이라고 계산하였다. 그들의 마음속의 중국인은 50년 전의 중국인이었다.

베이핑의 경우, 그들은 그들이 체포한 수천 명의 사람들이 당에서든 정당과 아무런 관계가 없는 거의 일치된 일본인을 증오하고 손중산

선생을 국부(國父)로 인정할 줄은 상상도 못했다. 중국인들이 50년 전과 똑같을 것이라고 자신들만의 오만함으로 추측하고 50년의 진정한 역사를 외면했기 때문이다. 오만함이 그들을 색맹으로 만들었다.

두 특사가 베이핑에서 죽자 일본인들은 조금씩 '각오'를 갖기 시작했다. 그들은 한간들의 호소력이 그들이 생각했던 것만큼 크지 않다는 것을 알아차렸다. 그들은 새로운 한간 몇 명을 없애고 새로운 한간 몇 명을 기용해야 했다. 그래야만 손중산 선생을 국부로 받드는 사람들의 마음을 사로 잡아서 일본인에게 기꺼이 협력하게 할 수 있기 때문이다. 당에 속한 사람을 찾지 못하면 반드시 친일학자 혹은 교수를 찾아서 자기들을 대신하여 인심을 얻어 복종하게 할 수 있다고 믿었다. 동시에 그들은 신민회를 강화시켜서 사상을 통제하고 중·일·만(주) 일체와 대동아공영권을 이용하여 국민혁명(사상)을 대체시켜야 한다고 생각했다. 동시에 그들은 그들의 전문적인 일 —살육— 을 버릴 수는 없다. 그들은 반드시 은혜와 위엄을 겸용하여 살육으로 '왕도(王道)'를 준비해야 한다. 동시에 전쟁이 이미 일 년여를 끌고 있고 속전속결을 희망할 수가 없었다. 이 때문에 그들은 약탈에 전력을 기울여 화베이의 모든 물건을 탈취하여 전쟁에 도움이 되게 해야 한다. 이 생각은 '왕도' 와 근본적으로 충돌한다. 그러나 일본인들은 마음속에서 정세를 분석하여 갑을병정으로 몇 개의 항목으로 나누고 진심을 다하여 매 항목의 계획을 수립하여 실행에 옮긴다. 그러나 높은 곳에서 내려다보고 이를 통괄하여 계산하지 않는다. 그들은 바로 연극배우들이다. 배우 모두가 아주 인기가 높아서 연극 전체의 주제와 효과를 잊어버린다. 그들은 아주 훌륭하게 연기를 했지만 그들의 연극은 실패했다.

겨울이 깊어졌다. 치 노인과 톈유 부인이 고생을 했다. 올해는 석탄이 작년 겨울에 비해 턱없이 모자랐다. 작년에는 석탄판매소마다 저장해 둔 석탄이 있었다. 올해는 저장해둔 석탄이 모두 매진되고 각 탄광마다 새 석탄은 일본인들에게 빼앗겨버리고 베이핑에는 10분의 1~2만 공급 되었다. 치 노인은 밤에 잠을 못 이루니 아침에는 일찍 일어나기 싫었다. 일본인들이 닭이 울면 일어나는 그의 가풍을 파괴했다. 그가 일찍 일어 나지 못하자 루이쉬안 부부가 힘들어졌다. 예년에는 그가 방에서 기침 을 하면, 윈메이가 일어나서 급히 불을 피운다. 그래서 그가 매일 아침 제일 먼저 하는 일은 불씨가 왕성한 작은 흰 난로가 방에 놓여 있는 것을 보는 것이다. 불꽃이 노인의 마음을 편안하게 하고 기쁘게 한다. 지금은 집에 석탄이 없다는 것을 분명히 알고 있으니 집에 난롯불 하나라도 아끼도록 캉에서 몸을 쭈그리고 누워 있어야 한다.

톈유 부인은 지금까지 며느리를 아끼기 때문에 자연히 춥다 소리를 못한다. 그러나 그녀는 기침을 멈추지 못한다. 그렇지만 그녀는 자기의 기침 소리가 자식과 며느리 마음을 괴롭게 만드는 것을 안다. 그녀는 이불로 입을 막아 기침 소리를 작게 할 뿐이다.

루이쉬안은 문예계협회 회의 개회행사를 본 후에 마음이 잠시도 편치 않았다. 그는 원래 첸 선생의 굳건함과 쾌활함을 배우고 싶었으 나 첸 선생이 하시는 일을 할 수 없으니 어떻게 굳건하고 쾌활해질 수 있겠나. 행동이란 신념의 손발이다. 손발이 없으면 신념도 떠돌아 다니는 혼에 불과하다. 동시에 그는 보아도 볼 수 없고 들어도 들을 수 없어서 행동을 버리고 맑고 고고하다고 자만한다. 그것은 견유(犬儒)이다.

그가 기꺼이 견유가 되어서 전쟁과 국가 대사에 콧방귀만 뀐다 해도, 조부와 어머니 방에 불이 없는 것을 못 본 척할 수 있겠는가. 그러나 그는 국사에 관심을 가질 수 없고 노인들이 추위에 떨어도 못 본척할 수 없었다. 그는 당황하지 않을 수 없고, 고민하지 않을 수 없었다. 심지어 때로는 자살이라도 하고 싶었다.

밤새 바람이 불었다. 바람이 아니어도 제발 땅 위의 모든 재난을 쓸어가 버리길 기원했다. 해가 질 때쯤 하늘에 두껍고 낮은 황색 모래구름이 휘몰아쳐서 사람들을 덜덜 떨리게 하는 냉기를 뿜어내고 있다. 해가 졌다. 황혼에 하늘이 깜깜해져서 무서울 정도로 칠흑과 같아졌다. 높은 곳의 가로등이 난쟁이같이 보이고 전등불은 떨리고 있었다. 위로 모래 구름이 흐르는 듯하더니 휘몰아쳤다. 하늘이 윙윙거리고 질주하는 귀신들이 휘파람을 분다. 나뭇가지들이 떨기 시작하고 먼 곳의 차 소리와 물건 사라는 소리가 갑자기 들리고 갑자기 사라진다. 별이 갑자기 나타났다 갑자기 숨어버린다. 주위가 정적에 휩싸인다. 갑자기 바람에 문, 창, 수목, 일체가 울리고, 위에서 옆에서 아래에서 돼지 멱 따는 소리와 함께 황사, 검은 흙 그리고 닭털, 파지로 하늘과 지상을 습격한다. 등불이 꺼지고 창문이 열리고 벽이 떤다. 일체가 혼란에 빠지고 동요하여 하늘이 떨어져 내려오고 땅이 뒤집히려 한다. 사람의 마음은 오그라들고 화분의 물에 즉시 얼음이 뜬다. 베이핑은 두터운 성벽을 잃고 큰 사막으로 바뀐 듯하다. 세계가 온통 날아다니는 모래와 한기가

418

미친 듯이 춤추는 것 같다. 인간은 자연을 통제하는 힘을 잃고 맹견조차 감히 짖지 못한다.

일진광풍이 지나자 안정이 찾아온다. 등이 밝아지고 나뭇가지가 미친 듯이 절을 해대더니 온화하게 떨릴 뿐이다. 하늘에 몇 개의 희게 빛나는 별이 나타났다. 그러나 사람들은 숨을 헐떡이고 하늘과 땅으로 바람이 붙어, 물도 없고 연안도 없는 바람의 바다가 되었다.

전차는 일찍 끊기고, 운전수들은 배를 주린 채 빈손으로 차를 차고에 넣는다. 가게는 문을 닫고 거리에는 행인이 없다. 베이핑은 바람의 바다 안에 있는 검고 소리 없는 외로운 섬이다.

치 노인은 일찍 자리에 누웠다. 그는 방안에 누운 것 같지 않고 공중에 떠다니는 것 같았다. 광풍이 불 때마다 아득하여 방향을 잃고 자기가 어디에 있는지 잊어버리고, 천만 개나 되는 작은 바늘이 전신을 찌르는 것 같이 느꼈다. 그는 자는지 깨어있는지 분명치 않고, 꿈인지 현실인지 구별할 수가 없었다. 그는 광풍이 마음을 쓸어가 버린 것 같은 생각이 났다. 바람이 잦아들자 다시 하늘가 어디에 떨어진 것 같은 자기를 찾았다. 바람이 자기의 몸과 마음을 멀리 불어가 버렸다. 그러나 그는 시종 몸을 웅크리고 얼음같이 차가운 캉에 누워 있었다.

가까스로 바람이 걸음을 멈추었다. 노인은 닭 우는 소리를 들었다. 닭 우는 소리는 바람이 멈추고 하늘이 맑다는 것을 알리는 신호 같았다. 손을 뻗쳐 이마를 문질렀다. 얼음에 손이 닿는 듯했다. 그는 대담하게 시리고 아픈 양다리를 뻗치고 재빨리 굽혔다. 이불 밑이 얼음굴 같았다.

방안은 더 냉랭했다. 그는 강가나 사막에서 얇은 천막 안에 자기와 얼음 사이에 홑겹의 천밖에 없는 곳에서 잠을 잔 것 같았다. 창호지가 서서히 파래졌다. 그는 졸리는 것을 참았다. 눈을 다시 뜨자 창호지가 희었다. 창문틀에 황사가 쌓여있었다. 흰종이 위에 검고 작은 삼각 그림자가 나타났다. 그는 눈물이 옆으로 흘러 몹시 시큰둥하게 하품을 했다. 그는 다시 참고 싶지 않아서 이를 악물고 일어나 앉았다. 잠시 앉아 있다가, 다리가 다시 뻣뻣해져서 견딜 수 없었다. 그는 의복을 입고 마당에 나가서 꿈적거려서 혈맥을 통하게 하고 싶었다. 평소 같았으면 노인들의 하는 식대로, 낡은 가죽 빠오를 걸치고, 단추를 다 채우지 않고, 허리띠를 느슨하게 매고, 마당을 다 쓸고, 세면을 하고, 단추를 채우고, 차를 마시고, 조반을 기다렸을 것이다. 오늘은 의복을 입고는 제대로 다시 여미려 들지 않았다.

문을 열자 얼음굴에 들어가는 것 같이 느껴졌다. 아주 날카롭고, 작고 힘 있는 바람이 칼끝 같이 자기 얼굴을 깎아서 코에 맑은 물이 흘러내리게 했다. 그의 입 앞에 흰 김이 서렸다. 마당을 둘러보자 마당이 넓고 커진 것 같았다. 땅바닥은 깨끗해서, 나뭇잎 하나 없었다. 땅은 회색이어서 어떤 곳은 갈라져 틈이 나 있었다. 공중에는 아무것도 없었다. 다만 맑고 차가우며 투명한 하나의 큰 얼음 덩어리 같았다. 하늘은 높고 구름 한 점 없고, 여러 번 빤 푸른 베 같이 탈색되어, 이미 흰색이 비춰져 나오고 있었다. 하늘, 땅, 공중조차 모두 희어서 눈이 오지 않았는데도 눈같이 희었다. 이 눈같이 흰 빛이 한 곳으로 연결되어 냉기를 발하여, 사람이 옷을 입지 않은 듯이 냉기 속에 잠기게 했다. 집, 수목, 마당 모두 조용히 서서 세계가 하나의 얼음덩어리로 줄어든 것 같았다. 노인은 감히 기침 소리를 낼 수 없었다. 소리를 내면 얼음덩어리가 벼락같이 떨어질 것 같았다.

한참 기다리자 얼음같이 차가운 하늘에서 붉은빛이 비쳤다. 노인은 빗자루를 찾고 싶었으나 소매에서 손을 꺼내기 싫었다. 다시 땅바닥을 보았다. 광풍이 깨끗이 쓸어가 버려서, 힘들일 필요가 없어, 손을 도로 집어넣고 밖으로 나갔다. 문을 열자 후통에는 아무도 없고, 아무 동정도 없었다. 늙은 회나무 아래에는 당장 불쏘시개로 쓸 수 있는 마른 가지들이 널려 있었다. 노인은 추운 것도 잊고 손을 내밀어 나뭇가지들을 주웠다. 마른 가지를 한 아름 안고서 집으로 향했다. 계단을 올라가다 그는 흠칫 놀라 멈춰 섰다. 대문 문지기 신장(神將) 얼굴 아래에 있어야 할 문고리가 없었다.

"음?"

노인은 소리를 냈다.

이 집은 치노인이 산 집이어서, 집안의 물건 어느 하나의 변화와 역사를 알고 있었다. 처음에 그는 문고리가 철제였으며 작은 유방처럼 팽팽하지만 꼭대기가 녹슬어 있었다는 것을 안다. 나중에 루이쉬안의 결혼을 축하하기 위해 황동으로 바꾸었다—문에 한 쌍의 금빛 나는 문고리가 있으니, 부녀가 머리에 새 수식을 단 것 같았다. 그는 새 문고리가 좋아서 언제나 문고리에 녹이 슬지 않게 했다. 외출했다가 돌아올 때마다 문에 붙은 누른 밝은 빛을 보면 기분이 좋아졌다.

오늘 문 위에서 빛을 발하던 물건이 광풍에 날아가 버리고, 갑자기

보이지 않게 되고, 남은 것이라고는 두 개의 둥근 자국뿐이었다. 문고리가 바람에 날아 갈리 없다는 생각을 했다. 그는 머리를 숙여 문고리 찾으려고 계단 위를 살펴보았다. 계단에는 모래알 하나도 없었다. 땔감을 문간에 내려놓고, 계단 아래를 찾아보았으나 없었다. 그가 6호에 가서 문밖을 보았으나, 거기도 문고리가 실종되었다. 그는 추위도 잊고 후통을 한 바퀴 돌았다. 문고리가 모두 보이지 않았다.

"어떤 귀신이 이런 짓을 했나?"

노인은 새빨개진 손으로 수염을 만지니 얼음덩어리가 만져졌다. 그는 재빨리 집으로 돌아와 루이쉬안을 불렀다. 그날이 일요일이고 루이쉬안이 직장에 가지 않기 때문에, 아직 침상에서 일어나지 않고 있었다. 노인은 손자를 놀라게 하고 싶지 않았지만, 자신을 억제할 수 없었다. 후통 전체의 문고리가 일제히 사라지다니 일찍이 없었던 희한한 일이었다.

루이쉬안은 한편으로는 옷을 입으면서, 한편으로는 조부의 이야기를 들었다. 놀란 눈으로 밖으로 나와서 눈을 껌벅이며 마당 밖으로 나갔다. 문고리의 흔적을 보면서 노인의 말이 무슨 얘긴지 분명히 알았다. 그는 웃었다. 머리를 들고 하늘을 보았다. 하늘의 붉은색은 흩어지고, 희고 밝은 빛이 하늘을 높고 차갑게 했다.

"무슨 일이야?"

노인이 물었다.

"밤에 바람이 셀 때 대문을 들고 가야지 우리가 모르지요! 들어오세요, 할아버지! 추워요!"

루이쉬안은 할아버지 대신에 문간에 있는 땔감을 안아 들여놓았다.

"누가 저랬지? 간 큰 놈이야! 문고리 하나가 얼마 나간다고?"

노인은 마당으로 들어오면서 중얼거렸다.

"구리와 철이 굉장히 비싸졌어요. 현재는 전쟁 중이잖아요?"

루이쉬안은 적당히 얼버무리며 땔감을 부엌에 들여놓았다.

노인과 윈메이가 이 일을 두고 토론을 벌였다. 루이쉬안은 자기 방에 처박혀 있었다. 방안의 온기도 냄새도 별로였지만 다시 드러누워 자고 싶었다. 그러나 그는 다시 마음 놓고 잘 수가 없었다. 잃어버린 문고리가 오늘의 날씨보다 그를 더 춥게 했다. 조부에게 설명하고 싶지 않았다. 그러나 굿리치선생으로부터 믿을만한 정보를 얻었다. 일본군부는 많은 일본의 경제학자들을 파견하여, 전시 경제를 연구하게 했다 —사실대로 말하면 어떻게 하면 화베이의 자원을 약탈할 수 있는가에 관한 연구였다. 일본이 허다한 화베이의 도시와 지방을 점령했지만 돈을 번 것은 별로 없었다. 현대전은 더 많은 돈을 밖으로 내던질 수 있는 사람이 이길 수 있다. 좋아. 일본인은 점령한 지역에 일본 상품을 팔 수 있다. 그러나 전쟁이 국내의 생산에 영향을 주어, 중국에 들어온 물품은 자신들이 발행한 동전 정도 가치밖에 없는 지폐로 바뀔 뿐이었다. 하물며 전쟁이 끝날 희망이 없고, 점점 더 돈이 많이 들었다. 이 때문에 그들은 곧 약탈에 혈안이 되지 않을 수 없었다. 그들은 양식을 약탈하고, 석탄을 약탈하고, 동철을 약탈하다가, 이제는 손에 쥐고 있는 물건까지 약탈하는 지경에 이르렀다. 일이 이렇게 되자 그들은 전쟁할 자원을 보충할 목적을 달성할 수 있을까를 알아보려고 했다.

왜냐하면, 화베이에는 중공업이라고 할 것이 없고, 쓸만한 기술자와 노동자도 없었기 때문이다. 그들이 전쟁에 이겨봤자 본전밖에 안 되었다. 이 때문에 군인들은 경제학자를 생각해내고, 그들에게 돌을 금으로 바꿀 방법을 생각해내도록 했다.

루이쉬안은 하루 저녁의 광풍을 틈타서 구리와 쇠로 된 문고리를 훔쳐간 것이 일본경제학자들이 생각해낸 약탈 계획 중의 하나기 아닐까 생각했다. 평소 같았으면 루이쉬안은 이런 생각은 던져버리고, 이런 생각을 하는 자기가 천박하고 무료하다고 여겼을 것이다. 그러나 오늘은 이 일을 심각하게 생각해보고 조금도 가소로운 것이 아니라는 결론을 내렸다. 그는 일본이 확실히 적잖은 경제학자가 전쟁은 학술을 소멸시키고, 포화는 금전을 쏘아서 바다에 처넣어버리는 곡예로 보았으리라고 생각했다. 누구나 돈을 바다에 처넣고 동시에 가질 수는 없다. 일본인은 모두가 일본은 '없는' 나라고, 중국은 '있는' 나라라고 입을 모은다. 그것은 최대의 착오다. 중국이 크다는 말은 옳다. 그리고 사람 수도 많다는 말은 옳다. 농업으로 나라를 유지하지만, 양식도 충분하지 않다. 중국은 '없다'. 일본은 '있다'. 그러나 일본은 그들의 '있는' 것으로 포화 장난을 해서 '없는' 나라로 바뀌었다. 그래서 그들은 '없는' 중국을 약탈하고 있을 따름이다. 무엇을 약탈하느냐고? 문고리—문고리는 좋다. 적어도 일본의 경제학자가 업무완수 결과를 보고하기에 이르렀다. 다시 말하면 학자들은 군벌로부터 밥을 빌어먹고 반드시 학술 외에 공을 과장하길 좋아하는 군인들을 모방했다. 군인들은 원래가 허장성세하지 않으면 안 된다. 무슨 일이든 아무리 작은 일에도 희극성을 가미하여 하찮은 일로 생색을 낸다. 학자들도 이 수단을 배워서 광풍이 부는 날 베이핑인들의 문고리를 탈취해가서 치 노인이 놀라서 기이한 일이라 여기게 했다.

이것은 가소로운 일만은 아니라고, 루이쉬안은 자기에게 말했다. 일본인은 이미 포화와 전쟁 장난을 해서, 자신이 '가진 자'에서 '없는 자'로 전락했다. 그들은 틀림없이 정밀한 계획과 방법을 사용하여 미세한 것에 불과한 것을 약탈했다. 그들의 마음은 사나워서 화베이 땅의 껍질을 벗겨서 수많은 사람을 굶어 죽게 했다. 한간들을 부추겨 앞잡이로 세워서 5백만 석의 식량을 약탈하려 했는데, 한간들은 일천만 석을 찾아내어 일본인의 환심을 사고자 했다. 이렇게 하여 화베이 인민들은 오래지 않아 태반이 죽어버렸다. 이게 사실이라면 자기 자신은 어떻게 해야 하나? 그는 일가 모두를 먹여 살리기 위해서 집을 떠날 수 없다. 그러나 일본인의 약탈계획이 전개되는 것을 기다리기만 하면, 그가 가족들이 아사에 이르지 않게 하는 어떤 방법이 있겠는가?

그렇다. 인간이 굶어 죽을 상황에 처하면 목숨을 건다. 일본인이 양식을 약탈하려 하면, 아마 인민들의 강한 저항을 불러일으킬 것이다. 이렇게 함락된 지방은 양식을 보존하지만 무장봉기가 일어날 것이다. 그것은 좋은 일이다. 그러나 베이핑은 양식을 생산하지 않으므로, 굶어도 목숨을 걸고 덤비지 않는다. 베이핑은 다른 사람의 죽음에 동반할지언정 절대로 발악하지 않는다. 루이쉬안도 그런 인간이다.

그때 아이들이 잠이 깨어 마마에게 뜨거운 죽을 끓여달라고 재촉했다. 톈유 부인과 치 노인은 어린이와 두런두런 이야기를 하고 있었다.

루이쉬안은 노소의 목소리를 듣고, 독침에 찔린 듯이 마음이 아팠다. 그들은 이제 어쩔 수 없어 살아가고 있다. 오래지 않아 어쩔 수 없이 모두 죽을 것이다—발악도 못 해보고, 투쟁도 못 해보고 화가 나서 욕도 못해보고 모두가 이렇게 조용히 굶어 죽을 것이다!

햇빛은 강하지 않았다. 그러나 하루 저녁 광풍이 분 후에 햇빛을 보니 모두가 따뜻하게 느끼는 것 같았다. 8~9시까지 하늘이 연한 황색이 되더니 나뭇가지가 간간이 진동했다.

"바람이 끝나지 않았구나!"

치 노인이 한탄을 했다.

노인이 말을 마치자마자 빵빵하는 총소리가 났다. 소리가 크게 울렸으며 가까운 곳에서 났다. 모두가 놀랐다.

"또 무슨 일이지?"

노인은 한 마디로 간단히 물었지만 아무 표정이 없었다. '집 앞 눈을 쓸 때 다른 사람집의 기와 위에 있는 눈에는 관심 갖지 말라'는 것이 그의 처세 철학이었다. 총소리가 자기 집 마당에서 나지 않았으니 마음 쓸 필요가 없었다.

"뒤편의 큰 집인 것 같네요!"

원메이의 큰 눈이 특별히 더 크게 보였다. 눈꼬리에는 미소가 번졌다—약간 미안한듯한 의미가 있는 미소였다. 그녀는 언제나 다른 사람이 자기에게 말이 많다고 하거나 말을 잘못할까 두려워했다. 그녀가 말한 '뒤편의 큰 집'은 후통의 호로병 배짬을 의미했다.

루이쉬안이 밖으로 뛰어나갔다. 평일 같으면 그도 할아버지처럼 침착하게 쓸데없는 일에 관심을 가지지 않았을 것이다. 오늘 모두의 죽음을 염려하고 있을 때, 신중함을 잊어버리고, 왜인지 보려고 뛰어나갔다.

"아빠! 저도 갈게요!"

샤오순얼의 뻣뻣한 다리가 절룩거리며 아버지를 따라 나갔다.

"너, 왜 그래? 돌아가!"

윈메이는 늙은 매가 병아리를 낚아채듯이 샤오순얼을 잡았다.

루이쉬안이 대문 밖으로 나갔다. 3호 대문 밖에는 아무도 없었다. 1호집 문에 일본인 노파가 서 있었다. 그녀는 루이쉬안을 향해서 큰절을 했다. 루이쉬안은 원래 1호집 사람 누구에게도 인사하지 않았다. 그러나 오늘은 황망한 중에 그도 답례했다. 청창순은 4호 밖으로 나가고 싶었으나, 감히 움직이지 못하고, 할머니가 소리 지르는 것을 들었다.

"돌아와, 이 간 큰 놈아! 총소리 듣고 어디를 가려고 해!"

루이쉬안을 보자 창순은 급히 물었다.

"무슨 일이지요?"

"모르겠어!"

루이쉬안이 북쪽으로 갔다.

샤오원은 손을 찔러 넣고, 담배를 아래로 늘어뜨린 채 물고, 아무 일 없는 듯이 6호 문에 서 있었다.

"총소리가 두 번 울린 것 같지요? 혹은 폭죽 소리인가요?"

그는 루이쉬안에게 담배를 입에서 빼지도 않은 채 말했다.

"총소리가 두 번 울린 것 같지요? 혹은 폭죽 소리인가요?"

그는 루이쉬안에게 담배를 입에서 빼지도 않은 채 말했다.

루이쉬안은 말없이 고개를 끄덕이며 북쪽으로 갔다. 그는 이미 샤오 원이 무슨 소리에도 꿈쩍 않는 모양을 부러워하기도 하고 싫어하기도 했다.

7호 문밖에 많은 사람이 서서 어떤 사람은 이야기를 하고 어떤 사람은 북쪽을 보고 있었다.

바이 순장은 얼굴이 하얘져서 북쪽에서 뛰어왔다.

"모두 들어가세요! 조금 후에 집집마다 조사가 있을 거예요! 당황하지 도, 방심하지도 말아요! 빨리 들어가요!"

말을 마치자 그는 몸을 돌렸다.

"무슨 일이요?"

모두가 거의 한꺼번에 물었다.

바이 순장은 돌아왔다.

"재수 없어. 뉴 씨 댁에 사고가 났소!"

"무슨 일이요?"

모두가 물었다.

바이 순장은 다시 말이 없이 재빨리 가버렸다.

루이쉬안은 천천히 돌아왔다. 입속에서 소리 없이 중얼거렸다.

"뉴 씨 댁! 뉴 씨 댁!"

그는 뉴 씨가 무슨 일을 일으켰다고 생각하지 않았다. 며칠 전에 첸 선생의 말이 기억났다. 첸 선생이 자기에게 뉴 선생을 아느냐고 물었다. 왜 그런 질문을 했을까? 루이쉬안은 알 수 없었다. 뉴 교수가 한간이 되려고 하지 않는가? 아냐! 그럴 수 없어! 루이쉬안은 뉴 교수와 왕래가 없지만, 뉴의 학문과 위인을 존경했다. 루이쉬안처럼 조금도 야심이 없다면 제이의 뉴 교수가 되고 싶었다. 국내외 학자들의 존경을 받을만한 학식을 가졌으며, 이렇게 큰 집에 화초가 그득하고, 소박하고, 편안하게 살아간다. 게다가 많은 도서도 가지고 있다. 이런 학자가 한간이 될 리가 없다.

그가 집에 돌아왔지만, 모두에게 얘기할만한 소식은 없었다.

15분도 채 지나지 않아 샤오양쥐안이 군경에 포위되었다. 두 그루의 노거수 아래에 7~8명의 헌병이 모든 사람의 출입을 금지했다.

치 노인은 손자들을 자기 방에 가두고, 마당에 나가는 것도 허용하지 않았다. 무료해서 아이들에게 낮은 소리로 말했다.

"당초에 나는 우리집이 있는 이곳을 좋아했다. 이곳은 으슥하다. 그러나 지금은 이곳조차도 이렇게 변할 줄 누가 알았겠냐? 오늘 사람을 잡아가고, 내일 총을 쏘고, 모두가 무슨 일이야?"

샤오 뉴쯔는 대답을 못 했다. 빨갛게 언 손으로 콧구멍을 쑤셨다. 샤오순얼은 또래 아이들과 마찬가지로 입에서 나오는 대로 대답했다.

"모두가 일본놈들이 저질렀어!"

치 노인은 샤오순얼의 말을 반박할 수 없다는 것을 알았다. 그러나 아이들을 꼬드겨서 저렇게 일본인을 원망하게 해서도 안 된다.

"쓸데없는 소리 하지 마라!"

그는 낮은 소리로 말했다. 그는 말을 마치자, 깊숙한 작은 눈을 더 깊이 숨기고, 마치 증손자에게도 얼굴이 서지 않은 것 같았다.

바로 그때 한 무리의 사람들이 들이닥쳤다. 순경, 헌병, 형사, 무장한,

샤오순얼이 원망하는 일본인들이었다. 땅이 얼어 있었다. 그들은 발을 힘들여 밟았다. 이 때문에 딱딱하는 소리가 크게 울렸다. 보잘것없는 사람은 자기 행동이 크게 울리는 것을 좋아한다. 둘은 마당에 서서 상황을 지키고 나머지는 흩어져서 각 집을 조사했다.

그들은 막 관 씨댁에서 왔다. 관 씨댁은 그들에게 담배, 차, 과자, 브랜디를 주었다. 그래서 그들은 조사를 하지 않고 관 씨의 국궁을 받으면서 나왔다. 치 씨댁은 아무것도 그들에게 주지 않았으니, 그들은 자세히 조사하기로 결심했다.

윈메이는 주방에서 꼼짝하지 않았다. 그녀의 손이 약간 떨렸다. 그러나 상당히 진정되었다. 그녀는 한마디도 하지 않기로 했다. 다만 그녀의 큰 눈으로 보고 있기만 했다. 그녀는 채소 탁자 앞에 서 있었다. 그들이 감히 그녀를 건드렸다면, 그녀는 손을 뻗어서 채소 칼을 집어 들었을 것이다.

톈유 부인은 8개국 연합군이 베이핑을 점령했을 때의 일을 기억해냈다. 그녀는 한 장의 백지처럼 된 머리에 침략과 폭력이 깊은 상처의 기록들을 휘저어놓았다. 그녀는 어떻게 진정하는지 알았다. 백 년 동안의 국치가 그녀에게 어떻게 치욕을 참는지, 치욕을 참아야지, 보복과 설치를 할 수 있다는 것을 알게 했다. 일본의 중국침략은 약간 늦게 발동되었다. 그녀는 캉의 언저리에 앉아서 들어오는 사람을 보았다. 그녀는 그들을 쫓아낼 힘은 없었지만, 그래도 그들을 대접하는 것은 하찮게 여겼다.

샤오 뉴쯔는 어떤 사람이 들어오자 할아버지 등 뒤에 숨었다. 샤오순

430

얼은 들어오는 사람을 보면서 천천히 손가락을 입에 넣었다. 치 노인은 평생 세상과는 화기애애하게 지냈다. 오늘은 이미 입술까지 올라온 예의바른 말을 입속으로 잘라 넣었다. 다시 예의를 차릴 수 없었다. 그는 오래되고 낡고 높은 성루처럼 그 자리에 서 있었다. 그는 성을 공격하는 사람을 막을 수 없다. 다만 공격과 포화를 두려워하지 않을 뿐이다.

그러나 루이쉬안은 특별히 그들의 주의를 끌었다. 그의 나이, 모습, 기풍이 일본인 눈에는 필연적인 현행범으로 보였다. 그들은 방안의 모든 서랍, 상자, 합자를 전부 열어서 아주 자세히 안에 있는 물건을 검사했다. 그들은 무엇을 찾는 것이 아니라 한번 뒤집어서, 심지어 상자를 뒤집어 열어서 안에 있는 모든 물건을 쏟아 부어서 보는 것이었다. 루이쉬안은 창가에 서서 조용히 그들을 바라보았다. 마지막으로 일본인들은 벽에 걸려있는 대청 지도를 보았다. 그들은 루이쉬안을 보고 머리를 끄덕이고는 말했다.

"대청! 무척 좋구만!"

루이쉬안은 그 자리에 서서 아무 말도 하지 않았다. 일본인은 원메이 자신도 잘 기억하지 못하는 금도금, 꽃새김, 짧은 비녀를 손에 들고 자루에 넣은 후, 대청 지도를 힐끗 보더니 아쉬워서 두고 가기 아깝다는 듯이 나갔다.

그들이 떠난 후, 모두들 물건을 정리하느라 바빴고, 누구나 화가 잔뜩 났지만, 아무도 아무 말도 하지 않았다. 샤오순얼 마저도 모욕을 당했다는 것을 알고 있었지만, 아무도 설욕할 수 없어 울분을 가슴속에

품었다.

오후 네 시가 되어서야 황풍이 다시 노호하기 시작할 무렵에야, 샤오
양쥐안 사람들은 출입의 자유를 얻었고, 뉴씨 댁의 일도 여러 사람의
입에서 떠들기 시작했다.

뉴 교수가 상처를 입고 병원에 실려 간 것 외에, 누구도 그게 무슨
사건인지 아는 사람이 없었나. 뉴 교수는 지금까지 이웃과 왕래가 없어
서 평일에도 그 집 일에 대해서는 추측하고 상상할 뿐이었다. 오늘은
추측과 상상이 더 심했다. 모두가 무슨 일인지 모르기 때문에 쑨치의
말에 의해서 하나의 이치를 끌어낼 수 있었다. 일본인이 뉴 교수가
한간이 되도록 강요했으나, 뉴 교수가 응하지 않자, 그들은 그에게
두 방을 먹였다―한 방은 공중으로 날아가고, 한 방은 왼쪽 어깨에
박혔다. 생명이 위험할 정도는 아니었다. 쑨치는 뉴 교수에게 상당히
정중했다. 그가 두어 번 머리를 깎아준 적이 있기 때문이다. 뉴 교수는
수업하러 가는 것 외에 거의 문을 나오지 않았다. 그는 목욕, 이발을
집에서 했다. 어느 날 비가 와서 하인이 거리에 나가 이발쟁이를 불러오
기 싫어서 쑨치를 찾았다. 쑨치의 솜씨가 썩 좋지 않았지만, 뉴 교수는
머리를 전부 밀어버리기만 하면 되었기 때문에, 쑨치도 이 일을 감당할
수 있었다. 뉴 교수가 사회와 접촉을 꺼려하고, 먹고 마시는 것을 중요하
게 생각하지 않기는 하지만, 별다른 향락을 가진 사람은 아니었다.
그는 집에 앉아서 어떤 사람이 그의 머리털을 뽑아버려도 어쩔 수
없었다. 쑨치가 보기에 교수는 대개 고관과 마찬가지였다. 그래서 그는
이웃과 내왕하려고 들지 않는다. 그러나 그가 교수님의 머리를 밀어드

리고 교수님과 몇 마디 나누었다. 이것은 일종의 영광이다. 가게 안의 체면을 중시하는 청년 점원들이 그의 솜씨가 좋지 않다고 원망하면, 그는 지긋하게 참다가 대답했다.

"내 입으로 내 솜씨가 어떠니 감히 말하지 못하지만, 뉴 교수님조차 내가 머리를 깎아드렸지!"

이 때문에 그는 뉴 교수를 존경했다.

청창순의 관점과 쑨치의 관점이 크게 달랐다. 그는 말했다. 뉴 교수가 한간이 되려다 '우리' 사람들에게 두 방 맞았다. 맞아 죽지 않았다 해도, 뉴 교수가 아마 말썽을 일으키지 않을 것이다. 창순의 말은 어떤 근거가 있는지 모르지만, 그의 마음속에서는 자기의 판단이 정확하다고 생각했다. 샤오양쥐안의 모든 집에 그는 가보았고 모두가 그의 유성기를 들은 적이 있었다. 지금까지 뉴씨 댁만이 그를 보살펴주지 않았다. 그는 뉴 교수는 이웃도 아니고 사람도 아닌 것 같았다. 사람은 창순의 생각에 의하면 반드시 화기애애하고 말도 하고 웃기도 해야 한다. 뉴 교수는 모두와 내왕하지 않고 오히려 절 가운데 앉아있는 보살 같아서 영원히 눌러 나오지 않는다. 그는 그런 인간은 한간이 될 수 있다고 생각했다.

이런 두 종류의 추측이 루이쉬안의 귀에 들어왔다. 그는 어느 것이 사실에 가까운지 판단할 방법이 없었다. 그는 굉장히 어렵다고 생각했다. 만약 쑨치가 추측한 것이 맞는다면, 자기도 위험하다고 보았다. 사실 자기의 학식과 명망은 뉴 교수에 훨씬 못 미친다. 일본인이 강제로 자기를 물에 처박지 않으리라고, 누가 보증할 수 있는가? 그렇다. 그들이 총으로 그를 위협한다면, 그는 절개를 지키기 위해 가슴을 펴고 총탄을 받을 수 있다. 그러나 그는 눈을 감았다. 일가의 노소들은 어떻게 한담?

반대로 청창순의 추측이 맞는다면 훨씬 더 난감해진다. 뉴 교수의 학식과 명망으로도 기꺼이 부역한다면 이런 민족이라면 정말 망해도 싸다!

바람이 거세졌다. 아주 추웠다. 그러나 루이쉬안은 집에 앉아있을 수가 없었다. 가는 황사가 그의 머리와 눈썹에 쌓였으나 털기조차 귀찮았다. 얼어서 빨갛게 된 코에 맑은 물방울이 매달려 있다. 그 물방울이 떨어지건 말건 닦기 귀찮았다. 잃어버린 문고리에서 내일의 생활이 어려워질 것이라고 예상할 수 있었다. 그는 하나의 밧줄이 그의 목과 일가 노유의 목에 점점 조여들고 있다는 생각이 들었다. 뉴 교수의 피격으로부터 그는 일본인이 한 사람 한 사람 결백한 사람을 강간할 수 있다는 것을 알게 되었다. 이로 미루어보면 원래는 결백한 사람이 이렇게 저렇게 하다 보니, 굳건함과 염치를 잃어버리고, 자동으로 기녀가 되려고 할 수 있다.

그러나 이것은 모든 것이 공상이다. 그가 즉시 베이핑을 탈출하는 것 외에 그에게는 문제를 해결할 수 있는 방법이 없었다. 일진광풍에 이어서 휘~익 하는 소리가 났다. 아무 방법이 없다!

52

뉴 교수가 퇴원하기도 전에 시정부가 그를 교육국장으로 임명한다고
발표했다. 루이쉬안은 이 소식을 듣자 오히려 마음이 안정되었다. 그가
뉴 교수의 자격과 학식으로 미루어보면, 국장의 지위를 위해서 부역하
기에 이르지는 않았을 것이라고 생각했다. 뉴 교수의 피격은 필시 일본
사람이 저지른 짓일 것이라고 생각했다. 교육국장의 지위가 높지 않다
해도 실제로는 몇 십 개의 소학교와 20여개의 중학교를 관장해야 할
자리였다. 일본인이 소학생과 중학생 노화(奴化)교육을 엄격하게 시행
하는데 있어 교육국장의 책임이 적지 않기 때문에, 그들은 명망 있는
한 사람을 불러내어 이 중임을 떠맡기고자 했을 것이다.

이렇게 생각하자 그는 초조하게 뉴 교수의 퇴원 소식을 기다렸다.
그는 뉴 교수가 퇴원하여 취임하기를 거부한다면, 일본인은 헛되이

마음만 쓴 게 되고 뉴 교수의 결백이 세상을 밝게 비추게 되리라고 생각했다. 반대로 뉴 교수가 기꺼이 취임하고 부득이 그렇게 되었다 하면, 세상의 비웃음과 욕을 들어먹게 될 것이다. 뉴 교수 자신을 위해서, 민족의 기개를 위해서, 루이쉬안은 밤낮으로 기도했다. 제발 뉴 교수가 발걸음을 가볍게 잘못 내딛지 않기를!

그러나 뉴 교수가 미처 퇴원도 하기 전에 신문지상에 그의 담화가 발표되었다. '중·일의 친선과 동아 평화를 위해 베이핑의 교육을 책임지고 싶다. 병이 나으면 반드시 취임하겠다.' 이 기사 옆에 사진도 실려 있었다—사진에는 그가 병상에 앉아서 위문 온 일본인과 악수를 하고 있었다. 그의 얼굴은 미소가 가득했다.

루이쉬안은 멍한 표정으로 신문지상의 사진을 보고 있었다. 뉴 교수의 얼굴은 둥글고 살이 찌지도 여위지도 않았다. 표정에는 특별한 구석은 없었다. 이 때문에 둥근 얼굴이 평평하고 한결 윤기가 흘렀다. 웃는 얼굴에서조차 어떤 일정한 표정도 없었다. 그렇다. 한 점도 틀리지 않은 확실한 뉴 교수였다. 뉴 교수의 얼굴은 대표적인 인간의 얼굴이라고 생각했다. 그의 생활은 영원히 그렇게 평범하고, 그의 세상에는 다툼이 없고, 어긋남도 없었다.

"당신이 어떻게 한간이 될 수 있어?"

루이쉬안은 반은 정신 나간 듯이 사진을 보고 물었다. 아무리 생각해도 뉴 교수가 부역한 이유를 알 수 없었다. 평소 이웃들이 뉴 교수의 불친절 때문에 사소한 소문을 내지만, 루이쉬안은 뉴 교수에 대해 큰 악평을 들은 적이 없다. 지금은 뉴 교수의 용모와 사람됨으로 볼 때

결코 이기적인 욕망에 눈먼 사람이 아니다. 그가 어째서 부역하게 되었을까?

사정이 절대로 간단하지 않을 것이라고 루이쉬안은 생각했다. 동시에 그는 사진을 보면서, 뉴 교수가 피격당한 것과 같이 모든 것이 일본인의 계획이라면, 뉴 교수가 병이 나으면 반드시 갖은 방법을 다해서 베이핑을 탈출해주기를 간절히 빌었다.

한편으로는 그렇게 바라면서 한편으로는 뉴 교수가 어떤 사람인지 여러 방법으로 알아보았다. 평소에 그는 여기저기 묻고 다니는 사람이 아니었다. 이제 태도를 바꾸었다. 이것은 오히려 뉴 교수와 왕래가 없기 때문 이라기 보다, 뉴 교수의 부역이 반드시 크게 영향을 미칠 것이라는 것을 분명히 알기 때문이었다. 뉴 교수의 행동은 장래에 일본인들에게 그의 국제적인 명망 때문에 홍보 효과를 거둘 것이다. 한간을 업으로 삼는 사람들에게 그럴듯하게 가르쳐주기도 한다.

"보아하니, 뭐가 우락부락하니, 소도 바다에 갔구나! 고고하다고? 개뿔!" 그는 그 청년들에게 모험심을 숨기고, '노련'하도록 가르칠 수 있다."뉴 교수조차 저 모양인데 하물며 우리들이야 어떨까?" 뉴 교수의 행동은 자기의 훌륭한 명성을 망칠 뿐만 아니라, 다른 사람의 심술도 파괴해버릴 것이다. 루이쉬안은 이 때문에 마음이 급했다.

과연 그는 관샤오허 부부와 자오디가 과일과 극히 귀한 생화(겨울철이었다)를 들고 뉴 교수를 위문하러 갔다는 것을 알았다.

"우리 뉴 교수 병문안 갈까?"

샤오허가 코트의 수달 깃을 만지며 루이쉬안에게 말했다.

"좋아요. 우리 후퉁은 정말 좋은 명당이야, 국장이 나오지! 루이쉬안, 둘째는 국장 아래 과장이잖아.. 자네가 국장에게 가서 인사를 해야 하지않겠나?"

루이쉬안은 아무 소리 하지 않았다. 심장이 칼을 맞은 것처럼 아팠다.

시간이 흘러 그는 분명히 알게 되었다. 뉴 교수는 분명히 우리쪽 사람에게 총을 누 방을 맞았지만 애석하게도 죽지 않았다. 들은 바에 의하면 일본인이 강제로 하라고 했을 때도 단호하게 거절하지 않았다. 그는 지금까지 정치에 관심이 없었으며 남이 굶주리거나 말거나 관심이 없었다. 그의 머리는 언제나 과학적인 문제로 가득 차 있었다. 아주 냉정하게 관찰하고 판단했다. 속물적인 세상사가 그의 마음을 귀찮게 하는 것을 원하지 않았다. 그는 이성만 있을뿐 감정은 없었다. 그는 담배도 피우지 않고, 술도 마시지 않고, 연극도 관람하지 않고, 영화도 보지 않았다. 머리가 피곤할 때는 채소 종자를 뿌리고 화초에 물을 주었다. 채소를 심고 물을 주는 것은 일종의 운동이었다. 그는 화초의 아름다움이나 향기를 감상하는 법이 없었다. 그는 아내와 두 아들이 있었다. 그러나 그는 지금까지 처의 복지를 위해서 어떤 생각을 한 적이 없다. 아내는 아내일 뿐이다. 아내는 매일 세 끼 식사를 제공해주고, 더운물을 주면 그만이다. 아내가 밥을 가져오면 먹는다. 그는 식사가 나쁘든 좋든 가리지 않고, 아내가 노력하고 마음 쓰는데 감사하지도 않았다. 아이들에 대해서 그는 결혼의 결과로 인정할 뿐 큰 개가 새끼에게 하듯이 늙은 고양이가 새끼에게 하듯이 했다. 그는 아이들을 훈육할 필요가 없었으며 그들을 쓰다듬고 아껴주지도 않았다. 아이는 그에게 생물의 생리상의 일종의 결과일 뿐이었다. 과학에 대해서는 분명히 큰 성공을 거두었다. 개인을 두고 말하면 그는 평범한 얼굴을 가진 그렇게 키가 크지 않은 사람에 불과했다. 학식이 있었지만, 상식이 없었다. 뇌도 있고 신체도 있었지만, 인격이 없었다.

베이핑이 함락되어도 그의 마음은 꿈쩍도 하지 않았다. 난징이 함락되었다. 그는 여전히 일하고 있었다. 그는 매일 일정한 시간을 내어, 신문을 보고 신문지상에 보도된 기사를 읽었지만, 그것은 객관적 사실에 불과하여 자기와는 조금도 관계가 없는 것이라 생각했다. 친구들이 그와 국사를 이야기할 때, 그는 마치 고대 역사를 말하는 것처럼 밋밋한 얼굴만 올려다보고 듣고 있다. 그는 자신의 의견을 표명한 적이 없다. 만일 그에게도 약간의 걱정이 있다면, 그것은 누가 누구를 상대로 싸우든, 아무도 그를 귀찮게 하지 않고, 그의 화초를 짓밟아 그의 도서와 실험실을 어지럽히지 말라는 것이었다. 이 점이 만족스럽다면 책과 기구에 머리를 파묻고, 누가 누구를 죽여도 상관하지 않을 것이다.

이러한 태도는 평화로운 세계에서는 괜찮다고 할 수 있다. 하지만 불행하게도 그는 난세에 살고 있다. 난세에서는 당신 자신이 자기의 정원을 보호하지 못하면 화초가 튼튼하게 자랄 수 없다. 서적과 실험기기도 당신이 강도의 침입을 막지 못하면 질서정연하게 진열해둘 수 없다. 난세에는 당신 자신의 세숫대야와 소파도 방치해야 될 뿐만 아니라, 세수도 제대로 할 수도 없고 편안하게 앉아있을 수도 없다. 학자, 서기, 소녀와 여종 모두가 이럴 수밖에 없다. 난세에는 모든 국민이 나름대로의 임무를 맡아 자기를 희생하여 적에 대항해야 한다.

그러나 뉴 교수는 자기와 자기의 책, 실험기기만 보고 역사를 보지 못하고 보고 싶어 하지도 않았다. 그는 하늘에서 갑자기 떨어져 내려온 마치 민족도 없고, 사회도 없는 혼자인 것 같았다. 그는 자기는 학문만 있으면 남이 자기를 괴롭히지 않으리라 생각했다. 냉정하고 객관적으로 보아서 일본인이 중국을 공격하는 이유는 중국이 공격받을 이유가 있기 때문이라고 생각했다. 그렇지만 그는 보통 중국 사람이 아니기 때문에 얻어맞지는 않을 것이라 생각했다. 그는 세계의 저명한 학자라는 것을 일본인도 아니까, 일본인이 반드시 자기를 모욕하지는 않을 것이라고 생각했다.

일본인들은 민심을 사기 위해, 한간들을 위협하기 위해, 한 무리의 새로운 한간을 만들고 싶어 했다. 새로운 한간의 자격은 사회적으로 혹은 학술적으로 높은 지위에 있으면서도, 머리가 간단한 사람이었다. 뉴 교수는 이러한 두 개의 자격을 갖추고 있었다. 그들은 여러 번에 걸쳐 일본 학자를 보내어 나오시도록 권고했지만, 뉴 교수는 대답도 거절도 하지 않았다. 그는 관직에 나가고 싶은 야심도, 돈을 벌고 싶은 야심도 없었다. 다만 일본학자들의 내방은 자신의 중요성을 깨닫게 해주었다. 만약 한쪽으로는 자기 책과 실험기기를 보존하고, 연구를 계속할 수 있고, 또 한쪽으로는 청백리가 될 수 있다면 못할 것도 없다고 생각했다. 그가 연구를 원하는 것은 사실이고 일본인이 그가 관리가 되는 것을 필요로 한다는 것도 사실이다. 이렇게 두 개의 사실을 한곳에 모으면 해결책이 나온다. 다시 말해 좌우를 한 점에 만나게 하는 것이다.

그는 조금의 수치나 절개 같은 것, 그리고 민족과 나라라는 것은 생각지 않았다. 그의 과학적인 머리는 사실을 관찰하고 문제를 푸는 것으로 끝이다. 그의 이러한 어찌할 수 없는 태도가 일본인들에게 한 걸음 더 나아가 협박을 재촉하게 했다. 그들은 그에게 만약 협조하지 않으면 재산을 몰수하겠다고 경고했다. 그는 두려웠다. 자기의 책, 실험기기, 가정의 화목을 잃어버리고 살아간다는 것은 상상할 수 없었다. 그를 두고 말하면 거리에 가서 신발을 사고 머리 깎는 일조차 두려운 일이었다. 하물며 자기의 근거가 되는 중요한 핵심이 파괴되어 버린다면, 이러한 생활방식이 그가 나중에 중국이 자유를 가지게 되리라는 것을 잊어버리게 하고, 자기도 두 다리를 가지고 있다는 것을 잊어버리게 하고, 다른 곳에도 서적과 실험기구가 있다는 것도 잊어버리게 했다. 생활방식이 그를 생활의 죄수가 되게 했다. 그는 영혼을 잃을지언정, 머리 깎는 곳을 바꾸려 하지 않는다.

많은 친구들이 모두 그에게 충고했지만, 그는 반박하지 않고, 심지어 한 마디도 하지 않았다. 그는 싫증을 느꼈다. 첸모인이 이웃 사람 자격으로 그를 만나러 왔다. 그는 마음속으로 굉장히 귀찮아했다. 일본인들의 요구를 빨리 들어주는 것만이 기정사실로 이어져 마음이 좀 가라앉을지도 모른다는 생각에서였다.

권총을 그의 앞에 놓고 총탄이 그의 어깨에 박히자 그는 겁이 났고, 두려움 때문에 그를 보호할 누군가가 더욱 필요했다. 그는 자신이 왜 총을 맞았는지, 쳐들어온 젊은이가 왜 그를 때렸는지 알지 못했다. 논리와 과학적 방법이 모두 쓸모 없고, 동시에 감정이 무엇인지도 모르고 감정에서 출발하는 행동이다. 일본인들은 그의 보호를 약속하고 병원 병동 문과 그의 자택 바깥에 헌병을 파견했다. 그는 자신과 가택의 안전을 느끼기 시작했다. 그는 교육국장이 되겠다고 승낙했다.

루이쉬안이 각 방면에서 얻어들은 이야기였다. 그는 이러한 이야기를 믿으려 하지 않았으며, 모두가 추측한 것에 불과하다고 생각했다. 그는 학자가 이렇게 흐리멍덩할 수 있다는 것을 믿을 수 없었다. 그러나 뉴 교수가 취임했다는 소식이 연일 신문지상에 보도되자, 자기의 눈을 의심할 수밖에 없었다. 그는 병원에 뛰어들어가서 밧줄로 목을 졸라서 죽일 수 없는 것을 한탄했다. 그는 그 진부한 한간들을 경멸과 냉소로써 지옥으로 쫓아버릴 수 있다면 좋겠지만, 뉴 교수만은 쉽게 놓아주고 싶지 않았다. 뉴 교수의 부역은 베이핑 교육계의 기풍과 절개와 관계가 있었다. 그러나 그는 뉴 교수를 목을 졸라서 죽일 수 없었다. 그가 어려워하고 망설이다 어떤 장렬한 일도 못 하게 되어버리듯이, 한쪽으로는 뉴 교수를 원망하고 한쪽으로는 자신을 원망했다.

둘째가 돌아왔다. 루이쉬안이 체포된 이래 둘째는 시종 오지 않다가 오늘 갑자기 돌아왔다. 왜냐하면 그의 지위가 불안하여 형의 도움이 필요했기 때문이다. 그의 얼굴은 평소같이 밝지 않고 얼굴에는 묘한 미소조차 사라졌다. 대문에 들어서자마자 마당을 돌면서 집안 예절을 잘 아는 듯이 할아버지, 어머니, 형수를 큰 소리로 불렀다. 다 부르고 나자 그는 샤오순얼과 뉴쯔의 검은 머리를 다독거렸다. 그 후에 형을 한쪽으로 끌고 가서 낮은 소리로 간절하게 말했다.

"형! 나 좀 도와주어요! 국장이 바뀌려 하네. 쫓겨날까 두려워요!

형, 알겠어요?"

루이쉬안은 말을 가로막았다.

"나는 뉴 교수를 몰라!"

둘째의 눈썹이 위로 꼬였다.

"간접적으로…"

"나는 돌려서 한간에게 청탁할 수는 없다!"

루이쉬안은 목소리는 높이지 않았으나, 한 마디가 불덩이를 내뱉듯
했다.

둘째는 가짜 상아 담배파이프를 빼서 담배를 쟁여 넣지 않고 가볍게
손등을 두들겼다.

"형! 그러는 것 아니에요! 그러나 나도 나름대로 곤란한 게 있어요!
형은 나를 원망하는 것 아니지요?"

"무슨 말이야?"

루이쉬안이 물었다.

"무슨 말이냐 하면, 그게…"

둘째는 입술을 핥았다.

"형이 어떤 일을 당했을 때."

"나는 너를 원망한 적 없어. 지난 일을 말하면 뭐해?"

"야아!"

둘째는 형이 그렇게 관대한데 약간 놀랐다. 동시에 그의 작고 마른
얼굴에 웃음이 풀어지는 듯했다. 그는 형이 괘씸하게 생각하지 않으니,
몇 마디 더 말할 필요도 없이 형이 반드시 노여움을 풀고 그를 도와주리

라고 생각했다.

"형, 어떻게 되었든 형이 나를 도와주실 거죠? 요즘 같은 세상에 취직한다는 것이 쉽지 않은 일이죠! 형, 제가 말씀드리죠. 한 이틀 동안에 밥도 제대로 먹지 못했소!"

"둘째"

루이쉬안은 꾹 참고 온화하게 말했다.

"내 말 들어! 네가 정말 내버릴 일은 네가 지금 하고 있는, 좋은 일이라 할 수 없는 일이다. 너는 아내는 있지만, 자식은 없다. 너는 왜 탈출하지 않니? 그 일이 진정한 우리 정부가 해 준 일이니?"

둘째는 웃었다.

"나보고 탈출하라고요?"

"왜 안돼? 셋째를 보아라!"

루이쉬안은 뻔뻔스런 얼굴을 쳐들었다.

"셋째? 셋째가 살아있는지, 아니면 죽었는지 누가 알아? 좋아, 여기서 편한 일은 하지 않고 기어코 밖에 나가 함부로 부딪치다니, 난 그렇게 멍청하지 않아!"

루이쉬안은 입을 다물었다.

둘째는 간청하다가 협박으로 바꾸었다.

"형님, 진실을 말하겠습니다, 만일 불행하게 제가 일자리를 잃는다면, 당신은 저를 먹여 살려야 합니다! 누가 너를 큰형이라고 했니?"

루이쉬안은 미소를 지으며 다시는 아무 말 하지 않았다.

둘째는 어머니와 형수와 한바탕 수다를 떨었다. 그는 예전대로 그들에게 말했다.

"형은 사람을 모르는 것이 아니라, 일부러 나를 비웃는 거야! 좋아, 그는 내 일에 관여하지 않아, 내가 만약 직위를 잃는다면, 그에게 달라붙어 먹을 거야! 어차피 동생은 형의 것을 먹으니까, 어디 가서도 다 말할 수 있어!"

말을 마치자 그는 버젓이 가짜 상아 담배파이프를 물고, 걸어 나갔다.

두 부인은 루이쉬안에게 압력을 가했다. 루이쉬안은 처음부터 끝까지 자세히 말했고, 그들은 모두 루이쉬안이 뉴 교수를 미워해야 하고 둘째를 위해 부탁해서는 안 된다고 생각했다. 그러나 그녀들은 아직 마음을 놓지 못하고 있다.

"만일 둘째가 정말 먹으려고 돌아온다면?"

루이쉬안은 어쩔 수 없는 듯이 웃었다.

"그럼 기다려보고 그때 얘기하자!"

그는 둘째가 정말 솔가해서 들어온다면 정말 큰 문제였다. 그러나 그가 올지도 안 올지도 모른다. 곤란한 일에 대해 불평해봐야 어쩔 도리가 없다. 그는 뉴 교수를 교살할 수 없다 해도, 적어도 한간을 찾아가 부탁을 해서, 그들의 기를 돋구지는 말아야 한다고 생각했다. 불행히도 둘째가 실직하더라도 그에게는 소극적 방법밖에 없었다—자기의 밥을 동생에게 나누어주고 허리띠를 졸라매는 것이다. 그것이 제일 좋은 방법이 아니라 해도, 자기 자신의 마음을 그들에게 바칠 수 없었다. 그는 망한 성안에 있으면, 적어도 이기려고 하지 않았더라도 마음으로 복종해서는 안 된다고 생각했다.

일주일도 안돼서 루이펑이 정말 왔다. 뉴 교수는 아직 병원에 있으며 새 부국장이 교육청을 인계했다. 루이펑은 밤낮으로 4, 5일 동안 바빴다. 업무 인수인계를 마치고 면직되었다.

뉴 교수의 평소 친구들은 거의가 학자였다. 그 외에는 아는 사람이 별로 없었다. 학자들은 그를 도우려 하지 않고, 아는 사람이 적어서 자기의 학생 한 명을 부국장에 추천했다. 그에게 자기 대신 업무의 대부분을 맡겼다. 교육국 안에서 루이펑 외에 다른 사람은 그대로 두고 싶어 했다. 루이펑은 그대로 과장으로 눌러앉을 수 없더라도, 평직원으로 강등되어 실직할 정도에 이르지는 않았을 것이다. 그러나 평소에 그는 인간관계가 너무 좋지 않아서, 교육국 전체가 국장이 바뀌는 기회를 틈타서, 한목소리로 그를 공격했다. 그래서 새로 들어온 부국장이 자기 사람을 한 사람 더 데려오고 루이펑을 잘라버렸다.

루이펑은 하루아침에 과장이 되자, 하늘이 높은 줄도 땅이 두터운 줄도 몰랐다. 관료다운 말씨 태도를 그럴싸하게 하려면 오랜 시간이 걸려 길러지는 것이다. 루이펑은 관료를 해본 적이 없었다. 하루아침에 관료티를 내고 싶었다. 이 때문에 그의 관료티는 서툴러서 눈총을 받았다. 상사에 대해서 그는 과분하게 아부하지만 아부가 적중하지 못했다. 그래서 사람들이 그를 깔보게 되어 그를 난처하게 했다. 그러나 술을 두어 잔 걸치면, 위아래를 잊어버리고, 감히 상사들에게 가위바위보를 하자고 제안하여, 거침없이 상사들을 패하게 한다. 그보다 지위가 낮은 사람을 대할 때 그의 얼굴은 언제나 벽돌장 같이 딱딱해지고, 눈은 총탄 같고, 눈썹은 비틀어 짜듯이 꿈틀거렸다. 그러나 그들이 코대답을 할 때면 갑자기 부드러워져서 심지어 용인에게도 사과를 하기까지 한다. 할 일이 없을 때는 사무실에서 모조 상아 담배파이프를 물고 손으로 박자를 치며 경극을 흥얼거린다. 혹은 자신에게 웃으면서 모두에게 이렇게 말하는 듯하다.

"자네 보게. 내가 과장이 되리라고 생각 못했지!"

물건을 구매할 때는 언제나 손수 구입하기 때문에 어떤 과원들에게도 몇 푼 챙길 기회도 빼앗았다. 그러나 자기도 감히 공공연하게 커미션을 챙기지 못하고 가게 주인들이 술을 사거나 경극표를 바치도록 했다. 이렇게 그가 경극에 갔다 와서는 동료들에게 자랑을 해댄다.

"어제 연극은 아주 좋았어! 리우가게 주인랑 같이 갔는데 그 사람 아주 재미있는 사람이야!" 혹은 "알고 보니 산시관 요리가 나쁘지 않더군! 산시 출신 판씨가 나에게 약속했어. 한 번도 먹어보지 못한 산시요리를 맛보여주겠다고!"

그는 공짜로 먹고 마신 것이 아주 기분이 좋아서, 동료들이 자기를 어떻게 보는지 주의하지 않았다.

그렇다. 그는 공짜로 먹고 마셨다. 그는 영원히 한턱내지 않는다. 그의 돈은 전부 팡 쥐쯔에게 주었다. 팡 쥐쯔는 루이펑이 한턱 내야 한다고 암시할 때마다 항상 말했다. "당신과 국장의 관계가 당신을 평생 과장으로 보장해주는데 손님 대접해서 뭐하니?" 둘째는 감히 무어라고 말하지 못하고, 동료들에게 공수표만 날렸다. 그는 모든 동료에게 다 말한 적이 있었다.

"곧 자네에게 한잔 사지!"

그러나 언제나 실현되는 경우는 없었다. '치 과장이 한턱 내는 것, 영영 가망이 없다!'라는 말은 동료들이 지어낸 헐후어[21]다.

여자 동료들에 대해서는 루이펑은 특별히 은근하게 굴었다. 그는 자신의 작고 마른 얼굴과 머리에 듬뿍 바른 기름, 단정함, 사람들이 구하기 힘든 의복과 신발, 모자들이 반드시 큰 매력이 되어 약간의 친밀함만 표시하면, 어떤 여인이라도 애인으로 삼을 수 있다고 생각했다. 그는 늘 점포에서 거저 얻은 작은 물건을 여인들에게 보내주고, 그들에게 영화관이나 혹은 식사하러 가자고 요청한다. 그는 심지어 대담하게 그녀들과 시간과 장소를 정하기도 한다. 이튿날 만나면 3~4번 사과를 하면서 어머니가 갑자기 병이 났다고 하거나, 혹은 국장이 자기에게 중요한 공무를 시켜서 약속을 이행하지 못했다고 한다. 세월이 지나자 모두가 그의 모친과 국장은 만나기로 한 시간에 병이 나지 않았거나 중요한 일이 있었다는 것을 알았다. 곧 다시는 그를 아랑곳하지 않았다. 그러자 그가 남자 동료를 끌어당겨 말했다.

"집에 마누라가 있어서 다른 여자에 눈을 돌리지 않는 것이 좋아! 일이 터지면 골치 아프다네!"

그는 자신이 점점 더 노숙해진다고 생각했다.

이럭저럭 교육국 전체가 그의 처신을 눈치챘다. 모두가 한목소리로 예의를 모른다고 그를 똑바로 쳐다보고 말했다. 비록 그는 줏대가 없지만, 너무 많이 당해서 어쨌든 한두 개의 흉터는 남게 될 것이다. 그는 적잖은 불량배와 사귀었다. 이런 무리의 사람 중에 특무도 있었다.

•••

21 뒷부분이 생략된 성어.

어떤 사람은 특무인척 했다. 이러한 친구는 뜻하지 않게 곤란한 일에 부딪혀 몹시 괴로울 때 거짓말을 떠벌린다.

"날 괴롭히지 마라. 나는 너희들이 모르는 사이에 염라대왕을 만나게 해줄 것이다!"

사실은 그는 돈을 모으지 못했다. 오히려 공사를 처리할 때 상당히 타당하게 처리했다. 그러나 그의 경박, 천박, 관료티를 잘못 낸 것들이 그의 관운을 끝장내게 했다.

팡 쥐쯔는 친정에 가며 루이펑을 쫓아내버렸다. 그녀의 마지막 훈령은 이랬다.

"당신, 관직을 얻으면 돌아와. 못 얻으면 나를 다시 보지 마! 나는 과장 부인이야. 실업자 루이펑의 노파가 아니야!"

루이펑은 돈, 물건, 모두 놓아두고 빈손으로 가짜 상아 담배파이프를 들고 집으로 돌아왔다.

루이쉬안은 동생이 돌아오는 것을 보고 아무 말도 하지 않기로 결심했다. 어찌 되었든 동생은 언제나 동생이다. 그는 몽둥이를 들고 동생을 옴짝달싹 못하게 때려줄 수도 없었다. 그는 동생에게 충고하는 것이 당연했다. 다만 그날 한나절은 다투고 싶지 않았다. 날이 길었으니까.

치 노인은 상당히 기뻐했다. 왕년이었으면 살기가 어려워지기 때문에, 둘째 손자가 실업자가 되어 돌아오는 것에 대해 크게 기분이 좋지 않았을 것이다. 현재는 그가 늙어서 자기가 앞으로 몇 년 더 살 수 없다고 생각해서 먹고 사는 데 쓰이는 비용은 잊어버렸다. 그는 죽기 전에 손자들 모두가 자기 눈앞에 있기만 바랐다.

톈유 부인은 아무 말도 하지 않았다. 그녀의 침묵은 루이쉬안의 침묵과 크게 다르지 않다.

원메이는 원래가 말을 많이 하지 않았다. 그녀는 하나의 입이 느는 것이 이런 세상에서 무슨 의미인지 잘 안다. 그러나 그녀는 억울하고 곤란한 것은 모두 마음속에 감추어서 남을 곤란하게 히지 않았다.

샤오순얼과 뉴쯔는 둘째 아저씨를 환영했다. 뛰어나와서 아저씨의 손을 잡고 끌었다. 그들은 다른 것은 모르고 자기들과 놀 수 있는 사람이 늘었다는 것은 알고 있다.

집안 식구 모두의 이러한 광경을 보고서 루이펑은 안심했다. 이튿날 아주 일찍 일어나서 비를 들고 동쪽 마당 한 번 서쪽 마당도 한 번 쓸었다. 그는 이런 일을 해본 적이 없었다. 오늘 집안사람들의 칭찬을 얻으려고 이를 악물었다. 그는 마당을 아주 깨끗이 쓸 수가 없었다. 그러나 치 노인은 손자의 노력을 보고 더 이상 흠을 잡지 않았다.

마당을 다 쓸자 경쾌하게 미소를 머금고 어머니에게 세숫물을 떠다드리고, 샤오순얼이 옷을 입도록 챙겨주었다.

조반을 먹은 후 형의 방에 가서 지필묵연[22]을 가지고 나오면서 성명을 발표했다.

"글씨 연습을 할 테다. 형, 보다시피 내가 과장이 되어 무엇이든 못하는 것이 없었는데 글씨만은 어려웠어! 연습을 해야지! 잘 할 거야.

...

22 종이, 붓, 먹, 벼루.

가게 간판을 써주면 밥을 먹을 수 있을 거야!"

그렇게 말한 연후에 아이들에게 경고했다.

"내가 글씨 쓸 때 저쪽으로 피해서 소란 떨지 마라!"

치 노인은 어려서 공부를 놓쳤다. 그래서 문자를 특별히 존경했다. 아이들에게 부탁했다.

"그래, 둘째 삼촌이 글자 쓰는 것을 방해하지 마라!"

이렇게 계엄을 선포한 후 그는 자기 방에 앉아서 정신을 집중하여 먹을 갈았다. 몇 자를 쓰면서 한 가지 일이 생각났다.

"형수! 형수! 집에 오시는 길에 담배 사 오는 것 잊지 말아요! 너무 좋은 것도 말고, 너무 나쁜 것도 말고, 중간의 중간이면 돼요."

"무슨 상호가 중간이요?"

형수는 담배를 피우지 않아서 담배가 어느 것이 좋은지, 나쁜지 알 턱이 없다.

"됐어요. 잠시 기다려요. 제가 사러 가지요."

그는 계속해서 먹을 갈면서 힘을 들이는 것 같지 않았다. 형수의 발자국 소리를 듣자, 또 하나의 생각이 떠올랐다.

"형수, 밖에 나가시죠? 술도 좀 사 오시구려! 과장이 되면 무엇인가에 빠진다더니, 내가 술중독에 빠졌어요! 다행히 많이 마시지는 않아요. 땅콩을 조금 곁들이면 더 좋아요!"

'형수면 밥도 거저 먹여주고 술과 담배도 대주어야 하나?' 입술까지 올라온 말을 삼켜버렸다. 그녀는 넉량어치 술뿐만 아니라, 그녀가 생각하기에 중간의 담배도 사 왔다.

형수가 이런 물건들을 사 왔을 때까지 둘째는 10자도 채 못 썼다. 그는 마음을 안정하고 앉아있지 못했다. 그의 마음속에 한 무리의 '생쥐'가 들어있는 것 같았다. 이놈이 나오면, 저놈이 들어가서 잠시도 안정이 되지 않았다. 최후로 그는 붓을 내려놓고 다시는 사서 고생하지 않기로 결심했다. 그는 인내력이 없었다. 그는 죽을힘을 다해 노력하는 것은 어리석은 짓이라고 생각했다. 그는 인생이란 요령껏 살아가는 것이고, 요령껏 살아가려면, 밖에 나가 설쳐야지. 방안에 처박혀 글씨 써봤자 되는 것이 아니라고 생각했다. 나가서 돌아다녀야 눈먼 고양이가 죽은 쥐에 부딪히듯 될 수 있다고 생각했다. 그는 두 손으로 후두부를 받치고 곰곰이 생각했다. 그가 가서 라오쩡에게 부탁하면, 아마도 그가 어떤 기관에 넣어줄 수 있을 거야? 라오리와 이야기를 하면 자기가 어떤 자리에 앉을 수 있을 거야… 그는 많은 사람을 떠올렸다. 어느 한 사람이라도 반드시 그에게 일자리를 줄 수 있을 것 같았다. 그는 자기가 어떤 사람과 연을 맺으면 반드시 굉장히 귀여운 사람이 되기 때문에 친구들이 자기가 실직했다는 것을 알면 그에게 냉담하게 대하지는 않을 것이라고 생각했다. 그는 일찍이 그들을 찾아가지 않은 것을 한하고 방안에 앉아 있어 보아야 아무 소용이 없다고 생각했다. 그러나 수중에 돈이 없다! 친구에게 일을 부탁하려면 반드시 투자를 해야 한다고 생각했다. 먼저 예물을 보내고, 다음은 식사에 초대하고, 연후에 겨우 입을 뗄 수 있다. 친구란 예물을 받고 혹은 술과 밥을 먹고 해야만 힘껏 뛰려고 할 것이다. 예물, 술과 밥이 자격과 이력보다 훨씬 더 중요하다.

452

오늘 방금 돌아와서 곧 형님에게 자본을 빌려달라고 하는 것은 계면쩍은 일이다. 그렇다. 오늘은 나갈 수 없다. 기다리자. 한 이틀 기다리자. 이론을 세워서 형에게 상세히 이야기한 후에 형에게 돈을 우려내자. 그는 형은 반드시 돈이 있으며, 그렇지 않으면 적수공권(빈 손)으로 돌아온 그에게 콧방귀도 안 낄 수 없다. 그래도 형수가 내 한 마디에 술과 담배를 대주지 않았나?

그는 팡 쥐쯔가 보고 싶었다. 다만 그가 반드시 손에 무엇인가를 쥐어야 갈 수 있다. 그렇지 않으면 그녀가 자기를 보지 않으려 할 것이다. 형에게 손님 대접할 돈을 얻으면, 그는 곧 취직을 하게 될 것이고, 그러면 우리 부부 사이에도 좋은 말이 오갈 것이다. 팡 쥐쯔가 그에게 냉혹 무정하게 대해서 그는 원래 마음이 상했다. 그러나 여러 번 생각을 해본 후에 생각을 고쳐먹었다. 그는 그녀의 차가움이 자기에게 자극이 되었다고 생각하기 시작했다. 그녀와 다시 화해하려면 노력을 아끼지 않고 뛰어야 한다.

이 모든 것을 생각한 후에 그는 글 쓰는 것을 포기하고 필묵 따위를 모두 돌려보냈다. 그는 빚을 보고 자신이 세상 물정에 밝다고 매우 만족했다.

점심 먹을 시간에 그는 넉 량 가량의 술을 다 마셔버렸다. 술을 마신 후 얼굴이 붉어지고 정신이 혼미한 채 과장재임 시에 있었던 덕의의 일을 형수에게 들으라고 떠벌렸다. 마치 한 편의 아름다운 시를 강해하는 듯했다.

저녁때 루이쉬안이 돌아온 후 둘째는 참을 수 없어서, 돈을 융통해달라는 말을 했다. 루이쉬안의 대답은 간단했다.

"내게는 여유가 없어. 네가 돈이 필요해도 빌려줄 수 없다. 그러나 꼭 돈을 쓴다면, 나는 다른 사람의 돈을 빌릴 수 있다. 하지만 먼저 나는 네가 무슨 일을 구하려 하는지 알아야겠다! 네가 너절한 일을 찾는다면, 나는 너에게 돈을 변통할 수 없다!"

루이펑은 형님이 말하는 너절한 일이 무엇인지 모르고 기꺼이 책임을 지겠다는 듯이 말했다.

"형, 마음 놓아. 나는 기꺼이 과원이 되겠어! 무슨 일이냐고? 과장을 했으니, 되는대로 작은 자리에 갈 수 없어. 나도 체면이 있지!"

"내가 말하는 너절한 일이란 과장이나 과원과 같은 일이야. 일본인 혹은 한간들 밑에서 하급 관리를 하느니 담배 좌판을 펴는 것이 나아!"

루이펑은 형의 생각을 전혀 명백히 알 수 없었다. 그는 마음속으로 조급했다. 형이 정신병에 걸려서 시비를 가리지 못하는 것이 아닐까? 그러나 그는 되도록 얼굴 붉히면서 논쟁을 해서 형제간의 의를 상하고 싶지 않았다. 그는 한 가지만 얘기하여 형이 다시 고려해주길 간청했다.

"형, 보세요, 내가 홀아비라면 담배 노점을 차려도 상관없지. 나는 아내도 있어! 그녀는 내가 좌판을 펴는 것을 절대로 허용하지 않을 거야. 내가 상당히 체면을 차릴 수 있는 일을 하지 않으면, 그녀를 다시 만날 수 없을 거야!"

여기까지 말하자 둘째는 갑자기 감정이 격해져서, 굵은 눈물방울이 글썽거렸다.

루이쉬안은 다시는 아무 말도 하지 않았다. 그는 진정한 중국 학자로 영원히 남을 핍박하려 하지 않는다. 비록 그도 핍박은 때때로 필요하고 유익하다는 것을 알았다.

둘째는 형에게 다시 말하지 않고 할아버지가 형에게 압력을 넣도록 하기 위해 할아버지에게 마음을 털어놓으려 뛰쳐나갔다. 치 노인은 루이쉬안의 마음을 알았지만, 사세동당의 발전과 번영을 위해서 둘째 손자를 동정하지 않을 수 없었다. 손자가 일본인을 위해서 일하지 않게 되어 손부에게 버림받았다면 체면이 서지 않는 것이다. 그렇다. 그는 확실히 팡 쥐쯔를 크게 좋아하지 않았다. 그러나 그녀는 치 씨 집 사람이다. 죽으면 치 씨 집 귀신이 되어야지, 중간에 떨어져 나갈 수는 없다. 노인은 둘째를 돕겠다고 말했다.

둘째는 신이 났다. 어머니를 찾아가서 이야기를 했다. 어머니는 웃지 않고 그를 타일렀다.

"둘째야, 너는 형 생각을 좀 해라. 지나치게 그를 괴롭히지 마. 네가 언제 형을 제대로 알아주었니. 너도 형 만큼만 똑똑해라! 어머니가 되면 자식들을 똑같이 사랑한단다. 게다가 똑같이 똑똑하길 바란단다! 네 형은 무슨 일을 하든지 사면 팔방을 다 살피는데 너는 너밖에 모른다! 내가 이렇게 말하는 게 형이 네가 일자리를 잃고 집에 돌아와 공밥을 먹는다고 너를 나무라서가 아니란 걸 알아라. 사실을 말하면 네가 일을 할 때 일가 노소 누구도 한 푼도 준적이 없다! 현재 일자리를 찾는데 형의 말을 들어서 형 눈살 찌푸리게 만들지 말아라. 우리 일가가 모두 그에게 기대고 있지 않니. 너도 잘 알잖아!"

둘째는 어머니 말에 동의하지는 않았지만, 감히 무어라고 말할 수가 없었다. 그는 방을 나오면서 자기에게 말했다.

"엄마는 형만 좋아하셔. 내게 무슨 수가 있나?"

둘째 날 그는 글씨 연습은 잊어버리고, 몰래 형수에게 잔돈을 얻어서는 친척과 친구를 만나러 갔다.

"과장이 된 이래 바빠서 친구조차 만날 시간이 없었어. 며칠 한가한 틈을 타서 친구나 만나러 가야지!"

그는 웃으면서 말했다.

문을 나서자 아주 자연스럽게 3호로 갔다. 3호의 문을 들어서자 그의 마음은 봄에 얼음이 녹은 강의 고기처럼 경쾌하게 들떠있었다.

관 씨 댁 사람들은 모두 집에 있었다. 그러나 모두가 얼굴에 얼음을 한꺼풀 덮어쓴 듯했다. 샤오허는 아주 편안하게 그를 불렀다. 다츠바오와 자오디는 눈길 한번 주지 않았다. 그는 관 씨 댁이 말다툼을 하고 있었기 때문에, 멋쩍은 듯이 앉아있는 줄 알았다. 3분 정도 있어도 아무도 입을 열지 않았다. 그들은 말다툼이 있었던 것이 아니라, 그를 상대하고 싶지 않았던 것이다. 그는 얼굴이 화끈거리고 손바닥에 땀이 났다. 그는 갑자기 일어나서 아무 소리 없이 재빨리 나와 버렸다. 그는 화가 났다. 베이핑의 함락, 샤오추이의 피살, 큰형의 체포, 모두가 그의 마음을 움직이지 못했다. 오늘 그는 베이핑을 잃고 백성이 도살되는 것보다 더 큰 최대의 치욕적이고 난감한 일을 당했다. 왜냐하면, 이것은 자신의 존엄성을 훼손했기 때문이다. 자기 자신은 중화민국보다 훨씬 더 중요했다. 3호문을 나오자 사방을 둘러보아도 아무도 없다는 것을 알고, 이를 갈며 대문을 향해 말했다.

"너희들 기다려. 다시 과장자리에 올라갈 수 있다는 것을 너희들에게 보여줄 것이다! 다시 과장이 되면, 내가 반드시 너희들에게 본때를 보여 주겠다!"

그는 다시 결심을 다졌다. 과장이 안 되면 안 되겠다. 그는 가슴을 펴고 힘껏 발을 구르며 노기충천하여 걸어갔다.

그는 정신이 없었다. 어디로 가고 있는지 몰랐다. 발길 닿는 대로 걸어갔다. 1~2리쯤 가서 거의 힘이 다 빠질 때쯤, 친척 집 부근에 도착하자, 친척 집으로 부랴부랴 들어갔다. 문 앞에 당도하자 그는 가볍게 손으로 신발의 먼지를 털고 정신을 가다듬고 태연자약하게 안으로 들어갔다. 그가 신발의 먼지를 터는 것은 인력거를 타지 않고 왔다는 것을 모르게 하기 위해서였다. 친척 여자들을 만나면 먼저 너스레를 떤다.

"바빠서, 바빠서 어쩔 수 없었소. 그래서 와서 봬옵지 못했어요. 오늘 휴가를 얻어 특별히 안부 여쭈러 왔어요!"

이렇게 일차로 치욕을 면하기 위해서 사람들을 속였다. 모두가 그의 말을 믿었다. 그래서 그들이 차를 마시자고 초대하고 아울러 식사초대까지 받는다. 그는 크게 예의를 차리지 않고 웃으며 이야기하며 식사를 한다.

이렇게 서너 댓 집을 돌아다닌다. 가는 곳마다 그는 휴가를 내서 만나러 왔다고 말하여 차 대접과 식사대접을 받는다. 그의 입이 십분 활약한다. 가는 곳마다 끊이지 않고 우스갯소리를 해서, 작은 마른 입술이 마비될 정도가 되었다. 종전에는 그의 이야기 대개가 가장의 단점이 중심이었다. 현재는 언제나 그가 관리였을 때의 경험과 사소한 일을 이야기했다. 이것이 모두를 놀라게 하고, 그가 세상 물정에 밝다고 경탄하게 했다. 모두가 중·일 문제만 들고나오면 열변이 다소 힘이 빠져서 이야기가 만족스럽세 통쾌하지는 않았다. 그의 좁은 마음의 눈 속으로는 실제로 일본이 베이핑을 떠나지 않기를 바랐다. 왜냐하면, 베이핑이 일본의 손아귀에 있어야, 다시 과장이 될 희망을 가질 수 있기 때문이다. 다만 이런 마음을 차마 말하고 싶지 않았다. 모두가 일본인을 원망하고 있다는 것을 알기 때문이다. 이러한 때에 그는 말을 흐리거나 두어 마디 중언부언했다. 이렇게 말을 서너 번 굴리고 나면 말이 어디로 새는지 모르게 되어 모두를 제멋대로 원하는 방향으로 끌고 간다. 그는 자기가 이러한 재주가 있다는 것에 만족한다. 이 말은 '누구라도 며칠만 관리가 되면 말을 어떻게 굴리는지를 배운다!'라는 의미다.

날이 어두워져서야 집으로 돌아왔다. 그는 약간 피곤하고 허전해졌다. 하품을 몇 번 하고는 형수를 찾아서 형수에게 친척들 근황에 대해 미주알고주알 일러바친다. 일가를 마시고 먹이고 씻게 하느라고 그녀는 친척이나 친구를 찾아갈 시간을 내지 못해서 둘째의 보고가 재미있었다. 치 노인은 연세가 높아서 새로운 일은 생각할 수가 없어서, 언제나 옛 친척 옛 친구에게만 관심이 있었다. 친구들도 모두 편안하다면 그의 세계는 모두가 전과 같고 극적인 변동은 없는 것이다. 이 때문에 그도 루이펑의 보고를 듣고, 루이펑의 피로와 허전함을 잊어버리고, 자신이 중요하다고 생각했다.

친척들을 모두 만나보자, 이미 그가 실직했으며 교묘한 말로 먹고 마시는 것을 편취한다는 것을 알게 되자, 그를 다시 예의상으로 초대하지 않았다. 모두가 전처럼 그를 초대했다면 그는 매일 형수에게 몇 푼 달래서 온 성을 주유했을 것이다. 그는 이렇게 사는 것이 아무 속박 없이 기분 좋게 사는 것이라고 생각했다. 그러나 모두가 다시는 그를 존중하지 않았으며, 따끈한 차와 뜨거운 식사도 대접하지 않았다. 그는 일자리를 찾아야 한다고 생각했다. 그렇다. 그는 곧 일자리를 찾아야 한다. 조속히 팡 쥐쯔를 수복하기 위해서—누가 그녀를 대신할 수 있는가?—일을 해야 한다. 자기에 관한 한 오히려 누가 일자리를 주든 마찬가지다. 자기가 일을 하려면 일을 하겠다는 용기만 있으면 된다고 생각했다. 그는 자신이 위대하다고 생각했다.

"형수"

그는 쩌렁쩌렁 울리게 큰 소리로 불렀다.

"형수! 내일부터 나 다시는 놀러 가지 않을래, 일자리를 찾으러 갈 거야! 형수님 저에게 돈 얼마나 주실래요? 일자리 구하는 것은 친척 집 마을에 가는 것과는 달라요. 내가 몇 번 얼마의 돈을 가지고 갈 겁니다. 사람을 부리는 데 쓰려고 그래요!"

형수는 난처했다. 그녀는 돈이 좋은 것을 안다. 다만 둘째는 남의 돈을 낚아채가기는 하지만 자기가 돈을 벌려고 하지 않는다는 것을 안다. 만약 자기 마음대로 그에게 돈을 주면 남편과 노인들에게 면목이 안 선다. 보아라. 노인네조차 좋은 것을 마시려 하지 않고 먹으려고도 않는다. 그런데 둘째는 매일 담배와 술을 요구한다. 이런 것은 이미 크게 잘못된 것인데 어쩌다 담배와 술 이외에 교제비까지 요구한다. 다시 말하면 그녀의 수중이 넉넉하지 못하다. 그러나 주지 않으면 말썽을 일으켜, 전 집안을 불안하게 만든다. 치 씨 집 사람들은 모두 그녀에게 잘 대해준다. 그러나 그는 모두의 친 골육이고 자기는 밖에서 온 사람이다. 이렇게 모두가 평안 무사하여, 아무 일 없는데, 말썽이 생기면, 그녀가 말썽을 일으킨 사람으로 여겨질까 그녀는 두려웠다.

그녀는 당연히 이러한 난처한 일이 없었으면 한다. 그녀는 웃으면서 시간을 끌어 좋은 생각을 해내려 했다. 그녀의 생각은 상당히 빨리 떠올랐다—중국 대 가정의 주부는 글자는 몇 자 몰라도, 세계에서 가장 위대한 정치가다.

"내가 몰래 저당 잡힐 물건을 줄테니 전당포에 가실래요?"

저당을 잡힌다는 것은 당연히 그녀 수중에 돈이 없다는 것이다. 치 노인의 살림을 이룬 규칙을 보면, 전당포에 가는 것은 체면이 깎이는 일이었다. 둘째가 만약 사람의 탈을 썼으면 형수가 전당포에 가는 것을 막아야 한다. 만약 둘째가 양심도 없이 이 의견에 찬동하면, 그녀는 해서는 안 되는 선례를 만들게 된다.

둘째는 남을 위해서 무슨 생각을 하는 위인이 아니다. 그는 머리를 끄덕이며 말했다.

"아주 좋아요!"

산꼭대기라도 오를 것 같은 형수의 화가 갑자기 올라왔다. 다만 그녀의 자제력은 산이 무너지는 것보다 더 무서웠다. 그녀는 노기를 누르고 오히려 웃었다.

"그러나 현재 어떤 물건을 얼마에 맡길 것인지, 모두가 전당포에 가기 때문에, 물건을 찾으러 오는 사람이 몇이나 되겠어요!"

"형수님 조금만 주서도 돼요. 형수님 아시다시피 교제를 하지 않으면 일자리를 못 찾아요! 됐어요. 형수님 제가 (서)양식으로 인사를 드리지요!"

둘째는 파렴치하게 오른손을 눈썹에 갖다 붙여서 형수에게 거수경례를 했다.

물건 하나를 들고 전당포에 가서 2위안 2모를 가지고 왔다. 둘째는 마음에 차지 않았으나 말을 하지는 않았다. 그가 형수에게 떼를 써서 8모를 보태어 3위안을 모았다. 돈을 들고 그는 곧 나갔다. 그는 건달 친구들을 찾아가서 하루 종일 빈둥거리며 놀았다. 저녁때가 되자 그는 형수를 다시 속여서 돈을 우려내려고 매우 희망적이라고 보고했다. 그는 조심했다. 그는 누구와 하루 종일 빈둥거리며 놀았는지 말하지 않았다. 왜냐하면, 형수는 입이 대단히 무거워서, 혀를 키처럼 까부는 것을 좋아하지 않기도 하지만, 만약 자기가 건달들과 사귄다는 것을 알면, 그녀는 형에게 얘기할 것이고, 형은 자기를 훈계하게 될 것이다.

이렇다 보니 그는 매일 나가서 매일 희망이 있다고 말한다. 형수가 매일 그에게 담뱃값과 술값을 주고 교제비까지 준비해야 한다. 그녀의 손은 점점 짜지고 둘째는 점점 더 익숙해져서 3모, 5모 십지어 푼돈도 받아갔다. 그는 아주 곤란할 때는 심지어 집 안에 있는 작은 물건을 몰래 가지고 가서 팔아먹기도 했다. 때로는 형수가 너무 바빠서 그는 형수에게 아첨하여 거리에 나가 물건을 사오는 것을 시키도록 했다. 그가 사오는 것은 기름, 소금, 장, 식초 등이었다. 그런데 이들이 분량이 모자랄 뿐만 아니라, 어떤 것은 갑자기 값이 뛰었다.

밖에서는 그의 호주머니가 텅 비었기 때문에 건달들과 막역지교를 맺을 수 없었다. 그러나 그는 재주가 있어서 그들과 스스럼없이 내왕했다. 첫째로 그는 파렴치해서 굉장히 비린내가 나고 그들의 비꼬는 듣기 어려운 말들도 못 들은 척했다. 둘째는 그의 교육 정도가 그들보다 높았다. 글자도 그가 더 많이 알았다. 글자야 그들에게 아무 쓸모가 없었다. 이렇게 그들이 자기를 어떻게 대접하든 상관하지 않았다. 그러나 그는 그들의 진정한 친구이고 참모로 인정받았다. 이리하여 그들이 연극을 들으러 가면—자연히 그들은 표를 사지 않는다—그도 반드시 따라간다. 그들이 사기 쳐서 술과 고기를 빼앗아 먹으면 그도 함께 먹는다. 그는 심지어 특무가 사람을 체포하러 가는 것도 따라간다. 이런 것들이 그의 마음에 들었고 만족했다. 그는 바로 새로운 세계에 들어갔으며 새로운 방법을 배웠다. 그는 언제나 이치를 중시하지 않았으며 힘만 중요하게 생각했다. 그들은 영원히 남이 어떤가를 고려하지 않고 자기에게 맞느냐 맞지 않느냐에 관심이 있었다. 그들은 언제나 루이쉬안이 말할 것 같은 말은 하지 않았다. 다만 과장하여 자기를 놀라자빠지게 할 말만 했다. 루이펑은 이런 방법을 좋아했다. 그들과 며칠을 빈들거린 후에, 그도 모자를 비스듬히 쓰고, 큰 모직 수건을 엉덩이에 쑤셔박아 권총을 숨긴 것처럼 가장했다. 그의 오관이 모두 원래 위치를 벗어난 듯했다. 입술 꼬리가 항상 귀뿌리까지 째지게 하고 싶었다. 코는 고사포 총구멍처럼 하늘을 향했다. 눈알은 날아가 버릴 듯이 쉬지 않고 움직여서 자기의 후두부를 보았다. 말과 행동에서 그는 입을 일자로 다물고 말할 때는 눈을 부라렸다. 그러나 상대가 자기보다 더 강하게 나오면, 갑자기 태도를 바꾸어 한 마리 양 새끼처럼 온유해진다. 최초에 그가 그들을 따라다닐 때 여우가 호랑이의 위엄을 빌린 모양이었다. 천천히 그는 혼자서도 사람들에게 허세를 부렸다. 베이핑인들은 평화를 사랑하여, 뺨세례를 받을지언정 싸움은 하지 않기 때문에, 그들의 만행이 뜻밖에 몇 번 성공을 거둔다. 이게 그들을 자만하게 하여 자신이 더 커졌다. 그는 오래지 않아 발을 구르면 산이 흔들리고 땅이 울리게 할 것 같은 두목 행세를 했다.

그러나 집안사람을 볼 때마다 급히 모자를 바로 쓰고 오관을 제자리로 돌렸다. 그의 가정교육은 졸업장 받으면 끝나는 학교 교육보다 훨씬 효과가 있어서 오래 유지되었다. 그는 집안사람에게 눈을 부라리고 입을 삐죽이지 않았다. 중국에서 집은 예교의 보루다.

하루는 술을 너무 마셔 보루를 잊어버렸다. 눈에 불이 철철 흐르고, 몸이 동서로 비틀거리고, 입에는 노랫가락을 흥얼거리며, 집안으로 들이닥쳤다. 집안에 들어오다가 모자가 문간에 걸리자 큰소리로 욕을 해댔다. 그의 모자는 머리 위에 삐딱하게 얹혀서 제 맘대로 돌고 있었다. 영벽을 돌아 들어오며 우는 듯이 웃는 듯이 큰 소리로 형수를 불렀다.

"형수, 하하 차를 끓여주세요!"

형수는 대답하지 않았다.

그는 벽에 기대어 욕을 시작했다.

"어라, 아무도 날 상대 안 해? 좋아, 내 ×× 니 애미다!"

"뭐라고?"

형수의 목소리가 변했다. 그녀는 어떤 어려움도 참고 견딜 수 있지만, 남의 모욕은 참을 수 없었다.

톈유도 그때 집에 있었다. 그가 머리를 내밀더니 '너 뭐라고 그랬지?'라고 한 마디 묻기만 했다. 이 검은 수염 달린 사람은 사람을 때릴 줄 몰랐고, 자기 아들조차 때릴 줄 몰랐다.

치 노인과 루이쉬안도 나와서 보았다.

둘째가 또 욕을 했다.

루이쉬안은 얼굴이 하얘졌지만, 조부와 부친 앞에서 먼저 나설 수 없었다.

치 노인이 손자를 자세히 보려고 했다. 노인은 예절을 중시했다. 루이펑의 짓거리를 명백히 알고는 흰 수염이 떨렸다. 노인은 평화를 사랑했지만 어릴 때부터 밑바닥 출신답게 필요할 때는 싸움을 두려워하지 않았다. 그는 이미 늙었다. 그러나 한바탕할 힘은 있었다. 그는 루이펑의 어깨를 거머쥐었다. 루이펑의 발이 땅에서 떨어졌다.

"왜 이래요?"

루이펑은 입술을 내밀며 할아버지에게 물었다.

노인은 한마디도 하지 않았다. 그는 좌우로 활줄 당기듯이 루이펑의 뺨을 때렸다. 루이펑의 입술에서 피가 흘렀다.

텐유와 루이쉬안이 뛰어나가 할아버지를 말렸다.

"욕을 해? 제멋대로 행패를 부려?"

노인의 손이 떨렸다. 그러나 말에는 힘이 있었다. 그렇다. 루이펑이 술만 취했으면 노인은 성을 내지는 않았을 것이다. 루이펑이 욕을 하고, 하물며 욕을 하는 상대가 형수였다. 노인은 용서할 수 없었다. 노인은 루이펑이 일도 하지 않고 얻어먹을지라도 루이펑이 집에 있는 것은 환영했다. 그러나 이 며칠 동안 노인은 차마 눈을 뜨고 볼 수가 없었다. 그는 루이펑의 행동이 어떻게 점점 더 천박해지는지 보았다. 그는 손자를 사랑했지만, 손자의 버릇을 가르쳐야만 했다. 이렇게 못난 후손을 아주 미워할 수밖에 없다는 것을 안다.

"몽둥이 가져와!"

노인의 작은 눈이 루이펑을 노려보았다. 텐유에게 명령했다.

"너가 나 대신 때려라! 때려죽여라. 내가 감당하마!"

텐유는 침착했다. 침착함으로 어려움을 극복했다. 그는 아들을 매우 사랑하지는 않았지만, 집안이 시끄러워질까 두려웠다. 동시에 늙은 부친의 기분을 상하게 할까 두려웠다. 그는 다만 부친을 꼭 잡고 부축하면서 말을 꺼내지 않았다.

"루이쉬안, 몽둥이 가지고 와!"

노인은 장손자에게로 명령을 이관했다.

루이쉬안은 둘째가 정말 미웠다. 그러나 동생을 때려주고 싶은 기분은 내키지 않았다. 그도 아버지와 마찬가지로 사람을 때릴 줄 몰랐다.

"됐습니다!"

루이쉬안이 목소리를 낮추어 말했다.

"쟤한테 성을 내서 어쩌시려고 그래요. 할아버지! 몸도 생각하셔야지요. 됐습니다!"

"안 돼! 나는 저런 놈은 용서할 수 없어! 감히 형수를 욕하고, 할아버지에게 눈을 부라리는 놈이야, 안 되겠어! 저놈이 일본놈 아닌가? 일본인이 우리의 머리에 대고 보복을 했다면, 예진 같이 죽자 살자 해볼 테다!"

노인은 전신 와들와들 떨었다.

윈메이는 살짝 남쪽 방에 가서 시어머니에게 말했다.

"어머님, 나오셔서 말려보세요!"

둘째에게 욕을 먹은 것은 그녀였지만, 그녀는 조부가 걱정이 되었다. 그녀의 눈에는 조부가 단순하게 노인이 아니라, 온 집안의 규칙을 지키고 질서를 유지하도록 하는 권위를 가지신 분이었다. 조부는 지금까지 쉽게 성을 내는 분이 아니었지만, 한번 성을 내면 온 가족이, 귀신을 본 것과 마찬가지로 경계하고 두려워했다.

톈유 부인은 두 손자 손녀가 놀랄까 봐 끌어당겨 안았다. 며느리 말을 듣고는 아이들을 애미에게 미루고 가만히 밖으로 나갔다. 루이펑 앞에 다가가서 단단히 일렀다.

"할아버지에게 무릎을 꿇어! 꿇어!"

루이펑은 뺨을 두 대 얻어맞고 술이 이미 반이나 깨었다. 어쩔 수 없는 듯이, 무슨 영문인지 모르는 것처럼, 정신 나간 듯이, 벽에 기대서서, 오히려 무슨 구경거리나 구경하는 듯이 보았다. 모친의 말을 듣고 눈을 굴리며 비틀거리다 바닥에 꿇어앉았다.

"할아버지, 여기는 추워요. 방에 들어갑시다!"

톈유 부인은 손을 떨었지만, 얼굴에는 미소를 띠고 말했다.

노인은 한바탕 꾸짖고 나서는 낑낑거리며 방안으로 돌아갔다.

루이펑은 그 자리에 꿇고 있었다. 모두가 다시 그를 위해서 간청다오 하지 않았다. 모두는 그가 잘못을 저질렀으니, 당연히 벌을 받아야 한다고 생각했다.

남쪽 방에 들어간 시어머니와 며느리는 서로 말이 없었다. 톈유 부인은 자기가 저런 아들을 키워서 면목이 없다고 생각했다. 윈메이는 불평이나 위로 모두가 시어머니에게는 견디기 어려운 것이리라 생각해서 입을 닫았다. 두 아이는 어떻게 해야 할지 모르지만, 난리가 났다는 것은 알아서, 작은 눈을 깜박이지만, 끽소리도 못 내고, 눈이 어른들 눈과 마주치면, 멋쩍은 듯이 소리 없이 웃었다.

북쪽 방에서는 할아버지랑 어른들이 말씀을 나누고 계셨다. 치 노인은 손자를 나무라고 나니, 마음이 통쾌해져서, 아들과 장손자에게 특별히 살갑게 대했다. 톈유는 부친의 환심을 얻으려고 부친이 듣기 좋아하는 이야기만 골라서 했다. 루이쉬안은 두 노인네가 모두 웃으면서 이야기하는 것을 보고 자기도 얼굴에 웃음을 띠었다. 이야기가 어느 정도 무르익자 두 노인을 향해 이야기를 꺼냈다.

"만약 일본인이 언제나 여기에 있다면, 좋은 사람이 악한이 되고 악한은 더 나쁜 놈이 될 것입니다."

이 말이 노인들을 한참 동안 생각에 잠기게 하고 이어서 한숨을 쉬게 했다. 루이쉬안은 이 기회를 틈타서 루이펑을 위해 간청했다.

"할아버지, 둘째를 용서해주십시오! 날씨가 찹니다. 동상이라도 걸리면 큰일입니다!"

노인은 어쩔 수 없이 고개를 끄덕였다.

53

유퉁팡의 계획은 완전히 실패했다. 그녀는 자오디가 결혼할 때 손을 쓰면 관 씨 집 사람, 축하하러 온 한간들과 초대받은 일본인들을 일망타진할 수 있다고 계획했다. 수많은 사람들 중에서 그녀가 아는 사람은 한 명도 없다. 그녀는 자기의 고향인 둥베이만 생각하고 있다. 그러나 둥베이지방은 이미 일본인 손에 들어가 있어서, 헤아릴 수 없는 둥베이인들이 폭정과 가혹한 형벌 속에서 살아간다. 이 때문에 그녀는 마땅히 원수를 갚아야 한다. 아니면 가오디가 베이핑을 탈출하면 자기도 꼭 함께 갈 것이다. 그러나 가오디는 용기가 없다. 퉁팡은 혼자 갈 수는 없었다. 그녀는 글자도 잘 모르고 일을 할 능력이나 지식도 없다. 그녀의 유일한 탈출로는 관 씨 댁을 나와서, 다른 사람에게 시집가는 것이다. 시집에 대해 그녀는 현황을 잘 파악했다. 그녀의 나이, 출신 점점 쇠약하고 늙어가는 모습을 보면, 순결한 청년이 따라다닐 처녀가 아니라는 것을 안다. 다른 사람에게 시집가느니 관 씨 댁에 있느니만 못하다. 관 씨 댁은 좋은 점이라고는 없지만, 자기를 학대하지는 않는다. 그러나 관 씨 댁에 오래 살 수가 없다. 왜냐하면, 다츠바오가 말끝마다 자기를 매음굴에 처넣겠다고 하기 때문이다. 그녀는 다른 방법이 없다. 죽음으로 모든 것을 끝장낼 수밖에 없다. 그러나 그녀는 헛되이 죽을 수는 없다. 그녀는 반드시 다츠바오와 떼를 이루고 있는 한간들을─거기다 일본인 몇 명을 보태면 최고지─그녀와 함께 끝장을 내버려야 한다. 그녀 자신을 끝장낼 때, 그녀에게 못살게 굴던 사람도 함께 끝장이 날 것이다.

그녀가 첸 선생과 마주쳤다. 그녀는 그를 만날 때마다 점점 더 결심이 굳어져서, 서서히 그녀의 사고방식이 변했다. 첸 선생의 이야기는 그녀의 마음을 넓혀주어서, 다시는 자기가 끝장낼 때 다른 사람을 함께 끌고 들어간다고만 생각하지 않았다. 첸 선생은 그녀에게 말했다.

"이것은 자신을 끝장내기 위한 것이 아니라 마음과 영혼을 가진 모든 중국인이 해야 할 일이다. 한간을 제거하고 포악을 징계하는 것이 우리의 책임이다. 어쩌지 못해서 '함께 끝장을 내는 것'이 아니다."

첸 선생은 그녀─창기이거나 첩이거나 후보기녀이거나 간에─의 눈을 뜨게 하여, 그녀와 국가의 관계를 알게 했다. 그녀는 부녀일 뿐만 아니라 국민이다. 그러므로 당연히 국민으로서 국가와 관계 있는 일을 해야 한다.

퉁팡은 총명했다. 재빨리 그녀는 첸 선생의 말의 의미를 깨달았다.

그녀는 다시 가오디와 마음을 털어놓지 않았다. 입을 잘못 놀려 계략을 누설할까 겁이 났다. 그녀는 다시 다츠바오와 충돌하지도 않았다. 그녀는 기꺼이 다츠바오의 핍박과 능욕을 참아내었다. 그녀는 시간을 끌면서 손 쓸 좋은 기회를 기다렸다. 그녀는 자기의 중요성을 알고 자기를 존경했다. 한 시라도 방임하여 대사를 망칠 수 없었다. 그녀는 자오디가 결혼할 때 손을 쓰기로 결정했다.

그러나 리쿵산이 면직되었다. 일본 특사의 암살, 뉴 교수에 대한 권총 테러, 모두가 특고의 망이 느슨해진 탓이다. 일본인은 자신들의 과오에 대한 책임을 경감시키기 위해서, 한쪽으로는 샤오추이와 기타 혐의범을 죽이고, 한쪽으로는 리쿵산을 면직시켰다. 그는 특고 과장이었다. 암살자들을 놓쳤기 때문에 실직되었다. 그는 면직되었을 뿐만 아니라 그의 재산도 몰수되었다. 일본인들은 그가 과장이었을 때 탐욕을 부리도록 꼬드겼지만, 그를 면직시키면서 그의 재산을 모두 몰수해 버렸다. 이렇게 일본인들은 돈을 벌고 탐관오리를 징벌했다.

이 소식을 듣자 관샤오허는 눈살을 찌푸렸다. 그가 아무리 심심해도 그는 결국 중국인이라, 자녀의 결혼을 가지고 함부로 장난을 치면은 안 된다. 그는 약혼을 파기하고 싶지도 않았다. 동시에 딸을 직업도, 돈도 없는 깡패에게 시집보내고 싶지도 않았다.

다츠바오는 훨씬 더 세서 그녀는 즉시 파혼하기로 결정했다. 전에는 리쿵산의 세력이 무서워 감히 그와 말썽을 일으키지 못했다. 현재 그는 세력과 권총을 다 잃어버렸다. 그녀는 그와 더 이상 얽히고 싶지 않았다. 그녀는 원래부터 자오디를 보잘것없는 과장에게 시집보내는데 찬성하지 않았다. 이제는 자오디가 해방의 기회를 얻었으니, 이 기회를 놓쳐서는 안 된다.

자오디는 어머니의 주장에 동의했다. 그녀와 리쿵산의 관계가 그렇게 굳건하지 않았다. 그녀는 한번 놀아보고 싶었고, 한 번 모험을 했다. 이 목적을 달성했으니 리쿵산과의 결혼에 너무 지나치게 열을 낼 필요가 없었다. 그러나 리쿵산이 그녀를 필요로 한다면 그는 며칠산 과장부인이 되지 않을 수 없었을 것이다. 그가 리쿵산 본인은 좋아하지 않았지만, 과장부인과 금전, 세력은 어떻게라도 사절할 수 없는 것이었다. 그녀는 젊고 신체는 건강하고 얼굴은 전보다 훨씬 더 아름다워져서, 그녀의 앞길에는 더 이상 장벽이 없어서 리쿵산과 결혼하든 말든 자기의 진로는 언제든지 자기가 결정하여 아름답고 묘한 낭만적인 정원으로 나아갈 수 있다고 생각했다. 현재는 리쿵산이 다시 과장이 될 수 없을 테니, 부질없이 그에게 시집갈 필요가 없다. 그녀는 원래 '과장'에게 시집가기로 했다. 리쿵산에게 과장자리를 보태면 과장과 같지만, 리쿵산에게서 과장을 빼면 아무것도 아니다. 그녀는 '영(無)'에게 시집갈 수 없다.

예전에 그녀의 마음과 모든 것에 대한 생각은 종종 엄마와 같지 않았다. 근요즘 그녀는 갈수록 엄마의 행동이 모두 똑똑하고 타당하고 느꼈다. 엄마의 방법은 모두 현실적이었다. 그녀가 파신하기 전에, 그녀는 항상 막연하게 자신이 매우 존귀하다고 느꼈기 때문에, 그녀의 눈은 왕왕 이상을 가지고 가는 곳을 보았다. 그녀는 마치 봄꿈을 꾸는 것 같아서 꿈속이 공허하고 아득했으나 지극히 사랑스럽고 시적 의미가 가득했다. 지금은 이미 부인이 되었기 때문에, 다시는 꿈같은 것을 꾸지 않았다. 그녀는 금전, 육욕, 향락의 아름다움을 보았다―이 아름다움이 진짜고 만질 수 있다. 만약 만질 수 없다면 응당 개를 끌어내듯이 재주껏 끌어내어야 한다. 어머니는 언제나 부인이었다. 일찍부터 매일 개들을 자기 신변으로 끌어들였다. 그녀는 어머니를 인정하고 어머니를 존경했다. 그녀는 또 어머니에게 말했다.

"리쿵산(空山)은 현재는 진짜 빈 산이 되었네요. 나는 그 사람과 함께 할 수 없어요!"

"착해! 착한 내 아가야! 너는 철이 들었구나. 그러니 내가 너를 이토록 사랑하지!"

다츠바오는 아주 기분 좋게 말했다.

다츠바오와 자오디는 모두 리쿵산을 버리고 싶었다. 샤오허는 자연스럽게 다시 이의를 제기하려고 하지 않았다. 그러나 자기는 이 시대에 결여되어 있는 신의를 지나치게 중시한다고 생각하고 있었다.

리쿵산은 그래도 만만한 상대는 아니었다. 쫓겨나고 재산이 몰수되었지만 옛날처럼 멋진 옷을 입고 기개가 대단했다. 그는 적수공권으로 '천하'를 손아귀에 넣었다. 이 때문에 관리가 되었을 때 그는 제멋대로 횡행하는 소황제였다. '천하'를 잃자, 그는 적수공권으로 돌아갔을 따름이다. 자기 자신의 것으로 잃은 것이라고는 없으니, 다시 권토중래를 준비하고 있었다. 그는 언제나 낙심하는 법이 없고 잘못을 뉘우치지 않는다. 그의 용감하고 대담 무쌍한 역사는 격려받아 마땅하다. 그는 적수공권으로 시대를 사로잡았다. 인만―양 새끼같이 순종하고 참정권도 혀도 없고, 반항도 못 하는 인민—자기의 발 앞에 길에 깔려있는 황토처럼 꿇어 엎드리고, 자기들의 목을 밟고 가도록 해준다. 역대 정부가 통제력을 잃었을 때 인민들이 단결할 수 없었던 때에 허다한 리쿵산 같은 요괴가 일어나서 요사스런 짓을 저지른다. 그들이 마음대로 횡행하면 적수공권으로 천하의 한 귀퉁이를 차지한다. 그들은 바로 중국 인민문화의 편달자다. 그들은 인민이 착실하다는 것을 알기 때문에 잠잘 때 조차 눈을 부라린다. 그들은 인민이 단결할 줄 모른다는 것을 알기 때문에, 일곱에 일곱을 죽여도 통쾌하게 여긴다. 중국인민은 자기 문화의 창조자이면서 문화를 소멸시키는 마귀를 키운다.

리쿵산은 군벌 시대에 '영웅'의 주식을 맛보고, 일본인들이 오자, '시대'를 알아보고, 한 손으로 거머쥐고 놓지 않았다. 그는 일본인과 영웅관이 거의 비슷했다. 일본인이 착실한 외국인을 죽인다면, 리쿵산은 착실한 동포를 죽인다.

현재 그는 관직과 재산을 잃었지만, 자신과 희망을 잃지 않았다. 그는 매우 흐리멍덩하고 어리석었다. 다만 흐리멍덩하고 어리석은 척 하면서도, 총명한 사람이 보지 못하는 것을 보았다. 그는 흐리멍덩하기 때문에 흐리멍덩한 눈빛을 가지고 있다. 그는 어리석기 때문에 어리석은 방법만 가지고 있다. 인민이 농사를 보호할 수 없으면 황충도 예의를 차릴까? 리쿵산은 이것은 자기의 시대라고 인정했다. 그가 자신을 잃지 않았다면 그는 언제나 모든 일에 만족할 줄 알았다. 관직을 잃은 것이 무슨 관계냐. 자기 몫만 챙기면 충분하다. 그의 흐리멍덩한 머릿속에는 언제나 가장 쓸모가 있는 한마디 말—되는대로 살아가다—뿐이다.

정신을 되는대로 굴렸으나 곧 실패할 줄을 몰랐을 것이다. 소소한 좌절이야 크게 관계가 없다.

밍크모자에 수달 깃이 달린 코트를 입고 관가를 찾아 '친척'을 만나러 왔다. 그는 수하 한 명을 데리고 왔다. 수하의 손에 7~8개의 예물이 들려있었다─함과 포장지 위에는 베이핑 최대 상점의 상호가 찍혀있었다.

샤오허는 쿵산의 의복과 모자를 보고 다시 예물에 찍힌 상호를 보고, 다시 데리고 온 (총을 찬) 수하를 보고 나서, 어떻게 하면 좋을지 몰랐다. 과연 지금까지 아직 한 자리를 차지하지 못했구나. 그의 문화는 아주 높구나! 일본인은 정말 문화를 몰살하러 와서 리쿵산과 한패가 되었구나. 샤오허는 간이 작고, 교양을 좋아하고, 싸우기를 두려워했다. 쿵산이 문에 들어올 때 그는 곧 '대사가 글렀다'고 생각하고, 양보할 수 있으면 양보하고 싶었다. 그는 감히 '사위'라고 부르지 못했지만, 다정함을 보이지 않을 수도 없었다. 그는 그 권총을 두려워했다.

오바를 벗자 리쿵산을 자신을 소파에 던졌다. 그 모양이 피곤해서 못 견디는 것 같았다. 수하가 뜨거운 수건을 가지고 오자, 리쿵산은 그것을 얼굴을 문질러 닦기를 근 한나절이나 계속했다. 그리고 나서 수근에다 코를 풀었다. 이렇게 얼굴을 닦고는 활기가 돌아왔다. 반쯤 웃으며 말했다.

"관직을 그만두었소. 시팔! 아, 좋아, 결혼해야겠소! 장인어른, 날짜 잡읍시다."

샤오허는 말이 나오지 않아서 입만 짝 벌리고 있었다.

"누구와 결혼하지?"

다츠바오는 침착하게 물었다.

샤오허의 심장이 입에서 튀어나왔다!

"누구와라니?"

쿵산은 허리를 폈다. 그는 키가 갑자기 한 자는 더 커진 것 같았다.

"자오디와 할 거야! 뭐 잘못되었어?"

"그래 잘못되었다!"

다츠바오의 얼굴에 도전적인 미소가 떠올랐다. "너를 고소하겠어, 쿵산. 간단히 말하면, 너가 자오디를 유혹했어. 내가 아직 너를 벌주지 못했어! 결혼이라고? 생각지도 말아요! 두 개의 산(山)자가 하나가 되는구만(出가 된다). 당신, 나가요(出)!"

샤오허는 얼굴이 창백해졌다. 계면쩍게 방문으로 슬금슬금 다가가 멈춰 서서 여차하면 밖으로 튀려고 했다.

그러나 리쿵산은 화를 내지 않았다. 건달은 건달 나름의 교양이 있어야 했다. 그는 수하에게 눈짓을 했다. 수하가 리쿵산 옆으로 다가섰다.

다츠바오는 냉소를 흘렸다.

"쿵산, 나를 협박하지 마. 총이면 다야! 총은 일을 해결하지 못해. 당신은 이제 특고 과장이 아니야. 멋대로 다시 사람을 끌고 갈 수 없어!"

"그러나 10여 개 함(선물)은 돈 안 들고 되나. 죽은 말은 개보다 더 크다고!"

476

쿵산은 천천히 말했다.

"똘만이 이야기라면, 나도 10명, 20명은 부를 수 있어. 오기만 하면 아무도 조아리지 않을걸! 당신이 평화스럽게 끝을 내리려면, 나도 싸움꾼은 아니야!"

"그래, 평화 좋지!"

관샤오허는 부인의 말에 꼬리를 달았다.

다츠바오가 샤오허를 째려보다가, 위엄을 담아 리쿵산에게로 눈길을 보냈다. "나는 비록 아낙네지만 일 처리하는 것을 아주 시원시원하게 좋아한다! 혼사는 다시 들먹이지 마. 예물은 당신이 도로 가져가. 거기다 내가 200위안을 얹어 줄테니까. 이후 우리는 한칼로 갈라서는 거야. 어느 쪽도 귀찮게 굴어선 안 돼. 당신이 여기에 오고 싶으면, 우리는 친구니까 뜨거운 차와 좋은 담배는 당신 것이요. 당신이 오고 싶지 않다면야, 그렇다고, 나도 당신에게 초청장 보내지 않을 거야. 어때요? 통쾌하게 말해봐요!"

"200위안라? 노파 한 명이 그 정도 값이 나가나?"

리쿵산은 한바탕 웃고 나서, 목을 움츠렸다. 그는 이제 돈이 필요했다. 그는 자기식으로 이렇게 계산했다. 공짜로 처녀와 놀고 돈까지 챙겼으니, 이것은 괜찮은 장사다. 그가 자오디에게 손을 대지 않았다 해도, 자기의 여자 희롱 역사에 오히려 영광을 더해주는 것이다. 하물며 결혼이란 귀찮은 일인데, 누가 짬이 있어 마누라를 돌보겠는가. 다시 말하면 그는 지금부터 사회에서 거리낌 없이 설칠 것이다. 손을 호주머니 입구 쪽으로 손을 뻗치면, 사람들이 곧 무릎을 꿇고, 호주머니 속에 들어있는 나무 막대기를 두려워할 것이다. 오늘 자기를 두려워하지 않은 사람을 만났다. 그는 세게 부딪치는 것을 피하려면, 비굴하지도 맞서지도 않게 몇 푼을 건져 올리고 싶었다. 그는 무엇이 굴욕인지 모른다. 그는 오로지 되는대로 살아간다.

"다시 일백을 더하지."

다츠바오는 300위안을 넌졌다.

"됐어, 가지고 가! 안 됐으면, 그만둬!"

리쿵산은 하하하고 웃었다.

"당신은 정말 수완이 있다. 장모님!"

이렇게 다츠바오에게서 잇속을 차렸으니, 응당 무대에서 재빨리 퇴장해야겠다고 생각했다. 다시 관리가 되기를 기다려 관 씨 집과 계산을 다시 해야지. 오바를 걸치고 탁상 위에 있는 돈을 집어 들고 호주머니 속에 쑤셔 넣었다. 수하는 예물을 들었다. 주인과 하인 두 명이 건들건들하면서 밖으로 나갔다.

"소장!"

샤오허가 친밀하게 불렀다.

"당신 정말 존경스러워! 존경스러워!"

"흥! 당신에게 맡겼으면, 당신 그냥 딸을 주어버렸겠지? 그가 기분 내키면 딸을 팔아먹어도 이상하지 않아!"

샤오허는 듣고서는 가볍게 떨었다. 정말이야. 딸이 팔려가면 체면이 말이 아니게 된다!

가오디는 붉은 극세사 조끼를 입고 위에 큰 오바를 걸치고 걸어

나왔다. 문에 들어서자 입속에서 '궁시렁거리지 마…!'라고 계속 말하고 있었다. 서너 보 가다 말했다.

"어, 추워!"

"애야, 얼어 죽을 텐가!"

다츠바오는 성이 난 듯이 말했다.

"빨리 소매를 내려!"

자오디는 오바 옷깃을 여미고 어머니 가까이 와서 물었다.

"그 사람 갔어?"

"자기가 안 가면, 여기서 죽을 텐가?"

"그 일은 더 들먹이지 않는 거지?"

"그 사람이 다시 들먹이면 그에게 끝까지 책임지도록 할 거야!"

"됐어! 정말 재미있었어!"

자오디는 애교 있게 말했다.

"재미있다고? 너에게 말해두지. 내 딸아!"

다츠바오는 고의로 침착하게 말했다.

"너가 제대로 된 일을 해야 할 때, 짓궂게 놀다가, 귀찮게 만들지 마라!"

"그래! 그래!"

샤오허가 엄한 얼굴로 딸에게 훈계하는 부친처럼 엄하게 말했다.

"큰애 너도 어리지 않아. 응당 그래야지."

그는 딸이 응당 무엇을 하려 했는지 생각하고 싶지 않았다.

"엄마!"

자오디의 얼굴도 엄숙해졌다.

"나는 현재 하고 싶은 것이 두 개 있어. 하나는 잠시 하는 것이고, 하나는 오래 하는 거야. 잠시 스케이트 연습을 하고 싶어."

"뭐…"

샤오허는 스케이트가 위험할까 두려웠다.

"끼어들지 말고 쟤 얘기 들이!"

다츠바오는 남편의 말을 가로막았다.

"듣자하니 정초에 스케이트대회가 베이하이에서 열린다더군요. 엄마 제가 말씀드리는데 다른 사람에게는 말하지 않을게요! 나, 마레이, 쮜잉 세 사람이 중·일·만 합작으로 출연하면 괜찮을 것 같아요!"

"그 생각 좋아!"

다츠바오가 웃었다. 그녀는 딸이 제대로 된 일을 할 뿐만 아니라 위세를 떨칠 수 있다고 생각했다. 이렇게 되면 자오디를 신문과 잡지의 속표지 스타가 되게 할 수 있다. 이렇게 자오디는 부자와 일본 사람의 주의를 끌 수 없을까 걱정하지 않았다.

"내가 반드시 굉장히 큰 은배를 보낼 것이다. 내 은배는 다시 너를 통해서 회수할 것이다. 우리 집 것이 될테니 얼마나 멋진가!"

"아주 좋은 생각이야!"

샤오허가 극찬을 했다.

"장기계획은 이렇습니다. 스케이트 대회가 끝나면 진짜로 창극을 몇 곡 배울 생각입니다."

자오디는 열심히 말했다.

"어머니, 어머니도 보셨듯이 소녀들이 모두 창을 할 줄 압니다. 나는 목도 좋으니 빈둥거리는 것보다 배워보는 것이 어때요? 배워서 몇 번 나가면 짝짝 박자 맞추어, 무대 나가면 얼마나 으쓱하겠어요! 내가 스타가 되면 톈진에 가고 상하이, 대련, 칭다오 그리고 동경에도 간다고요! 어때요!"

"나는 그 계획에 찬성이야!"

샤오허가 끼어들었다.

"내가 보기에, 지금 무엇을 하든 흥청망청해서는 안 된다. 관직과 창극을 제외하고는! 봐라, 곤각 몇 명은 안 나오면 잘 나가는데, 옷차림만 좋고, 누가 추켜세우면 금방 잘 될 것이다. 조연 배우를 치켜세우는데, 우리 전문가입니다! 네가 노력만 한다면, 나는 너를 꼭 성공시키겠다!"

"그래요!"

자오디는 기분이 좋아 들떠서 말했다.

"말하자면 제가 정말 성공하면, 아버지를 극단 일을 하시게 하면, 저렇게 한가하게 소일하시는 것보다 낫지 않을까요?"

"그래! 맞다!"

샤오허가 연속으로 머리를 끄덕였다.

"누구에게 배우지?"

다츠바오가 물었다.

"샤오원 부부가 현역 배우 아닌가요?"

자오디가 도량이 있는 듯이 말했다.

"샤오윈의 호금은 알아주지. 샤오윈 부인도 명배우이니 내가 배우기 쉬워요! 엄마 듣고 계세요!"

자오디는 얼굴을 서쪽담으로 돌려서 쳐들고 머리를 끄덕이며 가볍게 기침을 했다. 그리고 한 곡 뽑기 시작했다.

"남편이 떠나고는 돌아오지 않네."

그녀의 목소리는 약간 우울하지만, 폐활량이 풍부했다.

"정말 나쁘지 않아! 정말 나쁘지 않아! 청옌추이(程硯秋)를 응당 모닝해야지. 잘될 거야!"

샤오허가 열렬하게 칭찬했다.

"엄마, 어때?"

자오디는 아버지의 의견이야 생각할 가치가 없다는 듯이 어머니에게로 고개를 돌려 질문했다.

"그래 좋아!"

다츠바오는 자기가 창을 할 줄 모르기 때문에 남이 창을 잘하는지 못하는지 모른다. 그러나 그녀는 콧대가 다칠까 봐 아주 잘 아는 척한다.

"샤오허, 내가 먼저 부탁할게. 자오디가 창극을 배울 때 당신이 원씨댁에 가서 얼쩡거리면 안 돼!"

샤오허는 원래 기회를 틈타서 딸을 데리고 여러 번 샤오윈 부인을 만나보고, 자기 욕심을 채우고 싶었다. 다츠바오가 자기 보다 더 세심하다는 것을 어떻게 알았으랴.

"나는 절대로 소란 피우지 않을 거야. 둘째가 연극배우가 되는 것을 기다리기만 할 거야! 그렇지 자오디?"

그는 진지한 얼굴로 마음속의 난처함을 숨기려 했다.

퉁팡은 크게 실망했다. 독약으로 다츠바오를 독살하고, 자기도 자진하고 싶었다. 마침 첸 선생님을 만나자 첸 선생의 말씀이 자기 마음을 바꾸게 했다. 그리고 그녀도 자기의 명을 가볍게 버리고 싶지 않았다. 그래서 그녀는 참으면서, 다시 기회를 기다려야 했다. 기회를 기다리고 있는 동안에, 그녀는 다츠바오에게 무릎을 꿇고 매음굴에 보내어질 위험을 어쨌든 피해야 했다. 그는 다츠바오에게 항복문서를 차마 바칠 수 없어서, 자오디에게 친근하게 대하기로 결정했다. 그녀는 현재 자오디가 다츠바오의 능력을 좌지우지 하고 있는 것을 알았다. 그녀는 스케이트 연습에 자오디를 수행했다. 기회 있을 때마다 자오디를 마음 편하도록 돌봐주었다. 서서히 이 책략이 예상한 효과를 거두기 시작했다. 자오디가 그녀를 위해서 어머니에게 사정하지는 않았지만, 어머니가 화를 낼 때, 화가 퉁팡의 머리 위에 떨어지지 않도록, 술책을 부렸다. 이렇게 퉁팡은 자신을 감추며 조용히 때를 기다렸다.

가오이퉈는 리쿵산이 패퇴하자, 급전직하로 곤두박질쳐서 다츠바오에게 목숨을 걸고 아첨을 했다. 리쿵산이 대대로 원수였던 것처럼 그의 말만 나오면 아주 악랄하게 그를 저주했다.

샤오허 조차 이퉈는 양면적인 한간이고, 기회주의자라는 것을 눈치챘다. 그러나 다츠바오는 여전히 그를 신임하고 좋아했다. 그녀의 심술이 부정하고 수단은 악랄해서 누구에게라도 기꺼이 독수를 휘둘렀다. 다만 독즙으로 가득 찬 마음속에 어느 정도의 "인간"적인 감정이 있었다. 이 때문에 그녀도 약간의 자애와 모성을 표할 때가 있었다. 그녀는 자오디와 이튀를 사랑했다. 맹목적으로 그들을 사랑했다. 왜냐하면, 한번 눈을 흘기면 그들을 음험하게 혼내주고 싶었기 때문이다. 이 때문에 이튀가 그렇게 가식적이었는데도 불구하고, 그녀는 그를 버리지 않았다. 다른 사람이 아무리 이튀를 험담해도 그녀는 전과 다름없이 신임했다. 그녀는 약간 집요하게 많은 영웅적인 남녀들이 실패한 원인을 두려워했다. 그녀는 자기가 대단히 위대하다고 생각했다. 그러나 한 마리의 발바리 혹은 얼룩 고양이가 자기를 지옥으로 처박을 수 있다고도 생각했다.

이튀는 소극적으로 리쿵산을 저주할 뿐만 아니라 적극적으로 다츠바오에게 생각을 일깨웠다. 그는 아주 완곡하게 지적했다. 리쿵산과 치루이펑이 쫓겨났지만, 자신의 과오 탓이다. 그러나 '임금을 모시는 것은 호랑이 등에 타고 있는 것과 같다'는 말 속에 내재된 의미를 일깨웠다. 일본인은 속이 좁아서 쉽게 모실 수 없다. 이 때문에 그는 다츠바오가 응당 서둘러서 급히 돈을 모아, 만일에 대비해야 한다고 생각했다. 다츠바오는 이 충고를 확실히 받아들여 곧 기녀들의 헌금 액수를 증액시키기로 결정했다. 또 가오이튀는 간파했다. 현재 베이핑은 이미 사지가 되었다. 장사를 하려 해도 물건이 없어서 돈을 벌지 못한다. 거기다 많은 세금을 납부해야 한다. 이런 사지에서 몇 푼 후벼내려면 집을 사는 것이다. 왜냐하면, 일본이 집에 살아야 하고 사방에서 온 난민도 집에 살아야 한다. 방세 수입은 원래 이익을 노리고 하는 장사보다 더 많을 것이다.

다츠바오도 이 의견을 받아들이고 곧 1호집을 사기로 결정했다—집

주인이 응하지 않으면 일본인 명의로 강제로 사들이기로 했다. 이퉈는 순수하게 다츠바오의 돈을 버는 계획을 세우는 한편 자기와 관계되는 계획도 건의했다. 그는 그럴싸한 여관을 열 계획을 내놨다. 다츠바오가 자본을 대고 자기는 경영을 하기로 했다. 여관은 호화판으로 설비하여 귀빈 전용으로 운영한다. 이 여관에서 투숙객은 모여서 도박을 할 수도 여인을 찾을 수도 있다―다츠바오는 직업창녀와 암창 모두 통제하고, 가오이퉈는 다츠바오와 창기들 중간인이 되고, 두 사람은 과학적으로 적합한 반려를 찾을 수 있도록 한다. 이 안에서 투숙객은 물론 다른 사람도 아편을 할 수 있게 한다. 아편, 도박, 창녀 세 가지를 구비하고, 방 인테리어도 아담하고 편안하게 한다. 가오이퉈는 틀림없이 장사가 융성하고 재원이 무성할 것이라고 예측했다. 자기가 경영을 책임지지만 명의만 사장이고 월급을 받을 것이다. 그리고 다츠바오와 비율에 따라 배분해달라는 요구는 하지 않겠다. 그는 딱 하나만 요구했다. 자기가 투숙객들의 화류병 치료를 해주고 약을 팔 수 있도록 허락해달라―여기서 나오는 수입은 다츠바오가 세금을 징수하지 말아야 한다.

이 계획을 듣자마자 다츠바오는 대단한 흥미를 가졌다. 왜냐하면 기타 사업도 훨씬 더 빛이 날 것이다. 그녀도 왁자지껄한 것을 좋아했다. 관샤오허의 입에서 침이 흘렀다. 그는 속으로 말했다. 그가 그런 여관의 사장이 되면 거기서 죽을 수 있기를 간절히 원한다. 다만 그는 그 계획은 자기가 낸 것이 아니기 때문에 사장 자리를 두고 이퉈와 다투기 싫었다. 당연히 마지못해 이퉈를 차버릴 거야. 둘째 사장이 돼도 관리가 되는 것은 아니다. 자기는 관계의 인물이니까 자신의 신분을 낮추고 싶지 않았다. 그는 다만 여관 안에 무도실을 설치하여 고귀한 부인도 들어올 수 있도록 해야 한다고 건의했다.

고용된 사장으로 있는 한 분야가 다른 수입은 욕심내면 안 된다. 이뭐는 여관을 경영해본 경험이 없다. 반드시 성공한다는 보증은 자신도 없다. 그는 여관을 이용하여 의술과 약 선전을 할 것이다. 그가 여관 영업에 실패하면 다츠바오의 돈만 잃게 된다. 그래도 그의 화류병 치료와 약초의 명성은 널리 퍼질 것이다.

다츠바오는 대단히 인색한 사람으로 지금까지 절대로 돈을 물 쓰듯 하지 않았다. 다만 현재 수중에 돈이 있고, 돈이 있으면, 만사형통함으로, 무엇을 하든지 성공한다고 생각하고 있다. 돈이 그녀의 야심을 키워서 금전의 힘이 그녀의 간이 배 밖에 나오게 하여, 증기가 주전자 뚜껑을 들어 올리듯 했다. 그녀는 크게 일을 벌여야 했다. 오락, 아편, 도박, 창기, 춤을 한 곳에 집중시킨다. 이거야말로 "신세계" 아닌가? 국가는 이미 왕조가 바뀌었다. 그녀는 개국공신이다. 이치상 사람들은 사물을 약간 새롭게 보아야 한다. 이러한 새로운 물건은 사실 일본인과 중국인 모두가 가지고 놀고 싶어 한다. 그녀는 자기가 운에 응하여 태어난 여자 호걸임으로, 돈을 벌 뿐만 아니라 새로운 기풍과 새로운 세계를 창조해야 한다. 그녀는 여관을 개업하기로 결정했다.

여관 개업 계획 일체에 대해서 관샤오허는 도우려고 허둥거리지도 않았지만 수수방관할 수도 없었다. 일이 없으면 종이를 찾아 그림을 긁적인다. 때로는 화방 안에 탁자를 펴고 어떤 때는 여관의 이름을 지어보기도 한다.

"너희들은 두발로 쏘다닐 줄만 알면 그만 이고, 머리를 쓸 일이 있으면 날 찾아와."

그는 미소를 지으며 모두에게 말했다.

"여관의 이름에서부터 각 방의 의자와 테이블에 이르기까지 기품이 있어야 한다. 온통 붉은색 푸른색뿐이면 속기가 나서 참을 수 없다. 이름은 내 이미 여러 개 생각해두었으니 너희들 선택해봐. 어느 것이라도 속기는 없어. 봐라. 록방원, 금관, 미향아실, 천외루…모두 좋아. 모두 기품이 있어!"

이 상호들은 모두 과거의 기생집 간판이었다. 기생집을 개원하는 사람과 마찬가지로 그는 기품을 원했지만 기품 뒤에는 모든 남자는 도둑, 여자는 창녀였다. '아(雅)'는 중국 예술의 생명 원천이자 중국 문화에서 가장 비열한 페인트다. 샤오허는 정통 중국인으로 예술의 원천을 찾지 못할 때 작은 깡통의 옻칠을 집어들곤 한다.

이런 아담한 디자인 외에도 그는 자오디들에게 코스튬 스케이팅용 의상을 생각해 주기도 했다. 그는 그들에게 그날은 반드시 활극을 연기하듯이 얼굴에 기름을 바르고 눈가에 푸른색을 칠하고 뺨에 특별히 빨갛게 칠하라고 일렀다.

"너희들은 호수 가운데 있고, 사람들은 호수 연안에 서 있다. 눈에 칠을 짙게 하지 않으면 안 된다!"

그들이 그의 의견에 동의하고, 그를 늙은 여우라 불러주자, 그는 아주 기분 좋아했다. 그는 또 그녀들이 출연할 때 의복을 다듬어주었다.

자오디는 중국을 대표하므로 응당 담황색 비단 조끼를 입어야 한다. 위에는 초록색 매화를 수놓아야 한다. 마레이는 만주를 대표하고 만청 시절의 귀부인 옷인 창의를 입고, 앞뒤에 둥베이 지도를 수놓아 보충해야 한다. 쮜잉은 일본을 대표하므로 사꾸라가 수놓인 일본 조끼를 입어야 한다. 세 아가씨는 모두 모자를 쓰지 않고, 머리를 땋고 늘어뜨리고 동양식 흐트러진 머리를 해서, 중·일·만 구별을 해야 한다. 세 명 처녀들은 자기 생각이 없는 애들이라서 계획대로 했다.

어느덧 새해가 되어 정월 초닷새 오후 1시에 베이하이에서 가장 스케이팅 경기가 열렸다.

지나치게 평화를 사랑하는 사람은 얼마간의 체면도 없이, 얇은 얼굴을 벗겨서, 향락이라는 굴욕을 맛보고, 명철보신이라는 구차한 편안을 구하려 치욕을 참는다. 베이핑인들은 굴욕을 즐기고 있다. 돈 있는 사람 없는 사람 애써서 만두를 먹고 최상의 옷을 입는다. 실제로 가지런하게 옷을 갖추어 입지 못한다. 그들은 옷을 빌려 입는다. 베이하이에 도착한 후에—오늘은 입장권을 받지 않는다—평화로운 광경을 보러 간다. 그들은 난위안의 장병들을 잊었으며, 폭탄에 맞아 피와 살이 튈 수 있다는 것도 잊었다. 감옥에서 얼마나 많은 친우들이 독형을 받고 있는 가를 잊고, 자기의 목에 감긴 철삿줄을 잊어버렸다. 오로지 통쾌하게, 웃고 떠들며, 실컷 눈요기를 하려고 한다. 그들은 거의 일본인이 자기네들에게 준 독약 당의정을 감지덕지 삼키고 있었다.

적잖은 청춘 남녀들이 이상하게 들떠 있다. 그들은 이미 일본인들을 위해서 행진하는 데 익숙하고, 일본인 교사들의 얼굴을 익히고, 일본말 몇 마디 배웠으며, 일본인이 만든 신문을 보는 습관이 들었다. 그들은 나이가 어리지만, 벌써 되는대로 살아가는 것을 배웠다. 그렇지만 자기들도 중국인이라는 것을 기억했다. 그래도 그것 때문에 스케이트 대회에 참가하는 즐거움을 떨쳐버릴 수 없었다.

12시가 되자 베이하이는 이미 사람들로 가득 찼다. 신춘의 태양이 아직 완전히 따뜻해지지 않았다. 그러나 한편의 맑은 빛이 모두의 마음과 몸에 따뜻한 열기를 더해주었다. "(북)해(호수)" 상의 단단한 얼음이 약간씩 갈라져서 쌓인 황토가 비집고 나와서 밝은 빛을 발하고 있었다. 뒤의 어두운 곳에는 아직도 눈이 남아있었다. 따뜻한 기운이 허다한 구멍을 파서 보조개 같은 모양을 하고 있었다. 송백을 제외하고는 나무에 잎이 하나도 없었다. 나뭇가지가 연약해서 가볍게 호수 가에 드리워져서 돌 옆에서 흔들리고 있었다. 하늘은 높고 맑았다. 남색이 조각조각 곳곳에 떨어진 작은 금성 같았다. 이 밝은 빛이 백옥석 다리가 더 희게 보이게 했고, 황색, 녹색 유리기와와 건물의 여러 가지 색이 더 짙어 보이고, 더 분명해서 잘 그린 그림 같았다. 작은 백탑의 황금 꼭대기는 금빛으로 비쳤다. 베이하이 전부의 아름다움은 마치 천상에 올라간 것 같았다.

이러한 아름다움이 일본인의 피 묻은 손에 잡혀있다. 이것은 극히 아름다운 전리품이다. 군작전용 기계, 기치 그리고 피 묻은 군복과 마찬가지로 폭력으로 얻은 승리를 기념하여 진열되어있다. 호수 변, 탑 위, 나무 옆, 도로 가운데 다니는 사람 모두가 자기 사람을 보호할 힘이 없다. 그들은 이미 자기의 역사를 잃고 이러한 아름다운 경치

속에서 치욕적인 구경거리를 즐기고 있다.

경기에 참가하는 사람은 굉장히 많았다. 10중의 8~9는 청춘남녀였다. 그들은 민족의 꽃인데 지금은 일본인의 노리개가 되어있다. 또 몇 명의 나이 많은 사람도 있었다. 그들은 모두 이미 황제 앞에서 스케이트를 탔던 사람이다. 현재는 일본인 앞에서 자기 솜씨를 뽐내어, 일본인이 지금은 자기네들 주인임을 드러내 놓고 인정하고 있는 듯하다.

우룽정의 두 정자를 화장실로 삼았다. 하나의 정자는 사령대였다. 상황이 어떻게 일단락이 되지 않자 다츠바오가 갑자기 화장실의 총 지휘자가 되었다. 그녀는 이 사람을 질책하고 저 사람에게 훈계하고 자오디, 마레이, 쮜잉을 격려했다. 정자 안이 원래가 혼란했다. 어떤 여자애는 남의 화장이 자기보다 더 낫다고 훌쩍이면서 잠시 물러가고, 어떤 소녀는 물건을 잃고 왔다고, 따라온 사람을 큰소리로 꾸짖었다. 어떤 처녀는 옷을 적게 입어서 큰소리로 재채기를 하고, 어떤 기집애는 자기가 최고상을 받을 자신이 있다고 큰소리로 노래를 불렀다… 거기에 다츠바오의 성난 호령이 더해졌다. 정자 안은 굶주린 어미 표범 한 무리를 가두어 둔 것 같았다. 관샤오허는 남자가 안에 들어가는 것이 허용되지 않는다는 것을 알고, 밖에 서서 시시로 문틈으로 들여다보았다. 이어서 안에서는 사람이 큰소리로 욕설을 퍼부었다. 그러나 그는 매우 재미있고 매우 편안했다.

일본인은 이런 정도 난장판은 모른 척했다. 그들이 정연하고 엄숙해야 할 때가 되면, 그들은 가죽 채찍과 닛뽄도로 대오를 바로 세운다.

490

그들이 풀어줄 때는 모두가 '즐기고 있을' 때로 그들은 냉소를 머금고 양들이 즐겁게 뛰노는 것을 보듯이 간섭하지 않는다. 그들은 고양이이고 중국인은 쥐다. 그들은 쥐를 잡은 후에는 쥐를 놓아주어 두서너 걸음을 가게 한다.

집합했다. 남자는 왼쪽, 여자는 오른쪽으로 열을 지어서, 얼음 위를 행진했다. 여자 대오에서 다츠바오의 주선으로 자오디가 한 조를 이끌게 했다. 소녀들이 입을 삐죽거리며 욕을 했다. 남자 대오에서는 늙은 사람들이 어린 사람을 깔보았다. 그러나 학생들은 노인들을 우습게 보았다. 이리하여 서로 부딪치고 넘어지고 했다. 사람이란 도대체 수성을 버리지 못한다. 평화를 위해서 치욕을 참는 인간이 너가 나를 밀치면 나는 너를 들이받는다. 강약이 고저를 다투는 듯하다. 이런 광경이 일본인들을 웃긴다. 그들은 감히 적을 죽이지 못하는 자는 반드시 서로 짓밟을 것이라는 것을 일본인에게 증명하였다.

빙상 행진 후에 조별로 연기를 했다. 어전에서 연기한 적이 있는 노인들은 정말 실력이 뛰어나서 재능을 잘 보여 줬는데, 그 밖의 사람들은 스케이트를 타고 왔다 갔다 하기만 하고 눈에 띄는 기술은 없었다. 자오디 조의 세 소녀가 손을 잡고 하늘하늘 유유하게 몇 번이나 거의 넘어질 듯이 탔다. 이렇게 3분 동안 타고 난 뒤에 퇴장했다.

그래도 자오디의 팀이 일등을 탔다. 세 소녀가 다츠바오가 기증한 큰 은배를 받았다. 노틀들은 상이라고는 하나도 못 탔다. 심판들은 일본인들의 뜻에 따라 분장은 '마음에 들기'만을 택했다. 이 때문에 1등은 "중·일·만 합작"이 받고 2등은 "평화의 신"이 받았다―흰옷을 입은 소녀가 태양기를 높이 쳐들고 있었다. 3등은 "위대한 황군"이 받았다. 스케이트 기술이 어떤지에 대해서는 일본인 심판원들은 중국인이 운동할 줄 알고, 신체 건장해지는 것을 좋아하지 않기 때문에, 근본적으로 상관하지 않았다.

은배를 받자 관샤오허, 다츠바오와 세 소녀가 기분 좋게 사진을 찍었다. 그 후에 자오디가 은배를 안고 베이하이를 한 바퀴 돌았다. 샤오허는 그녀들에게 스케이트화를 들어 주었다.

이란탕(漪瀾堂) 부근에서 치루이펑을 보았고, 그들은 고개를 돌려 못 본 척했다.

몇 걸음 더 가다가 우연히 란둥양과 팡 쥐쯔를 만났다. 둥양은 가슴에 심사원의 붉은 비단 리본을 달고 팡 쥐쯔의 손을 잡고 있었다.

관샤오허와 다츠바오는 눈짓을 주고받자 곧 앞으로 나서서 맞이했다. 샤오허는 스케이트화를 들고 높이 공수했다.

"무슨 말씀이 필요하겠소. 당신들의 축하주를 마십시다!"

둥양은 얼굴의 피부와 살을 실룩이더니 누런 이빨을 드러냈다. 팡 쥐쯔는 점잖게 웃었다. 그들 둘은 운에 맞추어 살아가는 난세의 남녀였다. 얼굴을 붉히거나 부끄러워할 리가 없었다. 일본인이 겉으로 내세우는 것은 공맹의 인의도덕이었으나 진심으로 부추기는 것은 오탁과 무치였다. 그들 둘의 행동은 '하늘을 받들어 운을 받아들이는 것' 이었다.

"당신네들 정말 대단한 친구다."

다츠바오는 일부러 얼굴을 굳히고 놀렸다.

"나에게조차 한마디 말이 없었어! 벌 받아야 해! 말해봐. 너희들 벌도 주고 상 받을 세 처녀들을 위로하려면, 각자 홍차 한 잔에 띰섐 두어 개면 됐지?"

하지만 두 사람이 말하기도 전에 말을 바꿨어, 둥양은 인색하다는 걸 알고 있었다.

"아니야, 농담이야. 내가 당신네를 초청하지! 저리 가자. 우리 아가씨들 모두 피곤하겠다. 이제 그만 걷자."

그들은 모두 이란탕으로 들어갔다.

54

루이펑은 대주강주점에서 술을 두량 어치나 마셨다. 충혈된 눈으로 돌아와 횡설수설하며 팡 쥐쯔가 변심한 일을 가족 모두에게 한바탕 주절거리고 나서 성명을 발표했다. "나는 개자식은 될 수 없다. 반드시 칼을 들고 가서, 둥양 그놈과 너 죽고 나 살자고 목숨을 걸고 싸울 거야."

그는 형수에게 담배, 차 그리고 저녁밥을 찾았다. 그는 억울한 일을 당한 사람이다. 이 때문에 형수가 동정해주고, 우대해주는 것이 마땅하다고 생각했다. 형수는 오히려 마음을 놓았다. 왜냐하면 루이펑이 담배를 요구하고 차를 요구하는 것을 보니 진짜로 둥양에게 목숨을 걸고 싸우러 가지는 않을 것이기 때문이다.

톈유 부인은 아들의 성명을 마음에 두지는 않지만, 몹시 괴로웠다.

왜냐하면, 며느리가 밖에서 바람을 피우면 루이펑의 체면을 잃는 데 그치지 않고 치 씨 집 전체가 덩달아 얼굴이 깎이기 때문이다. 그녀는 둘째가 하루아침에 과장이 되지 않았으면 살림 나갈 일도 없어서, 이런 일이 일어나지 않았을 것이라는 것을 분명히 알고 있다. 다만 그녀는 둘째가 운이 없을 때이니 그를 나무라고 훈계하고 싶지 않았다. 동시에 그를 위로해주고 싶지도 않았다. 그녀는 이게 모두 제 못난 탓이라고 알고 있었다.

루이쉬안이 돌아왔다. 곧 나쁜 소식을 들었다. 어머니의 마음과 마찬가지로 그도 뭐라고 말하기 곤란하다. 그는 둘째가 절대로 란둥양을 찾아갈 배짱이 없다는 것을 알기 때문에 한마디도 하지 않았으며 무엇인가 해서 실수를 저지르지 않았다.

치 노인은 정말 마음이 아팠다. 그의 마음속에는 손자가 한없이 귀여웠다. 아들에게는 엄격한 교육이 지나치게 편애하는 것보다 낫다는 것을 알았다. 다만 손자에게로 생각이 미치면 손자 교육은 아들이 하는 것이고 할아버지는 손자를 아끼고 보호하기만 하면 된다고 생각했다. 좋아. 며칠 전에 루이펑을 꾸짖은 일이 있었다. 그러나 나중에는 몹시 후회했었다. 그가 루이펑에게 사과는 할 수 없을지라도 마음속은 영 찝찝했다. 그는 톈유의 권리를 자기가 침범해서, 손자에게 심하게 대했다. 그는 또 루이취안이 돌아오지 않았고 생사조차 모른다는 생각이 났다. 그렇지 루이펑이 비록 못나기는 해도 결국 집에 있는 것이 어딘가. 셋째를 잃을지도 모르는 판국인데, 둘째를 쫓아내면 어쩌란 말인가? 이러한 생각을 하자 늘 하듯이 작은 눈으로 루이펑을 몰래 훔쳐보았다. 루이펑이 가엾기 그지없었다. 그는 다시 루이펑이 비틀거리는 것을 추궁하지 않고 바라보기만 할 것이다.

"저렇게 큰 녀석이 종일 늦게까지 하는 일 없이 빈들거리다 술 두어잔 걸칠 만도 하지!"

현재 팡 쥐쯔 일을 듣고 훨씬 더 루이펑을 동정했다. 만일 팡 쥐쯔가 정말 다시 돌아오지 않는다면, 루이펑은 실직되고 또 아내도 잃고 어쩌면 좋으냐? 다시 말하면 치가는 맑고 깨끗한 집인데, 덜된 놈의 마누라가 다른 놈과 도망쳤다면, 일가노소가 어떻게 다른 사람을 보겠는가? 노인은 루이펑이 왜 아내를 잃었는가를 생각하고 싶지 않았다. 일본인이 온 틈을 타서 흙탕물에서 고기를 잡는 인간이 얻은 결과로 생각하지 못하고, 이 모든 것이 팡 쥐쯔의 잘못이라고 생각했다─그녀는 가난한 것을 싫어하고 부를 사랑하여 염치도 차리지 않는다. 그녀는 등 뒤에서 간통을 했다. 그녀는 치가의 명예를 손상하여 사세동당을 허물었다.

"안 돼!"

노인은 힘껏 수염을 쓰다듬었다.

"안 돼! 그녀는 우리가 중매를 통해서 정식으로 맞아드린 며느리다. 살아서 치가 사람이고 죽어서도 치가 귀신이다! 그녀가 밖에서 허튼짓을 하다니 안 돼! 네가 가서 그녀를 찾아봐라! 네가 가서 그 아이에게 말해. 다른 사람이 뭐라고 하든 할애비는 그런 수에 넘어가지 않는다! 그 애에게 할아버지가 곧 오라고 한다고 말해! 그녀가 말도 안 되는 소리 하면 내가 다리 몽둥이를 분질러버릴 것이다. 너 가거라! 할아버지가 있으니 두려워하지 마라!"

노인은 말을 할수록 화가 치밀었다. 밖으로부터의 침범은 깨진 독을 대문에 받치기만 하면 되고, 집안의 반란에 대해서는 자기가 통제력과 장악력이 있다고 자신했다. 그는 국가 대사에 대해서는 관심이 없다. 그러나 마땅히 사세동당이라는 보루는 굳게 지켜야 한다.

루이펑은 하루 저녁잠을 잘 자지 못했다. 이제까지 잠을 설친 적은 없었다. 세계가 멸망하더라도 국가가 망하더라도 배를 채울 양식이 있으면 그는 아주 달게 잔다. 그러나 오늘은 정말 화가 났다. 그는 원래 근심 걱정은 잊어버리고, 먼저 하룻밤 쉬고 팡 쥐쯔를 찾아가서 교섭을 하리라 생각했다. 그러나 베이하이에서의 일 막은 영화 한 편보다 더 뚜렷했다. 시시각각의 영상이 현재 자기 눈앞에 전개되었다. 쥐쯔와 둥양이 손을 잡고 이란탕 밖을 걷고 있다! 이것은 영화가 아니라 자기 아내와 연적의 실제 모습이다. 그는 다시 참을 수 없었다. 이런 원한을 참으면 바로 인간이 아니다! 그의 마음은 폭격을 맞은 듯이 심장이 바늘로 찌르듯 하여 피를 토할 것 같았다. 그는 참을 수 없는 듯이 뒤척이며 낑낑거리며 가슴을 문질렀다. 내일, 내일 그는 무엇인가 고개를 끄덕였다. 칼산(山)이나, 기름이 펄펄 끓는 솥도, 아랑곳하지 않을 거야. 오늘은 한숨 좋게 자야 한다. 정신의 기력을 길러서 내일 적진으로 깊숙이 돌격할 거야! 그러나 잠이 오지 않았다. 일개 연약한 인간이 질투에 빠져있다. 그는 자기의 행동을 후회하지 않았다. 내일은 뉘우치고 자신이 새로워져서 사람들의 존중을 받아야 한다고 생각하지 않았다. 그는 다만 자기는 참을 수 없는 모욕을 당했으니 반드시 보복을 해야 한다고 생각할 뿐이다. 질투가 그의 전신의 피에 중독되게 했다.

497

그는 두 간통한 남녀를 잡아서 한칼로 두 동강 내버리는 끔찍한 광경을 상상했다. 한칼에 싹둑 해버리면 그는 곧 영웅이 되어 성 전체에 이름을 드날릴 것이다.

이러한 피가 철철 흐르는 광경에 놀라 전신에 식은땀이 흘렀다. 아니다. 아니다. 그는 손을 쓰려 하지 않았다. 그는 베이핑인이었다. 베이핑인은 피를 두려워한다. 아니다. 그는 먼서 강경하게 나갈 수 없다. 그는 눈물과 달콤한 말로 쥐쯔를 감동시켜 후회하게 만들어야 한다. 그는 관대하고 아량에 넘치는 사람이다. 둥양 따위는 내버려두고 지난 일 일체를 용서한다. 그렇다. 그는 반드시 그렇게 할 것이다. 일본인들처럼 선전포고도 없이 전쟁해서는 안 된다.

그녀가 이러한 양해를 받아들이지 않으면 방법이 없다. 개가 급해지면 담을 넘어 도망을 간다. 필요한 때에 대비하여 식칼을 가지고 가야 한다. 그는 당당한 대장부다. 질투에 눈먼 남생이가 될 수는 없다. 그렇다. 마땅히 강건해야 된다. 인내가 필요하지 너무 경솔해서는 안 된다.

이렇게 이 생각 저 생각하다 닭이 울 때가 되어서야 비몽사몽 간에 잠이 들어 8시 가까이까지 자 버렸다. 눈을 뜨자 곧 팡 쥐쯔 생각이 났다. 그러나 다시는 두 사람을 일도양단하는 것 같은 생각은 하지 않았다. 그는 그런 생각은 일시적 흥분이어서, 그런 울분은 당연히 과장된 말이나 격렬한 생각 때문이며, 사라져버리는 것이 당연하다고 생각했다. 진지하게 일을 처리해야 하는데 이르면 울분이란 아무짝에도 소용이 없다. 잘만 이야기하면 문제는 해결되기 마련. 흔히 시간은 좋은 의사라 하지 않는가. 서서히 고통은 치료될 수 있다. 루이펑에게는 시간이 특효약이었다. 몇 시간 잘 자고 나면 고통의 태반은 잊혀진다. 그는 평화적 수단을 쓰기로 결정하고 형을 모시고 가서 쥐쯔를 만나기로 했다. 왜냐하면, 자기 혼자 가면 쥐쯔에게 욕을 심하게 들어먹을지 모른다. 평소 그는 부인을 두려워했다. 이제 쥐쯔가 바람을 피웠으니 어쩌면 더 심하게 자기를 욕했을지도 몰랐다. 호랑이를 잡으려면 친형제이고, 전쟁에 나가려면 부자 병사가 필요하니, 그는 반드시 큰형에게 도움을 청해야 한다고 생각했다.

그러나 형은 이미 나가고 없었다. 차선을 선택하여 형수에게 위세를 빌리려 했다. 형수는 가려고 들지 않았다. 형수는 신시대의 구식여인이었다. 지금까지 동서를 대수롭지 않게 여겼는데, 지금 와서 새삼 우대해 주고 싶지 않았다. 루이펑은 머리를 굴리기 시작했다. 그는 이미 형수에게 함께 가지 않으면 안 된다고 강권할 수 없고, 자기는 팡 쥐쯔의 상대가 안 되니, 있는 소리 없는 소리 다 하여 형수를 설득할 수밖에 없다. 그는 이런 사람이었다―자기와 관계없는 일에 대해서는 조금도 관심이 없다. 관심이 있는 일에 대해서는 끊임없이 끄집어내어 남과 토론을 한다. 마치 남이 당연히 자기의 일을, 깨알같이 작은 일이라도 신문 일면 기사만큼 중시하는 것이 당연한 듯이 여긴다. 그는 형수에게 쥐쯔의 기질, 둥양의 성격을 마치 형수는 모르는 것 같이 늘어놓았다. 늘어놓을 때는 쥐쯔의 장점을, 세상에서 완전한 아름다움을 가진 부인인 것처럼 여러 배 과장해서 말하여 형수의 동정을 사려는 듯했다. 그랬다. 팡 쥐쯔의 장점은 다 말할 수 없을 정도여서 반드시 찾아서 모시고 와야 한다. 그녀가 없으면 그는 살아갈 수 없다. 그는 눈물을 흘렸다. 형수는 마음이 약해지긴 했지만, 오늘은 이를 악물고 둘째를 따라가서 일개 창녀와 같은 여자의 비위를 맞추어주고 항복문서를 바칠 수는 없었다.

한참을 우물쭈물하다가 큰형수가 돌덩이처럼 단단해지자 둘째는 한숨을 쉬며 집으로 돌아와 몸단장을 했다. 그는 꼼꼼하게 머리를 빗고 제일 좋은 옷을 입었다. 한편으로 외출을 준비하며, 한편으로 추리하기 바빴다. 내 얼굴과 복장이면 반드시 란둥양에게 승리할 것이다.

그는 팡 쥐쯔를 찾았다. 그는 그녀와 둥양의 관계를 모르고 그녀를 한번 만나러 온 척했다. 그녀가 원하면 그녀를 집에 모시고 가겠다고 청할 것이다. 왜냐하면, 할아버지, 어머니, 형수 모두가 그녀를 보고 싶어 한다. 그는 그녀를 속여 집으로 돌아가려고 했다, 사람들이 많아서 그녀에게 총을 쏘았다, 어쩌면 할아버지가 대문을 꼭 닫고 다시는 그녀를 내보내지 않을지도 모른다.

쥐쯔는 훨씬 더 단도직입적이었다. 그녀는 서류 한 장을 꺼내어 도장을 찍도록 요구했다―이혼. 그녀는 요즘 더 살이 쪘다. 살이 찔수록 자신만만해졌다. 그녀는 살을 문지르면서 자기의 영혼을 더듬어 찾는 듯 했다―이렇게 많고 이렇게 풍성하구나! 살이 많아지면 많아질수록 더 게을러졌다. 그녀에게는 돈 많은 남편이 있어야 한다. 그녀가 꼼짝도 안 하면서, 좋은 것 먹게 하고, 좋은 것 입혀야 하고, 피곤하면 곧 자야 하고, 눈 뜨면 마작할 수 있게 해야 하고, 심지어 공원에 산책 갈 때도 차를 타고 가야 하고, 공원 안에서도 그녀의 살찐 다리를 머무르게 해야 했다. 그러나 그녀는 거의 남편이 필요 없었다. 그녀는 게으르고 자는 것을 좋아했으니까. 만약 남편이 필요하다면 남편은 반드시 과장, 처장 혹은 부장이어야 했다. 그녀가 필요로 하는 것은 가정을 이루는 것이 아니라 그녀에게 지위를 주는 것이었다. 그녀는 멍청한 마루다[23] 같은 놈에게 시집가는 것이 최고였다. 그 마루다가 그녀에게 좋은 것 먹여주고 입혀주고 차만 공급해줄 수 있다면 말이다. 이 때문에 그 다음으로 구한 것이 루이펑 혹은 란둥양이었다. 루이펑이 과장 자리에 쫓겨났으나, 란둥양은 현재 처장이니, 그녀는 자연히 둥양을 선택할 수밖에 없다. 생긴 모양과 위인을 논하자면 둥양은 루이펑보다는 못하다. 그러나 그는 관직이 있고 돈이 있다. 과거에 그녀는 루이펑 때문에 둥양을 욕했다. 현재는 둥양이 그녀를 찾았다. 그녀는 루이펑을 버리기로 결정했다. 그녀는 조금도 둥양을 좋아하지 않았다. 다만 그의 금전과 지위는 그 사람 대신에 좋은 말을 한다. 그가 바로 그 마루다였다. 그녀는 그가 매우 인색하고 더럽다는 것을 안다. 그러나 그녀는 자기가 그의 돈을 우려먹을 수 있는 능력이 있다는 것을 안다. 더러운 문제는 그녀는 크게 고려하지 않았다. 그녀가 필요로 하는 것은 마루다였으니 더럽든 말든 무슨 관계야.

루이펑의 작은 얼굴이 백지장같이 되었다. 이혼? 좋아. 진짜로 채소칼을 들고나와야 할 때다. 자기는 칼을 휘두를 용기는 없었다. 쥐쯔가 몸에 살이 쪘기도 했지만, 그도 칼을 휘두를 용기조차 없었다. 그녀의 목은 너무 굵어서 자르는 것이 쉽지 않을 것이다!

• • •

23 나무 덩어리. 일제 때 일본이 생체실험을 자행할 때 생체실험 대상을 칭하던 말.

제일 연약한 사람이 마누라에 차이고 끽소리도 못한다. 루이펑은 자기가 가장 연약한 사람이라고 생각지 않았다. 무엇을 잃든 참을 수 있지만 마누라를 잃을 수는 없다. 이것은 그의 체면에 관계가 있다!

주먹을 쓸 수 없다. 참을 수도 없다. 어떻게 해야 한단 말인가? 어떻게 해야 하지.

풍보 쥐쯔는 이런 말도 했다.

"빨리해! 오히려 이게 중요한 일이야. 체면 차릴 것 뭐 있나? 이혼이란 교대하는 거야. 모두에게 체면이 서는 거야. 당신이 원하지 않으면 내가 그 사람과 같이 가면 당신도 더…"

"설마, 설마…"

루이펑의 입술이 떨렸다. "설마 당신은 부부의 정도 모르지 않겠지…"

"나는 원하면 남의 충고 따위는 듣지 않아! 우리가 함께 있을 때 내가 동쪽으로라고 말하면, 당신이 서쪽으로라고 말하지 않았나?"

"그런 일은 없었어!"

"없었다면 어땠어?"

루이펑은 대답을 하지 못했다. 한참 생각하다가 생각이 떠올랐다.

"내가 책임진다면 집에 다른 사람이 있겠어!"

"당초에 우리가 결혼할 때 당신은 그들과 상의했어? 그들은 우리 일에 상관하지 않았어!"

"당신이 이틀만 주면 내가 곰곰이 생각해 볼 거야. 어때?"

"당신이 영원히 승낙하지 않아도 관계없어. 동양은 힘이 있어. 당신이 감히 그를 건드리지 못할 거야! 그 사람을 잘못 건드리면 그 사람은 일본인을 시켜 당신을 징벌할 거야!"

루이펑은 노기가 충천했지만, 감히 발동시키지는 못했다. 일본인이 그가 과장이 되는 기회를 주었지만, 현재는 일본인 때문에 마누라를 빼앗겼다. 그는 세세한 경위를 생각하고 싶지 않았다. 왜냐하면, 이것 때문에 일본인을 증오하게 되고, 일본인을 증오하는 것이 곧 자멸하는 길이기 때문이다. 감히 적에게 한번 저항하지도 못하고 마누라만 잃은 셈이다. 그는 눈물을 머금고 나왔다.

"당신 도장 안 찍을 거야?"

뚱보 쥐쯔가 따라 나오면서 물었다.

"절대로 안 찍을 거야!"

루이펑은 간 크게 대답했다.

"좋아! 나는 그와 내일 결혼할 거야. 당신 어쩌는지 보자!"

루이펑은 쏜살같이 집에 돌아왔다. 대문에 들어서자 그는 할아버지 방에 뛰어들었다. 숨을 헐떡거리며 말했다.

"끝장났어요. 끝났어요!" 두 손으로 작은 얼굴을 감싸고 캉 가장자리에 앉았다.

"무슨 일이야? 둘째야!"

치 노인이 물었다.

"끝났어요! 그녀가 이혼을 요구해요!"

"뭐라고?"

"이혼!"

"이…"

이혼이란 명사가 세상에 떠돌아다닌 지 수년이 되지만 치 노인 입에는 여전히 생경해서 말이 나오지 않았다.

"그녀가 제출했어? 새롭구나! 옛날부터 아내에게 이혼장을 써주는 일은 있지만, 남편이 아내에게서 이혼장을 받는 일은 없다! 그게 말이 되는 소리냐!"

노인은 일본인이 성에 들어온 이래 이렇게 놀라고 난감한 일은 생각해본 적이 없었다.

"너는 그녀에게 무어라 했니?"

"저요?"

루이펑은 얼굴을 가렸던 손을 내렸다.

"내가 무어라고 말해도, 그녀는 들으려 하지 않았습니다!"

"네가 그녀를 끌고 오면 내가 타일러보도록 하지 않겠니? 너도 참, 바보 같은 놈이다!"

노인은 말을 할수록 성이 나서 목소리가 높아졌다.

"당초, 나는 너희들 혼인을 좋아하지 않았다. 사주를 보고, 또 노인들에게 보이고 나서, 혼인을 허락하지 않았다. 그것은 좋다 쳐도, 나쁜 습관이 있는가를 보았는가? 노인들의 말을 듣지 않으면 화가 눈앞에 닥치는 거야! 이것은 바로 치가의 체면을 잃는 것이다!"

노인이 이렇게 큰 소리로 떠들자 톈유 부인과 윈메이가 모두 달려왔다. 두 부인은 아무도 입을 열어 물어보지 않았지만, 마음속으로는 분명히 깨달았다. 톈유 부인은 마음이 몹시 괴로웠다. 말하려 해도 아무 말도 나오지 않았다. 말을 해도 해결될 문제가 아니었다. 둘째를 나무라자니 참을 수 없었다. 그를 위로하자니 마음이 내키지 않았다. 아들에게 가서 싸워보라고 하는 것도 좋지 않다. 아들에게 참고 이혼을 허락하라고 말하는 것도 도리에 맞지 않았다. 이 생각 저 생각을 해봐도 그녀는 걱정하느라 마음에 응어리가 되었다. 동시에 그녀는 시아버지 앞에서 걱정하는 모습을 보일 수 없었다. 그녀는 미소 띤 얼굴로 마음속의 괴로움을 덮지 않을 수 없었다.

원메이는 마음속에 괴로움은 없었다. 그녀는 이혼이라는 두 글자를 두려워했다. 치 노인도 이 두 자를 좋아하지 않았다. 그러나 마음속에서는 이 두 글자가 도대체 왜 두려운지 그 이유가 아득하고 추상적이기 때문에, 마치 그가 항상 개탄하듯이 인심이 각박하여 그토록 실제와 동떨어지고 공허했다. 그가 이혼을 두려워하는 것은 기차와 부딪칠 위험이 없는데도, 기차를 두려워하는 것과 마찬가지였다. 원메이가 이혼을 두려워하는 것은 훨씬 더 구체적이다. 그녀가 치 씨 댁에 시집오기로 될 때부터 그녀는 아마도 어느 하루 걱정 안 한 날이 없었다. 루이쉬안이 나가서 다시 돌아오지 않을지 모른다. 그러다 이럭저럭 자기의 운명이 이혼으로 끝날지 모른다. 그녀는 둘째를 그렇게 동정하지 않아도 뚱보 쥐쯔를 미워했다. 만약 일을 간단하게 말한다면 그녀는 솔직하게 모두에게 말할 수 있다. '헤어지라고 하는 것이 좋아요. 뚱보 쥐쯔에게 자기 길을 가라고 해요!' 그러나 그녀는 그렇게 말할 수 없었다. 그녀가 만약 둘째가 이혼하는 데 찬성하면, 만일 루이쉬안이 그렇게 나온다면? 그녀는 한참 만에 한마디도 안 하는 것이 최고라고 생각했다.

두 부인이 모두 입을 열지 않으니, 치 노인은 당연히 자기 뜻대로 잔소리를 하고 싶어할 것이었다. 노인의 잔소리는 젊은이의 노래 부르는 것과 같이 기분에 맞는 일이었다. 잠시 후에 그는 그녀를 쫓아내라고 주장했다. 자기가 만약 그녀를 찾아서 데리고 온다면 두어 달 가두어두지 않으면 안 된다. 그는 혼자 힘으로 일가를 이룬 사람이라 여태까지 일을 보면 갈피를 못 잡는 사람이 아니다. 현재는 자기가 늙었으나 일생 동안 부딪히는 일을 처리하지 못한 일이 없었다. 이 때문에 그는 일정한 주의(사상)는 없었다. 이런저런 말이 오갔으나 그는 쉽게 이혼을 허락하지 않았다. 왜냐하면, 그렇게 되면 자기의 사세동당의 기둥 하나가 무너지는 것이기 때문이다.

루이펑의 마음은 매우 혼란스러워서 주의를 정할 수 없었다. 그는 작은 눈으로 모두에게 동정을 빌었으나, 모두가 자기는 괴로움을 당하는 좋은 사람이어서, 모두가 당연히 자기를 동정하고 동시에 사랑해야 한다고 생각했다. 그는 전통극의 어릿광대처럼 눈물을 흘리려다가 웃으려 하기도 했다.

저녁때 루이쉬안이 돌아왔다. 문에 막 들어서자 온 가족이 그를 둘러쌌다. 그의 신체는 집에 있었지만, 마음은 충칭에 가 있었다. 그는 대사관에서 많은 바깥 정보를 얻을 수 있었다. 그는 전투가 어디에서 가장 치열한지, 적기가 어디서 잔학한 짓을 했는지, 알았으며, 적군이 해남도에 상륙하고, 난주에서 벌어진 공중전에서 적기 몇 대가 격추되었는지 알았으며, 영국이 우리에게 오백만 파운드를 빌려준 것도 알았으며… 많이 알면 알수록 그의 마음은 안절부절못할 정도로 불안했다.

하나의 기쁜 소식을 들으면 그는 곧 웃는다. 동시에 중국은 이미 망했다고 생각하고 끝까지 베이핑에서 되는대로 살아가는 무리들이 혐오스러웠다. 나쁜 소식을 들으면 그는 곧 남을 미워하기보다 나라를 위해 탈출하여 힘을 다하지 못하는 자신을 미워했다. 그의 마음속에는 중국이 망하지 않았을 뿐만 아니라 목숨을 바쳐 분투해야 할 대상이었다. 중국은 살아있을 뿐만 아니라 중국을 위해 살아갈 힘과 결심을 표현해야 한다. 그렇게 한다면 중국은 망할 리가 없으며, 세계 각국도 절대로 수수방관하고 있지만은 않을 것이다. 시인이 꿈속에서 버드나무 우거지고 꽃이 핀 마을을 보듯이, 그가 국가에 관심을 갖자 국가의 광명을 볼 수 있었다. 이 때문에 집안의 소소한 일에 대해서는 도대체 관심이 없었다. 그의 귀가 먹지 않았는데도 요즈음은 집안사람들의 말을 알아듣지 못했다. 그는 산술 상의 난문제에 마음을 집중하고 있는 듯이 마음이 그 자리에 없었다. 그가 집안일을 생각했더라도 그런 일은 해결할 수 없었다. 국사가 해결방법을 찾을 때까지 기다려야 했다. 그래야 합리적으로 처치할 수 있다. 예를 들면 샤오순얼이 이미 입학 연령이 되었지만, 그는 아들에게 노예화 교육을 받도록 할 수 없는 것 같은 문제다. 그런데 입학하지 않으면 자기 자신도 아들에게 글을 가르칠 시간이 없었다. 이것은 곧 베이핑이 조속히 광복되지 않으면 해결책이 없는 문제였다. 이런 작은 문제들을 생각하면 개인과 국가 사이의 관계는 매우 밀접하다고 생각했다. 마치 인간은 고기, 국가는 물이어서 고기가 물을 떠나면 즉시 죽어버리게 되는 것과 같다고 할 수 있다.

루이펑의 일에는 그가 관심을 가질 정신이 없었다. 그가 싫어하는 것 중에 하나는 생각하기에 좋아 보이는 이러한 익살스런 말이다. "나는 너를 대신해서 연애할 수 없고, 네가 이혼하는 것도 상관없다!" 그러나 이 말은 할 수 없었다. 그는 못난 국민이지만 만능 형님 노릇을 해야 한다. 그는 중국인이며, 비록 그 책임이 따분하더라도, 모든 중국인은 어쩔 수 없는 책임을 져야 한다. 그는 여러 사람의 말을 세심하게 들은 후에 매우 화기애애하게 의견을 발표하였다. 비록 그의 의견이 받아들여지면 후에 그가 바로 '원흉'이 된다는 것을 그는 분명히 알고 있었지만, 누구든지 그를 책망할 수 있었다.

"내가 보기에 둘째야. 어떻게 일이 이렇게까지 되었는지 천천히 냉정하게 생각해보는 것이 어때? 그녀는 아마 일시적 충동일 것이고, 둥양은 정말 그녀와 결혼하겠나? 곧 냉정해지면 사정이 달라질지도 모르잖아."

"아니야! 형!"

둘째는 더할 수 없이 친절하게 형을 불렀다.

"형은 그녀를 몰라. 그녀는 한번 하고 싶은 일은 쇠뿔에 구멍이 뚫릴지언정 절대로 돌아서지 않아!"

"그렇다면?"

루이쉬안은 부인과 어머니에게 말했다.

"앞으로 귀찮은 일에 휘말리지 않으려면, 한칼에 두 동강 내는 것이 옳습니다. 너는 오늘 그녀에게 이혼을 허락해라. 그것이 크게 의롭고 어진 일이다. 장래에 그녀가 둥양과 헤어지기를 기다려. 너가 또 그녀의 일에도 관여하지 않는 게 좋다. 혼란 속에서 생긴 일은 결과도 반드시 혼란하다. 너도 알지?"

"나는 그렇게 간단하게 란둥양을 놓아줄 수 없어요!"

"뭐라고 너 어쩔 것인데?"

"모르겠어요!"

"큰애야!"

치 노인이 말했다.

"네 말이 옳다! 일도양단이야. 그녀를 보내버려! 그래야 나중에 귀찮은 일이 없지!"

노인은 원래 이혼에 반대했지만, 나중에 귀찮은 일이 일어날까 봐 생각을 바꾸었다.

"그리고 한 가지 말해두지. 우리는 그녀의 말을 듣고 그렇게 해줄 수 없으니 우리가 그녀에게 이혼장을 써주자. 그녀가 이혼을 요구한게 아니고 우리가 이혼을 시켜버리는 거야!"

노인의 작은 눈알에서 지혜가 튀어나오는 듯했다. 자기가 마치 위대한 외교관이 된 것처럼 생각했다.

"이혼장을 써주거나 이혼을 하거나 모두 둘째 네가 알아서 해라!"

루이쉬안은 감히 너무 경솔하게 처리할 수 없었다. 그는 둘째가 아내를 잃었으므로 형에게 압력을 넣어 다시 장가가려 할지도 모른다.

"이혼장을 써주면 그녀는 받아들이지 않을 거야. 이혼을 하면 반드시 신문에 날 거야. 그러면 나는 못 참아! 좋아. 취직을 해야 하는데, 사람들이 내가 바보짓을 했다는 것을 알면 누가 나를 도와주겠어요?"

둘째는 머리를 굴려서 이런 생각을 해냈다. 그의 시대, 그의 교육은 모두 그가 진정한 일에 대해서는 사색을 할 수 없게 하고, 아무것도 아닌 일에 대해서는 제일 마음을 쓰게 했다. 그의 시대에는 잠시 공자를 존경하는가 하면 잠시 후에는 공자를 타도했다. 한쪽으로는 자유결혼을 제창하고 한쪽으로는 이혼을 수치스럽게 생각했다. 또 한편으로는 백화문을 제창하고, 또 한편으로는 백화문 (신)시를 시로 쳐주지 않았다. 이 때문에 그는 이미 학식이 없고 일정한 의견도 없었다. 다만 동쪽에서 한 국자로 공·맹을 떠먹고 서쪽으로는 연애자유를 낚아 올려서 최후에는 국자로 형편없는 후레자식을 낚아 올린다. 그는 가련한 팽이일 뿐이다. 시대의 채찍에 얻어맞아서 이쪽으로 저쪽으로 빙글빙글 돌 뿐이다. 다 돌고 나면 조그만 나뭇조각일 뿐이다.

"뭐, 우리가 시간을 두고 완벽한 방법을 생각해보자!"

루이쉬안은 잠시 토론을 종결시켰다.

둘째와 조부는 밤중까지 자세하게 검토했으나 결론을 얻지 못했다.

이튿날 루이펑이 퉁보 쥐쯔를 만나러 갔다. 그녀는 나오지 않았다. 루이펑은 성 밖으로 달려가서 호성하[24]를 따라 천천히 걸어갔다. 그는 죽고 싶었다. 몇 발자국 가다가 서서 묘 같은 흙더미 위에 난 소나무 몇 그루를 보았다. 사방에 아무도 없어서 목매달기에 가장 좋은 곳이었다. 계속 보다가 두려운 생각이 났다. 소나무는 그렇게 짙은 녹색일 수가 없었고 사방이 정적에 싸여있었다. 그는 거기에서 외롭게 죽어 매달려 있는 것은 실재 아무 재미도 없는 일이라는 생각이 났다. 나무

...

24 해자.

위에 앉은 까마귀가 까악하고 울었다. 그는 깜짝 놀라서 총총히 도망쳤다. 머릿밑이 땀에 흠뻑 젖어 가려웠다.

물 위의 얼음이 이미 빠르게 녹고 있는 중이었다. 얼음에 구멍이 사방에 무수히 뚫려있었다. 구멍으로 맑고 차가운 물이 솟아올랐다. 강 언덕에 마른 소나무와 마른 풀이 있는 곳을 찾아 손수건을 깔고 앉았다. 그는 얼음에 굴을 뚫고 싶었으나 좋은 방법이 아닌 것 같았다. 그러나 머리 위의 태양은 어찌나 맑고 따뜻하고 부드럽든지, 마른 풀 밑에 작은 풀이 바늘같이 아주 연약하게 파릇파릇 솟아나고 있었다. 향기 또한 코끝을 스쳤다. 그는 겨울이 가고 봄이 오는 세계를 그리워했다. 그는 또 유예장, 식당, 공원, 외할머니, 이모들이 생각이 나서, 생각할수록 괴로웠다. 눈물이 줄줄이 흘러 가슴에 떨어졌다. 그는 자기 생명을 끝장낼 용기도, 란둥양과 결전을 벌릴 기골도 없었다. 그저 죽음이 두려웠다. 이 생각 저 생각에 어쩔 줄 모르다가 중국인이 가장 좋아하는 방법에 이르렀다. 편안하게 죽는 것이 고생하며 사는 것보다 못하다. 그의 생명은 하나뿐이고 잡초처럼 죽었다 다시 살아나지 못한다. 그의 생명은 지극히 귀하다. 그는 조부의 손자, 부모의 아들, 형의 동생, 그들을 저버릴 수 없다. 그들이 눈물을 흘리며 대성통곡하게 할 수는 없다. 그렇다. 그가 이미 뚱보 쥐쯔의 남편은 아니라 해도 여전히 할아버지의 손자이고 그리고 또… 그는 죽을 수는 없다. 하물며 그는 이미 용감하게 자살하려는 생각까지 하고 모험을 하여 공동묘지와 강 언덕까지 왔다. 이로써 충분하다. 하필 자기에게 너무 지나치게 할 필요가 없다.

눈물이 말랐다. 그는 다시 그 자리에 앉았다. 만일 누구를 우연히 만나서 자기의 눈이 충혈된 것을 볼지 모른다. 눈이 원상으로 회복되었을 쯤에 일어나서 강가를 따라 걸어갔다. 그에게서 2~3보 떨어진 곳에 모자가 반듯하게 놓여있는 것을 보고 마음이 동했다. 자살을 하지 않았으니 모자 하나 주워서, 태평스럽게 걸어간다면, 운이 호전되는 것이 아닐까? 가까이 다가가서 자세히 살펴보니 새 중절모였다. 집어갈 만한 가치가 있었다. 사방을 두리번거렸다. 아무도 없었다. 그는 재빨리 걸어가서 모자를 집었다. 아래에 사람의 머리가 있었다! 일본인이 산채로 묻었던 것이다. 그의 심장이 입까지 튀어 올랐다. 급히 놓아버렸다. 모자가 머리 위에 반드시 놓이지 않았다. 몇 발자국 뛰어가다 돌아보았다. 모자가 머리 반쯤만 가리고 있었다. 그는 귀신이 쫓아오는 듯이 성문까지 단숨에 내달았다.

땀을 닦으면서 마음을 가라앉혔다. 그는 일본이 이다지도 악독한가를 생각하는 것이 아니라, 요즘 같은 세상을 살아가려면 계산을 틀림없이 해야 살 수 있다고 생각했다. 그는 다시는 자살하고 싶지 않았다. 적어도 일본인에게 생매장당하고 싶지 않았다. 자기가 자기 손으로 얼음에 굴을 뚫다니 말이 되는 소린가? 그는 마음속으로 그 사람 머리를 다시 생각했다. 검은 머리, 갸름하고 고운 얼굴, 아마도 30은 못 넘긴 듯. 입술에 수염이 없었으니. 그 얼굴, 그 모자는 그가 독서인이라는 것을 말해준다. 여러 해 교육을 받았을 것이고 체면 차릴 줄도 알고 자기와 별다른 게 없다. 그는 치가 떨렸다. 생각해보고 생각해보아도 란둥양과 말썽을 일으킬 수 없었다. 란둥양의 기분을 상하게 하면 그도 일본인에게 성 밖에서 생매장당할지 모른다.

춥고 놀랐다. 집에 돌아오니 열이 나서 며칠 침대에 드러누워 있었다. 그가 병을 앓고 있는 동안에 쥐쯔는 둥양과 결혼했다.

55

란둥양의 시대였다. 그는 못생기고, 더럽고, 부끄러운 줄 모르는 악랄한 인간쓰레기였지만 일본인에게는 보배였다. 그는 이미 자동차에 올라탔다. 그는 신민회 일을 하느라 바쁘고, 글을 쓰느라 바쁘고, 문예 협회와 기타 회를 조직하느라 바쁘고, 소식을 염탐하고 연애하느라 바빴다. 그는 베이핑에서 제일 바쁜 사람이었다.

그는 매일 집무실에 들어오면 먼저 눈살을 찌푸리고 마치 천왕의 발밑에 밟힌 꼬마처럼 매섭게 직원들에게 시위를 벌였다. 앉아서 공문서나 신문을 읽는 척하다가 벌떡 일어나 직원 한 명에게 달려들어 무슨 일을 하는지 살폈다. 만약 그 직원이 사적인 편지를 쓰고 있거나, 책을 보고 있다면, 바로 과오를 기록하지 않으면 해고될 것이다. 그는 이전에 관직을 맡은 적이 없는데, 지금은 관직을 마치 기뻐하는 기관

514

차처럼 맹렬하게 휘두르려고 한다. 유난히 일찍 나와 직원들 서랍의 자물쇠를 모두 비틀어 열고 사적인 편지나 다른 물건을 들여다보기도 했다. 만약 사적인 편지 속에서 의심스러운 글귀를 발견한다면, 머지 않아, 누군가가 감옥에 가게 될 것이다. 어떤 때는 그가 유난히 늦게 와서 모두가 곧 반을 깨려고 하거나 이미 반을 깨뜨렸다. 그는 반드시 많은 공무를 인계할 것이며, 그들에게 반드시 즉시 처리해야 하며, 배고 파하는 것을 가르칠 것이다. 그는 배가 고파서 머리에 식은땀이 나는 것을 즐겨 본다. 만약 모두가 이미 퇴근했다면, 그는 노동자를 보내서 그들을 되찾을 것이다. 그의 시간이 바로 시간이지, 다른 사람의 시간 은 책임지지 않는다. 특히 일요일이나 휴가철에는 꼭 와서 업무를 본다. 그가 오면 직원도 반드시 출근해야 한다. 출석을 부르고 나서 그는 모두에게

"오늘은 일요일인데 업무를 봐야 하지 않느냐?"

라고 묻는다.

모두 당연히 '응당 해야지요.'라고 답한다. 그 후에 몇 마디 훈화를 한다.

"새로운 국가를 건설하려면 반드시 새로운 정신이 있어야 한다. 무슨 요일이든 나는 상관하지 않는다! 나는 오로지 천황폐하께 떳떳하 면 그만이다."

일요일에 이렇게 초주검이 되도록 사람을 괴롭히고는 월요일에는 하루종일 나타나지 않았다. 그는 다른 곳에서 일을 하든지 집에서 잠을 잤다. 그가 사무실에 나오지 않아도 감히 나태하게 굴 수 없게

했다. 그는 이미 스파이를 매복시켜서 자기 대신 정탐하게 했다. 모두가 그를 두려워하고 그들은 또 그 용인을 두려워했다. 그가 사무실에 나오지 않을 때는 그 용인이 자기의 귀와 눈이었다. 용인도 나가고 없을 때는 서로 의심하여 누구도 누가 친구인지 누가 정탐꾼인지 몰랐다. 둥양은 매일 두어 명 직원을 골라서 작은 그룹회의를 연다. 오늘은 왕과 장을 선택하고 내일은 띵과 슌을 선택한다. 다음 날은 그가 작은 그룹회의에서 그들과 상의할 때 상의하는 문제는 진지한 것이 아니라 언제나 아래와 같은 문제였다.

"너는 나를 어떤 사람으로 보느냐?"

"모씨가 나에 대해 무어라 그래?"

"모씨가 너에 대해서 왜 좋지 않게 말하느냐?"

첫째 문제에 대해서 모두는 어떻게 대답해야 하는지 알았다―아첨. 그는 진정한 학식이나 재간이 없었다. 그는 기회를 잡으면 간이 작아서 항상 누가 자기를 쓰러뜨릴까 봐 겁이 났다. 동시에 그는 남이 아첨하는 소리를 듣는 것을 좋아했다. 아첨이 낯간지러울수록 그는 기분이 더 좋았다. 아첨을 들으면 자기가 위대하다고 확신하고 간 크게 비위를 저지를 수 있었다. 어떤 사람이 그의 얼굴을 칭찬하면, 그는 그 말을 믿고 거울에 얼굴을 오래오래 비춰본다.

두 번째 문제는 대답하기가 쉽지 않았다. 모두가 친구를 팔고 싶어 하지 않았다. 또 남을 위해서 충성심이 돈독하다고 보증할 수도 없어서 말이 애매모호해졌다. 그들은 점점 더 얼버무려서 빠져나가고 싶어 할수록 그는 더 무섭게 추궁했다. 종국에 가서 그들은 동료들의

516

결점과 나쁜 점을 털어놓고 말했다. 그래도 그것이 그를 만족시키지 않았다. 왜냐하면, 그의 질문 '모씨가 나에 대해서 무어라 그래?'는 압박을 할 방법이 아니었다. 그들은 날조해서라도 '모씨는 당신에 대해서 그렇게 좋게 말하지 않습니다!'라고 말하면서 사실을 거론할 수 있다. 그의 기분을 좋게 했지만, 그들은 친구를 팔아먹었다.

세 번째 질문이 제일 무서웠다. 그들은 일본인을 위해서 일하므로 원래는 모두가 위험했다. 한번 어떤 사람이 자기에게 좋게 말하지 않으면 그 사람은 곧 감옥에 가거나 실직을 했다. 그가 던진 이 문제를 겪으면 친구가 곧 원수로 바뀐다.

이렇게 그의 수하로 있는 사람은 모두 보는 안목이 특출하거나 아니면 귀가 특출했다. 그리고 또 몇 개의 새로운 지혜가 생겼다. 그들은 친구와 동료가 아니고 주위를 둘러싸고 있는 이리였다. 누구나 모두 순식간에 입을 물어버릴 것이다. 동양은 이런 상황을 좋아했다. 그들은 피차 시기하기 때문에 마음을 하나로 모아 자기에게 반항할 수 없다. 그는 이것을 정치적 수완이라 불렀다. 그는 세 사람을 한 조로 해서 네 번째 사람을 반대하게 했다. 잠시 후 네 번째 사람을 불러서 다른 두 사람을 반대하게 했다. 그의 얼굴은 하루 종일 찡그려서 마음에 귀신이 조화를 부리는 듯했다. 앉아있다가 누군가 기침을 하면, 그는 놀라서 식은땀을 흘리며 폭동이 일어날 암호로 생각하는 듯했다. 잠을 자다가 꿈속에서 폭탄이 터지고 모살하는 것을 보고는 놀라서 깨었다. 그의 세계는 변했다. 서로 배제하고, 암살하고, 승진하고, 즐기고, 두려워서 꾸미고 짜는 것은 거미줄이었다. 그는 하루 종일 실을 짜는데 바빴지만, 새는 그의 망을 뚫고 가버리고, 겨우 모기와 파리 정도만 잡을 수 있었다.

일본인에 대해서는 다른 하나의 술책이 있었다. 그는 관샤오허가 아니며 관샤오허 같은 고등문화는 없었다. 그는 일본인에게 한 장의 명화도 하나의 옛 도자기병도 보낼 줄 몰랐다. 그는 그림과 도자기를 몰랐으며 심미안도 없었다. 그는 또 일본인에게 밥을 사주거나 여인과 놀도록 해줄 수도 없었다. 돈이 아까워서다. 그의 방법은 일본인의 뒤에서 충성스러운 비루먹은 개로 자처하는 것이다. 출근이나 퇴근할 때 그는 항상 일본인에게 국궁했다. 사무실 내에서도 고의로 각 과장에게 가서 일본인에게 국궁했다. 무슨 일이든 대소를 가리지 않고, 심지어 비 올 때는 우산을 받쳐주는 일까지 일본인의 지시를 청했다. 그는 하루에 몇 번 서명을 받으러 서류철을 친히 가지고 갔다. 일본인이 바빠서 그에게 신경을 쓸 시간이 없으면, 그는 곧 그 자리에 시간이 얼마나 걸리던지 관계치 않고 다소곳이 서 있었다. 그는 오래 서 있을수록 기분이 좋았다. 일본인 눈에는 그는 처장이 아니라 용인이었다. 그는 그들을 위해 담뱃불을 붙여주고, 우산을 펴주고, 차 문을 열어주었다. 그들을 위해서 조그마한 일이라도 하고 나면 그는 즉시 마음이 밝아졌다: "승진!" 그는 글을 한 편 다 쓰면 그들에게 고칠 곳을 지적해 달라고 요청하여, 그를 위해 두어 자 삭제해 주는 사람은 모두 그의 선생이었다.

그가 그들에게 보내는 예물은 정보였다. 그는 어떤 진실이 없어도 가치 있는 소식으로 보고하려 했다. 그가 구하는 것은 오로지 일본인

귀에 대고 소곤거려서 그들이 자기의 재능을 알아주면 족했다. 용인이 그에게 보고한 동료들에 대한 정보를 진실한지 아닌지 상관없이 모두 진실로 믿고, 바람을 보고, 그림자를 잡듯이, 정보를 확대하여 일본인에게 건네주었다. 용인과 동료들은 공을 탐하여 비위를 맞추었다. 자신도 공을 탐하여 일본인의 비위를 맞추어, 일본인이 얼마나 많은 억울한 살인을 저지르거나 말거나 관계하지 않았다. 그는 조그마한 유언비어도 그대로 흘려버리지 않았다. 이렇게 하여 그의 책임은 원래 일본인을 위하여 일본인의 덕스러운 정치를 선전하는 것이지만, 일본인이 그 대신에 얼마나 많은 억울한 귀신을 만드는지 널리 알리는 것이 되었다. 그의 손에서 얼마나 많은 사람이 억울하게 죽었는지 모른다. 일본인은 그가 성가시다고 생각지 않고, 오히려 충성스럽고 재간이 있다고 생각했다. 일본인의 심계[25], 사상, 재주가 작은 녹두나 참깨같이 작은 일에 나타났다. 왜냐하면, 그들은 동양의 근거 없는 자질구레한 정보를 좋아했다. 그의 정보는 그들이 자세히 연구한 후에 아무 근거가 없는 것으로 증명되었어도, 그들은 계속해서 그의 자료를 받아들였다. 그 정보들이 아무 쓸모가 없었지만, 오히려 그 정보로 심계를 운용했다. 대낮에 귀신을 보듯이 일본인은 심리유희를 즐겼다.

란둥양은 이렇게 하여 인기 있는 사람이 되었다. 그는 돈이 생기자 자동차를 타고 남장가에 집을 샀다. 그러나 그에게는 마누라가 없었다.

• • •

25 비밀 계획.

그는 동료 중에 여사무원을 쫓아다녔다. 그러나 그의 얼굴과 누런 이가 약간이라도 여성다운 여자는 꾀를 부려 그를 피하게 했다. 그는 사흘 만에 두 번 실연했다. 첫째 실연에서 시를 한 편 썼다. 시를 발표하고 원고료를 받자 그의 고통이 경감되었다. 그에게는 돈이 특효약이었다. 이렇게 그의 실연은 자살처럼 엄중한 생각을 불러일으키지 않았다. 오래잖아 그는 실연을 원고료로 바꿀 수 있어서 즐거움이 없는 것도 아니라고 깨달았다.

그는 배우를 소집하여 일본인에게 자주 창극을 보여주었다. 그는 또 차제에 여배우를 쫓아다녔다. 그러나 그의 얼굴이 밉상이어서 손으로 인연을 건질 수 없었다. 그의 손은 돈을 밖으로 던지려 하지 않았다. 나쁘지 않게 자기의 세력과 지위를 이용하여, 그들에게 압력을 넣었으나, 그들을 얕보지는 않았다 해도, 그들은 사람을 아는 사람이라서, 자기보다 더 세력 있고, 지위도 높은 사람을 알고 있었으며, 거기다 일본인까지 알고 있었다. 그는 몰래 그들을 저주했지만 어쩔 수 없었다. 애정에는 실패했지만, 돈은 있다는 것에 생각이 미치면 그의 마음은 평정을 찾을 수 있었다.

오다가다 루이펑이 관직에서 쫓겨났다는 말을 듣자 뚱보 쥐쯔가 생각이 났다. 당초에 그는 쥐쯔를 몹시 좋아했다. 왜냐하면 그녀가 살이 쪄서 살찐 돼지처럼 사랑스러웠다. 그의 사팔뜨기 눈이 무엇이 아름다운지 추한지 구별을 못했지만, 그의 탐심이 무게를 계산할 줄 알았으며, 쥐쯔의 몸에 붙은 살이 중요하게 보였다.

동시에 그는 루이펑에 원한이 있었다. 루이펑에게 얻어맞은 적이 있었다. 루이펑은 자기를 위해서 중학교 교장이 되도록 운동해주지 않았다. 게다가 그는 뜻밖에 과장이 되었다. 과장이 되느냐 아니냐가 그와 관계가 없지만, 그는 마음이 편치 않았다. 이제는 루이펑이 관직에서 물러났다. 좋아. 둥양은 그의 마누라를 빼앗기로 결정했다. 이게 보복이다. 보복은 자기의 능력을 증명하는 것이 된다. 쥐쯔가 원래 사랑스럽기도 하지만, 보복이 덧붙여지자 더 흥분되어 결의를 다졌다. 그는 이 혼인이 실제 하늘이 합쳐주는 것이기 때문에 잘못될 리가 없다고 생각했다.

그는 쥐쯔를 찾아갔다. 그는 앉아서 한마디도 하지 않고, 그녀에게 처장이 어떤 모양인지 보여주려는 것처럼 코와 눈을 찌푸렸다. 잠시 앉았다가 밖으로 나왔다. 자동차에 타자 그는 머리를 내밀고 자기가 차 안에 타고 있다는 것을 보여주었다.

이튿날 또 갔다. 그리고 그녀에게 말했다. 나는 처장이다. 나는 집이 있다. 나는 자동차도 있다. 그녀에게 자기의 가치를 짐작하게 했다.

사흘째 그는 그녀에게 말했다.

"그렇지만 나는 아내가 없다."

나흘째 그는 가지 않았다. 오래 그녀가 자기의 시적 언어와 극적 행동의 재미를 곱씹게 했다.

다섯째 날 문에 들어서자마자 물었다.

"당신 처장의 부인으로 외출하는 재미를 생각해보았나요?"

말을 마치자마자 그녀의 살찐 손을 마치 붉게 구운 큰 돼지족발을 잡듯이 잡았다. 그의 마음은 뛰었다. 복수했구나! 그녀의 살찐 얼굴에서 루이펑의 실패와 자기의 승리를 보았다. 그의 얼굴이 불그레해졌다.

그녀는 시종 말이 없었다. 처장 부인과 자동차가 그녀의 마음에 새겨졌을 뿐이다. 그녀는 둥양이 루이펑보다 더 지독하다고 생각했다. 그러나 그녀는 조금도 두려워하지 않았다. 그의 신체의 살을 믿고, 말을 뒤집을 때는 자기의 살찐 다리로 그를 반쯤 죽여놓을 거다! 그녀가 루이펑을 무서워하지 않았듯이, 둥양도 무서워할 필요가 없다. 이들 둘 다 대장부다운 역량과 기개가 없다.

그녀도 이 혼인이 아마도 오래가지 않을 것이라고 미리 계산했다. 그러나 누가 관심을 두겠어. 그녀는 이제 과장부인에서 처장부인으로 승진했다. 만약 다시 헤어진다 해도 그녀는 여전히 다시 한 급 높이 올라간 것이다. 부인은 제때 반드시 지위를 잡아야 했다. 높은 곳에 기어오르면 당신은 영원히 아래로 처박히지는 않는다. 다츠바오라는 인간을 보라. 그렇게 나이가 많고 얼굴에 주근깨투성이면서도 사람들에게 인기가 높다. 그녀는 아주 준수한 청년이 15세 가량의 얼굴에 주름투성이의 암창과 결혼하는 것을 본 적이 있다. 그 늙은 부인의 별명이 불동심[26] 이었다. 이 별명대로면 이미 얼굴은 주름살투성이지만, 여전히 잘생긴 남자에게 시집갈 수 있다. 이 예를 보면 팡 쥐쯔 자신도 반드시 불동심 같은 명예를 얻을 것이다. 명성만 있다면 둥양과 헤어진들 무슨 걱정이야.

• • •

26 부처가 마음을 내다.

그녀는 둥양과 결혼했다.

결혼 전에 이미 둘은 손을 잡고 공원을 여러 차례 산책했다. 그리고 몇 번 맹렬하게 말다툼을 했다. 말다툼의 원인은 이랬다. 쥐쯔는 결혼식을 융성하게 치르자고 주장하는 데 비해, 둥양은 간단하게 3~4명 일본인을 초대하여, 차나 마시고 일본인이 결혼 증서에 중매인이 되어 증인으로 서명만 하면 된다고 주장했다. 쥐쯔는 떠들썩한 것을 좋아하고 둥양은 돈을 사랑했다. 쥐쯔는 틀어지고, 둥양은 마누라에게 위세를 부렸다. 둥양은 약하게 보이고 싶지 않아 조금도 물러서지 않았다. 싸우고 또 싸우다 둘 다 치루이핑 생각이 났다. 쥐쯔는 반드시 먼저 이혼 소송을 해서 깨끗이 처리해버려야 한다고 생각했다. 왜냐하면 이혼이란 위세를 부릴 수 있는 일이기 때문이다. 둥양은 기다릴 수 없었을 뿐만 아니라 근본적으로 루이핑은 안중에 없었다. 그는 일본인이 결혼을 증명해주면, 법률상 보장을 받는 것이 되어서 다른 것을 고려할 필요가 없다고 생각했다.

루이핑이 쥐쯔의 청을 거절하기에 이르자, 둥양은 적을 모조리 죽이려는 듯이 루이핑을 중매로 삼자고 제의했다. 쥐쯔는 동의하지 않았다. 그녀는 마음속으로 과장부인에서 처장부인으로 승진하는 것만 원했지, 치 씨 댁 사람들 모두에게 죄를 짓는 것은 원하지 않았다. 그녀는 생각했다. 루이핑이 만일 좋은 운을 만나 재기하여 더 높은 관직을 맡을지 누가 알겠는가? 둥양은 득의에 차서 자기의 형체를 잃고 모조리 없애는 것이 가능하다고 생각한다. 그녀는 반드시 다음에 갈아탈 말을 남겨두어야 했다. 좋아. 그녀는 곧 결혼하는 것을 허락했지만, 루이펑을 중매인으로 삼는 것은 거절했다. 결혼식은 자기 고집을 대부분 관철시켰다. 둥양은 24시간 내에 답변하도록 최후통첩을 발했다. 그는 만약 그녀가 금전을 낭비하면 이 혼사는 없는 것으로 한다고 덧붙였다.

그녀는 답변하지 않았다. 25시가 지나서 둥양이 그녀를 찾아왔다. 그는 분명히 말했다. '없던 것으로 하자'는 이미 내린 명령을 거둬들일 테니, 그녀도 한발짝 양보하라고. 그러고는 재빨리 결혼을 했다. 혼인이란—그는 한 구짜리 시로 만들어내었다—혼인의 본질이 타협이다.

그녀도 머리를 끄덕였다. 그녀는 결혼 후에 어떻게 그를 손아귀에 넣을지 그 방법을 알았다. 그녀는 이미 루이펑을 손아귀에 넣어보았으니, 둥양을 머리를 숙이게 하여 자기 노예로 만들 수 있다는 자신이 생겼다.

그들은 작은 일본음식점에서 6인분 요리로 그들의 백년가약을 경축했다.

상황을 아주 간단하게 치렀지만 둥양은 대대적으로 선전하는 것을 잊지 않았다. 그는 스스로 원고를 작성하여 각 신문사에 보내어 신문에 실어 자기 지위를 과시했다.

일본인이 오기 전에는 이런 일이 일어날 수 없었다. 만약 일어난다면, 그것은 틀림없이 기이한 뉴스가 될 것이고, 모든 베이핑인들이 이야깃거리로 삼았을 것이다. 오늘은 모두가 신문에서 그 기사를 보자 기이하다는 생각조차 하지 않았을 뿐만 아니라, 이미 본적이 있는 것 같이 생각했다. 일본인이 있으면 어떤 희한한 사건이 일어나도 베이핑인들은 이전의 도덕관념으로 어떤 것도 비판할 필요가 없었다.

그 일에 관심을 가진 사람은 루이펑, 관 씨 댁 그리고 둥양 밑에서 일하는 사람 정도였다.

루이펑의 병은 더 심해졌다. 그가 아무리 무심해도 이렇게 큰 치욕과 타격을 견뎌낼 수 없었다. 반 건달식으로 한다면, 그는 허리를 꼿꼿이 세우고 원수를 갚아서 부끄러움 씻어야 했다. 그러나 일본인이 둥양을 혼인시켰으니, 그는 고개를 숙이고 욕과 저주조차 큰소리로 할 수 없었다. 그는 일본인들이 그에게서 마누라를 빼앗아갔지만, 그들을 원망할 수 없었다. 그는 사랑도 하지 않고, 원망도 말고, 빈둥거리며 살고 싶었다. 득의에 찰 때도 얼굴을 쳐들고 빈둥거리고, 실의에 찼을 때도 머리를 숙이고 빈둥거린다. 현재는 머리를 숙이기로 결정했다. 그러나 체면을 지키는 데는 고통이 따른다.

관 씨 댁 사람들은 쥐쯔의 대담성과 과단성을 존경했다. 동시에 마음이 약간 아팠다— 쥐쯔가 자오디가 아니라 일본인을 청해서 결혼 증인으로 삼았다. 게다가 둥양은 자기들을 결혼식에 청하지도 않았다. 그들은 존엄을 상실했다고 느꼈다. 다만 그들의 상심은 잠시동안 느낀 경미한 것이었다. 그들은 상심 때문에 "중요한 일"을 늦추지 않았다. 다츠바오와 관샤오허는 많은 예물을 준비하여 자동차를 타고 난장가(南长街)에 있는 란 씨 댁에 축하인사를 하러 갔다.

이미 10시가 지났다. 신혼부부는 아직도 일어나지 않았다. 다츠바오와 시종이 신방에 밀치고 들어갔다. 염치가 없는 사람은 미움을 사는 것을 두려워하지 않는다. 미움을 사야만 부끄러움을 모르는 일을 할 수 있다.

"뚱보 쥐쯔!" 다츠바오는 톈진식 말씨를 흉내내어 큰소리로 외쳤다.

"뚱보 쥐쯔! 역시 너로구나! 내가 미치지 못하겠구나!"

"하하! 하하! 좋아! 아주 좋아요!"

관샤오허는 활짝 웃으며 찬탄했다.

둥양은 머리를 파묻었다. 쥐쯔는 얼굴을 조금 내밀었다. 멍청하게 눈을 뜨고 웃으려 했으나, 웃음이 나오지 않은 것 같았다.

"일어날게요! 밖에서 기다려요!"

"내가 무슨 짓 할까 겁나? 나도 여자야!"

다츠바오는 나가려 하지 않았다.

"나도 남자이기는 하지만 둥양도 마찬가지다!"

관샤오허가 한바탕 하하거렸다. 다 웃자 그는 그래도 밖으로 나왔다. 그는 역시 '문화'가 있는 중국인이었다.

둥양은 침상에 일어나려 하지 않았다. 쥐쯔는 천천히 상의를 입고 바닥으로 내려왔다. 다츠바오는 쥐쯔가 머리를 빗고 옷도 챙겨입도록 주선해주었다.

"동생은 신부예요, 예쁘게 차려입지 않으면 안 된다는 것을 알지요!"

둥양이 일어날 때쯤에는 응접실에 손님이 가득 찼다―그의 부하들이 모두 예물을 들고 축하하러 왔다. 둥양은 그들을 초대할 필요가 없었고 샤오허는 자동적으로 초대한 것이 되었다.

쥐쯔는 둥양과 상의도 하지 않고 모두 식당으로 초대해서 두 상의

술과 밥을 주문했다. 둥양은 참석을 거절하고 자기가 돈을 지불한 책임을 지지 않겠다고 암시했다. 쥐쯔가 손님을 초대해서 금반지를 빼서 식당에 저당했다. 쥐쯔는 신민회에 찾아갔다. 신민회에 가서 둥양을 찾아내서, 모든 사람 앞에서 큰 소리로 말했다.

"나에게 돈을 주어. 그렇지 않으면 여기서 하루 종일 난동을 부릴 것이다. 일본인조차 공무를 못 볼 것이다!"

둥양은 꼼짝없이 다소곳이 돈을 지불했다.

일주일도 안 돼서 쥐쯔가 둥양에서 현금 수령용 도장을 훔쳐왔다. 둥양의 모든 고료와 월급을 그녀가 대신해 수령했다. 돈을 받으면 그녀는 즉시 금은 머리 장식을 사서 친정에 가져다 두었다. 그녀는 다츠바오처럼 돈을 긁어모으고 쓸 수 없었다. 그녀는 뚱뚱한 벙어리 저금통이었다. 한번 삼키면 내놓을 줄 몰랐다. 그녀는 계산을 잘 했다. 어느 날이라도 그녀는 둥양과 다투고 헤어질 수 있다. 그래서 그녀는 재빨리 돈을 긁어모아 자본을 만들어서, 경제적으로 독립해야 했다. 하물며 수중에 저축이 있으면 둥양과 헤어져도 또 다른 남자를 낚을 수 있는 미끼로 쓸 수 있다. 그녀는 돈이 있는 여자는 나이가 많거나 못생겨도 언제나 남편을 얻을 수 있다는 것을 안다.

둥양은 자기가 실패했다는 것을 깨달았다. 그러나 그녀를 버릴 수 없었다. 그가 겨우 여자를 얻었는데 곧장 버리기가 아쉬웠다. 다시 말하면 그가 쥐쯔를 쫓아내고 다른 애인을 얻으려면, 마음 써야 하고 돈을 써야 하지 않겠는가? 게다가 쥐쯔는 뜬금없이 그에게 이미 암시를 했다. 헤어지려면 거액의 돈이 필요하다. 그에게 시집올 때, 그녀는 아무 요구도 하지 않았다. 그러나 헤어질 때도 그녀가 당신 마음대로 빈손으로 나갈 수는 없다. 그는 어쩔 수 없이 운명으로 받아들였다. 그는 남을 대할 때 지금까지는 정리(情理)를 중요하게 생각지 않고 악랄했다. 현재 그는 무모한 사람을 만나 어쩔 수 없지만, 오히려 꽤 재미있다고 생각했다. 그는 돈, 지위, 명망, 권세도 있지만 뚱뚱한 한 명의 부인의 노예가 되었다. 득의가 근심으로 바뀌었다. 그는 시석 감흥이 일어났다. 나라가 망하자 오히려 득의에 찼었다. 결혼을 하자 오히려 개와 말이 되었다. 그는 피압박자였다. 그는 반드시 그의 억울함을 말해야 했다—그의 시가 훨씬 많아졌다. 오히려 생활이 풍부해진 것을 느꼈다. 시가 증명했다. 아니다. 그는 쥐쯔와 헤어질 수 없다. 헤어지면 그는 반드시 공허, 적막, 무료를 느낄 것이다. 아니면 재주가 다하게 되어 시조차 쓰지 못하게 될 것이다.

동시에 뚱보 쥐쯔의 육체가 생각이 나서 미망에 빠지는 것을 피할 수 없을 것이다. 좋아. 돈을 잃어버리는 것은 가슴 아픈 일이다. 그러나 그녀는 여인으로 특별한 가치와 쓸모를 갖추고 있다. 여자가 없는 것은 돈 없는 것보다 훨씬 더 참기 어렵다.

"좋아."

그는 분명히 생각해본 후에 자신에게 말했다.

"그녀를 끌어다 기녀를 만들면 좋겠다! 기녀와 놀면 돈을 쓸 필요가 없지 않은가?"

천천히 그는 자신이 돈을 만들어낼 길을 찾았다. 그는 성실한 사람들의 재물을 빼앗으려고, 그들에게 뇌물을 바치게 했다. 이런 종류의

돈은 영수증이 필요 없으며 도장을 찍을 필요가 없어 쥐쯔가 알 도리가
없었다. 게다가 쥐쯔가 호주머니를 뒤질까 염려하여 이렇게 벌어들인
돈은 곧 가명으로 은행에 예금하여 절대로 주머니에 두지 않았다.
이렇게 그는 이미 자기 돈이 있기 때문에 쥐쯔를 나무라지 않았다.
그는 자기가 확실히 천재라고 생각했다.

56

바로 작약이 활짝 피는 철에 왕징웨이(汪精卫)가 상하이에 갔다. 루이쉬안은 이 소식을 접하자 아무것도 손에 잡히지 않았다. 뉴 교수의 부역에 대해서 이미 여러 날 괴로워했다. 그러나 뉴 교수는 교수에 불과하다. 그런데 왕징웨이가 나라를 팔아 영광을 구하리라고 누가 생각이나 했겠어? 그는 그리고 싶지도 다시 생각조차 할 수 없었다. 만에 하나 생각지도 못할 일이 갑자기 현실이 되었다. 그의 머릿속이 텅 빈 것 같았다. 정신없이 홀연히 그는 이를 부득부득 갈았다.

"너 보기에는 어때?"

굿리치선생이 목을 빼고 물었다. 노선생은 중국인을 동정했지만 왕징웨이의 부역과 그의 언행을 보고는, 그도 중국인을 얕잡아 보지 않을 수 없을 것이다.

"누가 알겠어요!"

루이쉬안은 노선생의 눈길을 피했다. 그는 노인과 다시 말할 면목이 없었다. 중국이 누차에 걸쳐 전투에 패하자, 군비의 낙후, 국민의 조직 결여에 대해서 여러 차례 굿리치선생과 논전을 펼쳤다. 논전 중에도 그는 절대로 중국인의 결점에 대해서 인정하지 않았다. 그는 아주 당당하게 주장했다. 부러질 지언정 구부러지지 않겠다 라는 정신으로 폭적에게 저항하는 한 중국은 멸망하지 않을 것이다. 이제 그는 더 이상할 말이 없다, 이것은 전쟁에서 지고 무기가 부족해서가 아니라, 이미어떤 사람이,특히 혁명의 영광과 역사를 가진 중요한 인물인데, 맥이 빠지고, 자신의 약함을 인정하고, 적에게 무릎을 꿇었다. 문제가 아니라실절을 감수하는 것이었다. 문제는 해결할 방법이 있지만, 절개를 잃는것은 아무것도 해결할 방법이 없고, 스스로 견마가 되고자 한다.

"그런데 충칭의 태도를 보는 게 좋아."

노인은 루이쉬안이 난감하게 여기는 것을 보고 고개를 돌렸다.

루이쉬안은 헉헉 흐느끼며 눈물이 흘러내렸다.

그는 선비의 기개가 높고, 민중의 기세가 성하면, 국가는 절대로한 두 명의 한간이 나라를 팔아먹도록 하지는 않았을 것이다. 그렇다하더라도 그는 아주 견디기 힘들었다. 그는 한 명의 혁명 영수가 돌변하여 매국노가 될 수 있다고 생각할 수가 없었다. 혁명이 원래 가짜였다면그 영수가 혁명을 믿지 않더라도 모든 지위와 명망이 있는 사람이모두 마술사로 바뀔 수는 없을 것이다. 이렇게 혁명이 역사를 더럽히기만 하고 지사들의 뜨거운 피가 몇 명의 한간을 배양하는 것으로 그칠 수는 없다.

일본인들의 라디오가 왕징웨이는 가장 눈에 총명함이 있는 현실적 정치인이라고 떠들어댔다. 루이쉬안은 왕징웨이의 눈에 총기가 있다고 인정할 수 없었으며, 늙은 호랑이에게 협력하는 사람은 근본적으로 정신 나간 귀신이라고 생각했다. 그는 또 왕반역자가 현실적이라는 것도 인정할 수 없었다. 현실적이라는 말이 손을 뻗쳐서 지위와 금선을 잡았다는 뜻이라면 모를까. 그는 왕매국노의 명망과 지위라는 것이 관샤오허, 리쿵산, 란둥양과 마찬가지로 적의 손 아래서 금전과 권세를 얻으려는 점에서 마찬가지라고 생각했다. 왕매국노는 이미 사람이 아니었다. 많은 애국적인 남녀의 체면을 깡그리 잃게 했다. 그의 투항은 항전에 방해가 되지 않는다 해도, 전 세계가 중국인을 의심하고 중국인을 가볍게 보게 할 것이다. 왕징웨이는 루이쉬안의 마음속에서 적보다 더 가증스런 인간이 되었다.

루이쉬안은 왕징웨이를 미워하면서 자기도 자기 자신을 미워했다. 왕징웨이가 한 이전의 모든 일이 지금 와서 보면 모두가 가짜였다. 자기 자신은 반드시 국난에 뛰어들어야 한다는 것을 알면서도 베이핑에 편안하게 앉아 있었다. 당연히 나라를 사랑해야 한다는 것을 분명히 알면서 집을 아껴야 한다는 작은 일에 얽매여 있다. 이것이 거짓이 아닌가? 혁명, 애국이 중국인 손에 들어오면 모두 거짓으로 바뀐다. 중국에는 그러고도 희망이 있을까? 국제적으로 중국의 일체를 가짜로 본다면 누가 달려와서 도와주겠는가? 그는 자기도 인간이 아니고 이 자리에서 작은 요술쟁이로 바뀌었다고 생각했다.

이런 기분으로 그는 적기가 충칭(重慶)을 폭파하고, 어베이(鄂北) 대첩 (大捷), 독일·이탈리아가 정식으로 동맹을 체결하고, 귀렌(國聯)과 원중 (元中)을 통과했다는 소식을 들었다. 그러나 예전과 달리 그 소식은 그에게 큰 흥분을 주지 못했다. 그의 눈은 왕징웨이만 주시하고 있는 것 같았다. 왕징웨이는 일본에 도착했고 왕징웨이는 상하이로 돌아왔 다. ......중앙에서 왕징웨이를 지명수배하고 나서야 그는 한숨을 내쉬었 다. 그는 일본인의 보호 아래 지명수배령이란 쓸모가 없지만 그래도 통쾌하다고 생각했다. 이러한 명령은 그에게 흑과 백을 분명히 구별해 서, 항전이 백(是)이라면 투항은 흑(非)으로 볼 수 있게 했다. 중앙정부는 요술을 부리고 있지 않았다. 중국의 항전은 절대로 가짜가 아니었다. 그는 다시 굿리치 선생과 변호하는 용기가 생겼다.

목단과 작약이 모두 폈다. 그는 모두 보지도 못한 것 같았다. 그런데 갑자기 석류화가 눈에 들어왔다.

그는 석류화가 피기 전까지 종일 정신이 흐리멍덩했다. 그는 병이 나지 않았으나 식욕이 없었다. 밥상 앞에서 겨우 한 접시 챙겨 먹고 상이 차려지지 않아도 독촉도 하지 않고 먹으려 들지도 않았다. 때로는 손에 무엇인가 들고는 그것을 찾으러 다녔다.

집안일에 대해서 원메이에게 돈을 건네주고는 무슨 일도 물어보지 않았다. 그는 모든 것이 거짓이고 마술이고 왕징웨이와 분별할 수 없다 는 것을 보이는 것 같았다.

루이펑의 병은 시간이 치료해주는 것 같았다. 그는 자기 때문에 형이 흐리멍덩하다고 생각했다. 형은 체면을 중시하므로, 쥐쯔가 이혼도 하지 않은 채 개가하는 것을 참을 수 없는 것이 당연하다. 이 때문에 담배와 술을 사러 형수를 밖으로 보내어 귀찮게 하는 것을 제외하고는 형에게 특별히 예의를 차리고 항상 이렇게 말했다.

"나 자신은 그 일을 마음에 두지 않아요. 형, 쑥스러워하지 마세요!"

그렇게 말하여 형을 위로했다.

이런 위로하는 말을 듣고 부이쉬안은 마음속으로 '쥐쯔도 왕징웨이와 똑같다'라고 생각했다.

쥐쯔가 왕징웨이라는 의미 외에, 루이쉬안은 그녀의 일을 치욕으로 생각지 않았다. 그는 새로운 중국인이어서 남녀 간의 결합과 이산을 크게 중시하지 않았다. 하물며 그는 분명히 알게 되었다. 옛날의 윤리관은 폭도가 침입하는 것을 막지 못하면, 일단 적이 들어오면, 아무리 발악해도 마누라를 잃을 위험성이 있었다. 침략은 너의 신체와 재산에 상해를 입힐 수 있고 너의 영혼도 분쇄할 수 있다. 이 때문에 그는 쥐쯔의 개가가 뭐 그렇게 희한하지도 않고 치 씨 댁만의 치욕으로 생각지도 않았으며, 일종의 베이핑인 전체의 보편적 징벌이며, 형세가 변하기에 이르렀다고 생각했다.

노인들은 당연히 심기가 불편했다. 치 노인과 톈유 부인은 여러 날 동안 대문밖에 나가지 않았다. 샤오순얼과 뉴쯔도 혹시나 뚱보 숙모를 들먹이면 노인의 흰 수염 아래가 살짝 붉어졌다. 노인은 둘째를 위로하려고 하지 않고 자신도 위로받으려 하지 않았다. 그는 평생 살아오는 동안 이런 악보를 당한 적이 없었다. 그는 몇 년을 더 살고 싶었다. 그러나 지금은 눈을 감고 죽은 척하고 싶었다. 죽으면 이런 가문의 수치는 잊을 수 있다.

루이쉬안은 지금까지 조심스럽게 안색을 살폈다. 만약 왕징웨이가 그의 마음속에서 횡행하지 않았으면, 자세하게 분석하여 노인들을 위로했을 것이다. 그는 시종 아무 말도 하지 않았다. 고의로 냉담한 것이 아니라 실제로 이러한 작은 일에 마음을 쓸 수가 없었다. 노인들이 보기에 루이쉬안은 틀림없이 화가 났지만, 침묵으로 난감한 심정을 가리고 있다고 생각했다. 이렇게 노인들은 그에게서 눈을 떼지 않았다. 이 사건 때문에 병이나 나지 않을까 심히 걱정했다. 결과적으로 모두가 입을 열지 않고, 마음속으로 누구에게도 말을 하지 않고, 치욕과 난감함이 공중에 떠돌아다니게 했다.

그때 일본인이 톈진에서 영국인에게 분란을 일으켰다. 굿리치선생은 목을 움츠려서 더 무섭게 보였다. 그는 일본인이 중국만 멸망시키는 것이 아니라, 동방에 있는 서양 세력을 완전히 일소하려 한다는 것을 알아챘다. 그는 동양화된 영국인이지만 영국에 관심을 가지지 않을 수 없었다. 그는 영국이 원동(극동)의 세력을 침략으로 얻은 것은 알고 있지만, 일본인에게 팔짱 끼고 넘겨주고 싶은 생각은 추호도 없었다. 그의 마음속에는 중국을 동정하지만, 한쪽으로는 전처럼 영·일 동맹이 체결되기 바랐다. 현재는 일본인이 무례하게 도발하기 시작했으며, 영·일 동맹이 체결되리란 희망은 물 건너간 것 같았다. 어떻게 이럴 수가? 영국이 머리를 숙이고 수모를 당할까? 아니면 빈약한 중국을 도와서 함께 일본에 대적할까? 그는 적당한 방법을 생각해낼 수 없었다.

그는 루이쉬안과 이야기하고 싶었지만 입을 열기가 어려웠다. 영국은 해상의 패왕이다. 그는 일본인의 생각이 두렵다는 말을 할 수가 없었다. 그는 루이쉬안에게 영국은 응당 중국을 도와야 하고, 자신이 중국인을 좋아하지만, 개인에 대한 사랑이나 증오 때문에, 말을 함부로 할 수 없다고 말할 수 없었다. 그는 꾸며내고 싶지 않았지만, 그의 마음속에는, 그가 가난하고 약하지만, 태평스런 숭궉이 소탈하고 편안하게 살아가게 할 수 있다고 생각했다. 그는 중국이 부강해지기를 바라지 않았다. 부강한 중국이 어떤 나라가 될지 누가 알겠는가? 동시에 그는 일본이 무력으로 중국을 침략하는 것을 바라지 않았다. 왜냐하면, 일본인이 중국을 점령하면 자기가 사랑하는 베이핑을 빼앗길 뿐만 아니라, 모든 중국에 있는 영국인과 영국의 세력이 추방당할 위험이 있기 때문이다. 이러한 말들이 심중에 있기 때문에 그는 모순과 괴로움을 느꼈다. 만약 말을 뱉으면 체통을 잃는 것이 되기 때문이다. 전쟁과 폭력은 개인의 사랑, 증오와 국가의 이익과 충돌하여 한 개인의 마음이 전쟁터가 되게 한다. 그는 상당히 성실했지만 큰 지혜와 큰 용기가 있는 사람과 같은 초월적인 용기가 없었다. 중국에 대한 동정심을 드러내지 못할 뿐만 아니라, 일본에 대한 두려움도 감히 말하지 못했다. 말을 하게 되면 개인의 안녕을 잃고 저항할 수 없는 혼란에 말려들 뿐이라고 생각했다. 그는 회색 안경을 끼고 루이쉬안을 슬쩍 보지만 입을 열지 않았다.

굿리치선생의 불안을 눈치채자 루이쉬안은 자기도 모르게 기분이 좋았다. 그는 절대로 남의 불행을 좋아하는 사람은 아니다. 그리고 절대로 굿리치선생에게 앙금이 있는 것도 아니다. 순수하게 전쟁과 국가의 앞날을 위해서였다. 그는 전에 일본인은 잔꾀를 부리기만 하지 총명하다고 생각지 않았다. 일본은 중국을 정복할 수 없으며 결국은 영국과 미국과 원수가 될 것이라 생각했다. 그게 중국에 유리하다고 생각했다. 영국과 미국 특별히 영국은 일본인이 자기네 얼굴에 오물을 덮어씌울 때, 수수방관하더라도 어쩔 수 없이 안색은 바뀔 것이다. 힘센 바보가 스스로를 멸망시킬 수 있다.

그러나 그는 흥분을 마음속에 감추고 굿리치 선생에게는 아무 말도 하지 않았다. 이렇게 천천히 두 사람의 좋은 친구 사이에 장막이 드리워졌다. 어느 쪽도 친구에게 동정심을 표하고 싶어 하지만, 둘 다 자기의 혀를 놀리기를 어려워한다.

루이쉬안이 이렇게 기분이 좋을 때 왕징웨이가 베이핑에 왔다. 그는 눈살을 찌푸렸다. 그는 왕징웨이가 아무 일도 못 할 것이라는 것을 알지만, 자기의 판단력을 믿고서 얼굴에 부끄러움을 지을 수 없었다. 왕징웨이가 돌연히 베이핑에 와서 베이핑의 한간들과 호형호제했다. 사람들에게 부끄러움이란 한계가 있는가 없는가? 왕 매국노는 중국인이다. 이러한 부끄러워할 줄 모르는 중국인은 중국의 역사에서 영원한 치욕이다.

거리에 오색기가 걸렸다. 루이쉬안은 오색기는 베이핑의 일본인과 한간들이 왕매국노에 대해 협조하지 않는다는 표시라는 것을 알았다. 그러나 왕징웨이는 베이핑 한간들의 거절 때문에 죽을 사람은 아니었다. 죽지 않았을 뿐만 아니라 그는 베이핑의 중학교 학생과 대학생들을 소집하여 훈화를 했다. 루이쉬안은 감지덕지 매국한 사람이 무슨 말을 할 수 있다고 생각할 수가 없었다. 그는 또 강연을 들으러 가는 청년들이 얼마나 고초를 겪을 것이며, 그들이 한간들에게 오염될 것이라 생각하고 괴로웠다.

다츠바오와 란둥양도 왕징웨이를 만나러 가지 않았다. 다츠바오는 큰 붉은 입술을 삐죽거리며 문밖에서 큰소리로 외쳤다.

"흥! 그 사람! 충칭에서 밥 못 얻어먹으니 우리 밥을 훔쳐 먹으러 와! 어떤 놈이야!" 란둥양은 신민회에서 중요한 인물이었다. 신민회가 '당'을 대신했다. 그는 절대로 자신의 당을 내려놓을 수 없으며, 왕징웨이가 괴뢰국민당을 베이핑으로 옮기도록 내버려둘 수 없었다.

이렇게 왕징웨이는 흥에 겨워 왔지만 흥이 깨져 돌아갔다. 그의 가짜 중앙[27], 가짜 당이 난징과 화베이를 지배하려는 야심이 반은 벽에 부딪혔다. 루이쉬안은 왕징웨이가 난징에 돌아가서 중산능 앞에서 죽음을 맞거나 혹은 몰래 구미로 도망을 갈 것이라고 생각했다. 그러나 그는 죽으려 하지도 도망가려고도 하지 않았다. 그는 편안하게 난징에 앉아 있었다. 부끄러움을 모르는 사람은 대개 감정도 없어서, 똥통에 앉아도 앉아만 있을 수 있으면 만족한다.

왕징웨이는 '통일'을 이룩하지 못하고 분열만 조장했다. 베이핑의 한간들은 왕징웨이가 남방으로 가버린 후, 모두 마음을 다하여 화베이 특수 정권을 지지하고 유지하려 했다. 왕징웨이의 위협이 크면 클수록 그들은 화베이의 일본 군벌에게 아첨하여 잘 보이려 노력하였으므로,

• • •

27 정부.

538

화베이의 일본 군벌은 바로 기꺼이 할거하여 유아독존이 되었다. 이리하여 쉬져우가 남북을 가르는 경계선이 되어, 화베이의 위폐가 쉬져우를 넘지 못하고, 난징의 법폐를 가지고 쉬져우를 넘지 못했다.

"도대체 무슨 일이야?"

국사에 대해서 별 관심이 없는 치 노인도 난처하게 생각했다.

"중앙이라? 중앙이란 충칭에 있지 않은가? 왜 왕징웨이를 통해야만 난징에 있는 중앙에 간다는 거야? 이미 난징으로 중앙이 갔는데 베이핑이 중앙으로 여기게 해달라는 거야?"

루이쉬안은 고소를 금치 못했으나 할아버지 질문에 대답할 수가 없었다.

물가도 오르고 또 올랐다. 부끄러움 모르는 왕징웨이가 사람들에게 불행을 가지고 왔다. 쉬져우가 이미 '나라'의 경계가 되었다. 남쪽의 물자는 일본인의 손을 통해 바다로 운송되고 북방의 물자는 철로로 관외로 보내어졌다. 각양각색의 운송수단이 서로 구애되지 않고 동원되었다. 남방도 북방도 모두 비어버렸다. 게다가 이전에 남북을 왕래하던 화물이 오지 않았다. 남방의 차, 도자기, 종이, 실, 쌀이 북쪽으로 흘러들지 않았다. 화베이는 사지가 되었다. 남방의 생산품은 일본인들이 운반해가서 텅 비어버렸다.

풍운이 끊임없이 변화하는 여름이다. 베이핑 신문의 논조는 거의 하루가 다르게 변했다. 왕징웨이가 상하이에 처음 도착했을 때, 신문에서 모두 그를 칭찬했다. 그리고 왕징웨이가 책임을 지기만 하면 전쟁은 머지않아 끝날 것이라고 생각했다. 왕징웨이가 베이핑에 도착하기에 이르러, 신문지상은 아주 냉담해지고 작은 풍자물결이 일었다. 동시에 신문지상에 반(反)영미 논조가 일었다. 중국의 일체의 화근은 영미에서 비롯되었으며 일본과는 무관하다는 식이었다. 일본인은 정말로 중국의 부흥을 돕고 있으므로, 반드시 영미인을 축출해야 한다는 논조였다. 오래잖아 신문들이 영미는 잊은 듯했다. 그런데 갑자기 제일 큰 활자로 "반쏘" 구호가 등장했다. 일본군이 쏘련 변경 수비대를 공격하기 시작했다.

그러나 무적의 황군이 누어멍칸에서 패배를 맛보았다. 이 소식은 베이핑인들이 알 길이 없었다. 그들은 반공, 반쏘적 논조만 매일 신문지상에 큰 글자로 등장하는 것을 볼 뿐이었다.

잇따라서 독일이 세 갈래 길로 폴란드를 침공했다. 그러나 쏘련과 일본은 오히려 누어멍칸에서 정전 협정을 체결했다. 곧이어서 독일과 쏘련은 상호불가침을 선언했다. 베이핑은 반쏘 논조가 사라졌다.

연이어 사람을 놀라게 하는 언론들이 돌연 이러한 논조를 정지하자, 베이핑인들은 세계가 장래에 어떻게 변할지 알 턱이 없었다. 그러나 조금이라도 총명한 사람은 모두 어떤 영문인지 몰라도 일본인이 바보짓을 할 수 있다는 것을 간파했다. 일본인이 두려워서 어쩔 줄 모르면 주저하여 손발을 어디에 두어야 할지 모른다. 동시에 그들은 일본인이 누구를 쓰러뜨렸다고 소리 지르면, 그 사람들에게가 아니라 정말은 중국인에게 화가 미친다는 것을 분명히 알았다.

과연 반영미가 효과가 없고 반쏘가 벽에 부딪히자 일본인이 대거 후베이에 진공했다. 이미 가을에 접어들었다. 베이핑의 신문들은 서풍

540

을 따라 잎을 떨어뜨리듯이 꼬리를 내렸다. 그들은 일본인이 어떻게 누어멍칸에서 패했는지 보도할 수 없었고, 반공 제일선에 있던 독일이 쏘련과 평화협정을 맺었는지 보도하기가 불편했다. 더구나 일본이 창사를 침공한 것을 설명할 도리는 없었다. 그들이 설명할 수 없자, 유럽전쟁 소식을 싣고, 이 소식 외에 몇 마디 덧붙여서, 독일이 바르샤바를 공략할 때, 일본인들이 타이얼좡을 침공할 때 쓴 전술을 썼다고 설명하여, 자신들의 수치를 가렸다.

루이쉬안은 다른 사람에 비해서 훨씬 더 많은 소식을 접했다. 그는 흥분하고, 분노하고, 낙관하고, 또 실망하기도 했지만, 어떻게 해야 좋을지 몰랐다. 잠깐 동안 그는 영미가 일본에 대해서 강경한 태도를 취하리라 생각했으나 그들은 속 빈 얘기만 했다. 그는 실망했다. 실망 중에 그는 다시 자세히 속 빈 것 같은 말을 음미했다―그들은 중국을 동정하고 공리적[28]이었다. 그는 아주 기분이 좋았다. 게다가 영국은 중국에게 돈을 차관해 주기로 했다. 잠시 후에 그는 소련과 일본이 개전했다는 소식을 듣고 대단히 기분이 좋았다. 그는 소련이 전쟁을 계속하여 관둥군을 해결해주길 간절히 바랐다. 그러나 소련과 일본이 정전했다. 그도 머리를 숙였다. 조금 있다가 유럽 전쟁 소식을 들었다. 그는 재빨리 세계는 반드시 두 개 진영으로 나누어질 것이며 공리(이성) 가 강권(무력)에 이길 것이라고 생각했다. 그러나 다시 생각해보면 인류의 진화 속도로 그리고 인류의 여러 세기에 걸친 지혜와 고통의 경험이 어째서 지혜와 동정심으로 일체를 협상하려 하지 않고 살상으로

• • •

28 이성적.

치닫고 있는가? 그는 비관적이 되었다. 총명이 오히려 총명을 흐리게 하면, 인류의 최종 운명이 어떻게 될 것인가?

그는 분명히 생각할 수가 없어서 무어라고 판단할 수 없었다. 그는 탁한 물속의 고기 같아서 사방팔방이 흙탕물 투성이었다. 그는 굿리치 선생과 말을 나눌 기분도 아니었다. 그러나 굿리치선생도 철인(哲人)이 아닌 이상 세계가 어떻게 변할지 말할 수 없었다. 노인은 당황하고 어쩔 줄 몰라서, 근래에는 기분이 썩 좋지 않아 입만 열면 싸우려 들었다. 이렇게 루이쉬안은 통쾌해지려다 늙은 친구와 말다툼을 하지 않으려고 하려던 말을 마음속에 쟁여두었다. 이 말들은 복잡하고 혼란스러워서 그의 마음속에서 한 마리 작은 벌레처럼 기어 올라와서 그를 한시도 안정되게 하지 않았다. 여름이 가는 줄도 모르게 가버렸다. 개인이 가정적이고, 국가적이고, 세계적인 고난을 마치 어깨에 지고 있는 것처럼 그는 이미 날씨가 흐리고 맑은지 차고 더운지 관심이 없었다. 그는 이미 감각을 잃은 듯했다. 뇌와 마음의 활동을 제외하면 사지는 모두 마비된 것 같았다.

10월에 들어가자 며칠 동안 정신이 맑아졌다. 길거리에 화려하게 장식하고 채색한 패방을 짓고, 거기에 글자를 써넣을 준비를 했다. 그는 거기에 써넣을 자는 틀림없이 '경축창사함락'일 것이라 짐작했다. 그는 다시는 세계 문제를 생각하지 않았지만, 창사의 함락은 뼛골이 쑤시게 했다. 하물며 일본인이 딩웨한철로를 개통하자 바로 병사를 남양으로 이동시켰다. 중국 전체가 곤란을 겪게 되었다. 그가 채색 패루 부근을 지나칠 때마다 감히 쳐다보지 못하고 눈을 감았다. 그는 걱정이 되어서 심장이 오그라들었다. 그는 자기에게 말했다. 세계에 관심 갖지 말자. 나라가 난에 처해도 뛰어들어 해결하려 하지도 않는데, 무슨 할 말이 있겠는가?

그러나 이틀이 지나자 채색패방이 하나씩 헐렸다. 신문에 어떤 소식도 없었다. 며칠이 지나자 아래의 소식이 별로 중요하지 않은 곳에 조그마한 글자로 실렸다. 황군이 창사에서 사명을 완수하고 계획대로 철수했다. 동시에 별도의 칼럼에 아주 작은 뉴스를 볼 수 있었다. 학생은 학업이 중요함으로 경축일이나 기념일 이외에 학생이 퍼레이드에 참가해서는 안 되며…

반년이나 끌어온 고민 전부를 몇 행의 작은 글자가 말끔히 가져가버렸다. 루이쉬안이 홀연히 악몽에서 깨어난 듯했다. 그는 베이핑의 맑은 하늘, 누른 잎 국화와 일체의 밝은 빛을 알아볼 수 있었다. 그의 마음속의 한 무리의 작은 벌레도 사라졌다. 그는 눈을 내려깔면 자기의 마을 볼 수 있었다. 거기에 맑고 서늘한 가을의 호숫물이 있었다. 꽃이 수놓아진 밝은 작은 마노 같은 말 한마디가 맑게 가라앉은 가을 호수 물속에 있었다.

"우리가 이겼다!"

이 말을 몇 번이나 되뇌었는지 모른다. 그는 두어 시간 휴가를 얻었다. 사무실을 나오자 일체가 밝고 맑다는 것을 느꼈다. 거리에 나오자 사람, 차량을 보았다. 모두가 사랑스러웠—중국인 모두가 망국노는 아니다. 전투에서 이길 수 있다. 그는 급히 술 한 병과 땅콩, 순대를 사서 집으로 돌아왔다. 일본인은 언제나 중국인에게 각 지역 실함을 경축하게 했으나, 오늘은 중국인이 자기의 승리를 경축하려 한다.

그는 평소의 신중함을 잃어버리고 문에 들어서자마자 '우리가 이겼다!'라고 큰소리로 외쳤다. 영벽을 돌아가다 샤오순얼과 뉴쯔를 만났다. 급히 그들의 손에 땅콩을 쥐어주자, 그들은 오히려 놀라서 멍해졌다. 그들이 아버지 손에서 밥을 먹지만, 아버지가 이렇게 기분 좋아하는 것을 본 적이 없었다.

"술 한잔 하자! 술 마시자! 할아버지, 둘째야 이리 오너라!"

마당에 들어서면서 큰 소리로 말했다.

전 가족이 그를 둘러싸고 왜 술을 사 왔는지 물었다. 그는 멍청하게 이쪽으로 보다, 저쪽으로 보다가 말을 꺼낼 수 없는 것 같았다. 눈물이 핑 돌았다. 지난 2년여의 일들이 생각이 났다. 그는 다시 미친 듯이 좋아할 게 아니라, 당연히 통곡을 해야겠다고 생각했다. 그는 술병을 둘째에게 건네주고 수줍은 듯이 말했다.

"우리가 창사에서 대승을 거두었어!"

"창사?"

늙은 조부는 생각을 거듭한 끝에 창사가 호남에 있다는 것을 알아냈다.

"여기서 아주 멀구나! 멀리 있는 물이 가까운 사람의 목마름을 해결할 수는 없어!"

그렇다. 멀리 있는 물로 해갈할 수는 없다. 언제라야 베이핑인들이 국군에게 협조하여 자기네들의 성지를 광복시킬 수 있을까? 루이쉬안은 다시 술을 마시고 싶지 않았다. 열정과 행동이 어울리지 않으니 열기만 났다.

그러나 술은 이미 사 온 것, 방치할 수는 없었다. 하물며 가족들이 한 잔 마셔서 모두의 얼굴을 붉게 만든다면 그것 또한 무의미한 것은 아니다. 그는 억지로 모두와 함께 앉았다.

치 노인은 지금까지 술을 많이 먹지 않았다. 오늘은 큰 손자의 웃는 얼굴을 보자 거절할 수가 없었다. 두어 모금 마시자 셋째, 첸 선생, 멍스, 중스, 창얼예, 샤오추이가 생각났다. 그는 늙었고 죽음이 두려웠다. 죽음을 두려워할수록 이미 가버린 사람과 소식이 끊긴 사람 생각이 더 났다—소식이 없다는 것은 생사가 불명하다는 의미다. 그는 손자들이 싫어할까 불평을 많이 하지 않고 자제하고 싶었다. 다만 술 힘이 그에게 말을 시켰다. 노인의 말은 대체로 눈물의 결정이다.

루이쉬안은 폭음을 하고 싶지 않아서 할아버지에 맞추어 마셨다. 조부의 불평은 모두 사실이기 때문에 성가시지 않았다. 일본인이 2년 동안에 얼마나 많은 사람들의 집을 파멸시켰는가.

둘째는 술을 보자 죽을 판 살판 마셔댔다. 조부와 형의 면전에서 제멋대로 굴더니 급기야는 이 기회에 자기 마음속의 억울함을 털어내었다. 그는 한 잔 마시고는 땅콩을 소리 내어 씹어대었다.

"술은 나쁘지 않아, 형!"

그의 작은 여윈 얼굴이 빛을 내며, 형이 술을 사 온 것을 칭찬할 뿐만 아니라, 자기의 혀끝이 잘 돌아가는 것을 뽐내는 것 같았다. 오래지 않아 그의 눈의 흰자위에 몇 개의 선홍색 핏발이 서고 쥐쯔에 대한 불평을 늘어놓기 시작했다. 그리고 빨리 다시 장가를 가야겠다는 성명을 발표했다.

"이것 참, 홀아비로 살 수는 없어!"

그는 조금도 부끄러워하지 않고 말했다.

치 노인도 둘째의 의견에 찬동했다. 셋째는 소식이 없고, 큰애는 일남일녀밖에 없으니, 둘째가 응당 새 장가를 가서, 통통한 아기들을 더 낳아서 사세동당의 성세를 확대해야 한다. 노인은 뚱보 쥐쯔가 치씨 댁의 체면을 잃게 한 것을 매우 원망했다. 그렇지만 어쩔 수 없는 중에도 위로를 찾았다. 그는 쥐쯔가 잘 나가버렸다고 생각했다—그녀는 아마도 품행이 단정하지 못하고 영원히 아이를 낳지 못할 것이다. 노인은 사세동당만 생각하면 다른 것은 모두 잊었다. 그는 셋째가 소식이 없는 것도 잊고, 일본인이 베이핑을 점령한 것도 잊고, 집안의 경제적 어려움도 잊었다. 그는 담 밑에서 자라는 풀 같아서, 환경이 어떠하든 싹을 피우고 몇 개의 씨앗을 맺게 하려고 애썼다. 이럴 때는 둘째가 못난 녀석으로 보이지 않고, 아이만 낳는다면 노고를 높이 사고 싶었다. 이러한 의미에서 루이펑이 노인의 눈에는 신성한 것이나 다름없었다.

"에이! 에이!"

노인은 혀를 차며 말했다.

"당연하지, 당연해! 그러나 이번에는 니 마음대로 굴지 마라! 내 말 들어. 나도 눈이 있어. 내가 찾아주려 한다! 집안일을 맡길 수 있고 자녀를 낳을 수 있는 참한 처녀를 찾아라. 네 형수 같은 참한 처녀라야 해!"

루이쉬안은 자기도 모르게 참한 처녀 때문에 마음이 아팠지만 입을 열 수는 없었다.

둘째는 조부의 의견에 완전히 찬성하지 않지만 자기 수중에 연애를 할 자본이 없으니 머리만 끄덕여서 대답을 대신할 수밖에 없었다. 그는 현실적으로 여자를 만나느니 그냥 홀아비로 사는 것이 낫다고 생각했다. 다시 말하면 자기가 좋아하지 않는 여인이라도 그 여자가 아이를 낳으면 그녀가 낳은 아이를 좋아하게 되겠지. 또 그녀를 크게 좋아하지 않아도 자기가 취직이 되어 돈을 벌면 작은 마누라를 얻는 것도 어렵지 않을 것이다. 그는 조부에게 복종하기로 약속했다. 더구나 그는 자신이 매우 총명하다고 생각했다. 그는 동서고금의 모든 도리와 방편을 손에 쥐고 있어서 임기응변할 수 있는 천재라고 생각했다.

술을 다 마시자 루이쉬안은 대단히 공허하고 무료하게 생각되었다. 등불 아래에서 그도 조부와 둘째의 방법을 알았지만, 현실을 보건대 먼 곳의 이상과 고통을 잊었다. 그는 억지로 아이들에게 웃으며 창사에서의 승리를 일러주었다.

아이들은 일본인이 패배했다는 말을 듣고 싶어 했다. 흥분이 샤오순얼의 상상을 자극했다.

"아빠! 아빠, 둘째 아저씨, 샤오순얼 모두가 일본인과 싸우는 것 좋아해? 나는 무섭지 않아. 나도 싸울 수 있어!"

루이쉬안은 멍청해졌다.

57

루이쉬안의 기쁨은 거의 오자마자 사라졌다. 왕징웨이에 대항하기 위해서 베이핑의 한간들은 체면을 세우려고 한사코 일본군부에게 아첨하여 자기의 지위를 공고히 하려고 했다. 일본인은 창사에서의 패배 때문에 특별히 화베이의 통치를 공고히 하려 했다. 베이핑인만 재앙을 만났다. '치안 강화', '공산도배 섬멸' 등의 구호가 터져 나왔다. 시산의 포성이 성내를 뒤흔들어 창문이 덜덜거릴 지경이었다. 성내는 골목마다 정부이장(正副)을 두어 군경의 치안유지를 돕고 있었다. 전 베이핑 시민은 모두 거주증을 새로 발급 받아야 했다. 성문, 시장, 대로상 혹은 집안에서 어느 때라도 검문을 당할 때 거주증이 없으면 감옥에 가야했다. 중학, 대학에 일률적으로 검거 선풍이 불었다. 거의 모든 대학에서 허다한 교원과 학생이 체포되었다. 체포된 청년들 중에는 공산당으로 의심되는 자도 있었고 국민당으로 의심되는 자도 있었고, 마음대로 죽이거나 장기 구금형을 선고받기도 했다. 왕징웨이가 보냈다는 누명을 쓰고 고문이나 살육을 당한 청년들도 있다. 동시에 신민회는 정치 훈련반을 결성했다. 그들은 공부 잘 못하고 심술이 나쁜 사람을 관리로 승진하고 출세하여 돈 버는 청년이 되는 지름길을 열어주려 했다. 그들은 훈련을 받은 후에 각 기관에 파견되어 일하게 하고, 일본인 눈에 들면 만주국, 조선 혹은 일본에 유학 보내졌다. 학교 안에서 일본 교관들의 세력이 커졌고, 이들은 학생뿐 아니라 교장과 교원을 관할했다. 학생의 교과서를 바꿨고 학생들의 체육도 유연 체조로 바꿨다. 학생들의 과외 도서는 음탕한 소설과 극본일 뿐이었다.

신민회는 극단을 만들어서 일본인이 좋아하는 곡만 상연했다. 영화관은 다시는 서양 영화 상영을 허락하지 않고, 일본이 만든 〈홍연사타다〉 같은 영화를 매일 돌렸다.

구극이 특히 발달하여, 일본인과 매국노들이 모두 여자 배우를 농락하기를 원했기 때문에, 3일 만에 새로운 배역을 내세웠다. 시민과 학생은 심심하기 때문에 연극을 보려고 야단이었다. 어떤 사람은 충의 고사를 주제로 하는 영화를 보고 자기의 울적함을 씻으려 했다. 어떤 사람은 음란한 영화와 상하이식 치밀한 배경 때문에 영화를 보았다. 〈사자보〉, 〈방연화〉, 〈타영도〉 등은 상영금지 되었다. 치밀한 배경은 관중의 심금에 호소했다. 전쟁은 예술을 훼멸한다.

사상과 행동, 사회교육과 학교 교육, 폭행과 살육으로 일본인은 창사를 점령하지 않고도 고양이를 피하는 쥐처럼 베이핑인을 가두었다.

베이핑은 죽은 듯 조용한데, 시체 위에는 형형색색의 종이꽃이 꽂혀 있어 보기에도 선명하다.

루이쉬안은 연극을 보러 가지 않고 영화도 그만뒀지만, 그는 신문에서 연극과 영화 광고를 볼 수 있었다. 그 광고들은 그를 슬프게 했어요. 그는 사람들이 오락에 가는 것을 막을 수 없었지만, 그는 또한 오락에 가는 사람들이 얻는 것이 무엇인지 상상할 수 있었다. 정신적으로 마취된 사람은 죽음과 함께 웃고 있다는 것을 알고 있다.

그는 서점을 돌아다니는 것을 좋아했다. 지금은 서점도 안 가려고 했다. 고서는 아무 쓸모가 없었다. 쓸모가 없을 뿐만 아니라 허다한 관념과 행동도 고서의 악영향을 받아서, 그가 사건에 마주칠 때 흑은 흑이고 백은 백이라고 감히 말하지 못하고, 고루한 습속을 맴돌고 고서마냥 완전히 흑도 아니고 백도 아닌 것 같이 생각했다. 그래도 새 책은 감히 뒤적여볼 생각이 나지 않았다. 신서는 색정적 소설이나 희곡이 아니라 일본인의 선전물이었다. 그는 그런 독물은 받아들일 수 없다. 그는 영문서를 손에 넣을 수 있기를 간절히 바랐다. 그러나 영문서를 읽는 것은 죄를 짓는 것이다. 그는 이미 영어를 알기 때문에 감옥에 갔다 오지 않았던가? 그에게는 이미 정신적 양식이 단절된 것이다. 그는 이미 일본인의 선전물을 받아들이지 않기로 결심했지만, 자신의 정신적 양식을 결핍하지 않도록 하여 옛날과 같은 정신적 충실을 느낄 수 없었다. 그는 독서를 좋아하는 사람이다. 독서란 그에게는 단순히 소일거리가 아니고 일종의 심령을 운동시키고 배양하는 것이다. 그는 영원히 책을 책으로서만 받아들이지 않는다. 책에 다가가면 책이 변해서 일종의 즙이 되어 몸으로 흡수되면 영양으로 변한다. 그는 현달을 바라지도 부귀를 구하지도 않았다. 책은 절대로 녹(祿)을 구하기 위한 도구도 아니었다. 그는 책을 읽기 위해 책을 읽었다. 책을 읽음으로써 정신생활이 명백해지고 확장되었다. 그는 독서를 하지 않으면 자기가 "빈혈"에 걸릴까 두려웠다. 그는 30여 세의 정신이 맑고 유능한 사람이 독서를 그만두자, 천천히 범속해져서 참을 수 없는 인간이 되는 것을 본 적이 있다. 그 후에 그들이 연세가 높아지면 살이 뒤룩뒤룩하게 찌고 배가 튀어나와서 걸어 다니는 고깃덩어리가 된다. 루이쉬안은 30을 넘겼다. 이 나이는 바로 살아가는 과정에 가장 중요한 갈림길이다. 그가 책과 인연을 끊으면, 관계에 진출하지 않고 매판이 되더라도, 애기나 안고 마누라 욕이나 하고 두어 잔 술을 걸치고 잔소리나 늘어놓는 인간이 되는 것을 면하지 못할 것이다. 그는 둘째처럼 될까 두려웠다.

그러나 일본인이 필요로 하는 중국인은 바로 걸어 다니는 고깃덩어리 같은 인간이었다.

루이쉬안은 허다한 소식을 들었다―일본인이 치안을 강화하고 사상을 통제하려고 도서를 "전매"[29]하고 이장을 파견하는 이 면에는 무섭고 악랄한 음모가 도사리고 있었다. 그들은 북방인을 각 방면에서 관의 통치에 고분고분하게 만들어, 나중에는 식량을 탈취하고 몸에서 옷을 벗겨가고 굶주리고 배고파 죽어가게 할 것이다. 베이핑 사람들은 멀지 않아 식구대로 식량을 배급 받고 매달 쇠와 구리 헌납을 강요당하고 심지어 우려내서 마시는 찻잎까지 바치게 될 것이다.

• • •

29 외국 자본의 앞잡이. 나라의 이익은 돌보지 않고 사리사욕만 챙기는 사람.

루이쉬안은 부들부들 떨었다. 정신의 양식은 이미 떨어졌고 거기다 육체의 식량도 떨어질 것이다. 이후의 생활은 하루 세끼만 염두에 두고 살아가야 할 것이다. 곧 자기도 걸어 다니는 고깃덩어리가 될 것이다.

그가 바라는 것이 만일 자주 허사가 된다면, 그가 걱정하는 것은 십중팔구 사실이 될 수 있다. 샤오양쥐안도 하나의 리(里)가 되어 정부 이장이 이미 파견되었나.

샤오양쥐안 사람들은 이장이 무엇을 하는 사람인지 몰랐다. 그들은 이장은 후퉁의 영수로써 순경을 도와서 공적인 일에 관계되는 일을 하는 것으로 생각했다. 그래서 중망이 있는 리쓰예가 가장 적임자로 생각했다. 그들은 바이 순장에게 그를 추천했다.

리쓰예 자신은 결코 이장의 직무를 맡고 싶지 않았다. 그가 2 년여 동안 보고 들은 것을 보면 그는 이미 일본인이 무엇인지 잘 알고 있었다. 그는 일본인을 위해 일하기를 원하지 않는다. 그러나 리쓰예가 겸양을 표시하도록 기다리지도 않고, 관샤오허가 이미 백순장에게 이장은 반드시 자기가 해야 한다고 말했다. 그는 이미 2년여를 기다려도 한자리 얻지도 못한 터라 또다시 이장이 될 기회가 지나가게 할 수는 없었다. 이장이 관리는 아니라도 '장'자가 머리에 붙으니 어느 정도 만족할 만하다. 하물며 일이란 사람 하기에 달렸으니 이장을 하면 뒤로 떨어지는 것이 있을지 누가 알랴?

이것은 원래 작은 일이라 바이 순장과 말이 맞으면 그것으로 족했다. 그러나 관샤오허는 1호 일본인에게까지 가서, 자기가 돌봐드리게 해달라고 부탁했다. 뇌물을 받고 부탁하는 데 익숙해서 몇 마디 좋은 말을 해두지 않으면 그의 마음이 편치 않았다.

바이 순장은 관샤오허를 싫어했다. 그러나 그를 인정하지 않을 수 없었다. 그는 리쓰예에게 조금만 참고 부이장이 되어 달라고 부탁했다. 리 노인은 근본적으로 관샤오허와 경쟁하고 싶지 않았다. 그래서 부이장에도 취임하고 싶지 않았다. 그러나 바이 순장과 이웃 사람들의 '권유'에 어쩔 수 없었다. 바이 순장도 좋아서 말했다.

"스따예, 당신이 돕지 않으면 안 돼요! 당신도 알듯이 관가 녀석이 몰래 일본놈들의 편을 들 망할 자식이요. 만약 당신 같은 공정한 사람이 옆에서 감시하지 않으면 무슨 일을 저지를지 몰라요! 됐어요. 나와 이웃들의 얼굴을 보아서 스따예께서 수고 좀 해주시오!"

좋은 사람은 몇 마디 좋은 말을 마다하지 않고, 노인은 얼굴 가죽이 얇아서 딱 잘라 거절하지 못했다.

"좋아, 두고 보자. 관샤오허가 예의 없이 군다면 내 다시 관여하지 않으면 되겠지!"

"당신과 내가 끼고 있으면 그가 차마 상규를 많이 벗어나겠나!"

바이 순장은 관샤오허가 호락호락하지 않다는 것을 알지만, 부득이 이렇게 말했다.

노인이 허락한 후에도 관샤오허를 열심히 찾아가려 하지 않았다. 평일에는 노인이 직업 관계상 샤오허의 명령을 듣지 않을 수 없었다. 지금은 그는 정부이장이 크게 구별되는 것도 아니라고 생각하고 먼저 찾아가서 굽신거리려 하지 않았다.

관샤오허는 빨리 이장의 지위로 으스대고 싶었다. 그는 먼저 명함을 한 박스 인쇄했다. 긴 줄로 '전(前)임' 관리직함을 나열하고 나서 제일 위에 베이핑 샤오양쥐안의 정(正)이장이라 인쇄했다. 명함을 찍어 놓자 그는 부이장이 와서 그를 만나기를 간절히 바라고 있었다. 이 노인은 끝내 나타나지 않았다. 그는 서둘러 한 면이 난목의 순색이 드러난 현판을 만들고, 위에다 '이장 사무실'이라 새기고 글자에 짙은 남색을 칠하여 문밖에 걸었다. 그는 리쓰예가 현판을 보면 반드시 득달같이 달려와서 인사를 할 줄 알았다. 그런데 리 노인은 나타나지 않았다. 그는 바이 순장을 찾아갔다.

바이 순장은 관샤오허가 이장이 되었으니 터무니없이 자기를 귀찮게 하리란 것을 확실히 알고 있었다. 그러나 그는 활짝 웃으며 신 이장을 맞이할 수밖에 없었다. 신 이장의 배후에는 일본인이 있기 때문이었다.

"내가 당신에게 말하건대, 리쓰예라는 노인네는 어떤 사람이기에, 왜 나에게 오지 않는 거요? 나는 "정"이장이요. 내가 먼저 그를 뵈어야 된다는 거요? 그래서야 체통이 서겠소!"

바이 순장은 침착하게 부드럽게 말했다.

"정말이요. 그분이 왜 당신에게 가지 않지요? 그러나 오랜 이웃이고 그도 연세가 있으니 당신이 그를 만나러 가더라도 크게 체면에 손상이 갈 일은 아닐 것이요."

"내가 먼저 그를 보러 간다고?"

관샤오허가 놀라서 물었다.

"그게 말이 돼요? 당신에게 말하지만 나는 정이장이요. 나는 집에서 앉아서만 사무를 볼 거요. 내가 그를 보러 간다고, 말도 안 되는 소리!

"잘되었어요. 현재는 할 일이 없으니."

바이 순장은 냉랭하게 한마디 했다. 샤오허는 어쩔 수 없이 나갔다. 그는 지금까지 바이 순장을 대수롭지 않게 생각했다. 그러나 오늘은 바이 순장의 말이 위엄을 보이려는 듯이 상당히 강경했다. 그는 바이 순장이 강경하게 말하는 것은 배후에 믿을 것이 있어서 그렇다고 생각했다. 그는 언제나 강자와 맞서지 않으려고 했다.

그러나 바이 순장은 이장이 공적인 일이 아니면 처리할 수 없는 것이 맞다고 말하지 않았다. 관샤오허가 나가자마자, 순장은 이장이 가정마다 매월 쇠 두 근을 헌납하도록 하라고 했다는 전화를 받았다. 전화를 받자 바이 순장은 한참 동안 입을 열 수가 없었다. 다른 것은 모르지만 동철은 바로 총포를 만드는 데 쓰인다는 것을 확실히 알고 있었다. 일본인이 베이핑인들의 쇠를 빼앗아가서 중국인들을 얼마나 더 많이 죽이려나? 그가 중국인이니까 이 명령은 집행할 수가 없다. 그러나 그는 정말이지 망한 나라 중국 사람이다. 다른 사람에게 돈을 빼앗아 그 사람의 액막이를 해준다. 그는 명령을 어길 수 없었다. 그가 일본인의 돈으로 먹고살기 때문이다. 그는 큰 돌을 등에 진 것처럼 한 걸음 한 걸음 떼는 것이 죽을 맛인 듯이 걸어서 리쓰예를 찾아갔다.

"오우! 원래 이장이란 욕 들어 먹을 일을 하는 자리군요?"

노인은 말했다.

"나는 할 수 없소!"

"그럼 어떻게 해요? 스따예!"

바이 순장은 이마에 땀이 났다.

"당신께서 나서지 않으면, 이웃들이 쇠를 넘겨주지 않을 테고, 쇠를 넘겨주지 않으면 나는 모가지가 날아가고, 이웃들은 감옥에 갈 거요. 이게 될 일이요?"

"관샤오허에게 시켜요!"

노인은 바이 순장을 곤란하게 할 생각은 없었으나 어쩔 수 없이 친구에게 어려운 문제를 던져주었다.

"물론 그럴게요, 물론 그러지요!"

바이 순장의 잘 돌아가는 입이 떠듬거렸다.

"당신께서 좀 도와주시오! 나는 그 사람이 염치없는 놈이라는 것을 알아요. 그러나, 그러나…"

바이 순장이 조급해하는 것을 보자 노인도 마지못해 몇 번이나 말했다.

"너무하구나, 너무해!"

그렇게 말한 후에 한숨을 쉬고는 말을 이었다.

"갑시다! 관샤오허를 만나러 가요!"

관 씨 집에 도착하자 이 노인은 유달리 사양하지 않기로 결정했다. 관샤오허가 거드름을 피우려 하자 그가 명백히 말했다.

"관 선생, 오늘은 모두를 위해서 당신을 찾아온 거요. 우리 누구라도 거드름은 피우지 맙시다! 평일에는 당신이 돈 내고 나는 당신을 보살폈소. 무슨 다른 말이 더 있겠소. 오늘은 우리 모두가 모두를 위해서 일을 하는 것이요. 당신이 고귀하지도 않고, 내가 인품이 모자라는 것도 아니요. 이렇게 되면 내가 돕겠소. 그렇지 않아, 나도 이런 쓸데없는 일에 상관하지 않는 성질이 있어!"

설명을 마치자 노인은 소파에 앉았다. 소파가 매우 부드러워서 그는 등받이에 기대려고 하지 않았기 때문에 비틀거리는 것이 오히려 불편함을 느꼈다.

바이 순장은 일이 악화될까 두려워 서둘러 말했다.

"당연하지! 당연하지! 노인장께서 마음 놓으시라. 모두가 반드시 화기애애하게 일을 잘 처리할 거요. 어디 한두 해 이웃이오. 누가 누구를 업신여겨요? 관 선생은 근본적으로 그런 사람이 아니에요!"

샤오허는 리쓰예가 나오는 기세가 뻐딱하고 순장이 체면을 세워주는 말을 하는 것을 듣고 계속해서 눈을 껌벅거렸다. 그런 후에 의젓하게 말했다.

"바이 순장, 리쓰예, 나는 하찮은 이장 같은 것은 될 생각 없어요. 다만 후통에는 일본 친구가 삽니다. 나는 남이 일하기 힘들 것이라 생각하여, 내가 기꺼이 얼굴을 내놓기로 했소. 나에게는 찻물을 끓일 수 있고 의자와 탁자도 볼만해요. 혹시 장래 일본 장교가 여기에 오면, 우리 사무실이 그렇게 초라하다고 생각할까 두려울 뿐이오. 나는 순수하게 이웃들을 위해서이지 별다른 생각은 없다오! 리쓰예의 생각은 옳아요. 아주 옳아요! 사회에서 일을 하려면 당연히 솔직히 말해야 하는 거요. 내 자신이 몇 마디 하자면 나는 두 분이 걱정이 많고, 글자도 잘 모르고 약간 치매기도 있어서 모두에게 무어라도 해주고 싶을 거요. 거리를 뛰어다니고 거리에서 한 바탕하려면 리쓰예의 힘을 빌려야 할 거요. 우리 각자가 한쪽을 담당하여 자기 능한 것을 이용하면 만사형통할 것이요! 두분, 그렇다고 생각지 않으세요?"

바이 순장은 노인이 입을 열도록 기다리지 않고 이어서 말했다.

"아주 좋아요! 요컨대 능력 있는 자가 많이 수고한다는 것이지. 두 분은 수고 많이 하세요! 관 선생, 내가 방금 상부에서 명령을 받았습니다. 집집마다 매월 고철 두 근을 헌납해야 합니다."

"쇠라니?"

샤오허는 분명히 듣지 못했다.

"쇠요!"

바이 순장은 한마디만 했다.

"무엇하려고?"

샤오허는 눈을 깜박거렸다.

"총과 대포 만들지!"

리쓰예는 잘라 말했다. 샤오허는 망신당했다는 것을 알고 더 눈을 깜박거렸다. 그는 쇠가 총과 대포를 만드는 데 쓰이는 줄 몰랐다. 그는 영원히 그런 문제들에는 관심이 없었다. 리 노인의 쇠같이 강경한 대답을 듣자 그는 생각했다. 총과 대포를 만들려면 만들어야지 나를 때려죽이지 않는다면 무슨 상관이야. 그러나 입으로 말할 수는 없었다. 그는 일본인의 죄를 경감해주려고 막연하게 대답했다.

"반드시 총과 대포라고 정해져 있나요? 삽도 있고 솥이나 주전자도 쇠를 사용하잖아요?"

바이 순장은 리 노인을 두둔해서 재빨리 말했다.

"그것으로 무엇을 만들든 우리는 내면 그만이지!"

558

"그래요! 그래요!"

샤오허는 연달아 머리를 끄덕이며 바이 순장이 대국을 꿰뚫고 있다고 생각했다.

"그러면 쓰예 당신이 한 바퀴 돌구려. 모두에게 먼저 두 근을 내고 다음 달에 다시 두 근을 내라고."

리쓰예는 샤오허를 노려보고 성이 나서 말을 할 수 없었다.

"사정은 그렇게 간단하지 않아요!"

바이 순장은 웃으면서 볼썽사납게 말했다.

"첫째, 우리는 섣불리 모두에게 직접 철을 요구해서는 안 됩니다. 너희 두 사람은 아마 집집마다 가서 한 마디씩 해야 한다, 모두에게 준비가 되어 있다는 것을 가르쳐 줄 겸, 우리가 일을 처리하는 것이 부득이한 일 때문이지, 눈을 부릅뜨고 일본인을 돕는 것이 아니라는 것을 그들에게 알려야 합니다!"

"그 말이 옳아! 정말 옳아! 우리 모두가 이웃이니 일본인도 우리의 좋은 친구야!"

샤오허는 뜻을 음미하면서 말했다.

리쓰예는 비틀거렸다.

"쓰예, 등을 기대요. 편하게 앉아요!"

샤오허가 자상하게 말했다.

"둘째로 철의 순도가 일정하지 않으니 우리가 반드시 표준을 정해야 해요?"

바이 순장이 물었다.

"당연히 표준이 있어야지! 함석은 좀……"

"총과 대포를 만들지 못한다고!"

리쓰예는 샤오허의 말에 이 말을 보탰다.

"그래요. 함석은 안 되지!"

바이 순장은 마음이 아팠지만 말을 잇지 못했다. 그는 일을 할 때는 어떻게 자신을 억제해야 하는지 알았다. 그는 나쁜 일을 마무리 지어야 할 때 주도면밀하게 해서 자기 밥그릇을 지켰다.

"무쇠와 강철은 나누지 않지요?"

샤오허는 눈을 반쯤 감고 골똘히 생각했다. 비록 그의 머리는 말랑말랑한 두부일 뿐이지만, 그는 자신이 매우 머리가 있다고 생각한다. 그는 옳고 그름과 그름을 분별하지 못하는데, 사람 모양만 그럴듯하게 약간의 자태를 부린다. 한참 생각한 끝에 그는 교묘한 말을 생각해 냈다. "무쇠와 강철은 나눠야 하나요? 바이 순장!"

"나누지 않으면 더 좋지요, 스따예?"

바이 순장은 리 노인에게 물었다.

노인은 '흥' 하는 소리를 내었다.

"나는 너무 정확하게 할 필요가 없다고 생각해요!"

샤오허도 다른 사람 따라 자기 의견을 내놓았다.

"일은 두루뭉술하게 합시다! 어때요?"

"그래도! 만약 어떤 사람이 쇠를 제출하지 못하면 어쩌지요? 어쨌든 현금으로 환산해 내라지요?"

평소에 가장 자애로운 리 노인이 갑자기 뻣뻣하고 강경해졌다.

"그 일은 나는 못하겠소! 쇠를 내놓으란 것도 말이 아닌데 돈으로 환산하라니? 돈이란 손을 한번 그치면 손을 타는 법이라오. 나는 칠십이 되도록 살면서 이웃이 내 등 뒤에서 손가락질하게 할 수는 없어요. 돈으로 환산한다. 누가 값을 정할 거요? 많이 요구하면 모두가 의논이 분분할 거요. 적게 내게 되면 나는 벌충할 수 없소! 간단히 말하면 두 분이 상의하서. 나는 같이하지 않겠소!"

노인은 말을 마치자 일어섰다.

바이 순장은 리쓰예를 보낼 수 없었다. 애써서 애원했다.

"스따예! 스따예! 당신이 없으면, 되는 일이 없어요! 당신이 한마디만 하면 모두가 머리를 끄덕일 것이요. 다른 사람이 입이 닳도록 말해도 소용이 없어요."

샤오허도 도와서 리 노인을 말렸다. 돈이란 말을 듣자 그의 두부 덩어리 같은 머리가 돌기 시작했다. 그것은 넘겨버릴 수 없는 기회였다. 그렇다. 값을 높게 매기면 손을 거치면 짭짤한 수입이 생긴다. 그는 리쓰예를 보낼 수 없었다. 리쓰예에게 돈을 거두라 하고 자기에게 넘겨 주도록 하면 된다. 그러면 욕은 노인에게 가고, 돈은 자기 주머니에 들어온다. 그는 급히 리쓰예를 말렸다. 노인이 의자에 주저앉자 그는 정신을 차리고 말했다.

"아마 누구 집이라도 쇠 두 근을 구할 수 없을 것이요. 돈으로 환산해요. 내가 보기에 필요한 것 같소! 그렇게 하면 내가 솔선하여 쇠 두 근을 헌납하고, 다시 두 근의 쇠 값을 내어서 모범을 보이면 좋지 않겠소?"

"한 근에 얼마로 칠 거요?"

바이 순장이 물었다.

"한 근에 2위안이면 어때요."

"그러나 모두가 한 근에 2위안으로 환산해서 준다면, 우리는 어디 가서 그렇게 많은 쇠를 살 수 있소? 하물며 우리가 돈을 거두면 틀림없이 값이 올라가서 곧 3위안이 되면 누가 부족분을 메울 책임을 질 거요?"

바이 순장은 말을 마치자 쉬지 않고 손을 문질렀다.

"그러면 한 근에 3원에 어때요?"

샤오허는 마음이 뜨거워졌다.

"한 근에 3위안?"

리쓰예는 내키지 않는 듯이 말했다.

"한 근에 2위안인데, 얼마나 많은 사람이 낼 수 있겠는가? 생각해 보니, 한 근에 2위안으로 말하면, 근거 없이 매 집마다 매달 4위안을 내야 하는데, 게다가 한 근에 3위안은 말할 것도 없다. 한 달에 수레를 끌면 얼마를 벌 수 있을까? 바이 순장, 순경 한 명이 한 달에 얼마 벌어? 한 번에 4위안, 6위안... 모두의 목숨을 앗아가는 것이 아니냐?"

바이 순장은 눈살을 찌푸렸다. 그도 안다. 이미 순장이 되었지만 매월 40위안 위폐를 받으니 4위안이라면 10분의 1이라는 것을 알고 있었다.

관샤오허는 문제의 중요성을 모르고 있었기 때문에 리쓰예가 고의로 어렵게 한다고 생각했다.

"당신 그렇게 말씀하시니 어떻게 해야 되오?"

그는 냉정하게 질문했다.

"뭐라고 하셨소?"

리쓰예는 차게 웃었다.

"모두가 연합해서 일어나서 일본인에게 쇠도 없다. 돈도 없다. 목을 달라 하면 목을 주겠다고 말해야 해요!"

관샤오허는 놀라서 튀어 일어났다.

"쓰예! 쓰예!"

그는 애원했다.

"내 앞에 그따위 소리 말아요. 알겠소? 반란을 일으키려는 겁니까?"

바이 순장도 당황했다.

"스따예! 당신 말은 틀리지 않아요. 그러면 일이 되지 않아요! 당신과 같은 노인장은 내보다 연세가 높으니, 베이핑인들은 영원히 반역을 하지 않는다는 것을 아실 거요! 마음 편하게 잡수시고 방법을 생각해봅시다!"

리쓰예도 확실히 베이핑인은 모반을 하지 않는다는 것을 알지만 그러나 모두에게 쇠를 강요할 마음은 내키지 않았다. 그는 천천히 일어났다.

"나는 어쩔 수 없네요. 나는 이런 작은 남의 일에 관여하고 싶지 않아요!"

바이 순장은 노인을 가도록 내버려두지 않았지만, 노인은 매우 단호했다.

"나를 막지 말아요. 순장! 내가 하고 싶은 일은 다른 사람에게 권할 필요가 없소. 내가 하기 싫은 일은 남에게 권해 보아야 소용없소!"
노인은 천천히 밖으로 나갔다.

샤오허는 리쓰예를 다시 막지 않았다. 첫째 이유는 모반을 하겠다고
큰 소리로 떠드는 사람을 자기 집에 앉혀두고 싶지 않았기 때문이고,
둘째 이유는 노인네가 일에 관여하는 것을 좋아하지 않으니, 아마도
자기가 손쉽게 솜씨를 발휘하면 두어 냥 잔돈을 만질 수 있을 것 같아서
였다.

바이 순장은 정말 조급했다. 급했지만 그렇다고 그의 마음을 어지럽
힐 수 없었다. 그도 더 이상 샤오허와 말을 나누기 싫어서 급히 작별을
고했다. 그는 밤중에 다시 리쓰예를 찾아갈 준비를 했다. 리쓰예가
머리를 끄덕이지 않으면 그는 절대로 관샤오허에게 얼굴을 내놓게
하고 싶지 않았다.

신민회가 거리에 표어를 붙여두었다. "돈이 있으면 돈을 내고 없으면
쇠를 내자!" 그것은 아주 교묘한 수였다. 그들은 쇠 헌납을 말하지
않고 헌금을 말했다. 돈이 없으면 쇠로 내라고 했다. 이렇게 왜 쇠를
내는지 설명도 없이 넘어가 버렸다.

동시에 첸 모인 선생의 전단(삐라)이 모두의 대문 안에 들어와 있었
다.

"철 헌납에 대항하라! 적들이 우리의 쇠로 더 많은 총과 대포를 만들
어 우리 사람을 죽일지 모른다!"

바이 순장은 두 종류의 선전을 모두 보았다. 그는 원래 밤에 다시
리쓰예를 찾고 싶었으나, 다음날 다시 말하기로 결정했다. 그는 이러한

반일 선전이 무슨 효과가 있을까 기다려야만 했다. 자기의 밥그릇을 위해서는 이 선전이 어떤 효과도 없기를 바랐다. 그래야 그는 편안하게 지낼 수 있을 것 같았다. 그러나 그의 마음속이 약간 달아올랐다. 그래서 이 선전이 효과가 있어서 베이핑에 철 헌납 반대운동이 대대적으로 일어나기를 바랐다. 그렇다. 지방에서 일어나면, 그가 제일 먼저 영향을 받을 것이다. 아마도 자기 밥통이 깨질지도 모른다. 그러나 누가 그렇게 관심을 두겠는가. 베이핑인들이 정말 난을 일으킨다면, 아마도 모두가 고개를 들 수 있을 것이다.

그가 하루 종일 기다려도 반항하는 사람 하나 없었다. 그는 위에서 전화 오기를 기다릴 뿐이다.

"이장들에게 빨리 처리하라고 독촉하라! 위에서는 급하다!"

다 듣고 나서 그는 자기에게 탄식하면서 말했다.

"베이핑인은 역시 베이핑인이구나!"

그는 정신이 번쩍 들어서 관샤오허를 찾아갔다.

다츠바오는 친정에서 며칠 묵었다. 돌아오자, 그녀는 대문에 걸려 있는 난목으로 만든 현판을 힐끗 보고는, 손으로 떼어내어 땅에 패대기를 쳤다.

"샤오허!"

그녀가 대문에 들어오자 야생닭 꼬리 모자를 벗어서 들고 있는 것도 잊어버리고 큰 소리로 불렀다.

"샤오허!"

샤오허는 그때 마침 남쪽 방에 있었다. 소리 지르는 것을 듣고는 그녀가 무슨 일로 성질을 부리는지 몰라서 곧 심장이 콩닥거렸다. 옷깃을 잠시 여미고 적절하게 웃는 얼굴을 펴 보이면서 경쾌하게 걸어 나갔다.

"어, 오셨소? 집안이 편안했소?"

"내가 당신에게 묻겠는데 대문에 걸린 현판이 어떻게 된 거요?"

"그거요."

샤오허는 피식 웃었다.

"내가 이장이 되었소!"

"음! 당신이 그런 천직에 나가다니! 여기 이장이란 희한하지 않소? 팻말을 문 앞에 가서 와서 뻐개서 태워버려요! 좋아, 나는 소장인데 당신은 오히려 이장이라니! 내 체면을 깎는 것 아니오. 당신 정신이 나갔소? 아무 일 없이 더러운 순경이나, 어중이떠중이들이 몰려와 소란 피우겠지. 내가 참을 수 있겠소? 당신은 일을 하면서 생각도 안 해 보셨소? 당신의 머릿속에는 솜만 들어 있는 거요? 50세나 된 사람이 허튼소리나 하고!"

다츠바오는 모자를 벗어서 야생닭털이 가볍게 떨리는 것을 보았다.

"소장님에게 보고합니다."

샤오허는 꾹 참고 의젓하게 말했다.

"이장은 실제로 체면이 서는 자리라는 것을 알게 되었다오. 그러나 그 중에서도 아마 약간의 이익이 있습니다. 그래서 내가…"

"무슨 이익이요?"

다츠바오가 어조를 낮추어 물었다.

"예를 들어 봅시다. 모두가 쇠를 헌납해야 되는데, 어떤 집에서는 현물이 없다면 어떻게 하겠소?"

샤오허는 고의로 몸을 떨면서 마누라가 어떻게 대답하는가 지켜보았다. 다츠바오가 대답을 하지 못하자 그는 말을 이었다.

"그러면 현물을 돈으로 쳐서 내는 거요. 실제 가격이 한 근에 2위안이면 나는 3위안을 받는 거지요. 계산해보면 우리 후퉁이 20여 호이니 매월 매호마다 2위안이면 한 달에 50위안쯤이요. 소학교 교원이 일주일에 30시간 수업을 하고 불과 50위안을 받소. 다시 말하면 오늘 쇠를 바치면, 내일은 동을, 주석, 납을 바치라 할지 누가 알아요! 한번 바치는데 50위안이라면 다섯 번 바치면 내가 250위안을 만지는 거요. 중학교 선생이 매월 120위안 받을 수 있어요? 생각해보시오! 하물며"

"그만해요! 그만해!"

다츠바오는 남편의 말을 가로막았다. 비로소 얼굴에 미소가 떠올랐다.

"당신은 살아 있는 보배라니까요!"

관샤오허는 아내의 살아 있는 보배라는 칭찬은 쉽지 않은 것이라서 대단히 만족하였다. 그는 득의에 찬 기색을 얼굴에 나타낼 수가 없었다. 그는 침착했다. 살아 있는 보배란 성현이나 호걸과 마찬가지로 엄하게 다루어야 하는 것이기 때문이다. 그는 천천히 밖으로 나갔다.

"왜 나가?"

"나 말이요. 현판을 도로 달아야지!"

샤오허가 현판을 달자, 바이 순장이 찾아왔다.

다츠바오가 방안에 있으니 바이 순장이 좌불안석이었다. 여러 해 경찰을 했기 때문에 사람을 다루는 데는 자신이 있었다―그러나 남자는 괜찮은데 여자는 언제나 두려웠다. 특별히 발랄한 여자는 더 그랬다. 그는 베이핑인이라서 부녀를 존경했다. 이 때문에 그가 술에 취한 귀신을 계속하여 침상에 뉘어 잠을 자게 할 수도 있었고, 미친놈도 큰일 없이 집에 보내줄 수 있었으나, 입을 열면 욕을 하고, 손을 뻗으면 때리는 여자를 만나면 아주 곤란했다. 그는 본의 아니게 엄하게 다루고 뺨을 때리기도 했지만 굽실거릴 뿐이었다.

그는 다츠바오가 상대하기 쉬운 사람이 아니며, 부인이라는 것을 잘 알고 있었다. 그녀를 힐끗 보고는 어쩔 줄 몰랐다. 횡설수설 자기가 온 뜻을 설명했다. 과연 다츠바오는 말꼬리를 잡고 끼어들었다.

"그런 일이야 무얼 그렇게 어려워요! 모두에게 가서 내놓으라 하세요. 감히 내놓지 않으려는 사람이 있다면 감옥에 처넣어요! 간단명료하잖아요!"

바이 순장은 그런 이야기를 듣고 좋아하지 않았다. 그러나 반박할 수도 없었다. 호한은 여자와 싸우지 않는다. 그는 부인에게 위세를 부릴 수도 없었다. 그가 리쓰예를 언급하자 다츠바오가 말했다.

"불러와요! 다리 품 파는 것이 그가 할 일 아니요! 그가 감히 오지 않으면 내가 두 노인네를 일본인에게 넘겨주겠소! 바이 순장 내가 당신에게 말하지만, 일이란 부처님 같은 자비로운 마음으로는 처리할 수 없소. 오히려 우리가 하는 일은 모두 일본인들이 뒤에서 책임질 텐데, 무엇이 무서워요!"

다츠바오가 잠시 숨을 고르더니 호기 있게 큰 소리로 소리쳤다.

"여봐라!"

남자 하인이 공손하게 들어왔다.

"가서 리쓰예 불러와! 그에게 말해. 오늘 안 오면 내일 하옥시킬 것이다! 분명히 들었어요? 가보세요!"

리쓰예는 평생 머리를 숙인 적 없었다. 오늘은 머리를 숙이고 관 씨 댁에 들어왔다. 첸 선생, 루이쉬안, 모두 감옥에 갔다는 것을 그는 알고 있었다. 샤오추이는 머리가 잘렸다. 그는 일본인이 무섭다는 것을 알고 있었다. 다츠바오도 확실히 호랑이의 위세를 빌려서, 선량한 사람을 못살게 구는데 능하다는 것을 알았다. 그는 수십 년 사회에서 굴러먹으면서 호한은 눈앞의 불리한 일을 당하려 하지 않는다는 것을 안다. 그는 강하고 정직하고 공평하고 의로웠다. 오늘에 이르러 그런 것들은 이미 아무 소용이 없다. 그는 못된 여인을 만나더라도 머리를 숙여서 늙은 목숨을 남겨 감옥에서가 아니라 집에서 죽도록 해야 했다. 그는 화가 났지만 어쩔 수 없었다. 그는 생각을 바꾸어 머리를 약간 높이 쳐들었다. 그가 있으면 모두에게 조금이라도 도움이 되게 하여, 귀를 잡아끌고 가서 죽이려는 다츠바오의 위세를 당하지 못할 것이라고 생각했다.

말이 필요 없었다. 그가 쇠를 모으는 것을 책임졌다. 그러나 쇠를 현금으로 대납하는 데는 한사코 동의하지 않았다.

"모두가 쇠를 내지 못하면 자신이 사와야 한다. 비싸게 사든 싸게 사든 나는 상관하지 않을 거야. 이렇게 돈이 우리 손을 거치지 않으면 뒤탈 없을 거요!"

"그럴 양이면 나는 자리에서 물러나겠소! 모두가 직접 가서 산다면 어느 세월에 사 온단 말이오? 기한을 넘기는 것을 나는 참을 수 없소!" 샤오허는 울먹이듯이 말했다.

바이 순장은 난처해졌다.

리쓰예도 조금도 양보하려 하시 잃있디.

다츠바오가 오히려 타협안을 내놓았다.

"좋아, 리쓰예 당신은 가서 일하세요. 잘 안되면 우리 다시 모여 생각합시다."

순간적으로 그녀는 이미 좋은 생각을 내놓았다. 재빨리 대량의 고철, 헌 구리 매수가 값을 올려놓았다.

그러나 그녀는 비교적 늦게 소식을 들었다. 가오이퉈, 란둥양은 이미 손을 뻗어서 구리 부스러기와 고철을 사들였다.

리쓰예가 상당히 득의양양하게 관 씨 댁을 나갔다. 그는 다츠바오와 관샤오허와의 전쟁에서 한판승을 땄다고 생각했다. 그는 모든 후퉁사람들에게 자기가 내일 쇠를 거두어들인다고 전했다. 모두는 리 노인이 앞장선 것을 보고 안심했다. 쇠를 헌납하는 것이 좋은 일은 아니라 해도 리 노인이 나와서 처리한다면 모두가 그 일 자체가 불합리하다는 것을 잊었다. 첸 선생의 작은 전단이 내놓은 효과는 모두를 약간 견디기 힘들게 하는 정도로 끝났다. 베이핑인은 모반을 할 줄 몰랐다.

치 노인과 윈메이는 집 안에 있는 부서진 철기를 찾아내었다. 하나하나가 쓰지는 않지만, 쓸모가 있는 것 같기도 했다. 두어 가지 물건은 정말 쓸모가 없을 것 같은데 감정상으로 쉽게 내버릴 수 없는 원인을 찾아내게 된다. 그들은 선택하고 비교해도 어느 것도 결정할 수가 없었다. 결정을 할 수가 없기 때문에, 그들은 쇠로 총포를 만들려 하는 독하고 간악함을 얘기하게 되었다. 그러나 말한 후에도 분해서 반항하고 싶은 생각은 없었다. 마주 보고 한숨을 짓다가 깨어진 쇠 솥을 희생하기로 결정했다. 옛날에 자기들을 위해서 쓰였던 기명을 아까워하기 때문만 아니라 장차 그것이 포탄으로 개조될 것이라 생각하니 가련하기까지 했다. 그것이 포탄이 되어 누구의 머리를 깨부술 거라는 생각에 미치자 더 이상 생각을 이어가려 하지 않았다. 치 노인이 한마디 하며 결론을 내렸다.

"쇠 솥조차도 요즘 같은 세상에는 우리와 같이 있지 못하는 구나!"

전 후통에서 가정마다 이러한 일들 때문에 작은 소란이 일어났다. 베이핑인들이 성을 내고 있었다. 이러한 화는 분노와 반항을 나타내는 것이 아니라 모두가 어쩔 수 없음을 나타낸다. 대체로 말하면 모두가 자기가 쇠를 헌납하기 때문에, 적들이 얼마나 많은 총포를 만들어서 자기네 집사람을 죽일 것이라는 것에 분노를 표시하게 되었다. 잠시 지나자, 그들은 분노를 잊고 쇠를 내놓지 않으면 닥칠 위험을 생각했다. 그리하여 그들은 치 노인처럼 집안의 구석에서 자기들을 벌을 받지 않게 해줄 보물을 찾으려 했다. 쇠를 찾으면서 그들은 예상치 못한 유머를 발견하고 슬픈 미소를 지었다. 마치 입동 이후에 마른 갈대 위의 살아 있는 한 마리 벌레를 발견한 것 같았다. 어떤 사람은 어떤 모서리에 쇠붙이가 있는 것으로 기억하고 있었는데 찾지 못하자 화가 났다. 다시 생각해보니, 자기가 이미 엿을 바꿔 먹었다는 생각이 났다. 어떤 사람은 낡은 채소 칼을 찾았는데, 그것이 현재 쓰고 있는 것보다 칼날이 더 좋아 보여서, 원래 자리로 복직시키는 일도 있었다. 이러한 자그마한 일들이 분노를 잊게 하여 이러지도 저러지도 못하게 되어 내놓을 쇠를 정할 수 없었다. 그들은 이것이 반드시 해야 하는 일인 줄 알기 시작하여, 일본인의 명령에 의해서 거주증을 받아야 하고, 일본 군인을 보면 머리를 깊이 조아려야 하듯이, 반드시 시키는 대로 해야 한다고 받아들였다.

7호집 사람들은 두 근의 쇠를 모을 수 있는 집이 한 집도 없었다. 그들의 집안에는 잠시 보류되어 있는 물건이라고는 찾을 수 없었다─쓸 수 있는 것은 쓰고, 쓸 수 없는 것은 팔아버렸다. 부스러기 구리나 고철을 파는 사람들은 매일 그들의 문 앞에서 더 크게 소리를 질러대었다. 그들은 부엌 속까지 뒤졌지만 두 근을 긁어 모으지 못했기 때문에 사러 가야 했다. 그들은 리쓰예가 공평무사해서 자기 손으로 돈을 받으려 하지 않는다는 것을 알았다. 그러나 쇠 값이 하루 밤새 한 근에 1위안이 올랐다는 것을 알고, 그들의 마음은 모두 식었다.

동시에 그들은 정(正) 이장이 원래는 모두가 격식대로 한 근에 2.5위안의 돈을 받으려 했는데, 리쓰예가 동의하지 않았다는 말을 들었다. 리쓰예가 그들을 해쳤다. 얼마 지난 후에 리쓰예에 대한 대중들의 존경이 분노로 바뀌었다. 그들은 관샤오허가 시비를 도발했는지를 고려하려 하지 않고, 리 노인이 과거에 그들과 잘 지냈다는 것을 생각지 않고, 다만 3위안을 들여 쇠 한 근과 교환하게 되었다─아마 살 수 없을지도 모른다—는 것은 순전히 리 노인이 저지른 잘못이라고만 생각했다. 그들의 일본인에 대한 약간의 분노가 물길을 돌려 전부 리쓰예에게로 향했다. 어떤 사람은 공연히 회나무 아래에서 큰 소리로 노인을 욕했다.

수군거리다 못해 욕까지 하는 소리를 듣고도 노인은 감히 변명 한마디 못했다. 그는 자기가 죽을 때가 되었다는 사실을 확실히 알았다. 그는 일본인에게 대들거나 관샤오허와 다츠바오에게 대들지 않았다. 더구나 평소에 좋은 친구조차 그에게 얼굴을 돌렸다. 방 안에 앉아서 두어 명, 자기를 위해 이치를 따져줄 사람이 나타나기를 간절히 바랐다. 첫째로 다른 사람의 말이 자기 말보다 더 힘이 있을 것이고, 둘째는 어떤 사람이 자기를 위해 발분해주면, 결국은 과거에 자기가 공평하고 의롭게 처신한 것이 헛되지 않고 사람들의 마음속에 뿌리내렸는지를 알고자 해서였다.

그는 쑨치가 꼭 자기편에 설 것이라고 계산했다. 좋아, 쑨치는 일본인과 관 씨 댁을 죽도록 원망해왔다. 그러나 쑨치는 간이 크지 않아 7호 사람들을 감히 화나게 하지 못할 것이다. 그러면 청창순이 자기를 위해 나서줘우길 희망했다. 그러나 청창순이 요즘 자기 일로 바빠서 남의 사소한 일에 나설 시간이 없었다. 샤오원은 위인이 괜찮은 사람이지만 전처럼 손을 소매 속에 찔러 넣고서 별말이 없을 것이다.

생각에 생각을 거듭하다가 그는 치 노인이 걸음해주길 기다렸다. 치 노인이 깨진 쇠 솥을 들고 문에 들어서면서 말했다.

"쓰예, 자네 수고를 덜려고 내가 직접 가지고 왔네."

리쓰예는 치 노인을 보자 친형제를 본 것처럼 전후 사정을 뿌리부터 단숨에 털어놓았다.

리쓰예의 말을 다 듣고 나서 한참이나 침묵을 지켰다.

"쓰예, 세월이 바뀌니 인심도 바뀌는구려! 상심 마시오, 당신이나 나나 두 눈으로 똑똑히 보아 왔지 않소, 누가 멀리 가는지 보아왔지 않소!"

리쓰예는 감격해서 연달아 머리를 끄덕였다.

"우리는 큰바람 큰 파도도 겪어왔잖소 어떤 고초도 우리는 겪어 왔는데, 그까짓 뒷공론 무서울 게 뭐 있소?"

치 노인은 한쪽으로 늙은 친구를 위로하고, 한쪽으로 두 노인의 경험과 신분을 표시했다. 연후에 두 노인은 다년간의 진부하고 쓸데없는 이야기를 한 시간 반이나 털어놓았다.

쓰다마는 두 노인의 이야기로부터 쇠를 바치는 이야기와 쇠 바치는 일 때문에 분규가 일어났다는 것을 알게 되었다. 그녀는 그야말로 분통이 터졌다. 평소에 이웃들이 도움을 청하면 반드시 응해주었는데, 이번에 그들이 "늙은 물건"을 공격했다는 말을 듣고, 곧 나가서 성토하고 싶었다. 그녀는 곧 7호에 가서 배은망덕한 사람들을 꾸짖으러 가려 했다. 그녀는 아무것도 두려워하지 않았다. 다만 마음속에 있는 억울함을 달래지 못할까 두려웠다.

두 노인은 좋은 말로 그녀를 말렸다. 그녀는 찻물을 가지러 가면서 마당에서 큰 소리로 마치 군대가 대포를 쏘아서 무력시위를 하듯이 욕을 했다. 물이 끓자 곧 방에 가지고 가서 그들의 담화 속에 끼어들었다.

　그때 7호 사람과 다른 집 사람들 모두가 첫째로 관 씨 댁에 가서 고철을 바치거나 한 근에 2.5위안을 바쳐서 리쓰예를 난감하게 했다. 관 씨 댁은 외부의 쇠 값이 3위안에서 3.4위안이 되어도 돈을 더 받지 않았다. 다츠바오는 가오이퉈에게 강요하여 한 근에 2.4위안으로 계산하게 해서 매점한 쇠 일부를 내놓게 했다.

　"됐어! 얼마 못 벌었어. 다 계산해보아야 작은 이문이야!"

　관샤오허는 상당히 득의에 차 있었다.

58

　자오디는 겨우 두 편의 연극을 배웠는데, 하나는 〈분하만〉이고 다른 하나는 〈홍란희〉였다. 그녀는 상당히 총명하지만, 마음은 마치 죽은 물고기와 같아서, 한바탕 바람이 불면 흐름을 따라 내려가서 아주 멀리 도망쳐 버렸다. 그녀는 한 가지 일에 몰두하려고 하지 않았다.

　그녀의 목적은 즐기는 것이었다. 즐기는 데는 끝이 없었다. 먹는 것도 즐기고, 마시는 것도 즐기고, 연애도 즐기고, 노래도 약간의 허영도 즐겼다. 그녀에게는 모든 즐거움이 필요했다. 다른 사람이 스케이트를 타러 가는데 자기가 가지 못하면 곧 자기가 억울한 일을 당했다고 생각하고, 몇 방울 눈물을 떨어뜨린다. 그러나 그녀는 일체의 놀이에 한꺼번에 참가할 수 없었다. 첫째로 몸을 나눌 수 없고, 둘째는 시간을 정복하여 시간이 늘 자기를 기다리게 할 수는 없었다. 이리하여 그녀는 자기 자신에게 시간을 분배할 수밖에 없었다. 시계 초침처럼 하루 종일 저녁 늦게까지 잠시도 한가할 수 없었다.

이렇게 그녀는 허다한 작은 골칫거리를 만들어냈다. 스케이트 타느라 극을 배우는 것을 뒤로 미뤘다. 더구나 스케이트 장에서 감기라도 들리면 목이 막혀서, 호금이 아무리 낮아도 충분히 목소리를 높일 수 없고, 즉시 온몸에 열이 났다. 마찬가지로 세 사람의 남자친구 중에 한 명과 영화를 보기로 약속하고, 또 한 명과는 극을 보러 가기로 약속하고, 또 한 사람과는 공원에서 밥을 먹기로 약속하면, 그녀는 동시에 몸을 쪼개어 세 곳에 갈 수가 없어서 곤란에 처해진다. 두 사람에게 미안하다고 하면 두 사람에게서 욕을 들어먹는다. 만약 영화 반을 본 연후에 연극을 다시 보고, 최후에 밥을 먹으러 가려고 허다하게 입을 놀려서 허다한 거짓말을 한다. 그렇게 되면 세 명의 친구 모두에게서 욕을 들어먹는다. 하물며 이렇게 바쁘게 뛰어다니려면 괴롭기 그지없었다. 왕왕 사랑을 누리는 일이란 완전히 점유할 필요가 있지 동쪽으로 기우뚱 서쪽으로 기우뚱하는 곳에 있을 필요가 없으며, 눈을 감고 있을 필요가 있는 것이지 징을 치고 북을 치듯 떠들썩한 일이 아니다. 그녀는 때로는 영화, 극 보기, 식당에서 밥 먹기, 공원 산책 등을 그만두고 한 사람의 남자만 사랑하여 진정한 연애 같은 연애를 하고 싶었다. 그러면 사랑 팔진도를 펼칠 필요가 없을 것이다. 그렇지만 그녀는 또 열렬하고 시끌벅적한 것을 놓칠 수 없었다. 이러한 시끌벅적한 것이 그녀에게 자극을 주었다. 그녀가 시산 백운사에 갇혀 있으면 영화, 연극, 징과 북이 없고 큰 소리로 아우성칠 일 없고, 신변에 지극히 사랑스러운 사람만 있으면 오히려 그녀가 발광할까 두렵다고 생각했다. 즐긴다는 것이 심해지면 자극이 되고, 자극이 심해지면 거친 폭력이 된다. 극을 빌어 와 얘기하면 그녀는 시간이 지나자 소생 을 감상할 수 있게 되었다. 소생의 날카로운 목소리가 청의 에 비해 약간 더 경직되어 있기 때문이다. 그녀는 무(武)극 듣기를 좋아했다. 양소류의 무극이 문(文)창과 같은 종류이기 때문이나. 게디기(홍문사), 〈철공지〉, 〈청석동〉과도 마찬가지로 내용에 정절이 없고, 순전히 무공만 다룬 극이었기 때문이다. 징과 북소리가 요란할수록 그녀는 유쾌하게 느꼈다. 〈치루배〉 나 〈제탑〉 같은 류를 만나면 그녀는 즐기만 했다. 영화조차도 그랬다. 그녀는 무자비하고 의리가 없는 난투극만 벌어지는 것을 좋아했다. 난투극이 있어야 그녀에게 인상적이었다. 그녀는 강렬한 자극을 필요로 했다.

　남자 친구에 대해서도 때때로 싫증을 느꼈다. 그들은 모두 약속이나 한 듯이 상투적인 고통도 간지러움도 없는 광대놀이를 했다. 그들 중에는 리쿵산 같은 인물이 없었다. 그녀는 그들에게 싫증이 나서 때때로 리쿵산을 생각했다. 리쿵산은 부드럽지도 자상하지도 않았으나, 그녀에게 약간의 자극을 주었다. 그러나 그녀는 그들 중에서 한 명을 골라서 리쿵산을 만들어 낼 수는 없었다. 그녀는 즐겨야했다. 그러나 조심해야 했다. 애가 생기면 만사가 끝장이다. 다시 말하면 한 사람만 사랑하면 다른 남자들은 그녀에게 다시 예물을 보내지 않을 것이다. 그러면 그것은 손실이다. 그녀는 애매하게 빈둥거렸다. 그녀는 모든 것을 얻어도 얻지 못한 척 했다. 자기 자신 조차 도대체 무슨 일을 하고 있는지 분명치 않았다. 이렇게 흐리멍텅한 중에 때로는 우연히 그녀가 이러는 것은 그녀가 일종의 사명—일본이 베이핑을 점령한 후에 얻게 된 사명을 지고 있는 것이 아닌가 하고 생각하게 되었다. 그녀 자신도 이렇게 원하고, 친구들도 자기가 그러기를 바라고, 부모님도 그러기를 바라기 때문이다. 그런데 그것이 사명이 아니라면 무엇인가?

그녀의 남자 친구 중에서 비교적 최근에 사귄 몇 명의 배우들이 마음에 들었다. 그들의 신체는 강하고 행동은 경박하고 말은 거칠었다. 그녀와 같이 있을 때는 그녀는 자신이 여자라는 것을 거의 잊었다. 누가 상스런 말을 해도 얼굴을 붉히지 않았다. 그녀는 그것이 건강함이라고 생각했다.

남자는 여자배우를 받들고, 여자는 남자배우를 받드는 것이 풍속이니 원래 뭐 별거 없었다. 그러나 그녀의 친구들이 종종 그녀가 남자배우와 사귀지 말아야 한다고 지적했다. 이것이 그녀에게 적잖은 고통을 주었다. 만약 남들이 할 수 있다면 자기도 할 수 있을 것이다. 그녀가 '사명'을 띠고 있는 사람이라면 남에게 뒤떨어지는 것을 달게 받아들일 수 없었다. 그녀는 왜 남자 배우를 친구로 할 수 없을까? 동시에 그녀는 공공연하게 남자 친구와 싸울 수는 없지만 절대로 그들의 비평을 받아들이려 않는다. 그녀는 사명이 있는 사람이다. 그녀는 반드시 도처에서 사람들의 환영을 받아서 언제가 자기가 사회 전면에 서야 한다. 그녀가 남들의 비난을 사서 야유를 받아서는 안 된다.

그녀는 바쁘고 정신이 없고 피곤했다. 또한 그녀는 계획을 세울 형편이 아니었다. 그녀는 또 대담해야 하지만 조심해야 했다. 그녀는 멍청해졌으나 완전히 멍청해진 것은 아니었다. 자극이 있어도 전처럼 공허하기는 마찬가지였다. 그녀는 어떤 것이 좋은지 모르고 어떤 것이라도 좋다고 생각했다. 그녀는 여위었다. 분을 바르지 않을 때는 그녀의 얼굴에 어두운 누런색이 나타나서 눈 주위에 검은 고리가 끼었다. 그녀는 때때로 쉬고 싶었으나 형편에 쫓겨서 활동을 하지 않을 수 없었다. 그녀는 자기가 병이 났는지도 모르고 있었으며, 때로는 안개 속에 떠돌아다니는 것처럼 느꼈다. 연지와 분을 바르기를 끝내자 그녀는 자신이 생겼다. 그녀는 아주 건강하고 아주 예뻤다. 건강한지 아닌지 조금도 걱정할 필요가 없었다. 그녀는 담배를 배웠고 대담하게 강한 술도 마실 줄 알았다. 그녀는 자기의 청춘을 찾지 못했지만, 그렇다고 늙수그레한 노인도 아니었다. 그녀는 이제 정력, 사명, 인연도 있는 복 많은 젊은 부인이었다.

이렇게 바쁘고, 정신없고, 득의에 차기도 하고, 고통스럽거나 쾌락을 누리는 중에도, 그녀는 자기도 모르는 새에 좋은 일을 하나 했다. 퉁팡을 구했다.

사창촌에 떨어질 위험을 피하거나 늦추기 위해서, 그녀는 마음을 다해 둘째를 잡았다. 그녀는 자오디를 크게 미워하지는 않았다. 자오디를 부추겨 허튼짓을 하게 하여, 자오디를 파멸시키고 싶지도 않았다. 그녀는 사람에게 파멸 당한 연인이었다. 그녀는 어떤 청춘 남녀라도 자기와 같이 되는 것을 참고 볼 수 없었다. 그녀는 다츠바오와 일본인을 아주 원망했다. 다츠바오가 그녀를 기방으로 쫓아내기를 앉아서 기다릴 수 없었다. 한번 기방에 들어가면 그녀가 원수 갚을 방법이 없어진다.

이 때문에 자기의 엄폐물로 삼기 위해서 자오디를 꼭 잡았다. 엄폐물 뒤에서 힘을 들어서, 엄폐물을 밀어서, 엄폐물에 약간의 흙을 첨가하거나 나무를 괴어서, 엄폐물의 방어력을 높였다. 그리고 그녀는 자오디에게 머리에 냉수를 끼얹듯이 충고를 하면 혹시나 자오디를 불쾌하게 여길까 해서 충고를 삼갔다. 자오디가 그녀를 미워하면, 그녀는 엄폐물을 상실하여, 다츠바오의 총탄이 수시로 자기 머리에 떨어질 것이다.

자오디는 어리니까 사람이 자기에게 복종하고 아첨하는 것을 좋아했다. 애초에 그녀는 퉁팡의 친절은 일종의 정략이라는 것을 간파했다. 그러나 며칠이 지나자 퉁팡이 말을 잘하고 많이 이해해주고, 자기의 안색을 잘 살피자, 그녀는 편안하게 느끼게 되었다. 곧 그녀는 퉁팡이 진심으로 자기와 잘 지내고 싶어 한다고 믿었다. 이렇게 여러 날이 지났다. 그녀는 자기도 모르게 퉁팡을 신임하고 자기 모친에게 점점 살살해졌다. 좋아, 그녀는 어머니가 진심으로 자기를 사랑한다는 것을 알았다. 다만 그녀는 이미 세 살 먹은 아기가 아니고, 자기 나름대로의 생각을 가질 수 있다고 생각해서 자기의 모든 일을 어머니가 결정하게 두고 싶지 않았다. 다시 말하면 그녀는 영원히 어머니의 부속물이 되고 싶지 않았다. 조그마한 일을 예로 들어보자. 그녀와 어머니가 함께 외출할 때 우연히 자신의 남자친구를 만나면, 그들은 틀림없이 먼저 어머니에게 인사하고 다음에 자기에게 인사한다. 그녀는 어머니 곁에서 어머니의 공(功)적인 전시품처럼 된다. 자기의 아름다움은 바로 어머니의 공로이고 자기 자신의 독자적인 힘으로 얻은 영광은 하나도 없는 것 같이 된다. 반대로 그녀가 퉁팡과 함께 있으면, 자기가 주인이 되고,

퉁팡은 손님이고, 자기는 태양이고, 퉁팡은 달이 된다. 그녀는 편안하게 느꼈다. 그녀는 퉁팡에게 거의 명령조로 말했다. 그녀가 생각이 정해지지 않았을 때는 퉁팡과 상의했다. 이런 상담은 친밀하게 보였지만 명령을 받아들이는 것과 다름이 없었다. 퉁팡과 함께 있을 때는 그녀의 영광은 확실히 자기 것이었다. 게다가 퉁팡의 나이는 어머니 보다는 훨씬 적고 모양도 아직 볼민 했다. 그래서 퉁팡과 함께 나가고 들어오면, 그녀는 자기가 초승달이고 퉁팡은 달 옆에 붙어 있는 작은 별이라서, 그림을 아름답게 하는 역할을 한다고 생각했다. 어머니와 함께 있으면 사람들은 노추를 뽐내는 어머니를 보고, 다시 봄꽃 같은 그녀를 보고, 마치 우스운 그림을 보듯이, 웃음을 참기 어려워했다. 이 때문에 매번 그녀의 얼굴이 붉어졌다.

다츠바오의 눈은 모래가 낀 것 같았다. 그녀는 한눈에 퉁팡의 의도를 분명히 알아차렸다. 그러나 눈의 모래를 빼내지 않은 사람이라도, 반드시 마음속으로 모래 몇 개를 용납하지 못할 사람은 아니었다. 그녀는 자오디를 진귀한 보배로 보고, 장래에 양귀비나 서태후가 될 것이라고 확신했다. 한쪽으로는 그 보배를 통제해야 했으며, 한쪽으로는 소녀의 즐거움을 추구하도록 해야 했다. 만일 모녀간에 퉁팡 때문에 충돌이 생겼는데 딸이 단숨에 어중이떠중이에게 시집을 가서 용모는 예쁜데 집에 흰쌀 한 가마니 없는 빈털터리라면 자승자박이 아니냐? 아니다. 아니, 그녀는 아가씨가 작은 곳에서 편안함을 느낄 수 있도록 체면을 차려야 했고, 큰 일에는 어쩔 수 없이 엄마를 따라야 했다. 다시 말하면 딸이란 꽃은 오래 피지 않는다. 자오디는 반드시 전성시대에 시집을 보내야 한다. 딸을 출가시킨 후에 퉁팡을 끝장내자. 언젠가는 어떻게든 때가 되면 그녀가 반드시 퉁팡을 끝장내어야 죽어도 눈을 감을 수 있을 것이다.

이런 새로운 상황에서, 가오디만 고생했다. 그녀는 어머니의 사랑도 못 받고 동생의 하는 짓도 눈꼴이 시린 데다가 퉁팡의 우정도 잃었다. 좋아, 그녀는 퉁팡의 고의적인 냉담함을 이해했지만, 다만 완전히 승리감을 충분하게, 이지적으로 완전한 것으로 느끼지 못했다. 그녀는 여자애였다. 그녀는 연민이 필요하고, 어여삐 여겨주기 바랐다. 그녀는 현재 어름 굴에 살았다. 도처에 차가움뿐이라서 참을 수가 없었다. 그녀는 때로는 왜 간 크게 베이핑을 탈출하지 못했는가 하고, 자신을 원망했다. 때로는 그녀가 결혼으로 어름굴 생활을 청산하고 싶었다. 다만 누구에게 시집간단 말인가? 결혼을 생각하면 그녀는 곧 결혼이 영원히 (상어) 고기 간기름을 먹듯이 아무 이익도 손해도 없는 것처럼 위험하다는 생각이 났다.

그녀는 집에서는 냉기가 사람을 덮치는 것을 느꼈다. 밖에 나가면 망망해서 어디로 가야 할지 몰랐다. 낭만적으로 굴려니, 위험이 두려웠다. 성실하게 지내려니 무료했다. 그녀는 어떤 것이 좋은지 몰랐다. 그녀는 자주 성을 내고 심지어 퉁팡에게도 화를 냈다. 다만 성질을 심하게 부릴수록, 모두가 그녀를 더 달가워하지 않아서, 자신이 재미없는 인간이 되어버렸다. 성질을 부리지 않아도 아무도 그녀에게 살갑게 해주지 않았다. 그녀는 형제자매에게서 따돌림받는 사람이 되었다. 때로는 자선 단체에 가서 경을 듣거나 인연따라 예배도 했다. 그러나 그것도 그녀에게 안정을 주거나 해탈을 주지도 않았다. 오히려 종과 경쇠와 향촉 속의 공기 속에서 차가운 안정을 느낀 후에, 오히려 그녀는 마치 찬 술을 먹고 난 후에 뜨거운 차를 마시고 싶어 하듯이 자극을 간절히 원했다. 어쩔 수 없어서 그녀는 남몰래 눈물도 흘렸다.

날씨가 추워졌다. 석탄을 살 수 없었다. 거리에 얼어 죽은 사람이 점점 늘었다. 일본인들은 석탄을 모두 운반해 갔지만,또 그들의 선심을 표시하려고 했다. 그들은 동계 자선 예술 대회를 개최하여 수입금 전부로 죽청을 열어서 마땅히 얼어 죽을 사람들이 살았을 때 일본인에게 감격하도록 했다.

이런 의미 외에, 그들은 겸사겸사 베이핑인에게 또 한 번의 소일할 기회를 주었다. 심심풀이는 마취다.

얼어 죽을 사람은 마땅히 얼어 죽어야 한다. 그러나 그들은 얼어 죽을 사람들이 징과 북소리를 듣고, 구경을 하고, 심령이 얼어버리도록 하기에 이르지 않기를 바랐다. 이번의 자선예술 대회에 특별히 젊은 사람들이 많이 참여하도록 격려했다. 노래를 부를 수 있는 사람은 노래 부르게 하고, 놀이를 할 줄 아는 사람은 놀게 했다. 청년 남녀가 노래와 놀이에 빠지면 자연히 민족이니 국가니 하는 것은 잊어버릴 것이다.

란둥양과 뚱보 쥐쯔는 친히 자오디를 청하여 소녀예술대회에 참가하도록 초청했다. 관 씨 댁 사람들은 흥분되어 심장이 뛰었다. 관샤오허는 뛰는 가슴을 진정시키고 말했다.

"아가씨, 우리 아가씨! 때가 왔다. 이번에 두 곡 정도를 부르지 않으면 안 돼!"

자오디는 목소리가 약간 말랐다고 생각하고는 애교를 섞어서 말했다.

"그런데 안 되겠어요! 여러 날 발성연습을 하지 않았고 가사도 까먹었어요. 무대에 선다? 내가 체면을 구길지 몰라요! 저는 차라리 스케이트를 타겠어요!"

"체면을 잃는다고! 무슨 소리야! 우리 관 씨댁 사람은 영원히 체면 잃을 짓은 안 해, 내 딸아! 누구의 목도 쇠는 아니야, 무슨 일이든 방법이 있는 거야. 네가 무대에 올라가 방구라도 뀌어서 들려주어 그러면 너는 스타가 되는 거야! 오히려 연극 표를 먼저 찍어내고, 우리가 노래를 잘하면 그것은 그들의 행운이다. 노래를 잘하지 못하면 그래도 싸지 뭐!"

샤오허는 흥분이 되어 교양 있는 자세를 잊어버렸다. 사방을 두리번거리며 '무책임 주의'가 진리라고 떠들어 대었다.

"창을 한번 해야지!"

다츠바오는 거만스럽게 말했다.

"배우는데 얼마나 많은 날이 걸리고, 얼마나 많은 돈을 써야 하는데, 그러고도, 한번 드러내지 못하면 무슨 소용인가?"

그렇게 말하고는 둥양을 향해 몸을 돌렸다.

"둥양, 일을 우리가 맡지! 다만 한 가지 조건이 있어. 자오디가 압권은 무조건 해야 돼! 무슨 역을 하든지 그것은 양보하네! 내 딸이 다른 사람을 돋보이게 하는 보조물이 되어서는 안 되네!"

둥양은 이미 자선 공연을 주선해본 경험이 있었다. 그는 자오디가 압권을 맡을 자격이 없다는 것을 알지만, 일본인은 신인이 등장하는 것을 좋아한다는 것을 알았다. 심드렁한 얼굴로 조건을 받아들였다. 그 이면에는 허다한 어려움이 있었지만, 그는 일을 추진할 수 없을 때는 세력—일본인의 세력—으로 참가인을 강압할 수 있다는 것을 알았다. 그리하여 순순히 자기의 위풍을 드러냈다.

"내가 누가 무대를 여는 선두 창을 부르게 하면 그 사람이 부르는 거고, 마지막에 누굴 넣도록 하면 그 사람이 되는 것이지. 자격이나 능력을 말할 필요 없어! 말을 안 들으면? 일본인과 얘기해보라지! 감히 이상하게 여길 리가 있어!"

"의상을 어쩌지? 나는 오히려 쉽게 상자에서 의상을 꺼내어 몸에 걸칠 수는 없어! 놀리면 제대로 해야 한다!"

자오디는 한편으로는 말을 하면서, 한편으로는 가볍게 손바닥으로 얼굴을 두드려 박자를 쳤다.

가오이퉈가 밖에서 들어와 마침 자오디의 말을 듣고 자연스레 말을 이었다.

"의상은 저에게 맡겨요. 소저? 나에게 주면 소저의 분부대로 보관하지요!"

그는 오늘 아주 특별히 세심하게 차려 입어서, 배우의 소품돌보는 사람으로 제격이었다.

이퉈를 훑어보고는 자오디가 웃었다.

"좋아요. 내가 당신을 소품담당자로 삼지요!"

"명령 받들겠습니다!"

이뤄는 득의에 차서 이 아름다운 일을 책임졌다.

샤오허가 이뤄를 노려보았다. 그는 자기가 소품을 돌보고 싶었다. 딸을 따라 무대 뒤로 드나들면서 가까이에서 여배우를 실컷 보고 싶었다. 그녀가 무대 위에 있을 때, 차호를 가지고 가서 여자 마실 것을 챙길 수 있으며 무대 아래에 있는 사람에게 자신을 보일 수 있다. 누가 알았으랴, 이렇게 좋은 일을 이뤄가 채가다니!

"내가 어디로 보든지…"

샤오허는 이뤄의 손에서 기회를 빼앗고 싶었다.

"우리는 원래가 한 몸인데 꾸어올 필요는 없다. 돈으로 체면을 세우려고 할 때에는 하면 되는 거다!"

자오디는 손을 벌렸다. 그녀는 평소에 아버지는 어머니의 조연이라고 생각했다. 언제나 평온하고 큰 나쁜 버릇도 없었지만, 좋은 것으로만 채워져 있는 것은 아니다. 오늘 아버지는 갑자기 머리가 생긴 것처럼 자기가 해야 할 말을 했다.

"아빠! 정말이야, 아버지가 의상 담당을 해! 많을수록 좋아! 그렇다. 많을수록 더 잘해!"

그녀는 의상을 갖추는데 얼마나 돈이 드는지 생각해보지 않았다.

다츠바오는 그녀의 딸이 위세를 제대로 부리게 하고 싶었다. 그러나 그녀는 의상에 돈을 얼마나 써야 하는지 알고 있었다. 그리고 무대 위에서 입고 나면 아무 쓸모가 없다는 것도 알았다. 눈을 깜박거리면서 주의를 주었다.

"자오디 너는 항상 허풍을 떤다. 너는 친구가 많다고 했는데, 지금은 그들을 이용하려 할 때 너를 위해 일해 줄 능력이 있는 사람이 보이지 않아!"

자오디는 영감을 얻었다.

"맞아요! 맞아! 내가 그들에게 가서, 내가 출연하는 창극에 필요한 의상을 만들려고 하는데, 지갑을 여는지 보겠다고 말할 게요. 나는, 제미시팔, 어리숙한 기집애고, 천한 년이라서 멋대로 자기네들과 거저 놀아준 것이 아니라고 말할게요!"

쌍소리가 튀어나왔다. 그녀는 통쾌하게 느끼고 마치 정의감에 사로 잡힌 듯했다.

"소저! 소저!"

샤오허가 연신 소리쳤다.

"네 말이 너무 교양이 없구나!"

"그래도 머리 장식도 있어야지."

이튀는 의상을 빌릴 기회를 놓치고, 재빨리 구제해낼 방법을 생각해 냈다.

"만일 새로운 의상이 옛날 머리장식과 잘 맞으면 아주 볼만하겠다. 내가 비취가 박힌 전부 새로운 것, 확실히 새 의상과 어울리는 장식을 빌려 올 거야!"

의상과 머리 장식 문제가 설왕설래로 이어지자, 다츠바오가 곧 불려 와서 자오디에게 극을 시켜보게 했다.

"좋은 의상, 좋은 머리 장식만 있어서는 창이 나오지 않아요? 소저, 너는 곧 열심히 공부해요!"

그녀는 샤오원을 부르러 사람을 보냈다.

샤오원은 샤오원대로 신분이 있었다. 당신이 그를 집에 모시려면 언제나 아주 예의 바르게 초대해야 한다. 당신이 호찬[30]을 가지고 당신을 찾아오라고만 해서는 그는 응하지 않는다.

다츠바오는 샤오원을 불렀었으나, 오지 않는 것을 보고, 즉시 얼굴색이 바뀌었다. 둥양의 얼굴도 완전히 일그러져서 자신의 명함을 사용하여 전하고 싶었다. 오히려 자오디가 그들을 말렸다.

"소란 떨지 말아요! 샤오원이란 분은 베이핑서 첫째나 둘째가는 호금 선생이에요! 당신들이 그를 죽여도 그는 오지 않을 것입니다! 그 사람만 있으면 내가 망치지 않을 거요. 그 사람이 없으면 나는 바로 끝장이요! 생각해봐요. 우리가 먼저 몇 판 놀아봐요!"

이튀는 다츠바오 뒤에서 두어 번 머리 갸웃거리다 살짝 빠져나갔다. 그는 청창순을 찾아갔다.

생활이 어려우면 사람이 일찍 성숙해진다. 청창순은 키가 훌쩍 크고 훨씬 나이든 티가 나고 성인이 다된 것 같이 보였다. 샤오추이가 죽은 후 그는 곧 딩웨한과 합작하여 작은 돈벌이를 했다. 그 작은 일거리가 아주 특이하고 더러운 일이었다. 딩웨한이 발견자였다. 영국대사관에서 그는 항상 길거리에서 큰 짐수레가 낡은 천과 군복을 싣고 일본대사관과 병영을 오가는 것을 보아 왔다. 군복은 분명히 무명옷이었다. 왜냐하면, 윗옷 아래옷이 모두 두툼했기 때문이다. 그러나 무게는 아주 가벼워 매 차마다 아주 높이 실려 있었으나 끄는 사람이나 말이 큰

• • •

30 악기

힘을 들이는 것 같지 않은 것을 알아보았다. 그게 그의 호기심을 끌었다. 그는 일본 병영에서 일하는 일꾼을 찾아가서 넌지시 물어보았다. 그 일꾼은 그의 친구였다. 그의 친구는—대사관 구역에서 사귄 한 패였다—통쾌하게 그에게 무슨 일인지 털어놓지 않았다. 딩웨한은 자신이 영국대사관 웨이터로서 당연히 일본군영에서 일하는 일꾼인 친구를 대수롭지 않게 생각했으며, 얼굴을 쳐들고 물러나서 다시 물어보지 않았을 것이다. 그러나 복이 터지려니 생각도 영민해져서, 그는 친구에게 두어 잔 술을 사주었다. 세습 기독교인으로서 그는 지금까지 술을 마시는 것을 반대했다. 다만 자신의 호기심을 만족시키기 위해서 하느님에게 편의를 보아달라고 기도했다.

술은 과연 효과가 있었다. 석 잔 거푸 마시더니 그 친구 입에서 말이 토해졌다. 그 일은 이랬다. 일본은 화베이에서 허다한 가짜 군인을 데리고 있어서, 겨울이 오면 당연히 그들에게도 면군복을 지급해야 했다. 그러나 화베이의 면화는 일본인이 이미 본국으로 운반해가서 가짜 군인을 위해서 도로 가지고 올 수 없었다. 그래서 일본의 책사들이 허다한 날을 허비하여, 머리를 싸매고 연구해서 일종의 대용품을 발명했다. 이런 대용품은 기계를 이용할 필요가 없고, 상하이나 톈진에서 맞출 필요도 없었다. 낡은 군복과 파지만 있으면 되었다. 그게 바로 딩웨한이 본 수레에 실린 군복이었다. 그런 종류의 군복은 한번 부딪히면 곧 찢어지고 한번 젖으면 곧 망가져 버린다. 가장 잘 만든 것이라도 입어도 추위를 견디지 못했다. 그렇지만 가짜 군인이라도 어찌 되었든 군복을 입어야 했다—일본인들은 그것을 군복으로 만들었고, 군복으로 삼았다.

이 군복을 위탁받아 만드는 사람은 일본인이었다. 일본대사관 일꾼이 그 일본인에게 뇌물을 주고, 자기 친구에게 맡겨서 만들게 하는 특권을 얻었다. 그 친구가 바로 그러한 특권을 받은 사람 중에 하나였다.

딩웨한은 지금까지 일본인을 눈 아래로 보았다. 다른 이유 때문이 아니라 자기가 영국대사관에서 일하기 때문이었다—그는 영국대사관의 일개 하인은 일본대사관의 참찬이나 비서보다 더 고귀하다고 생각했다. 이 헌 종이, 헌 천으로 군복을 만드는 일은 기독교도의 입장에서 말하면 하느님의 뜻을 어기는 것이었다. 그것은 속임수이기 때문이다. 어떤 쪽에서 보아도 그는 반드시 이런 일에 흥미를 갖지 않고 일소에 부쳐야 한다. 그러나 그도 인간이다. 인간이 돈을 보고 영국대사관과 하느님을 잊지 않는다면, 그게 사람이야? 그는 인간이 되기로 결정하고 곧 영혼을 마귀에게 넘겨주었다. 하물며 그는 이렇게 돈을 버는 것은 돈이 일본인에게서 나오는 것이니 범죄라고 생각할 수 없었다. 그의 손으로 만든 이런 종류의 군복 대용품이 병사들의 체면을 잃게 하지 않는가 하는 문제는 가짜 군인도 모두 중국인이고, 지금까지 중국인을 염두에 둔 적이 없기 때문에, 고려할 필요가 없다고 생각했다.

10여 일 뜸을 들이자 그 친구와는 막역하게 되었다. 그리하여 마땅히 관 씨 댁에 가야 할 버터, 캔, 브랜디가 그 친구 집으로 보내졌다. 이렇게 그는 자그마한 특권을 나누어 군복 만드는 일을 맡았다. 이 특권을 얻은 후에 그는 100% 경건하게 예배를 드리고, 성찬을 받고,

5각(角)[31] 을 헌금해서 (평일에 그는 1각을 헌금했다) 하느님에게 감사했다. 그런 후에 그는 후통에서 청창순이 가장 성실하고 자기와 내왕을 하기 때문에 그와 합작하기로 결정했다.

딩웨한의 방법은 이러했다. 그는 먼저 돈을 약간 마련해서 자본을 만들었다. 그런 후에 창순에게 헌 배와 헌 옷 파지를 수매하도록 했다. 헌 옷이 면 옷이면 면화에서 따온 것이니 정리해서 다시 팔 수 있다. 면화 구입해서 남는 이문은 창순과 3 : 7로 나누었다. 그가 7할이고 창순이 3할이었다. 이것은 크게 불공평했다. 그러나 그는 창순은 어린 애이기 때문에 당연히 어른과는 다르고, 하물며 자기가 세습 기독교도이니 가을빛을 똑같이 나눌 수 없다고 생각했다. 헌 배와 헌 옷을 사오면 창순의 손으로 깨끗이 세탁하여 이어 붙였다.

"너의 외할머니께서 이 일을 전부 하시고, 샤오추이 과부가 돕게 하면 된다. 모두가 바로 너의 일이다. 너는 잘할 것이다. 헌 옷은 이어 붙이고 안에다 파지로 솜처럼 넣는다…"

종이를 펼 필요가 없었다. 이미 재료비가 비싸게 들고 얇았기 때문에 둘둘 말아서 넣기에 좋고 아주 두툼해 보였다. 무게가 적게 나가야 힘도 적게 들었다.

"솜을 잘 넣어, 굵은 나뭇가지와 큰 잎으로 꿰매고, 손을 덜기 위해서 횡으로 종으로 열을 몇 번 지으면, 종이가 모두 아래 면을 받쳐주어서 헌 종이 자루가 되었다.

딩웨한은 간절하게 부탁했다.

...

31 毛의 10분의 1.

592

"이런 일들은 모두 네가 하는 것이다. 네가 다니고, 물 쓰고, 바늘로 꿰매고, 일하는 것, 나는 모두 상관하지 않겠어. 한 벌 만드는데 내가 너에게 1위안을 줄 수 있어. 천 벌이면 1000위안! 너는 장부에 기록해야 돼. 내가 너에게 얼마 주고 얼마를 썼는지, 자료를 사는 것만 계산에 넣어. 차비, 물값이 얼마냐. 모두 계산에 넣지 마! 매일 장부로 보고해. 내가 집에 없으면 집사람에게 해. 항목이 깨끗해야 돼. 군복을 잘 만들어야 해. 그래야 내가 너에게 1위안 준다. 어떤 식으로든 잘못이 있으면 자네에게 줄 돈에서 공제하겠어. 잘 알아들었어? 나는 기독교도야. 아주 공평하게 일한다고, 친한 것은 친한 것이고, 돈은 돈이야. 분명히 해야 돼! 알아들었어?"

마지막 말 몇 마디에는 영어를 보태어 말의 위력을 높였다.

자세히 생각해보지도 않고 청창순은 승낙했다. 그가 수레값, 물값, 등유값, 바느질값을 제외하면, 1위안에서 얼마나 남는지 계산해 볼 생각을 하지 않았다. 그는 세세하게 따지고, 계산할 생각을 하지 못했다. 수매를 하러 다니고, 정리하고, 씻고, 이어 붙이고, 꿰매고, 장부를 적는 것이 얼마나 많은 노력을 들이고, 얼마나 많은 시간을 들여야 하는지 계산하지 않았다. 그는 그저 눈앞에 일천 원만 보았다. 그는 이것이 그와 외할머니의 생활 문제를 해결해 주리라 생각했다. 이제는 사람들이 유성기도 다시 들으려 하지 않았을 뿐만 아니라, 할머니가 화폐를 버려야 했으며, 거기다 직업을 잃었기 때문에, 기한의 위협을 받고 있었다. 그는 오랫동안 창사를 하려 했다. 그러나 첫째로 자본이 없고, 둘째로 어떤 일에도 문외한이라서, 감히 돈을 빌려서 창사를 할 엄두를 못 냈다. 만일 자본을 까먹으면 어떻게 하냐 말이다? 그 외에도 그는 할머니가 키웠으니, 근신하고 조심해야 한다는 것을 알고 있었다. 그러나 놀면 밥을 먹을 수 없다. 마음이 급했다. 밤중에 할머니가 탄식하는 소리를 듣고 그는 몰래 눈물을 흘렸다. 그는 할머니를 잘 모셔야 한다. 할머니는 그를 그냥 자기를 키운 것이 아니다. 할머니가 폐물을 하나 키워 놓기만 하셨나?

그는 계산해보지도 알아보지도 못했다. 딩웨한은 빈손으로 떡을 챙긴다. 그는 걷지도 않고 손가락도 꼼짝 않고 거저 돈을 번다. 그래도 그는 딩웨한에게 감격해야 한다고 생각할 뿐이다. 딩웨한은 하느님이 있으니 돈을 벌 수 있다. 창순도 딩웨한을 하느님으로 삼으면 바로 딩웨한처럼 될 수 있다! 그는 마땅히 충심을 다해 일해야 한다. 한 푼이라도 잘못되어서는 안 된다. 조금도 게으름을 피우지 않고 할머니와 새로 온 하느님에게 잘해야 한다!

창순은 바빴다. 꼭두새벽에 일어나 아침 시장에 가서 헌 베와 헌 종이를 사서 등에 지고 돌아왔다. 찢어지고 썩은 물건들이 많지는 않아도, 흙이나 오물이 붙어 있어서, 그는 이를 악물과 지고 왔다. 만부득하지 않으면 수레에 싣지 않아서 땀이 바지까지 흠뻑 젖게 했다. 그러나 그는 조금도 원망하지 않았다. 그것이 살 길이었고, 그것이 할머니에게 가장 좋은 효도와 공경을 하는 표하는 방법이었다.

그는 물건들을 죽을힘을 다하여 집에 끌고 와서도 한참이나 바닥에 쭈그리고 앉아 있어야 겨우 일어났다. 그는 그냥 잠시라도 침상에 눕고 싶었지만 어쩔 수 없었다. 그는 할머니가 자기가 피곤하여 늘어져 누워 있는 꼴을 보고 상심하게 할 수 없었다.

부서진 헌 물건들 하나하나 모두 나름대로 특별한 냄새가 났다. 한곳에 모아놓으면 형용할 수는 없어도 언제나 역한 냄새가 사람을 토하게 한다. 이 때문에 창순은 할머니가 손대지 못하게 했다.

자기가 먼저 정리를 했다. 할머니가 깨끗한 것을 좋아하신다는 것을 알고 있기 때문이었다.

자기가 먼저 정리를 했다. 할머니가 깨끗한 것을 좋아하신다는 것을 알고 있기 때문이었다.

첫째로 그는 막대기로 폐물들을 두드려서 흙을 털어낸다. 둘째로 하나씩 하나씩 들고 흔들어서 모래를 턴다. 그리고 하나씩 물로 씻어낼 수 없는 때가 붙어 있지 않은지 살핀다. 셋째로 씻어낸 것은 제일 큰 항아리 속에 담근다. 넷째로 더러운 천이 푹 잠기면 별도의 맑은 물로 그것들을 씻는다. 그 후에 다섯 번째로 큰 것, 작은 것, 길고 짧은 것, 더 낡고 덜 낡은 것 상관없이 묶어서 햇빛에 널어 말린다.

이렇게 흙을 털어 내는 일은 4호집을 모래먼지에 싸이게 하여, 얼굴을 마주 보아도 못 알아볼 정도였다. 이러한 꼴은 여러 필의 야생마가 동시에 흙구덩이에서 뒹구는 것 같았다. 먼지가 모든 것을 가려서 용마루도 누각도 모두 모래 안개에 가려서 처마 밑의 참새들이 살 수 없어서 기침을 하다가 이사를 갈 정도였다. 이 모래 안개가 짙을 뿐만 아니라 악취가 대단했다. 이웃에 사는 리쓰예는 자기 코를 의심하여 아무리 탐색해보아도 도대체 무슨 냄새인지 알 수가 없었다. 한바탕 털기가 끝나자 미세한 회색 먼지가 공중으로 마음대로 떠다니다 좋은 곳을 찾아서, 사람의 머리 위에 눈썹 위에, 목덜미에 밥그릇에, 옷 솔깃에, 앉아서 모두가 인간이 "티끌"로 된 것을 일깨워주었다. 먼지가 천천히 가라앉기를 기다려 창순은 막대기로 자기 몸을 털었다. 또 한 번 마당에 규모가 작은 모래 먼지가 일어서 사람들을 괴롭혔다. 그의 이빨에는 아주 가는—냄새가 안 날 리 없다—모래로 가득 찼다.

마 부인은 깨끗한 것을 좋아하기 때문에 손자가 매일 저런 먼지 구덩이에서 사투를 벌이는 것을 참을 수 없었다. 그녀는 창문을 모두 꼭꼭 닫았지만 냄새나는 먼지가 그녀의 머리 위에, 눈썹 위에, 옷에, 가구 위에, 떨어지는 것을 어쩔 수 없었다. 그러나 손자를 말릴 수도 나무랄 수도 없었다. 그녀는 확실히 그를 키우려고, 아침 일찍 일어나서, 늦게 잠잘 때까지, 더럽고 냄새나게 살지 않을 수 없었다. 그녀는 손으로 머릿수건을 동여매고 손으로 탁자를 닦을 뿐이었다. 손자가 더러운 천을 다 턴 것을 보고 나서야 그녀는 손자가 마음을 너무 쓰지 않도록 재빨리 머릿수건을 벗었다.

사오추이 부인은 당연히 이 재난을 피하지 않고 끽소리도 내지 않았다. 요즈음 그녀의 생활비는 창순이 구해주었다. 그녀는 감격할 따름이지 냄새나는 먼지 조금 때문에, 투덜거릴 계제가 아니었다. 금전 이외에도 그녀는 위로와 보호가 필요했다. 마 부인과 창순이 적잖게 그녀를 살갑게 대하고 도와주었다. 그녀가 눈을 부릅뜨고 보아도 세상에 가까운 사람 하나 없었다. 그녀가 친오빠가 있었지만 자주 찾지 않았다. 그에게 무슨 일이 있으면 그건 좋은 일이 아니었다. 만약 그녀가 가오이 퉈에게서 한 달에 10위안을 받을 수 있다는 것을 알면, 그가 틀림없이

3~4위안을 뜯으러 올 것이다. 그는 돈만 알고, 같은 배 형제를 아랑곳하지 않았다. 최근에 그는 일본인을 위해서 일한다는 소문이 돌았다. 그녀는 일본인이 아무 이유 없이 남편의 목을 잘랐기 때문에 일본인이라면 이를 갈았다. 이 때문에 그녀는 일본인을 위해서 일하는 친오빠와 근래에 내왕하지 않았다.

오누이가 내왕을 그만두자 그녀의 세계는 오로지 그녀만의 것으로 남았다. 마 부인과 창순이 없으면, 그녀는 어떻게 살아갈지 알 수 없었다. 아니다. 그녀는 냄새나는 먼지를 싫어할 수 없었다. 오히려 창순이 하는 일을 도울 필요가 있었다. 창순이 그녀에게 품삯을 주면 받을 것이다. 안 주면 그만이다.

샤오추이를 리쓰예가 매장한 이래 그녀가 병이 심하게 났다. 그녀는 먹지도 마시지도 못하고 늦게까지 혼수상태가 지속되다가 때로는 심하게 열이 났다. 그녀가 열이 날 때는 샤오추이를 부르거나 입에 나오는 대로 일본인에게 욕을 퍼부었다. 이러한 태풍이 물러가면 그녀는 다소 곳해져서 콧방울만 실룩거리며 혼수상태에 빠져 잠들어버렸다. 마 부인이 샤오추이가 살았을 때는 샤오추이 부인에게 이 정도로 친근하지 않았다. 그것은 첫째는 샤오추이가 욕을 해대니 그녀가 참을 수 없었기 때문이고, 둘째는 샤오추이 부부는 두리뭉실하게 보면 한 가족 같고, 자기는 과부에 불과해서 여러 가지 번거로운 일에 관여하지 않으려 했기 때문이다. 샤오추이 부인이 홀연히 과부가 되자 마 부인은 자연히 동정심이 우러나오지 않을 수 없었다. 그녀는 때때로 넘어와서 샤오추이 부인에게 더운물을 따라주기도 하고 죽을 들고 오기도 했다. 샤오추이 부인이 헛소리를 해댈 때는 노부인이 반드시 넘어와서 병든 이의 손을 잡아주었다. 그녀가 병이 심해지면 노부인은 리스마를 청해다 상의하기도 했다. 그녀가 혼수상태에 빠지면, 노부인은 불시에 창밖에서 동정을 살피기도 했다. 그 밖에 노부인과 리스마 두 분은 자신들이 가진 의약 상식을 한데 모아 약초들이나 단방의 효능을 헤아려 샤오추이 부인에게 달여 주었다.

시간과 약, 정이 천천히 샤오추이 부인을 낫게 했다. 그녀는 샤오추이를 잊지 못했다. 다만 시간이 샤오추이와 그녀 사이를 분명히 갈라놓았다. 샤오추이는 이미 죽고 그녀는 살았으니 삶을 이어갈 수밖에 없다. 그녀가 길을 갈 수 있을 정도로 건강해지자, 그녀를 윽박질러서 샤오추이의 무덤을 보러 가게 했다. 상복을 입고 2각 어치 소지를 들고 집에서부터 눈물을 뿌리며, 막 걸음마를 배운 양 새끼처럼 스따에 뒤를 따라 선농단 서쪽까지 갔다. 그녀는 무덤 위에서 곡을 하다 숨이 막혔다가 되살아났다.

눈물을 다 뿌리자, 그녀는 먹고 마시고 기타 자질구레한 일에 마음을 썼다. 그녀의 몸은 원래 나쁘지 않아서 상당히 빨리 회복이 되었다. 그녀는 리스마와 함께 상복을 입고 집집마다 다니며 물선양면으로 도운 이웃들에게 감사했다. 이것이 그녀가 세계에 다시 등장하여 계속 살아가기로 한 것을 세상에 알리는 신호였다.

천천히 그녀는 방안을 말끔히 정리하여 다시는 샤오추이가 살았을 때 같이 난장판이 되지 않게 했다. 그녀는 마 부인이 어째서 청결하게 사는 것을 좋아하는지 분명히 깨달았다. 마 부인은 과부이니 청결이 과부가 할 일이다. 방을 깨끗이 치우고 질서가 잡힌 방안에 앉으니 공허한 생각이 났다. 그랬다. 부서진 탁자 찌그러진 의자들은 그녀가 깨끗이 닦아 광택이 나게 하자 일종의 생기가 돋아나는 듯했다. 그러나 이것들이 샤오추이처럼 발길질 같은 위력은 내지 않을 것 같았다. 가만히 있는 부서진 탁자를 보고 샤오추이의 모든 것을 생각해냈다. 샤오추이의 사랑, 샤오추이의 땀냄새, 샤오추이의 거친 말투, 샤오추이의 난동. 모든 게 좋았다. 여하튼 샤오추이가 이러한 죽은 것들보다 더 좋았다. 방안에 질서가 잡힐수록 방안이 더 크고 빈 것 같았다. 방안의 네 구석이 훨씬 더 넓어 보이고 어디에든 그녀가 서 있을 수 있고, 앉을 수 있을 것 같았다. 그러나 어디에 서든, 앉든 그녀는 냉정하고 적막해서 샤오추이를 생각하지 않을 수 없었다. 샤오추이가 살았을 적에는 집에 들어오기만 하면, 한바탕 난리를 피우거나 심지어 그녀를 때렸다. 이런 것들이 그녀의 마음을 뛰게 하고 반항하게 했다. 이런 것들이 생명이다. 지금은 그녀의 마음이 다시 뛸 필요가 없었다. 그녀는 생명을 잃었다. 샤오추이는 죽었으며 그녀도 반은 죽었다.

그녀의 신변은 전에 비해 훨씬 정돈되었다. 그녀가 시간이 있으면 자신을 점검하고 자신을 돌보았다. 전에 그녀는 자신을 모르고 샤오추이만 알았다. 그녀가 밥을 다 하면—쌀이 있으면—샤오추이가 집안에 들어오자 굶주린 늑대처럼 소리 지르지 않도록 그를 기다렸다. 밥을 다 해도 오지 않으면, 밥과 반찬을 따뜻하게 할 수 없지만, 그에게 찬밥을 줄 수 없었다. 그의 의복은 날씨가 바뀌어 땀에 흠뻑 젖어도 벗고 입을 옷이 없어서 빨아서 비가 오나 햇빛이 나나 옷을 불에 말릴 수밖에 없었다. 그의 신발은 쉽게 해어져서 발에 몇 개의 강철이 붙은 듯 했다. 눈 깜빡할 새에 구멍이 몇 개 났다. 그녀는 쉴 새 없이 집거나 만들어주어야 했다. 그녀의 시간은 모두 그를 위해서 썼기 때문에 자기를 돌볼 수 없었다. 지금은 자기를 돌보기 시작해서 다시는 옷이 터져서 살이 드러나게 하지 않고, 구멍 난 양말을 신지 않았다. 신변이 깨끗이 정돈되자, 그녀의 청춘이 회복되었다. 그녀는 더 이상 전녁꾸러기도 불결덩어리도 아니고, 상당히 체면이 있는 작은 부인이 되었다. 그렇게 청춘의 일부가 돌아온 것이었다. 그녀의 마음은 여전히 따뜻함을 느끼지 못했다. 그녀의 얼굴은 여전히 깨끗했지만 누르팅팅해서 청춘의 혈색이라고는 없었다. 그녀는 수심에 차서 찡그리고 있으려 하지 않았다. 하루 종일 한숨을 쉬고 때로는 멍하게 자기의 바지나 배신을 바라보기만 했다. 그녀는 자기를 인정하지 않는 것 같았다. 체면이 있고 정갈한 그녀는 오히려 별개의 인간 같았다. 그녀는 샤오추이의 부인이기도 하고 아니기도 했다. 그녀는 자기가 누구인지 몰랐다. 멍청하고 멍해져서 자기도 모르게 혼자 중얼거렸다. 자기가 말을 하고 있다는 것을 의식하고, 갑자기 얼굴을 붉히고 입을 꼭 다물고 할 일을 찾았다. 다만 무엇을 해야 하는가? 그녀는 생각이 나지 않았다. 샤오추이가 살았으면 그녀는 항상 할 일이 있었다. 지금은 샤오추이가 없으니, 그녀도 생활의 발동기를 잃었다. 그녀는 나이가 어렸지만 자기의 반이 황토에 묻힌 듯했다.

이렇게 무료했음에도 불구하고 문밖에 나가서 서 있으려 하지 않았다. 부득이한 경우가 아니면 나가지 않았다. 두부를 사거나 향유 등을 살 때 그녀는 창순에게 부탁하여 사오게 했다. 그녀는 과부이므로 마음대로 얼굴을 드러내어 샤오추이의 체면을 잃게 할 수는 없었다. 우연히 길거리에 나갈 때는 머리를 숙여서 곧바로 가서 감히 구경할 엄두도 못 내었다. 그녀의 나이 때라면 펄펄 날아야 하지만, 그녀는 머리를 숙여야 했다. 이제 그녀는 그녀 자신이 아니고 샤오추이의 과부 아니 미망인이었다. 그녀가 머리를 숙이고 달린다면 죽은 남편에게 책망이 돌아가기 때문에 마음에 정말 죄송한 일이다. 미망인의 책임은 살아서 평생 관을 짊어지고 있는 것이다. 그러면 그녀는 마 부인이 왜 그렇게 근신하고 조용한지가 분명해진다. 그녀에게 샤오추이의 사망은 일종의 교육과 훈련에 불과하다. 그녀는 반드시 굉장히 조심하여 진정한 과부가 되어야 한다. 이전에 그녀는 그녀가 어떤 인격을 갖추어야 하는지 어떤 것을 피해야 하는지 거의 생각해보지 않았다. 그녀는 이제 그녀다. 즉 샤오추이의 마누라다. 샤오추이가 문밖에 끌어내어 때린다면 때리는 것이다. 그녀가 대들 수 있고, 몇 대 때려줄 수 있고, 심지어 살을 물어뜯을 수 있다. 이런 것들은 조금도 부끄러워할 것이 아니다. 샤오추이가 그녀에게 치욕을 안겨주고 그녀에게 치욕을 견디게 한다. 그녀의 윗도리가 맨살을 드러내라면 드러낸다. 무슨 관계냐. 샤오추이가 살을 덮어주고 남이 못 보게 할 수 있다. 지금은 그녀가 치욕을 알아야 하고 자기의 몸을 가려야 한다. 자기는 과부다. 과부는 반드시 자기가 과부라는 것을 바로 알아야 한다. 과부(미망인)의 세계는 바로 작은 컴컴한 감옥이다. 그녀는 반드시 자동으로 안의 자기를 가두어야 한다.

이 때문에 그녀는 창순이 먼지를 털어대는 것을 원망하지 않을 뿐만 아니라, 그때부터 그녀는 다시 적막하다고 생각지 않았다. 그녀는 마 부인을 돕고 싶었다. 창순은 자연히 그녀의 도움을 받으려 하지 않았다. 그는 군복을 잘 꿰매는 보수로 2각을 주고 싶었다. 그녀가 바느질하고 샤오추이도 보수를 사양하지 않고 적다고 하지 않는다면 기꺼이 일을 시키려 했다. 이렇게 그녀는 문밖을 나가지 않고도 약간의 수입을 올리고 일도 할 수 있었다. 아주 적절하게 그녀가 분수를 지키면서 꺼부리지 않는 과부가 될 수 있었다.

쑨치는 깨끗한 것을 좋아해서 검은 연기와 장독을 참을 수 없었다. 그는 성이 났다.

"내가 창순 너에게 말하건대 이게 무슨 일인가? 너 말이야 너도 나이가 이만한데 왜 흙을 뿌려서 먼지를 일으키니? 이게 무슨 일이야, 너 보다시피."

그는 귓속에서 먼지 덩어리를 후벼내면서 말했다.

"너 봐라. 귓속에도 보리를 심을 수 있겠다. 그리고 냄새도 고약해! 먼지를 뿌린 후에도 오히려 작은 염색점을 여는 거야. 붉은색 파란색, 헌 베를 마당에 걸어두니? 나는 저 축축한 물건들이 아주 싫어. 내 머리에 받히기도 하고!"

창순은 상당히 노련해졌다. 옛날 같으면 쑨치와 끝장을 낼 때까지 말다툼을 벌였을 것이다. 그는 첫째, 쑨치를 대단찮다고 생각했으며, 둘째, 나이가 어리지만, 기세가 웅장하여 변론을 위해서, 한 번의 설전을 아쉬워하지 않았다. 오늘 그는 입을 다물고 한마디도 하지 않기로 했다. 첫째, 그는 비밀을 지켜서 큰소리로 자기의 특권을 떠들어댈 수 없었다.

다른 사람들이 눈치라도 채면 자기의 1000위안이 날아가 버릴지 모른다? 둘째로 그는 자기가 집안을 일으켜 창업하는 사람이라 치 노인이나 리쓰예와 다름없다고 생각하여, 주둥이를 함부로 놀려서 실수하면 어떻게 되겠나? 쑨치가 투덜거리면 말하게 내버려두면 그만이다. 돈 버는 게 가장 중요하다. 그렇다. 근래에 그는 일본 사람들의 일에 크게 관심이 없는데 쑨치와 노닥거릴 일이 있는가. 그는 꾹 참고 쑨치를 쳐다보지조차 않았다. 오히려 그는 힘껏 일해서 돈을 벌어 할머니를 부양하면 체면을 잃을 일이 아니라고 생각했다. 그런데 왜 말싸움을 해야 하나? 그러나 그가 말을 하지 않을수록 쑨치는 그만두려 하지 않았다. 쑨치는 말다툼을 좋아한다. 만약 창순이 그와 굵은 목에 핏대를 올리고 한바탕 말싸움을 할 수 있거나, 혹은 누더기 송사를 잊어버렸으면 말싸움으로 유쾌하게 되었을 것이다. 창순이 말하지 않아 논전이 불발하자 그것은 그에게는 참혹한 보복이었다.

다행히 마 부인과 샤오추이 부인, 두 사람, 한 사람은 젊고, 한 사람은 늙은 부인이 나와서 사과를 하자, 그도 꼬리를 내리고 휴전했다.

이렇게 쑨치를 잘 다룬 것이 창순에게는 대만족이었다. 그는 자신감이 생겼다. 등에 유성기를 둘러매고 후퉁을 누비며 남들의 웃음을 사던 아이가 이제 꾀도 생기고 심지도 굳은 청년이 되었다. 그 쑨치가 아니라 할애비가 와도 하찮은 일로 그의 성질을 돋울 수 없었다. 그의 손에 1000위안이 들어오면 그는… 무엇을 할까? 그는 생각하지 않았다. 그러나 그는 결국 오늘에 비해서 실수를 하지 않을 더 좋은 사람이 될 것이다.

가오이튀가 그를 찾아왔다. 끝장이 났다. 가오이튀를 다루기에는 역부족이었다. 그는 아이일 뿐만 아니라 바보였기 때문이다! 그는 자신 감을 잃었다.

59

 톈유는 정말 어찌해야 좋을지 몰랐다. 그는 가게 주인이었으므로 점포 내에서 물건을 옮기고 처리하는 일체의 권리를 가지고 있다. 그런데 그는 아무 일도 못 하고 앉아서 세끼 밥만 축내는 사람으로 변한 것 같았다. 겨울이 와서 모두가 겨울옷을 껴입을 철인데도 그는 면화와 천을 사들이지 못했다. 사들이지 못하니 자연히 팔 물건이 없어서 고객이 열 명 들어오면 그중에 7~8명은 빈손으로 나간다. 처음에는 베이핑에서 견습생으로 일했었지만 지금은 베이핑에서 견습생을 거느리고 있다. 그는 배운 것과 남에게 가르치는 것 중에 가장 중요한 것은 규범과 예절이라고 생각했다. 규범과 예절의 목적은 고객이 원래 한 개를 사려 했는데 두 개나 세 개를 사게 하는 것이다. 원래는 흰 것을 사고 싶었는데 회색도 사는 것이다. 고객이 빈손으로 나가면 그것은 가게의 실패다. 지금 톈유는 매일 빈손으로 나가는 사람을 보고 있는데 한두 명이 아니었다. 그는 팔 물건이 없었다. 사람들이 많이 사게 하려 해도 내놓을 게 없었다. 점원의 규범과 예절이 살 사람의 마음을 움직여도, 색깔과 스타일을 찾으면 그도 대체할 물건이 없었다. 흰 베는 회색 베를 대신할 수는 있어도 흰 베가 청색을 대신할 수 없다. 그의 규칙과 예절은 이미 효력을 잃었다.

가게 안에 있는 물건이 팔면 팔수록 줄어들어서 가게가 갈수록 한심한 꼴이 되었다. 전에는 진열대에 하나하나가 각양각색의 베가 가지런하게 진열되어 있었다. 푸른색은 푸른색대로 흰색은 흰색대로 두껍고 참신한 것, 안정되고 따뜻한 것이 진열되어 있었다. 어떤 것은 남색으로 온화한 맛을 발하고 어떤 것은 눈을 즐겁게 하는 광택이 났다. 톈유는 점포 문가에 두꺼운 푸른색이 덮여 있는 의자에 앉아서 진열장의 물건들을 보며 푸른색 향기를 맡으면서 편안하고 유쾌하게 느꼈다. 그것은 상품이고 자본이었다. 이들이 이익을 내어 신용, 경영, 규범 등을 포괄한다. 광풍이 불고 폭우가 쏟아지는 날 하루 종일 손님 한 명 없어도 크게 관계하지 않았다. 상품은 강풍에 날아가지도 폭우에 젖지도 않는다. 상품만 있으면 언젠가는 그것을 사려는 사람을 만난다. 우려할 필요가 없다. 그의 의자의 끝에 두 개의 큰 수수깡바구니의 면화, 희고 부드럽고 따뜻한 면화가 그의 마음을 밝게 한다.

힐끗 보면 궤 속의 반은 볼 수 있다. 비록 그의 주요 사업은 포목이지만, 그는 능라 비단을 진열한 눈에 띄는 내부 캐비닛도 가지고 있다. 이러한 가늘고 세밀한 물건들은 면종이로 싸서 유리진열장 안에 비스

듬하게 세워두거나, 어떤 것은 잘라서 유리 궤짝 안에 넣어 두었다. 여기는 볼품없는 바깥 궤짝 같은 소박하지만 다른 종류의 정서가 있고 물건마다 특유의 광택과 존엄이 있어서, 그가 쑤저우와 항저우 지역의 따뜻하고 화려함을 상상할 수 있게 해주고 인생의 최고의 유쾌한 시간—부친의 80세 생신에 붉은 혹은 짙은 남색이나 고동색 비단 겉옷을 한 벌 해드릴 상상을 한다. 어느 신혼부부가 방직품의 의복을 입을 것인가? 계산대 안을 보면서 풍성한 의식을 생각할 뿐만 아니라, 평화로운 성세를 상상하여, 시골 사람이 딸을 시집 보낼 때 몇 필의 극세단을 쓸 것이란 생각을 했다.

1년 365일 그는 거의 점포에 있었다. 그는 그의 생활과 상품들을 싫어하지 않았다. 그는 야심이 없었으며 이것저것 잡생각도 없었다. 그는 작은 물고기 같아서 맑은 물에 녹조만 있으면 작은 호수나 항아리이거나 상관없이 기분 좋게 헤엄을 친다.

지금은 두 바구니 면화도 보이지 않게 되고, 남은 빈 바구니조차 뒤뜰에 처박혀 있었다. 바깥 진열창은 태반이 비었다. 처음에는 톈유는 점원에게 상품을 골고루 펴서 진열하게 하여, 모두 가득 차지는 않아도 완전히 빈 곳이 없도록 했다. 점점 이가 빠지게 되었다. 빈 곳은 비어있을 뿐이었다. 자기 가게 안에서 톈유는 감히 머리를 들지 못했다. 빈 진열창이 사방에 있어서 눈알이 빠진 것 같은 눈으로 밤낮으로 빤히 쳐다보며, 자기를 조롱하는 듯했다. 어쩔 수 없었다. 그는 빈 진열창을 색종이로 눈가림을 했다. 그것은 자기기만이었다. 눈가림을 하면 상품이 있는건가?

진열된 칸의 절반이 종이에 눌어붙었다. 카운터에는 점원 중에서 나이가 많은 점원 한 사람만 앉아 있었다. 그 밖의 젊은 점원들은 모두 해고되었다. 늙은 점원은 할 일이 없어 졸기만 하고 있었다. 이것은 장사가 아니다. 장사라고 하면 체면을 잃는다! 안쪽 전시대는 비교적 보기 좋았지만 보면 더 마음이 상했다. 주단은 부인의 두발과 마찬가지로 매일 새로운 스타일이 있다. 3개월만 내버려두면 팔릴 희망이 없어진다. 반년이 지나면 골동품이 된다―골동품 그것도 가치가 없는 골동품이 된다. 주단은 포목보다 남은 것이 더 많다. 남은 것이 모두 밑지는 상품이다. 안장에도 점원 한 명만 남았는데, 그는 더 할 일이 없었다. 그는 어쩔 수 없이 장롱이나 카운터 유리나 닦고 있었다. 유리가 더 맑아지자, 낡은 주단이 더 퇴색되어 흰 틀이 더 누렇게 되고, 누런색은 흰색이 된다. 톈유는 말이 많은 사람이 아니다. 자기와 운명을 함께할 것 같고, 게다가 돈을 많이 들여 사온 고급 물건들을 보면 더 입을 떼기 싫었다. 그는 입맛이 가버려 한 모금도 넘길 기분이 아니었다. 그의 체면, 충실, 재능, 경험, 존엄이 홀연히 사라졌다. 그는 전시해 놓지 못할 낡은 상품과 같은 폐물이 되었다.

야심이 없는 사람은 때때로 마음이 넓지 못하다. 톈유가 그랬다. 그는 그래도 표면상으로 안정되어 있었으나, 심리적으로는 야생벌에 쏘인 듯 했다.

그는 몰래 인근에 있는 몇 개 점포를 보았다. 띰섬 가게는 밀가루가 없어서 솥이 비고, 부엌의 불은 꺼져있었다. 찻잎 가게는 교통이 불편해지자 물건이 들어오지 않아서 장사를 할 수가 없었다. 돼지고기

가게는 때로는 고깃덩어리 하나 없었다. 이러한 정황을 보고 그는 약간 안심이 되었다. 그렇다. 모두가 이렇다면 자기가 특별히 능력이 없거나 방법이 없는 것이 아니다. 그러나 이 생각도 잠시 동안 위로가 될 뿐이다. 이렇게 마음을 정한 후에 그의 마음은 또 다시 긴장이 되었다. 이전보다 더 심해져서 이렇게 가다가는, 각종 영업이 중단되어, 장차 얼어 죽고, 굶어 죽지 않겠냐는 생각이 들었다. 이렇게 베이핑에는 포목도 찻잎도 밀가루도 돼지고기도 없었다. 그와 모든 베이핑인들이 장차 어떻게 살아가야 하나? 여기까지 생각이 미치자, 그는 자기도 모르게 국가 생각이 났다. 국가가 망하면 모두가 죽는다. 틀림없이 전체가 죽는다.

국가를 생각하자 그는 셋째가 생각이 났다. 정말 셋째가 잘 갔어. 정말이야! 그는 자기에게 말했다. 늙은 부친에게 말할 필요도 없다. 자기는 조금도 방법이 없고 쓸모도 없다. 흥! 장자인 루이쉬안—총명하고 인격도 갖추었지만—은 딱 무슨 수가 있는 것도 아니고 쓸모도 없다! 베이핑은 끝장이다. 베이핑에 있는 사람도 당연히 끝장이다. 셋째만 베이핑을 탈출했으니 희망이 있다. 루이취안이 항복하지 않았으니 중국이 망할 리 없다. 이렇게 생각하고 톈유는 허리를 펴고 입으로 후하고 긴 숨을 뿜어내었다.

그러나 이것도 작은 위안에 불과해서 자기를 눈 앞의 곤란에서 구해줄 수 없었다. 오래잖아 이러한 위안도 잊어버렸다. 바빠져서 아들을 다시 생각할 짬이 없었다. 그는 재고조사를 하라는 통지를 받았다. 그가 일찍이 이러한 소문을 들었지만, 이제는 현실이 되었다.

각 점포는 재고품 조사를 해서 서류에 자세히 기록해야 했다. 이것은 '명을 받들어 몰수하는 것'을 의미했다. 모두가 서류를 완전하게 꾸미게 되면 일본은 베이핑이 합쳐서 얼마의 물자가 있고 얼마의 가치가 나간다는 것을 분명히 알게 된다. 베이핑은 장차 다시는 호수, 산 고궁의 아름다움을 갖지 못하여, 유구한 역사, 꽃, 나무, 물고기, 새가 있다는 명성은 사라지고, 일정한 가치가 나가는 거대한 산업체에 불과하게 될 것이다. 이 산업체의 주인은 두말할 필요 없이 일본인이다.

점원이 줄어서 톈유는 손수 재고품을 점검하여 서류를 만들지 않을 수 없었다. 다행히도 재고품이 많지 않아 쉽게 보일 것 같았지만 절대로 간단한 일은 아니었다. 그는 일본인이 얼마나 세심한지 알고 있었다. 그가 큰 항목들만 보고해도 틀림없이 귀찮았을 것이다. 그는 반드시 한 꼬투리 포목들도 모두 자로 새로 재어서, 한 치라도 틀리지 않게, 한 푼도 틀리지 않게, 계산하여 값을 기록했다.

이렇게 밤을 이어 조사해서 계산을 분명히 해도 감히 서류에 정식으로 써넣지 못했다. 그는 상품은 마땅히 정가가 정해져야 한다는 것을 몰랐다. 재고품은 이미 팔릴 희망이 없다고 생각했다. 그런 물건은 값을 높게 매기면 팔릴 수 없지만, 일본인들은 그가 매긴 값에 따라 세금을 뜯어갈 테니, 그러면 어떻게 해야 한단 말인가? 오히려 그가 값을 낮게 매기고 팔린 다음 그 금액을 기록하게 되면 자기가 손해를 볼 뿐만 아니라 점주(출자자)도 지적할지 모른다. 그는 눈살을 찌푸렸다. 다른 포목상의 가르침을 청했다. 그는 지금까지는 자기 나름대로

의 장사법이 있었다. 그렇지만 지금은 남에게 가르침을 청할 수밖에 없었다. 가게 주인이지만 자주권을 잃었다.

동종 업계 사람들도 모두 생각이 없었다. 일본인은 명령만 했지 누구에게도 자세한 설명을 해주지 않았다. 명령은 명령이었다. 그 후에는 누구에게도 어떻게 해야 한다고 일러주지 않았다. 일본인이 베이핑을 정복했으니 베이핑 상인들은 당연히 고통을 받아야 한다.

텐유는 절충적인 방법을 택했다. 팔 수 있는 상품은 가격을 높게 매기고, 팔릴 희망이 없는 상품은 할인을 했다. 그는 자기가 상당히 총명하다고 생각했다. 서류를 제출한 후에, 그는 하루 종일 늦게까지 두 번째 방법이 없는가를 생각해내려 했다. 생각이 나지 않았다. 그는 생각이 나지 않으면 미루어 놓는 그런 사람이 못 되었다. 그는 고민하고 초조해져서 일종의 오욕으로 생각했다. 그가 장사에서 남의 지휘를 받아야 한다니……. 이미 반백이 된 그의 수염이 종종 뻣뻣이 섰다.

기다리다가, 표에 따라 물건을 검사하러 오는 사람이 출현했다. 어떤 이는 복을 입고, 어떤 이는 무장을 하고, 어떤 이는 중국인이고, 어떤 이는 일본인이었다. 그 위세를 보니 재고조사차 온 것 같지 않고, 도둑을 잡으러 온 것 같았다. 일본인들은 깨알같이 작은 것을 지구처럼 큰 것으로 바꾸는 것을 좋아한다. 텐유는 체질이 상당히 좋아서 어떤 일에 쉽게 골치를 썩지 않았다. 그런데 오늘은 두통이 났다. 재고 조사하는 사람은 서류를 들고 무더기마다 다시 새로 재고, 서류에 적힌 것과 맞아떨어지는지를 살폈다. 노인은 거의 규범과 예절을 잊을 뻔했다. 그는 그들의 뺨을 나무 자로 후려쳐서 이빨을 부러뜨리고 싶었다. 일을 하러 온 것이 아니라 진술에 맞서는 것이다. 그는 한평생 공정했는데, 지금은 그들에게 간사한 병폐가 많은 상습적인 도둑으로 여겨지고 있었다.

이 관문을 넘기까지 그들은 어떤 병폐도 발견하지 못했다. 다만 포목 한 필이 모자란 것뿐이었다. 그것은 어제 팔린 것이었다. 그들은 동의하지 않았다. 노인의 얼굴이 빨개졌다. 그러나 그는 그들에게 참을성 있게 대했다. 그는 그들에게 금전 출납부를 제출하여 보게 했다. 심지어 돈까지 들고 나왔다.

"그것이 아니라면? 원래 있던 5위안 1전이요?"

안 된다.

"안 돼요."

그들은 그 장부를 받아들이지 않았다.

이 사건이 아직 종결되지 않았는데, 그들은 또 새로운 문제를 발견하였다. 왜 일부 상품의 정가가 특히 낮은가요? 그들은 "그래, 네가 정한 가격은 물건을 받을 때의 가격보다 더 낮구나! 웬일이냐"고 반문했다.

톈유의 수염이 떨렸다. 목구멍이 막혀서 말이 나오지 않았다.

"그것은 오래된 상품이라 크게 매길 수가 없어서…"

너무한다 너무해! 이것은 분명히 고의로 말썽을 일으키는 것이다. 창사를 하다 보면 뜻밖에 손해를 보는 경우도 있지 않은가?

"좀 고쳐도 되겠습니까?"

노인은 억지로 미소를 지었다.

612

"고친다고? 그게 공적인 일인가?"

"그럼 어떡하죠?"

노인은 머리가 깨질 듯이 아팠다.

"어떻게 할 것 같으냐."

노인은 마치 들개처럼 사람들이 담 모퉁이에 틀어박혀 난장이가 일제히 내려앉았다. 점원이 와서 사람들에게 담배와 차를 드시라는 몰래 노인의 소매를 잡아당겼다

"돈 내놔!"

노인은 눈물을 글썽이며, 자기의 잘못을 시인하고, 자동적으로 벌을 받아, 50위안을 건네주었다.

그들은 어쨌든 돈을 받으려고 하지 않다가, 10퀘이를 더 보태서야 공손함을 멈추었다.

그들이 나간 후에 톈유는 의자에 앉아서 부들부들 떨었다. 군벌 내전 시대에는 사리에 맞지 않은 허다한 일을 겪었다. 그때는 언제나 상회가 나서서 집집마다 기부금을 부담하면, 그는 상회의 통지에 따라 장부를 작성하면 그만이었다. 직접 군인을 만나서 욕을 들어먹지 않아도 되었다. 오늘은 그들이 그를 간상(奸商)이라 부르며 장부에 기록하고 돈을 꺼낼 수 있는 틈을 주지 않았다. 그는 한쪽으로는 오욕과 협잡을 당하고도 어느 누구에게도 말할 수 없었다. 장사가 되지 않았다. 가게는 원래 밑지고 있었다. 60위안을 잃다니 말이 되는가?

멍청하게 꼼짝없이 한참을 앉아있었다. 집에 돌아가 보고 싶었다.

마음속의 괴로움은 남에게 말하고 싶지 않았다. 그러면 자기의 아버지, 처, 아들에게 무어라고 말한단 말인가? 그는 가게를 나왔다. 그러나 몇 발짝 가다가 돌아섰다. 자기의 억울함을 자기 마음속에 넣어두는 것이 최고로 좋지, 하필 집안사람을 어렵게 할 필요가 있는가? 가게에 돌아와서 몇 번 왔다 갔다 하다가 그렇게 깨끗하지 못한 여우털 덧옷을 찾아내었다. 그렇다. 이 옷은 몇 번 입지 않았다. 첫째는 창사를 하기 때문에 그렇게 부티 나는 옷을 입을 수 없었기 때문이고, 둘째는 위로는 부친이 계시고 나이가 많은 것을 뽐내어 여우 가죽옷을—이 가죽옷은 그렇게 말끔하고 값이 나가는 여우털 옷이 아닌데도—마음대로 입을 수 없었다. 꺼내어 점원에게 주었다.

"자네가 가서 내 대신에 팔아오게! 가죽이 그렇게 좋지 않고, 몇 번 입지도 않은 것이네. 겉은 진짜 비단이야!"

"눈 깜빡할 새에 추워질텐데 왜 가죽옷을 팔려고 합니까?"

점원이 물었다.

"나는 그것을 입는 것을 좋아하지 않는다! 그냥 놔두는데, 왜 돈으로 좀 바꿔 쓰지 않느냐? 마침 추워진 김에 팔 수 있을지도 몰라?"

"얼마에 팔까요?"

"보자! 5~60위안이면 충분해! 사고파는 데는 오차가 커. 팔려고 할 때는 살 때 얼마에 샀는지 생각하면 안 돼. 그렇지?"

톈유는 점원에게 그가 왜 가죽 덧옷을 팔려고 하는지 말하지 않았다.

점원은 한나절이나 헤매었지만 45위안이 받을 수 있는 최고의 가격이 되었다.

"45위안에 팔았어요!"

텐유는 상당히 단호했다.

45위안 이외에 이쪽에서 모으고, 저쪽에서 변통하여 60위안을 계산대에 올려놓았다. 그가 가죽 덧옷을 입을 수 없었지만, 60위안은 메꿀 수 있었다. 그는 이 정도의 벌은 당연히 받아야 한다고 생각했다. 누가 자기에게 운이 없었고, 살다 보면, 그 정도로 불우할 때도 있다고 할 것이다. 시운이 나빴다 해도, 그는 자기의 인격을 지켜야 하고, 가게가 함부로 손해를 본 책임을 지지 않을 수 없었다.

그러고 며칠 지나서 그는 일본인이 건네준 가격표를 받았다. 노인은 세심하게 천천히 품목들을 살폈다. 다 보고 나자 아무 말 없이 모자를 쓰고 평측문[32] 까지 걸어갔다. 성안에서는 숨을 쉴 수 없을 것 같아서 넓은 곳에 가서 숨을 쉬고 생각도 하고 싶었다. 일본 사람이 정한 물가는 본전의 삼 분의 이도 안 됐다. 그리고 값을 절대로 고치지 못하게 했다. 만약 함부로 고쳤다가는 물가를 함부로 올린 치안 교란죄로 총살된다!

해자 안에 새로 방류한 물이 서북풍을 맞아 꽁꽁 얼어서 얼음을 잘라서 저장하기에 알맞은 정도가 되어있었다. 물은 상당히 빨리 흘렀지만, 강둑에 닿는 곳에는 얼어있었다. 강둑 위에 혹은 다른 곳의 나무들은 이미 잎을 떨어뜨려서 멀리까지 볼 수 있었다. 담담한 시산은 이미 여름에 비 온 후와 같이 짙은 남색이 아니고, 더더구나 화창한

· · ·

32 현 베이징의 부성문

봄날같이 명랑하지도 않았으며, 추위를 두려워하는 듯이 어떤 곳은 흰 곳도 있었다. 햇빛은 밝았지만 열기가 없었다. 나무 그늘조차도 사람 그늘처럼 담담하고 달빛에 비친 듯이 말라서 오그라들었다. 노인은 먼 산을 보고 강물을 보면서 길게 한숨을 쉬었다.

장사가 어떻게 계속될 수 있겠는가? 상품이 들어오지 않고, 휴업계를 내도 허락되지 않는다. 세금은 높다. 거기다 현재는 관청이 값을 정한다—팔아버리려고 해도, 사람들이 사러 오지 않는다. 팔아버리면 파는 만큼 손해가 간다. 이게 무슨 장사인가?

일본인은 무슨 의도인가? 그렇다. 물건들이 모두 정해진 가격이 있다. 백성도 곧 착취를 참을 수 없을 것이다. 그러나 상인도 백성이 아니란 말인가? 상인이 매번 손해만 본다면 누가 상품을 보충하겠는가? 모두가 상품을 보충하지 않으면 베이핑은 빈(空) 성이 되지 않겠는가? 무슨 뜻인가? 노인은 분명히 생각할 수 없었다.

멍청하게 강가에 서서 자기가 어디에 있는지조차 잊었다. 그는 생각에 생각을 거듭하자, 머릿속이 달팽이처럼 돌고 돌았다. 생각할수록 마음이 혼란해져서, 물속에 뛰어들어, 일체의 고뇌를 끝장낼 수 없는 게 한스러웠다.

미풍이 불어왔다. 정신이 들었다. 눈앞의 흐르는 물, 앙상한 버드나무, 시든 풀 모두가 갑자기 절실해졌다. 그는 무의식적으로 자기의 뺨을 쓰다듬었다. 뺨이 찼다. 그러나 손바닥에는 땀이 났다. 머릿속의 달팽이들이 돌기를 멈췄다. 그는 생각해내고 싶었다! 아주 간단하게 간단하여 아무 깊은 뜻도 없이! 백성들에게 물가가 더 이상 올라갈 수 없다는 것을, 그리고 여기 있는 일본인에게 보여주고 싶었다. 일본인은 덕정을 펼 방법이 있다. 상인들이 어떻게 살 것인가? 누가 상관하겠어? 상인도 중국사람이다. 굶어 죽어야 한다. 당연하다! 상인들이 다시 상품을 들여와야 한다. 당연하다. 백성들이 포목을 못 산다. 면화를 사지 못한다. 일체를 사지 못한다. 당연하다! 오히려 물가는 올라가지 않았다. 일본인의 덕정이란 살인하되 피를 보이지 않는 것과 같다.

생각이 분명해졌다. 다시 강물을 보고 급히 몸을 돌렸다. 그는 점주들에게 자기가 방금 생각해낸 것을 설명하러 가야 한다. "당연"하다는 말로 장사를 망친 것은 두리뭉실하게 넘어갈 수 없다. 그는 확실히 설명해야 한다. 그의 두툼한 발뒤꿈치가 지면에 닿아 소리를 내었다. 그는 분주히 성안으로 들어갔다. 그는 마음속에 일을 담아두는 사람이 아니다. 그는 반드시 곧 일을 분명히 해두어야 한다. 그는 반쯤 죽은 듯이 눈을 감고 살아갈 수는 없었다.

점주 모두를 만나서나 누구도 어찌해야 할지 몰랐다. 모두가 영업을 그만두어야 한다고 생각했으나, 일본인이 휴업을 인정하지 않는다는 것을 몰랐다. 모두가 상업은 희망이 없다는 것을 알고 있었다. 모두가 이제는 장사가 희망이 없고 면할 방법이 없다는 것도 알았다. 그들은 텐유에게 말했다.

"나중에 다시 얘기하자! 좀 더 난처하게 굴어라! 누가 우리에게 이것을 따라잡으라고 가르쳤습니까? ……"

모두가 전처럼 그를 신임하고 공경했지만 어떤 수도 없었다. 그들은 그가 빈 껍데기를 지켜도 좋다고 고개를 끄덕일 뿐이었다.

어쩔 수 없이 가게에 돌아와 멍청하게 앉아있었다. 또 명령이 내려왔다. 포목 종류마다 한 번에 일 장씩 팔아라. 한 치라도 더 팔면 처벌을 받게 된다. 이것이 명령이라고 농담하고 있네. 한 장(丈)[33]의 포목은 남자 바지를 만들기에 부족하고 남자 셔츠를 만드는데도 부족하다. 일본인은 키가 작아서 베 열자면 의복 한 벌 만드는 데 충분하다. 중국인은 모두가 키가 작지 않다. 텐유는 웃었다. 키 작은놈이 명령하고 키 큰 놈이 복종한다. 이보다 다른 좋은 표현이 없다.

"오히려 편리해졌다!"

그는 아주 괴로웠지만 개의치 않는 듯이 말했다.

"값도 정해지고, 장단도 정해졌다. 우리는 거저 주산만 튕기며 받아들이면 된다!"

말을 마치자 그의 늙은 눈에 눈물이 핑 돌았다. 어떻게 장사를 한단 말인가! 경험, 재능, 규범, 계획 모두가 쓸모가 없다. 이것은 장사가 아니고 일본인을 위해서 장식하는 것이다. 사고팔지 못하는 장사란 매일 간판을 걸고 문을 여는 것이다!

그는 가장 안정되고 편안한 사람이다. 지금은 이렇게 멍청하게 앉아있고 싶지 않았다. 그는 이미 쓸모가 없다. 집사 같이 앉아서, 가게 주인 자리를 차지하려니, 무료해서 어찌해야 좋을지 몰랐다. 그는 점포를 벗어나서 영원히 돌아오고 싶지 않았다.

이튿날 그는 일찍 나갔다. 그는 발 가는 데로 천천히 걸었다. 좌판을
...

33 길이 단위 6자.

지나기도 하고 잠깐 서서 보기도 했다. 볼만한 가치가 있고 없고 상관없이, 그냥 보고 몇 분간의 시간을 보낼 따름이었다. 아는 사람을 보면 다가가서 몇 마디 나누었다. 그는 말을 하고 싶었다. 울적해서 어쩔 줄 몰랐다. 이렇게 두어 시간 다니다가 발걸음을 돌렸다. 안된다. 말 같지 않다. 그는 이렇게 빈들거리는 것에 습관이 되어 있지 않았다. 그는 돌아가야 한다. 점포가 어떤 모양으로 변해가든, 장사가 되든 말든, 그는 규범을 지키는 장사꾼이다. 정신 나간 사람처럼 돌아다녀서는 안 된다. 점포에 멍청히 앉아있을 수 없어도 이렇게 함부로 다니는 것은 참을 수 없다. 어떻더라도 점포 안에서는 비교적 장사꾼 같이 보인다.

점포로 돌아오자 그는 계산대 위에 쌓여있는 고무신과 일본인이 만든 낡은 완구를 보았다.

"이게 누구 것이냐?"

텐유가 물었다.

"지금 막 받았습니다."

점원이 일그러진 미소를 띠었다.

"주단 일 장을 팔 때마다 고무신 한 켤레도 팔아야 한데요. 포목 한 장을 팔면 작은 완구도 팔아야 한데요. 이것이 명령입니다!"

한 뭉텅이의 얄팍하고 보잘것없는 일본 제품을 보고, 텐유는 반나절이나 멍하니 있다가 말을 꺼냈다. "저 고무신은 쓸모가 있다 해도, 저 완구는 어디에 쓰는가? 하물며 저것들은 부서져 있어서 고객들의 돈을 강제로 **빼앗는** 것 아닌가?"

점원이 바깥을 힐끗 보고 나서 목소리를 낮추어 말했다.

"일본의 공장들은 총포를 만드느라 저런 완구조차 새것을 만들 수 없답니다!"

"아마!"

톈유는 일본 공업 문제를 더 토론하고 싶지 않았다. 저 헌 장난감은 그에게 대단한 모욕을 안겨주어서, 자기를 조롱하는 것으로 생각했다. 그는 성을 낼 뻔했다.

"저 물건들을 계산대 뒤에 가져다 둬요! 어서! 우리 가게는 오래된 가게인데 장난감을 팔 수 있습니까? 더군다나 낡은 것들까지! 나중에 는 인단 끼워 팔라 하겠군! 흥!"

점원이 물건을 계산대 뒤로 치우는 것을 보고, 차를 따라서 한 잔 또 한 잔 천천히 마셨다. 그것은 차를 마시는 것이 아니라 오히려 차로써 화를 다스리는 듯했다. 잔에 담긴 차를 보면서 그는 어제 본 강물이 생각났다. 그는 강물이 보기 좋았을 뿐만 아니라, 사랑스럽 기도 하고, 게다가 일체의 문제를 해결해줄 수 있을 것 같았다. 그는 마음이 넓은 사람일 뿐만 아니라, 어쩔 수 없는 일은 어쩔 수 없는 일로 생각하여 일소에 부쳐버린다. 그는 어쩔 수 없는 일은 자기의 시련으로 본다. 만약 그가 어쩔 수 없는 일로 받아들이면, 자기의 무능과 무용을 인정하는 것이다. 그가 그러한 국면에 대처하지 못하면 당연히 자신을 끝장내야 한다. 강물을 따라 떠내려가서 큰 강으로 바다로 가야 한다. 넘어져도 괜찮다. 마음이 좁은 사람은 왕왕 죽음을 큰길로 본다. 톈유가 그런 사람이다. 강이나 바다에 닿는 것이 오히려

620

통쾌하다. 그는 넓은, 자유, 근심 걱정이 없는 곳에 사는 것이 노심초사
하면서 살아가는 것보다 훨씬 더 좋다고 생각했다.

정오가 막 지나자 큰 트럭이 가게 앞에 멈춰 섰다.

"그들이 왔어요!"

점원이 말했다.

"누구?"

톈유가 물었다.

"물건을 보낸 사람!"

"이번에는 인단일까 두렵다!"

톈유는 웃고 싶었으나 웃음이 나오지 않았다.

차에서 한 사람의 일본인과 세 명의 중국인이 뛰어내렸다. 사랑이나
호랑이처럼 스스럼없이 가게에 들어섰다. 네 사람뿐이었지만 그들의
성세는 기관총 같았다.

"물건은, 방금 보낸 물건은?"

중국인 한 사람이 꽤나 조급하게 물었다.

점원이 급히 안쪽 계산대에 가서 가지고 왔다. 가지고 나오자 중국
인이 그것을 낚아챘다. 장닭이 흙을 파내듯이 재빨리 세었다.

"한 켤레, 두 켤레…"

다 세자 그의 얼굴에 살이 부드러워졌다. 미소를 머금고 일본인에게
말했다.

"모두 열 켤레입니다. 제가 잘못은 여기에 있다고 했지요. 바로
여기 말이요!"

일본인은 톈유 가게 주인을 한 번 훑어보더니 거만하고 냉혹하게 물었다.

"네가 가게 주인이냐?"

톈유는 고개를 끄덕였다.

"하! 이 새끼, 물건 받았어?"

점원이 물건은 자기가 받았기 때문에 말을 하러 했다. 그러나 톈유가 앞으로 나서서 일본인에게 다가가서 고개를 끄덕였다. 그가 가게 주인이다. 점원이 잘못했더라도 자기가 책임을 져야 한다.

"너 이 새끼. 못된 놈이구나!"

톈유는 침을 삼켰다. 노기가 환약처럼 내려갔다. 규범을 지켜서 부드럽게 질문했다.

"열 켤레 받았어요. 그렇지요? 숫자대로 반송할 거요!"

"반송이라고? 너 이놈, 큰 간상이구나!"

돌연히 일본인이 뺨을 올려붙였다.

톈유의 눈에서 금성이 튀어나왔다. 이 한 대의 뺨, 그가 왜 맞았는지 도무지 알 수 없었다. 갑자기 그는 아무 생각도 감각도 없고, 움직일 수도 없는 공기 덩어리가 되어, 그 자리에 마비되어버렸다. 그는 일생동안 싸움을 한 적도 없고 행패를 부린 적도 없었다. 그는 절대로 다른 사람에게 얻어맞을 리 없었다. 그의 성실, 규범 준수, 체면을 차리는 것이 그의 강철 갑옷이어서, 그가 영원히 오욕을 당하지 않게 하고, 몸에 손찌검을 당하지 않게 해주리라 생각했다. 그런데 지금은 얻어맞고, 그가 아무것도 아니게 되고, 고깃덩어리처럼 서 있는데 불과하다.

점원은 얼굴이 창백해지면서 억지로 미소를 지으면서 말했다.

"여러분들이 스무 켤레는 주셨고, 저도 스무 켤레는 받았습니다. 어떻게, 어떻게…"

그는 다음 말이 목구멍으로 넘어갔다.

"우리가 스무 켤레를 주었다고?"

중국인 중에 한 사람이 물었다. 그들의 위세는 그 일본인과 비슷했다.

"한 집에 열 켤레인 것을 누가 모르냐! 너는 혼란을 틈타서 열 켤레를 더 가지고 가서, 오히려 우리를 원망했구나. 너 정말 간이 크구나!"

사실상 확실히 열 켤레를 더 주었다. 점원은 얼마나 받았는지 어떤 점으로는 알지 못했다. 열 켤레 신 때문에 그들은 성을 반이나 뛰어갔다. 그들은 반드시 열 켤레 찾아내야 한다. 아니면 임무를 마치고 보고할 수가 없다. 찾아내도 그들은 자신이 소홀하여, 다른 사람에게 억지로 떠맡긴 것을 인정할 수 없다.

점원은 눈알을 굴리며 좋은 생각을 해냈다.

"우리는 물건을 많이 받았으니 벌을 받겠소!"

그러나 이번에는 그들이 뇌물을 받지 않았다. 그들은 가게 주인을 데리고 가야 한다. 일본인은 강제로 균일가를 실행해야 한다. 그리고 강제로 그들에게 떠넘긴 화물을 받아들이도록, 필요하다면, 시위라도 해야 한다. 그들은 톈유 가게주인을 끌어내었다. 차 안에서 그들이

미리 준비해둔 흰 천으로 만든 어깨띠를 들고 왔다. 어깨띠에는 큰 붉은 글자―간상(奸商)―가 쓰여 있었다. 그들은 어깨띠를 톈유에게 던져주고 스스로 두르게 했다. 그때 점포 밖에는 사람들이 가득했다. 톈유는 전신을 떨면서 어깨띠를 둘렀다. 그는 이미 반은 죽어있어서 면전의 사람들도 겨우 알아보거나 알아보지 못했다. 그는 이미 수치, 울분을 잊어버리고 사시나무 떨듯 하면서 다른 사람이 마음대로 조종하도록 내버려두었다.

일본인은 차에 탔다. 중국인 세 명도 자동차 뒤에서 천천히 톈유를 따라갔다. 큰길에 나서자 세 명은 그에게 시켰다.

"너 스스로 소리쳐! 나는 간상이다! 나는 간상이다! 나는 물건을 많이 떼어 왔다! 나는 정가에 물건을 팔지 않았다! 나는 간상이다! 소리쳐!"

톈유는 한마디도 하지 않았다.

세 자루의 총이 그의 등을 쑤셨다.

"소리쳐!"

"나는 간상이다!"

톈유는 낮은 소리로 말했다. 평소에도 그의 말소리는 높지 않았다. 그는 목에 힘을 주어 얼굴이 빨개지도록 큰 소리로 말할 수 없었다.

"더 크게!"

"나는 간상이다!"

톈유는 목소리를 조금 높였다.

"다시 더 크게!"

624

"나는 간상이다!"

톈유는 소리쳤다.

행인들이 멈춰 서서 별 볼일이 없는 사람들이 뒤와 양쪽에서 따라왔다. 베이핑인들은 구경을 좋아한다. 눈이 있고 볼 수만 있으면 보고, 따라가서 보고, 조금도 싫증을 내지 않는다. 그들은 구경거리를 보고, 치욕, 시비를 잊고 분노하지도 않는다.

톈유는 눈물이 앞을 가렸다. 잘 아는 길인데도 완전히 모르는 것 같았다. 그는 길이 아주 넓고 아주 사람이 많다고 생각했지만, 모두가 처음 보는 듯했다. 그는 자기가 무엇을 하고 있는지 몰랐다. 그는 기계적으로 한 마디 한 마디 소리쳤지만, 그저 소리칠 뿐 소리치는 것이 무슨 뜻인지 몰랐다. 천천히 그의 머리의 땀과 눈 속의 눈물이 한 곳에 모아져서 길, 사람과 물건들을 분명히 볼 수 없었다. 그는 머리를 숙였다. 여전히 소리치는 것은 멈추지 않았다. 그는 생각지 않았다. 그 몇 마디가 마치 자기 입에서 튀어나오듯 했다. 갑자기 머리를 치켜들자 큰길, 차량, 행인이 보였으나 더 알아볼 수 없었다. 꿈에서 막 깨어난 듯 홀연히 일광과 물건들이 눈에 들어왔다. 그는 하나의 완전한 신세계의 색깔이 제각각, 소리도 제각각이다 자기와 아무 관계도 없었다. 일체가 소란하고 냉담했으며, 아름답고 참혹하게, 모두가 얼어붙은 듯이 자기를 바라보았다. 그는 자기와 아주 가깝기도 하고 아주 멀기도 한 것 같았다. 그는 또 머리를 숙였다.

두 거리(불록)를 걸었더니, 그의 목이 이미 막혀버렸다. 그는 피곤하고 어지러웠다. 그러나 여전히 그의 다리는 그를 끌고 갔다. 그는 자기 어디를 걸어왔는지, 어디로 가고 있는지 몰랐다. 머리를 숙이고 여전히 몇 마디 소리를 질렀다. 그러나 이미 목이 쉬어서 오히려 혼자서 중얼거리듯 했다. 머리를 쳐들자 패루가 보였다. 네 개의 매우 붉은 기둥이 보였다. 이 네 개의 붉은 기둥이 홀연히 아주 굵어져서 흔들거리더니 천천히 자기에게로 다가왔다. 하늘의 기둥을 끄는 네 개의 붉은 다리가 자기를 향해서 왔다. 눈앞에 모는 섯이 붉있다. 천지가 붉고 그의 뇌도 붉었다. 그는 눈을 감았다.

그는 얼마나 시간이 흘렀는지 몰랐다. 눈을 부릅뜨자 자기가 아직 둥단패루 부근에 누워있다는 것을 깨달았다. 트럭도 세 명의 총을 든 사람도 보이지 않았다. 사방에 아이들이 둘러서 있었다. 그는 일어나 멍하니 앉아있었다. 한참이나 정신 나간 듯이 있다가 머리 숙여 자기 가슴을 보았다. 어깨띠는 보이지 않았다. 가슴이 흰 거품과 피로 흠뻑 젖어있었다. 그는 천천히 일어서려다가 넘어졌다. 그의 다리가 나무 막대기 같았다. 죽을힘을 다해 다시 일어섰다. 일어서자 패루 위에 한 가닥의 햇빛이 비치는 것을 보았다. 그의 몸은 어느 한구석이 아프지 않은 곳이 없고, 그의 목구멍은 찢어지는 듯했다.

한 걸음 걷고 쉬고 하면서 서쪽을 향해 걸어갔다. 그의 마음은 완전히 비었다. 그의 늙은 부친, 병든 아내, 세 명의 아들들, 며느리, 손자 손녀, 자기의 점포, 모두가 이미 존재하지 않았다. 그는 단지 해자와 그 귀여운 물만을 보았다. 물이 마치 큰길 위를 흐르는 것 같다. 그에게 손짓을 한다. 그는 고개를 끄덕였다. 그의 세계는 이미 멸망했다. 그는 다른 세계로 가야 했다. 다른 세계에서는 자기의 치욕이 말끔히 씻겨지리라. 살아있으면 자기는 치욕의 본체에 불과하다. 그는 막 띠고 있었던 붉은 글자가 쓰여 있었던 어깨띠가 여전히 몸에 걸쳐져 있고, 몸에 붙어 있고, 몸에 새겨져 있어서, 그는 영원히 치가 (치 씨 집)와 점포의 검은 점이 되고, 이 검은 점이 영원히 양광을 검게 변하게 하고, 생화를 악취 나게 하여, 공정을 교활한 사기로 바뀌게 하고 온화함을 폭력이 되게 한다.

그는 인력거를 타고 평측문에 내렸다. 성벽을 잡고 발을 끌며 나갔다. 해가 졌다. 강변의 나무들이 조용히 그를 기다렸다. 하늘에는 옅은 노을이 그를 향해 미소를 짓는 듯했다. 해자 물이 아주 빨리 흘렀다. 이미 그를 기다려서 귀찮아하지도 않은 듯 했다. 물은 낮은 소리로 그를 부르는 듯했다.

아주 빠르게 그의 인생이 눈앞을 스쳐 갔다. 재빨리 모든 것을 잊었다. 둥둥 떠서 흘러 바다로 갈 것이다. 자유롭고 시원하고 깨끗하고 즐거워서, 자기 가슴의 붉은 글자를 깨끗이 씻어줄 곳으로 갈 것이다.

60

텐유의 시신은 얼음, 수초, 나무뿌리에 걸려 강으로 나가 바다에 이르지 못하고 하천 천변에 얼어붙어 있었다.

이튿날 아침 일찍 누군가가 시체를 발견했고, 오후가 되어서야 소식이 치씨 집에 전해졌다. 치 노인의 슬픔은 형용할 수 없다. 4대가 함께 사는 집 중에서 가장 중요한 사람, 그와 가장 가깝고, 가장 성숙하고 믿을 만한 층이 뜻밖에도 먼저 철거되었다는 것이다! 그는 자신의 죽음과 며느리의 죽음을 상상했다. 그녀는 늘 그렇게 골골거렸다. 그는 심지어 셋째손자의 죽음까지도 상상했다. 그는 텐유가 죽으리라고는 상상도 못했는데, 게다가 이렇게 비참하게 죽다니! 하늘은 무지하고, 무자비하며, 조금의 양심도 없는 것이 이 가장 중요하고 성숙한 사람을 앗아간 것이다.

"제가 무슨 소용이 있습니까? 하느님, 왜 톈유 대신에 저를 데리고 가지 않으십니까?"

노인은 무릎을 꿇으며 하느님에게 물었다. 그런 후에 일본인을 저주했다. 그는 예절도 잊고 두려움도 잊었다. 욕을 하며 흐느끼다가 더 이상 소리도 내지 못하고 울었다. .

톈유 부인의 눈물이 꿰미를 지어서 줄줄이 흘러내렸다. 온몸을 와들와들 떨면서도 울음소리조차 내지 못했다. 얼마 지나지 않아 눈알이 뒤집어지더니 기절해버렸다.

윈메이는 눈물을 흘리면서 한편으로 할아버지를 달래고 한편으로는 '어머님, 어머님' 하고 소리쳐 불렀다. 두 아이는 어쩔 줄 몰라, 어머니의 옷깃을 잡고 놓아주지 않았다.

루이펑은 평소에 아버지에 대해 눈곱만큼도 효심이 없었던 녀석이 입을 크게 벌리고 '응응' 울어댔다.

천천히 톈유 부인이 정신이 들었다. 그제야 방성대곡했다. 윈메이도 시어머니를 따라 곡을 했다.

한바탕 곡이 이어지다가 갑자기 곡소리가 뚝 그쳤다. 눈물이 흐르고, 콧물도 흐르고 있었다. 바람과 천둥소리가 지나가고 비가 내리는 것 같았다. 비분, 상심 모두를 토해내고 모두의 마음이 텅 비어 버렸으므로, 생각도 못 하고 움직이지도 못했다. 그래도 살아 있기는 하지만 반은 죽은 듯이 머리를 숙이고 멍해져 버렸다.

얼마나 오래 멍한 상태로 있었는지 모른다. 윈메이가 제일 먼저 입을 열었다.

"서방님, 가서 형을 찾아보세요!"

이 한 마디가 벽력같이 짙은 구름을 깨워서 큰비가 내리게 했다. 모두가 다시 울기 시작했다. 윈메이는 이쪽을 달래고 저쪽을 위로했으나 소용이 없었다. 모두 자기 슬픔만 흘려버릴 생각만 하느라고 그녀의 말소리가 귀에 들어오지 않았다.

톈유 부인은 캉의 끝에 앉아 손발이 얼어버린 듯이 꼼짝 할 수 없었다. 치 노인의 얼굴은 갑자기 줄어버린 듯했다. 손을 무릎에 놓고 곡을 하지도 않고, 벌벌 떨며 큰 소리로 울기만 했다. 루이펑의 곡성은 다른 사람에 비해 더 장렬했다. 그러나 그는 무엇 때문에 곡하는지는 모르면서도 큰소리로 곡을 하니 마음이 편안해졌다.

윈메이는 눈물을 닦으며 둘째의 어깨를 몇 번 흔들었다.

"가서 형을 찾아봐요!"

그녀의 음성은 약간 날카로웠다. 그녀의 정신도 그 정도로 절박했다. 이것이 루이펑이 슬픈 소리를 거두어들이지 않아 어쩔 수 없게 했다. 치 노인조차 약간의 떨림을 느끼고 갑자기 정신이 들었다.

노인이 소리쳤다.

"가서, 네 형을 찾아봐!"

이때쯤 샤오원, 펑장 류 사부 부인 모두가 달려왔다. 지금까지 류 사부가 탈주한 후, 루이쉬안이 월급을 받는 날, 반드시 윈메이를 시켜 6원을 건네주었다. 리우 부인은 키가 작지만 몸이 단단한 시골 사람이라 고생을 견딜 수 있었다. 치 씨 집에서 주는 돈 이외에 점포를 다니며 의복을 모아 와서, 꿰매고 씻어서 몇 푼의 잔돈을 벌었다. 그녀는 때때로 시간을 내어 치 씨 댁에 와서 원메이가 하는 일을 빼앗다시피 하여 도왔다. 그녀는 시골 사람이라 일이 거칠기는 해도 대단히 여물게 했다. 샤오순얼에게 만들어준 신발은 옆과 밑창이 두꺼워서 정말 신을 만했다. 그녀는 말이 많지 않았으나, 입을 열면 의미도 있고 견해도 있어서, 톈유 부인과 원메이 하고도 좋은 친구가 되었다. 치 씨 댁 남자들과는 말을 많이 나누지 않았다. 그녀는 시골 사람이지만 식견이 있었다.

샤오원은 쉽게 치 씨 댁에 가지 않았다. 그는 치 씨 댁 사람은 대개가 구식 사람들이라는 것을 안다. 그들이 자기의 직업과 행동을 크게 좋아하지 않아서, 자주 가서 미움을 사지 않으려 했다. 그는 자신을 가벼이하지 않고 남들을 존중한다. 이 때문에 자기의 신분을 떠나서는 안되며 예절도 지켜야 했다. 오늘은 치 씨 댁에서 곡성이 들리자 와보지 않을 수 없었다.

루이펑이 마중을 나와서 두 분 이웃에게 절을 했다. 그들은 곧 치 씨 댁에 초상이 났다는 것을 알았다. 샤오원과 리우 부인은 감히 누가 죽었는지 물어볼 수가 없어 서로 얼굴만 쳐다보았다. 루이펑이 말했다.

"아버지께서…"

샤오원과 리우 부인의 눈에 눈물이 고였다. 그들 모두가 톈유와 내왕은 하지 않았지만, 톈유가 가장 범절을 아는 성실한 노인인 것을 알기에 얼마나 애석한가를 알아차렸다.

리우 부인은 즉시 톈유 부인에게 가서 아이들을 보살폈다.

샤오원이 바로 질문했다.

"제가 해야 할 일이 없을까요?"

치 노인은 지금까지 샤오원을 무시했으나, 지금은 샤요원의 손을 잡았다.

"원예, 그가 참혹하게 죽었어요! 참혹하게!"

노인의 눈은 원래 작았다. 지금은 눈이 빨갛게 부어올라서, 눈알이 완전히 덮인 것이나 다름없었다.

원메이도 말했다.

"원예, 루이쉬안에게 전화해주어요!"

샤오원은 그 일을 맡고 싶었다.

치 노인은 샤오원을 잡고 일어났다.

"원예, 전화해주어요! 그에게 평측문 밖 강변에 가라고 해요! 강변에!"

말을 마치자 샤요원의 손을 놓고 루이펑에게 말했다.

"가자! 성 밖으로!"

"할아버지, 못 가십니다!"

노인은 성이 나서 소리쳤다.

"내가 왜 못 가느냐? 걔는 내 아들이야, 내가 왜 못 가느냐? 내가 가서 강물에 뛰어들어가서 함께 죽으면 좋겠다! 가자, 루이펑!"

샤오원은 지금까지 당황하지 않았다. 그제야 그가 종종걸음으로 밖으로 나갔다. 그는 먼저 리쓰예가 집에 계시는지 살펴보았다. 집에 있었다.

"스따예, 빨리 치 씨 댁에 가세요! 톈유 가게 주인가 죽었어요."

"누구?"

리쓰예는 그의 귀를 믿지 못했다.

"톈유 가게 주인이라고! 빨리 가자!"

샤요원은 큰길로 나가서 전화를 빌렸다.

쓰다마도 분명히 들었다. 곧 치 씨 댁으로 갔다. 문에 들어서자 자세한 곡절은 접어두고 방성대곡하기 시작했다.

리쓰예는 치 노인의 손을 잡았다. 두 노인은 부들부들 떨면서 한 덩어리가 되었다. 리 노인은 상사에는 습관이 되어서 쉽게 감정이 흔들리지 않았다. 오늘은 그의 마음이 정말 뒤흔들렸다. 치 노인은 여러 해 동안 좋은 친구였다. 톈유는 범절을 지키는 성실한 사람이기 때문에, 재앙을 부르거나 화를 자초할 사람이 아니었다. 그가 치 노인을 처음 알게 되었을 때 톈유는 아직 어린애였다.

모두가 한바탕 곡을 한 후 마음이 다소 안정이 되었다. 왜냐하면, 모두가 리쓰예가 일을 처리할 줄 아는 사람이라는 것을 알기 때문이었다. 리쓰예가 눈물을 닦고 루이펑에게 말했다.

"둘째야, 성을 나가자!"

"나도 가겠네!"

치 노인이 말했다.

"내가 가는데 마음이 놓이지 않나요, 형님?"

리쓰예는 치 노인이 가면 번거로움을 많이 끼치겠다는 것을 알기 때문에 그를 말렸다.

"내가 가지 않으면 안 돼!"

치 노인은 대단히 완강했다. 그는 자신이 갈 수 있다는 것을 보이기 위해, 다른 사람이 그를 부르지 않아도 모두에게 보이려고 재빨리 걸어

나갔다. 그러나 집 밖의 계단을 미처 한 계단도 내려가지도 못해 넘어졌다. 겨우 일어나자 다시 한 발자국도 떼지 못하고 벌벌 떨기만 했다.

톈유 부인도 가고자 했다. 톈유는 자신의 남편이었다. 그녀는 남편이 어떻게 죽었는지 전부 알아야 했다.

리쓰예는 치 노인과 톈유 부인을 말렸다.

"맹세컨대, 반드시 톈유의 시체를 보여 주겠다! 지금은 가실 필요 없습니다. 제가 제대로 준비를 마치고 모시러 오겠습니다. 됐지요?"

치 노인은 애써서 눈을 깜박거렸으나 다시 걸음을 내딛지 않았다.

"어머님!"

원메이가 시어머니에게 호소했다.

"어머님 가지 마세요! 어머님이 안 가셔야 할아버지께서 견딜 수 있을 거예요!"

톈유 부인은 눈물을 흘리며 고개를 끄덕였다. 치 노인은 쓰다마가 부축하여 방안으로 모셨다.

리스마와 루이펑이 밖으로 나갔다. 그들이 나서려 할 때 샤오원과 쑨치가 함께 들어왔다. 샤오원은 전화를 했다. 쑨치와 샤오원이 노상에서 우연히 만났다. 평소에는 쑨치는 샤오원에게 악감정은 없었지만, 내왕하며 사귀지 않았다. 이발을 두고 말하면 샤오원은 항상 최고의 이발관에 가서 이발과 면도를 했다. 샤오원 부인은 축하연에 초대를 받으면 상하이인이 개업한 미용실에 가서 파마를 했다. 이것이 쑨치에게 자극을 주었다. 별로 기분 좋지 않게 샤오원 부부를 알은 채 했다. 오늘은 그와 샤오원이 홀연히 좋은 친구가 되었다. 왜냐하면 샤오원이

치 씨 댁을 돕기로 한 것이 샤오윈의 안목이 나쁘지 않은 것을 증명했기 때문이다. 환난이 사람들의 마음을 한곳에 모이게 한다.

샤오윈은 쉽게 말이 나오지 않아 담배만 뻐끔거렸다. 쑨치는 말이 쉽게 나오고 격렬하여 치 노인에게 위로를 주었다. 노인은 캉에 누워서 한마디도 하지 않았다. 거저 쑨치의 말을 듣고 때때로 한숨을 쉴 뿐이었다. 쑨치가 옆에 없었으면 끊임없이 중얼거리며 다시 곡을 시작할 줄 알았다.

직업과 생활경험이 리쓰예가 마음속에 어려움을 겪을 때라도, 일체의 계획을 세울 수 있게 했다. 거리 입구의 작은 찻집에 다다르자 먼저 시체를 건져 올릴 사람 둘을 불렀다. 그 후에 후궈쓰의 수의점에 가서 필요한 수의를 샀다. 그의 계획은 이랬다. 시신을 건져 올려서 물속에 밤새 잠겨 있던 옷을 벗기고 수의로 갈아 입힌다. 만약 두 가지가 다 부족하면 이후에 치 씨 댁에서 다시 갈아 입히게 한다. 옷을 갈아 입히면, 시신을 성 밖의 산시앤관에 두고 치 씨 댁 사람이 와서 염을 하고 입관하게 한다. 일본인은 시체를 성에 들여보낼 수 없고, 이리저리 옮기는 것도 번거롭기 때문에, 차라리 절에서 장례를 치르고 나서 매장하는 것이 낫다고 했다.

이러한 계획에 생각이 미치자 즉시 루이펑에게 어떠냐고 물었다. 루이펑은 의견이 없었다. 그의 마음은 완전히 비었다. 자기는 아무 생각이 없는 효자라는 생각만 하고, 도처에서 남의 애도를 받자, 상당히 마음이 편해져서, 우쭐대는 마음이 없는 것도 아니었다.

성을 나와서 시신을 보았다—두 명의 고용인이 시신을 끌어올려

강둑 위에 놓았다—루이핑은 진심으로 마음이 움직였다. 잠시 바닥에 엎드려 시신을 잡고 방성대곡했다. 이때 그의 눈물은 진짜로 마음속 깊은 곳에서 우러나왔다. 톈유의 얼굴과 몸은 부풀어 올라서 눈 뜨고 보기 곤란했다. 그러나 편안하고 온유했다. 그의 손에는 강 진흙 한 줌을 쥐고 있는데, 얼굴은 상당히 깨끗하며, 수염 위에 두 개의 짚방망이 만 있었다.

리쓰예도 눈물을 흘렸다. 그가 보고 자란 치톈유—어린 시절부터 수줍음을 많이 타서, 한평생 잘못을 저지르지 않고, 영원히 평화롭고, 성실하고, 강하고, 침착한 치톈유! 노인은 슬퍼하지 않을 수 없다. 이것 은 단지 톈유의 운명이 이럴 것이 아니라, 세상이 이미 변한 것이다.-성 실한 사람, 좋은 사람, 강에서 죽어야 한다!

루이쉬안이 도착했다. 전화를 받자마자 그의 얼굴에는 혈색이 없어 졌다. 입술이 떨려서 굿리치에게 한마디만 했다.

"집에 초상이 났습니다!"

그대로 뛰쳐나왔다. 그는 평측문 밖까지 어떻게 왔는지 몰랐다. 그는 곡도 하지 않았다. 눈은 앞에 있는 어떤 것도 분명히 알아보지 못했다. 조부가 갑자기 돌아가시면 그는 반드시 상심해서 곡을 했을 것이다. 그러나 그것은 상심일 뿐이지 그를 혼란에 빠뜨리지 않을 것이다. 왜냐 하면, 할아버지는 이미 춘추가 높으셔서 죽음이란 피할 수 없는 것이기 때문이다. 부친이 이렇게 홀연히 가시리라고 생각도 못 했다. 하물며 그는 부친의 큰아들이다. 자기의 모양, 성격, 태도, 말하는 모양까지 부친을 닮았다. 그가 어릴 때 부친은 자기의 모범이었다. 부친은 그가 진귀한 보배였으므로 모든 사랑을 그에게 쏟아 부었다. 그가 제일 먼저 큰길에 나갔을 때 부친이 안고 나갔다. 그의 작은 손을 잡고 갔다. 그가 소학, 중학, 대학에 간 것도 부친의 주장이었다. 그가 결혼하고, 일하고, 자기 자식을 가지는 것, 모든 크고 작은 일을 자기가 처리했다. 부친과 다시 상의할 필요가 없었으나, 일을 처리하는 동기와 방법이 자기도 모르는 새에 부친과 공모하지 않아도 일치했다. 그는 어떤 일에도 반드시 부친과 논의하지 않아도, 일종의 말할 필요가 없는 서로의 이해와 친밀히 존재했다. 눈짓 한번 미소 한 번이면 충분했다. 구태여 말할 필요가 없었다. 부친이 그를 보고 그가 부친을 본다. 모두가 현재를 통해서 2~30년 전을 본다. 2~30년 전 작은 손을 부친에게 주기만 하면 부친은 나가 놀자는 것을 알아차린다. 그는 자기의 하는 일과 학식이 부친과 완전히 같지 않았지만 몇 가지 외래적인 것과 하는 일 이외에 그는 부친의 화신이라고 알고 있었다. 그는 불완전한 자기이고 부친은 완전한 부친이다. 부자가 한 곳에 모아지면 그는 거의 안전하게 느끼고 아름다움이 가득한 것으로 느낀다. 그는 어떤 야심도 없었으며 부친이 살아서 할아버지 연세까지 사시기 바랐다. 그도 부친이 할아버지가 하듯이 수염을 기르고 부친에게 살갑게 대하여 부친이 수년의 늦복을 누리시기 바랐다. 이것은 가식적인 효도가 아니고 자연스럽고 당연한 일이라 생각했다.

아버지께서 갑자기 물에 뛰어들 것이다! 그 자신도 태반이 죽은 것 같다!

그는 심지어 부친이 죽은 원인을 생각하여 일본인을 저주하고 싶지 않았다. 그의 눈 속에는 살아 계신 부친과 죽은 부친만 있었다. 부친은 온갖 모양의 부친—수염이 있는 부친, 수염이 없는 부친, 웃는 부친, 곡하는 부친—눈에 잠시 나타났다가 사라졌다. 그는 다시 헤어지리라 생각할 수 없었다.

그가 부친을 보자 큰소리로 통곡을 할 수가 없었다. 그는 여태껏 울부짖지 않았다. 목놓아 울부짖는 것은 어쩔 수 없는 것일 뿐, 그는 방법을 잘 생각하는 사람이라, 울거나 떠드는 데 익숙하지 않았다. 그는 부친 머리맡에 무릎 꿇고 눈물을 머금고 부친을 보고 있었다. 그의 가슴이 간지러웠다. 목구멍에 단맛이 났다. 그는 붉은 피를 뱉었다. 그는 다리가 풀려서 땅바닥에 주저앉았다. 천지가 빙글빙글 돌아갔다. 그는 아무것도 몰랐다. 낮은 소리로 '아버지! 아버지!' 하고 부르기만 했다.

오랜 시간이 지나서야 그가 눈앞의 사물을 알아볼 수 있었다. 그제야 리쓰예가 손으로 그의 뒤를 받쳐주고 있다는 것을 알아차렸다.

"너무 상심치 마라!"

쓰예가 소리쳤다.

"죽으면 다시 살아나지 않아. 산 사람은 살아가야 한다!"

루이쉬안은 눈물을 닦았다. 바로 땅에 떨어진 붉은 핏자국을 닦아 없앴다. 그의 몸에는 힘이라고는 남아 있지 않고 얼굴은 무서울 정도로 백지장 같았다. 그러나 그는 일을 처리해야 했다. 아무리 상심이 크더라도, 그는 집안일을 책임져야 할 사람이다. 그는 마땅히 남은 피로 마땅히 일체의 일을 처리하는데 써야 했다.

그는 리쓰예의 방법에 동의하고, 삼일 간 시체를 산시앤관 내에 모시기로 했다.

리쓰예는 판자를 빌려와서 루이쉬안, 루이펑, 그리고 두 사람의 도우미와 함께 톈유를 사당 안으로 들고 들어갔다. 태양이 이미 서쪽으로 기울여져서 톈유의 얼굴에 따뜻한 햇살이 비쳤다. 루이쉬안이 부친의 얼굴을 보자 눈물이 부친의 발에 떨어졌다. 그는 전신에 힘이 빠져서 겨우 판자를 잡고 일보 일보 앞으로 나아갔다. 그는 자기가 한번 넘어지면, 다시 일어나지 못할 것 같이 생각되어, 죽을힘을 다해 앞으로 나아가, 부친을 사당 안에 안치하지 않으면 안 되었다.

산시앤관은 작았다. 마당 안의 두 개의 늙은 측백이 공기와 햇빛을 더 받으려고 담장 밖으로 가지를 뻗치고 있는 듯했다. 문에 들어가자 티엔 요우의 얼굴에 햇빛이 가려져서 암담한 푸른 그늘이 졌다.

"아버지!"

루이쉬안은 낮은 소리로 불렀다.

"여기서 주무세요!"

망자를 모신 곳은 후원이었다. 후원이 아주 작아서 나무들이 하나도 없어서 톈유의 얼굴이 밝아졌다. 망자를 안치하고 루이쉬안은 멍하니 아버지를 보았다. 아버지는 아주 잠을 잘 주무시고 계셨다. 꼼짝하지도 않고 편안하게 조금도 걱정 없이 주무시고 계셨다. 살아 있는 것이 꿈이다. 죽음이 오히려 진실이고 긍정이고 자유다.

"형!"

루이펑의 눈, 코, 귀가 전부 붉었다.

"장례를 어떻게 치르느냐?"

"뭐?"

루이쉬안이 꿈속에서 깨어나는 듯했다.

"내 말은, 우리 어떻게 장례를 치르자는 거냐?"

둘째의 상심은 거의다 사라지고 한바탕 일이 벌어지기를 바라고 있었다. 상사, 정말 상사라면 그가 보기에 구경거리가 벌어지는 좋은 기회다. 상복 입고, 독경하고, 종이를 태우고, 술을 바치고, 머리를 조아리고, 밥을 올리고, 염을 하고, 조문을 받고, 출상하고…… 얼마나 떠들썩한 구경거리들인가! 그는 자기에게 돈이 없으나, 형이 돈을 구해 와서 일을 처리하리란 것을 안다.

사람은 반드시 효도를 해야 한다, 아버지는 한 번만 죽는다, 형이 난처하더라도 장례를 떠들썩하게 치러야 한다. 큰형이 효도만 하신다 면, 그는-둘째아들-반드시 온갖 계략을 다 써서 이번 장례를 아주 훌륭 하고 체면 있고 열렬하게 치르게 할 것이다. 비유해서 말하면 사흘 계속해서 체면에 맞게 종이 사람, 종이 말을 붙이고, 중을 열세 명쯤 불러서 독경을 하지 않겠나? 밤새미도 아주 재미있을 거야. 주석에는 적어도 8개의 요리에 신선로를 올리겠지. 사당 밖에는 고수들이 제대로 갖추어 정렬해 있을 것이다. 낮에도 스님들이 독경을 하고 밤에는 라마 승이나 도사로 바뀐다. 그 후에 상여가 나갈 때는 적어도 70~80명의 상복을 입은 친구들이 한 무리의 거위 떼처럼 관 앞에서 천천히 걸어간 다. 관 후면에는 1~20량의 마차에 흰옷 입은 푸른 옷 입은 남(男) 여(女) 출상객이 타고 있다. 또 집사, 청음³⁴ 꾼, 상고를 치는 사람, 종이 사람,

...

34 상사 음악.

종이 수레, 종이 금산, 은산! 돌아가신 아버지의 체면에 걸맞게 갖출 따름이다. 친우들도 치 씨 댁을 존경할 것이다─사람은 강에 빠져 죽었지만, 대사를 한 점 빠진 곳이 없게 치른다!

"쓰예!"

루이쉬안은 둘째를 개의치 않고 리 노인에게 말했다.

"우리 함께 돌아갈까요? 어떻게 할지, 조부, 모친과 상의해서 어르신과 함께 혹은…"

리 노인은 한눈에 루이쉬안의 마음을 알아보았다.

"알아들었어! 노인들이 어떤 말씀하시든지, 우리는 비용을 생각해서 다시 계획을 세웁시다. 너무 초라해서도 안 되고, 너무 허세를 부려서도 안 돼요. 요즈음 같은 세상에!"

루이펑 쪽으로 돌아보고 말했다.

"둘째야, 자네는 여기서 일 보고 있어. 우리는 함께 돌아가자!"

동시에 도와주던 두 사람을 돌려보냈다.

집 대문을 보자 루이쉬안은 발걸음을 뗄 수 없었다. 죽을 힘을 다해서 계단을 올라갔다. 그러나 두서너 발자국에 그는 녹초가 되었다. 그의 눈앞에 작은 금성들이 날아다니고 심장이 아주 빨리 뛰었다. 그는 문설주를 잡고 움직일 수가 없었다. 문설주에 샤오원이 붙인 흰 종이가 풀이 채 마르지 않았다. 그는 백지가 붙여진 대문에 들어갈 수도 없고 들어가려고도 하지 않았다. '조부와 모친을 보고 무어라고 말해야 하지? 어떻게 위로해 드리지?'

리쓰예가 그를 부축하여 들어갔다.

집안사람들이 루이쉬안이 돌아오는 것을 보고 다시 곡을 하기 시작했다. 그 자신은 다시 곡하고 싶지 않았다. 그러나 어쩔 수 없이 눈물이 줄줄이 흘러내렸다.

리쓰예는 그들 모두가 대충 곡을 마치자 모두를 말렸다.

"그만 하세요! 어떻게 할지 상의해 봅시다!"

이 말을 듣자, 모두가 머리를 맞대고 죽은 사람을 묻어야 된다는 생각이 나는듯했다. 그런 후에 모두 눈물을 닦고 모여 앉았다.

치 노인이 실제적인 문제를 생각해보지도 않고 쓰예의 손을 잡고 말했다.

"톈유가 나를 보내주지 않고 내가 오히려 그를 보내다니, 어디에 대고 말을 해보지!"

"어쩝니까? 큰형!"

리쓰예는 탄식한 후에 한 마디로 문제를 언급했다.

"먼저 우리가 돈이 얼마나 있는지 알아봅시다."

"내가 한 달 치 월급을 가불할 수 있소!"

루이쉬안은 입을 다물고 그 이외에는 별다른 방법이 없다는 표시를 했다.

톈유 부인이 20위안 은화, 치 노인이 10위안 은화와 약간의 둥판[35]이 있었다. 이 돈은 모두 자신들의 관 값이었지만, 모두 톈유를 위해 쓰도록 내놓았다.

"쓰예, 그에게 좋은 관재를 구해주게. 다른 것은 모두 가짜야! 누가

• • •
35 청나라 구리돈

642

내가 죽으면 나를 관 속에 넣을지, 자리에 말아버릴지 알겠어!"

노인이 떨리는 소리로 말했다. 사실이다. 노인의 작은 눈은 이미 내일을 못 볼지 모른다. 그의 유일한 두려움은 죽음이다. 그러나 때가 되면 죽지 않을 수 없다. 그가 바라는 것은 좋은 관재와 상복을 입은 한 무리의 손자들이다. 그것이 그의 최후의 영광이다. 그러나 아들이 자기 면전에 죽어서, 자기의 관재를 빼앗으니 무슨 할 말이 있겠나. 최후의 영광은 진짜 영광이지만, 그는 감히 바랄 수가 없다. 그의 생활질서가 완전히 무너져서 감히 어떤 것도 바랄 수 없고 자신도 없어졌다. 그는 이미 장수 별이 아니다. 장차 거지가 되어 죽은 후에 들어갈 관조차 없을지 모른다!

"좋아! 내가 가서 관을 보겠소. 틀림없이 튼튼하고 체면이 설 거야!"

리쓰예는 치 노인의 제안을 흔쾌하게 받아들였다.

"며칠 상으로 하지요? 톈유 부인!"

톈유 부인은 남편의 장례를 번듯하게 치르고 싶었다. 그녀는 분명히 남편이 평생을 한 푼 낭비하지 않고, 먹는 것도 아껴서 집에 들여놓았다는 것을 안다. 그녀는 당연히 체면에 맞게 보내드려서, 모두가 그에게 최후의 감사를 드려야 한다고 생각했다. 그리고 그녀는 또 자기는 언제 남편과 뼈를 합칠지 모른다. 남을 위해서가 아니라 그녀도 루이쉬안을 생각지 않을 수 없었다. 다시 초상이 난다면 루이쉬안이 어떻게 하겠나? 여기에 생각이 미치자 그녀는 곧 결정을 내렸다.

"할아버지 오일장이면 어때요? 사당에 하루라도 더 있으면 그만큼 돈이 더 들어요!"

오일은 너무 짧다. 그러나 치 노인은 슬픔을 참고 머리를 끄덕였다. 그는 이때쯤 루이쉬안의 얼굴을 보았다—회색과 녹색이 뒤엉켜 비바람 맞은 종이 같았다.

"합쳐서 하루 저녁 경을 읽지요? 할아버지!"

톈유 부인이 고개를 숙였다

모두가 이의가 없었다.

루이쉬안은 멍청하게 듣고 있었다. 아무 말이 없었다. 경을 읽거나 조문받는 데 대해서 평일에는 별 감흥이나 흥미가 없었다. 심지어 아무 쓸모도 없고 아무 필요도 없다고 생각했다. 오늘 아무 말도 하려 하지 않았다. 문화는 문화다. 문화 안에는 허다한 불필요한 번문욕례[36] 가 숨어 있지만, 자기가 지켜나갈 필요도, 자기가 파괴할 필요도 없다. 다시 말하면, 이러한 사세동당 내에서 문화란 카스테라처럼 여러 가지 층으로 겹쳐 있다. 이성과 지혜로 일을 처리한다면, 그는 마땅히 몇 층을 걷어내야, 일을 합리적으로 했다고 할 수 있을 것이다. 다만 슬기로 운 눈으로 본다면 실제로 고집을 부려서 노인들의 마음을 상하게 할 필요는 없을 것이다. 그는 현대인임으로 역사를 살갑게 대해야 한다. 조부와 어머니가 루이펑처럼 떠들썩하게 치르기를 바라지 않으시면, 그도 구태여 그들을 난감하게 할 필요가 없었다. 그는 신구문화 시계추 처럼 좌우 균형을 잡아야 평온하게 확실히 일을 진행할 수 있다.

리쓰예가 결론을 내렸다.

"좋아! 치형, 내 마음속에 확실한 수가 섰다! 관재는 내일 보러 간다.

· · ·

36 번거롭게 형식만 차려서 까다롭게 만든 예절.

루이쉬안, 자네 내일 아침 일찍 가서 구덩이를 파게. 쑨치 자네는 시간을
낼 수 있나? 좋아, 자네는 루이쉬안과 같이 가게. 리우 부인은 배를
끊어 와서 치 부인을 도와서 상복을 만드시오. 독경은 내가 가서 7명을
청해오지. 고수, 집사는 너무 많을 필요 없어. 소리만 내면 충분하지
않나? 누구에게 부고를 보내지?"

원메이가 상자 안에서 부조기를 꺼냈다. 치 노인은 부조기를 보지도
않고 결정을 내렸다.

"가까운 친척들과 지우들 대개 20집 정도야."

노인은 평소 잠이 오지 않을 때 항상 손꼽아 계산했다. 그가 죽었을
때 집안 형편이 좋을 때 큰 상이 나면 응당 50여 집을 초청하여 적어도
14~15탁자를 펴야 한다고 생각했지만, 간단하게 일을 해야 하니 반으로
줄이는 것이 편했다.

"그래 20집 식사만 준비해!"

리쓰예는 재빨리 생각을 마무리 지었다.

"간단히 샤오차이면을 먹기로 하고, 돈도 절약하고 번거로움도 덜자.
요즈음 같은 세상에 친구도 우리를 비웃지 않을 것이요! 큰형, 당신도
여자들을 따라서 사당에 가서 보시오. 사당에 가시면 둘째에게 내일
문상객들을 청했다고 하시오. 20집 정도면 하루에 다 오실 수 있겠군요.
큰 형! 거기에 가면 너무 상심마요. 몸이 중요해요! 쓰다마, 당신은
톈유 부인과 함께 가요. 거기에 가면 한바탕 곡을 하고 곧장 돌아와요!
돌아오면 내가 가서 둘째와 밤새미를 하러 갈 거요."

리 노인이 이러한 명령을 다 내리자 리우 부인은 베를 끊으러 갔다.

치 노인은 리스마, 손부, 샤오슌즈를 대리고 인력거를 타고 사당으로 갔다.

리우 부인은 돈을 들고 대문을 나섰다. 리쓰예는 그녀에게 소리 질렀다.

"한 집에 한 장밖에 못 사요. 몇 집을 다녀야 할거요!"

윈메이도 사당에 가서 한바탕 곡을 하고 싶었으나 집에 남기로 결정했다.

쑨치의 사정은 내일 달려 있다. 그는 작별하고 집으로 돌아와 그의 마음이 답답하고 황당해서 술을 마셨다.

샤오원은 아무 명령도 받지 못해서, 계속 담배만 빨고 있었다. 리 노인은 한 눈으로 샤오원을 보고 그를 향해 손짓했다.

"원예, 자네 가서 술을 몇 병 사와. 내가 마음이 괴로워!"

루이쉬안은 자기 방에 가서 침대에 누워 버렸다. 윈메이가 조용히 따라 들어왔다. 그에게 이불을 덮어주었다. 그는 이불을 뒤집어쓰고 소리 내어 울었다.

눈물을 닦자 마음이 맑아졌다. 곧 일본인이 생각이 났다. 일본인 생각이 나자 자기의 착오를 인정했다. 자기가 베이핑을 탈출하지 않은 것은 집안의 노인과 어린이를 위한 것이었다. 그러나 무슨 소용이 있는가? 자기는 감옥에 가고 둘째는 제일 못난 놈이 되었다. 지금은 가장 원숙하고 침착하고 착실한 아버지조차 강에 몸을 던졌다! 적들의 손아귀에서 일가를 보호하려 했다. 흥, 꿈이야!

그는 곡을 하지 않았다. 그는 일본인과 자기를 원망했다.

61

루이쉬안은 비몽사몽 정신이 없는 상태로 하루 저녁 내내 누워 있었다. 정신이 몽롱한 채 조부와 모친이 돌아오는 소리를 들었다. 몽롱한 채 윈메이와 류 아줌마가 소곤거리는 말을 들었다.(그들은 상복을 만들고 있었다.) 그는 몇 시인지 몰랐다. 모두가 집에서 무엇을 하고 있는지 추측할 수 없었다. 그는 심지어 집에 초상이 났다는 것도 몰랐다. 그의 마음은 꿈과 현실의 경계 선상에 있는 듯했다.

다섯 시 경에 놀란 듯이 잠이 달아났다. 그는 갑자기 부친을 보았다. 온화한 노인이 아니라 강가에 누워있던 시신이었다. 그는 서둘러 일어나 앉았다. 그는 형편대로 찬물로 얼굴을 씻고 양치질을 하고 쑨치를 찾아갔다.

추운 바람이 얼굴을 스쳤다. 바람이 옷깃 속으로 들어와서, 아무것도 먹지 않은 그의 위장이 피까지 토해내었다. 매우 추워서 전신이 덜덜 떨렸다. 대문을 짚고 서서 정신을 차렸다. 아무리 불편하더라도 그는 반드시 묘를 파야 했다. 그것은 벗어날 수 없는 책임이었다. 그는 대문을 열었다. 아직 날이 밝지 않았다. 별들이 흐려지기 시작했다. 밤과 낮이 교대하는 때였다. 밤 같지도 않고 낮 같지도 않았다. 일체가 미망이라 정해지지 않은 때였다.

청창순은 매일 아침 일찍 일어나 넝마와 신문을 사러 다녔다. 루이쉬안의 말소리를 듣고, 그는 가만히 쑨치를 불렀으나, 감히 루이쉬안에게 인사를 할 수가 없었다. 그는 바빴다. 그는 할 일이 있었다. 그는 시간이 없어서 치 씨 댁을 도울 수 없었다. 그래서 계면쩍어 루이쉬안을 볼 수 없었다.

쑨치는 어제저녁 늦게 울적해서 술을 마시고 침상에 들어가면서 자기에게 다짐했다. 내일 일찍 일어나자! 그러나 술과 꿈이 한 곳에 모아지자 그의 숨소리가 남을 놀라게 해서 깨어나게 했을지언정 자신을 깨우지는 못했다. 창순의 목소리가 들리자 그는 재빨리 일어나 옷을 입고 서둘러 걸어나왔다. 입에서 술 냄새가 나는데도 얼떨떨하게 서선을 따라갔더니 한 마디도 떠오르지 않았다. 걸으면서 그는 목이 메고 속이 시원하며 트림을 했다. 이런 트림을 몇 개 한 후에 그는 좀 편해졌다. 그는 곧 말이 하고 싶어졌다.

"우리는 더성먼을 나가서 시즈먼으로 가는 거요?"

"다 괜찮아."

루이쉬안는 마음이 울적해서 사실대로 이야기하고 싶지 않았다.

"더성먼을 나간다!"

쑨치는 특별한 이유가 없었으나 자기가 판단할 수 있고 선택할 수 있고 결정하는 척했다. 루이쉬안은 말없이 자기는 열심이고 용감하다는 것을 보이기 위해서 앞장서서 길을 인도했다.

더성먼에 다다르자 아침 햇살이 성루를 비추었다. 거기는 베이핑에서 가장 체면이 안 서는 곳이었다. 빛이 나는 아스팔트 도로도 없고 금자가 박힌 편액을 단, 큰 유리창이 있는 가게도 없었다. 큰길의 돌들은 십중 팔구가 날카롭고 오래된 동창처럼 한데 모여 있었다. 돌 끝에 왕왕 얼음이나 흰 서리가 붙어 있었다. 이러한 차가운 모서리가 대로가 아주 말라빠진 것 같이 보이게 했다. 그곳의 차량들은 모두 둔중하고 부서지고 낡은 것들이었다. 시골 사람들이 끄는 큰 무개 마차는 빨리 가지 못하고 덜커덕덜커덕하는 소리를 내고 있었다. 거기에 있는 자동차도 반듯한 것이 없었다. 모두가 부서지고 낡아서 바람이 한 번 불면 날아가 버릴 듯해서, 물건을 나르는 데 쓰고, 대게는 사람을 나르는 데는 쓰이지 않은 고물이었다. 좋은 수레와 자동차 사이에 몸이 바짝 말라 있지만 소리는 상당히 요란한 노새가 있었다. 이미 오래 전부터 살기 싫어도, 열심히 하지 않으면 안 될 운명을 타고난 듯이 천천히 걸어가는 낙타도 있다. 이러한 광경을 한곳에 모으면 곧 저 위대한 성루조차 지쳐서 장엄한 아름다움을 잃어버리고, 노쇠해지고 황량해져서 심지어는 약간의 슬픔을 내비치기까지 한다. 사람들은 여기가 매란방 박사를 배출하여 길러내고, "5·4" 운동을 일으키고, 겨울에 꽥꽥 울어대는 청개구리를 생산해내는 지방이지만, 한눈에 황량하고 빈

궁한 곳이고, 길이 황토만 가득한 곳이라고 생각할 뿐이다. 여기는 성시37 이고 시골과 긴밀하게 연결되어 있는 지역이다. 만약 베이핑이 한 필의 준마라면 여기는 준마의 한 부분 볼품없는 긴 꼬리다.

이러한 곳에 들어 앉은 성루에 햇빛이 닿자 일체의 사물이 정신이 드는 듯했다. 노쇠가 고개를 들고 울었다. 낙타의 목덜미 흰 서리가 빛을 발하고 길 위의 돌멩이조차 빛을 내고 있었다. 일체의 사물이 부서지고 낡고 노쇠했지만, 햇빛을 받을 수 있는 능력은 있어서 뚜렷한 윤곽, 색채, 작용, 생명을 드러냈다. 베이핑은 노쇠하고 병들었지만 죽을 것 같지 않았다.

쑨치는 루이쉬안을 따라 콩국 가판대 앞에 섰다. 루이쉬안의 입이 써서 아무것도 먹고 싶지 않았다. 그러나 따끈한 콩국이 넘어가는 것을 거부하지는 않았다. 접시를 감쌌더니 온기가 느껴졌다. 열기가 얼굴까지 올라오자 마음이 편안해졌다. 특히 곡을 해서 붓고 바삭 마른 눈이 열기를 만나자 안약을 넣은 것 같았다. 한참이나 불고 나서 자기도 모르게 입술을 사발에 대었다. 한 모금 한 모금 희고 따끈한 콩국을 넘겼다. 열기가 전신에 퍼졌다. 그 콩국은 단순한 콩국이 아니었다. 새로운 피였다. 전신을 녹여주어서 다시 몸이 떨리지 않게 했다. 한 사발을 다 마시고 다시 한 사발 더 받았다.

쑨치는 한 사발만 먹었지만 여러 개의 요우티아오(과자)를 먹었다. 마치 정의를 실천하는 것처럼, 그는 콩국을 사준 루이쉬안의 두 번째 사발에는 두 개의 계란을 깨 넣었다.

• • •

37 성 밑에 붙어있는 시장.

650

다 먹자 그들은 성문을 나갔다. 쑨치의 배에 먹을 것이 들어가자 슬픔도 추위도 잊었다. 그는 한달음에 묘지까지 가고 싶어 했다─성안 사람들은 쉽게 교외에 나갈 기회가 없다. 하물며 오늘은 날씨도 좋고 그의 배속에 얼마간의 요우티아오도 들어갔다. 그러나 오늘은 루이쉬안의 보호자다. 그는 루이쉬안이 독서인이라 걷는데 익숙하지 않고 그가 피를 토해서 과도하게 노동할 수 없다는 것을 알았다. 루이쉬안이 자기 마음대로 계속 갈 수는 없을 것이라고 짐작했다.

"우리 인력거를 빌릴까요?"

그가 물었다.

루이쉬안은 고개를 저었다. 그는 인력거를 타고 가는 것이 얼마나 큰 죄인지 안다. 그는 어릴 적 모친과 함께 인력거를 타고 묘에 가서 소지를 했다가, 머리에 얼마나 많은 종기가 났던가를 기억했다.

"자동차는?"

"죽 흙길이라, 못 갈 거야!"

"노새를 타는 것은 어때요?"

쑨치는 근시안이라서, 길 초입에 있던 노새는 보지 못해도 노새 요령 소리를 들을 수 있었다.

루이쉬안은 고개를 저었다. 도시인들은 살아있는 짐승을 무서워해서 노새도 고분고분하지 않을까 두려워한다.

"걸어가는 것이 좋아요! 날씨가 따뜻하고 자유로워요!"

쑨치가 그제서야 진심을 토로했다.

"그러나 선생님이 먼 길을 걸어갈 수 있겠어요? 피곤하면 장난이 아닙니다!"

"천천히 가면 돼!"

이렇게 말했지만 루이쉬안은 고의로 천천히 걷는 것이 아니었다. 사실상 마음은 대단히 조급해서 더 빨리 묘지로 걸어가지 못하는 것이 한이었다.

성 밖 큰길을 벗어나자 큰 흙길에 접어들었다. 해는 이미 떴다. 이곳의 태양은 성안처럼 집 처마, 작은 담장을 돌아서, 겨우 일체의 사물을 비출 수 있는 태양이 아니었다. 방금 나온 태양은 가장 가까운 곳에서 가장 먼 곳까지 비추었다. 머리를 숙이고 황토 위에 비친 자기 그림자를 보았다. 머리를 들자 끝도 없는 누런 땅이 보였다. 전부가 태양 빛을 받아 밝게 빛났다. 새벽바람이 이미 멈췄다. 태양은 아주 붉고 아주 낮았다. 겨울을 아주 빨리 봄으로 바꾸는 듯했다. 공기는 아주 서늘하고 건조하고 맑아서 사람을 통쾌하게 했다. 루이쉬안은 자기도 모르게 고개를 들었다. 들이 공활하고 맑고 서늘하고 밝아서 마음이 탁 트이는 것 같아서, 그는 어쩔 수 없이 기분이 좋았다.

길에는 행인이 많지 않았다. 가끔가다 큰 짐수레와 똥을 줍는 어린이와 노인과 마주쳤다. 어디를 봐도 어느 쪽도 모두 누런 밭뿐이고, 푸른 풀도 작은 나무 한 그루 없었다. 평평하고 누런 바싹 마른 바다 같기만 했다. 먼 곳에 잎이라고는 몇 개 달려있지 않은 몇 그루의 나무가 있었다. 나무 뒤에는 작은 마을이 틀림없이 있을 것이고 아마도 서너 집일 것이다. 밥 짓는 연기가 곧게 빙빙 둘러서 나무 근방에서 올라가고 있었다. 멍멍 개 짖는 소리가 마을에서 은은히 행인들의 귀에 들어왔다.

큰길에서, 가까운 마을에서, 우마 혹은 아이를 꾸짖는 날카로운 소리가
났다. 대개가 여자 소리여서 날카롭기가 하늘이 찢어지는 것 같았다.
거기에 붉은 저고리를 입은 처녀나 부인이 울타리 밖에서 방아를 찧고
있었다. 거기는 물이 없었다. 곳곳이 말라 있었다. 가까이 지나가는
짐차가 멀리서 누런 먼지를 일으켰다. 지상도 말랐다. 하늘에는 구름
한 점 없었다. 공기 중에 수분이라고는 없었으며, 근방에 있는 작은
마을도 습기나 온기라고는 없었다. 누런 흙담, 혹은 누런 대나무 울타
리, 혹은 마른 나뭇가지 울타리 모두가 말라 있어서, 백묵으로 그림을
그려 놓은 듯했다.

계속 보다가 루이쉬안의 눈이 흐려졌다. 단조로운 색채에 너무 밝은
태양이 눈을 찌르는 듯하여 견딜 수 없었다. 그는 고개를 숙였다. 그러
나 발아래의 단단한 황토 먼지가 날아올라 눈을 찌르는 듯하고, 도로
양쪽에 갈아엎은 밭 한 고랑 한 고랑이 종기 같이 덩어리져서 그에게
현기증을 일으켰다. 한 고랑 한 고랑 이랑이 지어진 밭이 아니라면
일종의 황량하고 단조로운 흙 파도였다. 그는 이제 통쾌하지 않은 것
같았다. 그는 반쯤 눈을 감고 먼 곳을 보지 않고 발밑도 보지 않고
터벅터벅 걸었다. 그는 바로 단조로운 화베이황야에 들어서고 있었다.
베이핑에서 몇 발자국 떨어져 있지 않지만, 오히려 대사막에 다다른
것 같았다.

걸을수록 다리가 아래로 더 깊이 들어가는 것 같았다. 부드러운
황토가 그의 신발 밑창을 잡고 있는 듯이 힘을 들이지 않고는 뺄 수가
없었다. 그는 땀을 흘렸다.

쑨치도 땀을 흘렸다. 그는 원래 루이쉬안과 이런 이야기 저런 이야기 하면서 루이쉬안이 상사에만 마음을 쏟지 않게 하려고 했다. 그러나 그는 감히 말을 많이 할 수 없었다. 그는 입안의 침을 아껴야 했다. 어느 곳이나 다 말라 있었다. 가까이도 멀리도 찻집이라고는 없었다. 루이쉬안에게 인력거나 노새를 빌리자고 강권하지 않은 것이 후회되었다.

말없이 그들은 앞을 향해 걸어갔다. 말 오줌 냄새가 나는 미세한 황토가 그들의 언 발에 떨어지고 양말 속에 들어가고 그들의 옷섶에 콧구멍과 귀속에 심지어 목구멍 속에까지 쌓였다. 하늘이 푸르러지고, 햇빛이 밝고 따뜻해졌으나, 그들은 아주 크고 또 아주 작은 또 아주 밝기도 하고, 흐릿하기도 한 흙 굴속으로 들어갔다는 것을 깨달았다.

그들은 겨우 토성을 발견했다. 몽골인들이 중국을 다스렸던 시절의 성이지만 현재는 사람들에게 잊혀진 지금은 조그마한 흙산으로만 남아 있는 베이핑이었다. 토성을 보자 루이쉬안은 걸음을 빨리했다. 토성 가까이에서 가장 사랑스러운 노인 창얼예를 알아볼 수 있을 것이다. 그는 눈물을 머금고 창얼예에게 자기의 부친이 어떻게 죽었으며 얼마나 참혹하게 죽었는지 말할 것이다. 다른 사람에게 마음대로 억울함을 말하고 싶지 않았으나, 창얼예는 이미 오랫동안 마음을 나눈 친구가 아닌가. 창얼예는 그가 보기에 그의 부친과 마찬가지로 좋은 사람이었다. 그는 당연히 창얼예에게 일체를 얘기해야 했다. 그의 마음속에는 토성을 돌지도 않고 창얼예의 사는 집이 보였다. 문전은 작고 긴 밝은 마당이 있었다. 왼쪽에는 두 그루 버드나무가 있고 나무 아래는 돌연자방아가 있었다. 짧은 대나무 울타리가 한 길 높이에 불과했다. 이 때문에 멀리서도 지붕에서 말리는 옥수수, 고추 꿰미가 보였다. 이렇게 그는 창얼예의 집안 모양을 상상했다. 모양만 아니라 어디나 배어있는 거름 냄새를 아주 잘 맡을 수 있어서 사람의 마음을 훈훈하게 해주리라 생각했다. 그래도 그 집안에 가장 훈훈한 것은 창얼예의 말소리와 웃음소리일 것이다.

"빨리 가자! 토성만 돌아가면 거기야!"

그는 쑨치에게 말했다.

토성을 돌아서 눈을 비볐다. 응? 두 그루의 버드나무는 그 자리에 있었지만, 나머지는 하나도 보이지 않았다. 그는 자기의 눈을 믿을 수 없었다. 피곤한 것도 잊고 뛰어갔다. 버드나무 아래에서 몇 걸음 더 가서는 멈춰 섰다. 분명히 알 수 있었다. 거기에는 잿더미뿐이었다. 연자방아조차 보이지 않았다.

그는 멍해져서 그 자리에 못 박힌 듯이 서 있었다.

"무슨 일이요? 왜 그래요?"

쑨치가 영문을 몰라 물었다.

루이쉬안은 대답을 할 수 없었다. 한참이나 멍청하게 서 있다가 고개를 돌려 묘지를 보고는 천천히 걸어갔다. 일본인이 베이핑을 점령한 후 성묘를 온 적이 없었다. 오지 않아도 그는 마음 놓고 있었다. 그는 창얼예는 언제나 묘에 성토하여 둥글게 다듬어 놓으리라는 것을 알았다. 소지하러 오는 사람이 없다고 게으름을 피울 사람이 아니란 것을 안다. 오늘은 묘가 옛날 정도로 높지도 않고 정리도 되어있지 않았다. 마른 풀들이 뒤엉켜있고 군데군데 흙이 무너져 있었다. 그는 체면이 안 서는 모양의 묘를 정신 나간 듯이 보았다. 동쪽에도 서쪽에도 허물어져서 점점 풍우에 시달려 소멸되어 흙더미만 남게 되리라. 한참을 바라보다가 말라서 푸석푸석한 땅 위에 앉았다.

"무슨 일이에요?"

쑨치도 앉았다.

루이쉬안은 자기도 모르게 황토를 만지면서 간단하고 분명히 말해주었다.

"망했구나!"

쑨치는 조급해졌다.

"창얼예가 없으면 우리는 누구를 찾아가죠?"

한참이나 말이 없다가 루이쉬안은 일어나서 다시 창 씨 집의 두 그루 버드나무를 보았다. 버드나무에서 화살 하나 거리에 마 씨 댁 집을 보았다. 아주 작고 나무가 비교적 많고 그중에 한 그루가 소나무였다. 그는 창얼예가 성에 와서 성문에서 벌로 꿇어앉은 것이 마 씨 댁에 육신환을 사다 드리기 위해서였다는 기억이 났다.

"마 씨 댁에 가보자!"

그는 소나무 가에서 손가락으로 가리켰다.

버드나무 아래에서 쑨치는 나뭇가지를 주웠다.

"촌 개는 아주 무서워요! 이것을 들고 가요!"

이 말을 하자마자 개 짖는 소리가 들렸다. 시골은 땅은 넓고 사람이 드물어 개들이 먼 곳의 그림자만 보아도 한참을 짖는다. 루이쉬안은 개의치 않은 듯이 전처럼 천천히 걸어 나갔다. 두 마리의 가죽과 털밖에 없는 볼품없는, 자기가 용감하고 위대하다고 생각하는 누른 색 같지 않은 누른 개, 회색 같지 않은 회색 개가 마중을 나왔다. 루이쉬안은 당황하거나 서둘지 않고 개 쪽으로 갔다. 개들은 루이쉬안을 지나가게 하고 손에 버드나무 몽둥이를 든 쑨치에게 달려들었다.

쑨치는 자신의 무예를 뽐내어 몽둥이를 영리하게 휘둘러 개를 때려 물리쳤지만, 잘못해서 자기 무릎을 쳐서 대단히 아파했다. 그는 소리를 질렀다.

"쉭쉭! 때린다! 개 좀 봐요! 아무도 없어요? 개 봐요!"

마 씨 댁에서 한 떼의 애들이 뛰어나왔다. 남자도 여자애도 있었다. 모두 더러웠다. 작은 옷 위에 떼가 햇빛을 받아서 마치 갑옷을 입은 것처럼 빛났다.

애가 소리쳤다. 젊은 부인 소리가 났다. 아마도 마 씨 댁 며느리 같았다. 그녀는 날카로운 소리로 꾸짖었다. 개가 미친 듯이 짖다가 멈췄다. 개들이 물러나서 땅에 엎드렸다. 쑨치의 발을 보고 멍멍하고 시위를 벌였다.

루이쉬안은 젊은 부인과 몇 마디 나누자 모든 게 분명해졌다. 그녀는 창얼예가 이야기했기 때문에 치 씨 댁을 알고 있었다. 그는 손님을 방으로 모셨다. 그녀가 어찌해야 하는지 알고 있어서 묘지 파는 것은 문제가 되지 않았다. 그녀는 앞서 길을 인도하고 루이쉬안, 쑨치와 아이들 두 마리 개까지 모두 뒤따라갔다.

방안은 어둡고 더럽고 어지럽고 냄새가 났지만, 젊은 부인이 열성적이고 예의가 발라 모든 결점을 보완하고도 남았다. 그녀는 죄송하다면서 물건들을 치우고 손님에게 앉을 자리를 찾아주었다. 그런 후에 그녀는 키 큰 남자아이에게 불을 지피게 하고 큰 여자아이에게 손님들의 허기를 달래도록 고구마 몇 개를 씻게 했다.

"아이, 여기 오시면 벌을 받는 것 같습니다! 먹을 것도 마실 것도 없습니다."

그녀의 베이핑말이 순수하고 맑고 깨끗해서 성안 사람들의 말보다 더 순박하여 귀를 즐겁게 했다. 연이어서 작은 일도 못 시킬, 길에서 뛰노는 키 작은 자들을 나누어 집안 남자들을 찾으러 보냈다―그들 중에 어떤 이는 똥을 치고 어떤 이는 이웃에서 잡담을 하고 있었다. 최후로 그녀는 개 두 마리를 차서 문밖으로 쫓아내어서 쑨치의 마음을 안심시켰다.

남자아이가 불을 지피자 방안에 연기가 가득 찼다. 쑨치는 참지 못하고 재채기를 했다. 연기가 채 가시기 전에 차가 달여졌다. 두 개의 큰 누런 사발에 담황색 차를 가득 담아왔다. 차는 부드러운 대추잎 차였다. 그 후에 여자애들이 옷섶에 깨끗이 씻은 붉은 큰 고구마 몇 개를 싸서 직접 손님에게 가져오지 못하고 방안으로 전달했다.

루이쉬안은 다른 생각을 할 정도로 한가하지 못했다. 그러나 눈물이 자기도 모르게 눈에 고였다. 이것이 중국인이고 중국문화다! 이 방안에 있는 물건 모두를 합쳐보아야 기십위안 어치도 안 될 것이다. 저 아이들과 어른들은 굶어 죽거나 얼어 죽고 혹은 일본인에게 피살될지도 모른다. 그러나 그들은 예절이 있고 마음이 따뜻하고 남을 도와주

고 의기소침해 하지 않는다. 그들은 아무것도 없다. 깨끗한 의복, 찻잎
조차 없다. 그러나 그들은 일체를 가지고 있는 듯하다. 그들은 자기
생명과 기천 년의 역사를 가지고 있다. 그들은 살아있는 것 같지 않다.
그들이 이해하지 못하는 일종의 책임과 사명감 때문에 그들은 발버둥
치고 있다. 그들의 남루한 의복을 벗기면 요순과 같이 성스럽고 깨끗하
고 위대하다!

50세 정도의 마 노인이 두 명의 젊은이를 데리고 왔다. 마 노인이
한 마디로 응낙하고 두 아들과 함께 곧 묘를 파기로 했다.

루이쉬안은 황주를 한 사발 깨끗이 마셨다. 그런 후에 한 덩어리의
날고구마를 먹고 나자 더 먹고 싶지 않았다. 이것이 젊은 부인과 아이들
을 안심시켰다.

노인은 청년들과 구덩이 팔 도구를 들고, 루이쉬안과 쑨치는 그들을
따라 묘지에 도착했다. 뒤에는 아이들이 큰 사기 항아리와 두 개의
사기 사발을 들고 어린 처녀들도 고구마를 싸서 따라왔다.

루이쉬안이 구덩이 팔 자리를 정해주고는 마 노인에게 물었다.

"창얼예는?"

마 노인이 충격을 받은 듯 서쪽으로 손가락질했다. 거기에 새 묘가
있었다.

"죽었어요…"

마 노인은 한마디만 했다. 그는 가슴이 간지러웠다.

마 노인은 한숨을 쉬었다. 가래자루를 잡고 창얼예의 묘를 바라보며
한참 동안 말을 잇지 못했다.

"어떻게 돌아가셨어요?"

루이쉬안은 가슴을 문지르며 물었다.

노인은 삽으로 흙을 파면서 대답했다.

"좋은 사람이지요! 좋은 사람이지요! 좋은 사람은 비참하게 죽을
수도 있어요! 그때 우리 아들을 위해 약을 사러 갔지요. 그렇지 않아
요…"

"제가 알아요!"

루이쉬안은 노인에게 간단하게 말하길 원했다.

"그래요, 선생님이 아시겠지. 집에 돌아온 후 3일 동안 누워서 차도
마시지 않고 밥도 먹지 않았다오. 그의 여기가."

그는 손가락으로 심장을 가리켰다.

"여기가 상처를 입었어요! 우리는 달래고 달랬지요. 그러나 그는
마음속의 자물쇠를 풀려고 하지 않았어요. 그는 나에게 한 마디 묻습니
다. 내가 무얼 잘못했나? 일본인이 나를 꿇어 앉혀 벌을 줄 수 있어?
그는 천천히 일어났다. 그러나 밥을 많이 먹지 않았소. 우리 모두가
약을 먹으라고 권했지요. 그는 자기는 병이 없다고 말했어요. 선생님도
아시지요. 그는 고집이 이만저만 아니에요. 천천히 그는 드러누워 피똥
을 쌌어요. 우리는 몰랐어요. 그는 말을 하려고 하지 않았어요. 이럭저
럭 그가—그렇게 정정하던 사람—뼈만 앙상한 사람이 되었어요. 그가
숨이 넘어갈 때 그는 우리 모두를 불렀어요. 모두가 도착하자 그는
자식인 따눠얼에게 너는 골이 있는 놈인가 없는 놈인가 물었어요. 골이
있어 없어? 나를 위해 원수를 갚아! 원수를 갚으라고! 그는 죽을 때까지

내내 어떤 때는 큰 소리로, 어떤 때는 소리 없이 원수를 갚으라고 말했소!"

노인은 허리를 펴고 창얼예의 묘에 눈길을 주었다.

"따뉘얼은 아버지보다 더 강골이었다오. 원수 갚는다는 말을 기억했오. 그는 어느 날 늦게까지 묘 앞에서 중얼거렸지요. 우리 모두는 두려웠오. 무슨 말이냐 하면 그가 만약 일본 사람을 하나 죽이면, 흥, 오리 이내에 있는 집은 모두 일본인들이 태워버릴 거요. 우리는 어르고 달래며 그에게 충고했지요. 할 수 없이 그를 꿇어 앉혔오. 그는 들으려 하지 않았지요. 그는 자기는 골이 있는 사람이라 했소. 추수철에 일본인이 사람을 파견하여 우리를 감시하러 보냈소. 몇 근의 추수를 했는지 기록하게 했지요. 그런 후에 짐차를 가지고 와서 보리 심지어 보릿짚까지 가지고 가버렸소. 그들은 가지고 간 후에 우리에게 와서 조급해하지 말라고 말했습니다. 우리가 어떻게 조급하지 않을 수 있는가요? 그들의 말을 누가 믿어요? 따뉘얼이 당황하지 않고 몇 사람에게 물었지요. 일본인이 오겠는가? 일본인이 오는가? 우리는 그가 일본인이 오기를 기다려 손을 쓸 것이라는 것을 알았소. 치 선생님, 사람이란 괴상한 물건이요! 우리는 일본인이 양식을 다 **빼앗아갔기** 때문에 조만간에 굶어 죽으리라는 것을 알고 있었소. 그러나 우리는 따뉘얼이 그렇게 성실한데도 불구하고 우리가 살기 위해서 그가 말썽을 일으킬까 두려웠소."

노인은 비참하게 웃었다. 그리고 대추잎 차를 한 사발 마셨다. 손으로 입을 닦고 말을 이었다.

"따뉘얼은 어머니와 아이들을 외가에 보내고 나서 술을 마셨지요. 그리고 양식을 빼앗으러 오는 사람이 집에 오기를 기다렸지요. 우리는 짐작했소. 그는 일본인들을 기다리고 싶지 않았습니다. 먼저 일본인을 돕는 몇 명을 끝장내어서 기분을 풀고 싶었지요. 그들은 태양이 시산으로 넘어갈 때까지 내내 마셨소. 초경 때 우리는 화광이 솟는 것을 보았소. 불은 삽시간에 일어나서 모든 것을 없애버렸어요. 깨끗이 태워버리고 남은 것은 두 그루 버드나무뿐이었어요. 냄새가 지독했지요. 우리는 몇 명이 틀림없이 그 안에서 함께 타버린 것을 알았어요. 따뉘얼이 그 안에서 같이 죽었는지, 도망을 쳤는지 우리는 모른다오. 우리의 마음은 모두 하나처럼 일본인들이 마을 사람을 도륙할까 두려웠어요. 그러나 오늘까지 아무도 오지 않았어요. 내 짐작에는 거기에 죽은 사람이 대개가 중국 사람임으로 일본인은 그 일을 마음에 두지 않은 것 같아요. 그렇게 좋은 사람이 이렇게 꿈같이 끝장이 나버렸어."

노인이 말을 마치고 허리를 꼿꼿이 하여 두 그루 버드나무와 양쪽의 묘를 보았다. 루이쉬안은 노인의 눈을 따라서 좌우를 보았지만 아무것도 볼 수 없었다. 모두 공으로 변하고 모두가 죽어갔다. 대지도 한 장의 종이가 될 것이고 나무와 풀도 모두 사라질 것이다. 일체가 공(空)이다. 그도 공이다. 아무 작용도 못 하고, 아무 방법도 없다. 그저 적적하게 죽어갈 것이다. 모두가 사라질 것이다.

곧 정오가 되었다. 구덩이를 다 팠다. 루이쉬안은 마 노인에게 돈을 주었다. 노인은 받으려 하지 않았다. 쑨치가 '당신이 받지 않으면 나는 개새끼다!'라고 맹세를 하고 나서야, 노인은 반만 받았다. 루이쉬안은 반을 차항아리를 들고 있는 남자아이 손에 쥐어주었다.

루이쉬안은 노인이 간절하게 권했음에도 불구하고, 다시 마 씨 댁에 돌아가지 않았다. 그가 창얼예의 묘 앞에서 눈물을 머금고, 세 번 절을 했다. 입속으로 중얼거렸다.

"얼예예, 기다리세요. 저희 아버지가 곧 가셔서 친구 해줄 거예요!"

쑨치가 재빨리 머리를 써서 서쪽 큰길로 가자고 주장했다. 왜냐하면, 길을 따라가면 쉽게 산시앤관에 갈 수 있기 때문이었다. 마 노인은 멀리까지 배웅하고 집으로 돌아갔다.

산시앤관에는 이미 치 씨 댁과 가까운 친척들이 루이펑과 함께 치 씨 댁 사람이 염을 다 하기를 기다리고 있었다. 루이펑은 상복을 입고 눈이 빨개져서 모두와 한담을 하고 있었다. 그는 말 마디마디 부친의 억울한 죽음 이야기를 늘어놓았다. 부친이 일본인 손에 죽은 것이 아니라 창사가 너무 간단하고 초라하게 치러져서 체면이 안 서기 때문이라고 했다. 그는 말 속에 자기 책임은 아니라는 의미의 말을 슬쩍 끼워 넣었다. 루이펑은 이미 집의 당가를 맡았으면서, 양놈의 성질을 닮아서 체면을 중시하지 않고, 돈이 갈비뼈까지 뚫고 들어가는 것만 안다. 형이 쑨치와 들어오는 것을 보고, 형이 자기의 생각을 모를까 싶어서 그는 더 큰 소리로 불평해댔다. 루이쉬안은 그를 개의치 않고 한바탕 통곡을 했다. 그 후에 루이펑은 친척과 친구들에게 마치 돈과 원수라도 진 듯이 좋은 담배, 좋은 차, 좋은 술을 대접했다.

4시 반에 톈유가 입관했다.

62

청창순은 바빴다. 손발만 바쁜 것이 아니라 마음도 바빴다. 그래서
치 씨 댁 일을 돕지 못했다. 그것이 마음에 걸려서 어떻게 해야 할지
몰랐다.

가오이퉈는 청창순과 찻집에서 이야기를 좀 하기로 약속했다. 이퉈
는 아주 친절하게 자리에 앉자 찻값부터 지불했다. 그런 후에 친구가
한자리에 앉아 차를 마시며 한담을 나누는 것처럼 이 얘기 저 얘기를
했다. 그는 마 부인이 근래에 정정한지? 그들의 생활이 어떤지? 지내실
만 한지? 그는 또 쑨치와 딩웨한에 대해서도 물었다. 청창순은 어른이
다 되었다고 자부하지만, 그래도 나이가 어려서 보는 눈은 아주 간단하
여, 시시콜콜 대답하면서도, 이퉈가 할 말이 없어서 그러는 줄 몰랐다.

이런 소리 저런 소리 하다가, 이퉈가 샤오추이 부인을 들먹였다.

창순은 훨씬 더 상세하게 흥분까지 하면서 말했다. 왜냐하면, 샤오추이 부인의 목숨은 그와 할머니가 도와주느냐에 달려있기 때문이었다. 그는 교만하지 않을 수 없었다. 그는 그녀를 대신하여 이퉈에게 감사했다.

"매달 그 10위안은 정말 매우 유용해서 그녀의 생명을 구했다."

이퉈는 완전히 창순의 거론으로 깨달은 듯이 돈 이야기를 꺼냈다.

"아이고, 네가 말하지 않으면 내가 또 잊어버릴 뻔했네! 기왕 여기까지 이야기했으니, 나는 너와 이야기를 좀 하고 싶다!

그는 살짝 겉옷 소매를 들춰서 흰 셔츠의 소맷자락이 보이게 했다. 그런 후에 그는 천천히 손을 안에 넣어서 한참 만에 그 작은 공책을 꺼냈다. 창순도 그 공책을 알아보았다. 꺼내자 그는 침을 손가락에 묻혀서 한 페이지씩 넘겼다. 한 곳에 다다르자 그는 자세히 들여다보고 눈을 들어 손가락을 꼽아가면서 한참 계산을 했다. 계산을 끝내자 픽 웃더니 말했다.

"아주 좋아! 아주 좋아! 500위안구만!"

"뭐라구요?"

창순의 눈이 휘둥그레졌다.

"500?"

"그럼 잘못 계산한 것 같아? 우리는 아주 공정한 사람이야! 자네 장부에 적었지?"

이퉈는 미소를 지었지만, 눈빛만은 그렇게 부드럽지 않았다.

"자네도 당연히 적어야지! 어떤 일이라도 언제나 세심하게 적어야 흐리멍덩해지지 않는다!"

"나는 그 돈이 그녀에게 주는 것 이라고 알고 있는데요? 하필 적을 필요가 있어요?"

창순의 콧소리가 한결 무거워졌다.

"그녀에게 주었다고?"

이퉈는 아주 놀라서 한참이나 눈을 껌벅거렸다.

"이 세월에 누가 누구에게 거저 주는 것 보았어?"

"당신이 그렇다고 말했소."

창순은 이상한 냄새를 맡았다.

"내가 말해? 나는 그녀에게 꾸어준 돈이고, 자네가 보증을 선다고 말했어. 여기 자네의 서명이 있네! 본전과 이자가 500위안야!"

"내가, 내가, 내가…"

창순은 말을 잇지 못했다.

"자네지! 자네가 아니면 나라는 말은 아니겠지?"

이퉈의 눈이 창순의 얼굴을 뚫어지게 바라보자 창순은 꼼짝도 할 수 없었다.

눈을 아래로 깔고 창순은 한 마디 중얼거렸다.

"그게 무슨 뜻이요?"

"자, 자, 자! 어이, 동생, 우리 어리석은 척 그만하자!"

이퉈는 자기의 언어적 천재성을 발휘했다.

"당초에 자네는 그녀를 가련하게 보았어. 누구나 그녀를 가련하게 생각하지 않을 수 없었지? 사람은 모두 한마음이고 이치는 마찬가지였어. 나는 자네를 탓하지 않네! 자네는 마음씨가 고와! 그래서 자네가 나에게 와서 돈을 빌린 거야."

"저는 안 했어요!"

"어이, 어이! 자네는 어려. 신의를 중요하게 생각하지 않으면 안 돼!"

이퇴는 노파심에서 거듭 충고하듯이 도리를 말했다.

"사람이 세상에 처하는 데는 신의가 근본일세! 사람이 되어 신용이 없으면 어떻게 될 줄을 모를 거네!"

"나는 당신에게 돈을 빌리지 않았어요! 당신이 나에게 주었습니다!"

창순의 콧잔등에 땀방울이 솟았다.

이퇴의 눈이 게슴츠레해지고 목이 쭉 빠져나왔다. 입속의 열기가 창순의 이마에까지 불어댔다.

"그러면 누구지? 누구지! 내가 자네에게 묻겠는데 이것은 누구의 서명이지?"

"나, 나는 몰라요…"

"서명이 자기 것인지도 모른다고? 되지도 않은 소리, 말도 안 돼! 자네 마음속으로는 맞다는 것을 알면서도 모른척한다면, 내가 자네 뺨을 두어 대 때려야겠다! 말도 안 되는 소리를 할 필요 없이 우리 방법을 상의해보자. 이 돈은 누가 책임지지? 어떻게 갚을 거야?"

"나는 아무 방법이 없어. 목숨을 달라면 주겠소!"

창순의 눈에는 이미 눈물이 돌았다.

"생떼를 쓰지 마라! 목숨이 달린다는 게 무슨 말이냐? 진리로 말하자면, 너의 이 목숨은 정말 조금도 힘들지 않다. 내가 자네에게 그 돈은 관소장 돈이라 했지. 그녀가 나에게 돈을 내주면서 돈놀이를 시켰지.

자네 생각에 내가 말하기 좋아하는 사람일지라도—나는 원래 말하기 좋아하는 사람이야—나는 관소장이 돈을 잃게 할 수는 없어. 꼬리 없는 매를 놓아주는 거지! 나는 그녀 성질을 돋울 수 없어. 말할 필요도 없이, 그녀의 성질을 돋우면 안 돼. 좋아. 그녀가 발을 한 번 구르면 베이핑성 반은 진동한다네. 우리가 감히 호랑이 입 속에서 고깃덩어리를 꺼낼 수 있겠어? 그녀는 세력도 능력도 담량도 있어. 일본인이 돕기도 하지. 우리가 그녀의 눈에 무엇으로 비치겠는가? 너는 말할 것도 없이 내가 500위안을 가져다주지 않으면, 흥, 그녀는 틀림없이 나를 3년 도형에 처할 거야. 하루도 더 적지 않게! 자네 생각해보게!"

창순의 눈에서 불이 튀어나왔다.

"그녀가 나를 감옥에 3년을 감금해도 좋아. 나는 돈이 없어. 샤오추이 부인도 돈이 없어!"

"말을 그렇게 하면 쓰나!"

이뒈는 정말 이런 종류의 담화를 즐겼다. 그는 말을 조였다, 풀었다, 하면서 갈고리로 걸기도 하고, 찌르기도 하면서, 신축자재였다.

"자네가 하옥되면 외조모이신 마 부인은 어떻게 하시겠어? 그녀가 고생하면서 자네를 이렇게 키웠어. 쉬웠을 것 같아?"

그는 갑자기 상심이 큰 듯이 눈을 비볐다.

"천천히 빚 갚을 방법을 생각해봐. 자네가 방법을 말하면 내가 관소장에게 사정을 해보겠네. 예를 들어 한 달에 50이면 열 달이면 다 갚을 수 있잖아?"

"나는 갚을 수 없어!"

"그것도 어렵다!"

이뤄는 손을 소매에 넣고 눈을 찡그리며 창순을 위해서 방법을 생각하는 척했다. 한참을 생각하더니 수가 떠오른 듯했다.

"자네가 못 갚으면 샤오추이 부인에게 방법을 생각해보게 해! 돈이야, 그녀가 썼잖아. 안 그래?"

"그녀에게 무슨 방법이 있겠어?"

창순은 콧잔등의 땀을 닦았다.

이뤄는 목소리 낮추어 친절하고 간절하게 물었다.

"그녀가 자네 친척이야?"

창순은 고개를 저었다.

"그녀에게 정을 주었어?"

창순은 또 고개를 저었다.

"됐어! 친척도 아니고 정든 사이도 아니라면, 그녀 대신에 뒤집어쓸 필요가 있어?"

창순은 할 말이 없었다.

"여자는…"

이뤄는 철학적인 문제를 꺼내듯이 곡조를 넣어서 말했다.

"여자란 남자보다 방법이 많아. 우리 남자는 무얼 하더라도 자본이 필요한 거야. 여자는 적수공권으로도 살기 위해서 돈을 벌 수 있어. 여인들, 오우, 나는 그들을 부러워한다네! 그들의 얼굴 손 신체가 모두 천연적인 자본이야. 여자는 한 발자국만 자기를 흩트리면 곧 먹을 돈, 입을 돈이 생기고, 즐길 수도 있어! 샤오추이 부인으로 말하면, 나이도 젊고, 다 자랐는데 왜 그녀가 쾌락과 금전을 얻을 수 있는 방법을 쓰지 않는가? 나는 이해 못하겠네!"

"무슨 뜻이요?"

창순은 참지 못하고 물었다.

"별다른 뜻이 없어. 그녀에게 돈을 갚으라고 일깨워주어서, 그녀를 돕는 것밖에!"

"어떻게 갚지요?"

"동생, 내가 말하지 마라, 너의 머리는 정말 둔하다. 공부를 너무 적게 하는 것 아니야?"

"네, 책을 너무 적게 읽어요!"

"당신, 분명히 말해봐요!"

창순은 성난 듯이 애원했다.

"좋아! 내가 분명히 말해주지!"

이뭐는 찻물로 입을 헹구고 물을 바닥에 뱉었다.

"그녀나 자네 둘 중에 방법이 있으면 돈을 갚으라고. 없어도 좋아. 자네가 말할 수 없으면, 내가 말하지. 내가 그녀를 도와줄 수 있다. 내가 그녀에게 50위안을 빌려주어서 화사한 옷을 사고, 머리도 파마하도록 할 수 있어. 그런 후에 내가 그녀에게 함께 놀 친구를 찾아주겠어. 나는 그녀와 이익을 반분한다. 그 돈은 절대로 내 호주머니에 들어가는 것이 아니야. 나는 관소장을 위해서 장부관리하고, 순경이 그녀를 귀찮게 하지 않게 하고, 그녀를 위해서 여러 가지 주선을 해줄 거야. 그녀가 잘하기만 하면, 그녀의 장사는 반드시 꽤 괜찮을 거야. 그런 연후에 나는 그녀와 이익을 나눌 것이고, 다시는 500위안 말을 꺼내지도 않을 거야!"

"당신 정말 그녀를 팔아먹을…"

창순은 목구멍이 막혀 말을 할 수 없었다.

"재미도 있어! 조금도 부끄러운 일이 아니야! 자네도 알잖아."

이튀는 작은 공책을 가리켰다.

"여기에 제법 많은 사람이 기록되어 있어! 여학생도 있지! 자네가 가서 그녀에게 말해. 돌아와서 나에게 답을 주게나. 이렇게 하면 우리는 모두 친구야. 그렇지 않으면 너희 둘은 500위안을 가지고 와야 돼. 자네가 황소고집을 부려 말을 듣지 않으면… 아냐, 나는 자네가 그러지는 않으리라 생각해. 자네는 관소장이 얼마나 지독한지 알거야! 좋아, 동생, 자네 답을 기다리지! 미안해, 자네를 번거롭게 했구만! 자네 무얼 좀 먹으러 갈 텐가?"

가오이튀가 일어섰다.

창순도 뜬금없이 일어섰다.

이튀는 찻집 문에서 창순의 어깨를 두드렸다.

"자네 답을 기다리지! 잘 가게, 잘 가!"

말을 마치자 헤어지기 아쉬운 듯이 남쪽으로 갔다.

창순의 머릿속에는 큰 말벌이 들어있는 것처럼 윙윙거렸다. 그는 찻집 밖에서 오랜 시간 정신 나간 듯이 서 있었다. 발을 떼놓자 다리가 천근은 되는 듯했다. 몇 발자국 가다가 섰다. 아니다. 집에 돌아갈 수 없다. 그는 할머니와 샤오추이 부인을 볼 수 없다. 한참 생각하다가 쑨치가 생각이 났다. 그는 쑨치를 존경하지 않았다. 그래도 쑨치는 자기보다 나이가 많았다. 게다가 한집에 사는 이웃이니 아마 좋은 생각이 있지 않겠나.

길거리에서 한참 헤매다가 쑨치를 찾아냈다. 둘은 찻집에 들어갔다. 창순이 찻값을 내었다.

"어! 대단하구나. 자네 벌써 그것도 배웠어!"

쑨치는 웃으면서 말했다.

창순은 허튼소리를 못했다. 그는 목소리를 낮추어 조급하게 문 열고 먼 산을 보듯이 하면서 사정을 모두 쑨치에게 고했다.

"흥! 나 역시 관 씨 댁이 그렇게 나쁜 놈들인 줄 몰랐다. 일본놈의 주구! 도처에 매음굴을 두고서, 원래가 사람을 팔았구나! 너에게 말하겠는데 일본인이 우리와 같이 살고 있으면, 누구 집의 과부, 처녀가 창녀가 안 된다고 할 수 없다!"

"먼저 욕하지 말고 나를 위해 방법 잘 생각해보자!"

창순은 애원했다.

"내가 생각이 있다면 이상한 것이지!"

쑨치도 급하고 화가 났지만 좋은 생각이 없었다.

"수가 없으면 생각해봐! 얼른!"

쑨치는 근시인 눈을 감고 정말 생각하려 했다. 얼마나 오래 생각했는지 모른다. 그는 갑자기 눈을 떴다.

"창순! 창순! 자네 그녀에게 장가들어. 그러면 되는 거야?"

"내가?"

창순은 갑자기 얼굴이 빨개졌다.

"내가 그녀에게 장가간다고?"

"나쁘지 않잖아! 그녀에게 장가 가! 그녀가 너의 아내가 되면 그들이 어쩌겠어!"

"그 돈 500원은?"

"그것!"

쑨치가 눈을 감았다.

한참 지나서 그가 말했다.

"너 장사는 어때?"

창순은 확실히 정신이 흐리멍덩했다. 자기의 장사는 잊고 있었다. 쑨치가 말하고 나서야 그는 1000위안 생각이 났다. 그러나 일체의 비용을 제하면 겨우 5~6백 위안 남는다. 적은 액수다. 그가 그 돈으로 빚을 갚고 나면 무엇을 믿고 살아간단 말인가? 하물며 관 씨 댁이 협잡해서 빼앗으려들 것이 분명하다. 그가 천신만고 하여 번 돈을 관 씨 댁에 어떻게 거저 주어버릴 수 있는가? 한참 생각하다가 쑨치에게 말했다.

"형이 가서 할머니와 상의해주겠어?"

그는 할머니를 볼 면목이 없었다. 더구나 할머니에게 혼사 이야기는 더더구나 할 수 없었다.

"혼사까지 이야기 할까?"

쑨치가 물었다.

창순은 무어라 대답해야 할지 몰랐다. 그는 샤오추이 부인에게 장가 가는 것을 반대하지는 않았다. 그는 혼인의 의미와 책임에 대해서 분명히 알지 못할지라도, 샤오추이 부인을 구하기 위해서 응당 모험을 해야 했다. 그는 바보같이 머리를 끄덕였다.

쑨치는 자기의 중요성을 깨달았다. 그는 오늘 창순을 굴복시키고, 한 걸음 더 나아가 중매도 서게 되었다. 이것이야말로 쉽게 만날 수 있는 일이 아니었다.

쑨치는 집에 돌아왔다.

창순은 감히 돌아올 수 없었다. 그는 시원하고 깨끗한 곳을 찾아 자기 머리를 식히려 했다. 그는 천천히 북쪽으로 가서 성 밑으로 갔다. 성 밑에 앉아서 생각에 생각을 거듭할수록 화가 치밀었다. 다만 화를 내는 것은 아무 소용이 없었다. 그는 다츠바오와 가오이퉈를 타도하여 지옥에 처넣을 수 있는 방법을 생각해내야 했다. 겨우 마음을 가라앉혔다. 그리고 한참 만에 생각이 났다. 고소를 하자. 그들을 고소하자!

어디에 고소장을 내지? 그는 몰랐다.

어떻게 고소장을 쓰지? 그것도 몰랐다.

고소장이 있는 거야? 그것도 몰랐다.

만약 고소장이 있으면 일본인이 다츠바오와 가오이퉈에게 벌을 주지 않고 오히려 자기를 단죄할 것 아닌가? 그의 이마에 땀이 났다.

그러나 아무리 많은 책임을 지더라도 그럴 수 없다! 어릴 적에 그가 아이들이 그에게 잘못을 저지르면, 가서 싸움을 할 수 없을지라도, 석탄이나 석회로 벽에다 모모는 나쁜 놈이라고 벽에 써서, 나쁜 놈이라고 한 자기의 적이 어떤 실제적인 손해나 좌절을 당할지 여부는 상관하지 않고, 기분을 풀 수 있었다. 오늘 그는 결과가 어찌 되든 반드시 고소장을 제출하여 그렇게 하고 싶었다. 아니면 기분을 풀 방법이 없다.

멍청하게 일어나서 남쪽을 향해 걸어갔다. 신제커우에서 그는 글자 점을 치는 분을 찾아냈다. 오모의 돈으로 그분에게 고소장을 써달라고 부탁을 했다. 그 선생은 고소장의 써넣을 내용을 알고, 고소인에게 불리하다는 것도 알았다. 그러나 5모의 수입 때문에 창순에게 경고조차 하지 않았다. 고소장을 다 쓰자 선생은 물었다.

"어디에 제출해야 합니까?"

"당신 말은?"

창순에게 글자 점쟁이가 주의를 주었다.

"시청에 가시오."

선생이 건의했다.

"좋아요!"

창순은 특별히 마음 써서 생각해보지도 않았다.

고소장을 들고 빠른 걸음으로 바로 시청으로 갔다. 그는 목숨을 걸었다. 화가 될지 복이 될지 상관하지 않았다. 그는 당초에 루이쉬안의 항일군에 들어가라는 말을 듣지 않고, 착실하게 할머니를 봉양하려고 했다. 집에 앉아있는데 하늘에서 화가 머리 위에 떨어질 줄 누가 알았겠는가? 다츠바오가 그를 파산시키고, 샤오추이 부인을 창녀로 만들 것이다. 좋아. 어디 한번 해보자! 너 죽고 나 죽자! 그는 첸 씨 댁, 치 씨 댁, 샤오추이 댁의 불행과 화를 생각했다. 나는 다시 제 분수만 지키는 작은 노인이 되고 싶지 않았다. 그는 반드시 청춘의 뜨거운 피를 되찾아야지, 바보같이 칼날이 목에 닿기를 기다리기만 할 수는 없다. 그는 마땅히 고소장을 제출하고는 곧장 용기를 잃어버렸다.

그는 고소장을 제출하고 돌아섰다. 천천히 걸으면서, 자기의 지혜를 의심하고 약간 후회했다. 그러나 후회는 너무 늦다. 그는 가슴을 펴고 아마도 가장 나쁜 결과를 기다릴 수밖에 없었다.

쑨치는 아주 빨리 일을 처리했다. 창순이 돌아왔을 때 이미 노소 두 과부를 고민에 빠지게 했다. 마 부인은 샤오추이부인에 대해서 결점이 있다고 생각하지 않았으나, 손자를 젊은 과부에게 장가를 보내는 것이 이치에 맞지 않은 것 같았다. 다시 말하면 그녀가 이 집 며느리가 되고 빚을 상환하여도, 사정이 절대로 간단하게 마무리되지 않을 것이라고 생각했다.

샤오추이 부인은 쑨치의 말을 알아듣고 눈물만 흘렸다. 그녀가 개가를 해야 하는지 아닌지, 가면 누구에게 가야 하는지 자세히 생각해보지 않았다. 그녀는 다만 자기의 운이 너무 각박하여 과부가 되는 것으로 모자라, 창녀가 되리라 생각하니 괴로웠다. 그녀는 눈물을 흘리며 일어났다. 그는 관 씨 댁에 가서 목숨을 다하려 했다. 그녀는 샤오추이의 아내이니 핍박을 받아 빠져나올 길이 없다면 목숨을 걸 수밖에 없었다!

"좋아. 나는 그들에게 500위안을 빚졌다. 내가 내 목숨으로 갚으면 되는 것 아닌가? 나는 목숨 내놓고는 아무것도 없다!"

그녀는 눈썹을 꼿꼿이 세우고 밖으로 뛰쳐나가겠다고 말했다. 그녀는 자기가 과부라는 사실을 잊고, 관 씨 댁 밖에서 통쾌하게 한바탕 욕을 하고 나서, 문에 머리를 처박고 죽을 것이다. 그녀는 죽고 싶었다. 창녀가 될 수는 없다.

쑨치는 놀랐다. 일면으로는 그녀를 말리고 일면으로는 마 부인을
불렀다.

"마 부인 이리 오세요! 나는 좋은 뜻으로 말하는 거요. 제가 조금이라
도 나쁜 마음이면 제가 죽을 놈이요! 이리 오세요!"

마 부인이 왔으나 할 말이 없었다. 두 과부는 서로 할 말을 잃었다.
눈물만 흘렸다. 그들의 억울함은 자신들의 잘못으로 비롯된 것이 아니
지만, 영문도 모르게 털어버릴 수도 없이, 그들의 등을 누르고 있기
때문에 말할 수도 없었다. 그들도 자유로운 살아있는 생명이지만, 광풍
에 휩싸여 굴러다니는 낙엽이었다. 바람이 부는 대로 어디든 가야하고
그곳이 아무리 악취가 나는 똥구덩이라도 상관치 않아야 한다.

이러한 마음으로 마 부인은 근신하고 조심하는 것을 잊지 않았다.
그녀는 샤오추이 부인의 손을 잡았다. 그녀는 모두가 외부의 '모욕'에
대항하는 힘처럼 함께 살고, 친밀한 관계를 맺을 수 있다고 생각했다.

바로 그때 창순이 들어왔다. 그들을 보더니 자기 방에 들어가 버렸다.
그는 아무 말도 하지 않았고 하고 싶지도 않았다. 그는 그 고소장이
큰 재난을 불러올까 무척 두려워했다.

63

부친을 안장한 후에 루이쉬안은 여러 날 앓았다.

톈유가 죽자 치 씨 댁은 꼴이 말이 아니었다. 그가 살았을 적에는 안 살더라도, 모두가 항상 집에 함께 살고 있는 것으로 생각했다. 집에서 좋은 찻잎을 구하거나 계절에 맞는 먹을 거리를 만들면 모두가 즉시 그에게 보내지 않으면 따로 두었다가 그가 돌아와 맛보게 했다. 그도 이러하여 앵두나 띰섬을 살라치면, 반드시 집으로 돌아와서 그것을 부친에게 드려 부친이 모두에게 나누어주시게 했다.

특별히 그가 집에서 살지 않기 때문에 모두가 더 관심을 가졌다. 그는 집에서 불과 3~4리 떨어져 있었지만, 이 거리는 모두의 마음속에 간격이 있는 것처럼 때때로 그를 보고 싶다고 말한다. 이렇게 그가 돌아올 때마다 그는 모두에게 특별히 친절하게 대한다. 그는 모두가 조그마한 불화가 있거나 말다툼이 생기면, 모두의 노여움을 즐거움으로 바꾸고 침묵을 즐거운 웃음으로 바꾸어준다.

그는 위엄을 부리지 않고 성을 내거나 눈을 부라리지 않는다. 집에 들어서자 그는 조금도 모두에게 '아버지'가 돌아왔다는 느낌을 주지 않았다. 그는 다만 그렇게 잠자코 있는 것이 마치 따뜻한 미풍처럼 모두에게 부드러운 흥분을 느끼게 했다. 동시에 모두가 그의 일가에 대한 공적과 중요성을 안다. 거기다 치 노인을 제외하고 항렬이 제일 높은 것을 모두가 알기 때문에 그를 특별히 경애한다. 그들 모두 치 노인이 돌아가시면 그가 당연히 집안의 대표가 되며 평소처럼 절대로 성을 내지 않을 것이기 때문에, 모시기 쉬울 것이니 집안의 복이 아닌가? 아무도 치 노인이 빨리 죽기를 바라지는 않지만, 불행하게도 노인이 죽으면 톈유가 보충할 테니 치 씨 댁은 더 화목해지고 밝아질 것이라 생각했다. 그는 치 씨 댁의 춘풍이고 햇살이었다. 그는 치 씨 댁 후손들을 여러 대에 걸쳐 밝혀줄 것이다. 치 노인은 사세동당의 영광이라면 톈유는 아마 오세동당의 복이 될 것이다!

이런 사람이 죽었으니 그것도 그렇게 참혹하게 죽었으니!

치 노인, 톈유 부인, 루이펑과 윈메이의 마음속에는 약간의 미신이 있었다. 남이 강에 억울하게 빠져 죽으면, 죽은 귀신이 무서운 앙화를 끼칠지도 모른다고 믿었다. 그런데 강에 몸을 던진 사람이 톈유지만 약간 불안해 했다. 그러나 모두가 하나같이 따뜻하고 부드럽고 착실하고 자애로운 그의 모습만 생각하고 그가 무서운 원귀가 되었으리라고 상상할 수조차 없었다. 모두는 집에 한 사람이 없어졌다고 느낄 뿐, 가장 귀여운 사람이 없어졌다고 느낄 뿐 다른 생각은 하지 않았다.

그래서 장례가 끝난 후 치 씨 댁은 매일 무서울 정도로 조용했다. 루이쉬안이 병이 나고, 치 노인은 늘 캉에 누워서 말씀이 없고 수염만 가볍게 떨었다. 톈유 부인은 여위고 입은 상복이 크고 헐렁해서 모습이 영 말이 아니었다. 그녀는 한마디 말이 없었으며, 너무 허약해서 나오고 들어갈 때 며느리가 부축을 해야 했다. 그녀는 마땅히 누워서 쉬어야 했지만, 그러려고 하지 않았다. 그녀는 자기가 오래 살지 못한다고 생각했다. 그러나 그녀는 루이쉬안에게 자기가 다시 일할 수 있고, 곧 자기가 죽지 않는다는 것을 보여서 그가 마음을 놓게 하고 싶었다. 그녀는 집안에 다시 상이 나면 루이쉬안이 어떻게 할 수가 없다는 것을 알고 있었다. 그녀는 병이 나고 억울한 일을 당했지만 눈물도 흘리지 않고 드러눕지도 않으려 했다. 남편 대신에 집안을 지탱하여 집안이 와해되지 않게 하려 했다.

루이펑은 하루 종일 예전처럼 불량배들과 어울려 다녔어. 아무도 감히 그에게 충고하지 못했다. '죽은' 공기가 모두의 입을 틀어막아 아무도 소리를 내지 않으려 했고, 더욱이 몇 마디 말참견도 하지 않았다.

윈메이는 괴로웠다. 모두의 환심을 사고, 집안사람들이 그녀가 염치도 없다고 말하지 않게 하기 위해 과도한 활약을 하지 않을 수 없었다. 그녀의 최고의 관심사는 남편의 병이었다. 그렇더라도 할아버지와 시어머니가 자기가 냉담하다고 생각하시게 해서는 안 되었다. 루이펑의 행동이 못마땅했지만, 감히 입을 열 수가 없었다. 모두가 상복을 입고 있는데, 자기가 말다툼을 벌일 수는 없었다.

장례를 아주 간단하게 치렀다. 그러나 거의 두 배의 돈을 썼다. 혼인과 상사는 언제나 믿을 게 못 된다. 잔돈푼이 들어가는 곳이 수도 없이 많았다. 루이펑이 모두에게 좋은 담배, 좋은 술, 좋은 차를 대접하고, 모두에게 인력거를 대절해주고, 요리를 더해주는데 무한정 들어간 잔돈푼이 마음대로 헤프게 쓴 꼴이 되었다. 루이쉬안은 빚을 졌다. 치 씨 댁은 지금까지 저축이 없었지만 부채도 없었다. 치 노인은 절대로 연탄 한 근이라도 외상으로 사거나 누구에게 한 푼이라도 빚지는 것을 금했다. 루이쉬안은 조부에게 전부 합쳐 돈을 얼마나 썼는지 말씀드릴 수 없었다. 톈유 부인은 알고 있었지만 큰아들이 몸저누워 있으니 여러 말 할 수가 없었다. 원메이는 모두 알고 있었으나 자기가 책임을 져야 하므로 쪼들리게 살 수밖에 없다고 생각했다. 먹거리를 사는데 아껴보아야 한두 푼이니 별 도움이 되지 않았지만, 그녀의 책임감을 표현하고 있을 뿐이었다. 다만 그녀가 씀씀이를 줄이자 모두에게 불만을 야기하기 쉬웠다. 특별히 루이펑은 담배 술값 같은 용돈을 줄이려 들지 않았으며, 줄이면 말다툼을 일으켜서 노인들을 애태우게 할지 모른다. 그녀의 큰 눈은 이미 반짝이지 않고 먼 곳을 향하여 길을 잃은 듯했다.

원메이는 시어머니와 상의하여 시어머니가 셋째 방으로 이사를 하고 남쪽방을 세놓아서 매달 월세를 받기로 했다. 지금 집을 구하기가 쉽지 않고 남쪽 방이 어둡고 추워도 바로 전세로 나가게 되고 또 전세가격도 낮지 않을 것이었다.

톈유 부인도 그렇게 하기를 원했다. 루이쉬안도 반대하지 않았다.

그러나 그것이 치 노인의 마음을 상하게 했다. 당초에 자기 집을 사들일 때 식구가 적어서 원래 이웃이 살고 있었다. 그때 그의 눈은 장래에 식구가 늘면 이웃을 이사시키고 자기 손자들이 집 전체를 채울 것으로 내다보았다. 그때 그는 위를 향해서 자라고 있는 나무였기 때문에 머지 않아 가지와 잎이 펼쳐질 수 있다고 계산했다. 현재는 아들이 죽고 방을 세놓으니 자기의 가지와 잎이 쇠락하는 것이 분명해졌다. 왜 죽지 않는가? 자기를 향해서 질문했다. 왜 수염도 완전하고 꼬리도 완전할 때 죽었으면, 자기의 집 일부가 남에게 세놓는 것을 기다리지 않아도 될 것 아닌가?

괴로웠지만 단호하게 반대하지도 않았다. 이런 전란 시에 개인의 의견이 무슨 소용이 있단 말인가? 그는 눈물을 머금고 리쓰예에게 말했다.

"자네가 마음을 써서 적당한 사람이 있으면 우리 집 방 두 개를…"

리 노인은 도와주기로 했다. 그리고 늙은 벗에게 당부했다. 제발 소문내지 말게. 소식이 전해지면 곧 일본인이 이사를 올 것이기 때문에, 베이핑에는 이미 20만 명의 일본인이 증가했는데, 그들은 틈만 보이면 파고들어서, 머지않아 베이핑인의 태반을 밀어낼지도 모른다! 그렇다. 일본인은 평측문 밖에 8리에 걸쳐 신베이핑을 건설하기 시작했다. 말로 는 베이핑인이 살게 하리라고 하지만 사실은 성 안의 집을 모두 일본인에게 주려 한다. 일본인이 거의 베이핑을 차지하여 다시는 손에서 내려 놓지 않으려 한다.

리쓰예에게 얘기한 그날 성 밖에서 이사를 오고자 하는 사람이 두 아이를 데리고 와서 살고 싶어 했다.

치 노인이 세들 사람을 한번 보고자 했다. 그는 소심하기 때문에 아무에게나 세를 놓으려 하지 않았다. 리쓰예는 곧 그들을 데리고 왔다. 성은 멍 씨였다. 시위안에서 시산에 이르기까지 밭이 있었다. 일본인들이 시위안에 비행장을 닦으려고 그들의 허다한 밭을 포함하여, 시산 인근의 밭에 파종을 못 하게 하고도, 옛날처럼 식량을 거두어감으로 그들은 땅을 버리고 성안으로 피난 왔다. 멍 선생은 아주 성실하고 분명했다. 행동거지가 창얼예와 흡사했다. 멍 씨 부인은 앞니가 몇 개 빠졌지만, 상당히 튼튼한 중년 부인이었으며 보기에 아주 착실해 보였다. 두 아들은 하나는 15살 하나는 11살이었다. 아주 씩씩하고 늠름하게 생긴 건장한 녀석들이었다.

치 노인은 한눈에 멍 선생이 창얼예와 어떤 점에서 비슷하다는 것을 알고 곧 고개를 끄덕였다. 그러고는 끝도 없이 손님에게 창얼예 얘기를 했다. 멍 선생은 창얼예가 누구인지 몰랐지만, 순순히 대답하면서 자기의 억울함도 얘기했다. 환난은 쉽게 사람의 마음을 하나 되게 하여 동정심이 묻어나게 한다. 치 노인은 아주 빨리 멍 선생을 친구로 삼았다. 그렇다 해도 그는 잊지 않고 멍 선생이 체면을 차리는 청결한 사람이 되기를 당부했다. 멍 선생은 노인의 속마음을 알아차리고 즉시 아이들이 집을 손상하지 못하게 조심할 것이며, 집안 전체가 성실하고 근검하게 살 것이고 되먹지 않은 친구도 없다고 보증했다.

이튿날 멍 씨 댁이 이사 왔다. 치 노인은 세 든 사람에게 만족했지만 자기도 모르게 죽은 아들 생각이 더 났다. 마당에서 멍 씨가 옮겨온 물건들을 보고 노인은 조용히 말했다.

"톈유! 톈유! 너가 돌아오면 방을 잘못 찾지 않겠지! 남쪽 방은 세를 놓았단다!"

마 노부인이 깨끗한 옷을 입고 부끄러운 듯이 치 노인을 찾아왔다. 그녀는 마을 다니는 것을 좋아하지 않는 사람이기 때문에 노인은 상의할 일이 있을 것이라고 짐작했다. 톈유 부인이 따라 들어와 함께 이야기를 했다. 모두가 이웃이지만 첫째는 피차 내왕이 없었기 때문이고, 둘째는 일본인이 집안마다 골치 아픈 일이 생기도록 했으므로, 우연히 만나면 특별히 할 얘기가 많았다. 모두가 한나절이나 이야기했다. 모두 마음속의 억울함을 어느 정도 쏟아내었다. 마 부인이 본론을 이야기했다. 그녀는 창순과 샤오추이 부인을 결혼시키면, 모두의 비웃음을 사지 않을까 하고 치 노인의 의견을 구했다. 치 노인이 후퉁에서 제일 연세도 높고 덕망이 있는 분이라 이번 일에 지적할만한 것이 없다면 마 부인도 마음을 놓을 것이었다.

치 노인이 난제에 부딪혔다. 그는 거의 입을 열 길이 없었다. 그가 반대한다면 그것은 곧 남의 혼사를 막는 것이 된다—속담에 이르기를 10집의 묘를 파도 한 집의 혼사를 막지 말라고 했다. 반대로 동의한다면 이 혼사의 길흉을 누가 알랴? 첫째, 샤오추이는 과부이므로 그렇게 좋은 징조는 아니다. 둘째로 그녀가 창순보다 나이가 몇 살 위이니 타당한 것 같지 않다. 셋째로 그들이 이미 혼인을 결정했더라도 모든 것이 해결될 수 없다. 다츠바오의 그 돈은 어떻게 처리한단 말인가?

그의 작은 눈은 거의 감겨져 아무것도 결정하지 못했다. 말을 하면

684

책임을 져야지, 그가 함부로 말해서는 안 된다. 아무리 생각해도 그는 "이 세월, 이 세월, 이 세월에 아무것도 할 수 없다!"고만 생각했다.

텐유 부인은 생각을 드러내지 않고 루이쉬안을 불렀다. 루이쉬안의 병은 약간 호전되었지만, 얼굴색은 말이 아니었다. 사정을 다 듣고 나서 '하나의 폭탄으로 다츠바오, 가오이퉈 무리 같은 개새끼들을 모두 가루로 만들어버려야 한다'고 말하고 싶었다. 그래서 단도직입적으로 통쾌하게 간단하게 실효성이 있게 말했다. 자신이 폭탄을 던질 수 없다면 마 노부인과 창순이 그렇게 하기를 바랄 수도 없다. 폭탄만 모든 일을 해결할 수 있다는 것을 알지만 지금 폭탄이 손에 있더라도 마 노부인과 창순도 감히 던지려 하지 않으리라는 것을 알았다! 자신이 감옥에도 가고 아버지가 일본인들에게 핍박을 받아서 강에 투신했지만 무슨 짓으로 보복할 수 있는가? 피를 토하고 부친의 무덤을 파고 돈을 빌려서 부친의 창사를 치렀지만, 적의 땀 밴 털 하나 뽑으려 하지 않았다! 전통적인 방법대로 아들로서 책임을 다하여 화환의 근원을 바로 보지 못했다는 것을 알았다. 그의 교육, 역사, 문화가 그에게 적당히 넘어가라고, 머리를 숙이라고, 쓸데없이 자기를 희생하여 원수를 갚는 것은 너무 큰 모험이고 지나치게 격렬한 일이라고 가르친다.

한참 침묵하다가 그는 막 분출하려는 뜨거운 피를 억누르는 듯이 괴로움과 수치를 억누르고 난 뒤 그는 평소와 다름없는 부드러운 목소리로 말했다.

"제가 보기에 마 노부인, 이번 혼사를 비웃을 사람은 아무도 없을 것입니다. 어르신, 창순, 샤오추이 부인 모두 성실한 분들이라 남의 험담을 들을 리 없습니다. 어려운 점은 양가의 혼사가 관 씨 댁을 크게 자극할 것이요. 아마도 그들은 마음을 다해 방해를 하려 할 것이요!"

"그래요! 그래요! 관 씨 댁이 어떤 똥을 누더라도 사람 똥을 누는 게 아녀!"

치 노인은 한숨을 쉬면서 말했다.

"그러나 어떻게 하지 않으면 샤오추이 부인이 곧… (창녀)가 될지도 모르는 판에…"

마 노부인의 입은 그녀의 옷처럼 깨끗했다. 차마 더러운 말을 입에 담지 못했다. 이쪽으로 저쪽으로 두리번거렸다. 평소의 침착함을 잃었다.

방안에는 아무 소리도 나지 않았다. 죽음의 그림자가 가만히 들어오는 것 같았다.

5시를 지나고 있었다. 날은 짧았다. 이미 황혼이 다가오는 듯했다.

마 노부인이 작별인사를 하려던 때에, 루이펑이 땀을 뻘뻘 흘리며 귀신에 쫓기듯이 뛰어들어왔다. 어떤 사람에게도 인사를 하지 않고, 의자에 털썩 주저앉아, 거칠게 숨을 몰아쉬었다.

"무슨 일이야?"

모두가 약속이나 한 듯이 동시에 질문했다. 그는 손을 흔들며 말을 하지 못했다.

모두가 분명히 보았다. 그의 작은 얼굴에 시퍼렇게 멍든 자국이 있고 윗도리의 옷깃이 한 자나 찢어져 있었다.

오늘이 자선 예술대회 첫날이었다. 시단패루의 극장에서 헌금을 모금할 목적으로 연극을 상연하고 있었다. 극은 꽤 괜찮았다. 끝에서 세 번째가 원뤄샤의〈기상회〉[38]. 두 번째가 자오디의〈홍란희〉이고 마지막이 명우들이 줄줄이 나오는〈대계 황장〉[39] 이었다.〈홍란희〉는 빠지는 점이 있었지만 자오디가 특히 아름다웠고, 처음으로 무대에 나오고, 극 자체가 길지 않아서 관객들도 군말이 없었다.

관 씨 댁은 아주 바빴다. 의상은 자오디의 남자 친구들이 그녀에게 바친 것이다. 그녀는 다섯 차례나 입어보고, 다섯 차례나 고쳤다. 결국은 재봉사를 집에 불러서 전문적으로 그녀를 돌보게 했다. 이튀는 머리장식을 빌려오고 머리 빗기고 화장도 해주는 전문가를 바쁘게 찾았다. 다츠바오는 딸에게 꽃을 모아서 꽃바구니 만드느라 바빴다. 그녀는 꼭 딸이 무대에 등장하면 두 명씩 8조가 일제히 꽃을 바치도록 할 계획이었다. 샤오허는 더 바빴다. 딸에게 베이핑성에서 제일 가는 고수, 징, 꽹과리들을 구하려 했다. 또 바쁘게 신문기자들에게 자오디의 화장한 사진과 옷을 갈아입은 사진을 사전에 그리고 당일에 신문과 잡지에 실어주도록 하려고 했다. 그밖에 시와 신문을 써서 란둥양이 각 신문에 보내도록 해서 자오디 여사 특별판을 내게 했다. 그는 자기가 대단한 천재이지만 여러 잔의 진한 차와 커피를 마실 수 있지만 묘사하는 글을 쓰지 못한다고 생각했다. 그는 문예창작의 재능이 있는 손님을 식사에 초대하여, 자기 대신에 문장을 쓰게 한다고 인정했다. 그들은

• • •

38 누이와 남동생이 감옥에서 아버지를 구하다.
39 판관을 노리는 도적들.

확실히 문재가 있어서 즉석에서 '예쁜 작은 영롱', '작은 새처럼 노래하는 사람', '새처럼 지저귀는 목을 가진 여인', '한 꿰미 진주', '단조롭지도 불같지도 않은 연기' 등등 문자를 만들어 내었다. 란둥양이 자선연예대회의 총 간사였다. 이 때문에 틈을 내어서 모두에게 소리를 쳐댔다. 뚱보 쥐쯔는 늘 거기에 있었다. 그러나 그녀는 살이 쪄서 꼼짝도 하기 싫어서 모두가 바빠할 때 마작을 몇 패 돌리자고 제안했다. 퉁팡은 자오디에게 붙어서 아기씨에게 큰 옷을 앗아주고 그녀가 감기가 걸려 목소리를 잃을까 두려워했다. 퉁팡은 틈을 내어 첸 선생과 머리를 맞대고 상의했다.

극장표는 사흘 전에 매진되었다. 극장 일등석 네 번째, 다섯 번째 열은 모두 일본사람 차지였다. 1, 2, 3열과 작은 좌석은 모두 자오디와 뤄샤의 친구들 것으로 정해졌다. 암표는 원가에 비해 3~5배까지 나갔다. 뤄샤 친구들은 자오디가 뤄샤 앞에 등장하는 것에 불만이었다. 자오디가 등장하면 모두 자리를 떠서 그녀를 난감하게 할 작정이었다. 자오디의 경박하고 빤질거리는 얼굴을 가진 작은 귀신들이 그 소식을 듣고, 뤄샤에게 죽으라고 소리쳐서 저항하기로 준비했다. 다행히 샤오허가 소문을 듣고, 재빨리 쌍방의 보스들과 뤄샤와 자오디를 통하여 초대하기로 약속했다. 일본 깡패 한 명을 불러서 잘 구슬려서 모두가 손을 잡고 전쟁을 중지하기로 약속했다.

루이펑은 물론 이러한 구경거리를 꼭 볼 것이었다. 그는 특무 친구가 있었으며, 특무들은 일본 요인이 연극을 보러 많이 올 때는 연극이 시작되기 전에 반드시 극장을 채웠다. 그는 오전 10시에 극장 밖에서 기다리고 있었다. 그는 입을 벌렸다. 그의 심장이 빨리 뛰었다. 양 눈은 이쪽저쪽을 휘둘러보다가 한 명의 친구가 천천히 다가왔다.

"라오야오! 나 좀 들여보내줘!"

잠시 기다리다 또 다른 사람을 만났다.

"라오천! 나를 잊지 말아요!"

이렇게 열 명을 불렀다. 그는 여전히 마음을 놓지 못했다. 이쪽저쪽을 보면서 몇 사람에게 더 부탁하려고 준비했다. 멀리서 공연 시작을 알렸다. 그는 거기를 떠날 수 없었다. 오히려 극장이 홀연히 옮겨가 버릴까 무서워하는 듯했다. 천천히 그는 검표원과 군경을 보고 연극 의상, 도구 상자가 도착하는 것을 보자, 그의 심장은 급히 뛰고 입은 크게 벌어졌다. 그는 또 친구에게 부탁하려 했다. 친구들은 심드렁하게 말했다.

"마음 놓아! 너를 빠뜨리지 않을 테니! 아직 너무 일러. 너는 무엇이 급하니?"

그는 입을 벌리고 히히 하는 소리를 내고 자기가 들어갈 가능성이 있다고 생각했지만, 친구가 그에게 무성의할까 두려웠다. 그는 친구에게 당장 데리고 들어가자고 요구하고 싶었다. 그래도 두 시간이나 긴 걸상에 앉아있을 수밖에 없었다. 들어가야 들어가는 것이다. 문밖에 있으면 보증이 안 된다. 그러나 그는 계면쩍게 입을 열어서 친구에게 조르다가 오히려 반감을 살까 두려웠다. 그는 군고구마를 한 봉지 사서 극장을 마주 보며 한 눈으로 고구마를 보고 한 눈으로 극장을 보며 한입에 삼키지 못하는 것을 한탄했다.

범절을 따지면 그는 아직 상중이기 때문에 연극을 보러 가서는 안 된다. 그런데 연극을 보기 위해서라면 목숨조차 희생할 지경인데 하물며 범절쯤이야.

11시가 되자 그는 급해서 미칠 지경이었다. 친구 한 사람 잡고 곧 들어가지 않으면 안 된다고 사정했다. 그는 이미 말이 제대로 나오지 않아서 입에서 두어 마디만 튀어나왔다. 그의 이마에 푸른 근육이 튀어나오고 콧등에는 땀이 나고 손바닥이 차졌다. 친구가 그에게 말했다.

"좌석이 없어!"

그는 '아야'라고 말하고서도 좋다고 말했다.

그는 들어가서 정말 좋은 자리에 앉았다. 텅 빈 무대와 극장을 보았다. 마음이 편안했다. 그가 입을 다물자 입안에 단물이 고여서 미소를 짓게 했다. 그는 미소를 지었다.

겨우 무대가 열리고 첫 북소리가 따랐다. 그는 입을 벌렸다. 그는 목을 빼서 정신을 집중하여 무대 위에서는 어떻게 북을 치고 징을 울리는지 보았다. 그의 몸은 징과 북소리를 따라 움직였다. 마음속에 감미로운 리듬이 있었다. 유쾌했다.

한참을 기다려 〈천관사복〉이 무대에 올랐다. 그는 더 길게 목을 뽑았다. 한참 정신없이 보고 있는데 어떤 사람이 '표'라는 소리를 질렀다. 그는 눈을 여전히 무대에 고정시킨 채 좌석을 바꿨다. 잠시 후에 다시 '표'라는 말이 들려 또 자리를 바꿨다. 그는 정신이 무대에 심취하여 주의를 기울이느라고 난감하게 느끼지도 않았다. 〈기상회〉가 무대에 오르자 그는 자신이 서 있다는 것을 깨달았다. 그는 서 있는 것이 두렵지 않았다. 그는 힘이 드는 것이 자기 다리라는 것을 잊었다. 그는 입을 더 크게 벌렸다. 왕왕 연기로 숨이 막혀 목에 가래가 차서 입속의 침으로 목구멍을 매끄럽게 했다.

일본인이 왔다. 발돋움을 하여 무대를 보았지만, 일본인 중에 요인들이 있는 것을 보려 하지는 않았다. 징소리 북소리가 바뀔 때 그는 첸 선생이 자기 옆을 지나가는 것을 보았지만, 미처 인사할 틈이 없었다. 샤오윈이 나와 앉아서 피리를 시험했다. 그는 아주 기분이 좋았다. 그는 샤오윈을 좋아하고 존경했다. 샤오윈은 매일 극장 안에 사니까 얼마나 아름다운가! 그는 또 란둥양이 무대 위에서 한 바퀴 도는 것을 보았다. 그는 란둥양에게 이를 갈았다. 그러나 마음이 동하지 않았다. 연극을 보는 게 중요했다. 뚱보 쥐쯔와 한 명의 아름다운 처녀가 꽃바구니를 받들고 무대 입구에 놓았다. 그의 마음이 조금씩 움직이고 침을 넘겼다. 그녀가 머리를 돌렸다. 샤오허는 무대 커튼 사이로 머리를 내밀었다. 그는 샤오허를 부러워했다.

박수치는 사람들이 적지 않았지만 뤼샤는 정말 실력이 있었다. 열혈 팬들만이 그녀에게 갈채를 보내는 것은 아니었다. 오히려 등장할 때 인사로 치는 박수가 끝나자 극장 안은 대단히 조용해졌다. 그녀의 수려함, 단정함과 적절한 거동 모두가 마음을 가다듬게 했다. 그녀의 눈은 무대 아래에 있는 사람 하나하나를 보는 듯하여, 모두의 마음을 편안하게 하여, 그녀를 경애하게 만들었다. 특별히 박수치러 온 사람들도 감히 "하오"라는 소리를 낼 수 없었다. 왜냐하면, 그런 말들로 좋아라는 말을 이끌어내는 것은 불경스러운 소리를 하는 것보다 못하다.

그녀는 그렇게 여위어도 활동은 마치 몸에 마력이라도 있는 듯이 타올라서 모두가 그녀의 청춘과 아름다움을 보게 하고 동시에 자신들의 마음속에 청춘의 활력과 즐거움을 느끼게 했다. 그녀는 지나치게 힘을 쓰거나 뽐내는 것도 없는데 극장 내의 모든 것을 지배했다.

샤오워우는 자신을 잊었다. 그는 몸을 내밀고 적을 비스듬히 하고 눈은 뤄샤에게 고정시키고 소리 하나하나가 원숙하여 절정에 이르렀다. 그는 반주만 하는 것이 아니라 그의 정신 전체를 이용하여 자기의 생명을 음악 속에 녹여서 소리 하나하나에 감정, 짜릿함, 빛을 띠고 뤄샤의 몸과 목소리를 들어올려, 그녀가 힘들이지 않고 날아서 신선이 되도록 했다.

그 두 명의 일본인 중에 한 명의 장교는 술을 너무 마셨다. 이미 정신없이 골아 떨어져 있었다. 그가 우연히 눈을 뜨자 그는 면전에 미녀가 왔다 갔다 하는 게 눈에 들어왔다. 그가 눈을 감았으나 미녀가 눈에 어른거렸다. 일개 일본 군인이 여자를 보았다면 당연히 생각해내는 것은 여자의 "사용처"뿐이다. 그는 눈을 뜨고 또 애써 눈을 비볐다. 그는 뤄샤를 분명히 보았다. 그의 취안이 그녀가 걸을 때 그녀를 따라가다가, 우연히 그녀의 눈과 마주쳤다. 그는 화가 났다. 그는 대일본 제국의 군인이고 중국인의 정복자로서 당연히 어떤 중국 여자라도 유린할 수 있다. 게다가 그는 응당 극장 안이라 해도 시도 때도 없이 자기의 수욕을 발설해야 한다. 그는 곧 무대에서 그녀를 끌어내려 옷을 찢고, 일본 군인 특유의 능력을 드러내어 일본 군인의 역량을 증가시켜야 했다. 그러나 뤄샤는 그를 보지 않았다. 그는 반쯤 일어나 '아'라고 소리쳤다. 그녀는 개의치 않았다. 그는 재빨리 권총을 꺼내 들었다. 빵 하는 소리가 나고, 그녀가 휘청거렸다. 두 손으로 가슴을 움켜쥐려 했다. 손이 미처 가슴에 닿기도 전에 무대에 쓰러졌다.

극장의 아래 위층에 고함 소리, 뛰고 넘어지고 대혼란이 야기되었다. 한 떼의 사람들이 썰물처럼 일제히 밖으로 달렸다. 루이펑은 입을 미처 다물지도 못하고 부딪쳐 넘어졌다. 그는 구르고 기다가 머리, 손, 몸뚱이가 구두에 밟혔다. 그는 일어났다. 다시 넘어지고, 다시 소리치고, 다시 주먹을 아무렇게 휘둘렀다. 그의 눈은 잠시 옷에 가려서 다리가 막혔다. 그게 기둥인 것을 알아챘다. 그는 방향을 잃었다. 자기 다리인지 남의 다리인지 구별할 수가 없었다. 엎어지고, 자빠지고, 부딪치고, 얻어맞고 하면서 사람 파도에 밀려 밖으로 나왔다.

일본군인들이 일어나서 모두 총을 꺼내 들고 총구를 모든 층 구석을 향해 겨누었다.

퉁팡이 무대 뒤에서 뚫고 나왔다. 그녀는 원래 자오디가 무대에 등장할 때 수류탄을 꺼내어 던지기로 되어 있었다. 지금은 계획이 망쳐졌다. 그녀는 계획을 전부 잊어버리고 뤄샤를 보호하려 했다. 뚫고 나오자 한 발의 총탄이 귓전을 스쳤다. 그녀는 엎드려서 손과 무릎으로 기어서 뤄샤에게 가려 했다.

샤오원은 적(笛)을 던지고 손에 잡히는 대로 의자를 들었다. 그는 귀신이 몸에 붙은 듯이 무대 아래로 뛰어, 흉악한 짓을 한 술 취한 귀신의 머리에 의자를 내리쳤다. 술 귀신은 술이 덜 깬 상태로 머리가 터져 골수가 흘러나와 샤오원의 옷깃을 적셨다.

샤오원은 움직일 수 없었다. 몇 개의 권총 총구가 그의 몸에 방아를 찧듯 했다. 그는 웃었다. 그는 머리를 돌려 뤄샤를 보았다.

"시아! 죽었구나, 괜찮아!"

그는 자동적으로 그들이 묶도록 손을 등 뒤에 가져갔다.

무대 뒤에 특무는 특별히 많았다. 분장을 마친 배우, 분장을 하고 있는 배우, 아직 분장을 하지 않고 있는 아마추어 배우와 배우들, 병졸, 옷을 입은 배우, 소품 담당, 악단 단원들, 한 사람도 도망갈 수 없었다. 자오디는 이미 분장을 마치고, 한 손은 이뭐의 손을 잡고 한 손은 샤오허의 손을 잡고 한 덩어리가 되어 떨고 있었다.

2층 사람은 모두 나가지 못했다. 그중에 한 명의 노인은 꼼짝하지 않고 좌정해 있었다. 그는 이빨이 없는 수염만 있는 입술을 이를 가는 판처럼 움직여서 웃는 것 같았다. 그의 눈이 마치 시적 영감을 얻은 것처럼 빛났다. 그는 퉁팡이 무대 위에 있고, 샤오원이 무대 아래에 있는 것을 알지만 여러 가지 생각하지 않았다. 그의 눈에는 일본인들만 있었고, 그들은 응당 죽어야 했다. 그는 자기의 수류탄을 던졌다.

이튿날 절룩거리는 시인이 신문 한 부를 샀다. 시안시장의 작은 찻집에서 신문을 자세히 읽었다.

"여배우의 죽음: 이 시대의 명배우이고 금의 명수인 원뤄샤 부부가 간당들과 짜고 무기를 숨겨 들어와서 자선공연 중 황군의 무관을 자해했다. 그 자리에서 원 씨 부부는 모두 총에 맞아 죽었다. 원뤄샤의 여자친구도 총상을 입고 죽었다." 노인의 눈은 신문을 뚫어지라고 보다가 살았을 적 샤오원, 뤄샤, 유퉁팡을 보았다. 샤오원 부부는 모르지는

694

않지만, 그들을 감히 비판할 수 없었다. 다만 그는 그들이 죽었기 때문에 아주 사랑스럽다고 생각했다. 그들도 자기의 처와 아들과 마찬가지로 죽었기 때문에 한 가지로 사랑스러웠다. 그는 특별히 샤오원을 사랑했다. 샤오원은 천재적인 금수(琴手)일 뿐만 아니라 열사였다. 그는 용감하게 의자로 적 머리를 박살내어 골수가 터져 나오게 했다! 퉁팡에 대해서는 애석할 뿐만 아니라, 그녀에게 죄송하다는 생각을 했다! 그녀! 그렇게 총명하고 용감한 부인이었다. 틀림없이 그녀는 자기 손에 죽었을 것이다. 폭탄의 작은 파편도 그녀를 죽일 수 있기 때문이다. 그녀가 살아있다면 그녀는 틀림없이 자기의 조수가 되어 그가 더 큰 일을 하는 데 도움을 주었을 것이다. 그녀의 이름은 천고에 전해지리라. 이제 그녀는 다만 '잘못 상처를 입어서 죽었다' 로 끝난다. 그는 거의 소리를 내어 부를 뻔했다. '퉁팡! 내 마음은 영원히 너를 기억할게. 그게 자네의 기념비일세!' 그의 눈은 다음 면을 보았다. '황군 무관은 상처 하나 입지 않았음.' 노인은 이 구절을 보고 희미한 미소를 지었다. 흥, 한 사람 다치지 않았다. 정말이야? 그는 다시 아래를 보았다. '행자가 일어났을 때, 관중이 질서를 지켜서 2~3명의 노약자가 약간의 손상을 입었다.' 노인은 머리를 끄덕이며, 기자가 '창조'의 천재라고 칭찬했다. '모든 무대 위의 인원들이 사령부로 압송되어 신문을 받았으나, 혐의가 없는 사람은 당일 내로 석방되었다.' 노인은 잠시 멍해졌다. 흥, 그는 10명, 8명, 10~20명이 감옥 문에서 나오지 못하리라는 것을 알고 있었다. 그는 괴로웠지만, 스스로에게 말하지 않을 수 없었다.

"그런 거야! 이게 투쟁이야! 죽음이 있으면 원수가 맺어지고, 한은 보복을 불러오는 거야!"

노인은 뜨거운 맹물을 마셨다. 찻집을 나와 천천히 둥청 쪽으로 가서 묘지에 다다라서 죽은 부인과 아들에게 한마디 할 것이다.

"편히 잠들어라. 나는 이미 너희들을 위해서 하나하나 원수를 갚아간다!"

64

샤오양쥐안은 일단 규칙이 흐트러지자 모두의 눈에 빛이 나고, 개개인의 마음에 기쁨이 넘치고, 사람마다 얼굴에 미소가 번졌다. 입, 귀, 심장 모두가 움직이고 있었다. 그들은 소 리치고 싶고, 춤추고 싶고, 술을 마시고 싶고, 경축회를 열고 싶었다. 아마추어 배우 팡류가 제일 중요한 인물이 되었다. 모두가 그를 둘러싸고, 그의 소매와 옷깃을 끌고 이야기를 졸랐다. 총소리, 죽음, 의사, 골수, 폭탄, 혼란, 부상, 죽음… 분명히 들어도 다시 말해달라고 요구하고 듣지 못한 사람은 그가 다 말해주어도 차마 그를 떠나지 못했다. 그는 영웅, 천사였다. 그는 모두에게 복음을 가지고 왔다.

팡류, 그 전에는 이미 '요인'이 되었다. 재능으로 보자면 그는 이삼류 재담꾼에 불과하다. 그는 보통 찻집과 서장의 만담가가 톈진 상하이에 초청될 때, 잠시 와서 연기한다. 이 밖에 천교, 동안시장, 융복사 혹은 후궈쓰에서 노점을 한다. 그는 당회에 참가할 기회가 매우 적었다.

그러나 베이핑이 함락되자 그에게도 운이 왔다. 그의 친구 중에 하나가 신민회에 자리를 하나 얻었다. 그 친구를 통해서 방송에 나가는 기회를 잡았고, 그 친구를 통해서 어디서 공을 들여야 하는지 알았다.

"자네 빨리 사서(四書)를 외우게!"

친구가 그에게 일러주었다.

"일본인은 사서가 오래된 것이기 때문에 사서를 믿는다. 자네가 상성한 단원을 할 때마다 사서 구절을 인용하게. 일본사람이 영원히 자네를 라디오에 내보내 줄 걸세! 자네가 자주 라디오에 나오면, 자네는 곧 큰 찻집이나 서장에서 장사를 할 수 있고, 자네는 곧 큰 배역을 맡을 수 있을 거야!"

팡류는 사서를 외우기 시작했다. 그는 현재의 대학생, 중학생과 졸업 후에 공무원이 된 사람들, 심지어 교원들도 사서를 외우지 않기 때문에, 사서를 인용하는 것은 청중들의 환영을 못 받는다는 것을 알고 있었다. 그가 아는 상성 단락 속에서 사서를 이용하여 웃음을 끌어낼 수 있는 곳이 있었다. 예를 들면 '임금이 임금 같지 않은 것은 청야오잔[40], 신하가 신하답지 않은 것은 대(큰)기선이고, 아버지가 아버지답지 않은 것은 장의사다. 아들이 아들 같지 않은 것은 큰 가[41] 지다(보충: 모두 의성으로 말을 만든 것).' 관 쓴 사람 5·6이요. 장가 못 간 사람

• • •

40 당나라 장군.
41 중국어 발음 : 자.

698

6 · 7이다. 공자제자 72명 중에 결혼한 사람이 30명. 나머지 42명은 독신인 데서 나온 말 등이다. 그가 이러한 '고전'을 응용할 때마다 무대 아래에서는 노인 몇 명을 빼고 모두 멍해져서 어디가 우스운지 모른다. 다만 그는 친구의 말만 믿었다. 그는 요즈음은 일본인들의 천하이니 사서를 운용하여 장기적으로 라디오에 나가도록 고용되어 밥을 먹기 위해서는 일본인만 필요했다. 그는 사서를 기가 막히게 외웠다. 그가 읊을 때 상당히 우습고 조금도 맛이 없었다. 그러나 그에게는 청중이 눈에 들어오지 않고 일본인만 보였다. 그가 라디오에 출연할 때는 매번 '공자왈 나는 배운', '증자왈 나는 매일 세 번 생각한다.' 혹은 '부모님 계실 때는 멀리 나가지 않고 멀리 가면 가는 곳을 말씀드린다…' 일본인 들은 만족했다. 그의 밥그릇은 굳어졌다. 동시에 그는 거리 공연은 다시 나서지 않았다. 큰 찻집에서는 경쟁적으로 그를 모시려 했다. 그의 재간 때문이 아니라 일본인과의 관계 때문이었다. 동시에 복이 마음에까지 미쳐서 열심히 문예협회에도 참가했다. 참가하는 집회는 모두 그와 관계가 있었다. 그는 문화예술인이 되었다.

자선 연예회에서 그는 초대원이었다. 그는 모두가 보기에 조금도 상처를 입지 않았다. 그의 입은 말주변이 좋았다. 그는 일본인에게 아무것도 숨겨서 속이지 않았다. 그가 일본인에게 밥을 빌어먹어도, 일본인에게 혼을 팔아먹지는 않았다. 특히 샤오원 부부의 죽음은 그의 마음을 움직였다. 그가 샤오원 부부와 같이 가지 않았고 내왕도 없었지 만, 그들과 그는 예를 팔아먹고 사는 데는 마찬가지여서, 토끼가 죽으면 여우가 슬퍼하듯이 참을 수 없었다.

모두가 한마음이 되어 샤오윈 부부를 애도했다. 그들은 심지어 6호집의 동쪽방 창문에 기대서 방안을 들여다보고, 방안에 놓여 있는 의자 탁자들까지 신성시했다. 그러나 그들을 제일 흥분시킨 것은 자오디가 무대 의상을 입은 채 군경에게 끌려가고, 관샤오허와 가오이튀도 잡혀갔다는 것이었다.

그들은 다츠바오도 보았다. 그녀는 야생닭 털모자를 삐딱하게 쓰고 있었지만 닭털은 반이나 빠져 있었다. 그녀의 여우 윗도리는 소매가 반이나 젖어서 찻물을 뒤집어쓴 듯했다. 그녀는 양말 바닥이 드러나고 왼손은 "一"자로 신발을 높이 쳐들고 있었다. 그녀의 얼굴에는 분이 다 떨어져서 주근깨가 여기저기 드러났다. 그녀는 여전히 빼기고 있어서 오히려 더 가소로웠다. 그녀는 가오이튀의 부축을 받지도 않고, 자오디가 따르지도 않고, 샤오허가 스프링코트와 가죽빠오를 들고 뒤따르지도 않았다. 그녀 혼자였다. 양말 바닥이 드러나고 방금 마왕에게 쫓겨난 여괴 같이 뒤뚱뒤뚱하면서 3호에 들어갔다.

청창순이 한 짓은 고려되지 않았다. 그도 군중들 사이에 섞여서 팡류가 풀어놓는 이야기를 들었다. 다 듣고 나서 할머니에게 보고했다. 쑨치의 근시여서 가까운 것을 못 보지만 투시할 수는 있었다. 팡류의 이야기를 다 듣고 나서 그는 멀리 샤오허와 이튀가 옥중에서 일본인이 석유를 마시게 하고, 몽둥이로 맞고, 이빨이 빠지게 되는 것을 바라보았다. 그는 기분이 좋아서 창순을 청해다 한 잔 술을 마시지 않을 수 없었다. 창순은 술을 배우지 않았지만 쑨치가 아주 강권했다.

"나는 너의 축하주를 마시는 거야! 네가 감히 먹지 않겠다고 해?"

그는 마 부인에게 말했다.

"노부인, 창순이 축하주 한 잔을 마셔야 된다고 해주어요!"

"무슨 축하주야?"

마 부인은 영문을 몰라서 물었다.

쑨치는 하하하고 웃었다.

"노부인 그들은…"

그는 3호를 손가락질하면서 말을 이었다.

"모두 헌병이 수갑을 채워서 데리고 갔대요. 우리는 재빨리 우리 일을 해야 되지 않겠어요?"

마 부인은 쑨치의 말을 명백히 알아들었지만, 마음이 놓이지는 않았다.

"그들은 힘이 있으니까 양일간에 석방되지 않겠어?"

"그래도 그들은 곧 다시 우리를 속이고 욕보이지는 못하겠지!"

마 노부인은 다시는 아무 말 하지 않았다. 그녀는 마음속으로 주산을 굴렸다. 손자가 당연히 장가를 가야 한다. 조만간에 반드시 그 일을 치루어야 한다면, 이때 해버리는 것이 어떨까? 샤오추이 부인이 과부지만 세탁, 꿰매는 일도 하고 힘든 일도 할 수 있으니, 성질도 모양도 그만하면 되었지. 다시 말하면 샤오추이 부인은 이미 이 일을 알고 있으면서도 완강하게 반대하지 않고, 한마디도 하지 않아서, 그녀를 어찌 난감하게 하지 않을 것이다. 그렇지 않으면 모두 어떻게 한집에 살아간단 말인가? 방법이 없으면 사정이 되는대로 두는 것이 좋다. 그녀는 쑨치에게 고개를 끄덕였다.

이튿날 오후 샤오원의 먼 친척이 원씨 댁의 물건들을 들어내 갔다. 이 일이 모두의 불평을 샀다. 첫째, 그들은 샤오원부부의 시신을 이미 묻었는지 묻고 싶어 했다. 둘째는 누구에게 한 유언으로 물건을 날라가는지? 이러한 마음속의 말이 점점 모두의 입에서 나와서 천천히 행동으로 표현되었다. 리쓰예, 팡류, 쑤치가 약속이나 한 듯이 그 먼 친척을 막아섰다. 그는 방법이 없었다. 관재를 책임지고 사겠다는 말을 듣는 것으로 끝낼 수밖에 없었다.

그런데 샤오원의 시신을 찾을 수가 없었다. 일본인들이 이미 그들을 성 밖으로 끌고 가서 들개의 밥으로 던져 주어버렸다. 일본인들의 보복은 죽은 사람에게조차 사정이 없었다. 리쓰예는 할 말이 없어 분개하여 원씨 댁의 물건이 운반되는 것을 지켜보았다.

루이펑도 팡류가 위세를 떠는 것을 보았다. 그는 침묵을 달가워하지 않고 자기가 듣고 본 것을 모두에게 털어놓으려 했다. 그러나 치 노인이 그를 말렸다.

"너 나가지 마라! 얼굴에 넓은 푸른 자국이 있는데, 만일 정탐꾼이 보고 범인이라고 여길지 모른다. 너는 아무 소리 말고 집에 엎드려 있어!"

루이펑은 어쩔 수 없었다. 집에 쭈그리고 앉아서 그가 보고 들은 것을 모두를 집안사람, 형수랑 아이들에게 들려주고, 자기가 모험을 마다하지 않고, 최고 장면을 직접 본 영웅이고 호한이라고 떠들었다.

다츠바오는 퉁팡이 죽은 것이 기분이 좋았다. 퉁팡의 시신은 샤오원부부의 시신과 마찬가지로 성 밖에 던져졌다는 것을 알았다. 다츠바오는 퉁팡이 가장 적절한 곳으로 돌아갔다고 생각했다. 그녀는 어떤 사람도 퉁팡에게 애도를 표하는 것을 허락하지 않았다. 첫째는 원을 풀기 위해서이고, 둘째는 혐의를 피하기 위해서였다. 혹시나 일본인들이 퉁팡이 관 씨 집 사람이라고 알게 되면 무슨 보복을 당할지 모른다. 그녀는 가오디와 남녀 하인에게 절대로 밖에 나가서 샤오원 옆에서 죽은 사람이 퉁팡이라는 이야기를 해서는 안 된다고 말하고, 퉁팡이 금은 장식품을 훔쳐서 도망갔다고만 말하라고 했다. 그는 또 바이 순장에게도 그렇게 고소했다.

그는 퉁팡 일을 매듭짓고 사방으로 분주하게 다니며 자오디, 이뭐, 샤오허를 구출해내려고 애썼다.

그는 란둥양을 찾아갔다. 둥양은 일을 제대로 하지 않아 이미 질책을 받고 큰 잘못을 기록했다. 과오를 기록하고 질책을 받으면서 그는 면직과 출장을 잃는 것을 상상했다. 그는 두려워하고, 걱정하고, 누구의 살점을 물어뜯지 못하는 것을 한스러워했다! 그의 눈동자는 자주 위로 올라가는데, 영원히 떨어지지 않는 추세가 있었다. 그는 반드시 흉악범을 색출하여 공을 세워 속죄하고 여전히 인기자가 될 수 있도록 해야 한다. 다츠바오가 오는 것을 보고, 그는 좋은 생각이 났다. 좋아. 관 씨 댁을 향해 칼을 **빼자**! 퉁팡은 문제가 있기에 틀림없다. 그는 틀림없이 자오디, 이뭐, 샤오허를 씹어서 황군의 무관을 죽이려 했다고 얽어매어 견강부회했다.

다츠바오는 확실히 마음을 썼다. 자오디는 손바닥 안의 진주이고 가오이뭐는 그녀의 일종의 애인이었다. 그녀는 반드시 그들을 구해야 했다. 그녀는 샤오허가 관직이라고는 가져보지 못하고 폐물과 다름없으니 별로 중요시하지 않았다. 정말 불행히도 샤오허가 옥중에서 죽어도 크게 상심하지 않을 것이다. 아마 그가 죽으면 가오이튀와 결혼할지도 모른다! 그녀의 마음은 넓고 눈은 멀리 보았다. 한 눈으로는 항상 멀리 보았다. 그러ㅏ 지금은 자오디와 이튀를 구출하려고 뛰다가 보니 샤오허도 따라 나오게 할 수밖에 없었다.

마음은 떨떠름 했지만 둥양을 만나서 목에 힘을 주었다. 그녀는 쉽게 눈살을 찌푸리는 사람이 아니었다.

"둥양!"

그녀는 의젓하게 마음에 콩알만 한 일도 없는 것처럼 큰 소리로 말했다.

"둥양! 무슨 소식 없소?"

둥양의 얼굴에 경련이 일었다. 몸이 담뱃진 먹은 도마뱀처럼 비틀거렸다. 그는 대답을 하지 않기로 결심했다. 그의 눈은 자기의 마음을 보았다. 그의 마음은 폭약으로 바뀌었다.

둥양이 한마디도 안 하는 것을 보자 다츠바오와 뚱보 쥐쯔와 몇 마디 한담을 나눴다. 뚱보 쥐쯔의 몸은 더 비대해져서 쉽게 부딪혔다. 이 때문에 적잖은 상처를 입었다. 이렇게 무겁지 않은데도 이미 둥양과 여러 차례 성질을 부렸다. 이 때문에 일개 처장 부인으로서 쉽게 다른 사람에게 상처를 받아서, 그녀의 정신적인 손실은 육체보다 더 컸다. 그녀가 처장 부인이 된 이래 고의적이든 아니든 다츠바오를 모방하여 상당한 성적을 얻었다. 그는 거만하고 오만방자하여 안중에 사람이 없는 듯하여 도처에서 싸움을 벌였다. 그녀는 둥양의 더러움과 인색과 시도 때도 없는 성적 욕구 때문에 그를 싫어했다. 다만 그녀는 쉽게 '처장 부인'을 버릴 수 없었다. 이 때문에 그녀는 둥양과 다른 사람에게 위세를 떨어서 화를 돋우어서 마음속의 원기를 발산했다.

그녀는 다츠바오와 한담하는 것을 좋아했다. 그녀는 원래가 다츠바오의 '제자'였다. 현재는 다츠바오와 평좌할 수 있어서 으스댔다. 동시에 경험상, 나이로 보아서 선배이니 그녀는 다츠바오에게 한 걸음 양보하고 가르침을 청했다. 때로는 다츠바오가 죽어 없어지고 자기가 베이핑의 패자가 되기를 간절히 바랐지만 다츠바오의 얼굴을 보니 옛 친구를 저주하는 것을 참을 수 없었다. 그녀는 그들 두 사람이 한곳에 있으면 세력이 두 배가 될지도 모른다고 생각했다.

다츠바오는 오늘 쥐쯔와 한담할 마음이 없었다. 그녀는 분주히 움직여야했다. 뚱보 쥐쯔는 그녀를 따라 함께 나가고 싶었다. 그녀는 집에 죽치고 성질을 받아주거나 부릴 기분이 아니었다─둥양은 며칠 동안 늘 소송 때문에 골치를 썩어서 성을 내거나 못되게 굴었다. 다츠바오는 쥐쯔를 데리고 돌아다니는 것을 좋아했다. 왜냐하면, 두 개의 얼굴이 합쳐지면 당연히 효력이 두 배가 되기 때문이었다. 쥐쯔는 몸에 바른 유명한 고약이나 연고를 허겁지겁 닦아내고 다츠바오와 출정할 준비를 했다. 둥양이 쥐쯔를 말렸다. 해명도 없이 그녀가 나가는 것을 허락하지 않았다. 쥐쯔의 얼굴이 빨개져서 붉은 게같이 되었다.

"왜 그래? 무슨 일이야?"

그녀는 성이 나서 물었다.

둥양은 한마디도 하지 않고 손톱을 힘껏 물어 뜯었다. 쥐쯔가 급히 물었으나 한마디만 했다.

"나가지 마라!"

다츠바오는 알아봤다. 둥양은 쥐쯔가 배웅도 못 하게 했다. 그녀는 기분이 좋지 않았으나 저처럼 겉으로는 사근사근하게 억지로 웃었다.

"생각해보니 나 혼자 나갈 수 있어!"

쥐쯔는 얼굴을 돌리고 손님을 따라 나가려 했다. 둥양은 예의라고 부르는 것, 범절이라는 것을 모르니 솔직한 말이 튀어나왔다.

"나는 당신이 그녀와 함께 가는 것을 허락할 수 없어!"

다츠바오의 얼굴이 빨개졌다. 얼굴의 주근깨가 작은 포도처럼 붉은 색을 띠었다.

"무엇이라, 둥양. 내가 잘못한 게 있나요? 그렇게 나를 피하실 거요? 당신에게 이르건대 이 노부인은 이런 일을 참을 수 없습니다! 흥, 내 눈이 삐었지. 당신 같은 사람을 친구로 삼다니! 당신은 자오디가 나와서 무대에 등장하면 원래는 자네를 받들기 위해서였다. 배은망덕한 것! 자네 손을 벌려 헤아려 보아라. 내 밥을 몇 번 먹고, 술, 커피는 얼마나 마셨는가? 좋지 않은 말을 한다면 개에게 먹을 것을 주면 개는 나를 보고 꼬리를 친다!"

다츠바오는 원래 자기가 위대하다고 생각했지만, 남을 꾸짖을 때 써먹을 위대한 언어를 생각해내지 못하고 밥과 커피만 생각이 났다. 그녀 자신이 체통을 잃는 것이라 생각했지만, 말이 나오는 대로 욕을 해댔다.

둥양은 풍부한 상상력을 가졌다고 자신했다. 반드시 빛나고 위대한 말을 생각해내어 반격하고 싶었다. 그러나 그는 '나도 당신에게 물건을 사다 주었어!'라는 말만 생각해냈다.

"자네 사 왔다고? 좋아! 땅콩 한 봉지, 두 개의 차가운 감! 너에게 말하건대 너 같은 소인의 눈에는 보이는 게 없어. 노부인은 무엇이 물건인지 안단 말이야!"

말을 마치고 다츠바오는 핸드백을 들고 코웃음을 치면서 거들먹거리고 나갔다.

풍보 쥐쯔는 어떻게 하는 것이 좋은지 몰랐다. 나쁜 정을 두고 말하면, 둥양이 다츠바오를 그렇게 대하는 것이 기분 좋지 않았다. 그녀는 다츠바오가 둥양에 비해 훨씬 더 사람 같았고 더 사랑스러웠다. 그러나 다츠바오의 비난은 그 속에 자신 포함되어 있어서, 그녀는 둥양의 부인으로서, '왜 둥양에게 약간 더 대범하게 하도록 하지 못하고 노상 관씨 댁에 가서 얻어먹고 얻어 마셨는가?'라고 따지고 싶었다. 다츠바오가 둥양을 욕하고 있었지만, 그녀—풍보 쥐쯔—를 그 속에 연루시키고 있었다. 그녀는 부인이었다. 그녀는 한 잔의 커피 값이 피차 말다툼을 할 때는 우의니 우정이니 하는 것보다 더 중요했다. 이 때문에 그녀는 둥양과 싸우고 싶지 않았다. 그러나 그와 불화하고 싸우면 자기 위신이 깎인다. 그녀의 살찐 얼굴이 목석같이 굳어져 있었다.

둥양의 마음은 말을 숨기는데 능하고, 마음속의 진의를 말하고 싶어 하지 않았다. 그러나 부인의 위세를 피하기 위해서 약간 소식을 토로하고 싶었다.

"내가 말해줄게! 나는 그녀를 한바탕 싸울 거야. 그녀를 쓰러뜨리면, 나에게 좋은 점이 있다!"

그런 후에 그는 시적 언어를 사용하여 약간 그의 마음을 발설했다. 쥐쯔는 처음에 그의 계획에 찬동하지 않았다. 좋아. 다츠바오는 때로는 확실히 너무 오만하고 사람을 깔보기 때문에 사람을 난감하게 하다, 다만 그녀는 친구인데 어떻게 얼굴을 뒤집어 원수가 된단 말인가? 그녀는 잠시 생각하다가 마음을 결정했다. 최후에 그는 둥양의 생각에 동의했다. 좋아. 다츠바오를 타도하면 자기가 베이핑의 제일가는 여패자가 될 테니 좋은 일이 아니겠는가? 이런 혼란한 시절에 독한 마음을 먹는 것이 성공의 비결이라고 생각했다. 만약 당초에 독한 마음먹고 루이펑을 버리지 않았으면, 처장 부인이 될 수 있었겠는가? 될 수 없다! 좋아! 그녀와 다츠바오는 모두 '신시대'의 머리 있고, 얼굴 있는 사람이다. 그녀가 하필 다츠바오를 반드시 모실 필요가 있는가? 자기가 두 번째로 안락의자에 앉으면 안 되나? 그녀는 웃었다. 그녀는 둥양의 의견을 받아들여 그를 도와주기로 했다.

둥양의 푸르죽죽한 얼굴에 웃음이 떠올랐다. 부부는 붙어서 속닥거리기를 한나절이나 했다. 그들은 퉁팡이 관 씨 댁 사람이라고 고자질해서 일본인들이 의심하도록 하기로 했다. 그후에 그들에게 다방면으로 죄를 뒤집어씌우고 증거를 조작하여 다츠바오를 사지에 몰아넣었다. 그녀를 죽이지 못하더라도, 반드시 그녀가 소장 자리를 잃게 하여, 다시 눈썹을 치켜 뜨고 기세를 부리지 못하게 할 것이다.

"그렇다! 그녀를 씹어서 자리를 내놓게 해야 해. 그래야 내 자리가 안정돼. 당신은 운동하여 소장 지위를 낚아채!"

뚱보 쥐쯔의 눈이 밝아졌다. 그녀는 둥양이 그런 마음속의 계획이 있어서, 그녀를 소장이 되게 하려는 줄 생각도 못 했다! 그녀가 둥양을 알고 나서 곧장 그에게 시집을 왔기 때문에 그를 정말 좋아한 적이 없었다. 오늘 그녀는 확실히 그가 사랑스러운 사람이라고 생각했다. 그가 그녀를 처장 부인이 되게 했을 뿐만 아니라, 그녀를 소장으로 만들어주다니! 그녀는 위세가 있는 자리 외에, 뭉칫돈이 광풍에 황사처럼 날려서 자기에게로 오는 것을 보았다. 자기가 창녀 검사소 소장 1~2년만 하면 그녀의 여생은 문제가 되지 않을 것이다. 일단 그 자리만 쥐면, 그녀는 장래에 자유 여인이 되어, 란둥양이 다시 그녀의 행동에 간섭할 수 없을 것이고, 마음대로 행동할 수 있어서, 다시는 추호도 구속을 받지 않게 될 것이다. 그녀는 란둥양의 푸르죽죽한 얼굴에 입을 맞추었다. 오늘 그녀는 그를 사랑할 수 있었다. 일이 성공된 후에 다시 벌레를 밟아 죽이듯이, 그를 발로 밟을 수 있을 것이다.

그녀는 곧 제일 좋은 옷을 입고, 활동하러 나갈 준비를 했다. 그녀는 다시 게으름을 피울 수 없고, 몸에 살을 꼿꼿이 세우고 뇌물이 두둑하게 들어오는 공직을 찾아야 한다. 공직이 손에 들어오면 더 게을러져서 얼굴 씻는 것조차 그녀 대신 하녀가 손을 놀리게 하면 그게 다 그녀의 복이다.

루이쉬안은 극장 안에서 폭동이 일어나서 샤오원 부부와 퉁팡이 죽었다는 말을 들었다. 그는 퉁팡에게 죄송했다. 첸 선생이 그녀를 돌봐주라고 부탁했었다. 그러나 그는 조금도 애쓰지 않았다. 이러한 부끄럼 외에, 이 일에 대해서 어떤 감흥도 없었다. 좋아. 그는 샤오원 부부가 억울하게 죽었다는 것을 안다. 그러나 자기 아버지도 억울하게 죽지 않았던가? 그가 아버지를 위해 원수를 갚지 못한다면, 남의 억울함 때문에 분개할 필요가 뭐 있는가? 의의를 말하면 샤오원 부부는 예술가이니 죽음이 애석하다고 생각했다. 그러나 예술가가 하늘의 명을 받아, 난세에 구차하게 편안을 구하려고 반항하지도 않고, 자신을 지키지도 않는다면, 그렇게 참혹하게 죽는 것이 그들의 필연적인 숙명일 것이다.

이러한 생각들을 마음에 두고 그는 거의 이 사건이 흥분할만한 가치가 있는 일이라고 생각하지 않았다. 샤오원 부부와 통팡의 참사가 그의 마음속에서 살랑살랑 지나갔다면, 관 씨 댁 개 같은 남녀들의 만남에 대해서는 개의치 않았다. 장례를 치른 후에 마음이 안정을 되찾자 말없이 자기 일을 했다. 그는 표면상으로 불운을 순순히 받아들이는 듯이 아무 소리 없이 괴로운 나날을 보냈다. 그러나 마음속은 오히려 한시도 안정되지 않았다. 그는 부친의 참사를 잊을 수 없었다. 그래서 자기는 못난 놈이라고 생각했다. 그는 자기 생명이 완전히 쓸데가 없는 것이라고까지 생각했다. 오로지 부친의 원수를 갚는 것을 제외하고는 어떤 짓도 효를 다하는 것이라고 생각할 수 없었다. 그는 신시대 중국인이었다. 절대로 자기가 부모의 일부분이라서 부모를 위해서 자기의 생명을 버려야 한다고 생각하지 않았다. 그는 부자 관계는 생명의 연속 관계라서, 가장 합리적인 효도는 부모 세대의 성취를 이어 그것을 발전시켜 크게 빛내고, 후배 세대에게 보다 나은 정신과 물질적 유산이 되도록 하는 것이라고 알고 있었다. 생명은 연속이고 진보이고 오늘을 살아서 내일의 인류 복지로 이어지게 하는 것이다. 새로운 생명을 막을 수 없고 생명이 늙어서 죽는 것을 어쩔 수 없는 일이다. 그의 부친이 늙어서 죽거나 병사했다면 그것은 한편으로는 비통한 일이고 마음을 다하여 정신을 차리고 용감하게 내일 할 일을 책임져야 한다. 그런데 부친은 사실 일본인에 의해서 살해된 것이다. 그가 자기의 피로 부끄러움을 씻고 원수를 갚지 않으면, 자기 자손을 영원히 감옥에 빠뜨리게 되는 것과 같다. 일본인이 자기 아버지를 죽이고 자기의 자손을 죽일 수도 있다. 오늘 구차하게 살아가면 그것은 바로 자손에게 치욕을 남기는 것이다. 치욕이 연속되는 것보다 모두 죽는 것이 더 낫다.

그러나 제법 그의 흥미를 끄는 일이 하나 생겼다. 이웃들이 관 씨 댁과 원 씨 댁 일에 마음이 쏠려있을 때 1호의 두 일본인 남자들이 징용되었다. 루이쉬안에게 그것은 샤오허와 자오디가 체포된 것보다 더 의미가 있었다. 관 씨 댁 부녀가 하옥된 것은 동란시대의 일종의 필연적으로 발생하는 희극이었다. 그러나 1호집의 남자가 징용되어 포화를 받으러 가는 것은 침략자가 끊이지 않고 대량으로 희생될 필요가 있기 때문이다. 희생이란 백성의 피를 전쟁터에 뿌리는 것이다. 사병의 부상과 사망 뒤에 가정의 파괴, 생산 인력의 결핍, 원호경비의 증가가 잇따른다. 침략은 관리, 장교, 자본가에게는 편리할지 모르지만, 민중은 목숨을 걸어야 한다.

평소에 그는 두 남자를 싫어했다. 오늘은 오히려 그들이 가여웠다. 그들은 식솔들을 데리고 재산을 들고 중국에 왔다. 자기는 이역에서 죽을 것이고, 여인들은 유골단지를 들고 돌아갈 것이다. 그러나 이러한 애석함이 그의 좋은 기분을 압도하지는 못했다. 아니다. 아니야, 아니지 평시처럼 평화를 사랑하는 방식으로 그들을 애석해 할 수 없었다. 할 수 없지! 그들이 지독한 교육을 받고, 지독한 선전을 듣고, 군벌과 자본가들에게 사기를 당했을지라도, 총칼을 들고 전투에 이미 참전하여, 중국인을 살육한 이상, 그들도 역시 중국인의 원수다 총탄이란 어떻게 쏘아지든 언제나 선의일 수는 없다. 그렇다. 그들은 전장에서 죽어야 한다. 그들이 죽지 않으면 곧 중국 사람이 더 죽는다는 것을 의미한다. 그렇다. 그는 반드시 독한 마음으로 그들을 저주하여, 그들이 죽게 해야 하고, 그들의 집이 패망하게 하고, 그들과 그들의 형제, 그들의 아들 조카, 친구, 모두가 해골이 되게 해야 한다. 그들은 냄새나는 벌레이고 '생쥐', 독사라서 반드시 죽어야 한다. 그 후에 중국과 세계는 태평과 안전을 얻을 수 있다!

그는 사기 인형 같은 여자, 장난이 심했던 두 아이들이 출정가는 사람을 전송하는 것을 지켜보았다. 그들의 눈은 말라 있고, 그들의 얼굴에는 아무런 표정도 없었다. 그들의 전신은 복종과 복종에서 생기는 교만이 묻어나고 있었다. 그렇다. 그 여인들도 마땅히 죽어야 한다. 그들은 복종을 통해서 영광을 얻기 때문에 복종한다. 그들은 말없이 악독한 군신들을 향해 깊이 절을 하고, 그들의 남자들이 마음대로 죽이고, 닥치는 대로 목을 자르라고 격려한다. 루이쉬안은 그것도 아마 그 두 여인을 오해하는 것으로 생각한다. 그녀들도 일본의 교육과 문화 제도가 키워낸 인형에 불과하여, 복종하지 않을 수 없고, 참을 수밖에 없다는 것을 안다. 그녀들은 어릴 때부터 교육이라는 벙어리약을 먹었

712

기 때문에 말은 못 하고 미소만 짓는다. 그렇더라도 루이쉬안은 역시 그들을 용서해주고 싶지 않았다. 그녀들이 이러한 종류의 벙어리약을 먹었기 때문에, 그녀들은 바로 일본이라는 기계와 잘 어울리게 된다. 그들의 침묵과 복종이 미친 듯이 날뛰면서 마구 죽이는 남자들을 만들어낸다. 이러한 사실에서 보면—이것은 분명한 사실이다—그녀들은 남자의 공범자이다. 그가 남자를 용서할 수 없다면 그녀들도 쉽게 용서할 수 없는 것이다. 그것이 옳지 않다 해도 그도 생각을 바꿀 수 없다. 왜냐하면 멍스, 중스, 첸부인, 샤오추이, 샤오원 부부, 통팡과 자기의 부친이 모두 일본인의 손에 죽은 것이 분명하기 때문이다. 에둘러서 지나치게 원수를 용서하는 것은 파렴치한 것이다.

나무 아래 서서 출정하는 남자, 사기인형 같은 두 아이를 바라보았다. 그는 마음속으로 자신도 모르게 한시의 한 구절이 생각이 났다.

'한 장수가 공을 이루려면 만 사람이 해골이 된다. 강변에 나뒹구는 해골들이 가련타. 부모 없는 사람이 누가 있으며 형제 없는 사람이 어디 있는가?…'

그러나 그는 목을 빳빳이 세우고 그들을 보면서 인도적이고 숭고한 시구를 한 편으로 재껴두고 '원한, 사망, 살육, 보복' 같은 말들로 바꾸었다. '이것이 전쟁이다. 죽이지 않으면 죽임을 당한다'라고 그는 자기에게 일렀다.

1호집의 노파가 맨 나중에 나왔다. 그녀는 두 젊은이에게 깊이 허리 숙여 절을 했다. 그들이 모퉁이를 돌아가고 나서야 그녀는 허리를 폈다. 그녀는 머리를 쳐들어 루이쉬안을 보았다. 그녀는 또 머리 숙여 인사를 했다. 몸을 일으키자, 그녀는 루이쉬안을 향해서 재빨리 걸어왔다. 그녀의 걷는 모습은 일본 부인과 달랐다. 그녀는 몸을 꼿꼿이 하고 얼굴을 쳐들어 평소처럼 몸을 웅크리지 않았다. 그녀는 잠에 깨어난 것 같았다. 다리를 쭉쭉 뻗어서 둥글게 뭉쳐 있지 않았다. 그의 얼굴에는 미소까지 띠고 있어서, 두 젊은이가 떠나고 난 뒤 자유를 얻어서 마음대로 웃을 수 있게 된 듯했다.

"안녕하세요!"

그녀는 영어로 말했다.

"얘기를 좀 나눌 수 있을까요?" 그녀의 영어는 아주 유창하고 정확하여 일본인의 입에서 나오는 것 같지 않았다.

루이쉬안은 멍해졌다.

"저는 오랫동안 당신과 이야기를 하고 싶었으나 기회가 없었습니다. 오늘"

그녀가 후퉁의 출구 쪽으로 손가락질했다.

"그들은 모두 가고, 그 때문에…" 그녀의 어투와 제스처가 서양인 같았다. 특히 그녀의 손가락 놀림과 손가락으로 가리킬 때도 모두 엄지를 사용했다.

루이쉬안은 언제나 일본인은 모두가 정탐꾼이라고 생각했다. 노부인이 영어를 알고 있다는 것이 좋은 증거라고 생각했다. 이 때문에 그는 마음이 내키지 않아서 그녀를 피하고 싶었다.

노부인은 그의 속마음을 아는 듯이 아주 대범하게 웃었다.

"저를 의심하실 필요 없습니다! 저는 보통 일본인과 다릅니다. 저는 캐나다에서 태어나서, 미국에서 자랐으며, 나중에 아버지를 따라가서, 런던에서 장사를 했습니다. 저는 세계를 보아왔으므로 일본의 잘못을 압니다. 저 두 젊은이는 나의 조카이며, 그들의 장사와 자본 모두 나의 것입니다. 그러나 저는 그들의 노예입니다. 나는 아들이 없고 경영할 줄도 모릅니다. 내 청춘은 피아노치고, 무용하고, 연극 보고, 스케이트 타고, 승마하고, 수영하는 데 바쳤습니다… 나는 다만 내 돈으로 절을 팔고, 그들에게 무릎 꿇고, 차와 밥을 바칩니다!"

루이쉬안은 감히 말할 수가 없었다. 그는 일본인이 서로 다른 각종 방법으로 정탐한다는 것을 알고 있었다.

노파가 그에게 다가와 목소리를 낮추어 말했다.

"나는 전부터 당신과 이야기하고 싶었습니다. 나는 당신이 후퉁에서 최고의 인격자이고 최고의 사상을 갖추고 특출한 분으로 알고 있습니다. 나는 당신이 조심하느라고 나와 이야기하고 싶어 하지 않는다는 것을 압니다. 나는 내 마음속의 말을 누구라도 분명히 이해할 수 있는 사람에게 하고 싶을 뿐입니다. 나는 일본인입니다. 그러나 내가 일본말을 하면 영원히 내 마음속의 말을 할 수 없을 것 같습니다. 내 말은 일천 명의 일본인 중에서 겨우 한 사람 알아들을 수 있을 것입니다."

그녀의 말은 마치 미리 외우고 있었던 것처럼 아주 빨랐다.

"당신네들의 일."

그녀는 3호, 5호, 6호, 4호집을 가리키며 눈이 손가락을 따라 한 바퀴 돌았다.

"제가 모두 알고 있습니다. 우리 일본인들이 베이핑에서 저지르고 있는 모든 것을 당신도 당연히 알고 있겠지요. 나는 당신에게 한 마디 진실을 말하지요. 일본인은 반드시 망합니다! 어떤 일본인도 함부로 이 말을 못합니다. 저는—어떤 의미로 말하면—일본인이 아닙니다. 나는 내 자신의 국적 때문에 인류와 세계를 잊을 수 없습니다. 자연히 양심저으로 말하면, 그래도 그들 자신의 죄악 때문에 남에게 모두 죽임을 당하기를 바라지 않습니다. 살육과 횡포가 일본인의 죄악이지만 다른 사람이 살육으로 일본인을 벌주기를 바라지 않습니다. 당신에게 말씀드리고 싶습니다. 일본은 반드시 망합니다. 일본인에 대해서 저는 실패와 회오 때문에 그들의 총명과 노력을 모두 방향을 바꾸어 인류의 행복증진에 써주기 바랍니다. 나는 당신에게 예언을 말하는 것이 아니라 나의 판단, 나의 세계관과 일본인에 대한 인식으로부터 말하는 것입니다. 나는 당신이 하루 종일 내내 불유쾌하리라 생각합니다. 나는 당신이 낙관적이 되기를 원합니다. 걱정하지 마십시오. 비관하지 마십시오. 당신의 적은 조만간 망할 것입니다! 다른 말할 것 없이 우리 집은 이미 망했어요. 이미 두 사람은 죽고 이제 거기에 두 사람이 보태질 것이요—그들은 출정하고 그들은 멸망할 것이요! 저는 당신이 쉽게 믿지 않을 것이란 것을 압니다. 괜찮아요. 그러나 당신이 만약 고자질하면, 나도 인력거꾼처럼 목이 날아갈 거요!" 그녀는 4호 쪽으로 손가락질했다.

"제가 정신병자라고 생각하지 마시고, 제가 당신의 환심을 사고 싶어서, 당신에게 듣기 좋은 말 하는 것도 아닙니다. 아니에요, 저도 일본인이요. 영원히 일본인이요. 저는 누가 저를 특별히 이해해주기를 바라지 않습니다. 저는 그저 객관적으로 저의 판단을 말해서 제 마음의 병을 들어내고 싶을 뿐입니다. 진실을 말하지 못하면 병이 되지요! 좋습니다. 당신이 나를 의심치 않으신다면 우리 친구 됩시다. 중·일 관계를 뛰어넘어 친구가 됩시다. 당신이 그리고 싶지 않으시면 괜찮아요. 오늘 당신이 저에게 심중의 말을 할 수 있는 기회를 주셨으니, 저는 이미 감사하고 있습니다!"

말을 마치자 그녀는 루이쉬안이 무어라고 답하기도 전에 천천히 걸어가 버렸다. 그녀는 원래 자세로 돌아서 손을 소매 속에 넣고 등을 구부리고 가버렸다―한 사람의 절할 준비가 되어있는 노부인으로 돌아갔다.

루이쉬안은 한참이나 정신이 나간 듯이 어찌해야 좋을지 몰랐다. 그는 노파의 말을 믿고 싶지 않았지만 믿지 않을 수도 없었다. 어쩔 수 없는 듯이 웃음을 참을 수밖에 없었다. 그는 오랫동안 웃지 않았다.

65

설이 곧 오자 창순과 샤오추이 부인이 결혼했다. 결혼식은 아주
간단했다. 쑨치와 류펑장 부인이 함께 중매쟁이가 되고, 샤오추이 부인
이 류 부인 집에 가서 가마에 탔다. 반쯤 낡은 혼례용 가마 한 채에
고수가 4~5명이었다. 가마가 후궈쓰를 돌아서 샤오양쥐안 입구로 들어
왔다. 동방은 마 부인의 방이었다. 마 부인은 자기 짐을 샤오추이 부인
방으로 옮겼다. 옛날 예법에 의하면 재취하는 부인은 당연히 밤에 시집
으로 간다. 왜냐하면 재가는 체면이 서지 않아서 밝은 낮의 태양을
볼 수 없기 때문이었다. 시가 댁에 도착하면 화포를 한 방 터뜨린다.
문간에서 화롯불을 피워서 지나가게 한다. 화포는 전남편의 혼이 놀라
서 도망가게 하기 위한 것이고, 화로를 보충하는 것은 일체의 사나운
기운을 태워버리기 위해서였다.

마 부인의 마음대로 이러한 규칙들은 지켜야 했다. 한쪽으로는 피사를 위해서고, 한쪽으로는 개가한 과부는 가치가 없다는 것을 표시하기 위해서였다. 그러나 그녀 자신은 개가하지 않아서 떳떳했다.

그러나 현재는 야간이 반 계엄 상태라서 밤에 어떤 일을 하면 제약이 따랐다. 그래서 오랫동안 화포는 터뜨리지 못했다―일본인은 겁이 많아서 멀리서 기관총 비슷한 소리가 울려도 아주 두려워했다. 화포를 쏠 수 없어서 화로도 자연히 제외되었다. 그것은 쑨치의 생각이었다.

"마 부인, 화로도 피우지 맙시다! 하필이면 샤오추이 부인을 더 힘들게 할 필요가 있겠는가!"

이렇게 해도 샤오추이 부인은 곡을 하고 눈물을 흘리는 듯했다. 그녀는 샤오추이가 생각나고 자기의 억울함이 생각났다. 그녀는 자기 주장을 잃었다. 쑨치, 창순, 마 부인보다 더 무서운 어떤 물건이 그녀를 마음대로 조종하여, 들어오고, 데리고 가고, 성을 갈고, 남편도 바뀌게 하고, 전부를 갈아치우는 것 같았다. 그녀는 곡하는 것 외에 다른 방법이 없었다.

창순은 머릿속이 계속 윙윙거렸다. 그는 곡을 해야 하는지 웃어야 하는지 몰랐다. 그는 새 푸른색 겉옷과 치 씨 댁에서 빌려온 비단 마고자를 입고 있었다. 앉아서도 불안하고, 서서도 다리가 뻣뻣해서 왔다 갔다 서성이며 무료하기만 했다. 그의 마음속으로 계산을 해보고 있었다. 천 벌의 군복을 이미 다 넘겨주었으니, 본전과 딩웨한에게 이것저것 떼주고 나면 400여 위안은 남겠지. 그게 그의 재산 전부였다. 거기다 밥 먹을 입을 하나 보탰으니. 결혼하면 바로 다 큰 사람이다.

그는 반드시 할머니와 마누라를 먹여 살려야 한다. 별다른 좋은 얘기가 없다. 400여 위안으로 며칠을 견딜 수 있을까? 혼례는 간단히 치러도 고수와 혼례용 가마는 돈이 들지 않겠어? 자기의 큰 새 셔츠는 거저 온 거겠어? 이웃들이 축하하러 오면, 물이니 술이니 밥까지 준비해야 되잖겠어? 그게 모두 돈이 든다. 결혼했으니 그가 무얼 해서 먹고 산다? 생각이 나지 않았다. 좋아. 그는 사람 속이는 군복 만드는 일을 이어가기 위해서 고물 수집하는 것을 배웠다. 그러면 더러운 물건을 다루면서 일생을 사는 것도 괜찮지 않을까? 그는 첸 씨 댁, 치 씨 댁, 샤오추이 댁 때문에 울분을 표했으니, 모두 자동으로 도운 것이 된다. 그는 또 치루이쉬안이 그에게 희망과 충고를 해준 기억이 나고 총을 메고 출진하여 일본인을 죽이기로 결심했었지. 그런데 오늘 그는 아무렇게나 결혼해서 영원히 집에만 틀어박혀 있었다. 그는 눈살을 찌푸렸다.

축하객—리쓰예 노인, 스마, 치우리펑, 쑨치, 류 부인, 7호의 두 집—모두가 축하 인사를 하러왔다. 그는 또 미간을 놓지 않을 수 없었다. 그는 수줍음이 좀 있는데, 거드름 피우지 않고 아무렇지도 않은 척할 수도 없었다. 사람들의 덕담은 진심에서 우러나온 듯 비꼬고 조롱하는 듯해 그는 감히 받아들이지 못하고 받아들이기만 하면 기분이 좋지도 않았다. 그는 어떻게 해야 좋을지 몰라서 울며 겨자 먹기로 얼버무릴 수밖에 없었다. 그의 얼굴은 붉으락푸르락하고, 콧소리는 유난히 듣기 거북하여, 자신이 듣기에도 제 맛이 나지 않는다.

하객 중에 제일 많이 설치고 미운 녀석이 치루이펑이었다. 창순은 교육국에서 그 일 막을 절대로 잊지 못했다. 하물며 오늘은 그가 샤오추이 부인과 결혼을 했는데, 루이펑이 얼굴 들고 나타나 축하인사 하러 오리란 생각은 눈곱만큼도 하지 않았다. 루이펑은 조금도 개의치 않고 확실히 하객의 체면을 차려야 하는데도, 쫓겨날 염려가 없다는 것을 알고, 밥 잘 얻어먹고 술 한 잔 걸치러 왔다. 하물며 축출될 위험이 없으니 하객답게 구는 것이 필수다. 그는 모두에게 농담을 하고, 마음껏 신랑을 조롱하고, 얼굴 두껍게 담배 차를 요구하고, 못된 장난으로 동방을 어지럽혔다. 원래 그는 상복을 입고 있어야 하기 때문에 집안사람들이 그가 축하 인사하러 가는 것도 허락하지 않았다. 그는 어머니에게 축의금만 문밖에서 창순이나 마 노부인에게 전달하고 곧 집에 돌아오겠다고 대답했다. 그러나 그는 상복을 벗고, 몰래 빠져나가서 만면에 웃음을 띠고 마 씨 댁에 들어갔다. 그는 교제에 능한 사람으로 자부하므로, 자기가 빠져서 먹고 마실 기회를 잃으면, 마 씨 댁의 결혼식이 빛이 바랠 것 같았다. 일단 문에 들어서자 그는 곧 창순에게 농담을 늘어놓고 입이 잠시도 쉬지 않고 창순을 놀려서 창순의 얼굴이 홍당무가 되게 했다. 창순은 안면 바꾸고 욕을 실컷 해주고 싶었지만, 오늘은 다른 사람과 말다툼은 하지 않아야 한다는 것을 알고, 그를 멀리 피했다. 창순이 물러나는 것이 루이펑에게 자기의 말재주가 있다는 것을 확신시켜주어서, 오히려 조롱과 농담을 더 늘어놓게 했다. 하객들은 모두 창순이 착실하고 루이펑을 싫어하는 것을 알기 때문에, 모두가 그가 창순을 너무 핍박하여, 듣기 민망해 하지나 않을까 두려웠다. 동시에 모두가 치 노인과 루이쉬안의 얼굴을 보아, 루이펑에게 충고하려고 하지 않았다. 그리하여 모두가 약속이나 한 듯이 그를 피했다. 거기다 그가 우스운 이야기를 해도 일부러 웃지 않았다. 그들은 그러면 그가 난처한 처지에 있는 것을 알고, 물러갈 것이라고 생각했다. 그런데 누가 알았으랴. 그는 그들이 말하지 않고 웃지도 않은 것은 자기를 약간 두려워하기 때문이라고 생각하고 말이 더 많아졌다. 최후로 리쓰예기 보이 넘길 수 없어서, 그를 한쪽으로 불러서 말했다.

"둘째야, 너에게 솔직히 말하마. 나를 탓하지 마라! 농담하는 것도 분수가 있는 거야. 창순은 얼굴 가죽이 얇아. 너무 몰아세우지 말게!"

루이펑은 감히 쓰예의 말을 반박할 수 없었지만, 곧장 작별하여 술과 밥을 두고 집으로 돌아갈 수 없었다. 밥을 차리기 전에 담배를 한 대 피웠다. 그는 함부로 지껄이지는 않았지만, 담배를 빨리 피우고 나서 뻔뻔한 얼굴로 창순에게 담배 두어 갑 더 사오라고 말했다. 밥을 다 차리자 그는 거들먹거리며 상좌에 앉았다. 그는 손님 중에서 자기는 과장을 했으므로 당연히 상좌에 앉아야 한다고 생각했다. 그는 술 실력을 과시하여 단숨에 잔을 비웠다. 다른 사람은 조금씩 겸양을 부려서 남의 잔을 받았다.

"좋아, 내가 자네를 위해서 먹자!"

몇 잔 마신 후, 그의 주둥이는 닥치지 못하게 되었다. 그는 창순을 놀리기 시작하고, 샤오추이 부인이 과부라는 말까지 했다. 이런 식으로 주둥이를 놀릴 뿐 아니라 일어나서 한바탕 연설도 하려 했다. 그는 그 하객들을 무시해서, 그는 마음껏 자신의 무료함과 미움을 발산하려고 했다.

쑨치가 기분이 그렇게 좋지 않았다. 그는 중매쟁이기 때문에 당연히 상좌에 앉아야 한다고 생각했다. 리쓰예의 말 때문에 화를 참고 있었다. 그가 몇 잔을 들이킨 후에, 리쓰예의 눈치를 더 이상 보지 않고 술병을 낚아챘다.

"치과장!"

그는 일부러 그렇게 불렀다.

"우리 여섯 잔 대작하자!"

리쓰예가 손을 뻗어서 술병을 빼앗았다. 쑨치가 다시 말을 듣지 않았다.

"스따예, 간섭 말아요! 저는 치과장과 주량을 견주어 보겠어요!"

루이펑의 얼굴이 빨개졌다. 그는 쑨치가 자기를 높이 평가한다고 생각했다.

"소처럼 마시면 재미없으니, 우리 화취엔 합시다! 한 주먹에 하나, 여섯 개! 보자, 내가 6개 마시지 말라고 해도 5개는 마셔야 해, 믿거나 말거나! 자, 손 내밀어!"

"나는 화취엔 하지 않아. 너는 영웅이고 나는 호한이야. 여섯 잔 마시기 해보자고!"

쑨치는 말하면서 석 잔을 채웠다.

루이펑은 여섯 잔을 단숨에 들이키면 반드시 책상 밑으로 들어갈 수 있다는 것을 알고 있었다.

"그런데, 나 안 할래. 재미없어! 축하 술은 기분 좋게 마시는 거야! 자네가 화취엔 하지 않으려면, 가위바위보 어때?"

쑨치는 아무 소리 하지 않고 잔을 들고 일어서서, 연달아 석 잔을 마신 후에 잔을 가득 채웠다.

"마셔! 이 석 잔을 마시고 또 석 잔!"

"그래도 나는 안 마실래!"

루이펑은 헤헤하면서 웃었다. 그리고 자기는 아주 총명하여, 정취도 있다고 생각했다.

"마셔! 치 과장!"

쑨치 머리에 푸른 핏줄이 섰다. 그러나 그는 애써 진정하고 말했다.

"이것은 축하주야. 자네는 부인을 잃었잖아? 축하주 두 잔 마시고 장가 다시 가면 좋잖아!"

리쓰예가 재빨리 쑨치를 말렸다.

"자네 앉아! 다시 허튼소리 하지 마라!"

그렇게 말한 후에 루이펑에게 말했다.

"둘째, 안주 먹어! 그를 내버려두어. 취했어!"

모두가 루이펑이 반드시 소매를 털치고 나가리라 생각하고 또 그러기를 바랐다. 그가 가면 좋은 날에 티가 되겠지만, 화기애애하게 몇 잔을 마실 수 있을 것으로 생각했다.

그러나 그는 꿈쩍도 않고 미움을 사더라도 술판을 끝내야 했다. 몇 마디 듣기 어려운 말 때문에 술판을 희생할 수는 없었다.

바로 이 난감한 때에 가오이튀가 들어왔다. 창순의 입술이 떨기 시작했다.

다츠바오는 능력이 있다. 한 이틀 동안 부지런히 뛰고, 선물 보낼 데 보내고, 청탁할 데 청탁하고, 간곡하게 말할 데 충분히 간곡하게 하고, 좋게 말해야 할 데 좋게 말하여, 샤오허, 이뒤, 자오디 전부를 구출해내었다. 그들은 어떤 억울한 일도 당하지 않고 며칠 굶기만 했다. 그들의 입은 옥수수가루 떡에 맹물 마시는 데 익숙하지 않았다. 처음에는 먹으려 하지 않았다. 나중에는 어쩔 수 없이 먹었지만, 먹어도 배가 부르지 않았다. 자오디는 그 안에 며칠 있으면서 갈아입을 옷이 없어, 무대의상을 그대로 입고 있었다. 그녀는 며칠 세수도 못 하고 발도 못 씻어서 몸이 간지러웠다. 몸에 이가 자라고 있다고 생각했다. 그녀는 모든 사람에게 추파를 던지며 그녀에게 약간의 물을 주길 바라지만 끝내 효과가 없었다. 그녀는 급해서 계속 큰 소리로 울어댔다. 그녀를 가장 괴롭힌 것은 이렇게 아름다운 무대 의상을 입고 무대에 나간 것이 아니라, 감옥에 들어온 것이었다. 그녀는 모던걸이 아니라 옥단춘과 또 우아 가 감옥에 갇혀있는 꼴이었다. 그녀는 그녀의 남자친구가 그녀를 찾아와서 만나고 그녀를 구해주길 바랐다. 그러나 그들은 아무도 오지 않았다. 그녀는 실망과 환상 때문에, 어떤 협객이나 성모님이 밤중에 나타나서, 그녀를 업고 나가기를 간절히 기원했다. 그녀는 허다한 영화의 장면에 나오는 고사를 생각해내고 그런 고사들이 실현되어 그녀를 감옥에서 탈출시켜줄 수 있기 바랐다.

　샤오허는 정말 무서워했다. 그가 극장 무대 뒤에서 나온 이래 그는 말을 하지 않았다. 그가 평소에 관심을 가지지 않았던 첸 선생과 샤오추이가 눈앞에 나타났다. 자기도 머리가 달아나지 않을까? 그는 진심으로 옥황상제, 여조, 관부자, 왕모에게 기도했다. 그는 이러한 몇 분의 신과 신선이 자기를 보호하여, 단칼에 목이 달아나는 고통을 받게하지는 않으실 것이라 믿었다. 축축한 작은 감방에 앉아 그는 자신의 과거를 반성했다. 그는 자신의 잘못을 찾아낼 수 없었다. 그는 낮은 목소리로 옥황상제께 말했다.

"선물해야 할 것은 내가 빠뜨리지 않고, 대접해야 할 것은 영원히 최고의 술, 담배, 치를 사용합니다. 나는 사람을 대하는 것이 틀리지 않았다! 부인에게, 첩에게, 나는 좋은 남편이고, 딸에게, 나는 좋은 아버지이고, 친구에게, 나는 가장 의리를 중시하고, 마지막으로, 일본인에 대한 나 숭배와 아첨, 하늘은 왜 아직도 나를 이렇게 대합니까?"

그는 간곡히 기도하여 매우 억울함을 느꼈다. 기도하면 할수록 그는 더욱 당황하게 된다. 왜냐하면 그는 어떤 신선이 가장 세력이 크고 영험한지를 모르기 때문이다. 만일 기도가 틀리면, 정말 큰일이다!

그는 죽음과 형벌을 두려워했다. 그는 밤에 졸기만 할 뿐 편히 잘 수 없었다. 어디서 무슨 소리가 나든 그는 깜짝 놀라 누군가가 그를 납치해 참수하려고 하는 줄 알았다. 그는 죽을 수 없었다, 그는 아직 일본 사람 밑에서 관직을 얻지 못했기 때문에 죽는 것은 너무 억울하다고 스스로에게 말했다.

가장 큰 고통을 당한 사람은 가오이뭐였다. 아편 중독자이면서 아편을 피울 수 없었기 때문이었다. 체포된 후 두세 시간 동안 그는 이미 버티지 못하고 콧물이 얼마나 흘러 하품조차 할 수 없었다. 그는 아무 생각도 하지 못하고 머리만 축 늘어뜨리고 죽음을 기다렸다.

다츠바오가 그들을 맞으러 왔다. 자오디는 어머니를 보자 우는소리를 했다. 샤오허는 눈물을 흘렸다. 그는 고의로 흥흥거리면서 자기 신분을 높였다.

"소장! 이건 그야말로 구사일생으로 살아난 거야!"

그는 마음속으로 한 편의 수난기를 편집하여, 만나는 사람에게 들려주고, 자기는 감옥을 거쳐 왔으니, 영웅이고 호한과 다름없다고 말할 것이다. 가오이탸는 두 사람에 의해 실려 나왔는데, 그는 이미 진흙탕처럼 되었다.

집에 돌아오자 자오디는 목욕부터 했다. 다 씻고 나자 그녀는 한꺼번에 5~6덩어리 띰섬을 먹어치웠다. 다 먹자 가슴을 만지면서 가오디에게 말했다.

"됐어, 이번에 나는 나를 제대로 보았어! 지금부터 나는 다시 창극을 하지도 않고, 스케이트도 타지 않을 거야! 제기랄, 다시 시비에 말려들면 죽어도 감옥에는 안 갈 거야!"

그녀는 가오디와 어떻게 모자를 짜는지 배우기 시작하려 했다

"언니가 나에게 가르쳐주어! 지금부터는 다시 말썽부리지 않을 거야!"

그녀는 '언니' 아주 정답게 불렀다. 정말 자기를 개조하려는 듯했다. 그러나 한 시간 못 되어 앉아있지를 못했다.

"엄마! 우리 마작 8판만 하자. 평생 마작을 해본 적이 없는 것 같다!"

샤오허는 잠을 자고 싶었다.

"둘째야. 내가 한숨 자고 나서 너하고 8판 돌리자. 기다려. 죽다가 살아났으니, 우리 한바탕 경축하자꾸나. 소장 우리 양고기 샤부샤부 해먹도록 합시다!"

다츠바오는 대답하지 않고 거만하게 소파에 앉아 담배를 피우고 있었다. 담배를 다 피우고 나서 입을 열었다.

"흥! 너희 전부가 억울한 것 같구나. 나 아니었으면 너희들 나올 수 있었겠어? 그래도 원망하겠어? 내 다리는 너희 때문에 훌쭉해져버렸다. 너희는 한 마디도 고맙다는 말을 하지 않니?"

"정말이구나!"

샤오허가 재빨리 말을 이었다.

"소장이 아니었으면 우리 모두는 적어도 반달은 갇혀 있었을 것이다! 나를 때릴 필요가 없이 반달만 갇혀 있었으면, 나는 틀림없이 죽었을 것이다! 감옥에 가는 것. 장난이 아니야!"

"흥, 당신 이제 깨달았군!"

다츠바오는 며칠 동안 분주한 노고와 억울함을 샤오허로부터 배상을 받으려 했다.

"평일에 당신은 고양이를 건드려 개를 놀리듯 했다. 첩에게 빠져 있다가 감옥에 들어가니 마누라 생각이 났어. 요놈 자식!"

"아야!"

자오디는 갑자기 물었다.

"퉁팡은?"

샤오허도 물으려 했다. 그러나 입을 열려다가 곧 다물었다.

"그녀는?"

다츠바오는 냉소를 했다.

"죽었어!"

"뭐라고?"

샤오허는 이제 피곤하지 않게 되었다. 그는 마음이 동했다.

"죽었어?"

자오디도 마음이 동했다.

"그녀, 원뤄샤, 샤오원, 모두 폭사했어! 내가 너와 자오디, 샤오허에게 확실히 말할게. 퉁팡이 죽었기 때문에 우리의 생활이 다시 제대로 될 거야. 너희, 내 말 들어. 나는 마음을 굳게 먹고, 아침 일찍부터 늦게까지 너희를 위해서 노심초사했다. 너희는 내가 살아있고, 내 말만 들으면 편안하게 살아갈 수 있다. 너희가 내 말을 듣지 않고 너희 마음대로 한다면, 너희가 어느 날 감옥 속에서 죽더라도 나를 원망하지 마라!"

샤오허는 그녀의 일장 연설을 듣지 않았다. 의자에 앉아서 얼굴을 감싸고 낮은 소리로 곡을 했다.

자오디도 눈물을 흘렸다.

그들의 울음이 다츠바오의 화를 돋웠다.

"그만해! 누가 감히 그 더러운 년을 다시 울게 할 수 있는지 보자! 울어? 그녀는 벌써 죽어 마땅하지! 내가 또 너희들에게 말하는데, 누구도 밖에 나가서 말하지 마라, 그녀는 우리 집 사람인 것! 다행히도 신문에는 그녀의 이름이 언급되어 있지 않았어. 나는 이미 그녀가 금을 훔쳐 몰래 도망갔다고 신고했어. 들었어? 모두 다 같은 말을 해야 해. 나가서 함부로 말하지 말고, 이러쿵저러쿵 자신의 뺨을 때리도록 할 수 있어!"

샤오허는 천천히 얼굴에서 손을 떼고, 눈물을 삼키며 다츠바오에게 말했다.

"그건 안 돼!"

그의 말소리가 떨렸지만 아주 단호했다.

"안 된다고? 뭐가 안 되는 거요?"

다츠바오가 몸을 꼿꼿이 세우고 물었다.

"그녀는 좋든 싫든 우리 집 사람이야. 뭐라고 말하든 너는 그녀를 제대로 보내줄 거야. 그녀는 나와 여러 해를 함께 살았잖아!"

샤오허는 전쟁을 선포했다. 퉁팡은 자기의 첩이다. 그는 죽은 고양이나 개를 버리듯이 함부로 그녀를 버릴 수는 없다. 이 집에서 어떤 사람이라도 퉁팡을 대신할 수 없다. 그녀가 죽자 그녀에게 돈을 훔쳐 도망갔다고 죄를 뒤집어씌울 수는 없다. 죽으면 다시 살아날 수 없다. 정말이다. 다만 그녀에게 반드시 좋은 관을 사주고, 상당하게 체면을 세워서 그녀를 매장할 것이다. 그런 정도도 못하면 그는 얼굴 들고 살아갈 수 없다. 그녀와 가오디는 다르다. 그녀 자매가 불행히 죽는다면 그나 혹은 누구라도 마음 아파하지 않겠나. 그녀들은 여자들이다. 죽지 않아도 곧 출가할 것이다. 퉁팡은 첩이다. 영원히 자기 첩이다. 그녀는 죽을 수 없다. 다시 말하면 백발이 한 가닥 나면 뽑아버려도 그는 천천히 늙어갈 것이다. 그는 아마도 다시 첩을 들일 기회가 없을 것이다. 그녀는 가오디 자매와 다르다. 만약 그들 자매가 불행하게 한 명 죽었다면, 그가 이렇게 슬퍼하지 않았을 것이다. 그들은 딸이니 죽지 않더라도 조만간 시집갈 것이다. 퉁팡은 그의 첩이고 영원히 그의 것이다, 그녀는 죽을 수 없다. 게다가, 그는 천천히 늙어갑니다. 아마 또 다른 여자와 결혼할 기회가 없을 것이다. 그렇게 퉁팡이 죽고 나자, 그는 영원히 처량하게 나날을 보낼 것이다. 마음 알아주는 사람 없고 다츠바오에게 화풀이나 당할 수밖에 없다! 안 돼, 무슨 소리를 해도 안 돼. 그는 그녀를 제대로 보내줘야 해. 그는 다른 방식으로 그녀에게 보답할 수 없다. 그저 좋은 관재나 사고 두어 번 독경이나 해주고 좋은 수의나 입혀주는 것이 그가 그녀의 망령을 위로해줄 수 있는 유일한 방법이다. 이런 일조차 해주지 못하면 다시 살아갈 염치가 없다!

다츠바오가 일어섰다. 눈에 불이 번쩍했다. 입에서 천둥소리가 났다.

"당신 어쩌려고? 말해! 고의로 생트집을 잡을 텐가? 좋아, 우리 한번 해보자!"

관샤오허는 전쟁을 맞이하기로 마음을 먹었다. 그는 일어서서 큰소리를 쳤다.

"내가 당신에게 말하는데 그런 식으로 통팡을 대접해서 안 돼! 안 된다! 때리고 욕하고 죽자사자 당신하고 붙어보자! 당신 말해봐!"

다츠바오의 손이 떨리기 시작했다. 샤오허가 분명히 반역했다! 그녀는 참을 수 없다! 이번에 물러서면 그가 대담해져서 창녀와 놀아날 것이다.

"당신 감히 나에게 눈을 부라려! 그럴 수 있어? 나는 마음을 다하고 눈이 멀 정도로 애써서 당신을 구출해냈다! 감옥에서 죽었으면 훨씬 깨끗한데!"

"좋아 나를 욕해. 욕하라고!"

샤오허는 이를 갈았다.

"당신 욕해도 나는 안 죽어. 나는 통팡을 위해서 장례를 치를 거야!

누구도 나를 막지 마라!"

"내가 당신을 막을 거야!"

다츠바오가 가슴을 치면서 말했다.

"엄마!"

자오디는 어머니를 보아 넘길 수 없었다.

"엄마, 퉁팡은 이미 죽었는데, 굳이 그녀를 미워할 필요가 있나?"

"오우! 너도 그 년 편드니? 우리 집 밥 먹고 다른 놈과 통하던 배반한 년! 여기서 당신 할 말 있어? 너는 무대의상 입고 잡혀 들어갔는데, 그래도 돈 많은 집 처녀인 척하려고? 정말 체면이 서네! 알아. 너희는 내 밥 먹고, 내 돈으로 마시고, 말썽을 일으켜서, 나에게 구해달라고, 그리고도 내 화를 돋워? 화가 나서 죽겠구만. 내 죽거든 마음대로 하라고. 이 늙고 체면 차릴 필요 없는 년이라고, 첩들이고 싶어 하는 당신, 딸년과 결탁하여 사통하고 싶어 해! 너희는 좋아. 나만 인간이 아니네!"

다츠바오는 자기 뺨을 때렸다. 아프지는 않을지 모르지만, 상당히 소리가 크게 울렸다.

"좋아, 내가 말을 못 하게 하시는군요. 나는 나가서 마음대로 돌아다녀도 되지요?"

자오디는 자신을 일신하겠다는 생각을 버리고, 미친 듯이 설치고 싶었다. 말을 하면서 나가려 했다.

"너 돌아와!"

다츠바오는 발을 동동 굴렀다.

"아빠, 안녕!"

자오디는 밖으로 나갔다.

자오디를 말릴 수 없다는 것을 알자, 다츠바오는 더 성이 나서 샤오허 쪽으로 몸을 돌렸다.

"당신 뭐야?"

"나? 시신을 찾으러 갈 거야!"

"당신도 같이 가라! 그년의 시신은 이미 들개가 먹어치웠어! 가라 가! 당신이 그래도 나가면, 다시 저 문으로 들어오게 하는가 봐라!"

그때 이뤄는 안에서 6~7모금 아편을 깊이 빨아들였다. 그는 원래 한숨 잘 생각이었다. 그런데 밖에서 부부싸움이 격렬해지자 겨우 일어나서 억지로 나왔다. 주렴을 걷어 올리자, 그는 사정이 만만치 않다는 것을 알았다. 샤오허 부부가 탁자를 가운데 두고, 마주 서서 눈을 부릅뜨고, 장닭 두 마리가 싸우듯이 대치하고 있었다. 이뤄는 머리를 두 사람 중간에 끼워 넣었다.

"연세 드신 두 분, 할 말 있으면 천천히 하세요! 앉으세요! 무슨 일입니까?"

다츠바오가 앉았다. 갑자기 눈물이 흘러내렸다. 그녀는 억울했다. 퉁팡이 죽어 없어지기를 바라다가, 이제 겨우 바라는 대로 죽었으니, 샤오허와 일없이 편안하게 살려 했는데, 샤오허가 마침내 눈을 부라리고 감히 공공연하게 자기를 배반하고, 상심시킬 줄 누가 알았으랴.

샤오허가 일어섰다. 그는 그녀와 전투를 치르기로 결심했다. 끝까지 해보기로 결심했다. 그의 눈에는 불이 타올랐다. 그러나 마음속으로는 약간 겁이 났다. 자기가 무엇 때문에 이렇게 화를 내는지 몰랐다.

다츠바오는 이튀에게 분명히 설명을 했다. 이튀는 먼저 샤오허를 부축하여 의자에 앉힌 후에 말했다.

"소장님 생각이 옳아요! 이런 일은 절대로 소문내서는 안 돼요. 우리 모두가 하옥되어 심문을 받았지만, 다행히 파탄에 이르지 않았으며, 게다가 소장님이 분주하여 우리기 편안히 나을 수 있었어요. 절대로 작은 일이라 생각하지 마세요! 일이 잘못되었으면 우리의 머리가 달아났을 거요! 퉁팡과 우리는 같지 않아요. 그녀는 왜 거기에서 죽었어요? 아무도 몰라요! 제기랄, 만일 일본인이 따지면, 그녀가 우리와 한가족이라는 것을 알게 되었다면, 우리가 살 수 있을 것 같아요? 생각해 보세요. 살아났는데 도리어 죽으러 들어가지 맙시다. 저는 언제나 진실을 말할 따름이요!"

관 씨 부부는 말을 잃었다. 한참 말이 없다가 샤오허가 일어나서 나가려 했다.

"뭐 하시려고?"

이튀가 물었다.

"나갈 거야. 잠시 후에 돌아올 거야!"

샤오허의 노기가 머리에 찬 바람 맞을까봐 모자를 찾는 것을 방해하지 않았다.

다츠바오는 깊이 한숨을 쉬었다. 이튀는 따라 나가려고 했는데 다츠바오가 그를 말렸다.

"그를 내버려 두어요. 그는 간땡이가 작아요. 그는 고의로 우리를 화나게 하는 거요!"

이튀는 뜨거운 차 한 사발 들이키고 띰섬 몇 개를 먹고, 마음에 있는 말을 했다.

"소장! 아마 나의 미신인지도 모르지만, 나는 사정이 크게 좋은 것은 아닌 것 같소!"

"왜?"

다츠바오는 성질을 부렸다. 그러나 이튀에게 부리지 않았다. 그래서 이튀에게 상당히 부드럽게 말했다.

"우리의 지위, 명예에도 불구하고, 한 이틀 감옥에 있었던 것은 그렇게 잘 된 일이 아니에요! "

그는 팔짱을 끼고 눈을 먼 곳으로 향했다.

"뭐라고?"

다츠바오가 물었다.

"임금 모시는 것은 호랑이와 같이 있는 것과 같지요! 사람들이 안면을 몰수하게 되고, 공신은 자기 머리를 지키지 못하지요!"

"음! 생각이 맞아!"

"내가 보기에 우리 여관을 빨리 세워서 돈을 마련해야 해요. 뿌리만 든든하면 우리가 무엇이 겁나겠어요. 남이 우리를 못살게 굴려고 해도, 우리는 전처럼 관직에 있으니 괜찮고, 남이 우리를 못살게 굴지 않으면, 우리는 열심히 장사만 하면 된다오. 소장 보시기에 어때요?"

다츠바오가 고개를 끄덕였다.

"샤오추이 부인이 우리의 꾀임에 넘어올 생각을 했는지, 한번 가서 안색을 살펴보아야겠네요!"

"좋아!"

"일을 온전하게 하려면, 내가 여관을 할 준비를 정말 서둘러야겠어요. 내년 봄이면 곧 개업할 수 있을 거요. 개업하면 장사가 절대로 안 될 리가 없어요. 아편, 도박, 창녀, 춤을 한 집에 모은다. 역시 볼만한 창업이요! 장업이지! 상사가 살 뇌년 매일 돈을 긁어모은다. 그러면 우리가 무엇을 두려워하겠소!"

다츠바오가 또 머리를 끄덕였다.

"소장님, 저에게 먼저 자본을 좀 지출해 주시겠어요? 만약 형편이 되신다면. 지금 무엇을 사든지 현금으로 해야 합니다, 그렇지 않으면 우리는 입만 열면 다 갖추게 될 것인데."

"얼마나 필요해요?"

이튀는 생각해보는 척했다.

"그래도 일단 십만 팔만 정도는 가져가야 하지 않을까요? 일단 처음에 너무 많이 주지 마라, 만일 뜻밖의 사고가 생기면 내가 감당 못해! 절친은 절친이고, 재물은 재물입니다!"

"먼저 8만 가지고 갈래?"

다츠바오는 가오이튀를 믿었지만 그래도 조심할 수밖에 없었다. 그녀는 그에게 돈을 안 줄 수 없었다. 그녀는 간이 작아서 너무 소심한 사람은 아니었다. 그리고 가오이튀는 그녀의 공신이었다. 암창만 해도, 버는 돈이 8만 훨씬 넘었다. 공신에 대해서는 방심하면 안 된다. 공신에게 마음이 놓이지 않는 것은 분명히 큰 사업을 해서 큰돈을 벌 수 있는 도리와 기개가 아니다. 그래도 그녀는 감히 한번에 10만, 20만을 줄 수 없었다. 그녀는 대범한 가운데서도 조심을 기울여야 한다. 그녀는 그에게 수표 한 장을 주었다.

이뤄는 수표를 잘 챙겨 넣고 4호를 찾아갔다.

쑨치는 술을 마시다가 들어오는 것이 이뤄라는 것을 분명히 알아보고는 화가 엄청 났다. 이뤄는 원래 입이 강하고 주먹이 약했다. 말싸움은 벌려도 치고 받기는 잘하지 못하는 사람이었다. 그러나 오늘은 손을 쓰려고 했다. 그는 술을 한 잔 걸쳤고, 자기가 중매쟁이고, 거기다, 이뤄는 작은 닭새끼같이 여읜 아편쟁이였으니, 더 생각할 게 없이 주먹을 한 방 이뤄에게 날리고 싶었다.

리쓰예가 쑨치를 말렸다.

"기다려, 그가 무슨 말을 하는지 보자!"

이뤄는 창순과 마 부인에게 축하인사를 했다. 그러고는 리쓰예에게로 다가가서 귓속에 대고 소곤거렸다.

"모두 마음 놓아요! 아무 일 없어요! 나는 여러분들의 친구요. 나는 다시 그녀를 위해서 욕 들어 먹을 짓 하지 않을 거요! 안 그래요?"

그는 호주머니를 뒤적여서 그 작은 공책을 꺼냈다.

"모두들 보십시오!"

그는 그 공책을 두서너 번 찢더니 땅바닥에 팽개쳤다. 그러고는 모두를 향해서 웃고, 술 한 잔을 당겨 들더니 단숨에 꿀꺽 마셔버렸다.

"창순, 흰머리 파뿌리 될 때까지 잘 살아라! 더 이상 나를 미워하지 마라, 나는 단지 심부름꾼일 뿐이다. 나쁜 마음씨, 나는 조금도 없어! 모두 앉으세요! 다시 봅시다!"

말을 마치자 긴 소매를 떨치고 거들먹거리며 나갔다.

그는 첸먼 거리로 나가서, 시자오민샹에서 수표를 현금으로 바꾼 후에 역으로 나가서 톈진 가는 이등표를 샀다. 그는 자신에게 말했다.

"톈진에서 며칠 놀다가, 난징으로 가서 약초나 팔면 되지! 베이핑은 계속 있으면 안 되겠디!"

66

관샤오허는 도시벌레라서 쉽게 성 밖에 나가려 들지 않았다. 성내에서 성루를 보면 안심이 되지만, 성 밖에서 보면 곧 약간의 두려움이 생겨 거대한 성문이 자기를 밖에 두고 닫혀버릴까 두려웠다. 성안의 흙색은 검은색인데 성밖의 황토를 보면 망연자실해진다. 성안의 공기는 따뜻하고 분 냄새에 기름에 튀긴 요우티아오(기름에 튀긴 과자) 냄새가 섞인 더러운 냄새가 나는데, 성 밖의 청량한 공기는 그의 감각과 폐를 못 견디게 하고 권태롭게 했다. 그는 온실의 꽃이라서 진짜 햇빛과 비와 이슬을 견딜 수 없었다.

오늘 그는 뜻밖에도 평칙문을 나섰다. 성내에서 굶어 죽고 얼어 죽은 시체는 순경이 짐차로 성 밖에 실어다 쓰레기 버리듯이 던져버린다는 말을 들었다. 성 밖에서 퉁팡의 시신을 찾고 싶었다. 불행히도 들개가 다 먹어 치워버렸으면, 그녀의 뼈 한 조각이나 머리 한 줌이라도 찾을 수 있으면 좋았다. 정말 어떻게라도 성을 나가 시체가 있을 만한 곳을 찾아보기라도 해야 한다.

성문을 보자 그의 몸에서 진땀이 났다. 그는 시끌벅적한 거리를 떠나서 넓고, 사람이라고는 없는 곳으로 들어갔다. 어쩔지 몰라서 천천히 걸음을 옮겼다. 안 돼. 그래도 돌아서서는 안 돼. 그는 마음을 다잡았다. 작은 소리로 퉁팡을 불러대었다.

"퉁팡! 퉁팡! 나를 지켜줘! 나는 너를 찾으려고 모험을 하고 있는 거야!"

성문 문동 안으로 들어가자 그는 감히 눈을 뜰 수가 없었다. 그는 극장이나 영화관에서 비단옷을 입고, 분을 바른 사람들이 가까이에 오고 가는 것에 익숙했다. 여기는 자동차, 똥차, 구루마, 노새가 끄는 수레, 각양각색의 남루한 사람, 등에 광주리를 지고 어깨에 멜대로 짐을 메고, 돼지 내장을 든 사람들이 모두 한곳으로 모여든다. 누구나 빨리 가려고 하지만 빨리 갈 수 없다. 그는 감히 눈을 뜨고 볼 수 없어 코를 막았다.

한참이나 떠밀리다시피 해서 성 밖으로 빠져나왔다. 성 밖에 나오자 이치대로 말하면 그는 통쾌해져야 한다. 그러나 그는 더 무서워졌다. 그는 조롱 안의 새처럼 사는 데 익숙해져서인지, 광활한 대지를 보자, 오히려 어떻게 하면 좋을지 몰랐다. 그는 애써서 앞으로 나아갔다. 그는 해자를 보고 성벽으로 눈길을 돌렸다. 그는 마치 미로를 걷는 어린애처럼 어느 방향으로든 감히 걸음을 떼놓을 수 없었다. 그는 오랫동안 서서 앞으로 갈지 뒤로 갈지 결정을 못 했다. 그는 거의 퉁팡을 잊어버렸다. 어떤 소리가 자기를 부르고 있다고 생각했다.

"돌아와! 성중으로 돌아와!"

성중은 성중이다. 성중에 자기 집도 있고, 자기의 모든 것이 거기에 있다. 그는 응당 과일 껍질 혹은 닭 창자처럼 큰 쓰레기더미—도시—에서 썩고 있다고 생각했다. 도시 문화의 화충이라서, 거기서만 뜨거워지고, 냄새를 풍길 수 있고, 위장 안에서 영양을 만들어내어 생활할 수 있다. 한 가닥 바람, 냉기에도 견딜 수 없었다. 광활하고 적막한 곳이 바로 자기의 무덤이었다.

그는 돌아가야 한다, 비록 퉁팡이 그가 사랑하는 사람일지라도, 그녀 때문에 자신이 이 무서운 곳에서 고생할 수는 없다. 게다가, 그는 이미 위험을 무릅쓰고 성을 나갔다. 마음이 신에게로 가니, 퉁팡이 만약 영이 있다면, 반드시 그를 이해할 것이다, 그에게 감사하고 용서할 것이다! 퉁팡의 뼈나 머리카락 한 조각을 찾아낸들 어떠하겠느냐고 생각했다. 그것은 소설과 희곡 속의 치정에 지나지 않으며, 실제로는 아무런 쓸모가 없다. 그는 총명해서 어리석은 일을 안 하려고 한다. 더군다나 가장 중요한 일은 아마도 그가 벼슬을 가야 하는 것이다. 벼슬이 되면 퉁팡에게 경전을 읽어주고, 그녀에게 매우 체면이 서는 의관총을 수리해 줄 것이다. 벼슬이 되면 다시 다츠바오의 성질을 견뎌낼 필요도 없다. 게다가 벼슬이 되면 다시 장가를 가거나 첩을 두어 몇 명 얻을 수 있다. 아니다. 그러면 퉁팡에게 면목이 없다! 그래도 사람은 반드시 관운에 따라 자기를 발전시켜야 한다. 만약 정말 벼슬을 한다면, 그때 반드시 다시 첩을 맞이해야 한다면, 아마 퉁팡도 그를 용서할 것이다. 이 생각들을 똑똑히 하고 나니 그의 마음이 많이 편안해졌다. 됐어, 집에 가자! 집에 돌아온 후, 그는 더 이상 부인과 화를 내지 않겠다. 처세할 때, 그는 자신에게 현실을 고려해야 하며, 너무 치정직이고 허황되어서는 안 된다고 말했다.

그는 돌아가기 시작했다. 막 가려는데 그의 팔이 누군가에게 붙잡혔다. 그는 깜짝 놀랐다. 갑자기 그는 강도가 생각났다. 여기는 성밖이고, 성밖은 들판이라, 낮에도 약탈하는 사람이 있을 것이다. 그는 살며시 옆을 살폈고, 살려달라고 소리칠까, 아니면 순순히 지갑을 넘겨줄까 생각했다. 지갑을 내놓는 것은 큰 소실이지만, 지갑보다 목숨이 더 소중하다.

그는 잘 봤다. 옆에는 합죽하고 수염이 헝클어진 노인이 있다. 노인이 입고 있는 옷은 매우 볼품없다. 샤오허는 곧 용감해졌다. 그는 가난한 사람을 깔보고 싫어한다. 가난한 사람에게 그는 조금도 사양하지 않는다. 그는 그의 손을 잡아 내리쳤다. 더럽고 냄새나는 벌레를 때리는 것 같았다.

"돈을 원하느냐, 입을 열어라! 손찌검이 무슨 일인가? 당신이 나이 좀 든 것을 고려하지 않으면 뺨을 두 대 때리겠다!"

"자네는 이미 나를 때렸지!"

노인이 재빨리 앞으로 나서서 얼굴을 마주했다.

샤오허는 그제야 분명히 앞에 있는 사람이 첸모인 선생이라는 것을 알았다.

"오우! 첸 선생!"

그는 굉장히 친근하게 소리 질렀다. 그는 자기가 첸 시안을 팔아먹었다는 것을 잊었다. 그는 첸 선생은 이미 죽은 것으로 알고 있었다. 첸 선생이 아직 죽지 않았으면, 거지 같이 씻은 듯이 가난해졌다고 생각했다. 그는 이웃 정리상 보통 거지를 상대하듯 해서는 안 된다고 생각했다. 그는 노인에게 몇 푼 집어주고, 자기 자선심이 크고 두텁다는 것을 보이고 싶었다.

"자네는 이미 나를 때렸지!"

첸 선생의 맑은 눈동자가 샤오허의 얼굴을 뚫어져라 바라보았다.

"내가 당신을 때렸다고?"

샤오허는 놀라서 물었다. 그는 노인이 병 때문에 머리가 이상해졌다고 생각했다. 그는 재빨리 호주머니를 뒤져서 지폐를 찾았으나 대개가 1원짜리여서 그것을 내려놓았다. 그는 노인에게 1위안을 주고 싶지 않았다. 그는 자선심이 컸으나, 선심은 한도가 있어야 한다고 생각했다. 그는 더 뒤지다가 두 개의 5분짜리 일본인이 만든 것으로 아주 작은 각이 있는 동전을 집었다. 두 개의 각 있는 동전은 1모 보다 조금 가치가 덜한 것이었다. 그러나 남에게 돈을 주기에 적당한 액수였다. 그는 그것을 꺼내었다.

"선생, 받고 가시오! 다음 번엔 안 됩니다!"

첸 선생은 적선하는 돈을 안 받았다.

"자네 잊었구나! 자네가 나를 때리지 않았어? 일본인을 시켜서 날 때리게 했지! 너는 나의 원수야! 생각나나?"

샤오허는 생각이 났다. 그의 얼굴이 백지장같이 되었다.

"나와 같이 가세!"

노인은 결연히 말했다.

"어디로 가시게요?"

샤오허는 침을 삼켰다.

"저는 바쁩니다. 빨리 성으로 들어가야 해요!"

"헛소리 집어치워. 가자!"

샤오허는 놀란 닭같은 눈을 하고 사방을 두리번거렸다. 도망가거나 살려달라고 소리칠 준비를 했다.

"가자!"

노인은 오른손을 면윗도리 안에 집어넣었다. 안에서 '기구'가 있는 것처럼 덜커덕거렸다.

"너 한마디만 더 하면 쏘아버리겠어."

샤오허의 입술이 떨리기 시작했다. 사실은 노인의 몸에 무기가 없었다. 그러나 샤오허는 총 같은 것을 보았다고 생각했다. 그가 당초에 어떤 모함을 해서 일본헌병을 데리고 가서 체포하게 했는지 생각이 났다. 그들 둘은 원수지간이었다. 원수라면 당연히 총을 휴대하리라 생각했다. 그의 무릎은 힘이 빠지고 후들거리다 무릎을 꿇었다. 총, 원수, 성밖이 한군데에 모여 그를 죽게 할 것이라고 생각했다.

"첸 선생!"

그는 떨면서 애원했다.

744

"용서해주세요! 저는 몰랐습니다. 당신을 해치려고 하지 않았습니다! 대인은 소인의 잘못을 용서해 주세요. 이번에 저를 용서하시면 다시는 그러지 않겠습니다. 당신이 돈이 없으면 제가 드리겠습니다! 저는 당신을 나의 부친으로 생각하고 영원히 효도를 다하겠습니다!"

"따라와!"

첸 선생은 손으로 그를 한 번 쳤다.

샤오허의 눈에서는 눈물이 돌기 시작했다. 그는 후회하고 심지어 퉁팡까지 욕을 했다. 그녀 때문에 그가 '사형장'에까지 왔다. 그의 다리는 움직일 수 없어 땅에 꽂히는 듯했다. 첸 선생은 그의 팔을 잡고 그를 끌고 갔다. 샤오허는 감히 머리를 들고 먼 산을, 무서운 산을 보기 두려웠다. 그는 영원히 성에 들어갈 수 없고, 그의 혼이 성 밖에 붙잡혀서 영원히 높은 산과 들 사이를 떠돌아다니리라는 것을 알고 있었다. 그는 무서워서 감히 팔을 뿌리치고 도망갈 수 없었다. 그는 총알이 뛰는 것보다 빠르다는 것을 알고 있었다. 그가 할 수 있는 것이라고는 비는 것뿐이었다. 그러나 입술이 떨리기만 할 뿐 말이 나오지 않았다.

그들이 치톈유가 몸을 던진 강가를 지날 때, 첸 선생은 샤오허에게 손가락질하면서 말했다.

"톈유가 여기서 죽었다!"

거기에는 추운 날씨로 꽁꽁 얼어버린 얼음뿐 아무것도 없었다. 샤오허는 감히 볼 수 없어서 고개를 돌렸다. 톈유가 죽었을 때 아무 느낌도 없어서 치 씨 댁에 가서 조문하지도 않았다. 톈유가 소상인이니 죽었든 살았든 그와는 아무 관계도 없다고 생각했다. 지금은 그의 마음이 움직였다. 그는 10분 이내에 아마도 톈유가 지하에서 자기의 이웃이 되리라고 생각했다.

다시 앞으로 나아가서 루이펑이 모자를 쓴 사람의 머리를 본 곳을 지나갔다. 모자는 없어지고 사람 머리도 보이지 않았다. 보이는 것이라고는 여기저기 뒹구는 해골뿐이었다. 그들 앞으로 더 나아갔다. 샤오허는 견디기 힘들어졌다. 그는 한 마디만 묻고 싶었다. '도대체 어디로 가십니까?' 그러나 감히 입을 열지 못했다. 그는 감히 말하지 못했다. '날 괴롭히지 마라. 네 살을 발라내는 것쯤이야 간단하다!' 그는 감히 입을 열지 못할 뿐만 아니라, 감히 눈을 뜨고 사방을 둘러볼 수조차 없었다. 그는 자기를 죽여도 소용없으니, 이런 곳에서 하루 종일 걷다가 나에게 겁을 주어 죽일 것이라고 생각했다. 그는 여기와 성안 사이에는 작은 하천과 두꺼운 성벽만 있다는 것을 안다. 성벽 안은 안전한 베이핑 성이고 중안시장이 있고 탕후루와 샤부샤부 양고기가 있다!

소나무 숲을 지나 서남쪽으로 갔다. 일리쯤 가자 아무렇게나 흩어져 있는 묘지가 있는 곳에 이르렀다. 작은 무덤들 속에 두 개의 새로운 무덤이 있었다. 그것들은 무덤이라기보다 흙더미 같았으며, 위에는 깨어진 기왓장 조각이 몇 장 덮여있을 뿐이었다.

첸 선생이 멈춰 섰다.

샤오허의 입술이 퍼지기 시작했다. 코는 숨쉬기를 멈추지 않았다.

"첸 선생님, 당신은 정말 저를 쏘아 죽일 겁니까? 저는 평생 나쁜 짓을 한 적이 없습니다! 저는 교제를 좋아하고 먹고 입는 것을 귀하게 생각했지, 나쁜 마음은 없습니다! 당신 정말 나를 용서해줄 수 없소? 첸 선생! 첸 아저씨!"

"무릎 꿇어!"

첸 선생은 명령했다.

힘들지 않게 샤오허는 묘 앞에 꿇었다. 손으로 마치 총알을 막는 것처럼 뒤통수를 가렸다.

그가 꿇어앉기를 기다린 첸 선생이 돌아서 그의 앞에 이르러 가만히 말했다.

"이것이 퉁팡의 묘야, 저것은 샤오원 부부의 것이야. 내가 그들의 시신을 강변을 따라 운반하여 여기 묻었네. 너는 잘못한 것이 없다고 했지? 저 두 무덤을 봐라. 나라가 망해도 너는 부끄러운 줄 모르고, 오히려 기분이 좋아 흥청거렸지. 너의 딸을 무대에 내세워 창을 시키기 위해 샤오원 부부를 공연히 희생시켰지. 네가 잘못을 저지르지 않았다고 했지? 퉁팡에 이르러, 그녀는 간도 크고 용기도 있고 식견도 있었는데 너는 노리개로 삼았지. 그녀는 일본인을 원망하고 네가 일본인과 결탁하는 것을 원망했다. 너희 일가가 염치가 있었더라면, 그녀가 모험하려 하지 않았을 것이다. 그녀는 너희를 원망했다. 너희는 그녀를 속이고 모욕을 주고 그녀를 마치 고양이나 개새끼 보듯이 혹은 개새끼보다 더 못하게 가지고 놀았지. 그녀는 너희를 원망했다. 그녀는 너희 피를 못 마시고, 너의 가죽을 못 벗긴 것이 한이었다. 그녀가 너를 가장 가까운 사람으로 여겼지만, 사실상 너는 조금도 그녀를 이해해주지 못했다. 너는 무료하고, 무치하여 너의 눈 너의 마음은 영원히 먹고,

마시고, 입는 것과 관리가 되어 돈 버는 데만 빠져 있었다. 너는 너의 부인, 너의 딸을 방종케 하여 마음대로 허튼짓을 하게 했다. 너는 그러면서 나쁜 짓 한 것이 없다고 말해?"

노선생은 잠시 숨을 돌리고 목소리를 높였다.

"그들에게 절을 해라! 해! 그들은 네가 그들에게 절하는 것을 반드시 알지 못할 것이지만, 알면서도 그들은 그것을 받아들일 가치가 없어. 그들에게 절하라고 한 것은, 네가 죄인이고 매국노이며 파렴치한 개자식이라는 것을 좀 깨닫게 하기 위해서이다."

샤오허는 정신없이 머리를 몇 번 조아렸다.

"내 다리를 봐라! 네가 일본인을 시켜 때려 상처를 입힌 것이다! 그리고도 너는 감히 잘못한 것이 없고, 나쁜 마음이 없다고 말해? 이것도 봐라."

노인은 웃옷을 들어서 등을 보여 주었다.

"머리 들고 봐라! 이 하나하나의 흉터와 상처가 모두 너와 관계가 있다! 이들은 영원히 내 등에 남아 있다. 날씨가 변할 때는 언제나 쑤시고 결려서 내가 원수 갚는 것을 잊지 말라고 말해준다. 이 상처들이 나에게 일본인과 네가 내 원수라고 말해준다!" 노인은 웃옷을 여몄다.

"네 죄를 알겠나?"

"알겠습니다! 알겠습니다! 살려주세요!"

샤오허는 두어 번 머리를 조아렸다.

"나에게 상처를 입힌 것은 작은 문제다. 너에게 묻겠다. 너는 도대체 중국인인가? 아니면 일본인인가? 이것이 큰 문제다!"

"중국인! 저는 중국인입니다!"

"오우! 너도 중국인인 것을 알고 있구나. 그런데 일본인이 중국의 성을 점령하고 있는데, 어째서 너는 기분이 좋은가? 왜 너는 마치 일본인들이 네 부친이기라도 한 것처럼, 갖은 수단을 다해 그들과 결탁을 하는가?"

"저는 못된 놈입니다!"

"너는 못된 놈으로 끝나는 것이 아니다. 너는 교육도 받고 총명하기도 하고 50여 세나 먹었잖아! 일개 무지한 어린애도 일본인이라면 이를 가는데, 너는 일부러 모른 척하고 고의로 모른 척해. 너는 염치도 없는 한간이야! 나는 나쁜 놈쯤은 용서할 수 있으나, 너 같은 한간은 용서할 수 없어!"

"앞으로는 절대로 그러지 않겠습니다!"

"절대로 그러지 않겠다고? 내가 너에게 절대로 그러지 않겠는지 묻고 있어. 분명히 자기 나라를 사랑하고, 원수를 원망하겠는가? 너는 응당 샤오추이가 아무 이유 없이 목이 달아난 것을 분명히 보았을 것인데. 텐유가 강으로 뛰어든 것을 보지 못했는가? 지금은 너는 퉁팡과 샤오원 부부가 여기에 묻혀있는 것을 보지 못했는가? 일본인이 우리 국민 천만인을 죽이고 퉁팡도 죽였어. 다른 사람에게 관심이 없어도, 그녀에게는 관심이 있지? 일본인이 퉁팡을 죽일 수 있으면, 너도 죽일 수 있다는 것을 알아, 몰라?"

"압니다! 압니다!"

"그러면 너는 어떻게 할 것인가?"

"당신이 저를 놓아주면 개과천선하겠습니다!"

"어떻게 개과하지?"

"저도 일본인을 원망하겠습니다!"

"어떻게 원망하지?"

샤오허는 내답을 못 했다.

"네가 말하지 못하는구나! 너의 마음속에는 시비도 없고, 선악도 없어. 다만 너 자신밖에 없어! 너는 무엇이 사랑이고, 무엇이 증오인지 모르지. 내가 너에게 이르노니 너는 인간의 마음을 가져야 해. 첫째, 가서 너의 마누라가 함부로 허튼짓 못하게 해라. 그녀가 말을 듣지 않거든 죽여버려라! 그녀는 너보다 죄가 크다. 그녀를 죽이면 너의 죄가 약간은 속죄가 되겠어! 알아들었어?"

샤오허는 말이 없었다.

"말해!"

"나는 그녀가 무서워요!"

첸 선생은 웃음이 났다.

"너는 용기가 없구만!"

"당신이 나를 놓아주면, 집에 돌아가 그녀에게 권해보겠습니다!"

"그녀가 너의 말을 듣지 않으면?"

"나는 어쩔 수 없어요!"

"네가 베이핑을 탈출하여 국가를 위해서 작은 일이라도 하겠는가?"

"나는 베이핑을 떠날 수 없어요! 나는 간이 작아요!"

첸 선생은 '하하' 하고 웃었다.

"너의 심술, 죄악을 보면 마땅히 너를 죽여야 한다! 내가 너를 죽이는 것은 더러운 벌레를 잡아 비트는 것보다 더 쉽다! 기억해 둬라! 나는 언제라도 너의 목을 비틀 수 있다는 것을! 너의 용기와 골대가리를 보면 너는 죽일 가치도 없는 놈이다! 나는 너의 피로 내 손을 더럽히고 싶지 않다! 나와 너는 원수지간이다. 영원히 해결되지 않으리라. 네가 마음을 다잡고 인간답게 국가에 부끄럽지 않은 일을 하는 수밖에 없다. 일어나! 오늘 너를 놓아준다! 내일, 모레, 네가 개과하지 않으면, 내가 다시 너와 계산을 끝낼 것이다! 내 말 알아들었어?"

샤오허는 시키는 대로 일어섰다. 일어서자 그는 성벽을 보았다. 그는 단번에 팔을 벌려 성벽을 뛰어넘어, 성벽 너머로 가지 못하는 것이 한이 되었다.

"꺼져!"

첸 선생은 그를 확 밀쳤다.

샤오허는 꿇어앉아 있어서 무릎이 약간 마비되어 몇 번 넘어졌다. 그는 무릎을 주무르더니 놀라서 허둥지둥 성내로 뛰어갔다. 첸 선생은 샤오허의 뒷모습을 보더니 긴 한숨을 쉬었다. 머리를 숙이고 두 묘를 보고 말했다.

"죄송합니다. 여러분. 내 마음이 너무 물러터졌지요! 퉁팡! 원선생! 뤄샤! 여러분 편안히 주무세요! 좋은 소식이 있으면 반드시 여러분에게 전하리다!"

말을 마치자 그는 무릎을 꿇었다. 그러고는 묘등에 몇 개의 깨어진 와편과 전편을 얹었다.

샤오허는 성문을 보자, 급히 옷의 먼지를 털었다. 그는 다시 살아났다. 베이핑성을 보자 자기의 체면과 자태를 다시 찾았다. 자동차 운전수에게 눈짓을 하자 즉시 차가 와서 올라탔다. 성에 들어와 대로를 보니 아주 기분이 좋았다! 그는 첸 선생의 말을 잊어버리고, 한 마디도 기억하지 못했다. 그는 마음속으로 두 가지 사건을 면밀히 검토했다. 그는 퉁팡의 시신을 찾으러 성밖에 나간 것을 후회했다. 둘째로 앞으로는 절대 혼자서 성밖에 나가지 않기로 맹세했다. 첸 선생에 대해서는 어떤 방법도 생각이 나지 않아 두고 보기로 했다. 어느 날 첸 노인네가 내 손에 잡히면 절대로 가만두지 않겠다. 시쓰파이러우에서 차를 세워서 과일점에 들어가서 마르멜로 두 캔과 구운 은행을 조금 샀다. 그가 집에 돌아가면 반드시 죽옆청주 한 병에, 담백한 배추심과 몇 개 은행을 버무려 넣은 원포탕이 있어야 한다. 이런 물건들을 사고 나서 양품점에 가서 일제 화장품을 아내에게 주려고 준비했다. 지금부터 절대로 다시 부인의 기분을 상하게 하지 않을 것이었다. 제기랄 그녀와 사이가 틀어지면 어떻게 또 성 밖에서의 일이 일어나지 않겠나? 자기 잘못으로 화가 닥친다! 정말 그렇다. '아내를 죽여라. 아내에게 충고하라.' 같은 말, 너무 웃겼다!

웃으면서 집으로 돌아왔다.

67

샤오허는 집 대문을 보자, 목말라 죽어가던 사람이 우물을 본 듯했다. 성밖의 광경을 생각하고 집안의 따뜻함과 안전함을 생각하자, 고함을 칠 뻔했다.

"나 돌아왔소!"

그때가 오후 4시쯤 되었을 때라, 시산에 지는 해가 이장 사무실 나무 간판에 붉은빛을 비추어서, 마치 방금 페인트칠을 한 것 같았다. 그는 나무 간판을 향해 고개를 끄덕였다. 성 밖에서는 묘 앞에서 무릎을 꿇고, 남이 마음대로 퍼붓는 욕설을 들었다. 여기서는 그가 가장이고, 이장이어서 명령하면 곧 시행이 될 터이다. 그는 기분이 좋았다. 그는 가만히 문을 밀었다.

문간에 들어서자, 다섯 척 떨어진 곳에 있는 이상한 덩어리가 그의 눈에 들어왔다. 그 덩어리가 끙 하고 소리를 내뱉고 나서야, 그것이 무엇인지 분명히 알게 되었다. 그게 물건이 아니라 사람이었다. 남도 아니고 자기 큰딸 가오디였다! 그녀는 쓰러져서 두 손을 잇길리게 묶여진 채 남벽락 밑에 웅크리고 있었다.

"무슨 일이야?"

그는 손에 힘이 빠지면서 마르멜로 두 캔을 떨어뜨렸다.

"무슨 일이야?"

가오디는 몸을 꿈틀거렸다. 머리를 쳐들고, 두 눈을 부릅뜨고, 코로 소리를 냈다. 그녀의 입이 틀어 막혀 있었다.

"이게 무슨 일이야?"

그는 한편으로 말하면서 들고 있는 두 개의 캔을 가만히 놓았다.

가오디의 눈이 튀어나올 듯했다. 그녀는 몸을 비틀며 애써서 머리를 끄덕였다.

샤오허는 그녀의 입에 들어있는 물건을 꺼냈다. 그녀는 길게 숨을 쉬더니 몇 번이나 게웠다.

"무슨 일이야?"

"빨리 묶은 끈이나 풀어줘요."

그녀는 화를 냈다.

샤오허는 소매를 걷어 올리고 자기가 민첩하다는 것을 보이고 싶어 했지만, 오히려 더 굼뜨게 줄을 풀고 있었다. 끈이 꼭 매어져 있어서 자기 손톱이 다칠까 두려워 한참이나 긁었지만 아무 효과도 없었다.

754

"칼로 해요!"

가오디는 마음이 급해서 울려고 했다.

그는 몸에 작은 칼을 지니고 있었다. 칼을 꺼내어 천천히 끈을 잘랐다.

"좀 **빨리**해요! 내 팔이 떨어져 나가는 것 같아요!"

"서둘지 마라! 서둘지 마라! 나는 네 살이 다칠까 조심하고 있지!"

그는 끈을 끊으려고 애썼다. 가오디는 아버지 대신 힘을 써서, 코에서 흥흥거리는 소리를 냈다.

겨우 끈을 끊자 샤오허는 숨을 몰아쉬며 머리의 땀을 닦았다. 그는 확실히 땀을 흘렸다. 그는 손도 꼼짝하기 싫어하는 게으른 사람이라서, 힘을 조금 쓰자 땀이 나왔다.

가오디는 양손을 팔에다 비벼서 끈이 닳아서 끊어지게 했다. 이 때문에 마비가 되어 아픈 줄 몰랐다. 한참 팔을 비빈 후에 벌떡 일어서려 했다. 그녀의 발은 아직 마비되어 제대로 서지 못하고 주저앉았다가 머리가 벽에 부딪혔다.

"좀 잡아줘요!"

샤오허가 재빨리 부축해주었다. 그들은 천천히 마당으로 들어갔다.

북쪽 방문은 문이 열려있었다. 샤오허는 한눈에 방 안을 볼 수 있었다. 탁자는 기울어지거나 넘어져 있었다. 자기가 바닥에 널브러져 있었다. 화병과 가래침받이는 한 곳에 처박혀 있었다. 지진이 한차례 지나간 것 같았다. 그는 가오디를 놓고 방안으로 뛰어들어갔다. 그가 가장 아끼던 소파가 칼로 찌르고, 베어져 입을 쩍 벌리고 있었다. 그의 발이 굳어지고 입은 크게 벌려 다물지 못했다. 이것은 10~20년에 걸쳐서 심혈을 기울여 만든 보루가 돌연히 쓰레기 더미가 되어버렸다는 의미다. 그의 눈에 줄줄이 눈물이 흘러내렸다.

가오디는 문지방을 짚고 다리를 움직이면서 말했다.

"우리는 보복을 낭했어요!"

"뭐라?"

샤오허가 물었다. 이렇게 말하자, 그의 다리가 움직일 수 있었다. 그는 바닥에 있는 물건에 걸려 넘어지면서 침실에 들어갔다. 침대 위에는 그의 수놓은 이불이랑 거위털 베개도 보이지 않았다. 바깥채와 마찬가지로 목기도 어지럽게 널브러져 있었다.

"이게 무슨 일인가?"

그는 미친 듯이 울부짖었다.

가오디는 절뚝거리며 안으로 들어왔다.

"우리는 보복을 당했어요!"

"말해봐! 이게 무슨 일인지 말해봐! 왜 보복당했다는 거야? 내가 왜 보복당해? 나는 이치에 맞지 않는 짓을 한 적이 없다!"

"아빠!"

가오디는 넘어져 있는 작은 의자에 앉았다.

"아버지는 첸 아저씨를 모함했어요. 아버지는 어머니가 마음대로 남의 부녀를 꾀어 기녀가 되게 하고, 기녀의 돈을 사취하는 것을 방임했어요. 아버지는 또 자오디가 남자를 가지고 놀게 하고, 남자는 마음대로 그녀를 가지고 놀게 했어요. 아버지는 어머니가 마음대로 퉁팡을 속이고 욕하도록 놓아두었어요. 아버지는 하루 종일 먹고, 마시고, 불량배와 개 같은 친구를 사귀며, 그 돈이 어디에서 오는지 묻지 않았어요!"

"내가 너에게 무슨 일이냐고 물었다. 너보고 나를 교육하라고 하지 않았다!"

샤오허는 발을 굴렀다.

"아버지는 일본인을 보배로 생각하고, 그들이 우리를 죽이지 않고 우리 땅을 빼앗지 않은 것 같이, 그들과 결탁하고 그들에게 아첨했어요."

"네가 나를 숨 막혀 죽이려고 그래? 내가 너에게 물었지. 이게 무슨 일이냐고!"

"그래요, 제가 말씀드리지요! 일본인이 그랬어요!"

"뭐라?"

그는 자신의 귀를 의심했다.

"일본인이 했다고요!"

그녀는 다시 말했다. 두 번째 더 분명하게 말했다.

그는 자기 귀를 의심할 수밖에 없었다. 그러나 마음속으로는 그럴 리 없다고 생각했다. 다리가 후들거려 서 있을 수 없어 땅에 주저앉아 손으로 얼굴을 감쌌다. '그럴 수 없어!' 그의 마음은 말했다. '일본인일 리가 없어! 일본인 쪽에서 말하면, 그들은 자기 부인에게 관직도 주고 지위, 돈, 권력도 주었다. 자오디에게 남의 입에 오르내리는 영예도 주었다. 자기 쪽에서 말하면 그는 일본인에게 의리를 다했다. 그는 그들에게 방도 얻어주고, 일본인에게 세놓아주고, 일본 어린애에게도

자상하게 대했다. 일본 군인에 대해서는 멀리서도 국궁하고 그것도
몇 번이나 허리를 깊이 숙였다. 일본인을 미워하는 중국인은 보고하려
고 했다. 일본인이 발기한 행진과 협회는 언제나 열심히 참가했다.
일본인이 알고 싶어 하는 중국어에 대해서는 자기가 솔선하여 자기
입술과 혀의 수고를 아끼지 않았다. 일본 관원에 대해서는 알든 모르든
모두에게 예물을 보내려 했다…' 여기까지 생각하자 그는 말을 꺼냈다.

"그럴 리 없어! 일본인일 수 없다! 나는 일본인에게 결례한 적 없다!
가오디, 너 정말이니!"

"나는 한 마디도 거짓말하지 않았어요!"

"정말 일본인이 왔다면…"

"어머니가 점심을 먹고 사무실에 나가고 난 뒤였어요."

가오디의 팔목이 아프기 시작했다. 그녀는 아픔을 참고 있었다. 어찌
하든지 부친에게 분명히 하려고 애썼다.

"자오디가 돌아오지 않아서, 집에는 나 혼자 있었습니다."

"하인들은?"

"그들은 어머니가 집에 있으면 기구와 같지. 어머니가 나가면 그들은
곧 휴가야! 그들은 어머니를 무서워하지만 좋아하지 않아요!"

"너도 어머니를 사랑하지 않는 것 같구나!"

샤오허는 일어나서 침대에 걸터앉았다.

"엄마의 행위, 심술이, 내가 엄마를 사랑하지 못하게 해!"

가오디는 의자를 가까이로 당겼다.

"좋아, 어머니를 좋아하든 싫어하든 제쳐놓고 말해봐. 이게 무슨

일이야!"

"두 시 반이 지났을 때쯤 모두 10명이 왔어요. 그중 두 명이 일본인이었어요. 일단 대문에 들어서자 한마디도 하지 않고 물건들을 들어내었어요."

"물건을 들어내?"

"아버지 보셨지요? 어머니의 상자가 어디로 갔지요?"

가오디는 손가락으로 상자가 있던 곳을 가리켰다.

샤오허가 그곳을 보았지만, 아무것도 없었다. 상자는 물론 장신구를 담은 상자도 사라졌다.그의 손이 떨리기 시작했다.

"이 방과 퉁팡의 방 그리고 내 방안의 상자와 고리짝도 깡그리 가져갔어요! 나는 급해서 그들에게 물어보려고 했지요. 그들은 나를 밧줄로 묶었어요. 내가 소리 지르려고 하자 내 입을 틀어막았어요. 나는 눈을 부릅뜨고 그들이 밖으로 운반하는 것을 보았지요. 그들은 틀림없이 짐차를 후퉁 입구에 세워두고 있는 것 같았어요. 물건을 들고 나르는 사람은 모두 중국인이었어요. 두 명의 일본인은 대체로 선택하는 일만 하고 운반에는 관여하지 않았어요. 때로는 집에는 그 두 명과 나밖에 남지 않았어요. 나는 그 두 놈이 나에게 무례하게 굴면 머리를 벽에 처박고 죽기로 마음먹었지요! 내가 머리 박고 죽기로 한 것은 한 편으로는 나의 순결을 지키기 위해서이고, 또 한편으로는 어머니의 죄를 속죄하기 위해서였지요—그녀가 얼마나 많은 여인을 해쳤지요? 그녀의 딸은 마땅히 죽어야 한다고 생각해요! 그러나 그들은 나를 찾으러 오지 않았어요. 아니면 아마도 물건 운반하는데 정신이 빠져 있었을 거요. 운반하면서 그들이 술을 찾아냈지요. 나는 밖으로 도망치기 시작했지요. 나는 그들이 술을 마시면, 틀림없이 나를 가만두지 않을 것이라고 생각했어요. 나는 문간까지 도망가자 더 이상 방법이 없었어요. 아무리 힘을 써도 문간을 넘어갈 수 없었어요. 그들이 술을 다 마시자 물선을 십어 넌지기 시삭했어요. 나는 방안에서 펑펑하는 소리를 들었어요. 물건을 다 집어 던지자 그들은 나갔어요. 나는 문간에서 담장 아래까지 가보고, 그들이 나가고 문을 잠갔지요. 우리는 보복을 당한 것이지요. 우리는 돈 몇 푼 얻으려고, 결탁하고, 접대하고, 아첨했지요. 지금은 우리가 원금까지 배상했습니다. 심지어 의복과 이불까지 싹 털어갔어요."

샤오허는 다 듣고 나자 반나절이나 아무 말이 없었다. 한참이나 멍청하게 있더니 낮은 소리로 말했다.

"가오디, 그 두 명의 일본인이 정말 일본인이었니? 너는 어떻게 그들이 분장한 가짜 일본인이 아니라는 것을 아느냐?"

가오디는 참을 수 없었다.

"그래요! 그들은 가짜요! 일본인은 모두 아버지 친척, 친구이니까 절대로 아버지를 다치게 할 리 없다는 것이지요?"

"화내지 마라! 화내지 마! 나와 일본인의 관계를 두고 보면 그들이 절대로 이렇게 무례하게 굴리 없어!"

"그들은 언제나 아버지에게 예의 바르게 했었나요? 그래서 아버지의 성을 침범하고, 아버지의 땅을 빼앗고, 아버지의 나라를 훔쳤어요?"

"성내지 마라, 성내면 일을 망쳐. 나에게 수가 있다. 너는 먼저

760

네 방을 정리해. 나는 네 어머니를 찾으러 갈게. 그녀가 일본의 요인을 만나면, 곧 물건들을 찾아올 거야! 네가 수습을 하고, 하인이 돌아오길 기다려서, 그들이 너를 도울 수 있도록 해."

"그들은 돌아오지 않을 거예요!"

"뭐라?"

"일본인이 가고 난 후 그들이 돌아왔습니다. 그들은 물건을 들고 손에 잡히는 대로 우리 물건을 집어 들고 모두 갔어요."

"모두 나쁜 놈들이구나!"

"아무도 우리의 생활을 중요시하지 않아, 그들은 절대로 나쁜 놈들이 아니에요!"

"말하지 마라! 내가 네 엄마를 찾으러 갈 거야!"

샤오허가 방문을 채 나가기 전에 자오디가 들어왔다.

"아빠! 아빠!"

그녀는 허둥지둥하다 바닥의 물건에 걸려 넘어질 뻔했다.

"왜 그래? 또 무슨 일이야?"

"엄마, 엄마 잡혀갔어!"

자오디는 말을 마치자 땅바닥에 주저앉았다.

"네 엄마가…?"

샤오허는 말이 나오지 않았다.

"내가 엄마에게 돈을 타려고 찾아갔더니, 마침 엄마가 묶여 끌려 나왔다!"

"묶여…?"

샤오허의 눈에 눈물이 줄줄이 흘러내렸다.

"우리는 끝장이구나! 끝장이야! 내가 뭐 잘못한 것이 있나? 내가 이러한 응보를 받다니? 재산을 다 뺏기고, 너희 어머니가 잘못되면, 남은 우리 셋이 어떻게 살아가냐?"

두 부녀 모두 입을 다물었다.

한참이나 멍청하게 있다가 자오디가 일어나서 말했다.

"아빠! 어머니 찾아보세요! 엄마가 끝장나면, 우리 모두 끝장이요. 생각하기 무서워. 정말 예쁜 옷이 없고, 머리를 한 달 동안 파마를 하지 않으면, 나 어떻게 살아가나?"

샤오허의 사고방식은 자오디와 같았다. 그는 소장부인이 없으면, 모든 것이 없어진다. 그는 즉시 그를 구출하기 위해 애써야 한다. 그러나 그는 간땡이가 작아서, 자기가 쫓아다니다, 자기도 말려들까 두려웠다. 그는 다츠바오의 남편이지만, 다츠바오가 진범이라면, 일본인은 자기까지 생각하고 있지 않을까? 그는 계속 손을 비볐으나, 아무 생각도 나지 않았다.

"가자!"

자오디는 가슴을 펴고 말했다.

"갑시다! 제가 아버지와 갈게요!"

"어디로 가지?"

샤오허는 고개를 숙이고 물었다.

"일본인을 찾아갑시다!"

"어느 일본인을 찾아가지?"

샤오허는 심장이 칼이 꽂히는 아픔을 느끼는 것 같았다. 평일에는 모든 일본인이 자기의 친구라고 생각했다. 오늘 그는 일본인을 한 사람도 모른다는 것을 분명히 알았다.

자오디는 머리를 갸우뚱거리며 잠시 생각했다.

"있어요! 우리 먼저 1호집에 가서 그 할머니를 만나봅시다! 쓸모가 있든 없든 그 사람은 일본인이요!"

샤오허는 즉시 얼굴이 밝아졌다. '맞아!' 그의 마음은 말하고 있었다. '그녀가 일본인이라면 어떤 일본인도 중국인보다 강하다!' 그러나 그는 자오디에게 물었다.

"우리가 예물을 안 들고 갈 수 있겠어? 빈손으로 가면 계면쩍어서 어떻게 해?"

가오디는 냉소했다.

"너 왜 웃니?"

자오디의 아름다운 눈이 약간의 노기를 띠고 있었다.

"평소에 아빠는 아무것도 신경 쓰지 않잖아! 지금, 엄마는 다른 사람에게 잡아 갔는데, 아빠는 우스운 꼴을 보이네! 우리 모두 굶어 죽을 수 있도록 엄마가 감옥에서 죽기를 바라는 거지?"

가오디가 일어섰다.

"두 분은 어머니만 보고, 어머니의 죄악은 보지 않는구려! 나는 절대로 어머니가 죽기를 바라지 않아. 그녀는 내 어머니야! 그러나 나는 절대로 그녀가 나의 어머니이기 때문에 그녀의 행위 모두가 옳다고 생각하지 않아! 내 생각대로라면 우리는 먼저 어머니의 죄를 깨끗이 인정하고, 우리 모두가 자신을 새롭게 한 후에, 어머니와 함께 죄를 속죄해야 해요. 어머니가 나올 수 있으면 더 좋아요. 나올 수 없다 해도 우리는 어머니 죄 때문에 굶어 죽을 지경에 이르지는 않을 거에요. 나는 능력은 없지만, 작은 일자리를 찾아, 깨끗하게 벌어서 밥을 먹을 거에요. 아버지는 폐물이 아니에요, 관리가 되겠다는 생각만 하시 않으면 아버지도 작은 일을 찾을 수 있어요. 능력껏 밥을 벌어먹는다면, 다른 사람의 부녀를 창녀가 되게 하는 것보다 체면이 선다. 우리가 잘못을 고치려 하는 것이 속죄가 된다고 보지 않는다. 우리가 잘못을 고치려 하지 않으면 우리는 반드시 죽는다."

"음…"

가오디는 입을 삐죽거렸다.

"나는 절대 일을 할 수 없어! 나는 어머니에게 달라고 하는 것밖에 몰라!"

"가오디!"

샤오허는 따뜻하게 불렀다.

"네 말이 옳다! 우리만 믿고, 작은 일을 찾아 아무렇게나 산다면, 남들의 웃음을 살 거야! 우리의 주단 의복이 거친 베옷으로 바뀌고, 우리의 술과 밥을 투박한 밀가루 떡으로 바꾸라고? 우리가 남을 볼 수 있겠어?"

그는 큰딸에게로 몸을 돌렸다.

"가오디, 너는 줄곧 우리와 일치하지 않더니, 지금까지 큰 재난이 임박했는데도 여전히 이렇구나! 좋아, 집 좀 봐, 나랑 가오디가 같이 나갈게, 됐지?"

가오디도 말하고 싶었으나 한숨만 쉬었다.

가오디는 입술을 붉게 칠하고 얼굴에 분을 바르기 시작했다. 화장을 마치자 샤오허를 끌고 밖으로 나갔다. 1호집 문에 이르자 샤오허는 공손하게 다리를 가지런히 하고, 문이 열리는 것에 대비하여, 허리를 깊이 숙였다. 가오디가 문을 두드렸다.

노파가 문을 열었다. 문밖의 사람이 누군지를 알아보자 문을 닫아걸었다.

관 씨 부녀는 기가 막혔다.

"일이 심해! 심해!"

샤오허는 가오디에게 말했다.

"봤지? 네 어머니 큰일 났어. 일이 나자마자 사람들이 바로 우리를 거들떠보지도 않잖아! 이, 이걸 어쩌지?"

가오디가 성을 냈다.

"아버지는 집으로 가세요. 저는 가겠어요! 저에게는 친구가 있어요! 나는 꼭 어머니를 구할 수 있어요!"

말을 마치자 그녀는 후퉁을 나갔다.

샤오허는 혼자 집으로 돌아왔다. 그의 마음은 혼란스러웠다. 그는 반성할 줄 몰랐다. 다만 눈앞의 일에만 관심이 있었다. 눈앞에는 마침 화분이 하늘을 쳐다보고 사발 아가리가 땅을 향하고 있는 상황에 마주쳤다. 그는 손으로 이것들을 정리하고 싶지는 않았지만, 치우지 않으면 앉아서 쉴 곳이 없었다. 그는 곧 눈물이 나려고 했다.

더 절박한 것은 날이 어두워져 가는데, 뱃속에서 꾸르륵 꾸르륵 하는 소리가 나기 시작했지만, 자기를 위해 밥을 지어줄 사람이 없는 것이었다. 그는 주방을 들여다보았지만 불이 꺼진 지 이미 오래였다. 그는 한숨을 쉬었다. 그가 확실히 집 안에 있는데도 집 같지가 않았다. 집에는 빛도 없었고, 끓인 물도 없었고, 차와 술도 없었다.

가오디가 방을 치우고 있다. 그녀의 일하는 방법은 매우 둔해 보이지만, 그녀는 확실히 하기를 원했고 기쁘게 했다. 집에서 그녀는 줄곧 모두의 무시를 받아 무슨 일에든지 발언권이 없어, 끼어들어 도울 수 없었다. 오늘 그녀는 마치 주인이 된 것 같았다. 누구에게 묻거나 누구의 눈치를 볼 필요 없이 자신의 마음과 판단, 원하는 대로 할 것이다. 그녀는 가정의 어두운 미래를 모르는 것이 아니다. 그러나 어두운 것과 힘든 것만이 모든 것을 바꿀 수 있다고 생각한다. 만약 천천히 좋아질 수 있다면, 먼저 고생을 좀 해도 그만이다. 그녀도 자신이 그렇게 대단한 능력이 없다는 것을 알고 있는데, 만약 어머니가 정말 가서 돌아오지 않는다면, 그녀가 자신과 아버지를 부양할 수 있을지 큰 문제가 된다. 하지만 그녀는 그 문제에 놀라지 않기로 결정했다. 그녀는 노력하고, 발버둥치고, 분투해야 한다. 그녀는 자신이 쓸모가 있는 한 절대 막다른 골목에 다다르지 않을 것이라고 생각했다. 짧은 코에서는 땀이 나고 눈에서는 빛이 났는데, 일이 심상치 않다는 것을 알면서도 두려워하지 않는 빛이었다. 아버지가 돌아왔다는 소식을 듣고 그녀는 더욱 신바람이 났다. 그녀는 아버지에게 침착하고 일을 할 수 있는 사람이라는 것을 보여주려고 한다.

샤오허는 딸이 일하는 것을 보고 마음이 매우 괴로웠다. 딸을 아끼기 위해서가 아니라, 그의 딸이 직접 방을 치우는 것은 정말 체통을 잃는 것이라고 생각하기 때문이었다. 바닥을 쓸고 책상을 닦는 일은 하인의 일이니 아가씨와 영원히 관계를 맺지 말아야 한다고 생각했다. 그는 일부러 가벼운 기침을 하며 그녀에게 좀 쉬어도 되겠느냐고 귀띔했다. 가오디는 그의 암시를 받아들이지 않았다. 결국 그는 말했다.

"가오디! 저녁은 어떻게 하지?"

가오디는 일을 계속하면서 말했다.

"아버지 샤오빙을 사오세요. 제가 불을 피워서 물을 끓이지요. 그러면 되죠!"

샤오허는 샤오빙을 사러 갈 수는 없었다. 체면상 가당치도 않은 일이었다! 그러나 그는 감히 말할 수는 없었다. 그는 정말 고달픈 것을 보기 시작했다. 그의 눈앞에는 어둠과 최대의 치욕-스스로 샤오빙을 사와야 한다!-이 나타났다. 그는 살금살금 걸어 나가 정원을 왔다갔다 했다. 이곳은 그의 정원인데, 안전과 편안함을 잃어버렸다. 한참을 걷자 그는 추위를 느꼈고 배도 점점 고팠다. 그는 나가서 샤오빙을 사려고 하는데, 배가 체면과 치욕을 개의치 않는다. 몇 번이고 그는 대문까지 갔다가 되돌아왔다. 아니, 그는 하룻밤을 굶을지언정 자신의 체면을 잃어서는 안 된다. 좋아, 오늘 그가 만약 자신의 얼굴을 깨뜨리고 샤오빙을 사려고 한다면, 내일 그는 아마 기꺼이 "파렴치한" 사람이 될 거야!

그는 방 안으로 들어가고 있었다.

"아빠, 배 안 고파요? 왜 샤오빙을 사러 가지 않아요?"

가오디가 물었다. 샤오허는 입을 열고 싶지 않았다. 그는 가오디가 자기를 이해할 수 없다고 생각하여, 더 말해보아야 소용없다고 생각했다. 그는 침묵으로 배를 채우려고 했다.

그러나 배고픔이 가시지 않았다. 침묵이 절대로 샤오빙을 대신할 수 없었다. 그는 다츠바오도 잊고 모든 것을 잊었다. 곧 굶어 죽을지 모른다는 생각만 났다. 그는 지금까지 굶어본 적이 없었다. 평소에 그는 위장이 조금이라도 비는 구석이 있으면 재빨리 채웠다. 그는 많이 먹어도 위병이 나지 않는 것이 일종의 타고난 재주에다 복이라 생각했다. 지금 저녁밥 소식이 없다! 그는 당황했다! '먹는 것'은 중국 문화 중, 그리고 그의 문화 중의 주요 성분이자 최고의 조예이다. 한 끼 굶는 것은 인생과 문화의 멸망과 같았다. 그는 조급해 하지 않을 수 없었다. 일본인에게 아부한 것은 맛있는 음식을 얻기 위해서 한 짓이 아닌가? 흥, 이제 와서 헛수고가 되었구나! 그는 비관적이다. 그는 자신의 한쪽 발이 이미 지옥에 임박했다고 생각했다.

"가오디!"

그의 목소리가 처량했다.

"가오디!"

"왜 그래요?"

가오디가 물었다.

"아…" 그는 가슴을 쓰다듬었다.

"아무 일도 아니야, 아무 일 없어!"

그는 말을 거두어들였다. 그는 배고프다는 말을 할 수 없었다. 그것은 부끄러운 말이었다.

"배고파요? 좋아요. 제가 샤오빙을 사러가죠. 불을 다시 지피지 않도록 뜨거운 물도 한 주전자 가지고 오죠!"

가오디는 몸의 먼지를 털더니 밖으로 나갔다.

"너…"

샤오허는 그녀를 말리려 했다. 자기 딸이 샤오빙을 사고, 뜨거운 물을 가지러 가는 것이나, 자기가 가는 것이나, 마찬가지로 체면이 깎이는 일이다! 그러나 샤오빙은 배를 채울 수 있는 물건이다. 그가 지나치게 배를 괴롭혀서는 안 된다. 먹는 것이 중요한 성분이 되는 문화 속에, 인간은 '이상'을 가지게 되는 동시에, 실질적인 것도 고려해야 한다.

가오디는 밖으로 나갔다.

혼자 남자 그는 처량하고 암담했다. 그는 5분 내로 샤오빙을 먹을 수 없다면 대들보에 목을 매고 죽을지도 모른다.

가오디는 샤오빙을 사 왔다. 샤오허는 눈물을 글썽이며 세 개를 먹었다.

다 먹자 잠자는 문제가 생겼다―이불이 없는 문제였다. 그는 감히 가오디에게 생각이 있는지 묻지 못했다. 왜냐하면 가오디가 그를 잘 이해하지 못하기 때문이다. 그러나 그는 또 가오디의 생각을 묻지 않을 수밖에 없었다. 왜냐하면 스스로 방법을 생각해 내지 못했기 때문이다. 태어날 때부터 자수 이불에 싸여 모든 일을 남이 잘 준비해 놓았으니 애쓸 필요 없었다. 어른이 되었을 때, 그의 유일한 재능은 다른 사람을 부려먹고, 다른 사람이 피와 땀으로 만든 것을 그가 즐길 수 있도록 하는 것이었다.

"이쁘! 내 요의 큰 옷을 덮고 먼지 지요! 저는 기다릴게요!"

가오디는 자기의 요를 가지고 왔다.

샤오허는 침대에 누웠다. 그는 잠들지 못할 것이라 생각했다. 그러나 조금 지나자 잠이 들었다.